CONTO
DE FADAS

STEPHEN KING

CONTO DE FADAS

TRADUÇÃO
Regiane Winarski

Copyright © 2022 by Stephen King
Publicado mediante acordo com o autor por meio da The Lotts Agency, Ltd.
Rien qu'une fois by Keen'V/ Zonee.L/ Matthieu Evain/ Fabrice Vanvert © 2015 by yp/ Record Two
Publicado mediante generosa permissão de Keen'v, yp and Record Two.

Grafia atualizada segundo o Acordo Ortográfico da Língua Portuguesa de 1990,
que entrou em vigor no Brasil em 2009.

Título original
Fairy Tale

Capa
Will Staehle/ Unusual Corporation

Imagens de capa
Shutterstock

Ilustrações de miolo
Gabriel Rodríguez (capítulos ímpares e epílogo)
Nicolas Delort (capítulos pares)

Preparação
Emanoelle Veloso

Revisão
Huendel Viana
Bonie Santos

Dados Internacionais de Catalogação na Publicação (CIP)
(Câmara Brasileira do Livro, SP, Brasil)

King, Stephen
      Conto de fadas / Stephen King ; tradução Regiane
Winarski. — 1ª ed. — Rio de Janeiro : Suma, 2022.

      Título original: Fairy Tale.
      ISBN 978-85-5651-157-7

      1. Ficção norte-americana I. Título.

22-117682   CDD-813

Índice para catálogo sistemático:
1. Ficção : Literatura norte-americana   813

Eliete Marques da Silva – Bibliotecária – CRB-8/9380

[2022]
Todos os direitos desta edição reservados à
EDITORA SCHWARCZ S.A.
Praça Floriano, 19, sala 3001 — Cinelândia
20031-050 — Rio de Janeiro — RJ
Telefone: (21) 3993-7510
www.companhiadasletras.com.br
www.blogdacompanhia.com.br
facebook.com/editorasuma
instagram.com/editorasuma
twitter.com/editorasuma

Pensando em REH, ERB e, claro, HPL

Sempre deixe sua consciência ser seu guia.

Fada Azul

UM

A maldita ponte.
O milagre. A gritaria.

1

Tenho certeza de que consigo contar essa história. Também tenho certeza de que ninguém vai acreditar nela. Por mim, tudo bem. Contar vai ser o suficiente. Meu problema (e sei que muitos escritores têm o mesmo, não só os novatos como eu) é decidir por onde começar.

Minha primeira ideia foi começar com o barracão, porque foi lá que as minhas aventuras de fato começaram, mas aí percebi que antes eu teria que falar do sr. Bowditch e de como nos aproximamos. Só que isso nunca teria acontecido se não fosse pelo milagre que houve com o meu pai. Um milagre bem comum, pode-se dizer, que aconteceu com muitos milhares de homens e mulheres desde 1935, mas pareceu um grande milagre para uma criança.

Só que esse também não é o lugar certo, porque eu acho que meu pai não teria precisado de um milagre se não fosse a maldita ponte. Então é por aí que eu tenho que começar, com a maldita ponte da rua Sycamore. E agora que estou pensando nisso tudo, vejo um fio claro que segue pelos anos até chegar ao sr. Bowditch e ao barracão trancado com cadeado atrás da velha casa vitoriana decrépita dele.

Mas um fio arrebenta fácil. Então, não um fio, mas uma corrente. Uma corrente forte. E eu era o garoto com o grilhão preso no pulso.

2

O rio Little Rumple passa pela parte norte de Sentry's Rest (conhecida pelos moradores como Sentry) e, até o ano de 1996, o ano em que eu nasci, havia uma ponte de madeira sobre ele. Esse foi o ano em que os inspetores estaduais do Departamento de Transportes Rodoviários fizeram a vistoria e declararam que ela não era segura. As pessoas da nossa parte de Sentry sabiam disso desde 1982, meu pai disse. A ponte foi planejada para aguentar mais de quatro mil quilos, mas os moradores com picape carregada costumavam passar longe dela e optar pela extensão da via expressa, um desvio irritante e que consumia tempo. Não me lembro da ponte de madeira, mas meu pai disse que dava para sentir as tábuas tremendo e sacudindo e fazendo barulho mesmo de dentro do carro. Era perigosa, os inspetores estaduais estavam certos disso, mas a ironia é a seguinte: se a velha ponte de madeira não tivesse sido substituída por uma de aço, minha mãe talvez ainda estivesse viva.

O Little Rumple é bem pequeno, e a construção da ponte nova não demorou. A de madeira foi demolida e a nova foi aberta ao trânsito em abril de 1997.

— O prefeito cortou uma fita, o padre Coughlin abençoou a porcaria e pronto — disse meu pai uma noite. Ele estava bem bêbado na ocasião. — Não foi bem uma bênção pra nós, não é, Charlie?

Foi batizada de ponte Frank Ellsworth em homenagem a um herói da cidade que morreu no Vietnã, mas os moradores só a chamavam de ponte da rua Sycamore. A rua Sycamore era pavimentada e lisinha dos dois lados, mas a ponte, com quarenta e três metros, era coberta por uma grade de aço que fazia um zumbido quando os carros passavam em cima e um ronco quando eram caminhões. E caminhões podiam passar, porque a ponte agora aguentava quase trinta mil quilos. Não era grande o suficiente para um caminhão longo carregado, mas esses nunca passavam pela rua Sycamore.

Todos os anos se falava no conselho da cidade sobre pavimentar a ponte e acrescentar pelo menos uma calçada, mas todos os anos parecia que havia outros lugares em que o dinheiro era necessário com mais urgência. Não acho que uma calçada teria salvado a minha mãe, mas a pavimentação talvez. Não tem como saber, né?

Aquela maldita ponte.

3

Nós morávamos na metade da longa extensão da colina da rua Sycamore, a uns quatrocentos metros da ponte. Havia um postinho com uma loja de conveniência do outro lado chamado Zip Mart. Vendia o de sempre, de óleo de motor a pão de forma Wonder Bread e bolinhos Little Debbie, mas também vendia frango frito feito pelo proprietário, o sr. Eliades (conhecido pelos vizinhos como sr. Zippy). Aquele frango era exatamente o que a placa na vitrine dizia: O MELHOR DA REGIÃO. Ainda me lembro de como era gostoso, mas não comi nem um pedaço depois que minha mãe morreu. Se tentasse, eu teria vomitado.

Em um sábado de novembro de 2003, com o conselho da cidade ainda discutindo se ia pavimentar a ponte e outra vez decidindo que dava para esperar mais um ano, minha mãe nos disse que iria andando até o Zippy buscar frango frito para o jantar. Meu pai e eu estávamos vendo um jogo de futebol americano universitário.

— Você devia ir de carro — disse meu pai. — Vai chover.

— Preciso me exercitar — disse minha mãe —, mas vou usando minha capa de chuva da Chapeuzinho Vermelho.

E era isso que ela estava vestindo na última vez em que a vi. O capuz não estava sobre a cabeça porque ainda não chovia e o cabelo estava caído sobre os ombros. Eu tinha sete anos e achava que a minha mãe tinha o cabelo ruivo mais lindo do mundo. Ela me viu olhando pela janela e acenou. Acenei também e voltei a olhar para a televisão, onde o LSU estava atacando. Eu queria ter olhado mais, mas não me culpo. Nunca se sabe onde estão os alçapões da vida, não é?

Não foi culpa minha nem do meu pai, embora eu saiba que ele se culpava, que pensava *Se ao menos eu tivesse levantado a bunda e a levado até a merda da loja de carro*. Também não deve ter sido culpa do homem na van da encanadora. A polícia disse que ele estava sóbrio e ele jurou que estava dentro do limite de velocidade, que era de quarenta quilômetros por hora na nossa zona residencial. Meu pai disse que, mesmo que fosse verdade, o homem deve ter tirado os olhos da rua, ainda que só por alguns segundos. Meu pai devia estar certo quanto a isso. Ele era regulador de sinistros e me disse uma vez que o único verdadeiro acidente do qual tinha ouvido falar foi de um homem no Arizona que morreu quando um meteoro o acertou na cabeça.

— Sempre é falha de alguém — disse meu pai. — O que não é a mesma coisa que culpa.

— Você culpa o homem que atropelou a mamãe? — perguntei.

Ele pensou a respeito. Levou o copo aos lábios e bebeu. Isso foi seis ou oito meses depois que minha mãe morreu e ele tinha desistido da cerveja. Àquelas alturas, ele era um homem que só bebia gim Gilby.

— Eu tento não culpar. E quase sempre consigo, menos quando acordo às duas da manhã sem ninguém na cama além de mim. Aí, eu o culpo.

4

Minha mãe desceu a colina. Havia uma placa onde a calçada terminava. Ela passou pela placa e atravessou a ponte. Já estava escurecendo e começando a chuviscar. Ela entrou na loja e Irina Eliades (obviamente conhecida como sra. Zippy) disse que sairia mais frango em três minutos, cinco no máximo. Em algum lugar da rua Pine, não muito longe da nossa casa, o encanador tinha acabado seu último trabalho daquele sábado e estava guardando a caixa de ferramentas na parte de trás da van.

O frango saiu, quente, crocante e dourado. A sra. Zippy colocou oito pedaços numa caixa e deu para a minha mãe uma asinha extra, para comer a caminho de casa. Ela agradeceu, pagou e parou para olhar as revistas. Se não tivesse parado, talvez tivesse conseguido atravessar a ponte... quem sabe? A van do encanador devia estar entrando na rua Sycamore e começando a descer a colina de mil e duzentos metros enquanto minha mãe olhava a edição mais recente da *People*.

Ela pôs a revista no lugar, abriu a porta e falou para a sra. Zippy por cima do ombro:

— Tenha uma boa noite.

Ela talvez tenha gritado quando viu que a van a atropelaria, e só Deus sabe no que estava pensando, mas essas foram suas últimas palavras. Ela saiu. A chuva caía fria e firme, linhas prateadas no brilho do único poste de luz no lado da ponte onde ficava o Zip Mart.

Comendo a asinha de frango, minha mãe subiu na ponte de aço. Os faróis a atingiram e deixaram uma sombra comprida atrás dela. O encanador passou pela placa do outro lado, a que diz A SUPERFÍCIE DA PONTE CONGELA ANTES DA RUA! TENHA CUIDADO! Ele estava olhando no retrovisor? Talvez verificando mensagens no celular? Ele disse que não para os dois, mas quando eu penso no que aconteceu com ela naquela noite, sempre me lembro do meu pai dizendo que o único acidente verdadeiro de que ele tinha ouvido falar foi do homem que levou um meteoro na cabeça.

Havia muito espaço; a ponte de aço era bem mais larga do que a versão de madeira que a precedeu. O problema foi a grade de aço. Ele viu a minha mãe na metade da ponte e pisou no freio, não por estar em alta velocidade (foi o que ele disse, pelo menos), mas por puro instinto. A superfície de aço tinha começado a congelar. A van deslizou e girou e começou a se deslocar de lado. Minha mãe se encolheu junto da amurada da ponte e largou a asinha de frango. A van deslizou mais, bateu nela e a fez girar como um pião. Eu não quero pensar nas partes dela que foram arrancadas naquele giro mortal, mas às vezes não consigo evitar. Só sei que, por fim, a frente da van a empurrou num balaústre da ponte perto do lado do Zip Mart. Uma parte dela caiu no Little Rumple. A maior parte dela ficou na ponte.

Tenho uma foto nossa na carteira. Eu devia ter uns quatro anos quando foi tirada. Uma das mãos dela está no meu ombro. Uma das minhas está no cabelo dela. O cabelo dela era lindo.

5

O Natal daquele ano foi uma merda. Pode acreditar.

Eu me lembro das pessoas reunidas na nossa casa depois do enterro. Meu pai estava lá, recebendo cumprimentos e condolências, mas sumiu de repente. Eu perguntei ao irmão dele, o tio Bob, onde ele estava.

— Foi se deitar um pouco — disse o tio Bob. — Ele estava exausto, Charlie. Por que você não vai lá fora brincar com as outras crianças?

Eu nunca na vida tivera menos vontade de brincar, mas fui lá para fora. Tinha nevado e os três filhos do tio Bob estavam deslizando em discos de plástico. Quando estava indo para o morrinho no nosso quintal de onde eles deslizavam, passei por um grupo de adultos que saíra para fumar e ouvi um deles dizer "pobre sujeito, bêbado como um gambá". Mesmo naquele momento, sofrendo com o luto pela minha mãe, soube de quem estavam falando.

Antes de minha mãe morrer, meu pai era o que eu chamaria de "bebedor regular". Eu era criancinha, estava no segundo ano, e acho que é preciso encarar isso com certa dúvida, mas continuo defendendo essa ideia. Nunca o ouvi falar arrastado, andar tropeçando, frequentar bares, e ele nunca encostou a mão em mim nem na minha mãe. Ele chegava em casa com a pasta na mão e minha mãe dava uma bebida para ele, geralmente um martíni. Ela também tomava um. À noite, quando estavam vendo televisão, talvez ele tomasse umas duas cervejas. Só isso.

Tudo mudou depois da maldita ponte. Ele ficou bêbado depois do enterro (*como um gambá*), ficou bêbado no Natal e ficou bêbado na véspera de Ano-Novo (que, descobri depois, chamam de Noite dos Amadores, porque é quando acontecem muitos acidentes envolvendo pessoas embriagadas demais). Nas semanas e meses depois que a perdemos, ele esteve bêbado a maior parte do tempo. Em geral em casa. Ele continuou sem frequentar bares à noite ("Tem muitos babacas como eu", disse ele uma vez) e continuou sem encostar a mão em mim, mas a bebida saiu do controle. Eu tenho consciência disso agora; na época, só aceitei. É o que as crianças fazem. Os cachorros também.

Eu me vi responsável pelo meu próprio café da manhã duas vezes por semana, depois quatro e depois quase todos os dias. Eu comia cereal Alpha-Bits ou Apple Jack na cozinha e o ouvia roncando no quarto, roncos altos que pareciam o motor de uma lancha. Às vezes, ele se esquecia de se barbear antes de ir pro trabalho. Depois do jantar (que era cada vez mais de comida de restaurante), eu escondia a chave do carro dele. Se ele precisasse de outra garrafa, podia ir andando até o Zippy para comprar. Às vezes, eu tinha medo que ele fosse atropelado por um carro na maldita ponte, mas não muito. Tinha certeza (*quase* certeza, pelo menos) de que não era possível que a minha mãe e o meu pai morressem no mesmo lugar. Meu pai trabalhava com seguros e eu sabia o que eram tábuas de mortalidade: entender as probabilidades.

Meu pai era bom no que fazia e conseguiu se manter no trabalho por mais de três anos apesar da bebida. Ele recebeu advertências? Não sei, mas provavelmente sim. Foi parado por direção perigosa depois que a bebedeira passou a começar de tarde? Se foi, talvez tenha sido liberado só com um aviso. O que é provável já que ele conhecia todos os policiais da cidade. Lidar com a polícia fazia parte do trabalho dele.

Durante aqueles três anos, nossas vidas adquiriram um ritmo. Talvez não fosse um ritmo bom, não do tipo que faria alguém querer dançar, mas um ritmo com o qual eu podia contar. Eu chegava em casa da escola por volta das três. Meu pai chegava às cinco, já com alguns drinques na cabeça e no hálito (ele não ia a bares à noite, mas descobri depois que era cliente regular da Taverna do Duffy quando estava voltando para casa do escritório). Ele levava pizza, tacos ou comida chinesa do Joy Fun. Em algumas noites, ele esquecia e a gente pedia... ou melhor, eu pedia. E, depois do jantar, a verdadeira bebedeira começava. Em geral, era gim. Outras coisas se o gim acabasse. Em algumas noites, ele pegava no sono na frente da televisão. Em outras, cambaleava até o quarto e deixava os sapatos e o paletó embolado para eu guardar. De vez em quando, eu acordava e o ouvia chorando. É horrível ouvir isso no meio da noite.

O colapso veio em 2006. Eram férias de verão. Eu tive um jogo de beisebol às dez da manhã; fiz dois *home runs* e peguei uma bola incrível. Voltei para casa depois do meio-dia e encontrei meu pai lá, sentado na poltrona dele e olhando para a televisão, onde astros de cinema de antigamente duelavam na escada de um castelo. Ele estava de cueca tomando uma bebida branca que tinha cheiro de gim Gilby puro. Perguntei o que ele estava fazendo em casa.

Ainda olhando a luta de espadas e sem nem arrastar as palavras, ele respondeu:

— Parece que perdi meu emprego, Charlie. Ou, se posso citar Bobcat Goldthwait, eu sei onde está, mas tem outra pessoa nele. Ou vai ter em breve.

Eu achava que não sabia o que dizer, mas as palavras saíram da minha boca mesmo assim.

— Por causa da bebida.

— Eu vou parar — disse ele.

Eu só apontei para o copo. Em seguida, fui para o quarto e fechei a porta e comecei a chorar.

Ele bateu na porta.

— Posso entrar?

Não respondi. Não queria que ele me ouvisse soluçando.

— Para com isso, Charlie. Eu joguei na pia.

Como se eu não soubesse que o restante da garrafa estava na bancada da cozinha. E outra no armário de bebidas. Ou duas. Ou três.

— Vamos lá, Charlie, o que me diz? — *Dix.* Eu odiava a voz dele arrastada.

— Vai se foder, pai.

Eu nunca tinha dito algo assim na vida e até quis que ele entrasse e me desse um tapa. Ou um abraço. Alguma coisa, pelo menos. Mas o ouvi andar até a cozinha, onde a garrafa de Gilby estaria esperando.

Quando saí, ele dormia no sofá. A televisão ainda estava ligada, mas no mudo. Era outro filme em preto e branco, esse com carros velhos correndo no que era obviamente um cenário. Meu pai sempre via o tcm quando estava bebendo, a não ser que eu estivesse em casa e insistisse em ver outra coisa. A garrafa estava na mesa de centro, quase vazia. Eu virei o que restava na pia. Abri o armário de bebidas e pensei em derramar tudo, mas olhar para o gim, o uísque, as garrafinhas de vodca, o conhaque de café só

16

me deixou cansado. Ninguém imaginaria que um garoto de dez anos podia ficar cansado assim, mas eu estava.

Coloquei uma comida congelada Stouffer's no micro-ondas para jantar (torta de frango da vovó, nosso favorito) e, enquanto esquentava, sacudi meu pai até que acordasse. Ele se sentou, olhou em volta como se não soubesse onde estava e começou a fazer uns sons horríveis de engasgo que eu nunca tinha ouvido. Foi até o banheiro com as mãos sobre a boca e eu o ouvi vomitando. Pareceu que não ia acabar nunca, mas acabou. O micro-ondas apitou. Tirei a torta de frango usando as luvas que diziam BOA COMIDA na esquerda e BOM APETITE na direita; se você se esquecer de usar essas luvas ao tirar algo quente do micro-ondas, nunca mais vai esquecer de novo. Coloquei um pouco em cada prato e fui para a sala, onde o meu pai estava sentado no sofá com a cabeça baixa e as mãos entrelaçadas atrás do pescoço.

— Você consegue comer?

Ele ergueu o rosto.

— Talvez. Se você me trouxer duas aspirinas.

O banheiro fedia a gim e alguma outra coisa, talvez feijão, mas pelo menos ele só vomitou dentro da privada e deu descarga. Borrifei Glade no ar e levei para ele o frasco de aspirina com um copo de água. Ele tomou três comprimidos e largou o copo onde antes estava a garrafa de gim. Então olhou para mim com uma expressão que eu nunca tinha visto, mesmo depois da morte da minha mãe. Odeio dizer isso, mas vou dizer, porque foi o que pensei na hora: foi a expressão de um cachorro que cagou no chão.

— Eu conseguiria comer se você me abraçasse.

Eu o abracei e pedi desculpas pelo que falei.

— Tudo bem. Acho que eu mereci.

Nós fomos para a cozinha e comemos o máximo de torta de frango que conseguimos, o que não foi muito. Enquanto raspávamos os pratos na pia, ele me disse que ia parar de beber e, naquele fim de semana, ele parou. Disse que na segunda começaria a procurar emprego, mas não começou. Ele ficou em casa vendo filmes velhos no TCM e, quando eu voltei para casa do beisebol e da natação do meio-dia na ACM, ele estava bêbado de novo.

Ele me viu olhando e só balançou a cabeça.

— Amanhã. Amanhã. Eu prometo.

— Duvido — falei e fui para o quarto.

6

Aquele foi o pior verão da minha infância. *Foi pior do que depois que sua mãe morreu?*, você poderia perguntar, e eu diria que sim, porque ele era o único responsável que eu ainda tinha e porque tudo parecia acontecer em câmera lenta.

Ele fez um esforço não muito entusiasmado de procurar emprego no ramo de seguros, mas não deu em nada, mesmo depois que ele se barbeou, tomou banho e se vestiu para o sucesso. Acho que as notícias se espalham.

As contas chegavam e se empilhavam sem que fossem abertas. Por ele, pelo menos. Era eu quem as abria quando a pilha ficava alta demais. Eu as colocava na frente dele e ele preenchia cheques para pagá-las. Eu não sabia quando os cheques iam começar a voltar com um carimbo de SEM FUNDO, nem queria saber. Era como ficar parado em uma ponte imaginando que uma van desgovernada estava deslizando na sua direção. Imaginando quais seriam seus últimos pensamentos antes que ela te matasse esmagado.

Ele conseguiu um emprego de meio período no Lava-Rápido Jiffy, na extensão da via expressa. Durou uma semana, e aí ele pediu demissão ou foi despedido. Ele não me contou qual das duas opções foi e eu não perguntei.

Cheguei ao time principal da liga, mas fomos derrotados nos dois primeiros jogos de um torneio de eliminação dupla. Durante a temporada regular, eu tinha feito dezesseis *home runs* e era o rebatedor mais poderoso do Star Market, mas, naqueles dois jogos, eu tive sete *strike outs*, um com a bola na terra e outro tentando acertar um arremesso que passou tão acima da minha cabeça que eu precisaria de um elevador para tocar na bola. O treinador perguntou o que havia de errado comigo e eu disse nada, nada, só me deixa em paz. Eu estava fazendo merda também, algumas com um amigo, algumas sozinho.

E eu não conseguia dormir muito bem. Não tinha pesadelos, como tive depois que a minha mãe morreu. Eu não pegava no sono, às vezes só conseguia depois da meia-noite ou uma da manhã. Comecei a virar o relógio para o outro lado para não ter que olhar os números.

Não odiava o meu pai (se bem que tenho certeza de que passaria a odiar com o tempo), mas o desprezava. *Fraco, fraco*, eu pensava, deitado na cama enquanto o ouvia roncar. E, claro, eu me perguntava o que aconteceria conosco. O carro estava pago, o que era bom, mas a casa não estava e o valor das prestações parecia aterrorizante para mim. Quanto tempo até que ele não conseguisse reunir a quantia mensal? Essa hora chegaria, porque ainda faltavam nove anos para quitar a dívida, e não havia como o dinheiro durar tanto tempo.

Sem teto, pensei. *O banco vai tirar nossa casa, como em* As vinhas da ira, *e ficaremos sem teto.*

Já tinha visto pessoas sem teto no centro da cidade, muitas, e, quando não conseguia dormir, minha mente se voltava para elas. Eu pensava muito naqueles andarilhos urbanos. Usando roupas velhas que pareciam sacos nos corpos magros ou apertadas nos mais corpulentos. Tênis remendados com fita adesiva. Cabelo comprido. Olhos alucinados. Bafo de bebida. Imaginava nós dois dormindo no carro perto do velho pátio do trem ou no estacionamento do Walmart, no meio dos trailers. Meu pai empurrando um carrinho de compras cheio do que nos restava. Dentro dele, eu sempre via meu despertador da mesa de cabeceira. Não sei por que isso me horrorizava, mas era o que eu sentia.

Em pouco tempo, as aulas voltariam, estivesse eu sem teto ou não. Alguns garotos do meu time provavelmente começariam a me chamar de Charlie Strike Out. E seria melhor do que Charlie Filho do Biriteiro, mas quanto tempo levaria para chegar a isso? As pessoas da nossa rua já sabiam que George Reade não ia mais trabalhar e quase certamente sabiam por quê. Eu não me enganava quanto a isso.

Nós nunca fomos uma família de frequentar a igreja, nem religiosos de qualquer forma convencional. Uma vez, perguntei à minha mãe por que a gente não ia à igreja. Era porque ela não acreditava em Deus? Ela me disse que acreditava, mas que não precisava de um pastor (nem de padre nem de rabino) para dizer a ela como acreditar Nele. Falou que só precisava abrir os olhos e olhar em volta para fazer isso. Meu pai disse que foi criado como batista, mas parou de frequentar a igreja quando ela ficou mais interessada em política do que no Sermão da Montanha.

Mas, uma noite, cerca de uma semana antes da volta às aulas, eu tive a ideia de rezar. A vontade foi tão forte que chegou a ser uma compulsão. Fiquei de joelhos ao lado da cama, juntei as mãos, fechei bem os olhos e rezei para que o meu pai parasse de beber.

— Se Você fizer isso por mim, seja lá Você quem for, eu vou fazer algu-ma coisa por Você — falei. — Eu prometo, e quero morrer se não cumprir a promessa. É só me mostrar o que Você quer que eu vou fazer. Eu juro.

Voltei para a cama e, ao menos naquela noite, dormi até de manhã.

7

Antes de ser despedido, meu pai trabalhava na Seguros Nacionais Overland. Você deve ter visto a propaganda, a que tem Bill e Jill, os camelos falantes. Muito engraçado. Meu pai dizia:

— Todas as seguradoras têm comerciais engraçados pra chamar aten-ção, mas as risadas somem quando o segurado faz um requerimento. É aí que eu entro. Eu sou *regulador* de sinistros, o que significa, e ninguém diz em voz alta, que eu tenho que conseguir diminuir a quantia contratada. Às vezes, eu consigo, mas vou te contar um segredo: eu sempre começo do lado do segurado. A não ser que encontre motivos pra não ficar do lado dele, claro.

A sede da Overland da região Centro-Oeste fica nos arredores de Chi-cago, área que meu pai chamava de Viela dos Seguros. Na época em que ele trabalhava lá, era só um trajeto de quarenta minutos de carro saindo de Sentry, uma hora se o trânsito estivesse pesado. Havia pelo menos cem reguladores de sinistros trabalhando naquele escritório, e em um dia de setembro de 2008, um dos agentes com quem ele trabalhava foi vê-lo. Seu nome era Lindsey Franklin. Meu pai o chamava de Lindy. Foi no fim da tarde e eu estava à mesa da cozinha, fazendo o dever de casa.

Aquele dia começou com uma merda inesquecível. A casa ainda esta-va com um cheiro leve de fumaça, apesar de eu ter borrifado Glade. Meu pai tinha decidido fazer omelete no café da manhã. Só Deus sabe por que ele já estava de pé antes das seis, e por que ele decidiu que eu precisava de omelete ("Como a mamãe fazia", ele disse), mas ele foi usar o banheiro ou ligar a TV, e esqueceu o que estava no fogão. Ainda meio bêbado da noite anterior, sem dúvida. Acordei com o barulho do detector de fumaça, corri para a cozinha de cueca e encontrei fumaça subindo como uma nuvem. A coisa na frigideira parecia um galho queimado.

Joguei a comida no triturador de alimentos e comi cereal Apple Jacks. Meu pai ainda estava de avental, parecendo um idiota. Ele tentou pedir desculpas, e eu murmurei qualquer coisa só para fazê-lo calar a boca. O que eu me lembrava daquelas semanas e meses era que ele sempre ficava tentando pedir desculpas e isso me deixava puto da vida.

Mas também foi um dia memorável, um dos melhores, por causa do que aconteceu de tarde. Você já deve ter percebido, mas vou contar mesmo assim, porque nunca deixei de amar meu pai e fico feliz com essa parte da história.

Lindy Franklin trabalhava para a Overland. Ele também era um alcoólatra em recuperação. Não era um dos reguladores de sinistros mais próximos do meu pai, provavelmente porque Lindy nunca parava na Taverna do Duffy depois do trabalho com o restante do pessoal. Mas ele sabia por que meu pai tinha perdido o emprego e decidiu fazer alguma coisa. Tentar, pelo menos. Descobri depois que o que ele fez se chama visita do Décimo Segundo Passo. Lindy tinha alguns compromissos de trabalho na nossa cidade e, quando terminou, decidiu de última hora passar na nossa casa. Depois, ele contou que quase mudou de ideia, porque não tinha apoio (alcoólatras em recuperação costumam dar o Décimo Segundo Passo com um parceiro, tipo os mórmons), mas mandou tudo à merda e procurou nosso endereço no celular. Não gosto de pensar no que poderia ter acontecido conosco se ele tivesse decidido não ir. Eu nunca teria entrado no barracão do sr. Bowditch, com certeza.

O sr. Franklin estava de terno e gravata. Tinha um corte de cabelo caprichado. Meu pai, barba por fazer, camisa para fora da calça, descalço, nos apresentou. O sr. Franklin apertou a minha mão, disse que era um prazer me conhecer e perguntou se eu me importava de sair de casa para ele conversar sozinho com meu pai. Fui com boa vontade, mas as janelas ainda estavam abertas por causa do desastre do café da manhã, e ouvi boa parte do que o sr. Franklin disse. Eu me lembro de duas coisas específicas. Meu pai contou que a bebedeira era porque ele ainda sentia muita falta de Janey. E o sr. Franklin falou:

— Se a bebida fosse trazê-la de volta, eu diria que tudo bem. Mas não vai, e o que ela acharia se visse como você e seu menino estão vivendo agora?

A outra foi:

— Você não está de saco cheio de se sentir mal e cansado? — Foi nessa hora que meu pai começou a chorar. Em geral, eu odiava quando ele chorava (*fraco, fraco*), mas achei que talvez aquele choro fosse diferente.

8

Você sabia que tudo isso ia acontecer, e deve saber o resto da história também. Tenho certeza de que sabe se você mesmo estiver em recuperação ou conhecer alguém que esteja. Lindy Franklin levou meu pai a uma reunião do AA naquela noite. Quando voltaram, o sr. Franklin ligou para a esposa e disse que ia ficar com um amigo. Ele dormiu no nosso sofá-cama e, na manhã seguinte, levou meu pai a uma reunião às sete da manhã, chamada Amanhecer Sóbrio. Essa se tornou a reunião a que meu pai sempre ia, e foi onde ele obteve a medalha de primeiro ano de AA. Faltei à escola para poder entregá-la a ele, e quem chorou dessa vez fui eu. Ninguém pareceu se incomodar; há muito choro nessas reuniões. Depois, meu pai me deu um abraço e Lindy também. Àquelas alturas, eu já o chamava pelo primeiro nome, porque ele era bem presente. Era o padrinho do meu pai no programa.

Esse foi o milagre. Eu entendo muito sobre o AA agora e sei que acontece com homens e mulheres do mundo todo, mas ainda me parece um milagre. Meu pai não ganhou a primeira medalha exatamente um ano depois da visita do Décimo Segundo Passo do Lindy porque ele teve alguns escorregões, mas ele admitiu e o pessoal do AA disse o que sempre diz, continua voltando, e ele continuou, e o último escorregão, uma única cerveja de um fardo de seis que ele despejou na pia, foi um pouco antes do Halloween de 2009. Quando Lindy falou no aniversário de um ano do meu pai, ele disse que muita gente é convidada a participar do programa, mas não *entende* o programa. Disse que meu pai foi um dos sortudos. Talvez fosse verdade, talvez minha oração tenha sido mera coincidência, mas preferi acreditar que não foi. No AA, você pode escolher acreditar no que quiser. Está no que os alcoólatras em recuperação chamam de Livro Azul.

E eu tinha uma promessa a cumprir.

9

As únicas reuniões às quais eu fui foram as de aniversário do meu pai, mas, como falei, Lindy era bem presente, e eu aprendi a maioria dos slogans que o pessoal do AA vive dizendo. Eu gostava de *não dá pra fazer um picles voltar a ser pepino* e *Deus não faz lixo*, mas o que ficou na minha cabeça foi algo que ouvi Lindy dizer certa noite, quando meu pai estava falando das contas não pagas e que tinha medo de perder a casa. Lindy falou que meu pai ficar sóbrio foi um milagre. E acrescentou:

— Mas milagres não são magia.

Seis meses depois de ficar sóbrio, meu pai reapareceu na Overland, e com o apoio de Lindy Franklin e alguns colegas — inclusive o antigo chefe, que o demitira — ele conseguiu o emprego de volta, mas era um período de experiência e ele sabia disso. Isso o fez se dedicar em dobro. No outono de 2011 (com dois anos de sobriedade), ele teve uma discussão com Lindy que durou tanto tempo que Lindy acabou dormindo no sofá-cama de novo. Meu pai disse que queria começar a própria empresa, mas que não faria isso sem a bênção de Lindy. Depois de garantir que meu pai não começaria a beber de novo se o novo negócio fracassasse (ou o máximo de garantia que deu para ter, pelo menos; a sobriedade não é uma ciência), Lindy falou para ele tentar.

Meu pai se sentou comigo e explicou o que significava aquilo: trabalhar por conta própria.

— Então, o que você acha?

— Eu acho que você deveria dizer *adiós* para aqueles camelos falantes — falei, o que o fez rir. E então disse o que eu precisava dizer. — Mas se você voltar a beber vai estragar tudo.

Duas semanas depois, ele pediu demissão da Overland e, em fevereiro de 2012, começou o negócio dele em uma salinha na rua Principal: George Reade Investigador e Regulador de Sinistros Independente.

Ele não passava muito tempo naquele buraco; ficava mais na rua, batendo perna. Falava com policiais, com agiotas de fiança ("Sempre bons pra dicas", ele dizia), mas falava mais com advogados. Muitos o conheciam da época da Overland e sabiam que ele era honesto. Eles lhe davam trabalho — os mais difíceis, aqueles em que as grandes empresas ou reduziam drasticamente a quantia que estavam dispostas a pagar ou negavam o pedido de cara. Ele trabalhava muito. Na maioria das noites, eu chegava, encontrava a casa vazia e fazia meu próprio jantar. Não me importava. No começo, quando meu pai voltava para casa, eu o abraçava para sentir discretamente o bafo dele em busca do inesquecível odor de gim Gilby. Mas, depois de um tempo, passei a só abraçá-lo. E ele raramente perdia uma reunião do Amanhecer Sóbrio.

Às vezes, Lindy ia almoçar conosco no domingo (sempre levando comida) e nós três assistíamos aos Bears na televisão, ou ao White Sox, se fosse temporada de beisebol. Em uma dessas tardes, meu pai disse que o trabalho estava melhorando a cada mês.

— Seria mais rápido se eu ficasse do lado do requerente mais vezes em casos de queda, mas tem tantos que são suspeitos.

— Nem me fala — disse Lindy. — Dá pra ter ganhos de curto prazo, mas, no final das contas, esse trabalho se voltaria contra você.

Um pouco antes do começo do meu segundo ano do ensino médio na Hillview High, meu pai disse que nós tínhamos que ter uma conversa séria. Eu me preparei para um sermão sobre beber sendo menor de idade ou uma discussão sobre algumas das merdas que eu e meu amigo Bertie Bird fizemos durante (e, por um tempo, após) os anos de bebedeira dele, mas não era nada disso o que ele tinha em mente. Era sobre a escola que ele queria conversar. Ele me disse que eu tinha que ir bem se quisesse entrar em uma boa faculdade. *Muito* bem.

— Meu negócio vai dar certo. Foi assustador no começo, e teve até aquela vez em que eu tive que pedir um empréstimo para o meu irmão, mas eu já paguei quase tudo e acho que vou conseguir me estabelecer em pouco tempo. O telefone toca muito. Mas, pensando em faculdade... — Ele balançou a cabeça. — Não acho que vou poder te ajudar muito, pelo menos no começo. Nós temos muita sorte de estarmos no azul. E é culpa minha. Estou fazendo tudo que posso pra consertar a situação...

— Eu sei, pai.

— ... mas você precisa se ajudar. Você precisa *estudar*. Suas notas caíram um pouco, mas voltaram a subir. Você precisa tirar uma nota alta no vestibular quando fizer a prova.

Eu planejava prestar o vestibular em dezembro, mas não falei nada. Meu pai falava sem parar.

— Você também precisa pensar em financiamento estudantil, mas só em último caso. Essa dívida vai te assombrar por muito tempo. Pense em bolsas de estudo. E faça esportes, o que também é um caminho para conseguir uma bolsa, mas as notas são mais importantes. Notas, notas, notas. Eu não preciso que você se forme como o primeiro da turma, mas preciso que esteja entre os dez melhores. Entendeu?

— Sim, pai — falei, e ele me deu um tapinha brincalhão.

10

Eu estudei muito e tirei minhas notas. Joguei futebol americano no outono e beisebol na primavera. Eu tinha entrado em ambos os times da escola ainda no ano anterior. O treinador Harkness queria que eu jogasse basquete também, mas falei que não. Eu disse que precisava de pelo menos três meses por ano para fazer outras coisas. O treinador se afastou, balançando a cabeça pelo estado triste da juventude nessa época degenerada.

Fui a alguns bailes. Beijei umas garotas. Fiz bons amigos, a maioria atletas, mas nem todos. Descobri algumas bandas de heavy metal de que gostava e ouvia no último volume. Meu pai nunca reclamou, mas me deu EarPods de Natal no primeiro ano em que foram vendidos. O futuro me reservava coisas terríveis — vou falar delas em algum momento —, mas não aconteceu nenhuma das coisas terríveis que me tiravam o sono. A casa ainda era nossa e a minha chave ainda abria a porta da frente. Isso era bom. Se você já achou que corria o risco de passar noites frias de inverno em um abrigo para pessoas desabrigadas, sabe do que estou falando.

E nunca esqueci o acordo que fiz com Deus. *Se você fizer isso por mim, eu faço alguma coisa por você*, eu tinha dito. De joelhos. *É só me mostrar o que quer que eu faço. Eu juro.* Foi a oração de uma criança, muito pensamento mágico, mas uma parte de mim (a maior parte de mim) não acreditava nisso. Não acredita agora. Eu achava que a minha oração tinha sido atendida, como em um daqueles filmes bregas do canal Lifetime exibidos entre o Dia de Ação de Graças e o Natal. O que significava que eu tinha que cumprir a minha parte. Eu achava que, se não cumprisse, Deus tiraria o milagre e meu pai voltaria a beber. É preciso ter em mente que, por maiores que sejam os garotos, ou por mais bonitas que sejam as garotas, por dentro, os jovens do ensino médio ainda são crianças.

Eu tentei. Apesar dos dias não só cheios, mas lotados de atividades tanto na escola quanto depois da aula, eu me esforcei para pagar o que devia.

Entrei para o movimento Adote uma Estrada da organização estudantil internacional Key Club. Nós ficávamos responsáveis por cuidar de três quilômetros da Rodovia 226, que é basicamente uma área de restaurantes fast food, motéis e postos de gasolina. Eu devo ter coletado um zilhão de caixas de Big Mac, dois zilhões de latas de cerveja e pelo menos dez calcinhas abandonadas. Teve um Halloween em que eu vesti um macacão laranja idiota e andei por aí recolhendo fundos para o Unicef. No verão de 2012, fiquei em uma mesa de registro de eleitores no centro da cidade, embora ainda faltasse um ano e meio até que eu tivesse idade para votar. Eu também ajudava no escritório do meu pai às sextas, depois do treino, preenchendo papéis e inserindo informações no computador (basicamente, trabalho chato) enquanto ia anoitecendo, e nós comíamos pizza do Giovanni's com as mãos mesmo.

Meu pai disse que tudo aquilo ficaria ótimo no meu currículo, e concordei sem dizer que não era por isso que eu estava fazendo tudo aquilo. Não queria que Deus decidisse que eu não estava cumprindo a minha parte do acordo, mas às vezes achava que conseguia ouvir um suspiro divino de reprovação: *Não está bom o suficiente, Charlie. Você acha mesmo que catar lixo na estrada é compensação para a vida boa que o seu pai está vivendo agora?* Sem mencionar a vida boa que eu estava vivendo.

E isso me leva, enfim, a abril de 2013, quando completei dezessete anos. E ao sr. Bowditch.

11

A querida e saudosa Hillview High! Parece que foi há tanto tempo. No inverno, eu ia de ônibus, sentado no fundo com Andy Chen, meu amigo desde o ensino fundamental. Andy era um atleta que foi jogar basquete na Universidade Hofstra. Bertie já tinha ido embora, se mudado. O que foi uma espécie de alívio. Existem bons amigos que também são, ao mesmo tempo, maus amigos. Na verdade, Bertie e eu éramos ruins um para o outro.

No outono e na primavera, eu ia de bicicleta, porque nós morávamos em uma cidade cheia de colinas e essa era uma boa forma de desenvolver força muscular nas pernas e nas costas. Também me dava tempo para pensar e ficar sozinho, algo de que eu gostava. Da escola, o caminho para casa era pela rua Plain, avenida Goff, depois rua Willow até a Pine. A rua Pine era cortada pela Sycamore no alto da colina que levava à maldita ponte. E na esquina da Pine com a Sycamore ficava a Casa do Psicose, batizada assim por Bertie Bird quando nós tínhamos só dez ou onze anos.

Na verdade, era a casa dos Bowditch. O nome estava na caixa do correio, apagado, mas ainda legível se você olhasse bem. Ainda assim, Bertie tinha certa razão. Nós todos tínhamos visto o filme (além de outros essenciais para garotos de onze anos, como *O exorcista* e *O enigma do outro mundo*), e parecia mesmo a casa em que Norman Bates morava com a mãe morta. Não era parecida com nenhum dos sobradinhos nem com as casas térreas de estilo rústico na Sycamore e no restante do bairro. A Casa do Psicose era uma construção vitoriana incoerente de telhado inclinado que provavelmente tinha sido branca, mas agora estava desbotada em um tom que eu chamaria de cinza gato-selvagem. Havia uma cerca branca antiquíssima contornando a propriedade, torta em algumas partes e frouxa em outras. Um portão baixo enferrujado interrompia a pavimentação rachada do caminho de entrada. A grama era basicamente tomada por ervas daninhas descontroladas. A varanda parecia se soltar aos poucos da casa à qual pertencia. Todas as persianas estavam fechadas, o que Andy Chen dizia que não tinha sentido, já que as janelas estavam sujas demais para se conseguir enxergar lá dentro. Meio enterrada no mato alto, havia uma placa com os dizeres NÃO ENTRE. No portão, em uma placa maior, lia-se CUIDADO COM O CÃO.

Andy tinha uma história sobre aquele cachorro, um pastor-alemão chamado Radar, como o cara do seriado *M*A*S*H*. Nós todos já tínhamos ouvido (sem saber que Radar, na verdade, era fêmea) e visto o animal de longe algumas vezes, mas Andy era o único que o vira de perto. Ele disse que parou a bicicleta naquele dia, porque a caixa de correio do sr. Bowditch estava aberta e tão cheia de cartas e folhetos que algumas tinham caído na calçada e estavam começando a voar.

27

— Eu peguei as cartas e enfiei dentro da caixa, junto com o resto das outras porcarias — disse Andy. — Eu só estava tentando fazer um favor, caramba. Aí, ouvi um rosnado e um latido que pareciam dizer *YABBA-YABBA-ROW-ROW*, levantei o olhar e lá vinha aquela porra de cachorro monstruoso, devia pesar uns sessenta quilos *pelo menos*, todo dentes e baba voando, e as porras dos olhos *vermelhos*.

— Claro — disse Bertie. — Cachorro monstruoso. Tipo o Cujo naquele filme. Seeeei.

— *Era* — disse Andy. — Juro por Deus. Se não fosse o velho gritando com ele, ele teria atravessado aquele portão. Que está tão velho que precisa de apresentadoria.

— Aposentadoria.

— É, tanto faz. Mas o velho saiu na varanda e gritou: "Radar, *no chão!*", e o cachorro se deitou na mesma hora de barriga no chão. Só que não parou de olhar para mim e não parou de rosnar. E aí o cara fala, ele fala assim: "O que você está fazendo aí, garoto? Está roubando minhas cartas?". E eu falo: "Não, senhor, estavam voando e eu fui pegar. Sua caixa de correio está lotada, senhor". E ele fala, ele fala assim: "Deixa que eu me preocupo com a minha caixa de correio e você só sai daí". E foi o que eu fiz. — Andy balançou a cabeça. — Aquele cachorro teria rasgado minha garganta. Eu sei.

Eu tinha certeza de que Andy estava exagerando, ele costumava fazer isso, mas perguntei ao meu pai sobre o sr. Bowditch naquela noite. Meu pai disse que não sabia muito sobre ele, só que era um solteirão convicto que vivia naquela casa decrépita fazia mais tempo do que meu pai vivia na rua Sycamore, o que já tinha vinte e cinco anos.

— Seu amigo Andy não foi o único garoto com quem ele gritou — disse meu pai. — Bowditch é conhecido pelo mau humor e pelo pastor-alemão igualmente mal-humorado. O conselho municipal adoraria que ele morresse logo para poder derrubar aquela casa, mas até agora ele está firme e forte. Eu falo com ele quando o vejo, o que é raro, e ele parece educado, mas eu sou adulto. Alguns idosos têm alergia a crianças. Se quer um conselho, diria pra ficar longe dele, Charlie.

O que não foi um problema até aquele dia em abril de 2013. E vou falar disso agora.

12

Parei na esquina da Pine com a Sycamore a caminho de casa depois do treino para soltar a mão esquerda do guidão e a sacudir. Ainda estava vermelha e latejando por causa dos treinos da tarde no ginásio (o campo ainda estava enlameado demais para jogar). O treinador Harkness, que era do beisebol e do basquete, me botou primeiro com uma série de garotos que estavam fazendo teste de arremessador. Alguns jogaram com muita força. Não vou dizer que o treinador estava se vingando de mim por eu me recusar a jogar basquete (os Hedgehogs perderam de 5-20 na temporada anterior), mas também não vou dizer que não estava.

A casa vitoriana decrépita do sr. Bowditch estava à minha direita e, daquele ângulo, parecia a Casa do Psicose mais do que nunca. Eu estava fechando a mão em volta do guidão esquerdo, pronto para sair pedalando, quando ouvi um cachorro soltar um uivo. Veio de trás da casa. Pensei no cachorro monstruoso que Andy tinha descrito, todo cheio de dentes grandes e olhos vermelhos acima da mandíbula com baba, mas aquilo não era um *YABBA-YABBA-ROW-ROW* de um animal cruel de ataque. Parecia triste e assustado. Talvez até arrasado. Já pensei nisso, me perguntei se é por causa da lembrança, mas decidi que não é. Porque soou de novo. E uma terceira vez, mas baixo e meio que sem fôlego, como se o animal que emitia o ruído estivesse pensando *de que adianta.*

E aí, bem mais baixo do que o último uivo:

— Socorro.

Se não fosse o cachorro uivando, eu teria descido a colina até a minha casa, tomado um copo de leite com meia caixa de Pepperidge Farm Milanos, feliz pra cacete. O que teria sido bem ruim para o sr. Bowditch. Estava ficando tarde, as sombras estavam aumentando e se aproximando da noite, e aquele abril foi bem frio. O sr. Bowditch poderia ter ficado lá a noite toda.

Eu levei o crédito por salvá-lo — o que teria sido outro ponto alto para o currículo, se eu quisesse jogar a modéstia longe e incluir o artigo de jornal publicado uma semana depois —, mas não fui eu, não de verdade.

Foi Radar que o salvou com aqueles uivos arrasados.

DOIS

O sr. Bowditch. Radar. Noite na Casa do Psicose.

1

Pedalei pela esquina até o portão da rua Sycamore e encostei a bicicleta na cerca branca bamba. O portão, que era baixo, nem chegava à minha cintura, não abriu. Eu espiei por cima e vi um trinco grande, tão enferrujado quanto o portão fechado por ele. Eu o puxei, mas estava emperrado. O cachorro uivou de novo. Tirei a mochila, lotada de livros, e a usei como degrau. Pulei o portão, bati o joelho na placa de CUIDADO COM O CÃO e passei o outro joelho para o outro lado, quando um dos meus tênis prendeu no alto. Eu me perguntei se conseguiria pular de volta para a calçada se o cachorro decidisse vir atrás de mim como tinha feito com Andy. Lembrei-me do velho clichê de que o medo dá asas e torci para não ter que descobrir se era verdade. Eu jogava futebol americano e beisebol. Deixava o salto em altura para o pessoal do atletismo.

Corri até os fundos, a grama alta roçando na calça. Acho que não vi o barracão, não naquele momento, porque eu estava procurando o cachorro. Estava na varanda dos fundos. Andy Chen disse que devia ter uns sessenta quilos, e talvez tivesse quando nós éramos garotinhos com o ensino médio num futuro distante, mas o cachorro para o qual eu estava olhando não podia pesar mais de trinta ou trinta e cinco quilos. Estava magrelo, com o pelo falhado, a cauda suja e o focinho quase todo branco. Ele me viu, começou a descer os degraus bambos e quase caiu para evitar o homem esparramado neles. Veio para cima de mim, mas não foi um ataque feroz, só uma corrida artrítica, mancando.

— Radar, *no chão* — falei. Não esperava que me obedecesse, mas ele se deitou de barriga no chão no meio das ervas daninhas e começou a choramingar. Passei longe dele a caminho da varanda dos fundos mesmo assim.

O sr. Bowditch estava caído de lado. Havia um calombo aparecendo na calça cáqui acima do joelho direito. Não era preciso ser médico para saber que a perna estava quebrada e, com base no volume, a fratura devia ser bem feia. Eu não conseguia saber que idade o sr. Bowditch tinha, mas ele era velho. O cabelo era quase todo branco, embora devesse ser bem ruivo quando era mais jovem, porque ainda havia mechas ruivas. Faziam o cabelo dele parecer que estava enferrujando. As linhas nas bochechas e em volta da boca eram tão fundas que pareciam sulcos. Estava frio, mas a testa dele estava coberta de suor.

— Preciso de uma ajudinha — disse. — Eu caí da porra da escada. — Ele tentou apontar. Isso o fez se deslocar um pouco nos degraus e ele gemeu.

— O senhor ligou pra emergência? — perguntei.

Ele me olhou como se eu fosse burro.

— O telefone fica *dentro de casa*, garoto. Eu estou *aqui fora*.

Só entendi depois. O sr. Bowditch não tinha celular. Nunca tinha visto necessidade de ter um, nem sabia direito o que era.

Ele tentou se mover de novo e trincou os dentes.

— *Meu Deus*, como dói.

— Então é melhor ficar parado — falei.

Liguei para a emergência e falei que precisava de uma ambulância na esquina da rua Pine com a Sycamore, porque o sr. Bowditch tinha caído e quebrado a perna. Disse que parecia uma fratura séria. Dava para ver o osso empurrando o tecido da calça e o joelho dele parecia inchado. A atendente me pediu o número da casa e eu perguntei ao sr. Bowditch.

Ele me olhou de novo com aquela expressão de "você nasceu burro assim?" e disse:

— Número 1.

Falei isso para a moça e ela disse que enviariam a ambulância na mesma hora. Ela falou que era para eu ficar com ele e mantê-lo aquecido.

— Ele já está suando — falei.

— Se a fratura for tão ruim quanto você diz, deve ser de choque.

— Hã, está bem.

Radar mancou de volta, as orelhas grudadas na cabeça, rosnando.

— Para, garota — disse Bowditch. — Fica no chão.

Radar, *ela*, não *ele*, se deitou de barriga no chão no pé da escada com o que parecia alívio e começou a ofegar.

Tirei a jaqueta e fui colocá-la sobre o sr. Bowditch.

— O que você está fazendo?

— Eu tenho que te manter aquecido.

— Eu *estou* aquecido.

Mas eu vi que não estava, porque ele tinha começado a tremer. Ele baixou o queixo para olhar minha jaqueta.

— Está no ensino médio, né?

— Sim, senhor.

— Vermelho e dourado. Hillview.

— Sim.

— Faz algum esporte?

— Futebol americano e beisebol.

— Os Hedgehogs. Que... — Ele tentou se mover e soltou um gritinho. Radar ergueu as orelhas e olhou para ele com ansiedade. — Que nome *idiota* esse.

Eu não podia discordar.

— É melhor o senhor não se mexer, sr. Bowditch.

— Os degraus estão me machucando em várias partes. Eu devia ter ficado no chão, mas achei que conseguiria chegar na varanda. E depois, dentro de casa. Eu tinha que tentar. Vai ficar frio pra caralho aqui fora daqui a pouco.

Eu achava que já estava frio pra caralho.

— Estou feliz que você tenha vindo. Você deve ter ouvido minha garota uivando.

— Primeiro ela, depois o senhor — falei. Eu olhei para a varanda. Dava para ver a porta, mas acho que ele não teria alcançado a maçaneta sem que se apoiasse no joelho bom. E duvido que ele fosse conseguir fazer isso.

O sr. Bowditch seguiu meu olhar.

— Tem a portinhola de cachorro — disse ele. — Achei que podia me arrastar por ela. — Ele fez uma careta. — Você por acaso não tem nenhum analgésico, tem? Aspirina ou alguma coisa mais forte? Já que faz esportes e tal?

Balancei a cabeça. Bem longe, deu para ouvir uma sirene.

— E o senhor? Tem algum?

Ele hesitou e assentiu.

— Lá dentro. Segue o corredor. Tem um banheirinho do lado da cozinha. Acho que tem aspirinas no armário do espelho. Não toca em mais nada.

— Não vou tocar. — Eu sabia que ele era velho e estava com dor, mas fiquei meio aborrecido com a insinuação.

Ele esticou a mão e segurou minha camisa.

— Não xereta.

Eu me soltei da mão dele.

— Não vou.

Subi os degraus. O sr. Bowditch disse:

— Radar! Vai junto!

Radar subiu os degraus mancando e esperou que eu abrisse a porta em vez de usar a abertura com dobradiças na parte inferior. Ela me seguiu pelo corredor, que estava um pouco escuro e era meio impressionante. Um lado tinha pilhas de revistas velhas, algumas presas em fardos com cordões de sisal. Eu conhecia algumas, como *Life* e *Newsweek*, mas havia outras (*Collier's*, *Dig*, *Confidential* e *All Man*) das quais eu nunca tinha ouvido falar. O outro lado tinha pilhas de livros, a maioria velha e com aquele cheiro que livros velhos têm. Nem todo mundo deve gostar desse cheiro, mas eu gosto. É mofado, mas de um jeito bom.

A cozinha era cheia de eletrodomésticos velhos, o fogão era um Hotpoint, a pia de louça com marcas de ferrugem por causa da nossa água dura, as torneiras daquele tipo antigo, o revestimento do piso tão gasto que eu não conseguia identificar o desenho. Mas o lugar estava arrumadíssimo. Havia um prato e um copo e um conjunto de talheres (faca, garfo, colher) no escorredor. Isso me deixou triste. Havia uma tigela limpa no chão com RADAR escrito na lateral, o que também me deixou triste.

Entrei no banheiro, que não era muito maior do que um armário; só havia uma privada com a tampa levantada, mais marcas de ferrugem dentro, uma pia e um espelho acima dela. Abri a porta de espelho e vi vários remédios que pareciam ter vindo na Arca de Noé. Na prateleira do meio tinha uma embalagem de aspirinas. Quando peguei, vi uma bolinha atrás. Na ocasião, achei que fosse uma bilha.

Radar esperou na cozinha, porque não havia espaço para nós dois no banheiro. Peguei o copo no escorredor, enchi com água da torneira da cozinha e voltei pelo Corredor de Leituras Velhas com Radar logo atrás de mim. Do lado de fora, a sirene estava mais alta e mais próxima. O sr. Bowditch estava deitado com a cabeça apoiada em um antebraço.

— Está tudo bem? — perguntei.

Ele levantou o rosto para que eu pudesse ver o suor e os olhos cansados e com olheiras.

— Eu pareço bem?

— Não muito, mas não sei se o senhor devia tomar esses comprimidos. A embalagem diz que venceram em agosto de 2004.

— Me dá três.

— Meu Deus, sr. Bowditch, talvez seja melhor esperar a ambulância. Vão te dar...

— Me dá isso logo. O que não mata fortalece. Você não sabe quem disse isso, sabe? Não ensinam nada pra vocês hoje em dia.

— Nietzsche. *Crepúsculo dos ídolos.* Estou tendo aula de história geral este semestre.

— Grandes coisas. — Ele enfiou a mão no bolso da calça, o que o fez gemer, mas não parou até tirar um chaveiro pesado. — Tranca aquela porta pra mim, garoto. É a chave prateada com cabeça quadrada. A porta da frente já está trancada. Depois, me devolve.

Tirei a chave prateada e devolvi o chaveiro para ele. Ele o enfiou no bolso, gemendo mais um pouco no processo. A sirene estava mais próxima. Eu esperava que eles tivessem mais sorte com o trinco enferrujado do que eu. Senão, teriam que derrubar o portão. Comecei a me levantar, mas olhei para a cadela. A cabeça dela estava no chão, entre as patas. Ela não tirava os olhos do sr. Bowditch.

— E Radar?

Ele me olhou com aquela expressão de "você nasceu burro assim?" de novo.

— Ela pode entrar e sair pela portinhola quando precisar fazer as coisas dela.

Um garoto ou um adulto pequeno que quisesse bisbilhotar e roubar alguma coisa também poderia fazer isso, pensei. Mas outro pensamento me ocorreu:

— Sim, mas quem vai dar comida pra ela?

Acho que não preciso dizer que a minha primeira impressão do sr. Bowditch não foi boa. Eu o achei um resmungão mal-humorado, e não era surpreendente que vivesse sozinho; uma esposa o teria matado ou ido embora. Mas, quando ele olhou para a pastora-alemã idosa, eu vi outra coisa: amor e consternação. Sabe quando dizem que alguém está perdidinho? O rosto do sr. Bowditch dizia que ele estava exatamente assim. Ele devia estar sentindo uma dor excruciante, mas, naquele momento, a única coisa em que conseguia pensar, a única coisa com que ele se preocupava, era o cachorro.

— Merda. Merda, merda, *merda*. Eu não posso deixá-la. Vou ter que levá-la pra porcaria do hospital.

A sirene chegou na frente da casa e parou. Portas bateram.

— Não vão deixar — falei. — Você sabe disso.

Ele apertou os lábios.

— Então eu não vou.

Ah, vai, sim, pensei. E aí, pensei em outra coisa, só que não pareceu um pensamento meu. Tenho certeza de que foi, mas não pareceu. *Nós fizemos um acordo. Pegar lixo na rodovia não importa, é aqui que você cumpre a sua parte.*

— Olá — gritou alguém. — Somos os paramédicos, tem alguém que possa abrir o portão?

— Me deixa ficar com a chave — falei. — Eu boto comida pra ela. Só me diz o quanto e...

— *Olá! Se ninguém responder, nós vamos entrar!*

— ... quantas vezes por dia.

Ele estava suando profusamente, e as marcas em volta dos olhos estavam mais escuras, como hematomas.

— Abre pra eles antes que quebrem a porcaria do portão. — Ele soltou um suspiro rouco e irregular. — Que confusão da porra.

2

Havia um homem e uma mulher na calçada. Vestiam jaquetas com os dizeres "Serviço de Ambulância do Hospital do Condado de Arcadia". Estavam com uma maca e um monte de equipamentos em cima dela. Tinham empurrado minha mochila para o lado e o homem estava se esforçando para puxar o trinco. Ele não teve mais sorte do que eu.

— Ele está lá atrás — falei. — Eu o ouvi pedindo ajuda.

— Ótimo, mas não estou conseguindo abrir essa porcaria de trinco. Segura, garoto. Talvez nós dois juntos...

Eu segurei e nós puxamos. O trinco finalmente se mexeu e beliscou meu polegar. No calor do momento, eu nem reparei, mas, à noite, a unha já tinha ficado quase toda preta.

Eles passaram pela lateral da casa, a maca balançando na grama alta, os equipamentos empilhados, tremendo e sacudindo. Radar apareceu mancando na esquina, rosnando e tentando parecer assustadora. Ela estava se esforçando, mas, depois de tanta agitação, dava para perceber que não havia mais muita força ali.

— No chão, Radar — falei, e ela obedeceu, com expressão de gratidão. Mesmo assim, os paramédicos passaram longe.

Eles viram o sr. Bowditch caído nos degraus da varanda e começaram a tirar os equipamentos da maca. A mulher fez comentários tranquilizadores, dizendo que não parecia tão ruim e que dariam algo para que ele se sentisse mais confortável.

— Ele já tomou uma coisinha — falei, e tirei as aspirinas do bolso.

O paramédico olhou e disse:

— Meu Deus, isso é *pré-histórico*. Qualquer efeito que pudesse ter já acabou faz tempo. CeeCee, Petidina. Vinte deve bastar.

Radar estava de volta. Ela deu um rosnado básico para CeeCee e foi até o dono, choramingando. Bowditch fez carinho no topo da cabeça dela com a mão em concha e, quando a puxou de volta, o cachorro se aconchegou nos degraus ao lado dele.

— Essa cadela salvou sua vida, senhor — falei. — Ela não pode ir para o hospital e não pode ficar com fome.

Eu estava segurando a chave prateada da porta dos fundos. Ele olhou para ela enquanto CeeCee lhe dava uma injeção que ele nem pareceu perceber. Ele soltou outro suspiro rouco.

— Tudo bem, que porra de escolha eu tenho? A comida dela fica num balde de plástico grande na despensa. Atrás da porta. Ela come uma xícara às seis e outra às seis da manhã, se eles me segurarem lá a noite toda. — Ele olhou para o paramédico. — Vão me segurar?

— Não sei, senhor. Essa decisão é com os meus superiores. — Ele estava colocando o aparelho de pressão. CeeCee me olhou de um jeito que dizia que sim, iam segurá-lo lá a noite toda, e só para começar.

— Uma xícara às seis hoje, outra às seis amanhã. Entendi.

— Não sei o quanto tem de comida naquele balde. — Os olhos dele estavam começando a ficar meio vidrados. — Se você precisar comprar mais, vá ao Pet Pantry. Ela come Regional Red da Orijen. Nada de carne e petiscos. Um garoto que sabe quem foi Nietzsche deve conseguir se lembrar disso.

— Vou lembrar.

O paramédico tinha medido a pressão e, o que quer que estivesse vendo, não pareceu gostar. — Nós vamos colocá-lo na maca, senhor. Eu sou Craig e esta é CeeCee.

— Sou Charlie Reade — falei. — Ele é o sr. Bowditch. Não sei o primeiro nome.

— Howard — disse o sr. Bowditch. Eles se moveram para erguê-lo, mas ele os mandou esperar. Segurou Radar pelas laterais do rosto e olhou nos olhos dela. — Seja uma boa menina. Nos vemos em breve.

Ela choramingou e o lambeu. Uma lágrima desceu por uma das bochechas dele. Talvez tenha sido de dor, mas acho que não.

— Tem dinheiro na lata de farinha, na cozinha — disse ele. Seus olhos ficaram lúcidos por um momento e ele apertou a boca. — Esqueça isso. A lata de farinha está vazia. Eu esqueci. Se você…

— Senhor — disse CeeCee —, nós precisamos te colocar na…

Ele olhou para ela e mandou que se calasse por um minuto. E olhou de volta para mim.

— Se você precisar comprar outro saco de ração, pague com seu dinheiro. Depois eu te pago. Entendeu?

— Sim. — Eu também entendi outra coisa. Mesmo com uma droga potente agindo sobre ele, o sr. Bowditch sabia que não voltaria no mesmo dia, nem no dia seguinte.

— Tudo bem. Cuida dela. Ela é tudo que eu tenho. — Ele fez mais um carinho em Radar, bem atrás das orelhas, e assentiu para os paramédicos. Ele soltou um grito por entre os dentes quando o levantaram, e Radar latiu.

— Garoto?

— O quê?

— Não *xereta*.

Não me dignei a responder. Craig e CeeCee meio que carregaram a maca pela lateral da casa, para que ele não sacolejasse muito. Andei para olhar a escada na grama e, depois, o telhado. Achei que ele estava limpando as calhas. Ou tentando.

Voltei para os degraus e me sentei. Na frente da casa, a sirene começou a tocar de novo, alta no começo, depois diminuindo conforme descia a colina na direção da maldita ponte. Radar olhou na direção do som e ergueu as orelhas. Arrisquei fazer um carinho nela. Como ela não mordeu nem rosnou, continuei.

— Parece que só ficamos eu e você, garota — falei.

Radar encostou o focinho no meu sapato.

— Ele nem agradeceu — falei para ela. — Que babaca.

Mas eu não estava com raiva de verdade, porque não importava. Eu não precisava de agradecimento. Aquilo era a retribuição.

3

Liguei para o meu pai e contei tudo para ele enquanto contornava a casa, torcendo para ninguém ter roubado a minha mochila. Além de estar lá, um dos paramédicos tinha parado um momento para colocá-la do lado de dentro do portão. Meu pai perguntou se havia algo que ele pudesse fazer. Falei que não, que eu ficaria onde estava e estudaria um pouco até chegar a hora de dar a comida da Radar, às seis, depois iria para casa. Ele disse que compraria comida chinesa e me veria quando eu chegasse. Falei para ele que o amava, e ele disse que me amava também.

Peguei a trava da bicicleta na mochila, pensei em carregar a Schwinn até a lateral da casa, pensei que se dane e a prendi no portão. Dei um passo para trás e quase tropecei em Radar. Ela soltou um latidinho e se afastou.

— Desculpa, garota, desculpa. — Eu me ajoelhei e estiquei a mão. Depois de um momento, ela se aproximou, farejou e deu uma lambidinha na minha mão. Que Cujo que nada.

Fui até os fundos com ela logo atrás de mim e foi quando notei a construção externa. Achei que era um barracão de ferramentas; não tinha tamanho para um carro. Pensei em botar a escada caída lá dentro, mas decidi não me dar ao trabalho, pois não parecia que ia chover. Como descobri depois, eu a teria carregado pelos quarenta metros por nada, porque havia um cadeado enorme na porta e o sr. Bowditch tinha levado o restante das chaves.

Abri a porta, encontrei um interruptor antiquado, daqueles com um disco que gira, e segui o Corredor de Leituras Velhas até a cozinha. A luz de lá era fornecida por um lustre de vidro fosco que parecia parte do cenário de um dos filmes antigos do TCM que o meu pai via quando estava bebendo (ele ainda os via às vezes, mas agora com um copo de Sprite em vez de gim e tônica). A mesa da cozinha estava coberta por uma toalha de plástico xadrez, desbotada, mas limpa. Concluí que *tudo* na cozinha parecia o cenário de um filme antigo. Quase dava para imaginar o sr. Chips entrando, usando a toga e o capelo. Ou talvez Barbara Stanwyck dizendo a Dick Powell que ele chegou bem na hora de uma bebida. Eu me sentei à mesa. Radar entrou debaixo e se acomodou com um grunhido feminino. Falei que ela era uma boa menina e ela abanou o rabo.

— Não se preocupe, ele volta logo. — *Provavelmente*, pensei.

Peguei meus livros, resolvi uns problemas de matemática, coloquei meus fones e ouvi o dever de francês do dia seguinte, uma música pop chamada "Rien Qu'une Fois", que significa algo do tipo "Só uma vez". Não era bem a minha praia. Sou um cara mais do rock clássico, mas foi uma daquelas músicas de que se gosta mais a cada vez que se escuta. Até virar chiclete, e aí você a odeia. Ouvi três vezes e cantei junto, como teríamos que fazer na aula.

Je suis sûr que tu es celle que j'ai toujours attendue...

Uma estrofe depois eu espiei embaixo da mesa e vi Radar me olhando com as orelhas para trás e uma expressão que eu desconfiava ser pena. Aquilo me fez rir.

— Melhor eu não abandonar meu emprego pra ser cantor, né?

Uma batida de rabo.

— Não me julgue, é dever de casa. Quer ouvir mais uma vez? Não? Nem eu.

Vi quatro latas de um conjunto em fila na bancada à esquerda do fogão, que diziam AÇÚCAR, FARINHA, CAFÉ e BISCOITOS. Eu estava morrendo de fome. Em casa, teria olhado a geladeira e comido metade do que havia dentro, mas eu não estava em casa e só estaria em (olhei o relógio) uma hora. Decidi investigar o pote de biscoitos, o que não contaria como xeretice. Estava cheio até o topo com uma mistura de biscoito de pecã e marshmallow coberto de chocolate. Decidi que, como eu estava cuidando da cadela, o sr. Bowditch não sentiria falta de um. Nem de dois. Nem de quatro. Eu me obriguei a parar aí, mas foi difícil. Os biscoitos estavam deliciosos.

Olhei para a lata de farinha e pensei no sr. Bowditch dizendo que havia dinheiro dentro. E aí, os olhos dele mudaram, se apuraram. *Esqueça isso. A lata de farinha está vazia. Eu esqueci.* Quase espiei dentro, e houve um tempo não muito antes em que eu teria olhado, mas aqueles dias tinham passado. Eu me sentei e abri o livro de história geral.

Li uns textos pesados sobre o Tratado de Versalhes e reparações alemãs e, quando olhei meu relógio de novo (havia um relógio acima da pia, mas estava parado), vi que eram quinze para as seis. Decidi que já estava bom para cumprir a minha obrigação e fui botar a comida para Radar.

Concluí que a porta ao lado da geladeira devia ser a despensa, e era mesmo. Tinha aquele cheiro bom de despensa. Puxei a cordinha para acender a luz e, por um momento, me esqueci da comida de Radar. O quartinho estava lotado de enlatados e alimentos não perecíveis, de cima a baixo e de um lado a outro. Havia apresuntado e feijão enlatado e sardinhas e biscoito Saltines e sopa Campbell; macarrão e molho de macarrão, garrafas de suco de uva e de cranberry, frascos de geleia e marmelada, latas de legumes às dezenas, talvez centenas. O sr. Bowditch estava preparado para o apocalipse.

Radar soltou um choramingo que dizia *Não se esquece do cachorro.* Olhei atrás da porta e lá estava o recipiente plástico de comida dela. Devia caber uns dez ou doze pacotes, mas o fundo mal estava coberto. Se Bowditch passasse alguns dias no hospital, uma semana que fosse, eu teria que comprar mais.

A xícara medidora estava lá dentro. Eu a enchi e despejei a ração na tigela com o nome dela. Radar começou a comer com vontade, balançando o rabo de um lado para o outro. Era velha, mas ainda comia com bastante apetite. Imaginei que fosse bom sinal.

— Fica bem agora — falei, vestindo a jaqueta. — Seja uma boa menina, e nos vemos de manhã.

Só que não demorou tanto assim.

4

Meu pai e eu nos fartamos de comida chinesa e eu contei a versão estendida da minha aventura da tarde, começando com Bowditch nos degraus, passando pelo Corredor de Leituras Velhas e terminando com a Despensa do Fim do Mundo.

— Acumulador — disse meu pai. — Já vi um monte. Normalmente, depois que o acumulador morre. Mas a casa é limpa, você disse?

Eu assenti.

— A cozinha, pelo menos. Tem lugar pra tudo e tudo estava no lugar. Havia um pouco de pó nos frascos de remédio no banheirinho, mas não vi em mais lugar nenhum.

— Nem carro.

— Não. Nem tem lugar pra um no barracão de ferramentas.

— Ele deve receber as compras em casa. E, claro, sempre tem a Amazon, que até 2040 vai ser o governo internacional do qual os direitistas tanto têm medo. Eu me pergunto de onde vem o dinheiro dele e o quanto dele ainda resta.

Eu também me perguntava isso. Acho que esse tipo de curiosidade é bem normal com gente que chegou perto de falir.

Meu pai se levantou.

— Eu comprei e trouxe. Agora, tenho umas coisas de trabalho pra fazer. Você arruma a cozinha.

Arrumei tudo e treinei um pouco de blues na guitarra. (Eu conseguia tocar quase qualquer coisa, desde que fosse em mi.) Em geral, conseguia tocar até meus dedos doerem, mas não naquela noite. Botei minha Yamaha no canto e falei para o meu pai que ia até a casa do sr. Bowditch dar uma olhada na Radar. Eu ficava pensando nela lá sozinha. Talvez cachorros não se incomodassem com isso, mas talvez sim.

— Tudo bem, desde que você não decida trazer o cachorro pra cá.

— É uma cadela.

— Que seja. Não estou a fim de ficar ouvindo um cachorro solitário uivar por causa do dono às três da madrugada, sendo fêmea ou não.

— Não vou trazer. — Ele não precisava saber que a ideia tinha passado pela minha cabeça.

— E não deixa o Norman Bates te pegar.

Olhei para ele, surpreso.

— O quê? Você acha que eu não sabia? — Ele estava sorrindo. — As pessoas chamam aquilo de Casa do Psicose muito antes de você e seus amigos nascerem, meu pequeno herói.

5

Eu também sorri com o que ele disse, mas foi mais difícil ver graça quando cheguei à esquina da Pine com a Sycamore. A casa parecia empertigada na colina, bloqueando as estrelas. Eu me lembrei de Norman Bates dizendo *Mãe! Tanto sangue!* e desejei não ter visto a droga do filme.

Foi mais fácil abrir o trinco do portão, pelo menos. Usei a lanterna do celular para contornar a casa. Passei a luz pela lateral uma vez e desejei não ter feito isso. As janelas estavam empoeiradas, as persianas fechadas. Aquelas janelas pareciam olhos cegos que, de alguma forma, ainda conseguiam me ver e não gostavam da minha intrusão. Virei a esquina e, quando comecei a andar na direção da varanda, ouvi um baque. Levei um susto e deixei o celular cair. Quando caiu, vi uma sombra em movimento. Não gritei, mas senti minhas bolas se encolherem até quase sumirem. Fiquei paralisado enquanto a sombra corria na minha direção, mas, antes que eu pudesse me virar e correr, Radar estava choramingando e farejando a perna da minha calça e tentando pular em mim. Por causa do problema nas costas e no quadril, ela só conseguiu dar uns saltinhos hesitantes. O baque devia ter sido a portinhola de cachorro batendo.

Fiquei de joelhos e a abracei, uma das mãos fazendo carinho na cabeça e a outra no pelo, debaixo da coleira. Ela lambeu a minha cara e se esfregou em mim com tanta força que eu quase caí.

— Está tudo bem — falei. — Você ficou com medo de ficar sozinha? Acho que ficou. — E quando foi a última vez que tinha ficado sozinha se o sr. Bowditch não tinha carro e recebia as compras em casa? Talvez fizesse muito tempo. — Está tudo bem. Vai ficar tudo bem. Vem.

Peguei meu celular, dei um segundo para as minhas bolas voltarem para o lugar certo e fui até a porta dos fundos com ela andando tão perto de mim que a cabeça ficava batendo no meu joelho. Houve uma vez em que Andy Chen encontrou um cachorro monstruoso no jardim daquela casa, ou foi o que ele disse. Mas isso fora anos antes. Aquela era só uma velhinha assustada que tinha me ouvido chegando e saiu correndo pela porta para me encontrar.

Subimos os degraus da varanda dos fundos. Destranquei a porta e usei o interruptor para acender o Corredor de Leituras Velhas. Verifiquei a portinhola de cachorro e vi que havia três pequenos trincos, um de cada lado e outro em cima. Lembrei a mim mesmo de fechá-los antes de ir embora, para que Radar não saísse andando por ali à noite. O quintal devia ser cercado como o jardim da frente, mas eu não tinha certeza e, naquele momento, ela era minha responsabilidade.

Na cozinha, eu me ajoelhei na frente de Radar e fiz carinho nas laterais do rosto dela. Ela me olhou com atenção, as orelhas levantadas.

— Eu não posso ficar, mas vou deixar uma luz acesa e volto amanhã de manhã pra te dar comida. Está bem?

Ela choramingou, lambeu a minha mão e foi até a tigela de comida. Estava vazia, mas ela a lambeu algumas vezes e me olhou. A mensagem foi bem clara.

— Só de manhã — falei.

Ela se deitou, apoiou o focinho nas patas e não tirou os olhos de mim.

— Bem...

Fui até a lata que dizia BISCOITOS. O sr. Bowditch tinha dito que não era para eu dar carne nem petiscos e decidi que ele quis dizer nada de petiscos de carne. A semântica é maravilhosa, não é? Eu me lembrava vagamente de ter ouvido ou lido que cachorros são alérgicos a chocolate, então peguei um dos biscoitos de pecã e quebrei um pedaço. Ofereci a ela. Ela o farejou e o tirou delicadamente dos meus dedos.

Eu me sentei à mesa onde tinha estudado, pensando que deveria ir embora. Era um cachorro, caramba, não uma criança. Talvez não gostasse de ficar sozinha, mas não ia abrir o armário embaixo da pia e beber água sanitária.

Meu celular tocou. Era o meu pai.

— Tudo bem aí?

— Tudo, mas que bom que eu vim. Deixei a portinhola de cachorro aberta. Ela saiu quando me ouviu. — Não havia necessidade de dizer para ele que, quando vi aquela sombra em movimento, me veio à mente a imagem de Janet Leigh no chuveiro, gritando e tentando fugir da faca.

— Não foi sua culpa. Não dá pra pensar em tudo. Já está voltando?

— Daqui a pouco. — Olhei para Radar me olhando. — Pai, acho que eu devia...

— Não. É má ideia, Charlie. Você tem aula amanhã. Ela é uma cadela adulta. Vai ficar bem durante a noite.

— Claro, eu sei.

Radar se levantou, um processo meio doloroso de assistir. Quando estava com a traseira levantada, ela andou para a escuridão, onde devia ser a sala.

— Vou ficar só mais um pouquinho. Ela é uma cachorra boazinha.

— Tudo bem.

Terminei a ligação e ouvi um apito baixo. Radar voltou com um brinquedo na boca. Achei que talvez fosse um macaco, mas estava tão mordido que era difícil saber. Eu ainda estava com o celular na mão e tirei uma foto. Ela trouxe o brinquedo e o largou ao lado da minha cadeira. Os olhos dela me diziam o que eu devia fazer.

Joguei o brinquedo de leve do outro lado da sala. Radar mancou atrás dele, o pegou, fez soar o apito algumas vezes para mostrar ao brinquedo quem mandava nele e o trouxe de volta. Ela o largou ao lado da minha cadeira. Conseguia imaginá-la jovem, mais pesada e bem mais ágil, indo atrás daquele pobre macaquinho (ou seu predecessor) a toda velocidade. Como Andy tinha dito que ela correra para cima dele naquele dia. Agora, os dias de corrida tinham acabado, mas ela estava se esforçando. Conseguia imaginá-la pensando *Viu como eu sou boa nisso? Fica, eu posso fazer isso a noite toda!*

Só que ela não podia, e eu não podia ficar. Meu pai me queria em casa, e eu duvidava que fosse conseguir dormir muito se ficasse. Havia gemidos e estalos misteriosos demais, muitos cômodos onde algo podia estar se esgueirando... e se aproximando de mim quando as luzes estivessem apagadas.

Radar trouxe o macaco de volta.

— Chega — falei. — Descansa, garota.

Fui em direção ao corredor dos fundos, mas tive uma ideia. Entrei na sala escura onde Radar buscara o brinquedo e procurei um interruptor, torcendo para que nada (a mãe múmia enrugada do Norman Bates, por exemplo) segurasse a minha mão. O interruptor soltou um estalo quando o encontrei e o acionei.

Como a cozinha, a sala de estar do sr. Bowditch era antiquada, mas bem-arrumada. Havia um sofá com estofamento marrom-escuro. Parecia não ter sido muito usado. A maior parte do ato de sentar parecia ter sido feito em uma poltrona que ficava no meio de um tapete trançado velho. Dava para ver a marca deixada pela bunda magrela do sr. Bowditch. Uma camisa azul de cambraia estava jogada no encosto. A cadeira virada para uma televisão parecia não só velha, mas pré-histórica. Havia uma antena em cima. Tirei uma foto dela com o celular. Eu não sabia se uma televisão velha daquelas podia funcionar, mas, a julgar pelos livros empilhados dos dois lados, muitos marcados com post-its, não devia ser muito usada mesmo que funcionasse. No canto extremo da sala havia um cesto de vime cheio de brinquedos de cachorro, e isso dizia tudo o que eu precisava saber sobre

45

o quanto o sr. Bowditch amava a cadela. Radar andou pela sala e pegou um coelho de pelúcia. Trouxe para mim com expressão esperançosa.

— Não posso — falei. — Mas pode ficar com isso. Deve ter o cheiro do seu dono.

Peguei a camisa no encosto da poltrona e a abri no chão da cozinha, ao lado da tigela de comida. Ela cheirou o tecido e se deitou em cima.

— Boa menina — falei. — Nos vemos de manhã.

Fui andando na direção da porta dos fundos, pensei de novo e levei o macaco de pelúcia para ela. Ela mordeu uma ou duas vezes, talvez só para me agradar. Recuei alguns passos e tirei outra foto com o celular. Em seguida, fui embora, sem me esquecer de fechar a portinhola dessa vez. Se ela fizesse sujeira lá dentro, eu só teria que limpar.

Quando andei de volta para casa, pensei em calhas sem dúvida cheias de folhas. No gramado sem cortar. O lugar precisava de uma pintura e isso eu não tinha como fazer, mas poderia dar um jeito nas janelas sujas, sem falar na cerca bamba. Se eu tivesse tempo, claro, e considerando a temporada de beisebol que estava chegando, eu não tinha. E havia Radar. Aquilo foi amor à primeira vista. Para ela e para mim também, talvez. Se a ideia parecer estranha, brega ou ambos, só posso dizer que paciência. Como falei para o meu pai, ela era uma cachorra boazinha.

Quando fui dormir naquela noite, coloquei o despertador para cinco da manhã. Mandei uma mensagem para o sr. Neville, meu professor de inglês, e avisei que não chegaria para o primeiro tempo e que era para ele avisar a sra. Friedlander que eu talvez perdesse o segundo também. Eu tinha que visitar uma pessoa no hospital.

TRÊS

Uma visita ao hospital.
Quem desiste não vence. O barracão.

1

A Casa do Psicose parecia menos psicótica sob a luz do amanhecer, embora a névoa subindo de tanta grama alta desse a ela um ar meio gótico. Radar devia estar esperando, porque começou a bater contra a porta fechada assim que me ouviu nos degraus. Que estavam frouxos e molengos, mais um acidente iminente e mais uma tarefa esperando que alguém a fizesse.

— Calma, garota — falei enquanto enfiava a chave na fechadura. — Você vai se machucar.

Ela veio para cima de mim assim que abri a porta, pulando e botando as patas da frente na minha perna, maldita artrite. Ela me seguiu até a cozinha e ficou olhando com o rabo balançando quando raspei uma última xícara do estoque de comida já no final. Enquanto ela comia, mandei uma mensagem para o meu pai pedindo para ele parar em um lugar chamado Pet Pantry na hora do almoço ou depois do trabalho e comprar um saco de ração Regional Red da Orijen. Em seguida, enviei outra, dizendo que eu ia pagar e que o sr. Bowditch ia me pagar. Pensei e mandei uma terceira: **Melhor comprar o saco grande.**

Eu não demorei, mas Radar já tinha terminado. Ela trouxe o macaco para mim e o largou ao lado da minha cadeira. Então arrotou.

— Está desculpada — falei e joguei o macaco ali perto. Ela foi atrás e o trouxe de volta, e, enquanto ela estava indo buscá-lo, uma notificação soou no meu celular. Era meu pai. **Pode deixar.**

Joguei o macaco de novo, mas, em vez de ir atrás, ela mancou pelo Corredor de Leituras Velhas para ir lá fora. Sem saber se tinha coleira, quebrei outro pedaço de biscoito de pecã para atraí-la de volta caso necessário. Eu tinha quase certeza de que daria certo; Radar era o tipo de cadela tradicional, que gostava de comer.

Fazer com que ela entrasse não foi difícil. Ela se agachou em um lugar para fazer o número um e em outro para fazer o número dois. Voltou, olhou para os degraus da forma como um montanhista olha uma subida difícil e subiu metade. Parou, se sentou por um momento e subiu o resto. Eu não sabia por quanto tempo ela conseguiria fazer aquilo sem ajuda.

— Tenho que ir — falei. — Até, jacaré.

Nós nunca tivemos um cachorro e eu não sabia como os olhos deles podiam ser expressivos, principalmente assim, de perto. Os dela me pediam para que não fosse embora. Eu teria ficado feliz de não ir, mas, como diz o poema, eu tinha promessas a cumprir. Fiz carinho nela e pedi que fosse boazinha. Lembrei-me de ter lido em algum lugar que cachorros envelhecem sete anos para cada ano nosso. Devia ser uma regra meio genérica, claro, mas pelo menos era um jeito de calcular, e o que isso significava para um cachorro em relação a tempo? Se eu voltasse às seis para dar comida a ela, seriam umas doze horas do meu tempo. Seriam oitenta e quatro horas para

48

ela? Três dias e meio? Se sim, não era surpresa que ficasse tão feliz em me ver. Além do mais, ela devia estar com saudade do sr. Bowditch.

Tranquei a porta, desci os degraus e olhei para o local onde Radar tinha feito as necessidades. Fiscalizar o quintal era outra tarefa que precisava ser feita. A não ser que o sr. Bowditch já tivesse feito. Com a grama alta, era impossível saber, mas, se não fosse o caso, alguém tinha que cuidar disso.

Você é alguém, pensei enquanto voltava para a bicicleta. E era verdade, mas o fato é que eu era um alguém ocupado. Além do beisebol, eu estava pensando em fazer o teste para a peça de fim de ano: *High School Musical*. Eu fantasiava cantar "Breaking Free" com Gina Pascarelli, que estava no último ano e era linda.

Havia uma mulher enrolada em um casaco xadrez ao lado da minha bicicleta. Eu achava que era a sra. Ragland. Ou talvez fosse Reagan.

— Foi você que chamou a ambulância? — perguntou ela.

— Sim, senhora — respondi.

— Ele está muito mal? O Bowditch?

— Não sei. Ele quebrou a perna, com certeza.

— Bom, foi sua boa ação do dia. Talvez do ano. Ele não é um excelente vizinho, fica muito na dele, mas eu não tenho nada contra ele. Exceto pela casa, que é uma agressão aos olhos. Você é o filho do George Reade, não é?

— Isso mesmo.

Ela esticou a mão.

— Althea Richland.

Apertei a mão dela.

— É um prazer.

— E o vira-lata? É um cachorro assustador, um pastor-alemão. Bowditch passeava com ele de manhã cedo e às vezes depois que escurecia. Quando as crianças estavam dentro de casa. — Ela apontou para a cerca bamba triste. — *Isso* não o seguraria.

— É ela, e eu estou cuidando dela.

— Que bondade da sua parte. Espero que você não leve uma mordida.

— Ela está bem velhinha e não é feroz.

— Com *você*, talvez — disse a sra. Richland. — Meu pai sempre dizia: "Cachorro velho morde com o dobro de força". Um repórter daquele jornaleco semanal veio aqui e me perguntou o que aconteceu. Acho que é ele que faz as matérias na rua. Da polícia, incêndios, ambulância, esse tipo de coisa. — Ela fungou. — Ele parecia ter a sua idade.

— Vou me lembrar disso — falei, sem saber por que deveria. — Eu tenho que ir, sra. Richland. Quero visitar o sr. Bowditch antes da aula.

Ela riu.

— Se for no Arcadia, as visitas só começam às nove. Não vão te deixar entrar cedo assim.

2

Mas deixaram. Explicar que eu tinha aula e treino de beisebol depois não serviu para convencer a moça da recepção, mas quando falei que fui eu quem chamou a ambulância, ela me mandou subir.

— Quarto 322. Os elevadores ficam à direita.

Na metade do corredor do terceiro andar, uma enfermeira me perguntou se eu estava visitando o sr. Bowditch. Confirmei e perguntei como ele estava.

— Ele passou por uma cirurgia e vai precisar de outra. Depois, vai enfrentar um uma longa recuperação e vai precisar de muita fisioterapia. Melissa Wilcox deve ser quem vai cuidar disso. A fratura da perna foi bem ruim, e ele praticamente destruiu o quadril, que vai precisar ser substituído. Além disso, vai passar o resto da vida usando andador ou cadeira de rodas, por mais fisioterapia que faça.

— Caramba. Ele sabe?

— O médico que consertou a fratura contou o que ele precisa saber agora. Você chamou a ambulância?

— Sim, senhora.

— Bom, é possível que você tenha salvado a vida dele. Com o choque e a possibilidade de passar a noite do lado de fora... — Ela balançou a cabeça.

— Foi a cadela. Eu ouvi a cadela dele uivando.

— A cadela ligou pra emergência?

Admiti que tinha sido eu.

— Se você quiser vê-lo, é melhor ir logo. Acabei de aplicar um remédio pra dor que deve fazê-lo dormir em pouco tempo. Além da perna e do quadril quebrados, ele está muito abaixo do peso. Vítima fácil de osteoporose. Acho que você talvez tenha uns quinze minutos antes de ele cair no sono.

3

A perna do sr. Bowditch estava erguida por um dispositivo que parecia saído de um filme de comédia dos anos 1930... só que o sr. Bowditch não estava rindo. Nem eu. As linhas no rosto dele pareciam fundas, quase entalhadas. Os círculos escuros em volta dos olhos dele estavam ainda mais escuros. O cabelo estava fino e sem vida, as mechas ruivas pareciam desbotadas. Acho que havia um companheiro de quarto, mas não o vi, porque uma cortina verde separava a outra metade do 322. O sr. Bowditch me viu e tentou se empertigar na cama, o que o levou a fazer uma careta e soltar o ar com um chiado.

— Oi! Como é seu nome mesmo? Se você me disse, não lembro. E, considerando as circunstâncias, acho que dá pra perdoar.

Eu também não lembrava se tinha dito, então falei de novo (ou pela primeira vez) e perguntei como ele estava se sentindo.

— Bem na merda. Olha só pra mim.

— Sinto muito.

— Não tanto quanto eu. — E com um esforço para ser gentil: — Obrigado, jovem sr. Reade. Me disseram que você pode ter salvado a minha vida. Não parece valer muito agora, mas, como Buda supostamente diz: "Tudo está em constante mudança". Às vezes para melhor, embora, na minha experiência, isso seja raro.

Falei para ele, como falei ao meu pai, aos paramédicos e à sra. Richland, que foi a cadela que o salvou; se eu não tivesse ouvido os uivos, teria passado direto pela casa, sem parar a bicicleta.

— Como ela está?

— Bem. — Puxei uma cadeira para perto da cama e mostrei as fotos que tinha tirado de Radar com o macaco. Ele ficou indo e vindo entre as duas várias vezes (tive que mostrar a ele como fazer isso). As fotos o fizeram parecer mais feliz, ainda que não necessariamente mais saudável. *Enfrentar uma longa recuperação*, a enfermeira dissera.

Quando ele devolveu meu celular, o sorriso tinha sumido.

— Não me disseram quanto tempo eu vou ficar neste maldito hospital, mas eu não sou idiota. Eu sei que vai demorar. Acho que preciso pensar em sacrificá-la. Ela teve uma boa vida, mas agora os quadris dela estão...

— Meu Deus, não faz isso — falei, alarmado. — Eu cuido dela. Fico feliz.

Ele me olhou e, pela primeira vez, sua expressão não foi de irritação nem de resignação.

— Você faria isso? Posso *confiar* que você vai cuidar dela?

— Sim. Ela está quase sem comida, mas meu pai vai comprar um saco daquela ração Orijen hoje. Às seis da tarde e às seis da manhã. Eu estarei lá. Pode contar comigo.

Ele esticou a mão na minha direção, talvez querendo segurar a minha ou dar um tapinha leve. Eu teria permitido, mas ele puxou a mão de volta.

— É... muito legal da sua parte.

— Eu gosto dela. E ela gosta de mim.

— É mesmo? Que bom. Ela não é uma amiga ruim. — Os olhos dele estavam ficando vidrados, a voz meio arrastada. O que quer que a enfermeira tivesse aplicado nele estava começando a fazer efeito. — Ela não é nada perigosa, mas costuma botar o maior medo nas crianças vizinhas. E eu gosto disso. Uns fedelhos xeretas, a maioria. Xeretas e barulhentos. Quanto a ladrões? Esquece. Se ouvissem Radar, eles fugiriam para as colinas. Mas agora ela está velha. — Ele suspirou e tossiu. Fez uma careta por isso. — Como eu.

— Vou cuidar bem dela. Quem sabe eu a levo colina abaixo, pra minha casa.

Seus olhos ficaram mais focados quando ele considerou a possibilidade.

— Ela nunca foi pra casa de mais ninguém desde que eu a peguei, ainda filhote. Só ficou na minha casa... no quintal...

— A sra. Richland disse que você a levava pra passear.

— A fofoqueira do outro lado da rua? Bom, ela está certa. A gente passeava. Quando Radar conseguia ir sem se cansar. Eu teria medo de levá-la longe agora. E se eu a levasse até a rua Pine e não conseguisse trazer de volta? — Ele olhou para si mesmo. — Agora sou *eu* que não conseguiria voltar. Não poderia ir pra lugar nenhum.

— Eu não vou forçar a barra. Não vou exigir demais dela.

Ele relaxou.

— Eu vou te pagar… pelo que ela comer. E pelo seu tempo, isso também.

— Não se preocupe com isso.

— Ela pode ficar bem ainda por um tempo depois que eu voltar pra casa. *Se* eu voltar pra casa.

— O senhor vai voltar, sr. Bowditch.

— Se você vai… dar comida pra ela… melhor me chamar de Howard.

Eu não sabia se ia conseguir, mas concordei.

— Será que você pode trazer outra foto?

— Claro. Eu tenho que ir, sr… Howard. Você precisa descansar.

— Não tenho escolha. — Os olhos dele se fecharam, mas as pálpebras subiram lentamente. — Isso aí que ela me deu… uau! É coisa pesada.

Ele fechou os olhos de novo. Eu me levantei e fui na direção da porta.

— Garoto. Como é seu nome mesmo?

— Charlie.

— Obrigado, Charlie. Eu pensei em talvez… dar a ela outra chance. Não pra mim… uma vez foi suficiente pra mim… a vida acaba virando um fardo… se você viver o suficiente, vai descobrir isso. Mas *ela*… Radar… e aí eu fiquei velho e caí da porra da escada…

— Vou trazer mais fotos.

— Faça isso.

Eu me virei para ir embora e ele falou de novo, mas acho que não foi comigo.

— Um homem corajoso ajuda. Um covarde só leva presentes. — Ele fez silêncio e começou a roncar.

Na metade do corredor, vi a enfermeira com quem tinha falado saindo de um quarto com o que parecia um saco de xixi turvo. Ela me viu e botou uma toalha em cima. E perguntou se a visita tinha sido boa.

— Sim, mas ele não estava falando coisa com coisa no final.

Ela sorriu.

— É efeito do remédio. Agora, vá. Você deveria estar na escola.

4

Quando cheguei à Hillview, o segundo tempo tinha começado havia dez minutos e os corredores estavam vazios. Fui à diretoria pegar uma autorização com a sra. Silvius para entrar atrasado, uma senhora boazinha com cabelo azul assustador. Ela devia ter pelo menos setenta e cinco anos, bem mais do que a idade habitual de aposentadoria, e era muito lúcida e bem-humorada. Acho que o bom humor é necessário quando se lida com adolescentes.

— Eu soube que você salvou a vida de um homem ontem — disse ela enquanto assinava a autorização.

— Quem contou isso?

— Um passarinho. Piu-piu-piu. As notícias voam, Charlie.

Peguei o papel.

— Não fui eu, foi a cadela dele. Eu a ouvi uivando. — Eu já estava cansado de dizer isso para as pessoas porque ninguém acreditava em mim. O que era estranho. Eu achava que todo mundo gostava de histórias de cachorros heróis. — Eu só liguei pra emergência.

— Se você diz. Agora, corre pra aula.

— Posso mostrar uma coisa primeiro?

— Só se for rápido.

Peguei o celular e mostrei a ela a foto que eu tinha tirado da televisão do sr. Bowditch.

— Isso é uma antena no alto, né?

— A gente chamava de orelhas de coelho — disse a sra. Silvius. O sorriso dela foi bem parecido com o do sr. Bowditch quando estava olhando as fotos da Radar com o macaco. — A gente costumava colocar papel-alumínio ou palha de aço na ponta da nossa, porque melhorava o sinal. Mas olha a *televisão*, Charlie! Minha nossa! Funciona?

— Não sei. Eu não testei.

— A primeira televisão que nós tivemos era assim. Um modelo Zenith. Ou talvez fosse uma Motorola. Era tão pesada que meu pai machucou as costas carregando o aparelho pela escada do apartamento onde a gente morava. Nós não saíamos da frente daquela coisa! *Annie Oakley, Wild Bill Hickok, Captain Kangaroo, Crusader Rabbit...* Jesus, até ficar com dor de cabeça. E uma vez parou de funcionar, a imagem só ficava rolando e rolando, então meu pai chamou um técnico e ele chegou com uma mala cheia de tubos...

— Tubos?

— É, válvulas. Tubos de vácuo. Eles tinham um brilho laranja, pareciam lâmpadas antigas. Ele substituiu um que tinha queimado, e ela voltou a funcionar perfeitamente. — Ela deu mais uma olhada na foto no meu celular. — Com certeza os tubos dessa queimaram há um tempão.

— O sr. Bowditch deve ter comprado mais no eBay ou na Craigslist — falei. — Dá pra comprar qualquer coisa na internet. Pra quem tem dinheiro, claro. — Só que eu não achava que o sr. Bowditch *usava* a internet.

A sra. Silvius me devolveu meu celular.

— Vai logo, Charlie. A física o aguarda.

5

O treinador Harkness ficou em cima de mim feito chiclete no treino daquela tarde. Ou, mais precisamente, como mosca em cima de merda. Porque eu fiz um jogo de merda. Durante o exercício com os três cones, eu ficava indo para o lado errado, e uma vez tentei ir para os dois lados ao mesmo tempo e acabei de bunda no chão, o que fez todo mundo rir. Durante o exercício de *double play*, fiquei fora de posição na primeira e a bola da segunda base passou direto por onde eu deveria estar e acabou quicando na parede do ginásio. Quando o treinador jogou uma *dribbler*, eu fui bem na bola, mas não abaixei minha luva, e a bola, rasteira e lenta, passou no meio das minhas pernas. Mas o *bunt* foi a gota d'água para o treinador Harkness. Eu fiquei devolvendo para o arremessador em vez de rebater para a linha da terceira base.

O treinador pulou da cadeira dobrável atrás da terceira base, passou por ela com a barriga balançando e o apito sacudindo entre os peitos robustos.

— Meu *Deus*, Reade! Você parece uma velhinha! Para de dar soco na bola! Só abaixa o bastão e deixa a bola bater nele. Quantas vezes eu tenho que dizer isso? — Ele segurou o bastão, me empurrou para o lado com o cotovelo e encarou Randy Morgan, o arremessador do dia. — Arremessa! Manda uma bola boa!

Randy arremessou o mais forte que conseguiu. O treinador se inclinou e fez um *bunt* perfeito. A bola rolou lindamente pela linha da terceira base. Steve Dombrowski foi para cima, tentou pegar sem luva e deixou passar.

O treinador se virou para mim.

— Pronto! É assim que se faz! Eu não sei o que você tem na cabeça, mas tira agora!

O que estava na minha cabeça era Radar, na casa do sr. Bowditch, esperando que eu chegasse. Doze horas para mim, talvez três dias e meio para ela. Ela não saberia por que tinha sido deixada sozinha, e um cachorro não podia brincar com um macaco que fazia barulho se não houvesse ninguém para jogá-lo. Ela estava tentando não sujar a casa ou, com a portinhola trancada, teria feito as necessidades em algum lugar? Se sim, ela talvez não entendesse que não era sua culpa. Além disso, aquele gramado descuidado e a cerca bamba... tudo isso estava na minha cabeça.

O treinador Harkness me entregou o bastão.

— Agora vê se faz uma direito.

Randy não tentou jogar uma bola desafiadora, só arremessou uma bola de treino normal para aliviar meu lado. Eu me virei... e rebati. Randy nem precisou sair do montículo de treinamento para pegar a bola.

— Isso aí — disse o treinador. — Me dá cinco. — Querendo dizer cinco voltas no ginásio correndo.

— Não.

Toda a falação no ginásio morreu. Tanto na nossa parte quanto na parte do vôlei feminino. Todo mundo ficou olhando. Randy levou a luva à boca, talvez para esconder um sorriso.

O treinador apoiou as mãos nos quadris volumosos.

— O que você disse?

Não larguei o bastão, porque eu não estava com raiva. Só o ofereci a ele e, surpreso, ele o pegou.

— Eu falei que não. Acabou pra mim. — Fui na direção da porta que levava aos armários.

— Volta aqui, Reade!

Nem balancei a cabeça, só segui em frente.

— Volta agora, não quando se acalmar! Porque aí já vai ser tarde demais!

56

Mas eu *estava* calmo. Calmo e relaxado. Feliz, até, como quando você vê que a solução para um problema confuso de matemática não é tão difícil quanto parecia.

— Que droga, Reade! — Ele pareceu meio em pânico. Talvez porque eu era o melhor rebatedor dele ou talvez porque aquela rebelião estava acontecendo na frente do resto do time. — Volta aqui! Vencedores não desistem e quem desiste não vence!

— Então pode me chamar de perdedor — falei.

Abri a porta, desci a escada para o vestiário e troquei de roupa. Esse foi o fim da minha carreira de beisebol na Hillview High, e eu lamentava? Nem um pouco. Lamentava ter decepcionado meus companheiros de time? Um pouco, mas como o treinador adorava lembrar, não existe "eu" em um time. Minhas preocupações eram outras.

6

Tirei a correspondência da caixa do sr. Bowditch, sem encontrar nada de pessoal, só o lixo de sempre, e entrei pela porta dos fundos. Radar não conseguiu pular em mim, acho que estava tendo um dia ruim, então eu a peguei com delicadeza pelas patas da frente, a levantei e as coloquei na minha cintura para poder fazer carinho na cabeça dela. Também fiz carinho no focinho grisalho por garantia. Ela voltou para o chão, seguiu devagar pelos degraus da varanda e fez as necessidades. Outra vez, ela analisou os degraus da varanda dos fundos antes de subi-los. Falei que ela era uma boa menina e que o treinador Harkness ficaria orgulhoso.

Joguei o macaco para ela algumas vezes e tirei umas fotos. Havia outros brinquedos barulhentos no cesto, mas o macaco era claramente o favorito.

Ela me seguiu para fora quando fui pegar a escada caída. Carreguei-a até o barracão, vi o cadeado pesado na porta e só a apoiei embaixo do telhadinho. Enquanto eu fazia isso, Radar começou a rosnar. Ela estava agachada a seis metros da porta trancada com cadeado, as orelhas para trás e o focinho franzido.

— O que é, garota? Se um gambá ou uma marmota tiver entrado aí, eu não posso fazer nad...

De trás da porta saiu um som de arranhão, seguido por um chilreio estranho que deixou os cabelos da minha nuca em pé. Não era o som de um animal. Eu nunca tinha ouvido nada parecido. Radar latiu, choramingou e recuou com a barriga ainda encostando no chão. Também senti vontade de recuar, mas bati na porta com a lateral do punho e esperei. Nada. Eu poderia ter atribuído os sons à minha imaginação se não fosse a reação de Radar, mas não havia nada que eu pudesse fazer, de qualquer modo. A porta estava trancada e não havia janelas.

Dei outra batida na porta, quase desafiando o som estranho a se manifestar de novo. Não aconteceu nada, e eu voltei para a casa. Radar se levantou com dificuldade e me seguiu. Olhei para trás uma vez e vi que ela também olhava.

7

Brinquei com o macaco com Radar por um tempo. Quando ela se deitou no chão e me olhou de um jeito que dizia *não quero mais*, liguei para o meu pai e contei que tinha abandonado o beisebol.

— Eu sei — disse ele. — O treinador Harkness já me ligou. Ele disse que as coisas esquentaram um pouco, mas que estava disposto a deixar você voltar com a condição de que você se desculpasse primeiro com ele e, depois, com o resto do time. Porque você os decepcionou, ele disse.

Isso foi irritante, mas também foi engraçado.

— Pai, não era a final do campeonato estadual, era só um treino na escola. E ele estava sendo escroto. — Se bem que eu estava acostumado com isso; nós todos estávamos. A imagem do treinador H. podia ficar ao lado do verbete "escroto" no dicionário.

— Então não vai ter pedido de desculpas, é isso que estou entendendo?

— Eu poderia pedir desculpas por não estar concentrado, porque eu não estava mesmo. Eu estava pensando no sr. Bowditch. E na Radar. E nesta casa. Não está caindo aos pedaços, mas está quase. Eu poderia fazer um monte de coisas se tivesse tempo, e agora eu tenho.

Ele demorou uns segundos para pensar e falou:

— Não sei se entendi por que você acha isso necessário. Cuidar do cachorro eu entendo, é uma obrigação, mas você mal conhece o Bowditch.

E o que eu poderia responder? Eu ia dizer para o meu pai que tinha feito um acordo com Deus? Mesmo que ele fizesse a gentileza de não rir (ele provavelmente faria), me diria que aquele tipo de pensamento era para crianças, evangélicos e viciados em noticiários de televisão a cabo que acreditam que um travesseiro mágico ou uma dieta curariam todas as doenças deles. No pior cenário, ele talvez achasse que eu estava tentando levar o mérito da sobriedade que ele se esforçava tanto para manter.

E mais: era uma questão particular. Era coisa minha.

— Charlie? Ainda está aí?

— Estou. Só posso dizer que eu quero fazer o que puder até ele se recuperar.

Meu pai suspirou.

— Ele não é uma criança que caiu de uma macieira e quebrou um braço. Ele é velho. Pode ser que *nunca* se recupere. Já pensou nisso?

Não tinha pensado e não vi motivo para começar.

— Você sabe o que dizem no seu programa: um dia de cada vez.

Ele riu.

— Nós também dizemos que o passado é história e o futuro é um mistério.

— Boa, pai. Então está tudo bem em relação ao beisebol?

— Está. E o futebol americano? Você está pensando em largar também?

— Não agora. — Pelo menos no futebol americano eu não teria que aguentar o treinador Harkness. — O sr. Bowditch pode estar melhor quando os treinos começarem em agosto.

— Ou não.

— Ou não — concordei. — O futuro é um mistério.

— De fato, é. Quando eu penso naquela noite em que a sua mãe decidiu ir andando até o Zippy…

Ele deixou a voz morrer. Não consegui pensar em nada para dizer.

— Faz um favor pra mim, Charlie. Um repórter do *The Weekly Sun* apareceu aqui e pediu seu contato. Eu não passei, mas peguei o dele. Ele quer fazer uma matéria sobre você ter salvado o Bowditch. É um assunto que interessa às pessoas. Acho que você deveria aceitar.

— Não fui eu quem o salvou, foi Radar...

— Você pode dizer isso pra ele. Mas se as faculdades para as quais você se candidatar tiverem perguntas sobre por que você largou o beisebol, uma matéria dessas...

— Entendi. Me dá o número dele.

Ele deu e eu salvei no meu celular.

— Você vai jantar em casa?

— Assim que botar o jantar da Radar.

— Que bom. Eu te amo, Charlie.

Falei que o amava também. E era verdade. Ele era um bom homem. Passou por momentos difíceis, mas superou. Nem todo mundo consegue.

8

Depois que botei a comida da Radar e falei que voltaria no dia seguinte logo cedo, fui até o barracão. Eu não queria, havia algo de muito desagradável naquela construçãozinha sem janelas na escuridão de uma noite fria de abril, mas eu me obriguei. Parei na frente da porta trancada com cadeado e prestei atenção. Não houve barulho de arranhado. Não houve chilreio esquisito, como de uma criatura alienígena em um filme de ficção científica. Eu também não queria bater na porta com o punho, mas me obriguei a fazer isso. Duas vezes. Com força.

Nada. O que foi um alívio.

Montei na bicicleta, desci a colina da rua Sycamore e joguei a luva na prateleira de cima do armário. Senti um pesar, mas não muito. Pensei naquele ditado do Buda que o sr. Bowditch tinha citado: tudo está em constante mudança. Decidi que havia muita verdade nele. Muita mesmo.

Liguei para o cara do *The Weekly Sun*. O *Sun* era um jornal independente que publicava algumas notícias locais e artigos esportivos enterrados no meio de um monte de propagandas. Sempre havia uma pilha deles junto da porta do Zippy com um cartaz que dizia PEGUE UM, no qual algum palhaço tinha acrescentado PEGUE TODOS. O nome do repórter era Bill Harriman. Respondi às perguntas dele, novamente dando a maior parte do crédito à Radar. O sr. Harriman perguntou se podia tirar uma foto de nós dois.

— Ih, não sei. Eu teria que pedir permissão ao sr. Bowditch e ele está no hospital.

— Pede amanhã ou depois de amanhã. Você pode fazer isso? Tenho que enviar logo o artigo pra sair na edição da semana que vem.

— Eu peço se puder, mas acho que ele tinha outra cirurgia. Pode ser que não me deixem visitá-lo, e eu não posso fazer isso sem a permissão dele.

— A última coisa que eu queria era o sr. Bowditch com raiva de mim, e ele era o tipo de cara que ficava com raiva facilmente. Eu pesquisei a palavra para pessoas assim mais tarde; era *misantropo*.

— Entendido, entendido. Me avise se deu certo assim que puder. Você não é o garoto que fez o *touchdown* vencedor contra a Stanford Prep no Turkey Bowl novembro passado?

— Fui eu, mas não foi uma das dez melhores jogadas do SportsCenter nem nada do tipo. A gente estava na linha de duas jardas e eu só arremessei.

Ele riu.

— Modesto! Gosto disso. Me liga, Charlie.

Eu disse que ligaria, desliguei e desci para ver televisão com meu pai antes de estudar. Perguntei-me como Radar estava. Bem, eu esperava. Acostumando-se a uma rotina diferente. Pensei naquela frase de Buda de novo. Era um ditado bom para lembrar.

QUATRO

Visita ao sr. Bowditch. Andy Chen. O porão. Outras notícias. Uma reunião no hospital.

1

Na manhã seguinte, quando apareci no número 1 da rua Sycamore, a recepção de Radar foi exuberante, mas não tão frenética. Isso me fez pensar que ela estava se acostumando à nova rotina. Ela fez as necessidades matinais, comeu o café da manhã (meu pai tinha levado para casa um saco de dez quilos da ração dela) e quis brincar com o macaco. Eu ainda tinha tempo quando ela se cansou da brincadeira, então fui até a sala para ver se a televisão velha funcionava. Passei um tempo procurando o controle remoto, mas é claro que o aparelho do sr. Bowditch era da era pré-controle remoto do entretenimento doméstico. Havia dois discos grandes abaixo da tela. O da direita tinha números (canais, eu presumi), então eu girei o da esquerda.

O zumbido da televisão não foi tão perturbador quanto os barulhos do barracão, mas foi meio preocupante. Dei um passo para trás, torcendo para que não explodisse. Depois de um tempo, o *Today Show* apareceu: Matt Lauer e Savannah Guthrie conversando com dois políticos. A imagem não era de 4K; não era nem de 1K. Mas era alguma coisa, pelo menos. Tentei mover a antena que a sra. Silvius tinha chamado de orelhas de coelho. Virei-a para um lado e a imagem melhorou (melhorou *um pouquinho*). Virei para o outro lado e o *Today* desapareceu em uma tempestade de neve. Olhei atrás do aparelho. A parte de trás era cheia de buraquinhos que permitiam a saída do calor, que era considerável, e por eles eu vi o brilho laranja dos tubos. Eu tinha quase certeza de que eram eles que estavam produzindo o zumbido.

Desliguei a televisão, me perguntando o quanto devia ser irritante ter que se levantar cada vez que se queria mudar o canal. Falei para Radar que eu tinha que ir para a escola, mas que precisava de outra foto primeiro. Entreguei o macaco a ela.

— Você pode segurar isso na boca? É bem fofo.

Radar ficou feliz em ajudar.

2

Sem treino de beisebol, cheguei ao hospital no meio da tarde. Na recepção, perguntei se Howard Bowditch podia receber visitas, porque uma enfermeira tinha me dito que ele ia passar por outra cirurgia. A recepcionista verificou algo no monitor e me disse que eu podia subir para vê-lo, mas que ele poderia estar dormindo. Quando me virei para o elevador, ela me disse para esperar, porque tinha um formulário para eu preencher. Era com as minhas informações de contato "em caso de emergência". O paciente era Howard Adrian Bowditch. Meu nome tinha sido preenchido como Charles Reed.

— É você, não é? — perguntou a recepcionista.

— É, mas o sobrenome está escrito errado. — Risquei-o e escrevi *Reade*.
— Ele pediu pra você falar comigo? Ele não tem mais ninguém? Um irmão, uma irmã? Porque acho que eu não tenho idade pra tomar decisões importantes se... — Eu não quis terminar e ela não precisou.

— Ele assinou uma ONR antes de ser levado para a cirurgia. Esse formulário aqui é só se ele precisar que você traga alguma coisa pra ele.

— O que é ONR?

Ela me explicou o que era. Não era algo que eu quisesse ouvir. Ela não respondeu à minha pergunta sobre os parentes, porque provavelmente não sabia. Por que saberia? Eu preenchi o formulário com o meu endereço de casa, e-mail e número de celular. Em seguida, subi a escada, pensando que havia uma porrada de coisas que eu não sabia sobre Howard Adrian Bowditch.

3

Ele estava acordado e a perna não estava mais suspensa, mas, a julgar pela fala arrastada e a expressão vidrada no olhar, ele estava bem dopado.

— Você de novo — disse ele, o que não era um *que bom te ver, Charlie*.

— Eu de novo — concordei.

Ele sorriu. Se eu o conhecesse melhor, teria dito que ele deveria fazer isso com mais frequência.

— Puxa uma cadeira e me diz o que acha disso.

Havia um cobertor que ia até a cintura dele. Ele o puxou e exibiu um dispositivo complexo de aço que envolvia a perna da canela até a coxa. Havia hastes finas entrando na pele, os pontos de entrada selados com coisinhas de borracha de vedação que estavam escuras de sangue seco. O joelho dele estava com uma atadura e parecia um pão de tão inchado. Um leque daquelas hastes finas entrava pela atadura.

Ele viu a expressão no meu rosto e deu uma risadinha.

— Parece um dispositivo de tortura da Inquisição, né? Chama-se fixador externo.

— Dói? — Falei pensando que devia ser a pergunta mais idiota do ano. Aquelas hastes de aço inoxidável deviam ir direto até os ossos.

— Deve doer, mas felizmente eu tenho isto. — Ele ergueu a mão esquerda. Nela havia um dispositivo que parecia o controle remoto que a televisão antiquada dele não tinha. — Bomba de infusão analgésica. Supostamente, me permite o suficiente para tirar a dor, mas não o suficiente para eu ficar doidão. Só que, como eu nunca usei nada mais forte do que aspirinas, eu acho que estou alto como uma pipa.

— Acho que talvez esteja mesmo — falei, e dessa vez ele não deu só uma risadinha, mas uma gargalhada. Eu gargalhei junto.

— *Vai* doer, eu acho. — Ele tocou no fixador, que formava uma série de aros de metal em volta de uma perna tão preta de hematomas que doía só de olhar. — O médico que prendeu isto na minha perna me disse hoje de manhã que dispositivos assim foram inventados pelos russos durante a Batalha de Stalingrado. — Agora, ele tocou em uma das hastes de aço, logo acima da vedação ensanguentada. — Os russos faziam essas hastes estabilizadoras com raios de bicicleta.

— Quanto tempo você vai precisar usar?

— Seis semanas se eu tiver sorte e cicatrizar bem. Três meses se não. Me deram um equipamento novo ótimo, acredito que havia titânio envolvido, mas, quando o fixador for retirado, minha perna vai estar dura e sólida. A fisioterapia deve resolver, mas me disseram que essa fisioterapia "vai causar certo incômodo". Como alguém que sabe quem foi Nietzsche, você deve ser capaz de traduzir isso.

— Acho que significa que vai doer pra cacete.

Eu estava esperando outra gargalhada ou ao menos uma risadinha, mas ele só abriu um sorriso abatido e apertou duas vezes com o polegar o dispositivo que liberava a droga.

— Acredito que você esteja perfeitamente certo. Se eu tivesse tido a sorte de me desprender dessa forma mortal durante a cirurgia, eu poderia ter me poupado desse incômodo.

— Você não está falando sério.

As sobrancelhas dele, grisalhas e peludas, se uniram.

— Não me diga o que eu estou falando. É condescendente comigo e faz você parecer burro. Eu sei o que estou enfrentando. — E quase com ressentimento: — Estou agradecido por você vir me ver. Como está a Radar?

65

— Bem. — Mostrei as fotos novas que tinha tirado. Ele ficou olhando a foto em que Radar estava sentada com o macaco na boca. Depois, devolveu meu celular.

— Quer que eu imprima essas fotos, já que você não tem um celular pra eu poder enviar?

— Eu gostaria muito. Obrigado por dar comida pra ela. E por dar carinho. Sei que ela aprecia. Eu também.

— Eu gosto dela. Sr. Bowditch...

— Howard.

— Howard, certo. Eu gostaria de cortar a grama da sua casa, se não tiver problema. Tem cortador naquele barracão?

Os olhos dele ficaram cautelosos e ele largou o controle de dor na cama.

— Não. Não tem nada naquele barracão. Nada de útil, quer dizer.

Então por que fica trancado? Essa era uma pergunta que eu sabia que não devia fazer.

— Bom, eu vou levar o meu. Eu moro logo no fim na rua.

Ele suspirou como se fosse um problema grande demais para ele lidar. Considerando o dia que tivera, devia ser mesmo.

— Por que você faria isso? Por dinheiro? Você quer um emprego?

— Não.

— Então, por quê?

— Não quero falar sobre isso. Sei que deve haver coisas sobre as quais você não quer falar, não é? — A lata de farinha era uma. O barracão era outra.

Ele não riu, mas seus lábios se curvaram.

— Isso mesmo. É aquela coisa chinesa? Quem salva a vida de um homem fica responsável por ele depois?

— Não. — Era na vida do meu pai que eu estava pensando. — A gente pode não falar disso? Eu vou cortar a grama, talvez consertar a cerca na frente também. Se você quiser.

Ele me olhou por muito tempo. E com uma sensibilidade que me sobressaltou um pouco:

— Se eu aceitar, vou estar te fazendo um favor?

Eu sorri.

— Na verdade, sim.

— Tudo bem. Mas um cortador elétrico quebraria depois da primeira volta. Tem umas ferramentas no porão. A maioria não serve pra nada, mas tem uma foice que, se você tirar a ferrugem e afiar a lâmina, deve dar para aparar a grama até um tamanho razoável para o cortador elétrico. Pode ser até que tenha uma pedra de amolar na bancada de trabalho. Não deixa a Radar descer a escada. É íngreme, ela pode cair.

— Tudo bem. E a escada? O que devo fazer com ela?

— Fica embaixo da varanda dos fundos. Eu queria ter deixado lá, aí eu não estaria aqui. Os malditos médicos com suas malditas más notícias. Mais alguma coisa?

— Bem… um repórter do *The Weekly Sun* quer escrever uma matéria sobre mim.

O sr. Bowditch revirou os olhos.

— *Aquele* jornaleco. Você vai aceitar?

— Meu pai quer que eu aceite. Ele disse que pode ajudar com as candidaturas para as faculdades.

— Pode mesmo. Se bem que… não muito. *The New York Crimes*, é?

— O cara pediu uma foto minha com a Radar. Eu falei que ia pedir pra você, mas achei que você não ia querer que eu fizesse isso. E, por mim, tudo bem.

— Cadela heroína, é essa a perspectiva que ele quer? Ou a que você quer?

— Eu acho que ela deve levar o crédito, só isso, e não é como se ela pudesse fazer isso latindo.

O sr. Bowditch pensou.

— Tudo bem, mas eu não quero que ele entre na propriedade. Fica com ela na entrada. Ele pode tirar a foto do portão. *Do lado de fora* do portão. — Ele pegou o dispositivo contra dor e apertou mais algumas vezes. E aí, contrariado, quase temeroso: — Tem uma guia pendurada em um gancho ao lado da porta da frente. Não uso há muito tempo. Ela *talvez* goste de dar uma caminhada pela colina… na guia, claro. Se ela fosse atropelada, eu nunca te perdoaria.

Eu disse que entendia, e entendia mesmo. O sr. Bowditch não tinha irmãos, nem irmãs, aparentemente, nem uma ex-mulher ou uma que tivesse morrido. Radar era tudo o que ele tinha.

do pequenos, Andy e eu e Bertie Bird éramos inseparáveis, nós nos intitulávamos Os Três Mosqueteiros, mas a família do Bertie tinha se mudado para Dearborn (o que provavelmente foi bom para mim) e Andy era um cabeçudo que estava fazendo várias matérias avançadas, inclusive física, na unidade próxima da Universidade do Illinois. Claro que ele também era atleta e se destacava em dois esportes que eu não fazia. Tênis era um. O outro era basquete, com o treinador Harkness, e eu podia imaginar por que Andy tinha aparecido.

— O treinador disse que você devia voltar ao beisebol — falou Andy depois de procurar algo para comer na geladeira. Ele escolheu uma sobra de frango kung pao. — Disse que você está deixando o time na mão.

— Oh-oh, aperte os cintos, vamos entrar numa espiral de culpa — respondi. — Não mesmo.

— Ele disse que você não precisa pedir desculpas.

— Eu não pretendia pedir.

— O cérebro dele está frito — disse Andy. — Sabe como ele me chama? Perigo Amarelo. Tipo "Vai lá, Perigo Amarelo, e marca aquele filho da mãe".

— Você deixa isso passar? — Fiquei ao mesmo tempo curioso e horrorizado.

— Ele acha que é elogio, o que eu acho hilário. Além do mais, em duas temporadas eu vou estar longe de Hillview, jogando pra Hofstra. Divisão 1, aí vou eu. O pacote completo, cara. Eu não vou mais ser o Perigo Amarelo. Você salvou mesmo a vida daquele velho? Foi o que disseram na escola.

— O cachorro salvou. Eu só liguei pra emergência.

— Ele não arrancou sua garganta?

— Não. Ela é uma fofa. E está velha.

— Ela não estava velha no dia em que *eu* a vi. Naquele dia, ela queria sangue. É sinistro lá dentro? Tem animais empalhados? Relógios de gato que te seguem com os olhos? Serras elétricas? O pessoal diz que ele pode ser um assassino em série.

— Ele não é assassino e a casa não é sinistra. — Isso era verdade. Sinistro era o barracão. Aquele som esquisito foi sinistro. E Radar: *ela* sabia que aquele som era sinistro.

— Então, tá — disse Andy. — Eu já dei o recado. Tem mais alguma coisa pra comer? Biscoito?

— Não. — Os biscoitos estavam na casa do sr. Bowditch. Marshmallow com chocolate e biscoitos de pecã que certamente eram da Tiller and Sons.

— Beleza. Tchau, cara.

— Tchau, Perigo Amarelo.

Nós nos olhamos e caímos na gargalhada. Por um minuto ali, foi como se tivéssemos onze anos de novo.

5

No sábado, tirei a foto com Radar. Havia mesmo uma guia no saguão de entrada, pendurada ao lado de um casaco com um par de galochas antiquadas embaixo. Pensei em revirar os bolsos do casaco só para ver o que tinha, sabe, e falei para mim mesmo que não era para eu ser xereta. Havia uma coleira extra na guia, mas nada de plaquinha de licença; para a prefeitura, o cachorro do sr. Bowditch estava, ha-ha, fora do radar. Nós descemos pelo caminho de entrada e esperamos Bill Harriman aparecer. Ele chegou bem na hora, dirigindo um Mustang velho e surrado e com cara de quem tinha se formado na faculdade no ano anterior.

Radar soltou alguns rosnados quando ele estacionou e saiu. Falei para ela que Bill era amigo e ela ficou quieta, só enfiou o nariz pelo portão enferrujado para farejar a perna da calça dele. Ela rosnou de novo quando ele enfiou a mão por cima do portão para apertar a minha.

— Protetora — observou ele.

— Acho que é.

Eu esperava que ele tivesse uma câmera grande (acho que tirei a ideia de um filme da TCM sobre algum repórter de jornal), mas ele tirou nossa foto com o celular. Depois de duas ou três, ele perguntou se ela sentaria.

— Se ela se sentar, apoie um joelho no chão ao lado dela. Ficaria uma ótima foto. Só um garoto e seu cachorro.

— Ela não é minha — falei, pensando que na verdade ela era. Por enquanto, pelo menos. Mandei Radar se sentar, sem saber se ela obedeceria. Ela se sentou na mesma hora, como se estivesse só esperando a ordem. Eu apoiei um joelho ao lado dela. Reparei que a sra. Richland tinha saído de casa para olhar com a mão protegendo os olhos.

— Passa o braço em volta dela — disse Harriman.

Quando fiz isso, Radar lambeu minha bochecha. Isso me fez rir. E foi essa a foto que saiu na edição seguinte do *Sun*. E não só lá, no fim das contas.

— Como é aí dentro? — perguntou Harriman, apontando para a casa.

Dei de ombros.

— Igual a qualquer casa, eu acho. Normal. — Não que eu soubesse, porque só tinha visto o Corredor de Leituras Velhas, a cozinha, a sala e o saguão de entrada.

— Nada fora do comum, então? Parece assombrada.

Abri a boca para dizer que a televisão não era nem da época do cabo, muito menos do streaming, mas fechei-a em seguida. Passou pela minha cabeça que Harriman tinha passado de tirar uma foto e começado a entrevistar. Ou pelo menos tentar; sendo novato, ele não era muito sutil.

— Não, é só uma casa. Eu tenho que ir.

— Você vai cuidar do cachorro até o sr. Bowditch sair do hospital?

Dessa vez, eu que estiquei a mão. Radar não rosnou, mas ficou olhando com atenção para ver se ia acontecer algo estranho.

— Espero que as fotos fiquem boas. Vem, Radar.

Fui andando na direção da casa. Quando olhei para trás, Harriman estava atravessando a rua para falar com a sra. Richland. Não havia nada que eu pudesse fazer em relação a isso, então fui para os fundos com Radar logo atrás de mim. Reparei que, depois de andar um pouco, ela começou a mancar.

Guardei a escada embaixo da varanda dos fundos, onde também havia uma pá de neve e uma tesoura grande e velha de jardinagem que parecia tão enferrujada quanto o trinco do portão e devia estar igualmente difícil de usar. Radar olhou para mim da metade dos degraus, uma posição tão fofa que tirei outra foto. Eu estava ficando bobo por ela. Eu sabia disso e não me importava de admitir.

Havia produtos de limpeza debaixo da pia e uma pilha de sacolas de compras com o logo do Tiller. Também havia luvas de borracha. Eu as coloquei, peguei uma sacola e fui catar cocô. Recolhi um monte.

No domingo, coloquei a guia na Radar de novo e andei com ela colina abaixo até a nossa casa. Ela foi devagar no começo, tanto por causa da artrite nos quadris quanto por não estar acostumada a ficar longe de casa. Ficava me olhando para se sentir segura, o que me deixou tocado. Mas, depois de um tempo, ela começou a seguir com mais tranquilidade e confiança, parando para farejar postes telefônicos e fazer xixi aqui e ali, para que os outros cachorros que passassem soubessem que a Radar do Bowditch estivera ali.

Meu pai estava em casa. Radar primeiro se afastou dele, rosnando, mas quando ele esticou a mão, ela se aproximou o suficiente para farejar. Meia fatia de mortadela encerrou a questão. Ficamos cerca de uma hora. Meu pai me perguntou sobre as fotos e riu quando falei que Harriman tentou me entrevistar para saber sobre o interior da casa e que eu logo cortei.

— Ele vai melhorar se ficar no ramo das notícias — disse meu pai. — *The Weekly Sun* é só o lugar onde ele começa a construir o portfólio.

Radar já estava roncando ao lado do sofá onde meu pai tinha desmaiado de bêbado mil vezes não tanto tempo atrás. Ele se curvou e fez carinho no pelo dela.

— Aposto que ela era uma *máquina* quando estava no auge da energia.

Pensei na história do Andy sobre o monstro babão que ele encontrara quatro ou cinco anos antes e concordei.

— Você devia ver se ele tem algum remédio de cachorro pra artrite dela. E ela também devia tomar um comprimido para o parasita do coração.

— Vou dar uma olhada. — Eu tinha tirado a guia dela, mas a prendi na coleira. Ela levantou a cabeça. — A gente tem que voltar.

— Não quer deixar que ela fique aqui hoje? Ela parece bem à vontade.

— Não, eu tenho que levar de volta.

Se ele perguntasse por quê, eu diria a verdade: porque eu achava que Howard Bowditch não ia gostar. Ele não perguntou.

— Está bem. Quer carona?

— Não precisa. Acho que ela vai ficar bem se formos devagar.

E ela ficou. No caminho colina acima, ela pareceu feliz de farejar grama que não era da sua casa.

6

Na segunda à tarde, uma van verde moderninha com TILLER & SONS pintado na lateral (e logo em dourado) parou na frente da casa. O motorista perguntou onde estava o sr. Bowditch. Contei para ele, e ele me entregou as sacolas por cima do portão como se fosse o que ele sempre fazia, então acho que era mesmo. Preenchi a quantia no cheque em branco que meu pai tinha assinado (horrorizado com a ideia de pagar cento e cinco pratas por três sacolas de compras) e entreguei para ele. Havia costeletas de carneiro e contrafilé moído, que guardei no congelador. Eu não ia comer a comida dele (só os biscoitos), mas também não ia deixar apodrecer.

Com isso resolvido, fui até o porão e fechei a porta ao passar para que Radar não tentasse me seguir. Não tinha nada que remetesse a assassinos em série, só mofo e pó, como se ninguém descesse ali havia muito tempo. As luzes do teto eram barras fluorescentes, uma delas piscando, quase queimada. O piso era de cimento áspero. Havia ferramentas em ganchos, inclusive a foice, que parecia o tipo de objeto que a Morte carrega nos desenhos.

No centro do porão havia uma mesa de trabalho coberta por uma lona. Levantei-a para espiar e vi um quebra-cabeça pela metade que parecia ter um zilhão de peças. Pelo que pude entender (não havia caixa para verificar), era uma campina com as Montanhas Rochosas atrás. Havia uma cadeira dobrável em uma das pontas da mesa, onde estava a maioria das peças que restavam. O assento estava empoeirado, o que me fez deduzir que o sr. Bowditch não trabalhava no quebra-cabeça havia um tempo. Talvez tivesse desistido. Sei que eu teria desistido; muito do que faltava ser montado era céu azul sem nem uma nuvenzinha para quebrar a monotonia. Estou falando sobre isso mais do que merece, talvez… mas, por outro lado, talvez não. Havia algo de triste naquilo. Eu não era capaz de expressar o motivo para essa tristeza na época, mas estou mais velho agora e acho que consigo. Era o quebra-cabeça, mas também era a televisão antiga e o Corredor de Leituras Velhas. Eram as buscas solitárias de um homem idoso, e a poeira, na cadeira dobrável, nos livros e revistas, sugeria que tudo ali estava perdendo fôlego. Os únicos itens no porão que pareciam ser usados com frequência eram a lavadora e a secadora.

Puxei a lona de volta por cima do quebra-cabeça e verifiquei um armário entre a fornalha e o aquecedor de água. Era antiquado, cheio de gavetas. Encontrei parafusos em uma, alicates e chaves inglesas em outra, pilhas de notas fiscais presas com elásticos em uma terceira, cinzéis e o que devia ser uma pedra de amolar na quarta. Guardei a pedra no bolso, peguei a foice e subi a escada. Radar tentou pular em mim e falei para ela ficar longe, para eu não furá-la com a lâmina sem querer.

Nós fomos para os fundos, onde eu sabia que conseguia sinal bom no celular. Sentei-me nos degraus e Radar se sentou ao meu lado. Abri o navegador, digitei *afiar com uma pedra de amolar*, vi uns vídeos e comecei a trabalhar. Não demorei para deixar a foice bem afiada.

Tirei uma foto para mostrar ao sr. Bowditch e pedalei até o hospital. Encontrei-o dormindo. Voltei na luz do fim da tarde e dei comida para Radar. Senti um pouco de falta do beisebol.

Bem... talvez mais do que um pouco.

7

Na terça à tarde, comecei a cortar a grama alta com a foice, primeiro no jardim da frente e depois no quintal. Depois de uma hora, olhei para minhas mãos vermelhas e soube que logo haveria bolhas se eu não tomasse cuidado. Coloquei a guia em Radar, andei até a minha casa e encontrei um par de luvas de trabalho do meu pai na garagem. Nós andamos colina acima, indo devagar em respeito aos quadris doloridos de Radar. Cortei a grama na lateral enquanto Radar roncava, depois dei comida para ela e encerrei o dia. Meu pai fez hambúrguer na grelha do quintal e eu comi três. E torta de cereja de sobremesa.

Ele me levou de carro até o hospital e esperou no térreo lendo uns relatórios enquanto eu ia visitar o sr. Bowditch. Vi que a comida dele também tinha sido hambúrguer, com macarrão com queijo de acompanhamento, mas ele não tinha comido muito de nenhum dos dois. Claro que ele não tinha passado duas horas usando uma foice, e embora tenha tentado ser agradável e olhado algumas fotos novas da Radar (e uma da foice e outra do gramado da frente meio cortado), ficou claro que estava com muita dor. Ele ficava apertando o botão que liberava remédio. Na terceira vez, o aparelho soltou um zumbido baixo, como quando um competidor de game show dá a resposta errada.

— Merda de aparelho. Cheguei ao limite até daqui a uma hora. É melhor ir embora, Charlie, antes que eu comece a gritar com você só porque me sinto péssimo. Volta na sexta. Não, no sábado. Pode ser que eu já esteja me sentindo melhor.

— Alguma notícia sobre quando vão te dar alta?

— Domingo, talvez. Uma moça veio e disse que queria me ajudar a trabalhar em… — Ele ergueu as mãos grandes, com hematomas dos acessos intravenosos, e fez aspas no ar. — … um "plano de recuperação". Eu mandei ela se foder. Não com essas palavras. Estou tentando ser educado e ser um bom paciente, mas é difícil. Não é só a dor, é… — Ele fez um gesto fraco de círculo e baixou os braços sobre a coberta.

— Gente demais — falei. — Você não está acostumado.

— Você entende. Graças a Deus alguém entende. E tanto *barulho*. Antes de sair, a mulher, o nome dela é qualquer coisa tipo Corvensburger, me perguntou se eu tinha cama no térreo da casa. Não tem, mas o sofá é sofá-cama. Se bem que não é aberto há muito tempo. Acho… que nunca foi. Só comprei porque estava em promoção.

— Eu arrumo pra você se me disser onde estão os lençóis.

— Você sabe fazer isso?

Como filho de um viúvo que tinha sido alcoólatra ativo, eu sabia. Eu também sabia lavar roupas e fazer compras. Eu era um ótimo codependente.

— Sei.

— No armário de roupa de cama. No segundo andar. Você já subiu lá? Eu fiz que não.

— Bom, acho que essa vai ser sua oportunidade. Fica em frente ao meu quarto. Obrigado.

— Imagina. E na próxima vez que a moça vier, diz que eu sou seu plano de recuperação. — Eu me levantei. — Melhor eu ir e deixar você descansar.

Fui até a porta. Ele falou meu nome e eu me virei.

— Obrigado, Charlie. Você é a melhor coisa que me aconteceu em muito tempo. — E, como se falando mais consigo mesmo do que comigo: — Eu vou confiar em você. Não vejo alternativa.

Contei ao meu pai o que ele disse sobre eu ser a melhor coisa que tinha acontecido com ele, mas não a parte de confiar. Um instinto me mandou segurar isso. Meu pai me deu um abraço forte com um braço só, beijou minha bochecha e disse que sentia orgulho de mim.

Aquele foi um bom dia.

76

8

Cortar a grama do quintal com a foice foi trabalho para duas tardes e, mesmo com as luvas, fiquei com algumas bolhas. Na quinta, me forcei a bater de novo na porta do barracão. Eu não gostava daquele lugar. Ninguém bateu de volta. Nem arranhou. Tentei me convencer de que havia imaginado aquele barulho esquisito, mas, se eu tinha imaginado, Radar tinha imaginado junto, e eu não achava que cachorros fossem bons no departamento da imaginação. Claro que ela poderia estar reagindo à minha reação. Ou, se eu quiser falar a verdade, ela pode ter sentido meu medo e minha repulsa quase instintiva.

Na sexta, eu empurrei nosso cortador de grama pela rua e comecei a trabalhar no quintal semidomado. Imaginei que conseguiria deixar mais ou menos arrumado até o fim de semana. A semana seguinte era de recesso de primavera e eu planejava passar boa parte dele no número 1 da Sycamore. Eu limparia as janelas e trabalharia na cerca, para deixá-la em pé de novo. Eu achava que ver tudo isso animaria o sr. Bowditch.

Eu estava cortando a grama do lado da casa na rua Pine (Radar estava dentro de casa, querendo distância do cortador barulhento) quando meu celular vibrou no bolso. Desliguei o cortador e vi HOSPITAL ARCADIA na tela. Atendi a ligação com um nó no estômago, achando que alguém ia me dizer que o sr. Bowditch tinha piorado. Ou, pior ainda, falecido.

Era sobre ele, sim, mas não era nada de ruim. Uma moça chamada sra. Corvensburger perguntou se eu podia ir lá no dia seguinte às nove para conversar sobre a "recuperação e os cuidados" do sr. Bowditch. Eu disse que sim e ela perguntou se eu podia levar um parente ou responsável junto. Eu falei que provavelmente poderia.

— Eu vi sua foto no jornal. Com aquele cachorro maravilhoso dele. O sr. Bowditch tem uma dívida de gratidão enorme com vocês dois.

Supus que ela estivesse falando do *Sun*, e acho que poderia ter sido, mas Radar e eu também tínhamos aparecido em outro lugar. Ou talvez eu devesse dizer em todo lugar.

Meu pai chegou tarde, como era comum às sextas, e estava com um exemplar do *Chicago Tribune* aberto na página dois, onde havia uma coluna lateral chamada "Outras notícias". Reunia trechinhos curtos de notícias alegres, inesperadas ou puramente estranhas. A manchete da que tinha Radar e eu era CACHORRO HERÓI, ADOLESCENTE HERÓI. Não cheguei a ficar chocado de me ver no *Trib*, mas fiquei surpreso. O mundo é bom, mesmo com tantas provas do contrário, e há milhares de pessoas fazendo o bem todos os dias (talvez milhões). Um garoto que ajudou um sujeito idoso que caiu da escada e quebrou a perna não era nada de especial, mas a imagem vendia. Radar tinha sido capturada no meio da lambida, eu com o braço em volta do pescoço dela e a minha cabeça inclinada para trás, dando uma risada. E até, ouso dizer, bem bonito.

— Está vendo isto? — perguntou meu pai, batendo com o dedo na legenda. — AP. Associated Press. Esta foto deve estar em uns quinhentos ou seiscentos jornais hoje, em todos os cantos do país. Sem mencionar toda a internet. Andy Warhol disse que, em algum momento, todo mundo dos Estados Unidos seria famoso por quinze minutos e acho que chegou a sua vez. Quer ir ao Bingo's comemorar?

Eu queria, com certeza, e enquanto comia minha costelinha (dupla), perguntei ao meu pai se ele iria ao hospital comigo no dia seguinte, conversar com uma moça chamada sra. Corvensburger. Ele disse que seria um prazer.

9

Corvensburger estava acompanhada de uma jovem chamada Melissa Wilcox, que era alta e estava em boa forma, com o cabelo louro preso em um rabo de cavalo curto e prático. Ela seria a fisioterapeuta do sr. Bowditch. Foi ela quem falou quase o tempo todo, olhando em um caderninho de tempos em tempos para não esquecer nada. Ela disse que, depois de "discutirem um pouco a situação", o sr. Bowditch concordou em deixá-la ir à casa dele algumas vezes por semana para trabalhar nos movimentos e botá-lo de pé de novo, primeiro com muletas e depois com um andador. Ela também acompanharia os sinais vitais para garantir que ele "progredisse bem" e verificaria os cuidados com os pinos.

— É algo que você vai ter que fazer, Charlie.

Perguntei o que era aquilo exatamente e ela explicou que as hastes que entravam na perna dele tinham que ser limpas com frequência, com antisséptico. Ela disse que era um procedimento doloroso, mas não tanto quanto uma infecção que poderia levar a gangrena.

— Eu queria ir quatro dias por semana, mas ele não aceitou — disse Melissa. — Ele é bem claro no que aceita e no que não aceita.

Nem me fale, pensei.

— Ele vai precisar de muita ajuda no começo, Charlie, e ele disse que você vai cuidar dele.

— De acordo com ele — comentou a sra. Corvensburger —, *você é o plano de recuperação dele*. — Ela estava falando comigo, mas olhando para o meu pai, como se o convidando a protestar.

Ele não protestou.

Melissa abriu uma página nova do caderninho, que era roxo com um tigre rosnando na capa.

— Ele diz que tem um banheiro no térreo. É isso mesmo?

— É. — Eu não me dei ao trabalho de dizer que era muito pequeno. Ela descobriria isso na primeira visita à casa.

Ela assentiu.

— Isso é importante, porque ele não vai conseguir subir escadas por um tempo.

— Mas vai em algum momento?

— Se ele se dedicar, sim. Ele é idoso, até alega não saber exatamente a idade que tem, na verdade, mas está em boa forma. Não fuma, diz que não bebe e não está com sobrepeso.

— Isso é importante — disse meu pai.

— É mesmo. Excesso de peso é uma grande preocupação, principalmente para os idosos. O plano é que ele saia do hospital na segunda. Vamos precisar instalar barras de segurança dos dois lados do vaso sanitário antes disso. Vocês podem fazer isso no fim de semana? Se não puderem, vamos adiar a alta dele pra terça.

— Eu posso. — Eu vi mais vídeos do YouTube no meu futuro imediato.

— Ele vai precisar de um mictório para a noite e de uma comadre para emergências. Tudo bem?

Eu disse que sim, e estava mesmo tudo bem. Eu já tinha limpado vômito em mais de uma ocasião; jogar cocô de uma comadre na privada parecia até evolução.

79

Melissa fechou o caderno.

— Tem mil outras coisas, a maioria delas pequena. Isto vai ajudar. Dá uma olhada.

Ela tirou um folheto do bolso de trás da calça jeans. O título não era *Cuidados domiciliares para principiantes*, mas poderia ter sido. Eu disse que leria e guardei no bolso de trás da minha calça jeans.

— Eu vou saber melhor o que mais é necessário quando olhar a casa — disse Melissa. — Tinha pensado em dar uma passada lá hoje à tarde, mas ele insiste muito para que eu não entre antes de ele voltar.

Sim, o sr. Bowditch sabia ser insistente. Eu descobri isso cedo.

— Tem certeza de que quer assumir isso, Charlie? — perguntou a sra. Corvensburger. Dessa vez, ela não olhou para o meu pai primeiro.

— Tenho.

— Mesmo que signifique ficar com ele nas primeiras três ou quatro noites? — perguntou Melissa. — Eu tentei discutir a possibilidade de mandá-lo para uma unidade de reabilitação, tem uma boa chamada Riverview que tem vagas, mas ele nem quis saber. Disse que só queria ir pra casa.

— Eu posso ficar com ele. — Embora a ideia de dormir no andar de cima, em um quarto que eu nem tinha visto ainda, fosse estranha. — Tudo bem. Estou de férias.

A sra. Corvensburger se virou para o meu pai.

— Tudo bem por *você*, sr. Reade?

Esperei, sem saber direito o que ele diria, mas ele respondeu logo.

— Estou um pouco preocupado com tudo, o que acho que é natural, mas Charlie é responsável. O sr. Bowditch parece ter criado um laço com ele e ele não tem mais ninguém mesmo.

— Sra. Wilcox, sobre a casa… — falei.

Ela sorriu.

— Melissa, por favor. Nós vamos ser colegas, afinal.

Foi mais fácil chamá-la de Melissa do que chamar o sr. Bowditch de Howard, porque ela estava mais próxima da minha idade.

— Sobre a casa… não leve para o lado pessoal, como se ele tivesse medo de você roubar alguma coisa. É que ele… bom… — Eu não sabia bem como terminar, mas meu pai sabia.

— Ele gosta de privacidade.

80

— Isso mesmo — falei. — E você precisa dar um desconto por ele ser meio rabugento. Porque...

Melissa não esperou o *porquê*.

— Pode acreditar, se eu tivesse pinos mantendo minha perna inteira e no lugar, eu também estaria rabugenta.

— Ele tem plano de saúde? — meu pai perguntou à sra. Corvensburger. — Você sabe dizer?

A sra. Corvensburger e Melissa trocaram um olhar. A sra. Corvensburger disse:

— Eu não fico à vontade para entrar em detalhes sobre as questões financeiras de um paciente, mas vou dizer que, de acordo com o tesoureiro, ele pretende cuidar das despesas pessoalmente.

— Ah — disse meu pai, como se isso explicasse tudo. O rosto dele dizia que não explicava nada. Ele se levantou e apertou a mão da sra. Corvensburger. Fiz o mesmo.

Melissa nos seguiu até o saguão, parecendo deslizar nos tênis brancos ofuscantes.

— LSU? — perguntei.

Ela pareceu surpresa.

— Como você soube?

— Pelo caderno. Basquete?

Ela sorriu.

— E vôlei.

Considerando a altura dela, apostei que ela era um arraso.

CINCO

Compras. O cachimbo do meu pai. Uma ligação do sr. Bowditch. A lata de farinha.

1

Fomos à loja de material de construção para comprar um kit de instalação de barras de segurança, depois ao Pet Pantry, onde também havia um consultório veterinário. Comprei um comprimido mastigável contra o parasita do coração e Carprofen para artrite. Em teoria, os remédios deveriam ser vendidos só com prescrição médica, mas quando expliquei a situação, a atendente aceitou vender para mim, desde que pagasse em dinheiro. Ela disse que o sr. Bowditch comprava todas as coisas de Radar ali, pagando extra pela entrega. Meu pai usou o cartão de crédito para pagar o kit de instalação. Eu usei meu próprio dinheiro para o restante. Nossa última parada foi a farmácia, onde comprei um mictório portátil com pescoço comprido, uma comadre, o antisséptico que eu teria que usar no cuidado com os pinos e dois frascos de spray limpador de janelas. Também paguei por esses itens, mas não em dinheiro. Eu tinha um limite de duzentos e cinquenta dólares no meu Visa, mas não fiquei com medo de o cartão ser recusado. Nunca fui de gastar demais.

No caminho para casa, fiquei esperando que meu pai falasse comigo sobre esse compromisso que eu tinha assumido... que era bem grande para um garoto de dezessete anos, afinal. Mas ele não falou nada; só ouviu rock clássico no rádio e cantou junto algumas vezes. Descobri pouco depois que ele só estava decidindo o que queria dizer.

Andei até a casa do sr. Bowditch, onde fui recebido por Radar. Coloquei os remédios dela na bancada e olhei o banheiro. Achei que o local apertado acabaria sendo bom quando fosse a hora de instalar as barras de segurança (e de ele usar), mas isso era trabalho para o dia seguinte. Eu tinha visto uma pilha de panos limpos na prateleira acima da máquina de lavar, no porão. Fui até lá e peguei alguns. Era um dia bonito de primavera e minha ideia inicial era passá-lo do lado de fora, ajeitando a cerca, mas decidi que as janelas deviam vir primeiro, para que o cheiro do limpador já tivesse se dissipado quando o sr. Bowditch voltasse. E me dava uma desculpa para andar pela casa.

Além da cozinha, da despensa e da sala, os lugares que ele habitava, havia uma sala de jantar com uma mesa comprida coberta por um pano. Não havia cadeiras, o que a fazia parecer vazia. Também havia um quarto que parecia ser um escritório (havia uma escrivaninha nele) ou biblioteca ou combinação de ambos. Vi com consternação que o teto estava com infiltração e alguns livros estavam molhados. Eram bonitos, com aparência cara e capa de couro, não como as pilhas descuidadas no corredor dos fundos. Havia uma coleção de Dickens, uma coleção de Kipling, uma coleção de Mark Twain e outra de um autor chamado Thackeray. Decidi que, quando tivesse mais tempo, eu os tiraria das prateleiras, espalharia no chão e veria se dava para salvar. Devia haver vídeos no YouTube ensinando como fazer isso. Eu praticamente vivi no YouTube naquela primavera.

83

Havia três quartos no segundo andar, além do armário de roupa de cama e outro banheiro, maior. O quarto dele tinha mais estantes e havia um abajur de leitura na lateral da cama onde ele dormia. A maioria dos livros que estava lá era em formato brochura: mistério, ficção científica, fantasia e horror Pulp até dos anos 1940. Alguns pareciam muito bons, e pensei que, se tudo corresse bem, eu pediria alguns emprestados. Achei que Thackeray devia ser pesado, mas *A noiva estava de preto* parecia bem o meu estilo. A noiva audaciosa na capa estava mesmo usando preto, mas não muito. Havia dois livros na mesa de cabeceira, um chamado *Algo sinistro vem por aí*, de Ray Bradbury, e um tomo em capa dura chamado *As origens da fantasia e seu lugar na matriz mundial: Perspectivas junguianas*. Na capa havia um funil se enchendo de estrelas.

Um dos outros quartos tinha uma cama de casal que estava arrumada, mas coberta com um plástico; o terceiro estava completamente vazio e com cheiro de fechado. Se eu estivesse com sapatos de sola dura em vez de tênis, minhas pegadas teriam feito sons sinistros nele.

Uma escada estreita (escada do *Psicose*, eu pensei) levava ao terceiro andar. Não era um sótão, mas estava sendo usado como um. Havia vários móveis empilhados nos três aposentos, inclusive seis cadeiras chiques que deviam acompanhar a mesa de jantar, e a cama do quarto vazio, com a cabeceira em cima. Havia duas bicicletas (uma delas sem uma roda), caixas empoeiradas de revistas velhas e, no terceiro e menor quarto, uma caixa de madeira com o que pareciam ser ferramentas de carpintaria da época em que os filmes falados eram novidade. Na lateral havia as iniciais A.B., desbotadas. Peguei a furadeira, pensando que ajudaria na instalação das barras de segurança, mas estava emperrada. Não era surpreendente. O telhado tinha vazado água no canto onde as ferramentas ficavam, e tudo aquilo (uma furadeira, dois martelos, uma serra, um nível com uma bolha amarela no meio) tinha ido parar no Mundo da Ferrugem. Algo precisava ser feito em relação ao telhado com vazamento, pensei, e antes que o inverno chegasse, senão haveria danos estruturais. Se já não houvesse.

Comecei com as janelas do terceiro andar porque eram as mais sujas. Imundas, na verdade. Vi que teria que jogar os panos na máquina de lavar quando terminei o segundo andar. Parei para almoçar e esquentei uma lata de chilli no Hotpoint velho.

— Será que te deixo lamber a tigela? — perguntei a Radar. Ela me olhou com aqueles olhos castanhos enormes. — Vai ser nosso segredo.

Larguei a tigela no chão e ela lambeu tudo. Voltei para as janelas. Quando terminei, já estávamos no meio da tarde. Meus dedos estavam enrugados e meus braços estavam cansados de tanto esfregar, mas usar Windex e vinagre (dica do YouTube) realmente fez diferença. A casa estava cheia de luz.

— Gostei — falei. — Quer dar um passeio até a minha casa? Pra ver o que o meu pai está fazendo?

Ela latiu dizendo que sim.

2

Meu pai estava me esperando na varanda. O cachimbo estava na amurada, junto com um saquinho de tabaco. O que queria dizer que teríamos a conversa, afinal. Uma conversa séria.

Houve uma época em que o meu pai fumava cigarros. Não lembro quantos anos eu tinha quando a minha mãe deu o cachimbo para ele de aniversário. Não era chique, tipo do Sherlock Holmes, mas acho que era caro. Lembro que ela pedia para ele largar os palitinhos de câncer e ele prometia (vagamente, como os viciados fazem) que ia largar. O cachimbo deu certo. Primeiro, ele reduziu os cigarros, depois parou completamente, não muito tempo antes de a minha mãe atravessar a maldita ponte para comprar frango frito.

Eu gostava do cheiro do Three Sails que ele comprava na tabacaria do centro da cidade, mas muitas vezes não dava para sentir o cheiro porque o cachimbo ficava se apagando. Isso pode ter sido parte do plano da minha mãe, mas nunca tive a oportunidade de perguntar a ela. O cachimbo acabou ficando no suporte no lintel acima da lareira. Ao menos até a minha mãe morrer. Aí, voltou a ser usado. Eu nunca o vi com outro cigarro durante os anos de bebedeira, mas o cachimbo estava sempre com ele à noite, enquanto assistia aos filmes antigos, embora raramente o acendesse ou mesmo o enchesse de tabaco. Mas mastigava a haste e a boquilha, e teve que trocar ambas. Ele levava o cachimbo às reuniões do AA quando começou. Lá era proibido fumar, então ele mastigava a haste, às vezes (Lindy Franklin que me contou) com o cachimbo virado para baixo.

Na época do segundo aniversário de sobriedade, o cachimbo voltou para o suporte no lintel. Eu perguntei uma vez e ele disse:

— Estou sóbrio há dois anos. Acho que está na hora de parar de usar o mordedor.

Mas o cachimbo ainda era retirado de lá de vez em quando. Antes de reuniões importantes no escritório de Chicago se ele tivesse que fazer uma apresentação. Sempre no aniversário de morte da minha mãe. E estava com ele agora. Com tabaco junto, o que significava que seria uma conversa *muito* séria.

Radar subiu os degraus da varanda como uma senhora idosa, parando para inspecionar cada um deles. Quando chegou em cima, meu pai coçou atrás das orelhas dela.

— Quem é a boa menina?

Radar fez um ruído baixo e se deitou ao lado da cadeira de balanço do meu pai. Eu me sentei na outra.

— Você começou a dar os remédios dela?

— Ainda não. Vou colocar o comprimido do parasita e o de artrite misturados com o jantar.

— Você não levou o kit de instalação das barras de segurança.

— Isso é trabalho pra amanhã. Vou ler as instruções hoje à noite. — Junto com o panfleto de cuidados domiciliares para principiantes. — Vou precisar pegar sua furadeira, se não houver problema. Encontrei uma caixa de ferramentas com as iniciais A.B., talvez o pai ou avô dele, mas está tudo enferrujado. O telhado está com vazamento.

— Pode usar. — Ele pegou o cachimbo. O fornilho já estava cheio. Ele estava com fósforos da cozinha no bolso do peito e acendeu um com a unha, uma habilidade que me fascinava quando eu era pequeno. Ainda fascinava.

— Você sabe que eu ficaria feliz em ir com você até lá pra ajudar.

— Não, tudo bem. O banheiro é bem pequeno e um só ia atrapalhar o outro.

— Mas o motivo não é bem esse, é, Chip?

Quanto tempo havia que ele não me chamava assim? Cinco anos? Ele segurou o fósforo aceso, já na metade do palito, em cima do fornilho e começou a dar baforadas. Também esperando que eu respondesse, claro, mas eu não tinha nada a dizer. Radar ergueu a cabeça, sentiu o cheiro fragrante do tabaco e apoiou o focinho de volta nas tábuas da varanda. Ela parecia bem satisfeita.

Ele sacudiu o fósforo.

— Não tem nada lá que você não quer que eu veja, né?

Isso me fez pensar em Andy perguntando se havia muitos animais empalhados e um relógio de gato sinistro que seguia as pessoas com os olhos.

— Não, é só uma casa meio velha com vazamento no telhado. Isso vai ter que ser resolvido em algum momento.

Ele assentiu e deu outra baforada.

— Eu conversei com o Lindy sobre essa… essa situação.

Não fiquei surpreso. Lindy era o padrinho dele e meu pai tinha que conversar com ele sobre o que o incomodava.

— Ele diz que você talvez tenha mentalidade de cuidador. De quando eu bebia. Só Deus sabe como você cuidou de mim, mesmo pequeno como você era. Limpou a casa, lavou a louça, preparou o próprio café e às vezes até o jantar. — Ele fez uma pausa. — É difícil pra mim me lembrar desses dias e mais difícil ainda falar sobre eles.

— Não é isso.

— Então o que é?

Eu ainda não queria contar para ele que tinha feito um acordo com Deus, mas havia outra coisa que eu *podia* contar. Algo que ele entenderia e que felizmente era verdade.

— Sabe o que dizem no AA sobre manter uma atitude de gratidão?

Ele assentiu.

— Um alcoólatra grato não fica bêbado. É o que eles dizem.

— E eu sou grato porque você não bebe mais. Posso não falar disso o tempo todo, mas sou. Então, por que não concordamos que eu estou passando o bem adiante e deixamos assim?

Ele tirou o cachimbo da boca e passou uma das mãos nos olhos.

— Tudo bem, vamos fazer isso. Mas quero conhecê-lo em algum momento. Sinto que é meu dever. Você entende?

Eu disse que sim. Ele estava tentando compensar o tempo perdido. Os anos perdidos.

— Talvez quando ele se recuperar do acidente?

Ele assentiu.

— Combinado. Eu te amo, moleque.

— Também te amo, pai.

— Mas você tem que entender que está assumindo muita responsabilidade. Você sabe disso, né?

Eu sabia e estava ciente de que não sabia o quanto. Achei que isso fosse bom. Se eu soubesse a verdadeira dimensão, talvez perdesse o ânimo.

— Tem aquilo que também dizem no programa, que a gente tem que viver um dia de cada vez.

Ele assentiu.

— Tudo bem, mas as férias vão acabar logo. E por mais que você pense que deve ficar lá, você vai ter que focar nos seus estudos. Disso eu não abro mão.

— Tudo bem.

Ele olhou para o cachimbo.

— Apagou. Sempre apaga. — Ele o deixou na amurada da varanda, se curvou e coçou o pelo denso do pescoço da Radar. Ela ergueu a cabeça e voltou a baixá-la. — Ela é uma ótima cachorrinha.

— É mesmo.

— Você se apaixonou por ela, né?

— Bom... é. Acho que foi.

— Ela tem guia, mas não tem plaquinha, o que significa que Bowditch não pagou o imposto de cachorros. Acho que ela nunca foi ao veterinário. — Eu também achava. — Não deve ter sido vacinada contra raiva. Dentre outras coisas. — Ele fez uma pausa. — Eu tenho uma pergunta e quero que você pense bem nela. Seriamente. Nós vamos acabar endividados por causa disso? As compras, os remédios da cachorrinha, as barras de segurança?

— Não se esqueça do mictório — falei.

— Nós vamos? Me diz o que você acha.

— Ele me mandou anotar tudo e disse que cuidaria das despesas. — Isso era metade de uma resposta, no máximo. Eu sabia e meu pai também devia saber disso. Pensando bem, ele com certeza sabia.

— Não que nós estejamos no vermelho por causa dele. Umas centenas de dólares, só isso. Mas o hospital... você sabe quanto custa ficar uma semana no Arcadia? Fora as cirurgias, claro, e todo o cuidado necessário depois? — Eu não sabia, mas, como regulador de sinistros, meu pai sabia. — Oitenta mil. No mínimo.

— Não tem como a gente ter que pagar *essa* conta, tem?

— Não, essa é toda dele. Eu não sei que tipo de plano de saúde ele tem ou se tem algum. Eu verifiquei com a Overland e ele não tem nada com a gente. Medicare, provavelmente. Fora isso, quem sabe? — Ele se mexeu na cadeira. — Eu dei uma pesquisada sobre ele. Espero que não te chateie.

Não me chateou e não me surpreendeu, porque pesquisar as pessoas era o que meu pai fazia para ganhar a vida. E se eu estava curioso? Claro.

— O que você descobriu?

— Quase nada, o que eu acharia impossível no momento atual.

— Bom, ele não tem computador nem celular. O que exclui o Facebook e outras redes sociais. — Eu achava que o sr. Bowditch desprezaria o Facebook mesmo se tivesse computador. O Facebook era *xereta*.

— Você disse que havia iniciais na caixa de ferramentas que você encontrou. A.B., certo?

— Certo.

— Isso bate. A propriedade no alto da colina tem seis mil metros quadrados, o que é uma boa área. Foi comprada por uma pessoa chamada Adrian Bowditch em 1920.

— Avô dele?

— Talvez, mas, considerando a idade dele, pode ser o pai. — Meu pai pegou o cachimbo na amurada da varanda, mordeu uma ou duas vezes e colocou de volta. — Quantos anos ele *tem*, afinal? Ele não sabe mesmo, será?

— Acho possível, pai.

— Quando eu o via antigamente, antes de ele ter meio que se entocado na casa, ele parecia ter uns cinquenta anos. Eu acenava e às vezes ele balançava a mão pra mim.

— Nunca falou com ele?

— Posso ter dito oi, acho, ou trocado alguma palavra sobre o tempo se valesse comentar, mas ele não costumava conversar. Isso faria com que ele tivesse idade suficiente pra ter servido no Vietnã, mas não consegui achar registros militares.

— Então ele não serviu.

89

— *Provavelmente* não. Eu provavelmente poderia ter descoberto mais se ainda estivesse trabalhando para a Overland, mas não é mais o caso e não queria ficar pedindo ao Lindy.

— Entendo.

— Mas consegui deduzir que ele pelo menos tem dinheiro, porque impostos são informações públicas e, em 2012, o valor do boleto do número 1 da rua Sycamore foi de vinte e dois mil dólares e uns trocados.

— Ele paga isso *por ano*?

— Varia. O que importa é que ele paga, e ele estava aqui quando a sua mãe e eu nos mudamos. Talvez eu já tenha te contado isso. Ele devia desembolsar bem menos naquela época, os impostos sobre imóveis subiram muito, como tudo, mas, ainda assim, são seis dígitos no total. É muito dinheiro. O que ele fazia antes de se aposentar?

— Não sei. Eu acabei de conhecer o sujeito e ele estava péssimo no dia. Nós não tivemos oportunidade de conversar muito. — Se bem que isso estava para acontecer. Eu só não sabia ainda.

— Eu também não sei. Eu pesquisei, mas não descobri. E vale repetir que eu acharia isso impossível hoje em dia. Já ouvi falar de gente que some do mapa, mas normalmente no interior do Alasca, com um culto que acha que o mundo vai acabar, ou em Montana, como o Unabomber.

— Una quem?

— Um terrorista doméstico. O nome dele era Ted Kaczynski. Por acaso você não viu nenhum material pra fazer bombas na casa do Bowditch, né? — Meu pai disse isso com um movimento bem-humorado das sobrancelhas, mas eu não tinha certeza de que ele estava mesmo brincando.

— O que eu vi de mais perigoso foi a foice. Ah, e uma machadinha enferrujada naquela caixa de ferramentas no terceiro andar.

— Alguma foto? Tipo do pai e da mãe? Ou dele quando mais novo?

— Não. A única que eu vi era da Radar. Fica na mesa ao lado da poltrona dele, na sala.

— Ah. — Meu pai esticou a mão para o cachimbo, mudou de ideia. — Nós não sabemos de onde vem o dinheiro dele, supondo que ele ainda tenha dinheiro, e não sabemos o que ele fazia antes de se aposentar. Devia trabalhar de casa, suponho, porque ele é agorafóbico. Isso quer dizer…

— Eu sei o que quer dizer.

— Eu diria que ele sempre teve essa tendência e piorou com a idade. Ele se recolheu.

— A moça do outro lado da rua me disse que ele costumava passear com a Radar à noite. — Ela ergueu as orelhas quando ouviu o seu nome. — Achei meio estranho, a maioria das pessoas passeia com os cachorros durante o dia, mas...

— Tem menos gente na rua à noite — disse meu pai.

— É. Ele não parece o tipo de cara que sai conversando com os vizinhos.

— Tem outra coisa. É meio estranho... mas *ele* é meio estranho, você não acha?

Deixei a indagação passar e perguntei qual era a outra coisa.

— Ele tem carro. Não sei onde está, mas ele tem. Encontrei o registro online. É um Studebaker 1957. Ele tem desconto no imposto porque está registrado como antiguidade. Assim como o imposto sobre o imóvel, ele paga o imposto do carro todos os anos, mas é bem mais barato. Uns sessenta dólares.

— Se ele tem carro, você deve conseguir encontrar a habilitação dele, pai. Lá vai dizer quantos anos ele tem.

Ele sorriu e balançou a cabeça.

— Boa tentativa, mas não existe nenhuma habilitação em nome de Howard Bowditch. E não é preciso ter habilitação pra comprar um carro. Pode ser que nem funcione.

— Por que pagar imposto de um carro que não anda?

— Eu tenho uma pergunta melhor, Chip. Por que pagar imposto se você não dirige?

— E Adrian Bowditch? O pai ou avô? Talvez ele tivesse habilitação.

— Não pensei nisso. Vou verificar. — Ele fez uma pausa. — Tem certeza de que quer fazer isso?

— Tenho.

— Então pergunta pra ele. Porque, até onde eu consigo investigar, ele quase não existe.

Eu falei que perguntaria e isso pareceu encerrar a discussão. Pensei em mencionar o barulho esquisito que eu tinha ouvido no barracão (aquele que estava trancado com um cadeado enorme, apesar de supostamente não haver nada dentro dele), mas fiquei quieto. Eu já tinha o suficiente para me fazer pensar.

91

3

Eu ainda estava pensando nessas coisas quando tirei a cobertura de plástico da cama que ficava no quarto de hóspedes, onde eu dormiria durante parte das férias, ou talvez o período todo. A cama estava arrumada, mas o lençol tinha cheiro de velho e mofado. Tirei tudo e coloquei um lençol limpo, que tirei do armário. O *quanto* estava limpo eu não sabia, mas o cheiro estava melhor e havia outro conjunto para o sofá-cama, junto com um edredom.

Desci a escada. Radar estava sentada ao pé dela, me esperando. Deixei a roupa de cama na poltrona do sr. Bowditch, e percebi que teria que mover tanto ela quanto a mesinha para abrir o sofá. Quando movi a mesa, a gaveta abriu parcialmente. Vi umas moedas, uma gaita tão velha que a maior parte do acabamento cromado tinha descascado... e uma embalagem de carprofeno. Fiquei feliz, porque não gostava de achar que o sr. Bowditch estava ignorando o desconforto da cadela idosa, e explicava por que a moça da Pet Pantry não se importou em me vender mais. O que me deixou menos feliz foi me dar conta de que o remédio não estava funcionando muito bem.

Dei comida para ela e misturei um dos comprimidos que comprei na ração (pensando que esse era mais novo e talvez fosse mais eficaz), depois subi de novo para pegar um travesseiro para a minha cama e outro para o sofá-cama. Radar estava novamente esperando ao pé da escada.

— Meu Deus, como você comeu rápido!

Radar bateu com o rabo e se moveu o suficiente para que eu pudesse passar.

Afofei um pouco o travesseiro e o coloquei na cama que, depois dos ajustes, estava bem no meio da sala. Talvez ele reclamasse um pouco, provavelmente reclamaria, mas achei que ficaria tudo bem. O cuidado com os pinos do fixador parecia fácil, mas eu esperava encontrar em *Cuidados domiciliares para principiantes* alguma informação sobre como tirá-lo da cadeira de rodas, na qual supus que ele chegaria, levá-lo até a cama e, depois, de volta à cadeira.

O que mais, o que mais?

Pôr o lençol do quarto de hóspedes na lavadora, mas isso eu poderia fazer no dia seguinte ou mesmo na segunda-feira. Um telefone, isso sim.

Ele precisaria de um à mão. O telefone fixo era um aparelho branco sem fio que parecia pertencer a um filme de polícia e ladrão do TCM dos anos 1970, daqueles em que todos os homens têm costeleta e as garotas têm cabelo armado. Verifiquei se funcionava e ouvi o sinal. Eu estava colocando-o de volta na base quando o toque soou na minha mão. Dei um gritinho, assustado, e o larguei. Radar latiu.

— Está tudo bem, garota — falei e peguei o telefone outra vez.

Não havia botão para atender a ligação. Eu ainda estava procurando um quando ouvi o sr. Bowditch, um som metálico e distante:

— Alô. Está aí? *Alô!*

Então nada de botão para atender e não havia como verificar quem estava ligando. Com um telefone velho daqueles, o único jeito era arriscar.

— Alô — falei. — É o Charlie, sr. Bowditch.

— Por que a Radar está latindo?

— Porque eu gritei e larguei o telefone. Eu estava com ele na mão quando tocou.

— Te dei um susto, é? — Ele não esperou resposta. — Eu achei que você estaria aí porque é a hora do jantar da Radar. Você deu a comida dela, né?

— Dei. Ela comeu em três mordidas.

Ele soltou uma risada rouca.

— Ela é bem assim mesmo. Ela não está muito bem dos ossos, mas o apetite continua ótimo.

— Como você está se sentindo?

— As minhas pernas doem pra caramba mesmo com os remédios que estão me dando, mas me tiraram da cama hoje. Arrastar aquele fixador por aí me faz me sentir como Jacob Marley.

— "Essas são as correntes que usei em vida."

Ele soltou aquela gargalhada rouca de novo. Achei que ele deveria estar bastante medicado.

— Leu o livro ou viu o filme?

— O filme. Em todas as vésperas de Natal, no TCM. A gente vê muito TCM lá em casa.

— Não sei o que é isso. — Claro que ele não saberia. Não havia Turner Classic Movies em uma televisão equipada apenas com… como foi que a sra. Silvius chamou? Orelhas de coelho?

— Estou feliz de ter conseguido falar com você. Vão me deixar voltar pra casa na segunda à tarde e eu preciso conversar com você primeiro. Você pode vir me ver amanhã? Meu companheiro de quarto vai para o lounge ver o jogo de beisebol, então teremos privacidade.

— Claro. Eu arrumei o sofá-cama pra você e a cama do andar de cima pra mim e…

— Para um minuto, Charlie… — Uma longa pausa. E: — Além de arrumar camas e alimentar minha cadela, você sabe guardar segredos?

Pensei nos anos de bebedeira do meu pai, os anos em que ele estava perdido. Precisei cuidar de mim mesmo com muita frequência naquela época e senti raiva. Raiva da minha mãe por ter morrido como morreu, o que era uma idiotice, porque não era culpa dela, mas é preciso lembrar que eu só tinha sete anos quando ela morreu na maldita ponte. Eu amava meu pai, mas também senti raiva dele. Crianças com raiva se metem em confusão, e Bertie Bird era muito bom em me incentivar. Bertie e eu ficávamos bem quando estávamos com Andy Chen, porque Andy era quase um escoteiro, mas, quando estávamos sozinhos, nos metíamos em umas merdas bem absurdas. Coisas que poderiam ter nos metido em muita confusão se tivéssemos sido pegos, mas nunca fomos. E meu pai nunca soube. Nunca saberia se dependesse de mim. Eu queria mesmo contar ao meu pai que Bertie e eu espalhamos merda de cachorro no para-brisa do carro do professor que não gostávamos? Só de escrever aqui, onde prometi contar tudo, eu me encolho de vergonha. E isso nem foi o pior.

— Charlie? Ainda está aí?

— Estou. E sim, eu sei guardar segredo. Desde que você não me conte que matou alguém e que o corpo está naquele barracão.

Foi a vez dele de ficar em silêncio, mas não precisei perguntar se ele ainda estava lá; dava para ouvir a respiração pesada.

— Nada do tipo, mas são segredos importantes. Vamos conversar amanhã. Você parece ser ponta firme. Espero estar certo quanto a isso. Vamos ver. Agora, qual é o tamanho da minha conta com você e seu pai?

— Quer saber o quanto gastamos? Não muito. As compras foram caras. Uns duzentos no total, eu acho. Eu guardei as notas…

— Tem também o seu tempo. Se você quer me ajudar, você precisa ser pago. Que tal quinhentos por semana?

Fiquei perplexo.

— Sr. Bowditch… Howard… Não precisa me pagar nada. Eu fico feliz em…

— Digno é o trabalhador do seu salário. Está na Bíblia. Lucas. Quinhentos por semana e, se tudo der certo, um bônus de fim de ano. Está bem assim?

O que quer que ele tenha feito na vida, com certeza não tinha sido cavar valas. Ele ficava à vontade com o que Donald Trump chama de "a arte da negociação", o que queria dizer que ele refutava objeções com facilidade. E as minhas objeções foram bem fracas. Eu fizera uma promessa a Deus, mas, se o sr. Bowditch queria me pagar enquanto eu cumpria essa promessa, eu não via nenhum conflito. Além do mais, como meu pai sempre me lembrava, eu tinha que pensar na faculdade.

— Charlie? Estamos combinados?

— Se der certo, acho que sim. — Se bem que, se ele fosse um assassino em série, afinal, eu não guardaria o segredo dele por quinhentos dólares por semana. Para isso ele teria que me pagar pelo menos mil. (Brincadeirinha.) — Obrigado. Eu não estava esperando nad…

— Eu sei disso — interrompeu ele. Que excelente interruptor era o sr. Howard Bowditch. — Em alguns aspectos, você é um jovem encantador. Ponta firme, como eu falei.

Fiquei pensando se ele ainda acharia isso se soubesse que, um dia, quando estávamos matando aula, Bird Man e eu encontramos um celular no parque Highland e ligamos para a escola Stevens Elementary dizendo que havia uma suspeita de bomba. Ideia dele, mas eu embarquei junto.

— Tem uma lata de farinha na cozinha. Você deve ter visto. — Não só eu tinha visto, como ele já tinha falado dela para mim, embora talvez tivesse se esquecido dessa conversa; ele estava com muita dor na hora. Havia dinheiro dentro, ele dissera, mas depois disse que estava vazia. Que ele tinha esquecido.

— Claro.

— Pega setecentos dólares lá dentro, quinhentos como pagamento da sua primeira semana e duzentos para as despesas até agora.

— Tem certeza…

— Tenho. E se você acha que é dinheiro de suborno, pra te adoçar pra algum pedido absurdo… não é. É por serviços prestados, Charlie. Serviços prestados. Quanto a isso, pode ser bem sincero com seu pai. Com relação a qualquer outro assunto que possamos discutir no futuro, não. Estou ciente de que é pedir muito.

— Desde que não seja um crime — falei, mas consertei: — Um crime *ruim.*

— Você pode vir ao hospital por volta das três?

— Posso.

— Então vou te dar boa-noite quando você estiver aqui. Faz um carinho na Radar, do velho idiota dela que não devia ter subido na escada.

Ele desligou. Eu fiz vários carinhos na cabeça da Radar e fiz umas massagens longas da cabeça até a cauda. Ela rolou para eu fazer carinho na barriga. Obedeci contente. Depois, fui à cozinha e tirei a tampa da lata de farinha.

Estava cheia de dinheiro. Havia um amontoado de cédulas no alto, a maioria de dez e de vinte, algumas de cinco e de um. Tirei essa parte. As cédulas formaram uma pilha grande na bancada. Abaixo das notas soltas havia pilhas de notas de cinquenta e cem presas com elástico. Os elásticos tinham escrito BANCO FIRST CITIZENS com tinta roxa. Tirei essas pilhas, e teve que ser com jeitinho, porque elas estavam socadas lá dentro. Seis pilhas de cinquenta, com dez notas em cada. Cinco pilhas de cem, também com dez em cada.

Radar tinha ido para a cozinha e estava sentada ao lado da tigela de comida, me olhando com as orelhas em pé.

— Puta merda, garota. São oito mil dólares sem contar as notas em cima.

Contei setecentos dólares dentre as notas soltas, arrumei todas, dobrei e enfiei o rolinho no bolso, onde fizeram um volume. Era pelo menos dez vezes maior que qualquer quantia que eu já tivesse tido em mãos na vida. Peguei as pilhas presas com elástico, comecei a guardar de volta na lata, mas fiz uma pausa. Havia bolinhas no fundo, meio avermelhadas. Eu tinha visto algumas no armário do banheiro. Virei o pote para que caíssem na palma da minha mão. Achei que eram pesadas demais para serem bilhas e, se meu raciocínio estivesse certo, elas poderiam explicar a fonte de renda do sr. Bowditch.

Achei que eram ouro.

4

Eu não tinha ido de bicicleta e a caminhada colina abaixo até a nossa casa só levava dez ou doze minutos, mas, naquela noite, eu a fiz devagar. Precisava pensar e tinha uma decisão a tomar. Enquanto andava, eu ficava levando a mão ao volume que carregava no bolso, para ter certeza de que ainda estava lá.

Contaria ao meu pai da conversa que eu tivera com o sr. Bowditch por telefone e a proposta de trabalho. Mostraria o dinheiro, duzentos pelo que tínhamos gastado e quinhentos para mim. Pediria que depositasse quatrocentos na minha poupança da faculdade (que por acaso era no banco First Citizens) e prometeria guardar mais quatrocentos a cada semana que trabalhasse para o sr. Bowditch... o que poderia durar até o verão, ou pelo menos até os treinos de futebol americano começarem, em agosto. A dúvida era se eu deveria ou não contar quanto dinheiro havia na lata de farinha. E, claro, aquelas bolinhas de ouro. Se é que *eram* ouro.

Quando entrei em casa, eu tinha tomado uma decisão. Eu guardaria a informação dos oito mil e das bilhas que não eram bilhas na lata. Pelo menos até conversar com o sr. Bowditch no dia seguinte.

— Oi, Charlie — disse meu pai da sala. — A cadela está bem?

— Está ótima.

— Bom saber. Pega um Sprite e senta aqui comigo. Está passando *Janela indiscreta* no TCM.

Peguei uma Sprite, entrei e coloquei a televisão no mudo.

— Tenho uma coisa pra contar.

— O que poderia ser mais importante do que James Stewart e Grace Kelly?

— Que tal isto? — Tirei o rolo de dinheiro do bolso e larguei na mesa de centro.

Eu esperava surpresa, cautela e preocupação. O que vi foi interesse e diversão. Meu pai achou que o sr. Bowditch esconder dinheiro em uma lata na cozinha combinava direitinho com o que ele chamava de "mentalidade acumuladora do agorafóbico" (eu tinha contado para ele do Corredor de Leituras Velhas, da televisão antiga e dos eletrodomésticos ultrapassados).

— Tinha mais lá?

— Um pouco — falei, e não era mentira.

Meu pai assentiu.

— Você olhou as outras latas? Pode ter umas centenas na de açúcar. — Ele estava sorrindo.

— Não.

Ele pegou os duzentos dólares.

— Um pouco mais do que nós gastamos, mas ele provavelmente vai precisar de mais coisa. Quer que eu deposite quatrocentos dos seus?

— Quero.

— Boa. De certa forma, está saindo barato pra ele, pelo menos na primeira semana. Acho que um cuidador em tempo integral cobraria mais. Por outro lado, você vai ganhar enquanto aprende e só vai passar a noite lá durante as férias de primavera. — Ele se virou para me olhar de frente. — Isso está claro pra você?

— Está — falei.

— Ótimo. O dinheiro escondido do Bowditch me deixa um pouco incomodado, porque nós não sabemos de onde veio, mas estou disposto a dar a ele o benefício da dúvida. Gosto do fato de ele confiar em você e gosto de você estar disposto a assumir isso. Você achou que faria de graça, não foi?

— É. Achei.

— Você é um bom garoto, Charlie. Não sei bem o que eu fiz pra te merecer.

Considerando o que eu estava escondendo, não só sobre o sr. Bowditch, mas algumas das merdas que fiz com Bertie, isso me deixou com um pouco de vergonha.

Deitado na cama naquela noite, imaginei o sr. Bowditch com uma mina de ouro no barracão trancado, talvez com alguns anões trabalhando nela. Anões com nomes como Soneca e Zangado. Aquilo me fez sorrir. Eu achava que o que quer que houvesse no barracão fosse o grande segredo sobre o qual ele queria me contar, mas me enganei. Eu só saberia a verdade sobre o barracão depois.

SEIS

Visita ao hospital. O cofre. Stantonville. Ganância por ouro. O sr. Bowditch vai para casa.

1

Enquanto o colega de quarto do sr. Bowditch estava no lounge do terceiro andar vendo o White Sox jogar contra os Tigers com um monitor cardíaco preso no peito, o sr. Bowditch e eu tivemos uma conversa e tanto.

— Ele tem um problema no coração que não estão conseguindo resolver — disse o sr. Bowditch. — Graças a Deus eu não preciso me preocupar com isso. Já tenho problemas suficientes.

Ele me mostrou que conseguia ir até o banheiro apoiado naquelas muletas que prendiam no braço. Obviamente, era doloroso, e quando ele voltou da mijada, sua testa estava coberta de suor, mas eu me senti motivado. Talvez ele precisasse mesmo do mictório de pescoço comprido e meio sinistro durante a noite, mas parecia bom para evitar a comadre. O importante era que ele não caísse no meio da noite e quebrasse a perna de novo, claro. Eu via os músculos nos braços magros tremendo a cada passo que ele dava. Ele se sentou na cama com um suspiro de alívio.

— Você pode me ajudar com o… — Ele indicou a estrutura em volta da perna.

Ergui o fixador e, quando a perna estava esticada, ele soltou um suspiro de alívio e pediu os dois comprimidos do copinho na mesa de cabeceira. Entreguei-os a ele, servi água da jarra e ele tomou os dois, o pomo de adão subindo e descendo no pescoço enrugado numa agitação danada.

— Trocaram a bomba de morfina por isso — disse ele. — OxyContin. O médico disse que eu vou ficar viciado, se já não estiver, e que vou ter que me livrar do vício. No momento, me parece uma troca justa. Só andar até o banheiro já parece uma maratona do caralho.

Percebi isso, e o banheiro da casa dele era mais distante do sofá-cama. Talvez ele precisasse da comadre, afinal de contas, pelo menos no começo. Fui para o banheiro, molhei uma toalhinha e torci. Quando me curvei sobre ele, ele recuou.

— Ei, ei! O que você acha que está fazendo?

— Secando seu suor. Fica parado.

Nunca se sabe quando há um momento de virada na relação com outras pessoas, e foi só depois que me dei conta de que aquele foi um desses momentos para nós dois. Ele continuou tenso por mais um instante, depois relaxou (um pouco) e permitiu que eu limpasse a testa e as bochechas dele.

— Estou me sentindo uma porra de um bebê.

— Você está me pagando, me deixa merecer a porra do meu dinheiro.

Isso o fez rir. Uma enfermeira espiou pela porta e perguntou se ele precisava de alguma coisa. Ele disse que não e, quando ela saiu, ele me pediu para fechar a porta.

— É agora que eu peço pra você me defender — disse ele. — Ao menos até eu poder me defender. E Radar também. Está pronto pra fazer isso, Charlie?

— Vou fazer o melhor possível.

— É, talvez. É tudo o que posso pedir. Eu não te colocaria nessa situação se não precisasse fazer isso. Uma mulher chamada Corvensburger veio me ver. Você a conheceu?

Eu disse que sim.

— Um nome horrendo, né? Eu tento pensar em um hambúrguer feito de carne de corvo e meu cérebro dá um nó.

Não vou dizer que ele estava alterado por causa do remédio, mas também não vou dizer que não estava. Magro daquele jeito, com um metro e oitenta de altura e pesando no máximo uns setenta quilos, aqueles comprimidos deviam ser uma porrada.

— Ela conversou comigo sobre o que chamou de minhas "opções de pagamento". Eu perguntei qual era o tamanho do estrago até agora e ela me deu uma folha impressa. Está na gaveta ali... — Ele apontou. — ... mas não se preocupe com isso por enquanto. Falei para ela que esse valor é muito alto e ela disse "bom atendimento é caro, sr. Bowditch, e você recebeu o melhor". Ela disse que, se eu precisasse falar com um especialista em pagamentos, acho que ela quis dizer um cobrador, ela ficaria feliz em me ajudar com isso, antes de eu ir embora ou depois que eu já estivesse em casa. Eu disse que não achava que seria necessário. Falei que podia pagar em dinheiro, mas só se tivesse desconto. Aí, começamos a negociar. Chegamos a vinte por cento de desconto, o que dá uns dezenove mil dólares de desconto.

Soltei um assovio. O sr. Bowditch sorriu.

— Eu tentei chegar a vinte e cinco por cento, mas ela não quis ir além de vinte. Acho que é o padrão do mercado... e os hospitais *são* um mercado, caso você esteja na dúvida. Hospitais e prisões, não há muita diferença em como eles gerenciam os negócios, só que os prisioneiros são bancados pelos cidadãos que pagam impostos. — Ele passou a mão pelos olhos. — Eu poderia ter pagado tudo, mas gostei da negociação. Faz muito tempo que não tenho oportunidade de fazer isso. Fazia em bazares de jardim antigamente; comprei muitos livros e revistas velhas. Gosto de coisas velhas. Estou divagando? Estou. A questão é a seguinte: eu posso pagar, mas preciso que você torne possível.

— Se você está pensando no que tem na lata de farinha...

Ele descartou isso como se oito mil fosse ninharia. Em termos do que ele devia ao hospital, era mesmo.

— O que eu quero que você faça é o seguinte.

Ele me contou.

— Precisa escrever? — perguntou ele quando terminou. — Tudo bem se precisar, desde que você destrua as anotações quando o serviço estiver feito.

— Talvez a combinação do cofre. Vou escrever no braço e depois eu lavo.

— Você aceita fazer?

— Aceito. — Eu não conseguia me imaginar não fazendo, nem que fosse só para descobrir se o que ele estava me dizendo era verdade.

— Que bom. Repete os passos pra mim.

Repeti tudo, depois usei a caneta da mesa de cabeceira para anotar uma série de números e voltas no meu braço, na parte em que a manga da camiseta cobriria.

— Obrigado — disse ele. — Você vai precisar esperar até amanhã pra ver o sr. Heinrich, mas pode se preparar hoje à noite. Quando for dar comida pra Radar.

Eu disse que tudo bem, me despedi e fui embora. Eu estava, nas palavras do meu pai, estupefato. Na metade do trajeto até o elevador, eu pensei em uma coisa e voltei.

— Já mudou de ideia? — Ele estava sorrindo, mas os olhos estavam preocupados.

— Não. Eu só queria perguntar sobre algo que você disse.

— O que foi?

— Algo sobre presentes. Você disse que um homem corajoso ajuda e um covarde leva presentes.

— Não me lembro de ter dito isso.

— Bom, você disse. O que quer dizer?

— Não sei. Devem ter sido os comprimidos falando.

Ele estava mentindo. Eu vivi com um bêbado por vários anos e reconhecia uma mentira quando ouvia.

2

Pedalei de volta ao número 1 da rua Sycamore, e não seria exagero dizer que eu estava descontrolado de tanta curiosidade. Destranquei a porta dos fundos e aceitei a recepção exuberante da Radar. Ela conseguiu ficar apoiada nas patas traseiras para ganhar carinho, o que me fez pensar que os comprimidos mais novos deviam estar fazendo efeito. Deixei-a ir para o quintal fazer as necessidades. Fiquei torcendo para ela escolher logo um lugar.

Quando ela voltou, fui para o quarto do sr. Bowditch no andar de cima e abri o armário. Ele tinha muitas roupas, a maioria simples, como camisas de flanela e calças cáqui, mas havia dois ternos. Um era preto, o outro era cinza, e os dois pareciam o tipo de terno que George Raft e Edward G. Robinson usavam em filmes como *A morte me persegue*, transpassados e com ombros largos.

Empurrei as roupas para o lado e encontrei um cofre Watchman, de tamanho médio, antiquado, com uns noventa centímetros de altura. Eu me agachei e, quando estiquei a mão para o botão da combinação, senti algo frio encostar no meu pescoço, onde a camisa tinha se afastado da calça. Dei um gritinho, me virei e vi Radar balançando o rabo. Era o nariz dela.

— Não faz isso, garota — falei. Ela se sentou, sorrindo, como quem diz que faria o que quisesse. Eu me virei de volta para o cofre. Errei a combinação na primeira vez, mas, na segunda tentativa, a porta abriu.

A primeira coisa que vi foi uma arma apoiada na única prateleira do cofre. Era maior do que a que meu pai deu para a minha mãe na época em que ele precisava passar alguns dias fora de casa… ou uma vez por semana no retiro da empresa. Era uma .32, uma arma que costumava ser usada por mulheres, e eu achava que talvez meu pai ainda a tivesse, mas eu não tinha certeza disso. Houve ocasiões, quando a bebedeira dele estava pior, em que eu a procurei, mas nunca encontrei. Aquela era maior, provavelmente um revólver .45. Como a maioria dos pertences do sr. Bowditch, parecia antiga. Peguei-a com cuidado e encontrei a trava do tambor. Estava carregado, nas seis câmaras. Voltei o tambor para o lugar e devolvi o revólver à prateleira. Considerando o que ele havia me contado, fazia sentido que tivesse uma arma. Um alarme teria feito ainda mais sentido, mas ele não queria nenhuma viatura da polícia no número 1 da rua Sycamore. Além do mais, em seus dias de juventude, Radar era o alarme perfeito contra ladrões, e Andy Chen era prova disso.

No fundo do cofre estava o que o sr. Bowditch tinha me dito que eu encontraria: um balde de aço grande com uma mochila em cima. Peguei a mochila e vi que o balde estava cheio quase até a borda com as bilhas que não eram bilhas, mas bolinhas de ouro maciço.

O balde tinha alça dupla. Peguei-o e o ergui. Da minha posição, agachado, eu mal consegui levantá-lo. Devia haver uns vinte quilos de ouro ali, talvez vinte e cinco. Eu me sentei e me virei para olhar para Radar.

— Meu Deus do céu. Isso é uma *fortuna* do caralho.

Ela balançou o rabo.

3

Naquela noite, depois que coloquei a comida dela, subi a escada e olhei para o balde de ouro de novo, só para ter certeza de que eu não tinha imaginado aquilo. Quando cheguei em casa, meu pai me perguntou se eu estava pronto para o retorno do sr. Bowditch para casa. Eu disse que estava, mas que tinha coisas a fazer antes que ele voltasse.

— Ainda posso pegar sua furadeira? E a parafusadeira elétrica?

— Claro. E eu continuaria disposto a ajudar, mas tenho uma reunião às nove. É sobre aquele incêndio no apartamento, o que te contei. Parece que pode ter sido um incêndio criminoso.

— Sem problemas. Eu vou ficar bem.

— Espero que sim. Você está bem?

— Estou. Por quê?

— Você parece meio avoado. Preocupado com amanhã?

— Um pouco — falei. E não era mentira.

Você pode se perguntar se eu tive alguma vontade de contar ao meu pai sobre o que tinha encontrado. Não tive. O sr. Bowditch tinha me feito jurar segredo, isso era um dos motivos. Ele alegou que o ouro não era roubado "no sentido tradicional", e esse era outro. Perguntei o que isso queria dizer, mas ele só disse que não havia ninguém no mundo inteirinho que o estivesse procurando. Até saber mais, eu estava disposto a acreditar nele.

Mas tinha outra questão. Eu tinha dezessete anos e aquela era a coisa mais empolgante que já tinha me acontecido. De longe. E eu queria ver no que ia dar.

4

Na segunda de manhã eu pedalei até a casa do sr. Bowditch logo cedo para dar comida para Radar, e ela ficou me olhando enquanto eu instalava as barras de segurança. A privada já ficava espremida no banheirinho e as barras de segurança deixariam a descida até a posição de descarregar ainda mais justa, mas achei isso bom. Previ que haveria certa cota de resmungos, mas seria difícil ele cair. Ele até poderia se segurar nas barras enquanto urinasse, o que eu achava um ponto positivo. Tentei sacudi-las, mas permaneceram firmes.

— O que acha, Rad? Firme?

Radar abanou o rabo.

— Você pode pesar o ouro na balança do banheiro — disse o sr. Bowditch durante a nossa conversa. — Tem uma concha na despensa. Usa a mochila pra pesar e carregar. Pode caprichar. Heinrich vai pesar em uma balança mais precisa. Di-gi-tal, sabe. — Ele dividiu a palavra em sílabas assim, fazendo com que parecesse ao mesmo tempo boba e pretensiosa.

— Como você leva pra ele quando precisa de dinheiro? — Stantonville ficava a onze quilômetros de distância.

— Eu pego um Yoober.

Por um instante, eu não entendi. Mas depois, sim.

— Por que você está sorrindo, Charlie?

— Nada. Você faz essas trocas à noite?

Ele assentiu.

— Normalmente por volta das dez, quando a maioria das pessoas no bairro já está na cama. Principalmente a sra. Richland, do outro lado da rua. Ela é muito xereta.

— É, você disse.

— Vale a pena repetir.

Eu tinha tido a mesma impressão.

— Acho que não é só comigo que Heinrich faz negócios à noite, mas ele concordou em fechar a loja amanhã pra você poder ir entre nove e meia e dez horas da manhã. Nunca fiz uma troca desse volume com ele. Sei que vai dar tudo certo, ele nunca foi desonesto comigo, mas tem uma arma no cofre e, se você quiser levar pra se proteger, não tem problema.

105

Eu não tinha intenção de levá-la. Sei que uma arma faz algumas pessoas se sentirem poderosas, mas eu não sou assim. Só de tocar nela eu me senti mal. Se alguém tivesse me dito que eu a portaria num futuro não muito distante, eu responderia que isso era absurdo.

Encontrei a concha e subi a escada. Eu tinha lavado os números do meu braço depois de colocar em uma nota protegida por senha no meu celular, mas nem precisei abri-la. O cofre abriu na primeira tentativa. Tirei a mochila de cima do balde e fiquei olhando o ouro, maravilhado. Sem conseguir resistir ao impulso, enfiei as mãos até os pulsos lá dentro e deixei as bolinhas escorregarem entre os meus dedos. Fiz de novo. E uma terceira vez. Havia algo de hipnótico naquilo. Sacudi a cabeça, como se para afastar os pensamentos, e comecei a tirar o ouro com a concha.

Na primeira vez em que pesei a mochila, a balança registrou um pouco mais de um quilo e meio. Coloquei mais um pouco e cheguei a dois e trezentos. Da última vez, o mostrador passou um pouco do três, e concluí que estava bom. Se a balança di-gi-tal do sr. Heinrich mostrasse mais do que os três quilos combinados, eu poderia trazer o adicional de volta. Eu ainda tinha afazeres na casa antes da chegada do sr. Bowditch. Lembrei a mim mesmo de comprar um sino para ele tocar se precisasse de algo. *Cuidados domiciliares para principiantes* sugeria um interfone ou babá eletrônica, mas eu achava que o sr. Bowditch gostaria de algo mais antiquado.

Eu tinha perguntado a ele quanto valiam três quilos de ouro, ao mesmo tempo querendo e não querendo saber a quantia que eu carregaria nas costas enquanto pedalava os onze quilômetros, quase todos de área rural, até Stantonville. Ele me disse que, na última vez em que tinha verificado com o Grupo Gold Price no Texas, o valor era cerca de trinta e três mil dólares por quilo.

— Mas ele pode ficar com o ouro por trinta mil o quilo. Foi o valor que combinamos. O valor total vai ser noventa mil, mas ele vai te dar um cheque de oitenta mil, o que vai cobrir a conta do hospital e ainda sobrar um pouco pra mim, com um bom lucro pra ele.

Bom era eufemismo. Não sei quando foi a última vez que o sr. Bowditch conferiu o valor do ouro com o Grupo Gold Price, quem quer que fossem, mas, no final de abril de 2013, isso estava bem abaixo. Eu verifiquei o preço do ouro no notebook antes de ir para a cama no domingo à noite e estava sendo vendido a mais de mil e duzentos dólares por onça, o que dava algo em torno de quarenta e dois mil dólares o quilo. Três dariam quase cento e vinte e sete mil dólares no mercado de ouro em Zurique, o que significava que o tal Heinrich levaria quase cinquenta mil dólares a mais. E o ouro não era como diamante, que faria o comprador insistir num desconto por causa do risco; as bolinhas não tinham marcas, eram anônimas e podiam ser facilmente derretidas em lingotes de ouro. Ou transformadas em joias.

Pensei em ligar para o sr. Bowditch no hospital e dizer que ele estava vendendo barato, mas não liguei. Por um motivo muito simples: eu achava que ele sabia e não se importava. Eu meio que conseguia entender isso. Mesmo com três quilos tirados do Balde de Ouro do Capitão Kidd, tinha sobrado muita coisa. Meu trabalho (apesar de o sr. Bowditch não ter dito) era só fazer a troca e não ser passado para trás. Era uma responsabilidade danada, e eu estava determinado a ser merecedor da confiança que ele tinha em mim.

Prendi as alças da mochila, verifiquei o chão entre o cofre do armário e a balança do banheiro em busca de qualquer bolinha que tivesse caído, mas não encontrei nenhuma. Fiz um carinho na Radar (para me dar sorte) e segui carregando uns cento e vinte e sete mil dólares nas costas em uma mochila velha.

Meu velho amigo Bertie Bird teria chamado de um montão de cheddar.

5

O centro de Stantonville era uma única rua cheia de lojas cafonas, uns dois bares e o tipo de lanchonete que serve café da manhã o dia todo, junto com café ruim à vontade. Várias lojas estavam fechadas e cobertas por tábuas, com placas indicando que estavam à venda ou para alugar. Meu pai disse que Stantonville já tinha sido uma pequena comunidade próspera, um ótimo lugar para fazer compras para quem não queria ir até Elgin, Naperville, Joliet ou mesmo até Chicago. Só que nos anos 1970, o Stantonville Mall abriu. E não era um simples shopping, mas um supershopping com um cinema com doze salas, um parquinho infantil, uma parede de escalada, uma área de camas elásticas chamada Fliers, um *escape room* e homens andando pelo local vestidos de animais falantes. Aquele domo cintilante do comércio ficava ao norte de Stantonville. Sugou quase toda a vida da área central da cidade, e o que o shopping não levou acabou sugado pelo Walmart e pelo Sam's Club ao sul, na saída da via expressa.

Como estava de bicicleta, evitei a via expressa e peguei a rodovia 74-A, uma estrada de duas pistas que passava por fazendas e milharais. Havia cheiro de esterco e de coisas crescendo. Era uma manhã agradável de primavera e o trajeto teria sido igualmente agradável se eu não estivesse ciente da pequena fortuna que carregava nas costas. Eu me lembro de pensar no João, o garoto que subiu pelo pé de feijão.

Eu estava na via principal de Stantonville às nove e quinze, o que era meio cedo, então parei na lanchonete, comprei um copo de Coca para viagem e bebi em um banco de uma pracinha suja com um chafariz seco, cheio de lixo e uma estátua coberta de titica de passarinho de alguém de quem eu nunca tinha ouvido falar. Pensei naquela praça e naquele chafariz depois, em um lugar ainda mais deserto do que Stantonville.

Não posso jurar que Christopher Polley estava lá naquela manhã. Também não posso jurar que não estava. Polley era o tipo de cara que conseguia se misturar à paisagem até estar pronto para ser visto. Ele podia estar na lanchonete, comendo bacon e ovos. Podia estar no ponto de ônibus ou fingindo olhar as guitarras e aparelhos de som na Penhores e Empréstimos Stantonville. Ou podia não estar em lugar nenhum. Só posso dizer que não me lembro de ninguém com boné retrô do White Sox, daqueles com o círculo vermelho na frente. Talvez ele não estivesse usando, mas eu nunca vi aquele filho da puta sem o boné.

Às vinte para as dez, joguei meu copo pela metade em uma lata de lixo próxima e pedalei devagar pela rua principal. A parte comercial só ocupava quatro quarteirões. Quase no fim do quarto, pertinho de uma placa que dizia OBRIGADO POR VISITAR A BELA STANTONVILLE, ficava a Excelentes Joalheiros Compramos & Vendemos. Estava tão velha e dilapidada quanto o resto dos comércios daquela cidade moribunda. Não havia nada na vitrine empoeirada. A placa pendurada na porta numa ventosa de plástico dizia FECHADO.

Havia uma campainha. Eu a apertei. Não houve resposta. Apertei de novo, muito consciente da mochila nas minhas costas. Coloquei o nariz no vidro e fechei as mãos em concha nas laterais do rosto para cortar o reflexo. Vi um tapete velho e estantes vazias. Estava começando a achar que eu tinha cometido um engano (ou que o sr. Bowditch tinha cometido um) quando um senhorzinho de boné de *tweed*, suéter de abotoar e calça larga veio mancando pelo corredor no centro. Parecia um jardineiro de alguma série britânica de mistério. Ele me olhou, se afastou mancando e apertou um botão na máquina registradora antiquada. A porta zumbiu. Empurrei-a e entrei num ambiente com cheiro de poeira e decadência.

— Vem aqui para os fundos, vem — disse ele.

Fiquei onde eu estava.

— O senhor é o sr. Heinrich, não é?

— Quem mais poderia ser?

— Eu posso, hã, ver sua habilitação?

Ele franziu a testa para mim e riu.

— O velho mandou um garoto cuidadoso, que bom pra ele.

Tirou uma carteira velha do bolso de trás e a abriu para que eu pudesse ver a habilitação. Antes de fechá-la, vi que o primeiro nome dele era Wilhelm.

— Satisfeito?

— Sim. Obrigado.

— Vem aqui para os fundos. *Schnell*.

Eu o segui até a sala dos fundos, que ele destrancou em um painel digital que escondeu cuidadosamente de mim enquanto digitava os números. Lá dentro estava tudo o que não estava na frente: prateleiras lotadas de relógios, medalhões, broches, anéis, pingentes, correntes. Rubis e esmeraldas reluziam como fogo. Vi uma tiara cheia de diamantes e perguntei:

— São de verdade?

— *Ja, ja*, de verdade. Mas acho que você não veio comprar. Você veio vender. Você deve ter reparado que eu não pedi pra ver a *sua* habilitação.

— Que bom, porque eu não tenho.

— Eu já sei quem você é. Vi sua foto no jornal.

— No *Sun*?

— No *USA Today*. Você está no país todo, sr. Charles Reade. Pelo menos esta semana. Você salvou a vida do velho Bowditch.

Não me dei ao trabalho de dizer para ele que tinha sido a cadela. Eu estava cansado disso, só queria fazer o que eu tinha que fazer e ir embora. Aquele ouro e aquelas joias todas me deixavam meio nervoso, ainda mais em comparação às prateleiras vazias lá na frente. Quase desejei ter levado a arma, porque estava começando a me sentir não como o João do pé de feijão, mas como Jim Hawkins em *A Ilha do Tesouro*. Heinrich era pequeno e atarracado e inofensivo, mas e se ele tivesse um comparsa Long John Silver escondido em algum lugar? Não era uma ideia totalmente paranoica. Eu podia dizer a mim mesmo que o sr. Bowditch fazia negócio com Heinrich havia anos, mas o próprio sr. Bowditch disse que nunca tinha feito uma troca daquela magnitude.

— Vamos ver o que você tem aí — disse ele. Em um romance juvenil de aventura, ele seria uma caricatura da ganância, esfregando as mãos e quase babando, mas ele só falou de forma profissional, talvez estivesse até um pouco entediado. Não confiei nessa atitude e não confiei nele.

Coloquei a mochila sobre o balcão. Havia uma balança ali perto, e era mesmo di-gi-tal. Abri o zíper. Puxei a aba e, quando ele olhou para dentro, vi algo mudar no seu rosto: um aperto na boca e um arregalar momentâneo dos olhos.

— *Mein Gott*. Olha só o que você veio carregando de bicicleta.

A balança tinha uma pá de acrílico presa por uma corrente. Heinrich despejou pequenos punhados de bolinhas de ouro na pá até a balança fechar em um quilo. Colocou de lado em um recipiente de plástico e pesou mais um. Quando terminou de pesar o quilo final e juntá-lo ao restante, ainda havia uma pocinha de ouro nas dobras no fundo da mochila. O sr. Bowditch tinha me dito para exagerar um pouco e foi o que fiz.

— Acho que tem uns cem gramas aí, hein? — disse ele, espiando dentro. — Se você vender pra mim, te dou três mil dólares em dinheiro. Bowditch não precisa saber. Pode considerar um agradecimento.

Eu podia era chamar de algo que ele poderia usar contra mim, pensei. Agradeci e fechei a mochila.

— O senhor tem um cheque pra mim, né?

— Tenho. — O cheque estava dobrado no bolso do suéter dele. Era do Banco PNC de Chicago, filial da avenida Belmont, em nome de Howard Bowditch, com a quantia de oitenta mil dólares. A observação ao lado da assinatura de Wilhelm Heinrich dizia *Serviços prestados*. Pareceu certinho. Guardei o cheque na carteira e a carteira no meu bolso esquerdo da frente.

— Ele é um velho teimoso que se recusa a acompanhar a evolução dos tempos — disse Heinrich. — Muitas vezes, quando negociamos quantias bem menores, dei dinheiro a ele. Em duas ocasiões, cheques. Falei para ele: "Já ouviu falar de depósito eletrônico?". Sabe o que ele disse?

Fiz que não, mas podia imaginar.

— Ele disse "Nunca ouvi falar, nem quero". E agora, pela primeira vez, ele envia um *zwischen gehen*, um emissário, porque ele sofreu um acidente. Eu achava que não havia ninguém no mundo a quem ele confiaria essa tarefa. Mas aqui está você. Um garoto de bicicleta.

— Sim. E agora, vou embora — falei, e fui até a porta que levava à loja ainda vazia, onde ele poderia (ou não) encher as estantes depois. Eu meio que esperava que a porta estivesse trancada, mas não estava. Eu me senti melhor quando pude ver a luz do dia de novo. Mesmo assim, o odor de poeira velha era desagradável. Parecia cheiro de cripta.

— Ele sabe o que é um computador? — perguntou Heinrich, me seguindo e fechando a porta da sala dos fundos. — Aposto que não.

Eu não tinha intenção de discutir o que o sr. Bowditch sabia ou não sabia, e só disse que foi um prazer conhecê-lo. O que não era verdade. Fiquei aliviado ao ver que ninguém tinha roubado a minha bicicleta; quando saí de casa pela manhã, tinha outras preocupações muito maiores e não me lembrei de levar a trava.

Heinrich me segurou pelo cotovelo. Quando me virei, pude ver o pirata interior, afinal, o Long John Silver. Ele só precisava do papagaio no ombro, aquele que Silver dizia ter visto tanta maldade quanto o próprio diabo. Achei que Wilhelm Heinrich tinha visto sua cota de maldade… mas é preciso lembrar que eu era um garoto de dezessete anos, metido até os cabelos em assuntos que eu não entendia. Em outras palavras, eu estava morrendo de medo.

— Quanto ouro ele tem? — perguntou Heinrich com uma voz grave e gutural. Seu uso ocasional de palavras e expressões alemãs pareceu afetação antes, mas naquele momento ele pareceu *mesmo* alemão. E não um alemão legal. — Me diz quanto ele tem e onde ele consegue. Vou fazer valer a pena pra você.

— Já estou indo — falei, e fui mesmo.

Se Christopher Polley estava observando enquanto eu subia na bicicleta e saía pedalando com as bolinhas de ouro que restavam na mochila? Eu não teria como saber, porque eu estava olhando para trás, para o rosto pálido e gorducho de Heinrich por cima da placa de FECHADO na porta da loja empoeirada. Talvez tenha sido minha imaginação, provavelmente foi, mas achei que ainda via a ganância no rosto dele. Mais que isso, eu a entendia. Eu me lembrava de enfiar as mãos naquele balde e deixar as bolinhas escorregarem pelos meus dedos. Não só ganância, mas ganância por ouro.

Como numa história de piratas.

6

Por volta das quatro daquela tarde, uma van com TRANSFERÊNCIA DE PACIENTE — ARCADIA na lateral parou junto ao meio-fio. Eu estava esperando no caminho de entrada com Radar na guia. O portão, agora sem ferrugem e lubrificado, estava aberto. Um auxiliar saiu do veículo e abriu as portas de trás. Melissa Wilcox estava lá, atrás do sr. Bowditch, que estava em uma cadeira de rodas com a perna esticada, envolta pelo fixador. Ela destravou a cadeira de rodas, empurrou-a e apertou um botão com a base da mão. Quando a plataforma e a cadeira de rodas começaram a descer, meu estômago despencou junto. Eu tinha me lembrado do telefone, do mictório, até do sino. O cheque de Heinrich estava seguro na minha carteira. Tudo ótimo, mas não havia rampa para a cadeira de rodas, nem na frente, nem nos fundos. Eu me senti um idiota, mas pelo menos não precisei me sentir assim por muito tempo. Tinha Radar para me distrair. Ela viu o sr. Bowditch e partiu para cima dele. Não houve sinal da artrite nos quadris naquele momento. Consegui segurar a guia a tempo de impedir que as patas dela fossem esmagadas pelo elevadorzinho que estava descendo, mas senti o choque subir pelo meu braço todo.

Yark! Yark! Yark!

Não eram os latidos de cachorro grande que tinham assustado tanto o Andy no passado, mas choros tão suplicantes e humanos que partiram meu coração. *Você voltou!*, diziam os choramingos. *Graças a Deus, eu achei que você tivesse ido embora pra sempre!*

O sr. Bowditch estendeu os braços e ela pulou, as patas sobre a perna esticada. Ele fez uma careta, riu e aninhou a cabeça dela.

— Sim, garota — disse ele, cantarolando. Tive dificuldade de acreditar que ele era capaz de produzir um som desses mesmo enquanto o ouvia, mas ele fez exatamente isso; aquele velho rabugento *cantarolou*. Havia lágrimas nos seus olhos. Radar estava fazendo sons baixos de felicidade, o rabo grande e velho balançava de um lado para o outro.

— Sim, garota, sim, eu também senti saudades. Agora, desce, você está me matando.

Radar voltou a se apoiar nas quatro patas e andou ao lado da cadeira de rodas enquanto Melissa a empurrava pelo caminho, balançando e dando solavancos.

— Não tem rampa — falei. — Desculpa, desculpa. Posso construir uma, vou pesquisar na internet como se faz, tem tudo na internet. — Eu estava falando sem parar e não conseguia me controlar. — Acho que todo o resto está mais ou menos pronto...

— Vamos contratar alguém pra instalar uma rampa, sossega — disse o sr. Bowditch, me interrompendo. — Você não precisa fazer tudo. Uma das vantagens de ser secretário é delegar tarefas. E não tem pressa. Eu não saio muito, como você sabe. Você cuidou daquela questão?

— Sim. Hoje de manhã.

— Que bom.

— Vocês dois são fortes, devem conseguir levantar a cadeira pelos degraus. O que você acha, Herbie? — disse Melissa.

— Não vai ser problema — disse o auxiliar. — Não é, chefe?

Eu disse que não seria um problema, claro, e fui para um dos lados. Radar subiu metade dos degraus, parou uma vez quando as pernas traseiras a traíram, recuperou o fôlego e subiu os demais. Ela olhou para nós de cima, balançando o rabo.

— E alguém precisa consertar aquele caminho se ele vai usá-lo — disse Melissa. — Está pior do que a estrada de terra lá onde eu morava quando era pequena, no Tennessee.

— Pronto, parceiro? — perguntou Herbie.

Levamos a cadeira de rodas até a varanda. Procurei entre as chaves do sr. Bowditch até encontrar a que abria a porta da frente.

— Ei — disse o auxiliar. — Sua foto não estava no jornal?

Suspirei.

— Provavelmente. Minha com Radar. Ali perto do portão.

— Não, não, ano passado. Você marcou o *touchdown* vencedor no Turkey Bowl. Cinco segundos antes de o jogo acabar.

Ele levantou uma das mãos acima da cabeça, segurando uma bola de futebol americano invisível, como eu tinha feito na foto. Difícil dizer por que fiquei feliz de ele ter se lembrado daquela foto em vez da mais recente, mas fiquei.

Esperei na sala, mais nervoso do que nunca, enquanto Melissa Wilcox inspecionava o sofá-cama.

— Bom — disse ela. — Muito bom. Um pouco baixo, talvez, mas a gente se vira com o que tem. Você vai precisar de um apoio ou algo que sustente um pouco mais essa perna. Quem fez a cama?

— Eu — falei, e a expressão de surpresa dela também me deixou feliz.

— Você leu o folheto que eu te dei?

— Li. Comprei o tal antisséptico para cuidar dos pinos…

Ela sacudiu a cabeça.

— Basta uma solução salina simples. Água salgada morna. Está preparado pra transferi-lo?

— Ei — disse o sr. Bowditch. — Será que eu posso participar da conversa? Eu estou bem aqui.

— Sim, mas eu não estou falando com você — disse Melissa, com um sorriso.

— Hã, não sei — falei.

— Sr. Bowditch — disse Melissa —, agora eu *estou* falando com você. Você se incomoda se Charlie fizer um teste?

O sr. Bowditch olhou para Radar, que estava sentada o mais perto que podia.

— O que acha, garota? Confia no garoto?

Radar latiu uma vez.

— Radar diz que tudo bem e eu digo que tudo bem. Não me deixa cair, meu jovem. Essa perna já está cantando alto de dor.

Aproximei a cadeira da cama, acionei o freio e perguntei se ele conseguia ficar em pé com a perna boa. Ele se levantou um pouco e deixou que eu destravasse e abaixasse o apoio que estava sustentando a perna machucada. Ele grunhiu, mas subiu o resto… oscilando um pouco, mas ficou na vertical.

— Vira pra ficar com a bunda virada pra cama, mas só senta quando eu falar que pode — falei, e Melissa assentiu com aprovação.

O sr. Bowditch obedeceu. Tirei a cadeira de perto.

— Não consigo ficar muito tempo assim sem a muleta. — As bochechas e a testa dele já estavam ficando cobertas de suor de novo.

Eu me agachei e segurei o fixador.

— Agora você pode se sentar.

Ele não se sentou, ele se jogou. Primeiro com um grunhido de dor, quando o fixador se deslocou um pouco nas minhas mãos, depois com um suspiro de alívio. Em seguida, ele se deitou. Ajeitei a perna machucada na cama e, assim, minha primeira transferência estava concluída. Talvez eu não estivesse suando tanto quanto o sr. Bowditch, mas eu estava suando — de nervosismo. Aquilo era mais sério do que rebater arremessos no beisebol.

— Nada mau — disse Melissa. — Na hora de levantar, é melhor abraçá--lo. Entrelace os dedos no meio das costas dele e levante. Use as axilas…

— Como apoio — falei. — Estava no folheto.

— Um garoto que faz o dever de casa, gosto disso. Deixe sempre as muletas por perto, principalmente na hora de levantar da cama. Como você está se sentindo, sr. Bowditch?

— Como dez quilos de merda dentro de um saco onde só cabem nove. Já tá na hora dos comprimidos?

— Você os tomou antes de sair do hospital. Vai poder tomar mais às seis.

— Falta muito tempo. Que tal um Percocet pra me acalmar?

— Que tal entender que eu não tenho? — E, para mim: — Você vai ficar melhor nisso e ele também, principalmente quando a cicatrização for evoluindo e a amplitude de movimentos aumentar. Vamos comigo lá fora um minuto?

— Vão falar pelas minhas costas — gritou Bowditch. — Seja lá o que for, esse jovem *não* vai fazer enema em mim.

— Opa — disse Herbie. Ele estava curvado, as mãos apoiadas nos joelhos, examinando a televisão. — Esse é o aparelho mais velho que eu já vi, parceiro. Funciona?

7

O sol do fim do dia estava forte e fazia um pouco de calor, o que era maravilhoso depois de um longo inverno e de uma primavera fria. Melissa me levou até a van, se inclinou para dentro e destrancou o console central. Tirou um saco plástico e o colocou no assento.

— As muletas estão ali atrás. Aqui estão os remédios e dois tubos de gel de arnica. Tem uma folha de papel aqui com as dosagens exatas, certo? — Ela pegou as embalagens e mostrou-as para mim, uma a uma. — Estes são antibióticos. Estes são vitaminas, quatro tipos diferentes. Isto é a receita de Lynparza. Você pode mandar fazer mais na farmácia de Sentry Village. Estes são laxantes. Não há supositórios, mas você precisa ler sobre como administrá-los se ele precisar. Ele não vai gostar.

— Ele não gosta de muita coisa — falei. — Só da Radar.

— E de você — disse ela. — Ele gosta de você, Charlie. Diz que você é de confiança. Espero que ele não esteja dizendo isso só porque você apareceu na hora certa pra salvar a vida dele. Porque tem isto aqui.

O frasco maior estava cheio de comprimidos de vinte miligramas de OxyContin. Melissa me olhou solenemente.

— Este é um remédio ruim, Charlie. Muito viciante. Também é extremamente eficiente para o tipo de dor que seu amigo está sentindo e pode continuar sentindo por oito meses até um ano. Talvez mais, dependendo das outras questões dele.

— Que outras questões?

Ela balançou a cabeça.

— Não cabe a mim dizer. Você só precisa seguir o horário das doses e ignorar se ele pedir mais. Ele pode tomar mais antes das nossas sessões de fisioterapia, e saber disso vai se tornar uma das principais motivações dele, talvez a maior, pra continuar com a fisioterapia mesmo quando doer. E vai doer. Você precisa guardar isso tudo num lugar em que ele não consiga pegar. Consegue pensar em algum?

— Consigo. — Eu estava pensando no cofre. — Vai funcionar pelo menos até ele conseguir subir a escada.

— Três semanas se ele seguir a fisioterapia. Talvez um mês. Quando ele conseguir subir, você vai ter que pensar em outro lugar. E não é só com ele que você precisa se preocupar. Pra um dependente químico, esses comprimidos valem ouro.

Eu ri. Não pude evitar.

— O quê? O que tem de engraçado?

— Nada. Vou guardar num lugar seguro e não vou deixar que ele me convença a dar mais.

Ela estava me olhando com atenção.

— E você, Charlie? Porque eu não devia entregar isso pra um menor. Até onde o médico que prescreveu o medicamento sabe, ele vai ser administrado por um cuidador adulto. Eu posso me encrencar. Você ficaria tentado a experimentar um ou dois pra ficar meio alto?

Pensei no meu pai, no que o álcool tinha feito com ele e que houve uma época em que eu acreditei que a gente ia dormir embaixo da ponte com todos os nossos bens em um carrinho de supermercado roubado.

Peguei o frasco de comprimidos de Oxy e guardei de volta no saco com o restante dos remédios. Eu a segurei pela mão e olhei nos olhos dela.

— Nem fodendo — falei.

8

Houve algumas outras instruções, que eu prolonguei porque estava nervoso de ficar sozinho com ele; e se algo acontecesse e aquela porcaria de telefone dos anos 1970 decidisse não funcionar?

Aí você liga para a emergência com o seu telefone do século vinte e um, pensei. Como você fez quando o encontrou nos degraus dos fundos. Mas e se ele tivesse um ataque cardíaco? O que eu sabia de RCP tinha aprendido em programas de televisão, e se o motor dele parasse, não haveria tempo de olhar um vídeo do YouTube sobre o assunto. Previ mais lição de casa em breve.

Observei-os enquanto se afastavam e voltei para dentro da casa. O sr. Bowditch estava deitado com um braço apoiado sobre os olhos. Radar estava atenta, sentada ao lado da cama. Restamos só nós três.

— Tudo bem? — perguntei.

Ele abaixou o braço e virou a cabeça para me olhar. Estava desolado.

— Eu estou num buraco fundo, Charlie. Não sei se consigo sair.

— Consegue, sim — falei, torcendo para minha voz demonstrar mais confiança do que eu sentia. — Quer comer alguma coisa?

— Eu quero meus comprimidos pra dor.

— Eu não posso…

117

Ele levantou a mão.

— Eu sei que você não pode e não vou me rebaixar nem te insultar choramingando por eles. Pelo menos, espero que não. — Ele fez carinho na cabeça de Radar de novo e de novo. Ela ficou perfeitamente imóvel, o rabo se movendo devagar de um lado para o outro, sem tirar os olhos dele. — Me dá o cheque e uma caneta.

Obedeci e entreguei-lhe um livro de capa dura para usar de apoio. Ele escreveu APENAS PARA DEPÓSITO e assinou.

— Você pode depositar pra mim amanhã?

— Claro. First Citizens, né?

— É. Quando o valor cair, eu posso fazer um cheque pra cobrir minha internação no hospital. — Ele me entregou o cheque, que guardei na carteira. Fechou os olhos, abriu-os de novo e olhou para o teto. Não tirou a mão da cabeça de Radar. — Eu estou cansado pra porra. E a dor nunca dá trégua. Não faz nem pausa pro café.

— Comida?

— Não quero, mas disseram que eu tenho que comer. Talvez um pouco de s com s: sardinha com Saltines.

Parecia horrível pra mim, mas peguei tudo junto com um copo de água gelada. Ele bebeu metade com avidez. Antes de começar a comer as sardinhas (sem cabeça e brilhando de tanta oleosidade, eca), ele me perguntou se eu ainda pretendia passar a noite lá.

— A noite de hoje e de toda a semana — falei.

— Que bom. Nunca me importei de ficar sozinho, mas agora é diferente. Sabe o que cair daquela escada me ensinou? Ou me reensinou?

Balancei a cabeça.

— Medo. Eu estou velho e frágil. — Ele falou isso sem autopiedade, mas como um homem declarando um fato. — Acho que você devia ir pra casa só pra garantir ao seu pai que está tudo bem até agora, não acha? Talvez pra jantar. Aí você pode voltar, dar comida pra Radar e me dar meus malditos remédios. Disseram que eu ficaria viciado e não demorou pra eu ver que estavam certos.

— Parece um bom plano. — Fiz uma pausa. — Sr. Bowditch... Howard... eu gostaria de trazer meu pai pra te conhecer. Sei que você não é uma pessoa que gosta de gente, mas...

118

— Eu entendo. Ele precisa disso pra se tranquilizar, o que é razoável. Mas não hoje, Charlie, e não amanhã. Na quarta, talvez. Até lá, pode ser que eu esteja me sentindo um pouco melhor.

— Tudo bem — falei. — Mais uma coisa. — Anotei o número do meu celular em um post-it e coloquei na mesinha ao lado da cama, uma mesa que logo ficaria coberta de cremes, gaze e comprimidos (mas não o Oxy). — O sino é pra quando eu estiver no andar de cima...

— Muito vitoriano.

— Mas se você precisar de mim quando eu estiver fora, liga para o meu celular. Mesmo se eu estiver na escola. Vou explicar a situação pra sra. Silvius da diretoria.

— Tudo bem. Pode ir. Tranquiliza seu pai. Mas não volta tarde, senão vou tentar me levantar e procurar os comprimidos.

— Péssima ideia — falei.

Sem abrir os olhos, ele disse:

— O universo está cheio delas.

9

Meu pai tem reuniões de acompanhamento às segundas-feiras e, nesses dias, é comum que ele só volte às seis e meia ou sete da noite, então eu não esperava encontrá-lo em casa. E ele não estava lá mesmo. Ele estava do lado de fora do portão da casa do sr. Bowditch, me esperando.

— Eu saí mais cedo do trabalho — disse ele quando me viu. — Estava preocupado com você.

— Você não precisava...

Ele passou o braço pelos meus ombros e me deu um abraço.

— Pode me processar. Eu vi você sair e conversar com uma mulher jovem quando eu estava na metade da colina. Acenei, mas você não viu. Você parecia muito concentrado no que ela estava dizendo.

— E você ficou esperando aqui fora desde aquela hora?

— Pensei em bater na porta, mas acho que nessa situação eu sou como um vampiro. Só posso entrar quando for convidado.

— Quarta-feira — eu disse. — Já falei com ele sobre isso.

— Está ótimo. De noite?

— Acho que umas sete. Ele toma o remédio pra dor às seis.

Começamos a descer a colina. O braço dele ainda estava nos meus ombros. Não me incomodei. Falei para ele que não queria deixar o sr. Bowditch sozinho por muito tempo, então não poderia ficar para jantar. Falei que pegaria algumas coisas (o que veio à mente foi a escova de dentes) e que arrumaria o que comer na despensa dele (que não fosse sardinha).

— Você não precisa fazer isso — disse meu pai. — Comprei uns sanduíches no Jersey Mike's. Leva pra lá.

— Beleza!

— Como ele está?

— Com muita dor. Espero que os comprimidos o ajudem a dormir. Ele toma mais à meia-noite.

— Oxy?

— É.

— Deixa bem guardado. Não deixa ele saber onde estão. — Era um conselho que eu já tinha recebido, mas pelo menos meu pai não perguntou se eu ficaria tentado a experimentar.

Em casa, coloquei roupas para alguns dias na mochila, junto com o roteador portátil Nighthawk. Meu celular era bom, mas o Nighthawk tinha wi-fi de primeira. Acrescentei minha escova de dentes e o barbeador que tinha começado a usar dois anos antes. Alguns caras na escola estavam deixando a barba por fazer, era a moda, mas eu gosto do rosto limpo. Fiz tudo rápido, sabendo que poderia voltar no dia seguinte para pegar o que tivesse esquecido. Eu também estava pensando no sr. Bowditch sozinho na casa velha, grande e cheia de vazamentos só com a cadela idosa como companhia.

Quando eu estava pronto para ir, meu pai me deu outro abraço e me segurou pelos ombros.

— Olha só você. Assumindo uma responsabilidade séria. Estou orgulhoso de você, Charlie. Queria que sua mãe pudesse te ver. Ela também ficaria orgulhosa.

— Tô meio assustado.

Ele assentiu.

— Eu ficaria preocupado se você não estivesse. Só lembra que, se acontecer alguma coisa, você pode me ligar.

— Vou ligar.

— Sabe, eu estava ansioso pra você ir pra faculdade. Agora, nem tanto. Esta casa vai ficar vazia sem você.

— Eu vou estar a menos de um quilômetro daqui, pai. — Mas havia um nó na minha garganta.

— Eu sei. Eu sei. Vai logo, Chip. Vai fazer seu trabalho. — Ele engoliu em seco. Algo estalou na sua garganta. — E faz direito.

SETE

Primeira noite. Agora você conhece o João. Um simples cortador de madeira. Fisioterapia. A visita do meu pai. Lynparza. O sr. Bowditch faz uma promessa.

1

Perguntei ao sr. Bowditch se eu podia me sentar na poltrona dele e ele disse que obviamente. Ofereci metade do meu sanduíche e fiquei meio aliviado quando ele disse que não queria; os da Jersey Mike's são os melhores.

— Talvez eu tome uma sopa depois do comprimido. Caldo de galinha com macarrão. Vamos ver.

Perguntei se ele queria ver o noticiário. Ele fez que não.

— Pode ligar se quiser, mas eu nunca vejo. Os nomes mudam, mas a merda não.

— Estou impressionado que funcione. Os tubos não estouram?

— Claro que sim. Da mesma forma que as pilhas de uma lanterna gastam. Ou a bateria de um rádio transistorizado. — Eu não sabia o que era um rádio transistorizado, mas não falei nada. — Aí, você troca por novos.

— Onde você compra?

— Eu compro de uma empresa chamada RetroFit em Nova Jersey, mas eles estão ficando mais caros a cada ano, conforme a quantidade disponível vai diminuindo.

— Bom, você pode pagar, eu acho.

Ele suspirou.

— Você está falando do ouro. Está curioso, claro que sim, qualquer um ficaria. Você contou pra alguém? Seu pai? Um professor de confiança na escola?

— Eu sei guardar segredos. Já falei isso.

— Tudo bem, não precisa se irritar. Eu tinha que perguntar. E nós vamos conversar sobre isso. Mas não hoje. Hoje eu não me sinto capaz de falar sobre nada.

— Não tem problema — falei. — Mas quanto aos tubos da televisão... como você compra se não tem internet?

Ele revirou os olhos.

— Você acha que aquela caixa de correspondência é só enfeite? Um lugar pra pendurar decoração de Natal?

Ele estava falando de correspondência tradicional. Para mim, foi um choque saber que tinha gente que ainda usava isso para fazer compras. Pensei em perguntar por que ele não comprava uma televisão nova, mas achei que sabia a resposta. Ele gostava de coisas velhas.

Conforme o ponteiro dos minutos no relógio da sala se aproximava das seis da tarde, percebi que eu queria dar os comprimidos a ele quase tanto quanto ele queria tomá-los. Finalmente, a hora chegou. Subi a escada, peguei dois e dei para ele com um copo de água. Ele quase os arrancou da minha mão. A sala estava fresca, mas a testa dele estava coberta de suor.

— Vou dar a comida da Radar — falei.

— Então leva ela para o quintal. Ela faz as necessidades rápido, mas fica lá fora mais um tempo. Me dá o mictório, Charlie. Não quero que você me veja usando essa porcaria, e na minha idade eu levo um tempo pra conseguir.

2

Quando voltei e esvaziei o mictório portátil, os comprimidos estavam fazendo efeito. Ele pediu a sopa, que chamou de penicilina judaica. Tomou o caldo e comeu o macarrão de colher. Quando terminei de lavar a tigela e voltei, ele já tinha adormecido. Não me surpreendeu. Foi um dia infernal para ele. Fui para o quarto dele, encontrei o exemplar de *A noiva estava de preto* e estava mergulhado na leitura quando ele acordou, às oito da noite.

— Por que você não liga a televisão e vê se consegue encontrar aquele programa de cantores? — pediu ele. — Radar e eu gostamos de ver às vezes.

Liguei a televisão, zapeei pelos poucos canais disponíveis e encontrei *The Voice*, quase impossível de ver por uma nevasca na tela. Ajustei as orelhas de coelho até a imagem ficar o mais nítida que deu e vimos vários competidores se apresentarem. A maioria era boa. Eu me virei para o sr. Bowditch para dizer para ele que tinha gostado do cara do country, mas ele estava ferrado no sono.

3

Deixei o sino ao lado dele na mesinha e subi a escada. Olhei para trás uma vez e vi Radar sentada no pé dela. Quando me viu olhando para baixo, ela se virou e voltou para o sr. Bowditch, onde passou aquela noite e todas as outras. Ele continuou dormindo no sofá-cama mesmo depois de conseguir usar a escada de novo, porque aí já estava difícil para ela.

Meu quarto era bom, embora a única luminária de piso lançasse sombras sinistras no teto e a casa fizesse barulhos, como eu sabia que aconteceria.

Eu achava que, quando o vento soprasse, haveria uma sinfonia. Coloquei meu Nighthawk na tomada e entrei na internet. Estava pensando no transporte de todo aquele peso de ouro nas costas e que isso me fez lembrar quando a minha mãe leu uma história infantil antiga. Eu disse para mim mesmo que estava só matando tempo, mas agora me questiono. Acho que às vezes nós sabemos aonde estamos indo mesmo quando achamos que não sabemos.

Encontrei pelo menos sete versões de "João e o pé de feijão" e li todas elas no celular sob a luz da luminária. Lembrei a mim mesmo de levar o notebook no dia seguinte, mas, naquela noite, o celular teria que servir. Eu conhecia a história, claro; como Cachinhos Dourados e Chapeuzinho Vermelho, faz parte do rio cultural que carrega as crianças correnteza abaixo. Acho que vi a versão animada em algum momento depois que a minha mãe leu a história, mas não lembro direito. A história original, cortesia da Wikipédia, era bem mais sanguinolenta do que a que eu lembrava. Um dos detalhes era que João morava só com a mãe porque o gigante tinha matado o pai dele durante um de seus ímpetos.

Você também deve conhecer a história. João e a mãe estão falidos. Eles só têm uma vaca. A mãe manda o João vendê-la por pelo menos cinco moedas de ouro (nada de bolinhas na história). No caminho para a cidade, João encontra um pedinte cheio de lábia que o convence a trocar a vaca por cinco feijões mágicos. A mãe fica furiosa e joga os feijões pela janela. Durante a noite, nasce um pé de feijão mágico que vai até as nuvens. Lá em cima tem um castelo enorme (como ele flutua nas nuvens é algo que nenhuma das versões explica), onde o gigante mora com a esposa.

João basicamente rouba as coisas de ouro: moedas, uma gansa que bota ovos de ouro, a harpa de ouro que avisa o gigante. Mas não é roubar no sentido tradicional, porque o gigante roubou todas as coisas de ouro para si. Eu descobri que a cantiga famosa do gigante (*Fee, fi, fo, fum, sinto cheiro de garoto*) foi tirada de *Rei Lear*, em que um personagem chamado Edgar diz *Fee, fi, fo, fum, sinto o cheiro do sangue de um inglês*. E outra coisa de que não me lembrava de nenhum desenho animado ou do livro infantil da coleção Little Golden Book: o quarto do gigante é cheio de ossos das crianças. O nome do gigante me deu um arrepio, profundo e premonitório.

Gogmagog.

4

Apaguei a luminária às onze e cochilei até o alarme do meu celular me acordar às quinze pra meia-noite. Eu nem tinha guardado os comprimidos no cofre ainda; eles estavam na cômoda em que havia deixado as minhas poucas roupas. Levei dois para o andar de baixo. No escuro, Radar rosnou para mim e se sentou.

— Silêncio, garota — disse o sr. Bowditch, e ela fez silêncio. Acendi a luz. Ele estava deitado de costas, olhando para o teto. — Que bom que você está aqui, bem na hora. Eu não queria tocar o sino.

— Você dormiu?

— Um pouco. Depois que eu meter essas coisinhas aí pra dentro, pode ser que eu consiga dormir de novo. Talvez até amanhecer.

Dei os comprimidos para ele. Ele se apoiou em um cotovelo para tomá--los, me devolveu o copo e voltou a se deitar.

— Já estou melhor. Acho que é o efeito psicológico.

— Precisa de mais alguma coisa?

— Não. Volte pra cama. Garotos em idade de crescimento precisam descansar.

— Acho que já cresci tudo que tinha pra crescer. — Pelo menos, eu esperava que sim. Eu tinha um metro e noventa e dois e pesava cem quilos. Se eu crescesse mais, ficaria um…

— Gogmagog — falei sem pensar.

Eu esperava uma risada, mas não recebi nem um sorriso.

— Andou estudando os contos de fadas?

Dei de ombros.

— Levar o ouro pra Stantonville me fez pensar nos feijões mágicos e no pé de feijão.

— Então você conhece o João.

— Acho que sim.

— Na Bíblia, Gogue e Magogue são as nações do mundo em guerra. Você sabia?

— Não.

— Apocalipse. Juntar os dois geraria um verdadeiro monstro. Um daqueles do qual é bom ficar longe. Apaga a luz, Charlie. Nós dois precisamos dormir. Você vai ter seu descanso, eu talvez tenha o meu. Um pouco de folga dessa dor seria bom.

Fiz carinho em Radar e apaguei a luz. Fui para a escada, mas me virei.

— Sr. Bowditch?

— Howard — disse ele. — Precisa se acostumar com isso. Você não é a porra do mordomo.

Pensei que eu era, de certa forma, mas não quis discutir àquela hora da noite.

— Howard, certo. O que você fazia pra pagar as contas antes de se aposentar?

Ele riu. Foi um som carregado de ferrugem, mas não desagradável.

— Eu era em parte inspetor e em parte lenhador. Um simples cortador de madeira, em outras palavras. Os contos de fadas estão cheios deles. Vai pra cama, Charlie.

Fui para a cama e dormi até as seis, quando era hora dos comprimidos; não só os analgésicos dessa vez, mas todos. Mais uma vez, eu o encontrei acordado, olhando para o teto. Perguntei se tinha dormido. Ele disse que sim. Não sei se acreditei.

5

Comemos ovos mexidos no café da manhã feitos por *moi*. O sr. Bowditch se sentou na beira do sofá-cama para comer, com a perna envolta pelo fixador no pufe que acompanhava a poltrona. De novo, pediu que eu saísse para ele usar o mictório. Quando voltei, ele estava de pé com o apoio das muletas, olhando pela janela da frente.

— Você devia ter esperado a minha ajuda — falei.

Ele respondeu com um som de *tcha*.

— Você ajeitou a cerca.

— Radar ajudou.

— Aposto que ajudou. Ficou bom. Me ajude a voltar pra cama, Charlie. Você vai ter que segurar a minha perna, como fez antes.

Coloquei-o na cama. Levei Radar para passear na rua Pine, e os remédios novos pareceram estar ajudando, porque ela andou uma boa distância, marcando os postes e um ou dois hidrantes no caminho: Radar do Bowditch. Mais tarde, levei o cheque do sr. Bowditch para o banco. Em casa, com meu pai já fora, peguei mais roupas e meu notebook. O almoço foi mais s com s para o sr. Bowditch e cachorro-quente para mim. Comida congelada teria caído bem (eu gostava de Stouffer's), mas o sr. Bowditch não tinha micro-ondas. Tirei carne do Tiller and Sons para descongelar. Eu poderia ver alguns vídeos de culinária do YouTube se fosse para vivermos de mais do que sopa enlatada e sardinha. Meu repertório culinário não era inexistente, graças aos anos em que meu pai bebia ativamente, mas era limitado. Dei os comprimidos do meio-dia do sr. Bowditch. Liguei para Melissa Wilcox para contar como ele estava, algo que ela tinha me pedido para fazer. Eu tinha que dizer quantas vezes o sr. Bowditch tinha se levantado, o que estava comendo e se o intestino tinha funcionado. Esta última pergunta teve não como resposta, e ela não ficou surpresa. Ela disse que o OxyContin prendia o intestino. Depois do almoço, levei um envelope até a caixa de correspondência e levantei a bandeirinha vermelha. Continha um cheque pessoal dele em nome do Hospital Arcadia. Eu mesmo poderia ter levado, mas o sr. Bowditch queria ter certeza de que o cheque de Heinrich seria compensado primeiro.

Conto isso tudo não por serem informações particularmente interessantes, mas porque faziam parte de uma rotina, que continuou pelo resto da primavera e a maior parte do verão. De certa forma, aqueles foram bons meses. Eu me senti útil, necessário. Gostei mais de mim do que gostava havia muito tempo. Só que o final foi horrível.

6

Na quarta-feira à tarde da minha semana de recesso, Melissa chegou para a primeira sessão de fisioterapia do sr. Bowditch; ele chamava de dor e tortura. Ele ganhou um Oxy extra e gostou disso, e fez muito alongamento e levantamento da perna ruim, mas disso não gostou. Fiquei na cozinha durante a maior parte do tempo. Entre outros *bon mots*, ouvi *filha da puta*, *caralho*, *puta que pariu* e *para*. Ele disse muito *para*, acrescentando *porra*. Melissa não se deixou abalar.

Quando acabou, vinte minutos que deviam ter parecido bem mais para ele, ela me chamou. Eu tinha descido com duas cadeiras extras do terceiro andar (não as de encosto ereto que acompanhavam a mesa de jantar, que pareciam instrumentos de tortura). O sr. Bowditch estava sentado em uma. Melissa tinha levado uma almofada grande, e o tornozelo da perna machucada estava apoiado nela. Como a almofada ficava mais baixa do que o pufe, o joelho dele, ainda com ataduras, estava um pouco flexionado.

— Olha isso! — exclamou Melissa. — Cinco graus flexionado, já! Não estou só satisfeita, estou impressionada!

— Dói pra caralho — resmungou o sr. Bowditch. — Quero voltar pra cama.

Ela riu com alegria, como se fosse a frase mais engraçada que já tinha ouvido.

— Mais cinco minutos e você se levanta de muleta. Charlie vai ajudar.

Ele ficou mais cinco minutos, se levantou com dificuldade e se apoiou nas muletas. Virou-se para a cama, mas deixou uma cair. Ela bateu contra o chão e Radar latiu. Eu o segurei a tempo e o ajudei a terminar a volta. Pelos poucos momentos em que ficamos grudados, eu com o braço em torno dele e ele com o braço em torno de mim, senti o seu coração batendo forte e rápido. *Feroz* foi a palavra que me veio à mente.

Levei-o para a cama, mas, no processo, a perna machucada se dobrou mais do que cinco graus e ele gritou de dor. Radar se levantou na mesma hora e latiu com as orelhas para trás.

— Estou bem, garota — disse o sr. Bowditch. Ele estava sem ar. — Deita.

Ela se deitou sobre a barriga, sem tirar os olhos dele. Melissa deu a ele um copo de água.

— Como brinde especial pelo bom trabalho, você pode tomar os comprimidos às cinco hoje. Volto na sexta. Sei que isso dói, Howard; esses ligamentos não querem se alongar. Mas vão. Se você seguir em frente.

— Meu Deus — disse ele. E, contrariado: — Está bem.

— Charlie, me acompanha até lá fora.

Eu fui, carregando a bolsa pesada de equipamentos dela. O pequeno Honda Civic que ela dirigia estava parado em frente ao portão. Quando abri o porta-malas, vi a sra. Richland do outro lado da rua, novamente protegendo os olhos para ver melhor as festividades. Ela me viu olhando e balançou os dedos.

129

— Ele vai mesmo melhorar? — perguntei.

— Vai. Você viu o joelho dobrando? Está extraordinário. Já vi isso antes, mas normalmente em pacientes mais jovens. — Ela refletiu e assentiu. — Ele vai melhorar. Ao menos por um tempo.

— O que isso quer dizer?

Ela abriu a porta do motorista.

— Ele é um velho rabugento, né?

— Ele não é muito sociável — falei, bastante ciente de que ela não havia respondido minha pergunta.

Ela soltou aquela risada alegre de novo. Eu amava como ela ficava linda no sol da primavera.

— Pode repetir isso mil vezes, amigão. Pra todo mundo ouvir. Eu volto na sexta. Vai ser um novo dia, mas com a mesma rotina.

— O que é Lynparza? Eu conheço os outros que ele toma, mas não esse. O que faz?

O sorriso dela sumiu.

— Eu não posso te contar, Charlie. Confidencialidade do paciente. — Ela se sentou atrás do volante. — Mas você pode pesquisar na internet. Tem de tudo lá.

Ela foi embora.

7

Às sete daquela noite, meu pai abriu o portão da frente, que eu não tinha fechado com trinco, e subiu o caminho até onde eu estava, sentado nos degraus da varanda. Depois da fisioterapia do sr. Bowditch, perguntei se ele queria adiar a visita do meu pai. Quase desejei que ele quisesse, mas, depois de ponderar por um momento, ele balançou a cabeça.

— Vamos em frente com isso. Pra ele ficar tranquilo. Ele deve querer ter certeza de que eu não sou um molestador de crianças.

Não falei nada, mas, na atual circunstância, o sr. Bowditch não conseguiria molestar nem uma criancinha pequena, e muito menos um marmanjo de quase dois metros que praticava dois esportes.

— Oi, Charlie.

— Oi, pai. — Eu o abracei.

Ele estava carregando uma embalagem com seis latas de Coca.

— Será que ele vai gostar? Eu quebrei a perna quando tinha doze anos e enchi a cara disso.

— Entra e pergunta pra ele.

O sr. Bowditch estava sentado em uma das cadeiras que eu tinha levado para o andar de baixo. Tinha me pedido para pegar uma camisa de botão e um pente. Fora a calça do pijama volumosa por cima do fixador, achei que ele estava ótimo. Eu estava nervoso, torcendo para que não ficasse rabugento demais com o meu pai, mas não precisava ter me preocupado. Os remédios estavam fazendo efeito, mas não foi só isso; na verdade, o sujeito era sociável. Estava meio enferrujado, mas sabia socializar. Acho que algumas coisas são mesmo tipo andar de bicicleta.

— Sr. Reade — disse ele. — Já te vi algumas vezes, mas é um prazer conhecê-lo oficialmente. — Ele esticou uma das mãos grandes e cheias de veias. — Perdão por não me levantar.

Meu pai apertou a mão dele.

— Não tem problema nenhum. E pode me chamar de George.

— Pode deixar. E eu sou Howard, mas estou tendo uma dificuldade danada pra convencer seu filho disso. Quero te dizer que ele tem sido muito bom pra mim. Praticamente um escoteiro, mas sem a baboseira, se você não se incomodar de eu dizer.

— De jeito nenhum — disse meu pai. — Estou orgulhoso dele. Como você está?

— Melhorando... pelo menos é o que a Rainha da Tortura me diz.

— Fisioterapia?

— É assim que chamam.

— Cadê a boa menina? — disse meu pai, se inclinando para Radar. Ele a acariciou algumas vezes. — Nós já nos conhecemos.

— Fiquei sabendo. Se meus olhos não estiverem me enganando, isso aí parece Coca.

— Não estão enganando. Quer uma com gelo? Infelizmente, está quente.

— Coca com gelo seria ótimo. Houve uma época em que um toque de rum aí teria dado um sabor especial.

131

Fiquei meio tenso, mas meu pai só riu.

— Grande verdade.

— Charlie, você pode pegar três daqueles copos altos da prateleira de cima e encher de gelo?

— Claro.

— Talvez seja bom passar uma água neles primeiro. Não são usados há muito tempo.

Não me apressei e fui ouvindo a conversa enquanto passava uma água nos copos e pegava gelo nas bandejas antiquadas do sr. Bowditch. Ele ofereceu condolências ao meu pai pela perda da esposa, disse que tinha conversado com ela algumas vezes na rua Sycamore ("quando eu saía mais") e que ela parecia ser uma mulher adorável.

— Aquela maldita ponte deveria ter sido pavimentada imediatamente — disse o sr. Bowditch. — A morte dela podia ter sido evitada. Estou surpreso de você não ter processado a cidade.

Ele estava ocupado demais bebendo para pensar nisso, lembrei. Quase todos os meus antigos ressentimentos tinham passado, mas não totalmente. O medo e a perda deixam resíduos.

8

Estava escuro quando fui com meu pai até o portão. O sr. Bowditch estava na cama, depois de fazer a transferência com apenas uma ajudinha minha enquanto meu pai (e Radar) olhavam.

— Ele não é o que eu esperava — disse meu pai quando chegamos na calçada. — Nem um pouco. Esperava um homem rabugento. Talvez até intratável.

— Ele pode ser assim. Com você ele foi meio... não sei como chamar. Meu pai sabia.

— Ele se esforçou. Queria que eu gostasse dele, porque ele gosta de você. Vi como ele te olha, moleque. Você é importante pra ele. Não o decepcione.

— Sim. Só espero que ele não *caia*.

Meu pai me abraçou, beijou a minha bochecha e desceu a colina. Eu o vi aparecer em cada área de luz de poste e desaparecer de novo. Às vezes, eu ainda me ressentia dele pelos anos perdidos, porque também eram meus anos perdidos. Mas, de modo geral, eu estava feliz por ele estar de volta.

— Correu tudo bem, não foi? — perguntou o sr. Bowditch quando voltei para dentro da casa.

— Foi ótimo.

— E o que a gente vai fazer esta noite, Charlie?

— Eu tive uma ideia. Espera um segundo.

Eu tinha baixado dois episódios de *The Voice* no notebook. Coloquei-o na mesa, onde nós dois podíamos ver.

— Meu jesus cristinho, olha essa imagem! — exclamou ele.

— Pois é. Nada mau, né? E sem comerciais.

Vimos o primeiro. Eu queria ver o segundo, mas ele dormiu cinco minutos depois. Fechei o notebook, subi a escada, voltei a abri-lo e li sobre o Lynparza.

9

Na sexta, carreguei a bolsa de equipamentos da Melissa para o Civic de novo. Fechei o porta-malas e me virei para ela.

— Eu li sobre o Lynparza.

— Achei que você faria exatamente isso.

— Ele trata quatro doenças. Eu sei que ele não está tomando pra câncer de mama nem de ovário, então qual é? Próstata ou o outro? — Eu rezava para que não fosse no pâncreas. O pai do meu pai teve e morreu menos de seis meses depois do diagnóstico.

— É confidencial, Charlie, eu não posso dizer. — Mas o rosto dela estava me dizendo outra coisa.

— Fala sério, Melissa. Você não é médica. Alguém te contou.

— Porque eu tenho que trabalhar com ele. Pra fazer isso, eu preciso do panorama geral.

— Eu sei guardar segredo. Você já sabe disso, né? — Eu estava falando dos analgésicos poderosos que eu não tinha idade para administrar.

Ela suspirou.

— É câncer de próstata. Abrams, o médico que operou a perna e substituiu o joelho, viu na radiografia. Bem avançado, mas não em metástase. O Lynparza desacelera o crescimento dos tumores. Às vezes até os reverte.

— Ele não deveria estar fazendo outros tratamentos? Tipo quimioterapia? Ou radioterapia?

A sra. Richland estava na rua de novo. Ela acenou, balançando os dedos. Respondi da mesma forma.

Melissa hesitou, mas deve ter decidido que, depois de já ter ido tão longe, não fazia sentido parar.

— Ele passou com o dr. Patterson, que é chefe do Departamento de Oncologia do Arcadia. Ele ofereceu as opções, e Bowditch recusou todas, menos o Lynparza.

— *Por quê?*

— Isso você tem que perguntar pra ele, Charlie, mas, se perguntar, não fale desta conversa. Eu provavelmente não chegaria a perder o emprego, mas, tecnicamente, poderia. E, escuta, tem médicos, muitos deles, que diriam que ele fez a escolha certa. O câncer de próstata desacelera em homens idosos. Com o Lynparza, ele talvez tenha alguns anos de vida pela frente.

10

Naquela noite, vimos outro episódio de *The Voice*. Quando acabou, o sr. Bowditch se levantou de muletas com dificuldades.

— Esta pode ser uma noite importante, Charlie. Acho que eu vou cagar.

— Os fogos estão prontos — falei.

— Guarda as piadas pra um stand-up — disse ele.

Quando tentei segui-lo até a cozinha, ele virou a cabeça e disse com rispidez:

— Volta pra lá e vai assistir a sua geringonça, pelo amor de Deus. Se eu cair, você pode me levantar.

Eu voltei. Ouvi a porta do banheirinho se fechando. Esperei. Cinco minutos se passaram. Depois, dez. Joguei o macaco para Radar até ela parar de ir atrás dele e se deitar no tapete. Acabei indo até a entrada da cozinha e perguntei se ele estava bem.

— Estou — respondeu ele. — Mas uma banana de dinamite seria útil aqui. OxyContin do caralho.

Ouvi o barulho da descarga e, quando ele saiu do banheiro, estava suado, mas sorrindo.

— A águia pousou. Graças aos céus.

Eu o ajudei a voltar para a cama e decidi tirar vantagem do bom humor dele. Mostrei o frasco de Lynparza.

— Eu li sobre isso aqui e você poderia estar fazendo bem mais.

— É mesmo, dr. Reade? — Mas ele estava com um leve sorriso nos cantos da boca e isso me deu coragem de seguir em frente.

— Os médicos têm muitas armas pra lutar contra o câncer agora. Só não entendo por que você não quer usar.

— É bem simples. Você sabe que eu estou com dor. Você sabe que eu não consigo dormir sem esses malditos comprimidos que dão constipação. Você me ouviu gritar com a Melissa, que é uma mulher muito boazinha. Até agora, eu consegui não xingá-la, mas posso fazer isso a qualquer momento. Por que eu ia querer acrescentar náusea, vômitos e cólicas à dor que eu já estou sentindo?

Comecei a responder, mas ele se apoiou em um cotovelo e fez sinal para eu me calar.

— Tem outra coisa, meu jovem. Algo que uma pessoa da sua idade não consegue entender. Eu já estou quase de saco cheio. Ainda não, mas quase. A vida fica velha. Você pode não acreditar nisso, sei que eu não acreditava quando… — Ele fez uma pausa. — … quando eu era jovem, mas é verdade. — Ele se deitou, procurou Radar com a mão, encontrou e fez carinho nela. — Mas eu não queria deixá-la sozinha, entende? Somos amigos, ela e eu. E agora, eu não preciso me preocupar. Se ela viver mais do que eu, você vai ficar com ela. Certo?

— Sim, claro.

— Quanto à fisioterapia… — O sorriso dele se alargou. — Hoje eu consegui dobrar a perna dez graus e comecei a usar aquele elástico pra flexionar o tornozelo. Vou me esforçar muito, porque não quero morrer na cama. Muito menos nessa porra de sofá-cama.

135

11

Ainda não havíamos discutido a fonte do ouro, esse era o elefante na sala, mas, no domingo, eu me dei conta de que havia algo que nós *tínhamos* que discutir. Eu ainda podia dar os comprimidos da manhã e da noite, mas o que ele ia fazer com os do meio-dia quando minhas aulas recomeçassem?

— Acho que Melissa poderia dar pra você nas segundas, quartas e sextas, quando vier pra fisioterapia, mas eles não teriam muito tempo pra fazer efeito até a hora de começarem os exercícios. E como ficam as terças e quintas?

— Eu vou pedir pra sra. Richland pegar pra mim. Ela poderia olhar a casa quando vier aqui. Quem sabe tirar umas fotos pra ela postar no Facebook ou no Twitter.

— Engraçadinho.

— Não são só os comprimidos do meio-dia — disse ele. — Tem os da meia-noite.

— Eu venho pra…

— Não, Charlie. Está na hora de você voltar pra casa. Sei que seu pai sente saudades.

— Eu estou na mesma rua!

— Sim, e seu quarto está vazio. Só tem uma pessoa na mesa de jantar quando ele chega em casa. Homens sozinhos podem começar a ter pensamentos ruins. Sei disso, pode acreditar. Você vai deixar os comprimidos do meio-dia comigo quando vier de manhã para me ver e dar a comida da Radar, e vai deixar os da meia-noite quando for pra casa à noite.

— Não posso fazer isso!

Ele assentiu.

— Pra eu não trapacear. O que seria uma tentação, porque eu estou viciado nessa merda. Mas te dou a minha palavra. — Ele se apoiou nos dois cotovelos e fixou o olhar em mim. — Na primeira vez em que eu trapacear, eu vou te contar e parar com os comprimidos. Mudo pra Tylenol. É a minha promessa e eu vou cumpri-la. Podemos combinar assim?

Pensei no assunto e disse que sim. Ele esticou o braço. Demos um aperto de mãos. Naquela noite, mostrei a ele como acessar os filmes e programas de televisão que eu tinha no notebook. Deixei dois comprimidos de 20 mg

136

de Oxy em um pratinho na mesa ao lado da cama. Coloquei a mochila nas costas e mostrei o celular.

— Se você precisar de mim, me liga. Dia ou noite.

— Dia ou noite — concordou ele.

Radar me seguiu até a porta. Eu me curvei, fiz carinho nela, dei-lhe um abraço. Ela lambeu minha bochecha. E fui para casa.

12

Ele nunca trapaceou. Nem uma vez.

OITO
Águas passadas. A fascinação por ouro. Uma cadela velha. Uma notícia de jornal. Uma prisão.

1

No começo, eu dava banhos de esponja no sr. Bowditch três vezes por semana, porque não havia chuveiro no banheiro apertado do andar de baixo. Ele deixava, mas insistia em limpar as partes íntimas sozinho (e, por mim, tudo bem). Eu lavava o peito magrelo dele e as costas mais magrelas ainda e, uma vez, depois de um incidente infeliz conforme ele seguia lentamente para o banheiro apertado, lavei também a bunda magrela. Os xingamentos e palavrões nessa ocasião foram causados tanto por constrangimento (um constrangimento *amargo*) quanto por raiva.

— Não se preocupe — falei quando ele estava de novo com a calça do pijama. — Eu limpo a bosta da Radar no quintal o tempo todo.

Ele lançou para mim a expressão tradicional que questionava se eu tinha nascido burro.

— É diferente. Radar é uma *cadela*. Ela cagaria no gramado na frente da Torre Eiffel se deixassem.

Achei isso um tanto interessante.

— *Tem* gramado na frente da Torre Eiffel?

Nesse momento veio a tradicional revirada de olhos de Bowditch.

— Sei lá. Eu só estava falando. Posso tomar uma Coca?

— Claro. — Desde que meu pai tinha levado aquela embalagem com seis, eu sempre deixava uma Coca na casa para o sr. Bowditch.

Quando levei a Coca, ele estava fora da cama, sentado na poltrona antiga com Radar ao lado.

— Charlie, preciso perguntar uma coisa. Tudo isso que você está fazendo por mim...

— Eu recebo um cheque bem gordo toda semana, e sou muito grato por ele, mesmo que nem sempre ache que estou fazendo o suficiente pra merecer.

— Você teria feito de graça. Você me disse isso quando eu estava no hospital e eu acredito que estava falando sério. Está almejando a santidade ou expiando alguma coisa?

Aquilo foi muito certeiro. Pensei na minha oração, no meu acordo com Deus, mas também pensei no telefonema com a falsa ameaça de bomba à escola Stevens Elementary. Bertie achou a piada mais engraçada do mundo, mas naquela noite, com meu pai roncando de bêbado no outro quarto, eu só conseguia pensar que tínhamos assustado um monte de gente, a maioria crianças.

Enquanto isso, o sr. Bowditch estava me observando com atenção.

— Expiando — disse ele. — Me pergunto o que seria.

— Você me deu um bom trabalho — respondi — e sou grato. Gosto de você mesmo quando está mal-humorado, se bem que admito que fica um pouco mais difícil assim. Qualquer outra coisa são águas passadas.

139

Ele pensou nisso e disse algo que eu não esqueci mais. Talvez porque minha mãe tenha morrido em uma ponte quando eu estudava na Stevens Elementary, talvez só porque me pareceu importante e ainda parece.

— O tempo é a água, Charlie. A vida é só a ponte embaixo da qual ele passa.

2

O tempo passou. O sr. Bowditch continuou falando palavrões e, às vezes, gritando durante a fisioterapia, chateando tanto Radar que Melissa teve que passar a colocá-la para fora antes de começar a sessão do dia. Flexionar a perna doía, doía muito, mas em maio o sr. Bowditch estava conseguindo dezoito graus de dobra no joelho e, em junho, estava em quase cinquenta. Melissa começou a ensiná-lo a usar a muleta para subir a escada (e, mais importante ainda, como descer sem uma queda desastrosa), então deixei os comprimidos de Oxy no terceiro andar. Guardei-os em uma casa de passarinhos velha e empoeirada com um corvo entalhado no alto que me dava arrepios. O sr. Bowditch começou a ter mais facilidade para andar de muleta e passou a tomar seus banhos de esponja sozinho (ele chamava de "banho de gato"). Eu nunca precisei limpar a bunda dele de novo porque não houve mais acidente a caminho do banheiro. Vimos filmes velhos no meu notebook, desde *Amor, sublime amor* a *Sob o domínio do mal* (nós dois adoramos este). O sr. Bowditch comentou sobre comprar uma televisão nova, o que achei um sinal claro de que ele estava voltando a se envolver com a vida, mas mudou de ideia quando falei que ele precisaria de uma instalação de cabo ou de uma antena parabólica (portanto, não se envolvendo tanto assim). Eu ia lá às seis da manhã todos os dias e, sem treino de beisebol nem jogos (o treinador Harkness me olhava de cara feia sempre que eu passava por ele no corredor), voltava para o número 1 da Sycamore todas as tardes por volta das três. Eu fazia tarefas, quase todas domésticas, e não me incomodava. Os pisos de cima estavam imundos, principalmente do terceiro andar. Quando sugeri limpar as calhas, o sr. Bowditch me olhou como se eu tivesse falado algum absurdo e me mandou contratar alguém para fazer o serviço. O pessoal da Sentry Consertos Domésticos foi lá e, quando as calhas estavam limpas da forma que o sr. Bowditch queria (ele assistiu da varanda dos fundos, curvado nas muletas com a calça do pijama larga caindo sobre o fixador), ele me mandou contratá-los para consertar o telhado. Quando o sr. Bowditch viu o orçamento do serviço, falou para negociar ("Dá a cartada do velho pobre", disse). Pedi desconto e consegui que reduzissem em vinte por cento. Os caras dos consertos domésticos também montaram uma rampa na varanda da frente (que nem o sr. Bowditch nem Radar usaram; ela tinha medo) e ofereceram consertar o pavimento que ia do portão até a varanda. Recusei a oferta e fiz eu mesmo o conserto. Também substituí os degraus tortos e lascados das varandas da frente e dos fundos (com a ajuda de vários vídeos de faça-você-mesmo no YouTube). Foram uma primavera e um verão ocupados de limpezas e consertos no alto da colina da rua Sycamore. A sra. Richland teve muita movimentação para ver, e viu tudo. No começo de julho, o sr. Bowditch voltou ao hospital para a remoção do fixador externo, semanas antes da estimativa mais otimista de Melissa. Quando ela disse o quanto estava orgulhosa e o abraçou, o velho ficou sem palavras pela primeira vez na vida. Meu pai ia lá nas tardes de domingo (a convite do sr. Bowditch, sem envolvimento meu) e nós jogávamos buraco — o sr. Bowditch costumava ganhar. Nos dias de semana eu preparava algo para ele comer, descia a colina para jantar com o meu pai e voltava para a casa do sr. Bowditch para lavar a pouca louça que ele deixava, passear com Radar e ver filmes com ele. Às vezes comíamos pipoca. Quando o fixador foi retirado, não precisei mais cuidar dos pinos, mas tive que manter limpos os buracos por onde os pinos haviam entrado. Eu exercitava os tornozelos dele com elásticos vermelhos grandes e o fazia dobrar a perna.

Foram boas semanas, ao menos a maioria. Nem tudo era bom. As caminhadas com Radar foram ficando mais curtas, porque ela começava a mancar e se virava para a casa. Ela passou a ter cada vez mais dificuldade para subir os degraus da varanda. Uma vez, o sr. Bowditch me viu carregando-a e me mandou não fazer isso.

— Só quando ela não conseguir mais fazer sozinha — disse ele.

Às vezes, havia pontos de sangue na borda da privada depois que o sr. Bowditch urinava, o que ele precisava de cada vez mais tempo para fazer ("Anda, coisa inútil, produz líquido", eu o ouvi dizer uma vez pela porta fechada). O que quer que o Lynparza devesse fazer, não estava indo muito

141

bem. Tentei falar com ele sobre isso, perguntei por que estava se esforçando tanto para ficar de pé se ia deixar correr solto "o que realmente havia de errado com ele" (meu eufemismo), e ele me disse para cuidar da minha vida. No fim das contas, não foi o câncer que o levou. Foi um ataque cardíaco. Só que não foi.

Foi o maldito barracão.

3

Uma vez, acho que em junho, toquei no assunto do ouro de novo, embora de forma indireta. Perguntei ao sr. Bowditch se ele não se preocupava com o alemãozinho que mancava, principalmente depois da grande entrega que eu fizera para o sr. Bowditch poder pagar a conta do hospital.

— Ele é inofensivo. Faz muitos negócios naquela salinha dos fundos e, até onde eu sei, nunca chamou atenção da lei. Nem da receita federal, o que me pareceria mais provável.

— Você não tem medo de ele falar com alguém? Talvez ele faça negócios com pessoas que têm diamantes pra vender, ladrões e tal, e ele deve ficar de boca fechada quanto a isso, mas eu acho que quase três quilos de bolinhas de ouro é um nível totalmente diferente.

Ele fez aquele som de deboche.

— E colocar em risco o lucro que ele tem com as transações que faz comigo? Seria burrice, e burro Willy Heinrich não é.

Estávamos na cozinha, tomando Coca em copos altos (com raminhos da menta que crescia no lado da casa que ficava na rua Pine). Do outro lado da mesa, o sr. Bowditch me olhou de um jeito astuto.

— Acho que não é de Heinrich que você quer falar. Acho que você está pensando é no ouro e de onde ele vem.

Não respondi, mas ele não estava errado.

— Me diz uma coisa, Charlie: você já foi lá em cima algumas vezes? — Ele apontou para o teto. — Pra dar uma olhada? Pra conferir, digamos? Você foi, né?

Eu corei.

— Bom...

— Não se preocupe, não vou te dar bronca. Pra mim, o que tem lá em cima é só um balde de metal que podia muito bem ser porcas e parafusos, mas eu estou velho. O que não quer dizer que eu não entenda a fascinação. Me conta, você enfiou a mão lá dentro?

Pensei em mentir, mas não tinha sentido. Ele saberia.

— Sim.

Ele ainda estava me olhando daquele jeito astuto, o olho esquerdo apertado, a sobrancelha direita peluda erguida. Mas sorrindo também.

— Enfiou as mãos no balde e deixou as bolinhas escorrerem entre os dedos?

— Sim. — Agora, o rubor nas minhas bochechas estava quente. Eu não tinha feito isso só na primeira vez; tinha feito várias.

— A fascinação pelo ouro é bem diferente do valor real dele. Você sabe disso, não sabe?

— Sei.

— Vamos supor, só aqui entre nós, que o sr. Heinrich tenha falado mais do que devia com a pessoa errada depois de beber demais naquele barzinho nojento na rua da loja dele. Eu apostaria esta casa e o terreno onde ela fica que aquele velho Willy manco nunca bebe demais, provavelmente nem bebe, mas digamos que sim. E suponhamos que a pessoa com quem ele falou, talvez sozinha, talvez entre colegas, esperasse você sair, invadisse minha casa e exigisse o ouro. A minha arma está no andar de cima. Minha cadela, antes assustadora… — Ele fez carinho em Radar, que estava roncando ao lado dele. — … agora está ainda mais velha do que eu. O que eu faria num caso desses?

— Acho que… entregaria pra pessoa?

— Exatamente. Eu não desejaria nada de bom pra pessoa, mas entregaria tudo pra ela.

Nesse momento, eu fiz a pergunta.

— De onde vem, Howard?

— Pode ser que eu te conte com o tempo. Ainda não decidi. Porque o ouro não é só fascinante. É perigoso. E o lugar de onde ele veio é perigoso. Acho que vi uma costeleta de carneiro na geladeira. Tem salada de repolho? O Tiller faz a melhor salada de repolho do mundo. Você devia experimentar.

Em outras palavras, fim da conversa.

4

Certa noite, no fim de julho, Radar não conseguiu subir os degraus da varanda dos fundos quando voltamos da nossa caminhada na rua Pine. Ela tentou duas vezes, mas acabou se sentando, ofegante, e ficou me olhando.

— Vai, pega ela — disse o sr. Bowditch. Ele tinha saído, apoiado em uma muleta. A outra estava aposentada. Eu olhei para ele para ter certeza e ele assentiu. — Está na hora.

Quando eu a peguei, ela deu um gritinho e mostrou os dentes. Deslizei o braço que aninhava a traseira dela para tentar me afastar do ponto dolorido e a carreguei até lá em cima. Foi fácil. Radar estava magra, o focinho quase todo branco, os olhos úmidos. Botei-a delicadamente na cozinha, mas, de primeira, as pernas não a sustentaram. Ela reuniu determinação, deu para vê-la fazendo isso, e mancou até o tapete perto da porta da despensa, bem devagar, e meio que desabou nela com um som cansado.

— Ela precisa ir ao veterinário.

O sr. Bowditch balançou a cabeça.

— Ela ficaria com medo. Não vou fazê-la passar por isso sem motivo.

— Mas…

Ele falou de forma gentil, o que *me* assustou, porque era tão atípico dele.

— Nenhum veterinário pode ajudá-la. A hora dela está chegando. Agora, ela só precisa descansar, e eu preciso pensar.

— Por Deus, pensar no quê?

— No que é melhor. Você precisa ir pra casa agora. Vai jantar. Não volta hoje. A gente se vê de manhã.

— E o *seu* jantar?

— Vou comer sardinha com biscoito. Vai agora. — Ele repetiu. — Eu preciso pensar.

Fui para casa, mas não comi muito. Não estava com fome.

5

Depois disso, Radar parou de comer toda a comida da manhã e da noite e, embora eu a carregasse para subir os degraus da varanda dos fundos (ela ainda conseguia descer sozinha), ela começou a deixar sujeiras ocasionais na casa. Eu sabia que o sr. Bowditch estava certo quanto ao fato de que nenhum veterinário poderia ajudá-la... exceto talvez no finalzinho, porque ficou claro que ela estava sofrendo. Ela dormia muito e às vezes latia e mordia as ancas, como se tentando se livrar do que a estava mordendo e machucando. Agora, eu tinha dois pacientes, um melhorando e outro piorando.

No dia 5 de agosto, uma segunda-feira, eu recebi um e-mail do treinador Montgomery, marcando os horários dos treinos de futebol americano. Antes de responder, resolvi contar ao meu pai que eu tinha decidido não jogar no meu último ano. Apesar de ficar claramente decepcionado (eu também estava decepcionado), meu pai disse que entendia. Ele tinha ido à casa do sr. Bowditch no dia anterior para jogar buraco e visto como a Radar estava.

— Ainda tem muito trabalho a ser feito lá — falei. — Quero dar um jeito naquela bagunça do terceiro andar e, quando for seguro deixar Howard descer para o porão, tem um quebra-cabeça que precisa ser terminado. Acho que ele esqueceu. Ah, e eu preciso ensinar a ele como usar meu notebook pra ele usar a internet além de ver filmes, e também...

— Chega, Chip. É por causa do cachorro, né?

Pensei em quando eu a carregava pelos degraus e na vergonha na cara dela quando ela fazia cocô dentro de casa e não consegui responder.

— Eu tive uma cocker quando era criança — disse meu pai. — O nome dela era Penny. É difícil quando um cachorro fica velho. E quando eles chegam ao fim... — Ele balançou a cabeça. — É de partir o coração.

Era isso. Era exatamente isso.

Não foi meu pai que ficou irritado com a ideia de eu largar o futebol americano no meu terceiro ano, foi o sr. Bowditch. Ele ficou uma fera.

— Você está louco? — Ele quase gritou. As bochechas sulcadas coraram. — Você ficou louco *de pedra*? Você vai ser a estrela daquele time! Vai poder jogar na faculdade, talvez até com bolsa!

— Você nunca me viu jogar na vida.

— Eu leio as páginas de esportes do *Sun*, por piores que sejam. Você ganhou o maldito Turkey Bowl ano passado!

— Nós fizemos quatro *touchdowns* naquele jogo. Eu só marquei o último.

Ele baixou a voz.

— Eu iria ver seus jogos.

Isso me deixou tão perplexo que fiquei um minuto em silêncio. Vindo de alguém que tinha sido um eremita voluntário antes do acidente, era uma proposta incrível.

— Você ainda pode ir — acabei por dizer. — Eu vou junto. Você compra os cachorros-quentes e eu compro as Cocas.

— Não. *Não.* Eu sou seu chefe, caramba. Eu pago o seu salário. E eu proíbo. Você não vai perder a sua última temporada de futebol americano do ensino médio por minha causa.

Eu me irrito às vezes, apesar de nunca ter demonstrado para ele antes. Naquele dia, eu mostrei. Acho que seria justo dizer que eu surtei.

— Não é por sua casa, nem tudo é por sua causa! E *ela?* — Eu apontei para Radar, que ergueu a cabeça e choramingou com inquietação. — *Você* vai carregar ela pra cima e pra baixo da escada da varanda pra ela mijar e cagar? Você mal consegue andar!

Ele fez uma expressão de choque.

— Eu… ela pode fazer dentro de casa… eu boto jornal…

— Ela ia odiar, você sabe que ia. Ela pode ser só um cachorro, mas tem dignidade. E se esse for o último verão dela, o último outono… — Senti as lágrimas chegando, e você só vai achar isso absurdo se nunca teve um cachorro que amava. — … eu não quero estar no campo treinando, batendo numa porra de *boneco* quando ela falecer! Eu vou pra escola, isso eu tenho que fazer, mas o resto do tempo eu quero estar aqui. E se isso não for bom pra você, pode me demitir.

Ele ficou quieto, as mãos fechadas. Quando olhou para mim de novo, seus lábios estavam tão apertados que quase desapareceram, e por um momento eu achei que ele ia fazer exatamente isso. Mas ele disse:

— Você acha que um veterinário viria em casa e talvez pudesse ignorar o fato de que minha cadela não foi registrada? Se eu pagasse bem?

Eu soltei o ar.

— Por que eu não tento descobrir?

6

Não foi um veterinário que eu encontrei, mas uma assistente de veterinário, uma mãe solteira com três filhos. Andy Chen a conhecia e me apresentou. Ela foi, examinou Radar e deu ao sr. Bowditch alguns comprimidos que ela disse que eram experimentais, mas bem melhores do que o Carprofen. Mais fortes.

— Quero deixar algo bem claro sobre o remédio — disse ela. — Ele vai melhorar a qualidade de vida, mas também é provável que encurte o tempo dela. — Ela fez uma pausa. — Vai encurtar *com certeza*. Não me procurem quando ela morrer me dizendo que eu não avisei.

— Por quanto tempo o remédio vai ajudar? — perguntei.

— Pode ser que nem ajude. Como falei, é experimental. Eu só tenho porque sobrou depois que o dr. Petrie terminou um teste clínico. Para o qual ele foi bem pago, devo acrescentar... não que tenha chegado em mim. Se ajudar, Radar pode ter um bom mês. Talvez dois. Provavelmente, não terá três. Ela não vai se sentir um filhotinho de novo, mas vai ficar melhor. Aí, um dia... — Ela deu de ombros, se agachou e fez carinho na lateral magrela da Radar. Rad abanou o rabo. — Um dia, ela vai embora. Se ela ainda estiver viva no Halloween, eu ficaria surpresa.

Eu não sabia o que dizer, mas o sr. Bowditch sabia, e Radar era dele.

— Está bom assim. — Ele acrescentou uma coisa que eu não entendi na hora, mas agora entendo: — *Tempo* suficiente. Talvez.

Quando a mulher foi embora (com duzentos dólares no bolso), o sr. Bowditch se deslocou de muleta, se curvou e fez carinho na cadela. Quando olhou para mim, ele estava com um sorrisinho torto.

— Ninguém vai nos prender por tráfico de remédio ilegal de cachorro, vai?

— Duvido — falei. Haveria bem mais problema por causa do ouro se alguém descobrisse. — Estou feliz de você ter tomado essa decisão. Eu não teria conseguido.

— Era isso ou nada. — Ele ainda estava fazendo carinho na Radar, com movimentos longos da mão do pescoço até a cauda. — No fim das contas, me parece que um ou dois meses bons é melhor do que seis ruins. Se funcionar, claro.

Funcionou. Radar começou a comer a ração de novo e conseguia subir os degraus da varanda (às vezes com uma ajudinha minha). O melhor de tudo foi que ela ficou bem para algumas rodadas de buscar o macaco e fazê-lo apitar à noite. Mesmo assim, eu não esperava que ela vivesse mais do que o sr. Bowditch. Mas ela viveu.

7

Depois, veio o que os poetas e músicos chamam de cesura. Radar continuou a… bem, não melhorar, eu não poderia chamar assim, mas a parecer mais o cachorro que conheci no dia em que o sr. Bowditch caiu da escada (embora de manhã ela ainda tivesse dificuldade para se levantar do tapete e ir até a tigela de comida). O sr. Bowditch, *sim*, melhorou. Ele reduziu o Oxy e trocou a única muleta que vinha usando desde agosto por uma bengala que encontrou em um canto do porão. Lá embaixo, ele começou a trabalhar novamente no quebra-cabeça. Eu ia para a escola, passava um tempo com o meu pai e passava mais ainda na rua Sycamore. O time de futebol americano dos Hedgehogs começou a temporada perdendo de três a zero, e meus antigos companheiros de time pararam de falar comigo. Isso foi ruim, mas eu estava com a cabeça ocupada demais para deixar que me incomodasse. Ah, e em várias ocasiões, normalmente quando o sr. Bowditch estava cochilando no sofá-cama, que ele ainda usava para ficar perto da Radar, eu abri o cofre e enfiei as mãos naquele balde de ouro. Para sentir o sempre surpreendente peso e deixar as bolinhas escorrerem entre os dedos. Nessas ocasiões, eu pensava no sr. Bowditch falando sobre a fascinação por ouro. Pode-se dizer que eu refletia sobre isso. Melissa Wilcox passou a ir só poucas vezes por semana e se maravilhava com o progresso do sr. Bowditch. Disse para ele que o dr. Patterson, oncologista, queria vê-lo, e o sr. Bowditch recusou, dizendo que se sentia bem. Aceitei as palavras dele, não por acreditar, mas porque queria que fossem verdade. O que eu sei agora é que não são só os pacientes que ficam em negação.

Um momento de calmaria. Uma cesura. E aí, aconteceu quase tudo de uma vez, e nada foi bom.

8

Eu tinha um tempo livre antes do almoço e costumava ficar na biblioteca, onde podia fazer o dever de casa ou ler um dos livros extravagantes do sr. Bowditch. Naquele dia de final de setembro, eu estava mergulhado em *The Name of the Game is Death*, de Dan J. Marlowe, que era esplendidamente sanguinolento. Às quinze para o meio-dia, eu decidi guardar o clímax para uma maratona de leitura à noite e peguei um jornal qualquer. A biblioteca tinha computadores, mas todos os jornais eram bloqueados por *paywall*. Além do mais, eu gostava da ideia de ler as notícias em um jornal de verdade; dava uma sensação encantadoramente retrô.

Eu poderia ter pegado o *New York Times* ou o *Chicago Tribune* e deixado a notícia passar, mas o jornal no topo da pilha era o *Daily Herald* de Elgin e foi esse que eu peguei. Os artigos da primeira página eram sobre Obama querer iniciar uma ação militar na Síria e um tiroteio em massa em Washington que tinha deixado treze mortos. Passei os olhos por essas notícias, olhei o relógio (dez minutos para o almoço) e folheei as páginas para ler os quadrinhos. Mas não cheguei tão longe. Um texto na segunda página da seção de Notícias da Região me fez parar. E gelar.

JOALHEIRO DE STANTONVILLE É VÍTIMA DE HOMICÍDIO

Um antigo residente e comerciante de Stantonville foi encontrado morto em sua loja, a Excelentes Joalheiros, na noite de ontem. A polícia atendeu uma ligação que dizia que a porta da loja estava aberta, embora ainda estivesse pendurada a placa que indicava que o local estava fechado. O policial James Kotziwinkle encontrou Wilhelm Heinrich na sala dos fundos, cuja porta também estava aberta. Ao ser questionado se o motivo do crime tinha sido roubo, o chefe de polícia de Stantonville William Yardley disse: "Embora o crime ainda esteja sendo investigado, isso parece meio óbvio". Ao serem questionados se alguém tinha ouvido sons de briga ou talvez tiros, nem o chefe Yardley nem o detetive Israel Butcher, da Polícia Estadual de Illinois, quiseram fazer comentários, exceto para dizer que a maioria dos negócios que ficam na ponta oeste da rua principal de Stantonville está vazia desde a inauguração do shopping nos arredores da cidade. A Excelentes Joalheiros era uma exceção admirável. Yardley e Butcher prometeram "uma resolução rápida do caso".

O sinal do almoço tocou, mas eu fiquei onde estava e liguei para o sr. Bowditch. Ele atendeu como sempre fazia:

— Se for telemarketing, me tira da sua lista.

— Sou eu, Howard. O sr. Heinrich foi assassinado.

Uma longa pausa. E:

— Como você sabe?

Olhei em volta. Era proibido almoçar na biblioteca e ela estava vazia agora, exceto por mim, então eu li o artigo. Não levou muito tempo.

— Droga — disse o sr. Bowditch quando terminei. — Onde eu vou negociar o ouro agora? Eu faço isso com ele há quase vinte e cinco anos…

— Vou fazer umas pesquisas na internet…

— Mas com cuidado! Seja discreto!

— Claro, vou ser discreto pra caramba, mas acho que você não está vendo a questão aqui. Você fez um negócio grande com ele, um negócio *enorme*, e agora ele está morto. Se alguém conseguiu seu nome com ele… se ele foi torturado ou se prometeram que ele não seria morto…

— Você anda lendo muitos dos meus livros velhos, Charlie. Você trocou aqueles três quilos de ouro pra mim em abril.

— Não exatamente um século atrás — respondi.

Ele me ignorou.

— Eu não gosto de culpar a vítima, mas ele não saía daquela lojinha dele naquela cidadela de fim de mundo. Na última vez em que fiz negócio com ele em pessoa, uns quatro meses antes de eu cair da escada, eu falei pra ele: "Willy, se você não fechar esta loja e se mudar para o shopping, alguém vai te assaltar". E alguém fez exatamente isso e acabou o matando junto. Essa é a explicação, bem simples.

— Mesmo assim, eu me sentiria melhor se você levasse a arma para o andar de baixo.

— Se vai te fazer se sentir melhor, tudo bem. Você vem depois da aula?

— Não, eu pensei em ir até Stantonville ver se consigo arrumar um pouco de crack.

— O humor dos jovens é grosseiro e raramente engraçado — disse o sr. Bowditch, e desligou.

Quando entrei na fila do almoço, ela devia estar com um quilômetro, e a gororoba servida no refeitório provavelmente já estava fria. Não me importei. Estava pensando no ouro. O sr. Bowditch tinha dito que, na idade dele, era só um balde de metal. Podia ser, mas eu achava que ele estava mentindo ou sendo dissimulado.

Senão, por que ele teria *tanto*?

9

Isso foi na quarta. Paguei pelo jornal de Elgin para poder ver no celular e, na sexta, saiu outro artigo, este na primeira página da seção Notícias da Região: HOMEM DE STANTONVILLE PRESO PELO ASSALTO SEGUIDO DE ASSASSINATO EM JOALHERIA. O preso era identificado como Benjamin Dwyer, de quarenta e quatro anos, "sem endereço fixo". Supus que isso significasse pessoa em situação de rua. O proprietário da Stantonville Penhores & Empréstimos ligou para a polícia quando Dwyer tentou penhorar um anel de diamantes "de valor considerável". Na delegacia, também foi encontrada com ele uma pulseira cravejada de esmeraldas. A polícia considerou esses bens suspeitos para um homem sem endereço fixo.

— Pronto, viu? — disse o sr. Bowditch quando mostrei o artigo. — Um homem burro cometeu um crime burro e foi preso quando tentou converter o espólio em dinheiro de forma burra. Não seria uma história de mistério muito boa, né? Nem mesmo do tipo livrinho de banca de jornal.

— Acho que não.

— Você continua parecendo incomodado. — Nós estávamos na cozinha, vendo Radar fazer a refeição da noite. — Uma Coca pode curar isso. — Ele se levantou e foi até a geladeira, quase sem mancar.

Eu peguei a Coca, mas ela não curou o que estava me incomodando.

— Aquela salinha dos fundos dele estava cheia de joias. Tinha até uma tiara com diamantes, do tipo que uma princesa usaria num baile.

O sr. Bowditch deu de ombros. Para ele, era caso encerrado, fim de papo.

— Você está sendo paranoico, Charlie. O verdadeiro problema é o que fazer com parte do ouro que eu ainda tenho. Concentre-se nisso. Mas…

— Seja discreto. Eu sei.

— Discrição é a maior parte do valor. — Ele assentiu com sabedoria.

— O que isso tem a ver?

— Nadinha. — O sr. Bowditch sorriu. — Só fiquei com vontade de dizer.

10

Naquela noite, eu entrei no Twitter e procurei Benjamin Dwyer. O que encontrei foram alguns tweets sobre um compositor irlandês, então mudei a busca para *Dwyer suspeito de assassinato*. Isso gerou alguns resultados. Um era do Chefe de Polícia de Stantonville, William Yardley, basicamente parabenizando a si mesmo pela prisão rápida. Outro era de uma pessoa que se identificava como Punkette44 e, como tantas pessoas no Twitter, foi atenciosa e compassiva: **Eu cresci em Stantonville, é uma merda. Aquele tal Dwyer podia muito bem matar todo mundo e estaria fazendo um favor.**

Mas o que me interessou foi de BullGuy19. Ele escreveu: **Benjy Dwyer suspeito de assassinato? Não me faça rir. Ele está em Sinistroville há mil anos. Devia ter bobo da cidade tatuado na testa.**

Pensei em mostrar aquele para o sr. Bowditch no dia seguinte e sugerir que, se BullGuy19 estivesse certo, isso tornaria Benjy Dwyer o bode expiatório perfeito. No fim das contas, não tive a oportunidade de fazer isso.

NOVE

A coisa no barracão. Um lugar perigoso. Ligação para a emergência. A carteira. Uma boa conversa.

1

Eu não tinha mais que ir às seis da manhã alimentar Radar; o sr. Bowditch conseguia fazer isso sozinho. Mas tinha me acostumado a acordar cedo e pedalar colina acima por volta de sete e quinze para levá-la para fazer as necessidades. Depois disso, como era sábado, pensei em dar uma caminhada com ela pela rua Pine, onde ela sempre gostava de ler as mensagens que eram deixadas nos postes telefônicos (e de deixar algumas também). Naquele dia, não houve caminhada.

Quando entrei, o sr. Bowditch estava à mesa da cozinha, comendo aveia e lendo um tijolão de James Michener. Peguei um copo de suco de laranja e perguntei como ele tinha dormido.

— A noite toda — disse ele sem tirar os olhos do livro. Howard Bowditch não era uma pessoa muito matinal. Claro que ele também não era uma pessoa muito noturna também. Nem diurna, na verdade. — Lava o copo quando acabar.

— Eu sempre lavo.

Ele grunhiu e virou a página do tijolão, que se chamava *Texas*. Tomei o resto do suco e chamei Radar, que entrou na cozinha quase sem mancar.

— Passear? — falei. — Radzinha quer passear com Charlinho?

— Meu Deus — disse o sr. Bowditch. — Chega de falar como criança. Em anos humanos ela tem noventa e oito.

Radar estava na porta. Abri, e ela desceu os degraus dos fundos. Comecei a ir atrás, mas lembrei que ia precisar da guia se íamos andar pela rua Pine. Eu também não tinha lavado o copo. Lavei o copo e estava indo até o gancho do saguão de entrada, onde a guia ficava, quando Radar começou a latir, de um jeito rouco e rápido e muito, muito alto. Aquele não tinha nada a ver com o latido que dizia *estou vendo um esquilo*.

O sr. Bowditch fechou o livro.

— Que porra deu nela? Melhor você ir ver.

Eu tinha uma boa noção do que deu nela porque já ouvira aquele barulho. Era o latido de Alerta de Intruso. Ela estava novamente agachada na grama do quintal, que estava agora bem menor e quase toda livre de cocô. Estava virada para o barracão, as orelhas para trás e o focinho repuxado mostrando os dentes. Voava espuma da boca a cada latido. Corri até ela e a peguei pela coleira, tentando puxá-la. Ela não queria voltar, mas estava claro que também não queria chegar mais perto do barracão trancado. Mesmo com a série de latidos, eu ouvi o som estranho de arranhado. Dessa vez, foi mais alto, e eu vi a porta se movendo um pouco. Era como um batimento visível. Algo estava tentando sair.

— Radar! — chamou o sr. Bowditch da varanda. — Vem pra cá *agora*!

Radar não deu atenção, só continuou latindo. Algo dentro do barracão bateu na porta com força suficiente para eu ouvir o baque. E houve um som estranho de miado, como o de um gato, só que mais agudo. Era como ouvir giz raspando no quadro-negro, e meus braços ficaram arrepiados.

Fui para a frente de Radar para impedir que ela visse o barracão e me movi na direção dela, fazendo-a recuar um ou dois passos. Seus olhos estavam desvairados, vidrados e, por um momento, eu achei que ela fosse me morder.

Não me mordeu. Houve outra batida forte, mais sons de arranhão e aquele miado agudo horrível. Radar não aguentou mais. Ela se virou e correu para a varanda, sem demonstrar um sinal sequer de que mancava. Subiu os degraus e se encolheu aos pés do sr. Bowditch, ainda latindo.

— Charlie! Sai daí!

— Tem alguma coisa lá dentro querendo sair. Parece grande.

— Volta pra cá, garoto! Você tem que voltar pra cá!

Outra batida. Mais arranhões. Eu estava com a mão sobre a boca, como se para sufocar um grito. Não me lembro de tê-la colocado lá.

— *Charlie!*

Como Radar, eu corri. Porque, tão logo o barracão saiu do meu campo de visão, ficou fácil imaginar a porta estourando nas dobradiças e um pesadelo vindo atrás de mim, correndo e pulando e soltando aqueles gritos que não eram humanos.

O sr. Bowditch estava usando a bermuda horrível e os chinelos velhos, que ele chamava de chinelas. As feridas vermelhas em cicatrização, onde as hastes do fixador entravam na perna, estavam bem vermelhas na pele pálida.

— Entra! Entra!

— Mas o que…

— Nada com que se preocupar, a porta aguenta, mas eu preciso cuidar disso.

Subi a escada e cheguei a tempo de ouvir o que ele disse em seguida, apesar de ter baixado a voz, como as pessoas fazem quando estão falando sozinhas.

— O filho da puta moveu as tábuas e os blocos. Deve ser grande.

— Eu ouvi algo assim antes, quando você estava no hospital, mas não foi tão alto.

Ele me empurrou para a cozinha e foi atrás, quase tropeçou em Radar, que estava encolhida aos pés dele, e se equilibrou no batente.

155

— Fica aqui. Eu cuido disso.

Ele bateu a porta que dava para o quintal e foi mancando e se arrastando e oscilando até a sala. Radar foi atrás com o rabo caído. Eu o ouvi murmurando e soltando um palavrão de dor, seguido de um grunhido de esforço. Quando voltou para a sala, estava carregando a arma que eu tinha pedido para ele trazer para o andar de baixo. Mas não *só* a arma. Estava em um coldre de couro, e o coldre estava preso a um cinto de couro cheio de enfeites prateados. Parecia saído de *Sem lei e sem alma*. Ele prendeu na cintura para que o revólver ficasse abaixo do quadril direito. Havia fios de couro cru para amarrar pendendo junto à bermuda xadrez. Deveria ter ficado ridículo, *ele* deveria estar ridículo, mas não estava.

— Fica aqui.

— Sr. Bowditch, o que... você não pode...

— *Fica aqui, porra!* — Ele segurou meu braço com tanta força que doeu. A respiração estava entrecortada. — Fica com a cadela. Estou falando sério.

Ele saiu, bateu a porta e desceu a escada de lado. Radar bateu com a cabeça na minha perna e choramingou. Fiz carinho nela, distraído, olhando pelo vidro. Na metade do caminho até o barracão, o sr. Bowditch enfiou a mão no bolso esquerdo e tirou o chaveiro. Pegou uma chave e seguiu adiante. Colocou a chave no cadeado grande e puxou o .45. Girou a chave, abriu a porta e apontou a arma em um ângulo meio que para baixo. Eu esperava que alguma coisa ou alguém partisse para cima dele, mas isso não aconteceu. Eu vi um movimento, algo preto e magro. Mas sumiu. O sr. Bowditch entrou no barracão e fechou a porta. Nada aconteceu por muito, muito tempo, um tempo que na verdade não pode ter sido mais do que cinco segundos. Houve dois tiros. As paredes do barracão deviam ser bem grossas, porque os sons, que deviam ter sido ensurdecedores dentro daquele espaço fechado, chegaram a mim como um par de baques secos, como uma marreta com a cabeça envolta em feltro.

Não aconteceu nada por bem mais do que cinco minutos. A única coisa que me segurou foi o tom imperativo da voz do sr. Bowditch e a expressão feroz no rosto dele quando ele me mandou ficar ali, porra. Mas chegou uma hora que aquilo não conseguiu mais me segurar. Eu tinha certeza de que tinha acontecido alguma coisa com ele. Eu abri a porta da cozinha e, na hora em que saí para a varanda dos fundos, a porta do barracão se abriu e o sr. Bowditch saiu de lá. Radar passou por mim em disparada, sem sinal nenhum de artrite, e cortou o quintal até chegar a ele na hora em que ele fechou a porta e botou o cadeado no lugar. E que bom que ele fez isso, porque era só o que ele tinha para se segurar na hora em que Radar pulou nele.

— No chão, Radar, no chão!

Ela se deitou com a barriga no chão, balançando o rabo loucamente. O sr. Bowditch voltou para a varanda bem mais devagar do que tinha ido até o barracão, mancando com a perna ruim. Uma das cicatrizes da perna tinha se aberto e havia sangue escorrendo em gotas escuras. Lembravam os rubis que eu tinha visto na salinha dos fundos do sr. Heinrich. Ele tinha perdido uma das chinelas.

— Uma ajudinha, Charlie — disse ele. — A porra da perna está pegando fogo.

Passei o braço dele pelo meu pescoço, segurei seu pulso ossudo e quase o arrastei pelos degraus da varanda e para dentro de casa.

— Cama. Preciso deitar. Não consigo respirar.

Eu o levei para a sala (ele perdeu a outra chinela no caminho porque estava arrastando os pés) e o deitei no sofá-cama.

— Meu Deus do céu, Howard, o que foi aquilo? Em que você atir…

— Despensa — disse ele. — Prateleira mais alta. Atrás das garrafas de óleo Wesson. Uísque. Um tanto assim. — Ele mostrou o polegar e o indicador um pouco afastados. Estavam tremendo. Eu o tinha achado pálido antes, mas agora ele parecia um homem morto com olhos vivos.

Entrei na despensa e encontrei a garrafa de Jameson onde ele disse que estaria. Mesmo alto como eu sou, tive que ficar na ponta dos pés para alcançar. A garrafa estava empoeirada e quase cheia. Mesmo nervoso como eu estava, assustado e quase em pânico, o cheiro que saiu quando eu abri a garrafa trouxe de volta memórias horríveis do meu pai deitado no sofá em um semiestupor ou curvado sobre a privada, vomitando. Uísque não tem o mesmo cheiro que gim… mas tem. Todos os tipos de álcool têm o mesmo cheiro para mim, de tristeza e perda.

Servi uma pequena dose em um copo de suco. O sr. Bowditch virou tudo e tossiu, mas um pouco de cor voltou às bochechas. Ele abriu o cinturão extravagante.

— Tira essa porra de mim.

Puxei o coldre e o cinto se soltou. O sr. Bowditch murmurou um *porra*, porque a fivela deve ter arranhado as costas dele.

— O que eu faço com isto?

— Coloca de volta embaixo da cama.

— Onde você arranjou este cinto? — Eu nunca o tinha visto.

— No lugar de arranjar coisas. Guarda logo, mas, antes de guardar, recarrega.

Havia espaços para balas no cinto, entre os enfeites de prata. Abri o tambor da arma, enchi as câmaras vazias, enfiei a arma no coldre e guardei de volta embaixo da cama. Parecia que eu estava sonhando acordado.

— O que era aquilo? O que tinha lá dentro?

— Eu vou te contar — disse ele —, mas não hoje. Não se preocupa. Toma isto. — Ele me deu o chaveiro. — Bota naquela prateleira ali. Me dá dois Oxys e aí eu vou dormir.

Peguei os comprimidos. Não gostei de ele tomar um remédio forte depois do uísque forte, mas tinha sido uma dose bem pequena.

— Não vai lá — disse ele. — Pode ser que você vá daqui a um tempo. Mas agora nem pense nisso.

— É de lá que o ouro vem?

— Isso é... complicado. Como dizem nas novelas. Não posso falar sobre isso agora, Charlie, e você não pode falar sobre isso com ninguém. *Ninguém.* As consequências... eu nem consigo imaginar. Prometa.

— Eu prometo.

— Que bom. Agora vai embora e deixa o velho dormir.

2

Radar normalmente ficava feliz de descer a colina comigo, mas naquele sábado ela não saiu do lado do sr. Bowditch. Eu desci sozinho e preparei um sanduíche de presunto moído em pão de forma Wonder Bread, o lanche dos campeões. Meu pai tinha deixado um bilhete dizendo que ia a uma reunião do AA das nove da manhã e que ia jogar boliche com Lindy e dois outros amigos sóbrios depois. Fiquei feliz. Teria cumprido minha promessa ao sr. Bowditch a qualquer custo (*as consequências... eu nem consigo imaginar,* ele dissera), mas tenho certeza de que meu pai teria visto algo diferente no meu rosto. Ele era bem mais sensível a coisas assim agora que estava sóbrio. Em geral, aquilo era bom. Naquele dia, não teria sido.

Quando voltei para o número 1, o sr. Bowditch ainda estava dormindo. Ele parecia um pouco melhor, mas a respiração ainda estava meio chiada. Era como estava quando o encontrei na escada da varanda com a perna quebrada. Não gostei nadinha de vê-lo daquele jeito.

À noite, a respiração chiada tinha passado. Fiz pipoca do jeito tradicional, no fogão Hotpoint. Nós comemos vendo *O indomado* no meu notebook. Foi o sr. Bowditch quem escolheu, eu nunca tinha ouvido falar, mas era bom. Nem me importei que não fosse colorido. Em determinado ponto, o sr. Bowditch me pediu para pausar a imagem em um close no Paul Newman.

— Ele não era o homem mais bonito que já viveu, Charlie? O que você acha?

Eu disse que ele talvez tivesse razão.

Fiquei lá na noite de sábado. No domingo, o sr. Bowditch parecia melhor ainda, então fui pescar com meu pai na barragem do South Elgin. Nós não pegamos nada, mas foi bom estar com ele no sol suave de setembro.

— Você está bem calado, Charlie — disse ele no caminho de volta. — No que está pensando?

— Só na cadela velha — falei. Era meio mentira, mas não completamente.

— Leva ela lá em casa hoje — disse meu pai, e eu tentei, mas Radar não quis deixar o sr. Bowditch. "Vai dormir na sua cama hoje", disse ele. "Eu e a garota vamos ficar bem."

— Sua voz está rouca. Espero que não esteja pegando nada.

— Não estou. Só fiquei falando quase o dia todo.

— Com o quê?

— *Quem*. Comigo mesmo. Vai, Charlie.

— Tudo bem, mas me chama se precisar de mim.

— Sim, sim.

— Promete. Eu fiz a minha promessa ontem, agora faz a sua.

— Prometo, meu Deus do céu. Agora some daqui.

3

No domingo, Radar não conseguiu mais subir a escada da varanda dos fundos depois de fazer as necessidades matinais e só comeu metade da ração. Naquela noite, ela não comeu nada.

— Provavelmente ela só precisa descansar — disse o sr. Bowditch, mas falou com tom de dúvida. — Dobra a dose daqueles comprimidos novos.

— Tem certeza? — perguntei.

Ele abriu um sorriso triste.

— Que mal pode fazer a essa altura?

Eu dormi na minha cama aquela noite, e na segunda Radar pareceu melhor, mas o sr. Bowditch também pagou um preço pelo sábado. Ele estava usando as muletas de novo para ir e voltar do banheiro. Eu queria matar aula e ficar com ele, mas ele me proibiu. Naquela noite, ele também pareceu melhor. Disse que estava se recuperando. Eu acreditei.

Que idiota.

4

Terça de manhã, às dez horas, eu estava na aula de química avançada. Nós fomos divididos em grupos de quatro pessoas, usando aventais e luvas de borracha, para determinar o ponto de ebulição da acetona. A sala estava silenciosa, exceto por vozes murmurando, por isso, quando meu celular tocou no bolso de trás o barulho foi bem alto. O sr. Ackerley me olhou com reprovação.

— Quantas vezes eu já mandei vocês silenciarem...

Tirei o celular do bolso e vi BOWDITCH. Tirei as luvas e atendi a ligação saindo da sala, ignorando o que Ackerley estava dizendo. O sr. Bowditch pareceu tenso, mas calmo.

— Acho que estou tendo um ataque cardíaco, Charlie. Na verdade, não tenho dúvida nenhuma.

— Você ligou...

— Eu liguei pra *você*, então cala a boca e escuta. Tem um advogado. Leon Braddock, em Elgin. Tem uma carteira. Embaixo da cama. Todo o resto de que você precisa está embaixo da cama. Entendeu? *Embaixo da cama.* Cuida da Radar, e quando você souber de tudo, decide... — Ele ofegou. — Porra, como *dói*! Como gusa numa forja! Quando você souber de tudo, decide o que quer fazer com ela.

Foi só isso. Ele desligou.

A porta da sala de química se abriu quando eu estava ligando para a emergência. O sr. Ackerley saiu e perguntou o que eu achava que estava fazendo. Eu fiz sinal para ele ir embora. A atendente perguntou qual era a emergência. Com o sr. Ackerley do meu lado de boca entreaberta, eu expliquei e dei o endereço. Desamarrei o avental e o deixei cair no chão. E saí correndo.

5

Deve ter sido o trajeto de bicicleta mais veloz da minha vida, de pé nos pedais e cortando as ruas sem olhar. Uma buzina tocou, pneus cantaram e alguém gritou:

— Olha por onde anda, seu merda!

Mesmo com a minha velocidade, o pessoal da ambulância chegou antes. Quando dobrei a esquina da Pine com a Sycamore, botando um pé no chão e o arrastando pelo asfalto para não cair, a ambulância estava saindo com as luzes piscando e a sirene tocando. Fui para os fundos. Antes que eu pudesse abrir a porta da cozinha, Radar passou em disparada pela porta e pulou em cima de mim. Fiquei de joelhos para que ela não pulasse e não estressasse os quadris frágeis. Ela choramingou e latiu e lambeu meu rosto. Nem tenta me dizer que ela não sabia que algo ruim tinha acontecido.

Nós entramos. Tinha uma xícara de café derramada na mesa da cozinha, e a cadeira onde ele sempre se sentava (é engraçado como escolhemos um lugar e sempre ficamos nele) estava virada. O fogão ainda estava aceso, a cafeteira antiquada quente demais ao toque e com cheiro de queimado. Com cheiro de experiência de química, poderíamos dizer. Desliguei o queimador e usei uma luva térmica para mover a cafeteira para um queimador frio. Durante tudo isso, Radar não saiu do meu lado, encostando o ombro na minha perna e esfregando a cabeça no meu joelho.

161

Havia um calendário no chão, ao lado da entrada da sala. Era fácil imaginar o que tinha acontecido. O sr. Bowditch tomando café à mesa da cozinha, a cafeteira no fogão aceso para uma segunda xícara. Um golpe no seu peito. Ele derrama o café. O telefone fixo fica na sala. Ele se levanta e vai até lá, derruba a cadeira, tropeça uma vez e arranca o calendário da parede quando se apoia.

O telefone retrô estava na cama. Também havia uma embalagem com o nome Papaverina, algo que injetaram antes de transportá-lo, eu achava. Eu me sentei no sofá-cama bagunçado, fazendo carinho em Radar e coçando atrás das suas orelhas, o que sempre parecia acalmá-la.

— Ele vai ficar bem, garota. Espera só pra ver. Ele vai ficar bem.

Mas, caso não ficasse, eu olhei embaixo da cama. Onde, de acordo com o sr. Bowditch, eu encontraria *tudo de que precisava*. Lá estava a arma no coldre preso no cinto decorado com prata. O chaveiro dele e uma carteira que eu nunca tinha visto. E um gravador de fitas cassete que eu *tinha* visto em cima de uma das caixas de leite de plástico no meio da bagunça do terceiro andar. Olhei pela janelinha do gravador e vi que havia uma fita RadioShack dentro. Ou ele estava ouvindo alguma coisa ou gravando alguma coisa. Eu apostava que era gravando.

Enfiei o chaveiro em um bolso e a carteira no outro. Teria colocado a carteira na mochila, mas tinha ficado na escola. Levei o restante para o andar de cima e guardei no cofre. Antes de fechar a porta e girar a combinação, eu me apoiei em um joelho e enfiei as mãos até os pulsos nas bolinhas de ouro. Enquanto as deixava escorrerem pelos dedos, eu me perguntei o que aconteceria a elas se o sr. Bowditch morresse.

Radar estava choramingando e latindo no pé da escada. Desci, me sentei no sofá-cama e liguei para o meu pai. Contei o que tinha acontecido. Meu pai perguntou como ele estava.

— Não sei. Não o vi. Vou para o hospital agora.

Na metade da maldita ponte, meu celular tocou. Parei no estacionamento do Zip Mart e atendi a ligação. Era Melissa Wilcox. Ela estava chorando.

— Ele morreu no caminho até o hospital, Charlie. Tentaram reanimá-lo, tentaram de tudo, mas ele não resistiu. Sinto muito, eu sinto muito.

Eu falei que sentia também. Olhei para a vitrine do Zip Mart. A placa lá era a mesma: um prato cheio de frango frito que era O MELHOR DA REGIÃO. As lágrimas vieram e as palavras ficaram borradas. O sr. Zippy me viu e saiu.

— Está tudo bem, Cholly?

— Não — falei. — Não mesmo.

Não fazia sentido ir ao hospital agora. Pedalei de volta pela ponte e empurrei a bicicleta pela colina da rua Sycamore. Eu estava chateado demais para pedalar, principalmente aquela ladeira íngreme. Parei na frente da nossa casa, mas era uma casa vazia que continuaria assim até meu pai voltar. Enquanto isso, havia uma cadela que precisava de mim. Achei que, dadas as circunstâncias, ela era a minha cadela.

6

Quando cheguei na casa do sr. Bowditch, passei um tempo fazendo carinho em Radar. Chorei enquanto fazia isso, em parte de choque, mas também porque a ficha estava caindo: havia um buraco onde eu tivera um amigo. O carinho a acalmou e também me acalmou, acho, porque eu comecei a pensar. Liguei de volta para Melissa e perguntei se haveria autópsia. Ela me disse que não, porque ele não tinha morrido sem atendimento e a causa estava clara.

— O legista vai emitir uma certidão de óbito, mas ele vai precisar de um documento. Você está com a carteira dele, por acaso?

Bom, eu estava com *uma* carteira. Não era a mesma que o sr. Bowditch carregava no bolso de trás, aquela era marrom e a que eu encontrei embaixo da cama era preta, mas não falei isso para Melissa. Só falei que estava comigo. Ela disse que não havia pressa, nós todos sabíamos quem ele era.

Eu estava começando a duvidar disso.

Procurei o número de Leon Braddock no Google e liguei para ele. A conversa foi curta. Braddock disse que tudo do sr. Bowditch estava em ordem, porque ele não esperava viver por muito tempo.

— Ele disse que já estava fazendo hora extra. Achei curioso.

O câncer, pensei. Foi por isso que ele deixou tudo em ordem, era isso que ele esperava que o levasse, não um ataque cardíaco.

— Ele foi até o seu escritório? — perguntei.

— Sim. No começo deste mês.

Quando eu estava na escola, em outras palavras. E não tinha me dito nada.

— Aposto que ele pegou um Yoober.

— Como?

— Nada. Melissa, a fisioterapeuta dele, disse que alguém, acho que o legista, precisa de um documento pra emitir a certidão de óbito.

— Sim, sim, uma formalidade. Se você levar pra recepção do hospital, eles fazem uma cópia. A habilitação serve, se ele ainda tiver, acho que serve até se estiver vencida. Algum documento com foto. Não precisa ter pressa, vão liberar o corpo pra funerária mesmo sem. Você não tem ideia de que funerária...

— Crosland — falei. Era a que tinha feito o enterro da minha mãe. — Bem aqui em Sentry.

— Muito bom, muito bom. Vou cuidar das despesas. Ele deixou dinheiro separado pra essa situação triste. Me diz quais são as providências, talvez seus pais possam cuidar disso. Quero te ver depois, sr. Reade.

— Eu? Por quê?

— Vou te contar quando nos encontrarmos. Vai ser uma boa conversa, eu acho.

7

Peguei a comida, a tigela e os remédios de Radar. Eu que não a deixaria naquela casa, onde ela ficaria esperando que o dono voltasse do lugar para onde tinha ido. Prendi a guia na sua coleira e a levei colina abaixo. Ela foi devagar e sempre e subiu os degraus da nossa varanda sem dificuldade. Já conhecia a casa e foi direto para o potinho de água. Em seguida, se deitou no tapete e dormiu.

Meu pai chegou em casa pouco depois do meio-dia. Não sei o que ele viu no meu rosto, mas deu uma olhada em mim e me puxou para um abraço forte. Comecei a chorar de novo, dessa vez uma verdadeira cachoeira. Ele aninhou minha cabeça e me acalentou como se eu ainda fosse um garotinho em vez de um marmanjo de quase dois metros de altura, e isso me fez chorar mais ainda.

Quando o aguaceiro acabou, ele perguntou se eu estava com fome. Eu disse que sim e ele fez uns seis ovos mexidos com punhados de cebola e pimentão. Nós comemos e eu contei o que tinha acontecido, mas deixei muita coisa de fora: a arma, os barulhos no barracão, o balde de ouro no cofre. Também não mostrei o chaveiro. Achei que talvez contasse em breve e que ele provavelmente me daria bronca por não ter falado, mas eu ia guardar as maluquices para mim até ouvir a fita cassete.

Mostrei a carteira. Na parte das cédulas havia cinco notas de dólar de um tipo que eu nunca tinha visto antes. Meu pai disse que eram certificados de prata, não tão raros assim, mas tão retrô quanto a televisão e o fogão Hotpoint do sr. Bowditch. Também havia três documentos de identificação: um cartão de seguro social no nome de Howard A. Bowditch, um cartão plastificado declarando que Howard A. Bowditch era membro da Associação Americana de Lenhadores e uma carteira de habilitação.

Olhei a foto no cartão da Associação de Lenhadores com fascinação. Nele, o sr. Bowditch parecia ter uns trinta e cinco anos ou no máximo quarenta. A cabeça estava cheia de cabelo ruivo chamejante, penteado para trás da testa lisa em ondas arrumadas, e ele estava com um sorriso arrogante que eu nunca tinha visto. Sorrisinhos, sim, e até um sorriso um pouco mais largo ou dois, mas nada tão solto assim. Ele estava de camisa xadrez de flanela e tinha a maior cara de quem cortava madeira.

Um simples cortador de madeira, dissera ele para mim, não muito tempo antes. *Os contos de fadas estão cheios disso.*

— Isso é muito, muito bom — disse o meu pai.

Ergui o olhar do cartão que eu estava segurando.

— O quê?

— Isto.

Ele me mostrou a habilitação, que mostrava o sr. Bowditch com uns sessenta anos. Ainda tinha muito cabelo ruivo, mas estava mais fino e perdendo a batalha contra o branco. A habilitação tinha sido válida até 1996 de acordo com o que estava impresso abaixo do nome dele, mas nós sabíamos a verdade. Meu pai tinha verificado na internet. O sr. Bowditch tinha um carro (em algum lugar), mas nunca tivera habilitação válida no Illinois...

165

que era o que aquela ali parecia ser. Eu achava que o sr. Heinrich talvez conhecesse alguém que fazia habilitações falsas.

— Por quê? — perguntei. — Por que ele faria isso?

— Talvez por muitos motivos, mas acho que ele devia saber que não poderia haver certidão de óbito válida sem pelo menos algum documento. — Meu pai balançou a cabeça, não com irritação, mas com admiração. — Isso, Charlie, era garantia de enterro.

— O que a gente deve fazer quanto a isso?

— Deixar rolar. Ele tinha segredos, tenho certeza, mas não acho que tenha roubado bancos no Arkansas ou participado de um tiroteio num bar de Nashville. Ele foi bom com você e bom com a cadela dele, e isso basta pra mim. Acho que ele deve ser enterrado com os segredinhos dele, a não ser que o advogado os conheça. Ou você tem uma opinião diferente?

— Não. — O que eu estava pensando era que ele tinha segredos, sim, mas não eram pequenos. A não ser que se considerasse uma fortuna em ouro algo pequeno. E havia alguma coisa naquele barracão. Pelo menos até ele atirar nela.

8

Howard Adrian Bowditch foi sepultado apenas dois dias depois, na quinta-feira, 26 de setembro de 2013. A cerimônia aconteceu na Funerária Crosland e ele foi enterrado no Cemitério de Sentry's Rest, o local do descanso final da minha mãe. A reverenda Alice Parker conduziu uma cerimônia não sectária a pedido do meu pai; ela também tinha conduzido a da minha mãe. A reverenda Alice foi breve, mas, mesmo assim, eu tive bastante tempo para pensar. Em parte, no ouro, mas pensei mais sobre o barracão. Ele tinha atirado em alguma coisa lá dentro, e a agitação que isso causou foi o que o matou. Demorou um tempinho, mas tenho certeza de que foi isso.

Presentes na funerária e no cemitério estavam George Reade, Charles Reade, Melissa Wilcox, a sra. Althea Richland, um advogado chamado Leon Braddock e Radar, que dormiu durante a cerimônia e se manifestou só uma vez, junto ao túmulo: um uivo na hora em que desceram o caixão para baixo da terra. Tenho certeza de que isso parece ao mesmo tempo sentimental e inacreditável. Só posso dizer que aconteceu.

Melissa me abraçou e beijou meu rosto. Ela me disse para ligar para ela se quisesse conversar, e eu disse que ligaria.

Eu voltei para o estacionamento com meu pai e o advogado. Radar andava lentamente ao meu lado. O Lincoln de Braddock estava parado ao lado do nosso humilde Chevy Caprice. Havia um banco próximo na sombra de um carvalho cujas folhas estavam ficando douradas.

— Será que podemos nos sentar ali por um momento? — perguntou Braddock. — Tenho uma coisa importante pra te dizer.

— Espera — falei. — Continua andando.

Eu estava de olho na sra. Richland, que tinha se virado para olhar como sempre fazia na rua Sycamore, com uma das mãos fazendo sombra nos olhos. Quando viu que estávamos indo na direção dos carros (ou parecendo ir), ela entrou no dela e foi embora.

— *Agora* nós podemos nos sentar — falei.

— Pelo que entendi, a moça é curiosa — observou Braddock. — Ela o conhecia?

— Não, mas o sr. Bowditch dizia que ela era uma xereta e ele estava certo.

Nós nos sentamos no banco. O sr. Braddock colocou a pasta no colo e a abriu.

— Eu disse que teríamos uma boa conversa e acho que você vai concordar quando ouvir o que tenho pra te dizer. — Ele tirou de dentro uma pastinha, e da pastinha uma pequena pilha de papéis presa com um clipe dourado. No alto da folha da frente estava a palavra TESTAMENTO.

Meu pai começou a rir.

— Ah, meu Deus. Ele deixou alguma coisa para o Charlie?

— Não exatamente –– disse o sr. Braddock. — Ele deixou *tudo* para o Charlie.

Falei a primeira coisa que veio à minha cabeça, que não foi muito educada.

— Tá de sacanagem!

Braddock sorriu e balançou a cabeça.

167

— Isso é *nullum cacas statum*, como nós, advogados, dizemos, uma situação sem sacanagem nenhuma. Ele deixou a casa e o terreno onde ela fica. Um terreno bem grande, no fim das contas, que vale pelo menos seis dígitos. Seis dígitos *altos*, considerando os valores de propriedades de Sentry's Rest. Tudo na casa também é seu, junto com um carro atualmente guardado na cidade de Carpentersville. E o cachorro, claro. — Ele se curvou e fez carinho em Radar. Ela ergueu o olhar brevemente e apoiou a cabeça de volta nas patas.

— Isso é mesmo verdade? — perguntou meu pai.

— Advogados não mentem — disse Braddock, mas repensou o que dissera. — Pelo menos, não em situações como esta.

— E não há parentes para contestar?

— Vamos descobrir isso quando chegar o inventário, mas ele alegou não ter nenhum.

— Eu... eu ainda posso entrar? — perguntei. — Tem umas coisas minhas lá. Basicamente roupas, mas também... hum... — Eu não conseguia pensar no que mais eu tinha na casa. Só conseguia pensar no que o sr. Bowditch tinha feito um dia no começo daquele mês, quando eu estava na escola. Ele talvez tivesse mudado a minha vida quando eu estava fazendo um teste de história ou jogando a bola na cesta no ginásio. Não era no ouro que eu estava pensando naquele momento, nem no barracão, na arma, nem na fita cassete. Eu só estava tentando enfiar na cabeça que eu era dono (ou logo seria) do topo da colina da rua Sycamore. E por quê? Só porque eu tinha ouvido Radar uivando no quintal do que as crianças chamavam de Casa do Psicose em uma tarde fria de abril.

Enquanto isso, o advogado estava falando. Eu tive que pedir para ele repetir.

— Eu disse que claro que você pode entrar. A casa é sua, afinal, com tudo dentro. Pelo menos vai ser depois do inventário.

Ele guardou o testamento na pastinha, guardou a pastinha na pasta, fechou as fivelas e se levantou. Do bolso, tirou um cartão de visitas e entregou ao meu pai. Em seguida, talvez lembrando que meu pai não era o beneficiário da propriedade que valia seis dígitos (seis dígitos *altos*), deu outro para mim.

168

— Liguem se tiverem perguntas, e claro que vou manter contato. Vou pedir que agilizem o inventário, mas pode levar até uns seis meses. Parabéns, meu jovem.

Meu pai apertou a mão dele e o observou andar até o Lincoln. Meu pai não costuma falar palavrão (diferentemente do sr. Bowditch, que costumava falar *porra, passa o sal*), mas, quando estávamos sentados naquele banco, ele abriu uma exceção.

— Puta que pariu.

— Isso mesmo — falei.

9

Quando chegamos em casa, meu pai tirou duas Cocas da geladeira. Nós batemos uma lata na outra.

— Como você está se sentindo, Charlie?

— Sei lá. Não entra na minha cabeça.

— Você acha que ele tem dinheiro no banco ou o tempo que ele passou no hospital acabou com o que ele tinha?

— Não sei. — Mas eu sabia. Não havia muito no Citizens, talvez uns dois mil, mas havia o balde de ouro no andar de cima e talvez mais no barracão. Junto com o que mais houvesse lá.

— Não importa — disse meu pai. — Aquela propriedade vale ouro.

— Ouro, sim.

— Se isso for verdade, o gasto com a sua faculdade está pago. — Ele soltou um longo suspiro e repuxou os lábios de forma que fez um som de *uff*.

— Sinto como se cinquenta quilos tivessem sido tirados das minhas costas.

— Supondo que a gente venda — falei.

Ele me olhou de um jeito estranho.

— Você está me dizendo que quer ficar com a casa? Bancar o Norman Bates e morar na Casa do Psicose?

— Não parece mais a Mansão Mal-Assombrada, pai.

— Eu sei. Eu sei. Você realmente deu um jeito lá.

— Ainda falta coisa. Eu queria pintar a casa toda antes do inverno.

Ele ainda estava me olhando daquele jeito estranho, com a cabeça inclinada e a testa meio franzida.

— É a terra que vale, Chip, não a casa.

Eu queria argumentar; a ideia de demolir o número 1 da rua Sycamore me deixava horrorizado, não por causa dos segredos que continha, mas porque ainda havia tanto do sr. Bowditch lá dentro. Mas não falei nada. Não havia sentido, porque não havia dinheiro para uma pintura completa, não com o testamento em inventário e sem forma de converter o ouro em dinheiro. Eu terminei a minha Coca.

— Quero ir lá buscar as minhas roupas. A Rad pode ficar aqui com você?

— Claro. Ela vai morar aqui a partir de agora, né? Pelo menos até... — Ele não terminou, só deu de ombros.

— Claro — falei. — Até.

10

A primeira coisa que reparei foi que o portão estava aberto. Pensei que eu tivesse fechado, mas não conseguia me lembrar com certeza. Fui para os fundos da casa, comecei a subir os degraus e parei no segundo. A porta da cozinha estava aberta, e ela eu *sabia* que tinha fechado. Fechado e trancado. Subi o resto da escada e vi que tinha trancado mesmo; havia lascas em volta da fechadura, que tinha sido meio arrancada. Não pensei que a pessoa que a tinha arrombado podia ainda estar lá dentro; pela segunda vez naquele dia, eu estava atordoado demais para pensar direito. Só me lembro de ter pensado que era bom que Radar estivesse na nossa casa. Ela estava velha e frágil demais para mais agitação.

DEZ

Destroços. A sra. Richland. Ladrões de obituário. A história da fita. Dentro do barracão. A história da fita, continuação.

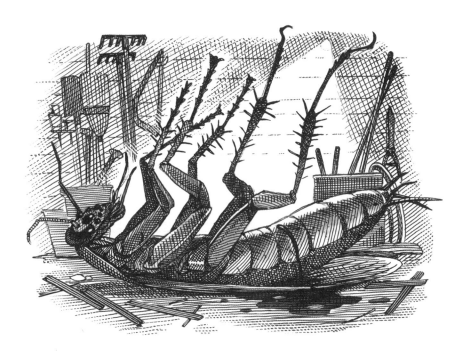

1

Todos os armários da cozinha estavam abertos e as panelas espalhadas no chão, de cabo a rabo. O Hotpoint tinha sido afastado da parede e a porta do forno estava aberta. O conteúdo das latas de mantimentos — AÇÚCAR, FARINHA, CAFÉ, BISCOITOS — estava espalhado pelo balcão. Mas não havia mais dinheiro em nenhuma delas. E o primeiro pensamento que passou pela minha cabeça foi "o filho da puta saiu de mãos abanando". Eu havia transferido o dinheiro (e as pequenas bolinhas de ouro) para o cofre meses antes. Na sala, o sofá-cama (agora fechado em sofá de novo, já que o sr. Bowditch não precisava mais dele) estava virado ao contrário e as almofadas rasgadas. O mesmo tinha acontecido com a poltrona do sr. Bowditch. Tinha enchimento para todo lado.

O andar de cima estava pior. Eu não ia precisar abrir a cômoda para pegar minhas roupas, porque elas estavam espalhadas por todo o quarto que eu usava. Meus travesseiros estavam rasgados, assim como o colchão. O quarto principal estava igual, só que lá o papel de parede também tinha sido cortado e caía em tiras compridas. A porta do armário estava aberta e, com as roupas jogadas no chão (os bolsos das calças puxados para fora), o cofre estava visível. Havia riscos perto da maçaneta e mais no disco da combinação, mas o cofre aguentou a tentativa de arrombamento. Só para ter certeza, usei a combinação para abri-lo. Tudo ainda estava lá dentro. Fechei o cofre, girei o disco e desci a escada. Lá, sentado no sofá onde o sr. Bowditch havia dormido, eu liguei para a emergência pela terceira vez naquele ano. Depois, liguei para o meu pai.

2

Percebi que havia algo que eu precisava fazer antes de o meu pai chegar e certamente antes de a polícia chegar. Se eu fosse mentir, claro, e sustentar a mentira. Cuidei disso e fui esperar lá fora. Meu pai subiu a colina de carro e parou na frente da casa. Ele não tinha levado Radar e fiquei feliz por isso; a destruição da casa a teria perturbado ainda mais do que ela já estava perturbada com as mudanças na vida.

Meu pai passou pelo andar de baixo, observando a destruição. Fiquei na cozinha, recolhendo as panelas e guardando-as. Quando voltou, ele me ajudou a colocar o fogão perto da parede.

— Caramba, Charlie. O que você acha que aconteceu?

Falei que não sabia, mas eu achava que sabia. Só não sabia quem.

— Você pode esperar a polícia aqui, pai? Vou lá do outro lado da rua um minutinho. A sra. Richland voltou, eu vi o carro dela. Quero falar com ela.

— A xereta?

— Ela mesma.

— Você não devia deixar isso pra polícia?

— Se ela tiver visto alguma coisa, vou pedir que falem com ela.

— Não parece provável, ela estava no enterro com a gente.

— Quero falar com ela mesmo assim. Pode ser que tenha visto algo antes.

— Uns caras rondando o local?

— Talvez.

Não precisei bater na porta; ela estava no lugar de sempre, na entrada da garagem.

— Oi, Charlie. Está tudo bem? Seu pai estava com pressa. E cadê o cachorro?

— Na minha casa. Sra. Richland, arrombaram a casa do sr. Bowditch quando a gente estava no enterro e reviraram tudo.

— Ah, meu Deus, é mesmo? — Ela apoiou a mão no peito.

— Você viu alguém? Nos dois últimos dias? Alguém que não costuma andar aqui pela rua?

Ela pensou.

— Ih, acho que não. Só os entregadores de sempre. Sabe, da Federal Express, da UPS, o cara que vem cuidar da grama dos Houtons… *aquilo* deve custar caro… o carteiro com o caminhãozinho… qual o tamanho do estrago? Alguma coisa foi roubada?

— Ainda não sei direito. A polícia talvez queira…

— Falar comigo? Claro! Fico feliz em falar! Mas, se aconteceu quando estávamos no enterro…

— É, eu sei. Obrigado mesmo assim. — Eu me virei para ir embora.

— Mas *teve* aquele homenzinho esquisito vendendo assinatura de revista — disse ela. — Só que foi antes de o sr. Bowditch morrer.

Eu me virei.

— É mesmo?

— É. Você devia estar na escola. Ele tinha uma bolsa do tipo que os carteiros usavam antigamente. Tinha um adesivo de SERVIÇO DE ASSINATURAS DA AMÉRICA. Acho que era isso, com amostras dentro: *Times*, *Newsweek*, *Vogue* e algumas outras. Eu falei que não queria revistas, que eu lia tudo que queria online. É tão mais conveniente assim, né? E mais ecológico, sem tanto papel pra jogar nos lixões.

Eu não estava interessado nas vantagens ambientais da leitura online.

— Ele foi a outras casas na rua? — perguntei achando que, se havia alguém que poderia responder a essa pergunta, seria ela.

— Várias. Acho que ele foi até a casa do sr. Bowditch, mas ele não atendeu a porta. Não devia estar se sentindo muito bem. Ou... acho que ele não gostava muito de visitas, né? Que bom que você fez amizade com ele. Tão triste ele ter morrido. Quando são animais, as pessoas dizem que eles atravessaram a ponte do arco-íris. Eu gosto dessa ideia. Você não gosta?

— Sim, é bem bonita. — Eu odiava.

— Acho que o cachorro dele deve atravessar a ponte do arco-íris em breve, o pobrezinho está tão magro e com o focinho tão branco. Você vai ficar com ele?

— Radar? Claro. — Não me dei ao trabalho de explicar que Radar era fêmea. — Como era o vendedor de revistas?

— Ah, um homenzinho esquisito com um jeito esquisito de falar e andar. Ele andava quase *saltitando*, tipo uma criança, e quando eu falei que não queria revista nenhuma, ele disse *perfeitamente*, como se fosse gringo. Mas o sotaque era tão local quanto o seu e o meu. Será que foi ele que arrombou a casa? Ele não parecia perigoso. Só um homenzinho esquisito com um jeito engraçado de falar. Ele dizia muito ha-ha.

— Ha-ha?

— É. Não uma risada de verdade, só ha-ha. "Setenta por cento do preço da banca, senhora, ha-ha." E era pequeno pra um homem. Da minha altura. Você acha que foi ele?

— Provavelmente não — falei.

— Ele estava com um boné do White Sox, eu me lembro disso, e calça de veludo. O boné tinha um círculo vermelho na frente.

3

Eu estava a fim de começar uma limpeza geral, mas meu pai disse que a gente devia esperar a polícia.

— Acho que vão querer documentar a cena.

Eles chegaram uns dez minutos depois, em uma viatura e um sedã comum. O cara dirigindo o sedã tinha cabelo branco e uma barriga considerável. Ele se apresentou como detetive Gleason, e os dois policiais uniformizados, como Witmark e Cooper. Witmark estava com uma filmadora; Cooper estava com uma malinha que parecia uma lancheira, que eu supus que era onde ficava o equipamento para coletar provas.

O detetive Gleason observou o dano com evidente falta de interesse, abrindo o paletó xadrez como asas de vez em quando para puxar a calça para cima. Eu achei que não podia faltar mais de dois anos para ele receber um relógio de ouro ou uma vara de pescar de presente na festa de aposentadoria. Enquanto isso, ele ia trabalhando.

Ele mandou Witmark fazer um vídeo da sala e enviou Cooper para o andar de cima. Fez algumas perguntas a nós (dirigindo-as ao meu pai, embora tivesse sido eu quem descobrira o arrombamento) e anotou nossas respostas em um caderninho. Fechou o caderninho, enfiou-o no bolso interno do paletó e puxou a calça para cima.

— Ladrões de obituário. Já vi isso umas cem vezes.

— O que é isso? — perguntei. Olhei para o meu pai e vi que ele já sabia. Talvez já soubesse desde que entrou na casa e olhou em volta.

— Quando saiu a notícia da morte dele no jornal?

— Ontem — falei. — A fisioterapeuta dele pegou o formulário no jornal logo depois que ele morreu e eu ajudei a preencher.

Gleason assentiu.

— É, é, já vi isso umas cem vezes. Esses demônios leem o jornal e descobrem a data do enterro, quando a casa vai estar vazia. Eles arrombam, pegam tudo que parece ter valor. É bom você dar uma olhada, fazer uma lista do que sumiu e levar pra delegacia.

— E digitais? — perguntou meu pai.

Gleason deu de ombros.

— Eles estavam usando luvas. Todo mundo assiste a séries sobre a polícia atualmente, sobretudo os marginais. Em casos assim, nós normalmente não...

— Tenente! — Foi Cooper no andar de cima. — Tem um cofre no quarto principal.

175

— Ah, bom, agora sim — disse Gleason.

Nós subimos com Gleason na frente. Ele foi devagar, meio que se puxando pelo corrimão e, quando chegou no alto, estava bufando e vermelho. Puxou a calça e entrou no quarto do sr. Bowditch. Lá, ele se inclinou e olhou para o cofre.

— Ah. Alguém tentou e não conseguiu.

Eu poderia ter dito isso para ele.

Witmark, o cinegrafista residente do departamento, ao que parecia, foi até lá e começou a filmar.

— A gente tira, Loot? — perguntou Cooper. Ele já estava abrindo a lancheira.

— Pode ser que a gente dê sorte aqui — disse o detetive (uso essa palavra com certa hesitação). — O cara pode ter tirado as luvas pra tentar a combinação, quando viu que não conseguia arrombar.

Cooper passou pó preto na frente do cofre. Um pouco grudou, um pouco caiu no chão. Outra sujeira para eu limpar. Cooper olhou para o trabalho e chegou para o lado para Gleason olhar.

— Limparam — disse ele, se empertigando e dando um puxão mais violento na calça. Claro que limparam, eu mesmo limpei depois de ligar para a emergência. O ladrão podia ter deixado as digitais, mas, mesmo que tivesse, elas tinham que sumir. Afinal, as minhas estavam lá também.

— Por acaso você não sabe a combinação, né? — Isso foi dirigido ao meu pai.

— Eu nunca tinha nem entrado neste quarto. Pergunta ao Charlie. Ele era o cuidador do sujeito.

Cuidador. A palavra era bem precisa, mas achei engraçada. Acho que porque era uma palavra quase sempre usada para adultos.

— Não faço ideia — falei.

— Ah. — Gleason se inclinou na direção do cofre de novo, mas brevemente, como se tivesse perdido o interesse. — Quem tiver herdado isso aqui vai ter que chamar um chaveiro. Se não der certo, um arrombador que seja bom com nitroglicerina. Eu conheço uns dois na prisão de Stateville. — Ele riu. — Não deve ter muito aí, uns papéis velhos e quem sabe umas abotoaduras. Lembra aquela agitação por causa do cofre do Al Capone?

176

Geraldo Rivera pagou mico por causa daquilo. Ah, bom. Vá até a delegacia e faça uma denúncia, sr. Reade.

Novamente falando com o meu pai. Às vezes eu entendia por que as mulheres ficam irritadas.

4

Passei a noite no quartinho de hóspedes no térreo. Era o escritório e sala de costura da minha mãe quando ela era viva e foi assim que ficou durante os anos de bebedeira do meu pai, como se fosse um museu. Quando fazia uns seis meses que ele estava sóbrio, meu pai o transformou em um quarto (com a minha ajuda). Às vezes, Lindy ficava lá, e duas vezes ficaram uns caras recém-sóbrios com quem meu pai estava trabalhando, porque era isso que os AAS faziam. Eu o usei na noite do enterro do sr. Bowditch e da invasão à casa dele para que Radar não tentasse subir a escada. Deixei um cobertor para ela no chão e ela pegou no sono na mesma hora, toda enrolada, nariz no rabo. Eu fiquei mais tempo acordado porque a cama lá era pequena demais para um cara com um metro e noventa e dois, mas também porque tinha muito em que pensar.

Antes de apagar a luz, pesquisei Serviço de Assinaturas da América no Google. A empresa existia, mas com *Serviços*, no plural. Claro que era só uma letra e a sra. Richland podia ter se enganado, mas a que eu encontrei era uma empresa de consolidação de dívida exclusivamente online. Não tinha vendedor de rua. Considerei a ideia de o cara ser um verdadeiro ladrão de obituário rondando o bairro... só que isso não batia, porque ele estava carregando a bolsa de amostras pelo bairro antes de o sr. Bowditch morrer.

Eu achava que o vendedor de revistas era o homem que tinha matado o sr. Heinrich. E, a propósito, como Heinrich tinha morrido? O artigo de jornal não dizia. Seria possível que o homem que dizia *perfeitamente* e *ha--ha* o tivesse torturado antes de matar? Para conseguir o nome do homem que tinha o ouro?

Virei do lado direito para o esquerdo. Meus pés estavam para fora da cama e joguei o lençol e o cobertor sobre eles.

Ou talvez não tivesse sido necessário chegar a tortura. Talvez o sr. Perfeitamente tivesse apenas dito para Heinrich que, se ele dissesse o nome,
ele não morreria.

Virei do lado esquerdo para o direito. Ajeitei as cobertas de novo. Radar
levantou a cabeça, fez um ruído abafado e voltou a dormir.

Outra pergunta: o detetive Gleason tinha falado com a sra. Richland?
Se tinha, ele deduziria que o sr. Bowditch tinha se tornado alvo *antes* de
morrer? Ou acharia que o homenzinho estava só avaliando o bairro atrás de
oportunidades? Talvez ele achasse que era só um vendedor de rua comum
que batia de porta em porta. Isso se ele se deu ao trabalho de perguntar, claro.

Pergunta de um milhão de dólares: se o sr. Perfeitamente Ha-Ha ainda
estava atrás do ouro, ele voltaria?

Direita para esquerda. Esquerda para direita. Ajeitar as cobertas.

Em algum momento, eu pensei que seria melhor ouvir de uma vez a fita
do sr. Bowditch e, depois disso, peguei no sono. Sonhei que o homenzinho
que caminhava saltitando estava me estrangulando e, quando acordei na
manhã seguinte, o lençol e o cobertor estavam no meu pescoço.

5

Fui para a escola na sexta para a sra. Silvius não esquecer quem eu era, mas
no sábado falei para o meu pai que eu ia para o número 1 para começar a
arrumar a casa. Ele se ofereceu para ajudar.

— Não, tudo bem. Fica aqui com a Radar. Relaxa e aproveita o dia de
folga.

— Tem certeza? Aquele lugar deve estar cheio de lembranças pra você.

— Tenho.

— Tudo bem, mas me liga se você começar a ficar pra baixo. Ou apavorado.

— Pode deixar.

— Pena que ele não tenha te contado a combinação do cofre. A gente
vai ter que arrumar alguém pra arrombar pra ver o que tem dentro. Vou
perguntar no trabalho semana que vem. Alguém deve ter o contato de um
arrombador. Um que não esteja preso.

— Sério?

— Os investigadores de seguros têm conexão com todo tipo de gente escusa, Charlie. Gleason deve estar certo, não deve haver nada além de comprovantes de imposto de renda, supondo que Bowditch declarasse, claro, e umas abotoaduras, mas pode ser que tenha algo lá dentro que possa explicar quem ele era.

— Bem — falei, pensando na arma e no gravador. — Vamos ver isso depois. E não vai dar petiscos demais pra Radar.

— Traz os remédios dela.

— Já trouxe — falei. — Na bancada da cozinha.

— Que bom, moleque. Me liga se precisar. Eu vou correndo.

Era um bom sujeito, o meu pai. Principalmente depois que ficou sóbrio. Eu já falei isso, mas vale repetir.

6

Havia uma fita amarela que dizia INVESTIGAÇÃO POLICIAL passando pela cerca. A investigação (daquele jeito que foi) tinha sido concluída quando Gleason e as duas unidades foram embora, mas, enquanto meu pai ou eu não arrumássemos alguém para consertar a porta dos fundos, achei melhor deixar a fita lá.

Fui para os fundos, mas, antes de entrar, andei até o barracão e parei na frente da porta. Não veio nenhum som de dentro, nem arranhões, nem batidas, nem miados esquisitos. *Não, não haveria mesmo*, pensei. *Ele matou o que estava fazendo aqueles barulhos. Dois tiros e bum-bum, as luzes se apagam.* Peguei o chaveiro dele e pensei em experimentar até encontrar a chave que servia, mas guardei de volta no bolso. Primeiro, eu ouviria a fita. E, se não fosse nada além do sr. Bowditch cantando "Home on the Range" ou "A Bicycle Built for Two" quando estava chapado de OxyContin, eu que seria o trouxa. Só que eu não acreditava naquilo. *Todo o resto de que você precisa está embaixo da cama*, dissera ele, e o gravador estava embaixo da cama.

Abri o cofre e o peguei; era apenas um toca-fitas velho e preto, não tão retrô quanto a televisão, mas longe de ser novo; a tecnologia tinha progredido. Fui até a cozinha, coloquei o gravador na mesa e apertei o play. Nada. Só o chiado de fita passando nos cabeçotes. Comecei a achar que era enrolação, afinal, algo como o cofre de Al Capone que Gleason tinha mencionado, mas percebi que o sr. Bowditch só não tinha rebobinado a fita. Possivelmente porque estava gravando quando começou o ataque cardíaco. A ideia me apavorou. *Como dói*, dissera ele. *Como gusa numa forja.*

Apertei o botão de rebobinar. Ficou girando para trás por muito tempo. Quando finalmente parou, apertei o play de novo. Houve alguns segundos de silêncio e um estalo alto seguido de uma respiração rouca que eu conhecia bem. O sr. Bowditch começou a falar.

Eu falei que tinha certeza de que conseguiria contar a história, mas também tinha certeza de que ninguém acreditaria. É a partir daqui que você começa a não acreditar.

7

Seu pai me investigou, Charlie? Tenho certeza de que sim. Eu sei que eu teria investigado se estivesse no lugar dele. E tenho certeza de que, considerando o que ele faz, ele tinha recursos pra isso. Se sim, ele deve ter descoberto que uma pessoa chamada Adrian Bowditch, possivelmente meu pai, ele deve ter pensado, mais provavelmente meu avô, comprou o terreno onde esta casa fica em 1920. Não foi nenhum dos dois. Fui eu. Eu nasci Adrian Howard Bowditch em 1894. O que me faz ter uns cento e vinte anos. A casa ficou pronta em 1922. Ou talvez tenha sido 1923. Não consigo lembrar direito. E o barracão, claro, não podemos esquecer o barracão. Ele foi construído antes mesmo da casa e com as minhas próprias mãos.

O Howard Bowditch que você conhece é um sujeito que gosta de ficar na dele com a cadela... não podemos nos esquecer de Radar. Mas Adrian Bowditch, meu suposto pai, era um andarilho. O número 1 da rua Sycamore aqui em Sentry's Rest era a base dele, mas ele ficava tanto tempo fora quanto ficava aqui. Eu via as mudanças na cidade cada vez que voltava, como uma série de fotografias. Achava fascinante, mas meio desanimador também. Eu tinha a sensação de que tanta coisa nos Estados Unidos estava indo na direção errada, e ainda está, mas acho que essa não é a questão agora.

Eu voltei pela última vez como Adrian Bowditch em 1969. Em 1972, com a idade de setenta e oito anos, eu contratei um caseiro chamado John McKeen, um excelente sujeito mais velho, confiável, você vai encontrá-lo nos registros da cidade se decidir procurar, e fiz minha última viagem, supostamente para o Egito. Mas não foi pra lá que eu fui, Charlie. Três anos depois, em 1975, eu voltei como meu filho, Howard Bowditch, com uns quarenta anos. Howard tinha supostamente vivido a maior parte da vida no exterior com a mãe, que tinha desavenças com o marido. Eu sempre gostei desse detalhe. Ter desavenças parece mais real do que divórcio ou morte. E é uma palavra maravilhosa, cheia de sabor. Depois que Adrian Bowditch supostamente morreu no Egito, eu vim assumir o casarão da família e decidi ficar. Não havia dúvida sobre quem era o proprietário, eu tinha feito o testamento a favor de mim mesmo. Legal, né?

Antes de eu contar o resto, quero que você pare a fita e vá até o barracão. Pode abrir. Você está com as minhas chaves. Bom, eu espero que esteja. Não tem nada lá que possa te fazer mal, as tábuas estão no lugar com dois blocos em cima. Meu Deus, como eram pesados! Mas leva a minha arma se quiser. E leva a lanterna também, a que fica no armário da cozinha. Tem luz lá, mas você ainda vai querer a lanterna. Você vai saber por quê. Pra ver o que tem pra ver. O que você ouviu deve ter sumido quase por completo, talvez totalmente, mas os restos daquele em quem eu atirei vão estar lá. A maior parte, pelo menos. Depois que der uma espiadinha, como dizem por aí, volte e escute o restante. Vai agora. Confia em mim, Charlie. Eu conto com você.

8

Apertei o stop e fiquei sentado ali por um momento. Ele estava maluco, devia estar, embora nunca tenha *parecido* maluco. Ele estava lúcido até no final, quando me chamou e disse que estava tendo um ataque cardíaco. Havia alguma coisa naquele barracão, sim, ou tinha havido, isso era inegável. Eu ouvi, Radar ouviu e o sr. Bowditch tinha ido lá e atirado no que quer que fosse. Mas cento e vinte anos? Quase ninguém vivia tanto, talvez uma pessoa em dez milhões, e *ninguém* voltava com quarenta fingindo ser o próprio filho. Isso só acontecia em histórias de faz de conta.

— Contos de fadas — falei, e estava tão nervoso, tão surtado, que o som da minha própria voz me deu um susto.

Confia em mim, Charlie. Eu conto com você.

Eu me levantei, sentindo quase como se estivesse fora do meu próprio corpo. Não sei como descrever de forma melhor. Subi a escada, abri o cofre e peguei a .45 do sr. Bowditch. Ainda estava no coldre, e o coldre ainda estava no cinturão. Prendi o cinturão e amarrei as cordinhas acima do joelho. Fazer isso fez meu eu interior se sentir absurdo, como um garoto brincando de caubói. O eu exterior ficou feliz de sentir o peso da arma e de saber que ela estava carregada.

A lanterna era das boas, uma comprida com seis pilhas grandes. Apertei o botão uma vez para ver se estava funcionando, saí da casa e atravessei o gramado até o barracão. *Tenho que cortar a grama de novo daqui a pouco*, pensei. Meu coração estava batendo forte e rápido. O dia não estava muito quente, mas eu sentia o suor escorrendo pelas bochechas e pelo pescoço.

Tirei o chaveiro do bolso e o deixei cair. Inclinei-me para pegá-lo e bati a cabeça na porta do barracão. Peguei o chaveiro e olhei as chaves. Uma delas tinha a cabeça redonda e a palavra *Studebaker* gravada. As que abriam as portas da frente e dos fundos da casa eu conhecia. Outra era pequena, talvez de um cofre, talvez até um cofre de banco. E havia uma chave Yale para o cadeado prateado grande na porta do barracão. Eu a enfiei na base do cadeado e bati na porta com o punho.

— Ei! — gritei… mas *baixo*. A última coisa que eu queria era que a sra. Richland ouvisse. — Ei. Se você estiver aí, chega pra trás! Eu estou armado!

Não houve nada, mas fiquei parado com a lanterna na mão, paralisado de medo. De quê? Do desconhecido, a coisa mais assustadora que há.

Ou caga ou sai da moita, Charlie, imaginei o sr. Bowditch dizendo.

Eu me obriguei a girar a chave. A haste do cadeado se soltou. Eu o tirei, soltei a trava e pendurei o cadeado nela. Uma brisa bagunçou meu cabelo. Abri a porta. As dobradiças gemeram. Estava tudo preto lá dentro. A luz do mundo externo parecia entrar e morrer. Na fita ele dissera que tinha luz, embora não houvesse cabo elétrico entrando no barracão. Apontei a lanterna para o lado direito da porta e vi um interruptor. Virei-o para cima e duas lâmpadas a bateria se acenderam, uma de cada lado, no alto. Tipo aquelas luzes de emergência quando a energia acaba na escola ou num cinema. Elas zumbiam baixinho.

O piso era de tábuas de madeira. No canto esquerdo mais distante havia três tábuas enfileiradas com blocos de concreto segurando as pontas.

Apontei a lanterna para a direita e vi algo tão horrível e inesperado que, por um momento, não compreendi. Eu queria me virar e correr, mas não consegui me mexer. Parte de mim estava pensando (até onde *alguma* parte de mim conseguiu pensar naqueles primeiros segundos) que era uma piada macabra, uma criatura de filme de terror feita de látex e fios. Eu via um único buraco de luz por onde uma bala tinha passado pela parede depois de atravessar o que eu estava vendo.

Era algum tipo de inseto, mas quase tão grande quanto um gato adulto. Estava morto, com as muitas patas para cima. Elas eram articuladas no meio, como se tivessem joelhos, e tinham pelos grossos. Um olho preto espiava sem enxergar. Uma das balas do sr. Bowditch tinha acertado o abdome da criatura e as entranhas pálidas não identificáveis estavam caídas em volta da barriga rasgada em forma de triângulo, como um pudim estranho. Havia uma névoa fina subindo dessas entranhas e, quando outro sopro de brisa passou por mim (ainda paralisado na entrada, a mão parecendo grudada no interruptor), mais névoa começou a subir da cabeça da coisa e dos espaços que as placas duras das costas não cobriam. O olho derreteu, deixando um buraco vazio que parecia me encarar. Soltei um gritinho, achando que a criatura estava voltando à vida. Mas não. Estava mortinha da silva. Estava se decompondo e o ar fresco acelerava o processo.

Eu me obriguei a entrar com a lanterna na mão esquerda, apontada para a carcaça do bicho morto. A arma estava na direita. Eu nem me lembrava de tê-la sacado.

Depois que der uma espiadinha, como dizem por aí.

Ele quisera dizer depois que eu visse aquilo. Não gostei de me afastar da porta, mas me obriguei a fazer exatamente isso. O eu exterior me obrigou, porque queria dar uma espiadinha. O eu interior estava basicamente tremendo de pavor, surpresa e descrença. Fui na direção das tábuas com os blocos em cima. Um dos meus pés bateu em alguma coisa e, quando apontei a lanterna, soltei um grito de repulsa. Era uma pata de inseto, o que tinha restado de uma; dava pra saber pelos fios de pelo e pela dobra do joelho. Eu não tinha batido com força e estava de tênis, mas a perna se partiu no meio. Achei que era parte do bicho que eu ouvira no início. Tinha morrido ali e só sobrara aquilo.

Ei, Charlie, toma uma coxa!, imaginei meu pai dizendo enquanto me dava uma coxa de frango. *É a melhor da região!*

Tive ânsia de vômito e coloquei a base da mão na boca até a vontade de vomitar passar. Se o inseto morto estivesse fedendo muito, eu tenho certeza de que não teria conseguido segurar, mas parecia cheirar pouco, talvez porque o processo de decomposição já tivesse passado desse ponto.

As tábuas e blocos de concreto cobriam um buraco no chão de um metro e meio, mais ou menos. Primeiro, achei que fosse um poço que tivesse sobrado dos tempos anteriores à água encanada, mas quando apontei a lanterna entre duas tábuas, vi degraus curtos de pedra espiralando para baixo. Houve sons de agitação e um chilreio no escuro. Um movimento vislumbrado que me deixou paralisado. Mais insetos... que não estavam mortos. Eles se afastavam da minha luz e, de repente, achei que sabia o que eram: baratas. Eram tamanho família, mas estavam fazendo o que baratas sempre faziam quando se apontava uma luz para elas: correndo feito loucas.

O sr. Bowditch tinha coberto o buraco, que levava só Deus sabia para onde (ou *para o quê*), mas ou ele tinha feito um trabalho porco (o que não era a cara dele) ou os insetos tinham conseguido empurrar uma tábua ou mais de uma ao longo do tempo. Tipo desde 1920? Meu pai teria rido, mas meu pai nunca tinha visto uma barata morta do tamanho de um gato adulto.

Eu me apoiei em um joelho e enfiei a luz entre as tábuas. Se havia mais baratas grandes, elas tinham ido embora. Só havia os degraus, espiralando para baixo. Um pensamento me ocorreu nessa hora, primeiro estranho e, depois, não tão estranho assim. Eu estava olhando para a versão do pé de feijão do sr. Bowditch. Descia em vez de subir, mas havia ouro no final.

Eu tinha certeza.

9

Recuei devagar, desliguei as luzes a bateria e apontei a lanterna uma última vez para a criatura horrenda caída perto da parede. Havia mais vapor subindo dela agora e *um cheiro*, tipo de hortelã azeda. O ar fresco estava trabalhando rápido nela.

Fechei a porta, passei o cadeado e voltei para a casa. Guardei a lanterna de volta no armário e a arma no cofre. Olhei para o balde de ouro, mas não senti vontade de enfiar as mãos dentro, não hoje. E se eu chegasse ao fundo e sentisse um pedaço de perna peluda de inseto?

Cheguei à escada, mas minhas pernas cederam e tive que me segurar no corrimão para não cair feio. Fiquei sentado no alto, tremendo todo. Depois de um ou dois minutos, consegui me controlar e descer, segurando o corrimão de uma forma que lembrava o sr. Bowditch. Sentei-me à mesa da cozinha e olhei para o gravador. Uma parte de mim queria ejetar a fita, desfazê-la puxando a fita marrom e jogá-la no lixo. Mas eu não fiz isso. Não podia.

Confia em mim, Charlie. Eu conto com você.

Apertei o play e, por um momento, foi como se o sr. Bowditch estivesse ali na cozinha comigo, vendo como eu estava apavorado, como estava atônito, e tentando me acalmar. Tentando me fazer parar de pensar na hora em que o olho daquele inseto enorme caiu e deixou o buraco vazio me encarando. E deu certo, ao menos um pouco.

10

São só baratas e não são perigosas. Uma luz forte as faz fugir. A não ser que você tenha saído correndo e gritando quando viu a que eu matei, e esse não é o garoto que eu conheci, você deve ter olhado entre as tábuas e visto o poço e os degraus que descem. Às vezes, algumas baratas sobem, mas só quando o tempo começa a esquentar. Não sei por quê, considerando que nosso ar é letal pra elas. Elas começam a se decompor mesmo quando estão presas embaixo das tábuas, mas se chocam nelas mesmo assim. Será algum tipo de desejo de morte instintivo? Quem pode dizer? Nos últimos dois anos, eu fiquei descuidado na manutenção da barreira sobre o poço... nos últimos anos eu fiquei descuidado com muitas coisas... e algumas passaram. Havia muitos anos que isso não acontecia. A que você ouviu na primavera morreu sozinha, só restou agora uma perna e uma das antenas. A outra... bom, você sabe. Mas elas não são perigosas. Não mordem.

Eu chamo de poço dos mundos, um nome que eu tirei de uma história antiga de terror de um homem chamado Henry Kuttner, e eu não exatamente o encontrei. Eu caí nele.

Vou te contar o máximo que puder, Charlie.

Como Adrian Bowditch, eu nasci em Rhode Island, e apesar de ser bom em matemática e amar ler... como você sabe... eu não gostava da escola, nem do meu padrasto, que me batia quando as coisas davam errado na vida dele. O que acontecia com frequência, porque ele bebia muito e não conseguia ficar mais do que uns poucos meses em cada emprego. Eu fugi de casa quando tinha dezessete anos e fui para o norte, para o Maine. Eu era um jovem robusto e entrei pra um grupo de lenhadores em Aroostook County. Isso foi em 1911, o ano em que Amundsen chegou ao Polo Sul. Lembra que te contei que eu era um simples cortador de madeira? Era verdade.

Por seis anos eu fiz esse trabalho. Aí, em 1917, um soldado foi para o nosso acampamento e nos informou que homens fisicamente capazes tinham que se alistar no correio de Island Falls. Alguns dos rapazes mais jovens entraram em um caminhão, eu dentre eles, mas eu não tinha intenção de entrar na máquina de guerra em algum lugar da França. Eu achava que aquela máquina já tinha sangue suficiente para beber sem acrescentar o meu, então eu me despedi dos rapazes quando eles estavam em fila e subi num trem para o oeste. Acabei indo parar em Janesville, não muito longe de onde estamos agora, e entrei para um grupo madeireiro. Com isso, eu segui o grupo até o condado de Sentry, que agora é o condado de Arcadia. O nosso condado.

Não havia muito corte de madeira e eu pensei em seguir em frente, talvez para o Wyoming ou para Montana. A minha vida teria sido bem diferente se eu tivesse feito isso, Charlie. Eu teria vivido um tempo de vida normal e nós não teríamos nos conhecido. Mas em Buffington — onde fica a Reserva Florestal agora — eu vi uma placa que dizia PROCURA-SE SUPERVISOR DE TERRAS. E, abaixo disso, uma coisa que parecia feita pra mim: PRECISA SER BOM COM MAPAS E FLORESTAS.

Fui até a administração do condado e, depois de ler uns mapas, ver latitude, longitude, contorno, essas coisas, me deram o emprego. Meu filho, eu me senti como o sujeito que caiu em uma pilha de merda e se levantou com uma rosa nos dentes. Eu passava todos os dias andando pelo bosque, marcando árvores e fazendo mapas e identificando estradas antigas pela floresta, e eram muitas. Em algumas noites, eu ficava com alguma família disposta a me acolher e, em outras, acampava sob as estrelas. Era bom demais. Havia vezes em que eu ficava dias sem ver ninguém. Isso não é pra todo mundo, mas era pra mim.

Chegou um dia no outono de 1919 em que eu estava na colina Sycamore, no que era conhecido na época como Bosque de Sentry. A cidade de Sentry's Rest ficava aqui, mas não passava de um vilarejo, e a rua Sycamore terminava no rio Little Rumple. A ponte, a primeira ponte, só foi construída quinze anos depois, pelo menos. O bairro em que você cresceu só passou a existir depois da Segunda Guerra Mundial, quando os soldados voltaram pra casa.

Eu estava entrando na parte do bosque onde agora fica o meu quintal, abrindo caminho entre madeira caída e arbustos, procurando uma estrada de terra que deveria estar em algum lugar à frente, sem pensar em nada além de imaginar onde no vilarejo um jovem poderia tomar uma bebida e caí de repente. Em um momento eu estava andando no sol e, no seguinte, estava no poço dos mundos.

Se você apontou a lanterna entre as tábuas, você sabe que eu tive sorte de não morrer. Não tem corrimão e os degraus descem por uma queda horrível, uns cinquenta metros. As paredes são de blocos de pedra, você notou? Muito velhas. Só Deus sabe o quanto. Alguns dos blocos caíram no fundo, onde tem uma pilha. Quando caí, eu estiquei a mão e me segurei em uma fissura em um buraco de um desses blocos faltantes. Não devia ter mais que dez centímetros de largura, mas foi o suficiente para eu enfiar os dedos. Eu me encostei na curva da parede, olhei para a luz do dia e para o céu azul, o coração batendo no que pareciam ser duzentos batimentos por minuto, me perguntando no que eu tinha tropeçado. Não era um poço comum, não com degraus de pedra descendo e blocos de pedra formando as paredes.

Quando recuperei o fôlego... nada como cair num buraco negro e quase morrer pra gente perder o fôlego... quando eu recuperei, tirei a lanterna do cinto e apontei pra baixo. Não dava pra ver nada, mas ouvi barulhos de movimento, então percebi que havia alguma coisa viva lá embaixo. Não fiquei preocupado. Eu também carregava uma arma no cinto naquela época, porque a floresta não era sempre segura. Não era tanto com animais que a gente tinha que se preocupar... se bem que havia ursos naquela época, e muitos... e sim com homens, principalmente destiladores clandestinos, embora eu não achasse que houvesse qualquer bebida ilegal naquele buraco. Eu não sabia o que podia ser, mas era um rapaz curioso e estava determinado a descobrir.

Arrumei a mochila, que tinha ficado toda desconjuntada quando caí nos degraus, e desci. Desci e desci, sempre em espiral. Cinquenta metros de profun-

187

didade tem o poço dos mundos, com cento e oitenta e cinco degraus de pedra de alturas variadas. No final tem um túnel com laterais de pedra... ou talvez seja melhor chamar de corredor. É alto o suficiente para andar sem abaixar a cabeça, Charlie, e ainda fica sobrando um espaço da sua altura, mais ou menos.

O piso era de terra no pé da escada, mas depois que andei um pouco... eu agora sei que tem um pouco mais de quatrocentos metros... passa a ser de pedra. Aquele barulho foi ficando cada vez mais alto. Como papel ou folhas soprando em uma brisa leve. Em pouco tempo, estava acima da minha cabeça. Apontei a lanterna e vi que o teto estava coberto com os maiores morcegos que já se viu. Com a envergadura de um urubu-de-cabeça-vermelha. Eles se mexeram mais na luz e eu abaixei a lanterna para o chão rapidamente, sem querer que eles começassem a voar em torno de mim. A ideia de ser sufocado pelas asas me deu o que minha mãe chamaria de tremores. Cobras e a maioria dos insetos não são problema pra mim, mas eu sempre tive horror de morcegos.

Eu fui em frente por quase dois quilômetros e a minha lanterna começou a falhar. Não havia Duracell naquela época, garoto! Às vezes, havia uma colônia de morcegos no teto, e às vezes não. Decidi voltar antes de ficar no escuro e nessa hora vi que havia um brilho de luz do dia na frente. Apaguei a lanterna e, realmente, era luz do dia.

Fui na direção dela, curioso para saber onde daria. Meu palpite era que seria na margem norte do Little Rumple, porque tive a sensação de estar indo para o sul, mas eu não podia ter certeza. Fui nessa direção e, quando estava me aproximando, aconteceu uma coisa comigo. Não consigo descrever muito bem, mas preciso tentar caso você decida seguir meus passos, por assim dizer. Foi como ficar com a cabeça tonta, mas foi mais do que isso. Pareceu que eu tinha virado um fantasma, Charlie, como se pudesse olhar para o meu corpo e ver através dele. Eu estava insubstancial, e me lembro de ter pensado que todos nós somos assim, só fantasmas na face da Terra tentando acreditar que temos peso e um lugar no mundo.

Durou uns cinco segundos. Eu continuei andando, apesar de não parecer estar ali. A sensação passou e eu cheguei à abertura no fim do túnel... talvez mais uns duzentos metros depois... e saí não na margem do Little Rumple, mas na encosta de uma colina. Abaixo de mim havia um campo de flores vermelhas lindas. Acho que eram papoulas, mas que cheiravam a algo parecido com canela. Eu pensei: "Alguém abriu o tapete vermelho pra mim!". Um caminho levava pelo meio das flores até uma estrada onde eu via uma casinha... um chalé, na verdade... com fumaça saindo da chaminé. Mais na frente, seguindo a estrada, no horizonte distante, eu vi as torres de uma cidade grande.

O caminho estava quase desaparecido, como se ninguém tivesse andado por ele durante muito tempo. Um coelho saltou por ele quando comecei a andar, com o dobro do tamanho de um coelho normal. Desapareceu na grama e nas flores. Eu...

Havia uma pausa ali, mas deu para ouvir o sr. Bowditch respirando. Soou mais rouco do que nunca. Com dificuldade. Ele continuou.

Esta fita tem noventa minutos, Charlie. Encontrei uma caixa no meio da bagunça do terceiro andar, da época anterior às fitas cassete ficarem tão obsoletas quanto os selos de três centavos. Eu poderia encher quatro dessas, cinco, talvez a caixa inteira. Eu tive muitas aventuras naquele outro mundo e contaria todas se tivesse tempo. Mas não acredito que tenha. Desde minha prática de tiro ao alvo no barracão, eu não estou me sentindo muito bem. Estou com dor na parte esquerda do pescoço e por todo o braço esquerdo até o cotovelo. Às vezes passa um pouco, mas o peso no peito não. Eu sei o que esses sintomas significam. Tem uma tempestade crescendo dentro de mim e acho que vai estourar em breve. Eu tenho arrependimentos, muitos. Uma vez, eu te disse que um homem corajoso ajuda, mas um covarde só leva presentes. Lembra disso? Eu trouxe presentes, mas só quando soube que não tinha coragem suficiente pra ajudar quando a mudança terrível aconteceu. Eu disse pra mim mesmo que estava velho demais, peguei o ouro e fugi. Como João descendo pelo pé de feijão. Só que ele era um garoto. Eu devia ter agido melhor.

Se você for para aquele outro mundo, onde tem duas luas no céu à noite e não tem nenhuma constelação que os astrônomos da Terra já tenham visto, você precisa saber duas coisas, então ouça com atenção.

O ar do nosso mundo é fatal para as criaturas de lá, a julgar pelas baratas e pelo coelho que eu trouxe uma vez como experimento, mas o ar de lá não é fatal pra nós. É revigorante, na verdade.

A cidade já foi um lugar grandioso, mas agora é perigosa, principalmente à noite. Se você entrar, vá só de dia e fique bem quieto quando passar pelo portão. Pode parecer deserto, mas não está. O que governa lá é perigoso e terrível, e o que fica depois é mais terrível ainda. Eu marquei o caminho até uma praça atrás do palácio, da mesma forma que marcava as árvores da floresta, com as minhas iniciais originais, AB. Se você as seguir... e fizer silêncio... vai ficar bem. Se não seguir, você pode ficar perdido naquela cidade terrível até morrer. Estou falando como alguém que sabe. Sem minhas marcas, eu ainda estaria lá, morto ou louco. O que antes era grandioso e lindo agora está cinzento e amaldiçoado e doente.

Houve outra pausa, o chiado na respiração dele ficou mais alto, e, quando ele voltou a falar, foi com dificuldade na voz. Eu tenho a sensação, quase certeza, de que, enquanto ele falava aquelas palavras, eu estava na escola, a caminho da aula de química ou já estava lá, determinando o ponto de fervura da acetona.

Radar já foi lá comigo, quando ela era jovem, um pouco mais do que um filhote. Ela desceu os degraus na minha frente sem medo nenhum. Você sabe que ela se deita sobre a barriga quando eu dou a ordem no chão; ela também sabe ficar quieta quando eu dou a ordem silêncio. Eu falei naquele dia, e nós passamos embaixo de colônias de morcegos sem incomodá-los. Ela passou pelo que eu passei a chamar de fronteira sem inquietação aparente. Ficou feliz da vida com o campo de flores vermelhas, saiu correndo no meio delas e rolando como um filhote. E adorou a mulher idosa que agora mora no chalé. A maioria das pessoas do nosso mundo sairia correndo e gritando ao ver como ela está agora, mas eu acredito que os cachorros sentem a natureza interna e ignoram o aspecto externo. Isso é romântico demais? Talvez, mas me parece ser...

Pare. Você não deve divagar. Não há tempo.

Você pode decidir levar Radar junto, talvez depois de dar uma espiadinha sozinho, mas talvez de primeira. Porque o tempo pra ela está ficando curto. Com o remédio novo, ela talvez consiga descer aqueles degraus de novo. Se conseguir, tenho certeza de que o ar daquele lugar vai revigorá-la. O tanto de certeza que dá pra ter, pelo menos.

Houve uma época em que aconteciam jogos na cidade, e os milhares de pessoas que iam assistir se reuniam na praça de que falei enquanto esperavam para entrar no estádio que é parte do palácio... ou adjunto a ele, acho que você diria. Perto dessa praça fica um relógio de sol enorme que deve ter uns trinta metros de diâmetro. Ele gira, como o carrossel do livro. O livro de Bradbury. Tenho certeza de que ele... deixa pra lá, presta atenção nisto: o relógio de sol é o segredo da minha longevidade e eu paguei um preço por isso. Você não deve subir nele, mas se puder botar Radar em cima...

Ah, meu Jesus. Acho que está acontecendo. Meu Deus!

Fiquei sentado à mesa da cozinha apertando as mãos, vendo a fita girar. Pela janelinha dava para ver que estava se aproximando do ponto do qual eu tinha rebobinado.

Charlie, odeio pensar em te mandar pra fonte de tantos dos nossos terrores na Terra e não vou mandar que você vá, mas o relógio de sol fica lá e o ouro também. As marcas vão te levar até lá. AB, lembre-se disso.

Estou deixando pra você em testamento esta casa e o terreno, mas não é um presente. É um fardo. A cada ano ela vale mais e os impostos sobem. Pior do que os impostos, bem pior, eu vivo com medo de... daquele horror legal conhecido como desapropriação, e eu... você... nós...

Ele estava ofegante e engolindo em seco sem parar, uns barulhos altos que ficaram registrados com clareza na fita. Eu sentia as unhas cortando a palma das mãos. Quando ele falou de novo, foi com um esforço horrível.

Escuta, Charlie! Você consegue imaginar o que aconteceria se as pessoas descobrissem que existe outro mundo ao nosso alcance? Onde podem chegar descendo cento e oitenta e cinco degraus de pedra e andando por um corredor que não tem muito mais do que um quilômetro e meio? Se o governo descobrisse que encontrou um novo mundo para explorar agora que os recursos deste aqui estão se exaurindo? Eles teriam medo do Assassino Voador ou de despertar o deus terrível daquele lugar do longo sono? Entenderiam as consequências terríveis de... mas você... se você tivesse os meios... você...

Houve sacolejos e estalos. Dificuldade de respirar. Quando ele falou de novo, sua voz ainda estava audível, mas bem mais baixa. Ele tinha colocado na mesa o gravador com microfone embutido.

Eu estou tendo um ataque cardíaco, Charlie... você sabe... eu te liguei... tem um advogado. Leon Braddock. Elgin. Tem uma carteira. Debaixo da cama. Tudo de que você precisa também está debaixo da c...

Houve um ruído final, seguido de silêncio. Ou ele tinha desligado o gravador de propósito ou tinha batido no botão de PAUSAR quando debateu a mão. Fiquei feliz. Eu não precisava ouvi-lo sofrendo as agonias finais.

Fechei os olhos e fiquei sentado lá por... não sei quanto tempo. Talvez um minuto, talvez três. Eu me lembro de esticar a mão para baixo na minha escuridão, pensando em tocar em Radar e encontrar um pouco do conforto que o toque dela sempre me dava. Mas Radar não estava lá. Radar estava colina abaixo, em uma casa sã onde havia um quintal são, sem buraco nenhum, sem poço dos mundos.

O que eu ia fazer? O quê, em nome de Deus?

Para começar, tirei a fita cassete da máquina e guardei no bolso. Era perigosa, talvez o objeto mais perigoso da face da Terra... mas só se as pessoas acreditassem que era qualquer coisa além dos delírios de um velho tendo um ataque cardíaco. Elas não acreditariam, claro. A não ser que...

Eu me levantei com pernas que pareciam não merecer confiança e fui até a porta dos fundos. Olhei para o barracão que o sr. Bowditch, um sr. Bowditch bem mais jovem, tinha construído sobre o poço dos mundos. Olhei por muito tempo. Se alguém entrasse lá...

Meu Deus do céu.

Fui para casa.

ONZE

Aquela noite. Torpor na escola. Meu pai viaja. O poço. O Outro. A mulher idosa. Uma surpresa ruim.

1

— Você está bem, Charlie?

Eu ergui o olhar do livro. Estava mergulhado nele. Eu diria que nada poderia me fazer parar de pensar na fita que eu ouvira na cozinha do sr. Bowditch, a que escondi na prateleira mais alta do meu armário, debaixo de uma pilha de camisetas velhas, mas aquele tinha conseguido. Aquele livro que eu peguei no quarto do sr. Bowditch tinha conjurado um mundo próprio. Radar estava dormindo ao meu lado e soltava roncos baixos ocasionais.

— Hã?

— Eu perguntei se você está bem. Você quase não tocou no jantar e pareceu distraído a noite toda. Pensando no sr. Bowditch?

— Bom, é. — Era verdade, embora não exatamente como meu pai imaginava.

— Você está sentindo falta dele.

— Sim. Muito. — Estiquei a mão e fiz carinho no pescoço de Radar. Minha cadela agora. Minha cadela, responsabilidade minha.

— Tudo bem. É assim mesmo. Você vai ficar bem semana que vem?

— Claro. Por quê?

Ele soltou o tipo de suspiro paciente que eu acho que talvez só pais consigam emitir.

— O retiro. Eu te falei. Você estava com a cabeça em outras coisas, acho. Eu viajo na terça de manhã pra passar quatro dias maravilhosos na floresta, no norte. É um evento da Overland, mas o Lindy me convidou para ir junto. Uns seminários sobre responsabilidade civil, o que deve servir para algo e alguns sobre investigação de alegações fraudulentas, o que deve servir para muita coisa, principalmente para uma empresa que está se estabelecendo.

— Como a sua.

— Como a minha. Também vai ter uns exercícios de confiança.

— Vai ter bebida?

— Vai ter um monte de bebida, mas não pra mim. Você vai ficar bem sozinho?

— Claro. — Supondo que eu não me perdesse no que o sr. Bowditch alegava ser uma cidade muito perigosa governada por um deus adormecido. Supondo que eu sequer fosse.

— Eu vou ficar bem. Se acontecer alguma coisa eu ligo.

— Você está sorrindo. Alguma coisa engraçada?

— Só que eu não tenho mais dez anos, pai. — Na verdade, o que me fez sorrir foi pensar se havia sinal de celular no poço dos mundos. Eu achava que a companhia telefônica ainda não tinha se expandido para aquele território.

— Tem certeza de que não tem nada com que eu possa ajudar?

Conta pra ele, pensei.

194

— Não. Está tudo bem. O que é exercício de confiança?

— Vou te mostrar. Levanta. — Ele também se levantou. — Agora fica atrás de mim.

Eu deixei o livro na cadeira e fiquei atrás dele.

— A gente tem que confiar na equipe — disse meu pai. — Não que eu tenha uma equipe, já que sou só eu na empresa. A gente sobe em árvores com...

— *Em árvores?* Vocês sobem em árvores?

— Já subi em muitos retiros da Overland, algumas vezes não muito sóbrio. Com um observador. Nós todos subimos, menos Willy Deegan, que tem marcapasso.

— Meu Deus, pai.

— E a gente faz isso. — Ele caiu para trás sem avisar, as mãos unidas frouxamente na altura da cintura. Eu não fazia mais esportes, mas não havia nada de errado com meus reflexos. Eu o peguei com facilidade e, ao olhar para ele de cabeça para baixo, vi que ele estava de olhos fechados e sorrindo. Eu o amei por causa daquele sorriso. Empurrei-o de volta e ele voltou a ficar de pé. Radar estava olhando para nós. Ela soltou um latido baixo e deitou a cabeça de novo.

— Eu vou ter que confiar em quem estiver atrás de mim, provavelmente Norm Richards, mas eu confio mais em você, Charlie. Nós temos um laço.

— Isso é ótimo, pai, mas não vai cair de nenhuma árvore. Cuidar de um cara que caiu é o meu limite. Agora, posso ler meu livro?

— Vai em frente. — Ele o pegou na cadeira e olhou a capa. — Um dos livros do sr. Bowditch?

— É.

— Eu li quando tinha a sua idade, talvez até menos. Um parque de diversões maluco vai pra uma cidadezinha bem aqui no Illinois, se me lembro bem.

— O Show Pandemônio das Sombras de Cooger e Dark.

— Eu só lembro que havia uma vidente cega. Ela era sinistra.

— É, a Bruxa do Pó é bem sinistra mesmo.

— Pode ler, eu vou ver televisão e apodrecer o cérebro. Só não vai ter pesadelos.

Isso se eu dormir, pensei.

2

Embora Radar provavelmente conseguisse subir a escada com o remédio novo, eu fui para o quartinho de hóspedes e ela foi atrás de mim, já perfeitamente à vontade na nossa casa. Fiquei só de short, coloquei um travesseiro a mais debaixo da cabeça e continuei lendo. Na fita, o sr. Bowditch dizia que havia um relógio de sol enorme em uma praça atrás de um palácio, que girava como o carrossel no livro de Bradbury, e que aquilo era o segredo da sua longevidade. O relógio de sol tinha permitido que ele voltasse a Sentry's Rest jovem o suficiente para se passar pelo próprio filho. Em *Algo sinistro vem por aí*, o carrossel podia fazer envelhecer quando girava para a frente, mas rejuvenescer quando ia ao contrário. E o sr. Bowditch tinha dito outra coisa, ou começado. *Tenho certeza de que ele... deixa pra lá.*

Ele tinha começado a dizer que Ray Bradbury tinha tirado a ideia do carrossel lá do relógio de sol daquele outro mundo? A ideia de ganhar ou perder anos em um carrossel era surreal, mas a ideia de que um autor americano respeitado tinha visitado aquele outro lugar era mais surreal ainda. Não era? Bradbury *tinha* passado a infância em Waukegan, que ficava a menos de cento e dez quilômetros de Sentry's Rest. Uma breve visita à página da Wikipédia de Bradbury me convenceu de que era só coincidência, a não ser que ele tenha visitado o outro mundo quando pequeno. Se existisse outro mundo. Quando tinha a minha idade, ele já estava morando em Los Angeles.

Tenho certeza de que ele... deixa pra lá.

Marquei a página e deixei o livro no chão. Eu tinha certeza de que Will e Jim sobreviveriam às aventuras, mas achava que eles jamais seriam inocentes de novo. Crianças não deveriam ter que enfrentar coisas terríveis. Sabia disso por experiência própria.

Eu me levantei e vesti a calça.

— Vem, Rad. Você precisa sair e molhar a grama.

Ela foi com disposição, sem mancar nadinha. Voltaria a ficar lenta de manhã, mas, depois de um pouco de exercício, a locomoção melhoraria. Ao menos era como tinha sido até ali. Isso não duraria muito se a assistente de veterinária estivesse certa. Ela disse que ficaria surpresa se Radar chegasse ao Halloween, e faltavam só cinco semanas. Um pouco menos, na verdade.

Rad farejou o gramado. Olhei para as estrelas, encontrei o Cinturão de Orion e o Grande Carro, sempre presente. De acordo com o sr. Bowditch, havia duas luas naquele outro mundo, além de constelações que os astrônomos da Terra nunca tinham visto.

Não é possível, nada daquilo.

Mas o poço estava lá. E os degraus. E aquele inseto horrível do caralho. Eu tinha visto tudo aquilo.

Radar se abaixou daquele seu jeito delicado, depois veio até mim, querendo um petisco. Dei metade de um Bonz e a levei para dentro. Eu tinha lido até tarde e meu pai tinha ido para a cama. Era hora de eu fazer o mesmo. A cadela do sr. Bowditch, a minha cadela, se deitou com um suspiro e um peido, pouco mais que um ventinho. Apaguei a luz e fiquei olhando a escuridão.

Conta tudo para o papai. Leva ele no barracão. O bicho que o sr. Bowditch matou vai estar lá, ao menos uma parte dele, e, mesmo que tenha sumido, o poço vai estar lá. Isso é pesado, pode dividir o fardo.

Mas me lembrei de uma coisa da escola, do sexto ou sétimo ano. Em história americana com a professora Greenfield. Era uma citação de Benjamin Franklin: *Três pessoas são capazes de guardar um segredo se duas delas estiverem mortas.*

Você consegue imaginar o que aconteceria se as pessoas descobrissem que existe outro mundo ali embaixo?

Essa pergunta foi do sr. Bowditch, e eu achava que sabia a resposta. Ele seria tomado. *Cooptado*, diria minha professora de história hippie. O número 1 da rua Sycamore viraria uma instalação confidencial do governo. Até onde eu imaginava, o bairro todo seria esvaziado. E, sim, a exploração começaria logo em seguida e, se o sr. Bowditch estivesse certo, as consequências poderiam ser terríveis.

Acabei pegando no sono, mas sonhei que estava acordado e tinha alguma coisa se mexendo embaixo da cama. Eu sabia o que era da forma que se sabe em sonhos. Uma barata gigante. Uma que mordia. Acordei de madrugada convencido de que era verdade. Mas Radar teria latido, e ela estava dormindo profundamente, fazendo ruídos caninos em algum sonho desconhecido.

3

No domingo, fui até a casa do sr. Bowditch fazer o que eu pretendia ter feito no dia anterior: começar a arrumar. Havia coisas que eu não tinha como fazer, claro; as almofadas cortadas e o papel de parede rasgado teriam que esperar. Havia muitas outras, mas eu tive que cuidar de tudo em turnos, porque levei Radar na primeira vez, e isso foi um erro.

Ela foi de aposento em aposento do andar de baixo procurando o sr. Bowditch. Não pareceu chateada com o vandalismo, mas latiu furiosamente para o sofá, só parando para me olhar de vez em quando como se para perguntar se eu era burro. Eu não via o que havia de errado? A cama do dono dela tinha sumido.

Fiz com que ela me seguisse até a cozinha e mandei que se sentasse, mas ela não obedeceu, só ficou olhando na direção da sala. Ofereci um petisco de frango, o favorito dela, mas ela largou no chão da cozinha. Eu decidi que teria que levá-la para casa e deixá-la com o meu pai, mas quando viu a guia, ela correu (com bastante agilidade) pela sala e subiu a escada. Eu a encontrei no quarto do sr. Bowditch, enrolada na frente do armário, em uma cama improvisada de roupas que tinham sido arrancadas dos cabides. Ela pareceu bem lá, então desci e fiz as coisas da melhor forma que deu.

Por volta das onze horas, ouvi o estalar das unhas dela na escada. Vê--la partiu meu coração. Ela não estava mancando, mas foi andando devagar com a cabeça baixa e o rabo também. Ela me olhou com uma expressão tão clara como palavras: *Onde está ele?*

— Vem, garota — falei. — Vamos embora daqui.

Dessa vez, ela não fugiu da guia.

4

De tarde, eu fiz o que podia no andar de cima. O homenzinho de boné do White Sox e calça de veludo (supondo que tivesse sido ele, e eu achava que sim) não tinha feito nenhum estrago no terceiro andar, ao menos que eu pudesse ver. Deduzi que ele tinha concentrado a atenção no segundo andar… e no cofre depois que o encontrou. Ele devia estar de olho na hora também, sabendo que cerimônias funerárias não duram muito.

Peguei minhas roupas e as coloquei em uma pilha no alto da escada, com a intenção de levá-las para casa na volta. Em seguida, fui trabalhar no quarto do sr. Bowditch: ajeitei a cama (que tinha sido virada), pendurei as roupas (enfiando os bolsos para dentro) e peguei o enchimento dos travesseiros. Eu estava com raiva do sr. Perfeitamente Ha-Ha pelo que pareceu quase uma profanação de um morto, mas não conseguia parar de pensar em algumas das coisas lamentáveis que fiz com Bertie Bird, como merda de cachorro em para-brisas, bombinhas em caixas de correio, latas de lixo cheias viradas, JESUS SE MASTURBA pichado na placa da Igreja Metodista da Graça. Nós nunca fomos pegos, mas eu fui. Ao olhar para a bagunça que o sr. Ha-Ha tinha deixado para trás e odiá-la, percebi que eu mesmo me peguei. Na época, eu era tão ruim quanto o homenzinho com o jeito esquisito de andar e falar. Pior em alguns aspectos. O homenzinho pelo menos tinha motivo; ele estava procurando ouro. Bird e eu éramos só dois garotos fazendo um monte de merda.

Só que, claro, Bird e eu nunca matamos ninguém. Se eu estivesse certo, o sr. Ha-Ha tinha matado.

Uma das estantes do quarto estava virada. Eu a coloquei de pé e comecei a guardar os livros na prateleira. No fim da pilha estava aquele tomo com aparência acadêmica que eu tinha visto na mesa de cabeceira dele, junto com o livro do Bradbury que eu estava lendo. Peguei e olhei a capa: um funil se enchendo de estrelas. *As origens da fantasia e seu lugar na matriz mundial.* Que nome grande. E *perspectivas junguianas* ainda por cima. Olhei o sumário para ver se havia algo sobre a história de João e o pé de feijão. Havia. Tentei ler, mas só passei os olhos. Era tudo que eu odiava no que eu via como escrita acadêmica arrogante, cheio de palavras complicadas e sintaxe truncada. Talvez fosse preguiça intelectual da minha parte, mas talvez não.

Até onde eu conseguia entender, o autor daquele capítulo estava dizendo que havia *duas* histórias do pé de feijão: o original sangrento e a versão higienizada que as crianças liam nas versões aprovadas por mães da coleção Little Golden Books e do desenho animado. O original sangrento se bifurcava (aí estava uma das palavras complicadas) em dois ramos míticos, um sombrio e um leve. O sombrio tinha a ver com as alegrias de roubar e

matar (quando Jack descia pelo pé de feijão e o gigante caía e morria estatelado). O leve tinha a ver com o que o escritor chamou de "epistemologia
da Crença Religiosa Wittgensteiniana" e, se você sabe o que isso quer dizer
sem precisar de explicação nenhuma, você é uma pessoa melhor do que eu.

Guardei o livro na prateleira, saí do quarto e voltei para olhar a capa.
A parte interna era cheia de prosa empolada e orações subordinadas com-
plexas que não davam descanso aos olhos, mas a capa era meio lírica, tão
perfeita quanto aquele poema de William Carlos Williams sobre o carrinho
de mão vermelho: um funil se enchendo de estrelas.

5

Na segunda-feira, fui ver minha velha amiga sra. Silvius na diretoria e perguntei se eu podia tirar meu dia de serviço comunitário semestral na terça. Ela se curvou sobre a mesa na minha direção e falou com voz baixa e
confidente:

— Estou sentindo cheiro de garoto que quer matar aula? Eu só pergunto porque pedimos que os alunos avisem pelo menos uma semana antes
pra tirar o dia de serviço comunitário. Não é exigência, Charlie, mas uma
recomendação enfática.

— Não, é pra valer — falei, fazendo contato visual sincero. Era uma
técnica útil na hora de contar mentiras que eu tinha aprendido com Bertie
Bird. — Eu vou conversar com os comerciantes do centro pra propor um
"Adote um".

— Adote um? — A sra. Silvius pareceu interessada, apesar de tudo.

— Bom, costuma ser Adote uma Estrada, eu me envolvi com isso pelo
Key Club, mas eu quero ir além. Quero ver se os donos de loja se interes-
sam por um Adote um Parque, porque nós temos seis, sabia, e Adote uma
Passarela Subterrânea, porque tantas são uma sujeira, é uma pena, talvez
até Adote um Terreno Baldio se eu conseguir convencer…

— Tudo bem, eu captei a ideia. — Ela pegou um formulário e escreveu
nele. — Leve isto para os seus professores, consiga assinatura de todos, traga
para mim. — E quando eu estava saindo: — Charlie, ainda sinto cheiro de
quem quer matar aula. Sinto em você todinho.

Eu não estava mentindo sobre meu projeto de serviço comunitário, mas estava disfarçando a verdade quanto a precisar de um dia de folga da escola para isso. Durante o quinto tempo eu fui para a biblioteca, peguei uma listagem de todos os comerciantes do centro e enviei vários e-mails, só mudando as saudações e os nomes dos vários projetos de Adote Um em que eu tinha pensado. Levou meia hora. O que me deixou com vinte minutos antes do sinal que avisava o fim do tempo. Voltei para a recepção e perguntei à sra. Norman se ela tinha *Os contos de Grimm*. O livro não estava na biblioteca e ela me emprestou um Kindle com uma etiqueta de etiquetadora escrito PROPRIEDADE DE HILLVIEW HIGH atrás e um código de uso único para baixar o livro.

Eu não li nenhum dos contos de fadas, só vi o conteúdo e passei os olhos pela introdução. Achei interessante (mas não muito surpreendente) descobrir que a maioria dos que eu conhecia da infância tinha versões mais sombrias. O original de "Cachinhos Dourados e os Três Ursos" era uma história oral que existia desde os anos 1500 e não havia garotinha chamada Cachinhos Dourados nela. A personagem principal era uma velha malvada que invadiu a casa dos ursos, basicamente quebrou a porra toda, pulou pela janela e correu para a floresta, gargalhando. "Rumpelstiltskin" era pior ainda. Na versão que eu lembrava vagamente, o velho Rumpel fugia com raiva quando a garota encarregada de fiar palha para que virasse ouro adivinhava o nome dele. Na versão de 1857 do livro dos irmãos Grimm, ele enfiou um pé no chão, segurou o outro e se partiu no meio. Eu achei que era uma história de terror digna da série *Jogos mortais*.

O sexto tempo era de uma matéria de um semestre chamada América Hoje. Eu não tinha ideia do que o professor Masensik estava dizendo. Eu estava pensando em faz de conta. Que o carrossel de *Algo sinistro* era como o relógio de sol naquela Outra terra, por exemplo. *O segredo da minha longevidade*, dissera o sr. Bowditch. João tinha roubado ouro do gigante; o sr. Bowditch também tinha roubado ouro de… quem? Ou de quê? De um gigante? De um demônio de livro de horror chamado Gogmagog?

Quando minha mente começou a ir por esse caminho, eu vi semelhanças em toda parte. Minha mãe tinha morrido em uma ponte sobre o rio Little Rumple. E o homenzinho com a voz engraçada? Não era assim que a história descrevia Rumpelstiltskin? E havia eu. Quantas histórias de faz de conta tinham um jovem herói (como João) em uma missão em uma terra fantástica? Ou *O mágico de Oz*, em que um tornado levava uma garotinha do Kansas para um mundo de bruxas e munchkins. Eu não era Dorothy e Radar não era Totó, mas...

— Charles, você pegou no sono aí atrás? Ou será que minha voz melíflua te hipnotizou? Envolveu?

A turma caiu na gargalhada, ainda que a maioria dos alunos não soubesse a diferença entre *melíflua* e uma poça de mijo no chão.

— Não. Eu estou bem aqui.

— Então talvez você queira nos dar sua opinião em relação aos tiros dados pela polícia em pessoas negras nos casos de Philando Castile e Alton Sterling.

— Foi uma merda — falei. Eu ainda estava mais na minha cabeça e isso só escapou.

O professor Masensik me concedeu seu sorrisinho padrão e disse:

— Uma merda mesmo. Fique à vontade para retornar ao seu estado de transe, sr. Reade.

Ele continuou a aula. Tentei prestar atenção, mas pensei em uma coisa que a sra. Silvius tinha dito, não *Fee-fi-fo-fum, sinto o cheiro do sangue de um inglês*, mas *Sinto cheiro de quem quer matar aula. Sinto em você todinho.*

Sem dúvida coincidência; meu pai dizia que, se você comprasse um carro azul, veria carros azuis em toda parte. Mas, depois do que eu tinha visto no barracão, não dava para não pensar. E tinha mais. Em uma história de fantasia, o autor inventa algum jeito para o jovem herói ou a jovem heroína explorar aquele mundo que eu estava começando a pensar como Outro. O autor poderia, por exemplo, inventar um retiro para onde o pai ou os pais tivessem que ir por vários dias, abrindo espaço para o jovem visitar o outro mundo sem gerar uma série de perguntas que ele não teria como responder.

Coincidência, pensei quando tocou o sinal do fim da aula e os alunos correram para a porta. *Síndrome do Carro Azul.*

Só que a barata gigante não era um carro azul, nem aqueles degraus de pedra que desciam no escuro.

Pedi ao sr. Masensik para assinar meu formulário de serviço comunitário e ele abriu aquele sorrisinho dele.

— Uma merda, né?

— Desculpa, desculpa.

— Na verdade, você não estava errado.

Eu escapei de lá e fui para o meu armário.

— Charlie?

Era Arnetta Freeman, parecendo relativamente bonita em uma calça jeans skinny e blusinha sem manga. Arnetta tinha olhos azuis e cabelo louro que caía até os ombros. No ano anterior, quando eu era mais esportivo e pelo menos um pouco famoso por causa do meu heroísmo no Turkey Bowl, Arnetta e eu passamos vários períodos de estudo no porão da casa dela. Houve um pouco de estudo, mas muito mais pegação.

— Oi, Arnie, e aí?

— Quer ir lá em casa hoje à noite? A gente pode estudar para a prova sobre *Hamlet*. — Aqueles olhos azuis olhando no fundo dos meus castanhos.

— Eu ia adorar, mas meu pai vai viajar amanhã e passar o resto da semana fora, a trabalho. É melhor eu ficar em casa.

— Ah. Droga. Que pena. — Ela apertou dois livros carinhosamente contra o peito.

— Eu posso na quarta à noite. Se você não estiver ocupada, claro.

Ela se animou.

— Seria fantástico. — Ela segurou a minha mão e colocou na cintura dela. — Vou te perguntar sobre Apolônio e talvez você possa verificar meu Fortimbrás.

Ela me deu um beijo na bochecha e saiu andando, rebolando de um jeito que foi, bem, enfeitiçante. Pela primeira vez desde a biblioteca, eu não estava pensando em paralelos entre o mundo real e mundos de faz de conta. A minha mente estava apenas em Arnetta Freeman.

6

Meu pai saiu cedinho na terça de manhã, levando a bolsa de viagem e usando as roupas de quem vai para a floresta: calça de veludo, camisa de flanela, boné dos Bears. Ele estava com uma capa de chuva no ombro.

— A previsão disse que vai chover — disse ele. — Isso vai acabar com a brincadeira de subir nas árvores e eu não lamento nadinha.

— Água tônica na hora do coquetel, né?

Ele sorriu.

— Com uma rodela de limão. Não se preocupe, moleque, Lindy vai estar lá e eu vou ficar com ele. Cuida da sua cadela. Ela está mancando de novo.

— Eu sei.

Ele me deu um aperto rápido com um braço só e um beijo no maxilar. Antes do meu estirão até a minha altura atual, aquele beijo teria sido no alto da minha cabeça. Quando ele estava dando ré pela saída da garagem, eu levantei a mão em um sinal de pare e corri até a janela do motorista. Ele a abriu.

— Eu esqueci alguma coisa?

— Não, eu esqueci. — Eu me inclinei, abracei o pescoço dele e lhe dei um beijo na bochecha.

Ele abriu um sorriso intrigado.

— Pra que isso?

— É só que eu te amo. Só isso.

— Eu também, Charlie. — Ele deu um tapinha na minha bochecha, deu ré até a rua e foi na direção da maldita ponte. Eu fiquei olhando até ele desaparecer.

Acho que, lá no fundo, eu sabia de alguma coisa.

7

Levei Radar para os fundos. Nosso quintal não era grande coisa em comparação ao do sr. Bowditch, de milhares de metros quadrados, mas era grande o suficiente para dar espaço para Rad se alongar. E ela acabou indo andar, mas eu sabia que o tempo dela estava ficando curto. Se houvesse algo que eu pudesse fazer por ela, teria que ser logo. Nós entramos e eu dei para ela umas colheradas de resto de bolo de carne da noite anterior, escondendo um comprimido a mais dentro. Ela comeu tudo e se encolheu no tapete da sala, um lugar que já tinha tomado para si. Eu me apoiei em um joelho ao lado dela e cocei atrás das suas orelhas, o que sempre a fazia fechar os olhos e mostrar os dentes num sorriso.

— Eu tenho que ir ver uma coisa — falei. — Seja boazinha. Eu volto assim que puder, está bem? Tenta não cagar na casa, mas, se precisar, escolhe um lugar que seja fácil de limpar.

Ela bateu com o rabo no tapete algumas vezes. Provavelmente não de concordância nem compreensão, mas estava bom para mim. Fui de bicicleta até o número 1, sempre atento a qualquer homenzinho esquisito com um jeito esquisito de andar e falar. Não vi ninguém, nem a sra. Richland.

Entrei, subi a escada, abri o cofre e prendi o cinturão no quadril. Não me senti um atirador, apesar dos enfeites do cinto e das amarras nas pernas; eu me senti uma criança assustada. Se eu escorregasse na escada e caísse, quanto tempo levaria para alguém me encontrar? Talvez nunca encontrassem. E, se encontrassem, o que mais encontrariam? Na fita, o sr. Bowditch tinha dito que o que ele estava deixando para mim não era um presente e sim um fardo. Eu não tinha entendido completamente na hora, mas, quando peguei a lanterna no armário da cozinha e enfiei o cabo comprido no bolso de trás da calça jeans, eu entendi. Fui para o barracão torcendo para chegar ao pé daquela escada e encontrar não um corredor levando a outro mundo, mas só a uma pilha de blocos e uma poça de água suja.

E sem baratas gigantes. Não importa se são inofensivas ou não, nada de baratas.

Entrei no barracão, apontei a lanterna para os lados e vi que a barata que o sr. Bowditch tinha matado estava virando uma poça cinza de gosma. Quando apontei a lanterna para lá, uma das placas do que restava das costas deslizou e me fez pular.

Acendi as luzes a bateria, fui até as tábuas e os blocos que cobriam o poço e apontei a luz pelas frestas de quinze centímetros. Não vi nada além dos degraus, descendo para a escuridão. Nada se mexeu. Não houve sons de movimento. Isso não me tranquilizou; eu pensei em uma fala de dezenas de filmes de terror baratos, talvez cem: *Não estou gostando disso. Está silencioso demais.*

Seja sensato, silêncio é bom, falei para mim mesmo, mas, ao olhar para aquele poço de pedra, a ideia não foi muito potente.

Eu entendi que, se hesitasse demais, eu recuaria e acabaria ficando bem mais difícil chegar até ali de novo. Então, enfiei a lanterna no bolso de trás novamente e levantei os blocos de concreto. Empurrei as tábuas para o lado. E me sentei na borda do poço, meus pés no terceiro degrau. Esperei meu coração desacelerar (um pouco) e fiquei em pé nesse degrau, dizendo para mim mesmo que havia bastante espaço para os meus pés. Isso não era precisamente verdade. Limpei o suor da testa com o braço e disse para mim mesmo que tudo ia ficar bem. Nisso eu não acreditei exatamente.

Mas comecei a descer.

8

Cento e oitenta e cinco degraus de alturas variadas, disse o sr. Bowditch, e eu os contei enquanto descia. Fui bem devagar, com as costas na parede curva de pedra, virado para o precipício. Não apontei a lanterna para lá, só a mantive virada para o pé. *Alturas variadas.* Eu não queria tropeçar. Um tropeço poderia ser o meu fim.

No número noventa, quase na metade, ouvi um barulho abaixo de mim. Pensei em apontar a luz para o som e quase decidi não fazer isso. Se eu assustasse uma colônia de morcegos gigantes e eles voassem em volta de mim, eu provavelmente cairia.

A lógica foi boa, mas o medo foi mais forte. Eu me afastei um pouco da parede, apontei a lanterna para a curva descendente dos degraus e vi uma coisa encolhida uns vinte degraus abaixo. Quando minha luz bateu nela, eu só tive tempo de ver que era uma das baratas gigantescas antes que fugisse correndo para a escuridão.

Respirei fundo algumas vezes, disse para mim mesmo que eu estava bem, não acreditei nem um pouco e segui em frente. Levei nove ou dez minutos para chegar ao fundo, porque eu estava indo bem devagar. Pareceu bem mais. De vez em quando, eu olhava para cima, e não era muito reconfortante ver o círculo iluminado pelas luzes a bateria ficando cada vez menor. Eu estava fundo no chão e indo mais fundo.

Cheguei ao fundo no centésimo octogésimo quinto degrau. O piso era de terra batida, como o sr. Bowditch dissera, e havia alguns blocos que tinham caído da parede, provavelmente bem do alto, onde o congelamento e o derretimento podem ter primeiro afrouxado e depois espremido os blocos. O sr. Bowditch tinha se segurado em um buraco de um dos espaços de onde um bloco tinha caído, e isso salvou a vida dele. A pilha de blocos caídos estava manchada de alguma coisa preta que eu achei que era merda de barata.

O corredor estava lá. Passei por cima dos blocos e entrei nele. O sr. Bowditch estava certo, era tão alto que eu nem pensei em abaixar a cabeça. Agora, eu ouvia mais movimentação à frente, e achei que eram os morcegos pousados sobre os quais o sr. Bowditch tinha me avisado. Eu não gosto da ideia de morcegos, porque eles têm germes e às vezes raiva, mas eles não me horrorizam da forma que faziam com o sr. Bowditch. Ao seguir na direção do som, fiquei mais curioso do que qualquer outra coisa. Os degraus curvos e curtos (*de alturas variadas*) em volta do precipício tinham me dado cagaço, mas agora eu estava em terra firme e isso era bem melhor. Claro que havia milhares de toneladas de pedra e terra acima de mim, mas aquele corredor estava ali havia muito tempo, e eu não achava que ele fosse escolher aquele momento para desabar e me soterrar. Eu também não tinha medo de ficar enterrado vivo; se o teto desabasse, por assim dizer, eu morreria imediatamente.

Que alegria, pensei.

Alegre eu não estava, mas meu medo estava sendo substituído (ou ao menos eclipsado) pela empolgação. Se o sr. Bowditch tivesse falado a verdade, havia outro mundo esperando não muito à frente. Depois de ter chegado tão longe, eu queria vê-lo. O ouro era o menos importante.

O piso de terra mudou para pedra. Paralelepípedos, na verdade, como nos filmes antigos do TCM sobre Londres no século dezenove. Agora, a movimentação estava sobre a minha cabeça e eu apaguei a luz. O breu total me deixou com medo de novo, mas não queria me ver numa nuvem de morcegos. Até onde eu sabia, podiam ser morcegos vampiros. Improvável no Illinois... mas eu não estava mais no Illinois, né?

Fui em frente por pelo menos um quilômetro e meio, dissera o sr. Bowditch. Então contei passos até perder a conta. Pelo menos não havia medo de a minha lanterna apagar se eu precisasse dela de novo; as pilhas estavam novinhas. Eu ficava esperando para ver a luz do dia, sempre prestando atenção na agitação acima. Os morcegos eram grandes mesmo como urubus-de-cabeça-vermelha? Decidi que eu não queria saber.

Finalmente, eu vi luz: uma fagulha intensa, como o sr. Bowditch dissera. Segui em frente e a fagulha virou um círculo pequeno, forte o suficiente para deixar uma imagem nos meus olhos cada vez que eu piscava. Eu tinha me esquecido da sensação de cabeça leve que o sr. Bowditch citara, mas, quando aconteceu, eu soube exatamente do que ele tinha falado.

Uma vez, quando eu tinha uns dez anos, Bertie Bird e eu nos fizemos hiperventilar e depois nos abraçamos com força para ver se nós íamos desmaiar, como alguns amigos do Bertie tinham alegado. Nenhum de nós desmaiou, mas eu fiquei tonto e caí de bunda de um jeito que pareceu câmera lenta. Aquilo foi assim. Eu continuei andando, mas me sentia como um balão de hélio balançando acima do meu próprio corpo, e se o cordão arrebentasse eu ia sair voando.

Então passou, como o sr. Bowditch dissera que tinha acontecido com ele. Ele não tinha dito o que o sentimento significava, mas eu achava que sabia: eu tinha atravessado algum tipo de fronteira. Eu tinha deixado Sentry's Rest para trás. E o Illinois. E os Estados Unidos. Eu estava no Outro.

Cheguei à abertura e vi que o teto acima era de terra, com filetes finos de raízes suspensos. Passei por plantas penduradas e saí em uma encosta suave. O céu estava cinzento, mas o campo estava vermelho-vivo. Havia papoulas espalhadas como um lindo cobertor que ia para a direita e para a esquerda até onde eu conseguia ver. Havia um caminho no meio das flores na direção de uma estrada. Do lado mais distante da estrada, havia mais papoulas por mais de um quilômetro até uma floresta densa, que me fez pensar nas florestas que haviam existido na minha cidade. O caminho estava meio indistinto, mas a estrada, não. Era de terra, mas era larga; não uma pista, mas uma via. Onde o caminho se juntava à estrada havia um chalezinho arrumado, com fumaça saindo da chaminé de pedra. Havia um varal com coisas penduradas, mas não eram roupas. Não consegui enxergar o que eram.

Olhei para o horizonte distante e vi o contorno de uma cidade enorme. A luz do sol se refletia preguiçosamente nas torres mais altas, como se elas fossem feitas de vidro. Vidro *verde*. Eu tinha lido *O mágico de Oz* e visto o filme e reconhecia uma Cidade das Esmeraldas quando via uma.

9

O caminho até a estrada tinha uns oitocentos metros. Eu parei duas vezes, uma para olhar para o buraco na colina (parecia a boca de uma caverna pequena, com as plantas penduradas na entrada) e uma para olhar meu celular. Eu estava esperando uma notificação de SEM SERVIÇO, mas não consegui nem isso. Meu iPhone não ligava. Era só um retângulo de vidro preto que ali seria útil como peso de papel, mais nada.

Não me lembro de me sentir atordoado nem impressionado, nem mesmo ao ver aquelas torres de vidro. Não duvidei das provas dos meus sentidos. Via o céu cinzento acima, um teto baixo que sugeria chuva não muito distante. Ouvia o ruído de coisas em crescimento roçando na minha calça enquanto andava pelo caminho estreito. Quando desci a colina, a maior parte dos prédios da cidade sumiu de vista; eu só via as três torres mais altas. Tentei calcular a que distância estava e não consegui. Cinquenta quilômetros? Sessenta?

Melhor de tudo era o cheiro das papoulas, que parecia de chocolate e baunilha e cereja. Exceto quando eu colocava o rosto no cabelo da minha mãe para sentir o cheiro dela quando eu era pequeno, era o aroma mais delicioso que já tinha agraciado meu olfato. Sem dúvida nenhuma. Eu esperava que a chuva não caísse logo, mas não por não querer me molhar. Eu sabia que a chuva aumentaria o cheiro, e sua beleza podia me matar. (Estou exagerando, mas não tanto quanto você pode pensar.) Não vi coelhos, grandes nem pequenos, mas os ouvi saltando na grama e nas flores e, uma vez, por alguns segundos, vi orelhas compridas. Também havia o cricrilar de grilos, e me perguntei se eram grandes, como as baratas e os morcegos.

Quando me aproximei dos fundos do chalé (com laterais de madeira, telhado de sapê), parei, intrigado com o que, naquele momento, consegui definir. Pendurados nos varais entrecruzados ao redor do chalé, havia sapatos. Sapatos de madeira, sapatos de lona, sandálias, chinelos. Um varal estava curvo com o peso de uma bota de camurça com fivelas de prata. Era uma bota de sete léguas, como nos antigos contos de fadas? Certamente parecia uma para mim. Cheguei mais perto e estiquei a mão para tocar nela. Era macia como manteiga e lisa como cetim. *Feita para a estrada*, pensei. *Feita para o Gato de Botas. Cadê a outra?*

Como se o pensamento a tivesse chamado, a porta dos fundos do chalé se abriu e uma mulher saiu com a outra bota na mão, as fivelas brilhando na luz suave daquele dia de céu branco. Eu deduzi que ela era mulher porque estava de vestido rosa e sapato vermelho, e também por causa dos seios generosos visíveis no decote do vestido, mas a pele dela era cinza-granito e o rosto era cruelmente deformado. Era como se suas feições tivessem sido desenhadas em carvão e uma deidade mal-humorada tivesse esfregado as mãos nelas, manchando e borrando quase a ponto de não existirem mais. Os olhos eram rasgos, assim como as narinas. A boca era um crescente sem lábios. Ela falou comigo, mas não entendi; acho que suas cordas vocais estavam tão borradas quanto o rosto. Mas o crescente sem lábios era inconfundivelmente um sorriso, e houve uma sensação, uma *energia*, se você preferir, que dizia que eu não tinha nada a temer dela.

— *Hizz, huzz! Azzie? Ern?* — Ela tocou na bota pendurada no varal.

— Sim, muito bonita — falei. — Você me entende?

Ela assentiu e fez um gesto que eu conhecia bem: um círculo de polegar e indicador que significa ok em praticamente qualquer lugar do mundo. (Acho que menos em certos casos raros em que imbecis o usam num significado de *supremacia branca*.) Ela fez outros barulhos e apontou para os meus tênis.

— O quê?

Ela pegou a bota no varal, onde estivera pendurada por dois pregadores do tipo que não tem mola. Segurando as botas em uma das mãos, ela apontou para meus tênis com a outra. E de novo para as botas.

Talvez estivesse perguntando se eu queria trocar.

— Fico tentado, mas elas não parecem ser do meu tamanho.

Ela deu de ombros e pendurou as duas botas. Outros sapatos (e um sapatinho verde de cetim com a ponta curvada para cima, como o de um califa) balançavam e giravam em uma brisa leve. Olhar para o rosto quase todo apagado me deixou meio tonto. Fiquei tentando ver as feições como tinham sido. Quase conseguia.

Ela chegou perto de mim e farejou minha camiseta com o rasgo do nariz. Em seguida, levantou as mãos até a altura dos ombros e mexeu no ar.

— Não entendi.

Ela deu uns pulinhos e fez um som que, acrescentado à forma como ela farejou, esclareceu as coisas.

— Você está falando da Radar?

Ela assentiu com tanto vigor que o cabelo castanho ralo balançou. Fez um som de *aaa-aaa* que acho que foi o mais perto que ela conseguiu fazer de *au-au*.

— Ela está na minha casa.

Ela assentiu e botou uma das mãos no peito, acima do coração.

— Se você está dizendo que a ama, eu também amo — falei. — Quando foi a última vez que você a viu?

A mulher dos sapatos olhou para o céu, pareceu calcular e deu de ombros.

— Mui.

— Se você quer dizer muito, deve ter sido mesmo, porque ela está velha agora. Não pula tanto. Mas o sr. Bowditch… você o conheceu? Se conhece a Rad, deve ter conhecido o sr. Bowditch.

Ela assentiu com o mesmo vigor e o que restava da boca se curvou em outro sorriso. Ela só tinha uns poucos dentes, mas os que eu conseguia ver eram de um branco surpreendente na pele cinzenta.

— *A'riyan.*

— Adrian? Adrian Bowditch?

Ela assentiu com tanta força que poderia ter torcido o pescoço.

— Mas você não sabe há quanto tempo ele esteve aqui?

Ela olhou para o céu e balançou a cabeça.

— Radar era jovem?

— *Ih-ote.*

— Filhote?

Ela assentiu mais.

Ela segurou meu braço de novo e me puxou para contornar a casa. (Precisei me abaixar para passar por outro varal de sapatos pendurados para não ser garroteado.) Lá havia um pedaço de terra que tinha sido revirado e arado, como se ela estivesse se preparando para plantar algo. Havia também uma carrocinha apoiada em cabos compridos de madeira. Havia dois sacos de juta dentro com coisas verdes saindo por cima. Ela se ajoelhou e fez sinal para eu fazer o mesmo.

211

Ficamos um de frente para o outro. Eu não sabia se ela estava de testa franzida de concentração (exceto pela boca em formato crescente, não havia o suficiente do rosto sobrando para demonstrar muita expressão), mas o dedo se moveu lenta e hesitantemente quando ela escreveu na terra.

el víd bo

E, depois de uma longa hesitação:

?

Fiquei pensando naquilo e fiz que não com a cabeça. A mulher ficou de quatro e fez a versão dela de latido de novo. Aí eu entendi.

— Sim — falei. — Ela teve uma vida muito boa. Mas agora está velha, como eu falei. E não está... ela não está muito bem.

Nessa hora, caiu a ficha. Não só Radar e não só o sr. Bowditch, mas tudo. O presente que era um fardo que eu tinha que carregar. As baratas em decomposição e encontrar a casa número 1 da rua Sycamore revirada, provavelmente pelo homem que tinha matado o sr. Heinrich. Pela pura maluquice de estar ali, ajoelhado na terra com uma mulher quase completamente desfigurada que colecionava sapatos e os pendurava em varais entrecruzados. Mas, acima de tudo, por Rad. Pensar na dificuldade que ela às vezes tinha de se levantar de manhã ou depois de um cochilo. Que ela às vezes não comia a comida toda e me olhava de um jeito que dizia *Eu sei que eu devia querer, mas eu não quero*. Comecei a chorar.

A mulher dos sapatos passou o braço em volta dos meus ombros e me abraçou apertado.

— *T'bem* — disse ela. E, com esforço, falou de forma totalmente clara: — Tudo bem.

Eu a abracei de volta. A mulher tinha um cheiro suave, mas bom. Percebi que era o cheiro das papoulas. Eu chorei em soluços profundos e molhados e ela ficou me abraçando e dando tapinhas nas minhas costas. Quando me afastei, ela não estava chorando, talvez não conseguisse chorar, mas o crescente da boca estava virado para baixo em vez de para cima.

Sequei o rosto com a manga e perguntei se o sr. Bowditch a ensinara a escrever ou se ela já sabia.

Ela botou o polegar cinzento perto dos dois primeiros dedos, que eram meio grudados.

— Ele te ensinou um pouco?

Ela assentiu e escreveu na terra de novo.

migs

— Ele também era meu amigo. Ele faleceu.

Ela inclinou a cabeça para o lado, com mechas de cabelo caindo no ombro do vestido.

— Morreu.

Ela cobriu os olhos rasgados, a expressão mais pura de dor que eu já tinha visto. E me deu outro abraço. Ela soltou, apontou para os sapatos no varal mais próximo e balançou a cabeça.

— Não — concordei. — Ele não vai precisar de sapatos. Não mais.

Ela fez um gesto na direção da boca e mastigou, o que foi meio horrível. E apontou para o chalé.

— Se você está perguntando se eu quero comer, obrigado, mas não posso. Eu preciso voltar. Talvez outra hora. Em breve. Vou trazer Radar se puder. Antes de morrer, o sr. Bowditch disse que tinha um jeito de deixá-la jovem de novo. Sei que parece maluquice, mas ele disse que funcionou pra ele. É um relógio de sol grande. Lá. — Eu apontei na direção da cidade.

Os olhos rasgados se arregalaram um pouco e a boca se abriu no que era quase um O. Ela botou as mãos nas bochechas cinzentas e pareceu aquele quadro famoso da mulher gritando. Curvou-se para a terra de novo e apagou o que tinha escrito. Dessa vez, ela escreveu mais rápido, e devia ser uma palavra que usava com frequência, porque a ortografia estava certa.

perigo

— Eu sei. Vou tomar cuidado.

Ela botou os pobres dedos derretidos na frente da boca meio apagada em um gesto de *shh*.

— Sim. Preciso fazer silêncio lá. Ele também me falou isso. Senhora, qual é o seu nome? Você pode me dizer seu nome?

Ela balançou a cabeça com impaciência e apontou para a boca.

— É difícil pra você falar de forma clara.

Ela assentiu e escreveu na terra.

Docinho. E em seguida: *DORA*.

Perguntei se Docinho era apelido. Ao menos, eu tentei, mas a palavra *apelido* não saiu pela minha boca. Não era que eu tivesse esquecido; eu só não conseguia dizê-la. Desisti e perguntei:

— Docinho era o nome de amigo que o sr. Bowditch usava com você, Dora?

Ela assentiu, se levantou e limpou as mãos. Eu também me levantei.

— Foi um prazer conhecer você, Dora. — Eu não a conhecia bem o suficiente para chamá-la de Docinho, mas entendi por que o sr. Bowditch a chamava assim. O coração dela era gentil.

Ela assentiu, bateu no meu peito e no dela. Acho que para mostrar que nos demos bem. Éramos migs. O crescente de sua boca se virou de novo para cima e ela se balançou para cima e para baixo, como acho que Radar devia fazer antes de ficar com as juntas ruins.

— Sim, vou trazê-la se eu puder. Se ela conseguir. E vou levá-la ao relógio de sol se puder. — Apesar de eu não ter ideia de como fazer isso.

Ela apontou para mim e moveu delicadamente as mãos no ar, com as palmas para baixo. Não tenho certeza, mas acho que significava *toma cuidado*.

— Pode deixar. Obrigado pela sua gentileza, Dora.

Eu me virei para o caminho, mas ela segurou minha camisa e me puxou para a porta dos fundos da casinha dela.

— Eu não posso mesmo...

Ela assentiu para dizer que entendia que eu não podia ficar para comer, mas continuou puxando. Na porta dos fundos, ela apontou para cima. Alguma coisa tinha sido entalhada no lintel, mais alto do que Dora era capaz de alcançar. Eram as iniciais dele: AB. As iniciais *originais*.

Eu tive uma ideia naquele momento, uma que surgiu da minha incapacidade de dizer a palavra *apelido*. Eu apontei para as iniciais e disse:

— Isso é... — *Daora* surgiu na minha mente, a gíria mais boba em que eu conseguia pensar, mas um bom teste.

Eu não consegui fazer com que saísse pela boca. Simplesmente não saiu. Dora estava me olhando.

— Incrível — falei. — Isso é incrível.

10

Subi a colina, passei pelas plantas penduradas e comecei a caminhar pela passagem comprida. A sensação de desmaio, de *outro mundo*, veio e passou. Os morcegos estavam se movendo acima, mas eu estava absorto demais com o que tinha acabado de acontecer para prestar muita atenção ao som, e fiz a burrice de acender a lanterna para ver o quanto faltava. Nem todos voaram, mas alguns sim, e eu os vi no facho de luz. Eram grandes mesmo. *Enormes.* Segui andando no escuro, uma das mãos esticadas para me defender se eles viessem na minha direção, mas não se aproximaram. Se havia baratas enormes, eu não as ouvi.

Eu não tinha conseguido dizer *apelido*. Não tinha conseguido dizer *daora*. Eu conseguiria dizer *sabichão* ou *tiro, porrada e bomba* ou *tá viajando, maluco*? Eu achava que não. Eu não tinha certeza se sabia o que a incapacidade significava, mas achava que sabia. Achei que Dora tinha me entendido porque ela sabia inglês… mas e se ela tivesse me entendido porque eu estava falando o idioma *dela*? Em que termos como *apelido* e *daora* não existiam?

Quando acabaram os paralelepípedos e começou a terra, achei seguro acender a luz, mas a mantive voltada para o chão. O sr. Bowditch dissera que eram quatrocentos metros entre o local onde os paralelepípedos acabavam e os degraus começavam; alegou até ter medido. Dessa vez, não perdi a conta dos meus passos e tinha chegado a quinhentos e cinquenta quando vi a escada. Bem acima, no alto do poço, eu via a luz das lâmpadas que ele tinha instalado lá.

Subi com mais confiança do que tinha descido, mas fiquei com o ombro encostado com firmeza na parede mesmo assim. Saí sem incidentes e estava me inclinando para colocar a segunda tábua em cima do buraco do poço quando senti um objeto circular e muito duro encostar na minha nuca. Congelei.

— Isso mesmo, fica bem paradinho e não vamos ter problema. Eu vou te dizer quando você puder se mexer. — Era bem fácil imaginar aquela voz leve e cantarolada dizendo: *O que você vai me dar se eu fiar sua palha em ouro?* — Eu não quero atirar em você, garoto. E não vou se conseguir o que vim buscar. — E ele acrescentou, não como risada, mas como as palavras de um livro: — Ha-ha.

DOZE

Christopher Polley. Ouro derramado. Não tão legal. Preparativos.

1

Não consigo lembrar o que senti naquele momento. Mas lembro o que pensei: *Rumpelstiltskin está apontando uma arma pra minha cabeça.*

— O que tem lá embaixo?

— O quê?

— Você me ouviu. Você ficou muito tempo nesse buraco, eu estava começando a pensar que você tinha *morrido*, então o que tem lá *embaixo*?

Outro pensamento me ocorreu: *Ele não pode saber. Ninguém pode.*

— Uma bomba de água. — Foi a primeira resposta que me veio à cabeça.

— Uma bomba de água? Uma *bomba* de água? É isso que tem lá, ha-ha?

— É. Senão o quintal alaga quando chove. E desce pela rua. — O cérebro estava pegando no tranco. — É velha. Fui ver se preciso chamar alguém da cidade pra dar uma olhada. Você sabe, a Companhia de Ág...

— Mentira. Ha-ha. O que tem lá embaixo *de verdade*? Tem ouro lá?

— Não. Só uma bomba.

— Não se vira, garoto, não seria inteligente. Nem um pouco. Você desceu lá com uma arma grande, ha-ha, pra verificar uma bomba de água?

— Ratos — falei. Minha boca estava muito seca. — Achei que podia ter ratos.

— Mentira, quanta mentira. O que tem ali? Mais *bombas de água*? Não se mexe, só olha pra direita.

Olhei e vi o cadáver em decomposição da barata grande em que o sr. Bowditch tinha atirado. Não tinha restado muita coisa.

Nem a mentira frágil que consegui inventar ajudou, então eu disse que não sabia, e o homem que eu estava chamando de Rumpelstiltskin na minha cabeça não se importou. Ele estava de olho no prêmio.

— Não importa. Agora, vamos olhar o cofre do velho. Talvez a gente dê uma olhada na *bomba de água* mais tarde. Pra casa, garoto. E se você fizer algum ruído no caminho, eu vou estourar sua cabeça. Mas primeiro quero que você tire esse ferro da cintura, parceiro, ha-ha, e largue no chão.

Comecei a me curvar com a intenção de desamarrar os nós das pernas. A arma empurrou minha nuca e com força.

— Eu mandei você se curvar? Não mandei. Só abre o cinto.

Abri. O coldre bateu no meu joelho e virou. A arma caiu no piso do barracão.

— Agora você pode fechar o cinto de novo. Que cinto bonito, ha-ha.

(A essa altura, eu vou parar com boa parte dessa merda de *ha-ha*, por-que ele falava isso o tempo todo como uma espécie de pontuação. Só vou acrescentar que isso era *extremamente* rumpelstiltskiniano. O que quer dizer sinistro.)

— Agora, se vira.

Eu me virei e ele se virou junto. Nós parecíamos bonequinhos numa caixa de música.

218

— Devagar, camarada. Devagar.

Eu saí do barracão. Ele foi comigo. Estava nublado no outro mundo, mas fazia sol no nosso. Eu via nossas sombras, a dele com o braço esticado e a sombra de uma arma na sombra da mão. Meu cérebro tinha conseguido passar de primeira para segunda marcha, mas eu estava longe da terceira. Eu tinha levado uma porrada das boas.

Subimos os degraus da varanda dos fundos. Destranquei a porta e nós entramos na cozinha. Eu me lembro de ter pensado em todas as vezes que estivera ali sem desconfiar que logo chegaria o dia em que eu entraria pela última vez. Porque ele ia me matar.

Só que ele não podia. Eu não podia deixar. Pensei nas pessoas descobrindo o poço dos mundos e soube que não podia deixar. Pensei nos policiais da cidade ou em uma equipe da SWAT da Polícia Estadual ou caras do Exército pisoteando o quintalzinho da mulher dos sapatos, cortando os varais entrecruzados dela e deixando os sapatos na terra, assustando-a, e soube que não podia deixar. Pensei naqueles caras entrando na cidade abandonada e despertando o que dormia lá e soube que não podia deixar. Mas eu não tinha como impedi-lo.

2

Subimos a escada para o segundo andar, eu na frente e a porra do Rumpelstiltskin atrás de mim. Pensei em me jogar para trás de repente, no meio do caminho, e derrubá-lo pelo resto da escada, mas nem tentei. Poderia dar certo, mas havia uma boa chance de eu morrer se não desse. Se Radar estivesse lá, ela tentaria partir para cima do Rumpel, velha ou não, e provavelmente já estaria morta.

— Para o quarto, camarada. O que tem o cofre.

Fui para o quarto do sr. Bowditch.

— Você matou o sr. Heinrich, não foi?

— *O quê?* É a coisa mais idiota que eu já ouvi. Pegaram o cara que fez isso aí.

Não insisti no assunto. Eu sabia, ele sabia, e ele sabia que eu sabia. Eu também sabia de outras coisas. A primeira era que, se eu alegasse que não sabia a combinação do cofre e insistisse na mentira, ele me mataria. A segunda era uma variação da primeira.

— Abre o armário, garoto.

Abri o armário. O coldre vazio bateu contra minha coxa. Que pistoleiro de araque eu era.

— Agora, abre o cofre.

— Se eu fizer isso, você vai me matar.

Houve um momento de silêncio enquanto ele digeria a verdade evidente. E ele falou:

— Não vou, não. Vou só te amarrar, ha-ha.

Ha-ha era a resposta certa, porque como ele faria isso? A sra. Richland tinha dito que ele era um homenzinho da altura dela, o que significava cerca de um metro e sessenta. Eu era trinta centímetros mais alto e tinha físico de atleta, agora graças às tarefas e à bicicleta. Conseguir me amarrar sem um cúmplice para me vigiar seria impossível.

— Vai? Mesmo? — Eu fiz minha voz tremer e, acredite, não foi difícil.

— Vou! Agora abre o cofre!

— Promete?

— Pela minha mãe mortinha, parceirinho. Agora abre, senão vou botar uma bala no seu joelho e você nunca mais vai poder dançar tango, ha-ha.

— Tudo bem. Mas você precisa prometer mesmo que não vai me matar.

— Isso já foi perguntado e respondido, como dizem no tribunal. Abre o cofre!

Além de todos os outros motivos que eu tinha para viver, eu não podia deixar aquela voz cantarolada ser a última coisa que eu ouviria. Não podia.

— Tudo bem.

Eu me ajoelhei na frente do cofre. Pensei: *ele vai me matar* e *não posso deixar que ele me mate* e *não vou deixar que ele me mate.*

Por causa da Radar.

Por causa da mulher dos sapatos.

E por causa do sr. Bowditch, que tinha me dado um fardo para carregar simplesmente porque não havia mais ninguém.

Eu fiquei calmo.

— Tem bastante ouro — falei. — Não sei onde ele conseguiu, mas é daora. Ele pagou as contas com isso durante anos.

— Para de falar e abre o cofre! — E aí, como se não conseguisse se controlar: — Quanto?

— Cara, não sei. Talvez um milhão de dólares. Está num balde tão pesado que eu nem consigo levantar.

Eu não tinha ideia de como virar o jogo com aquele merdinha. Talvez soubesse se estivéssemos cara a cara. Não com o cano da arma a um centímetro da minha nuca. Mas quando entrei no primeiro escalão dos esportes que eu jogava, aprendi a desligar o cérebro na hora do jogo e deixar o corpo assumir o controle. Eu tinha que fazer isso agora. Não havia outra opção. Às vezes, nos jogos de futebol americano, quando estávamos perdendo, principalmente nos jogos fora de casa, em que centenas de pessoas estavam debochando de nós, eu me concentrava no *quarterback* adversário e dizia para mim mesmo que ele era um filho da puta escroto e que eu não só o derrubaria, mas o *esmagaria*. Não funcionava bem se o sujeito não fosse um exibido que fazia cara de arrogante depois de uma boa jogada, mas funcionou com aquele cara. Ele tinha uma *voz* exibida, e eu não tive dificuldade em odiá-lo.

— Para de enrolar, parceiro, parceiro, parceirinho. Abre o cofre, ou você vai andar torto pro resto da vida.

Estava mais para nunca mais andar mesmo.

Girei o disco da combinação para um lado... para o outro... e para o primeiro lado de novo. Já tinham ido três números, faltava um. Arrisquei um olhar por cima do ombro e vi um rosto estreito, quase um rosto de fuinha, debaixo de um boné retrô do White Sox com domo alto e um círculo vermelho onde ficaria o O de Sox.

— Posso ficar com um pouco, pelo menos?

Ele deu uma risadinha aguda. Nojenta.

— Abre! Para de olhar pra mim e abre!

Girei a combinação para o último número. Puxei a maçaneta. Eu não conseguia vê-lo olhando por cima do meu ombro, mas sentia o cheiro: suor azedo, do tipo que quase gruda na pele da pessoa depois de muito tempo sem tomar banho.

O cofre se abriu. Não hesitei, porque quem hesita se ferra. Peguei o balde pela borda e o virei entre meus joelhos abertos. As bolinhas de ouro se espalharam e correram pelo chão, em todas as direções. No mesmo momento, eu mergulhei no armário. Ele disparou, o som não muito mais alto do que uma bombinha mediana. Senti a bala passar entre meu ombro e minha orelha. A barra de um dos paletós antiquados do sr. Bowditch tremeu quando a bala o atravessou.

O sr. Bowditch tinha muitos sapatos; Dora teria inveja. Peguei um brogan, rolei para o lado e arremessei. Ele desviou. Joguei o outro. Ele desviou de novo, mas o sapato acertou o peito dele. Ele pisou em algumas bolinhas, que ainda estavam rolando, e os pés escorregaram. Caiu com as pernas abertas, mas ficou segurando a arma. Era bem menor do que o revólver .45 do sr. Bowditch, o que devia ser o motivo do barulho baixo.

Não tentei me levantar, só me agachei e dei impulso das coxas para baixo. Voei por cima do ouro como o Super-Homem e caí em cima dele. Eu era grande; ele era pequeno. O ar escapou dos pulmões dele com um barulho de *whuff*. Os olhos saltaram. Os lábios estavam vermelhos e brilhando com cuspe.

— Sai… de cima… de mim! — Um sussurro sem ar e com esforço.

Isso não ia acontecer de jeito nenhum. Tentei agarrar a mão que estava segurando a arma, perdi o apoio e agarrei de novo, antes que ele pudesse apontar a arma para a minha cara. Ela disparou uma segunda vez. Não sei para onde a bala foi e não me importei, porque não entrou em mim. O pulso dele estava escorregadio de suor, então agarrei com toda a minha força e girei. Houve um estalo. Ele soltou um grito agudo. A arma caiu da mão dele e bateu no chão. Eu a peguei e apontei para ele.

Ele soltou o grito agudo de novo e colocou a mão boa na frente do rosto, como se isso fosse parar uma bala. A outra só ficou pendendo do pulso quebrado, que já estava começando a inchar.

— Não, não! Por favor, não atira em mim! *Por favor!*

Não houve um caralho de ha-ha.

3

Você pode já estar com um sentimento bom sobre o jovem Charles Reade a essa altura, eu acho, tipo um herói daqueles livros de aventura para jovens. Eu sou o garoto que ficou com o pai quando ele estava bebendo, limpou o vômito dele, rezou pela recuperação dele (de joelhos!) e conseguiu o que pediu na oração. Eu sou o garoto que salvou um homem idoso quando ele caiu de uma escada tentando limpar as calhas. O garoto que foi visitá-lo no hospital e cuidou dele quando ele voltou para casa. Que se apaixonou pela cadela fiel do homem, e a cadela fiel se apaixonou por ele. Eu peguei uma .45 e encarei um corredor escuro (sem mencionar as formas de vida gigantescas nele) e saí em outro mundo, onde fiz amizade com uma senhora com rosto desfigurado que colecionava sapatos. Eu sou o garoto que dominou o assassino do sr. Heinrich derramando bolinhas de ouro por todo o piso, para que ele perdesse o equilíbrio e caísse. Caramba, eu até competia em esportes! Forte e alto, sem acne! Perfeito, né?

Só que eu também era o garoto que botava bombinhas em caixas de correspondência e explodia o que poderia ter sido a correspondência importante de alguém. Eu era o garoto que tinha esfregado merda de cachorro no para-brisa do carro do sr. Franklin e jogado cola no buraco da ignição do Ford Wagon velho da sra. Kendrick quando Bertie e eu o encontramos destrancado. Eu derrubei lápides. Furtei de lojas. Bertie Bird estava comigo em todas essas aventuras, e foi ele quem ligou para fazer a ameaça de bomba, mas eu não o impedi. Houve outras coisas que não vou contar porque tenho vergonha. Só digo que nós assustamos tanto algumas criancinhas que elas choraram e se mijaram.

Não tão legal, né?

E eu estava com raiva daquele homenzinho de calça de veludo suja e jaqueta Nike e o cabelo oleoso caindo na testa daquela cara estreita de fuinha. Eu estava com raiva (claro) porque ele teria me matado depois de pegar o ouro; ele já tinha matado uma vez, então por que não? Estava com raiva porque, se ele *tivesse* me matado, a polícia, provavelmente liderada pelo detetive Gleason e seus intrépidos ajudantes Witmark e Cooper, teria entrado no barracão durante as investigações e encontrado uma coisa que teria feito o assassinato de Charles McGee Reade parecer fichinha. E estava com mais raiva ainda (você pode não acreditar, mas eu juro que é verdade) porque a invasão do homenzinho tornava tudo mais difícil. Eu devia denunciá-lo para a polícia? Isso levaria à descoberta do ouro, e levaria a uns dez zilhões de perguntas. Mesmo que eu pegasse tudo de volta e guardasse no cofre, o sr. Ha-Ha contaria. Talvez para obter certa consideração do promotor, talvez só de raiva.

223

A solução para os meus problemas era óbvia. Se ele estivesse morto, não poderia contar nada para ninguém. Supondo que os ouvidos da sra. Richland não fossem tão apurados quanto os olhos (e que os dois tiros não tivessem mesmo sido muito altos), a polícia não teria que aparecer. Eu tinha até um lugar para esconder o corpo.

Não tinha?

4

Embora a mão ainda estivesse na frente do rosto, eu via os olhos dele entre os dedos abertos. Azuis, com vasos vermelhos e começando a derramar lágrimas. Ele sabia em que eu estava pensando; conseguia ver no *meu* rosto.

— Não. Por favor. Me deixa ir. Ou chama a polícia se precisar. Só não me m-m-mata!

— Como você ia me matar?

— Eu não ia! Eu juro por Deus, eu juro pelo túmulo da minha mãe, *eu juro que não ia!*

— Qual é seu nome?

— Derek! Derek Shepherd!

Eu bati na cara dele com a arma. Eu poderia dizer que não pretendia fazer aquilo ou não sabia que ia fazer até estar feito, mas seria mentira. Eu sabia, sim, e me senti bem. Jorrou sangue do nariz. Mais escorreu pelo canto da boca.

— Você acha que eu nunca vi *Grey's Anatomy*, seu babaca? Qual é o seu nome?

— Justin Townes.

Bati nele de novo. Ele tentou recuar, mas não adiantou. Não sou muito rápido na corrida, mas não tem nada de errado com os meus reflexos. Tenho certeza de que essa porrada quebrou o nariz dele em vez de só fazer sangrar. Ele gritou... mas em um sussurro agudo.

— Você também deve achar que eu não conheço Justin Townes Earle. Eu até tenho um disco dele. Você tem mais uma chance, babaca. E então eu meto uma bala na sua cabeça.

— Polley — disse. O nariz dele estava inchando, todo o lado do rosto dele estava inchando, e ele soava como se estivesse resfriado. — Chris Polley.

224

— Me dá sua carteira.

— Eu não tenho...

Ele me viu me preparar e esticou a mão boa de novo. Eu tinha planos para aquela mão, o que provavelmente vai diminuir ainda mais sua estima por mim, mas você precisa lembrar que eu estava numa situação complicada. Além do mais, estava pensando de novo em Rumpelstiltskin. Talvez eu não pudesse fazer aquele filho da puta enfiar o pé no chão e se abrir em dois, mas eu talvez conseguisse fazer com que ele fugisse. Como o Homem Biscoito, ha-ha.

— Está bem, está bem!

Ele enfiou a mão no bolso de trás da calça, que não estava apenas suja; estava imunda. A jaqueta estava com uma manga rasgada e os punhos puídos. Onde quer que aquele cara dormisse, não era o Marriott Hilton. A carteira era surrada e velha. Eu a abri o suficiente para ver uma nota de dez e uma habilitação com o nome Christopher Polley. Tinha a foto dele jovem com o rosto intacto. Eu a fechei e guardei no meu bolso, junto com a minha carteira.

— Parece que a sua habilitação venceu em 2008. Seria uma boa renovar. Se você viver o suficiente, claro.

— Eu não posso... — Ele fechou a boca.

— Não pode renovar? Foi suspensa? Dirigiu embriagado? Ou foi preso? Você já foi preso? Foi por isso que demorou tanto pra roubar e matar o sr. Heinrich? Porque você estava em Stateville?

— Não lá.

— Onde?

Ele ficou em silêncio e eu decidi que não me importava. Como o sr. Bowditch poderia ter dito, não era relevante.

— Como você soube do ouro?

— Eu vi na loja do alemão. Antes de cumprir pena no condado. — Eu poderia ter perguntado como ele descobriu de onde o ouro vinha e como ele incriminou o morador de rua, Dwyer, mas eu tinha certeza de que sabia as respostas. — Me deixa ir embora, eu nunca mais vou te incomodar.

— Não vai, não. Porque você vai estar preso e não só na prisão do condado. Vou chamar a polícia, Polley. Você vai ser preso por assassinato, e quero ouvir seu ha-ha sobre isso.

225

— Eu vou contar! Vou contar sobre o ouro! Você não vai ficar com nada!

Bem, eu *ficaria*, de acordo com o testamento era tudo meu, mas ele não sabia disso.

— É verdade — falei. — Obrigado por lembrar. Vou ter que botar você com as bombas de água, afinal. Sorte minha que você é um merdinha pequeno. Não vai nem me dar dor nas costas.

Ergui a arma. Eu poderia dizer que estava blefando, mas não tenho certeza se estava. Eu também o odiei por depredar a casa do sr. Bowditch, por *profaná-la*. E, claro, matá-lo simplificaria tudo.

Ele nem gritou, acho que não tinha fôlego para isso, mas gemeu. A virilha da calça escureceu. Eu abaixei a arma… um pouco.

— Vamos supor que eu diga que você pode viver, sr. Polley. Não só viver, mas seguir seu caminho, como diz a canção. Isso te interessaria?

— Sim! *Sim!* Me deixa ir e eu nunca mais vou te incomodar!

Falou como um verdadeiro Rumpelstiltskin, pensei.

— Como você veio pra cá? Veio andando? Pegou o ônibus até a avenida Dearborn? — Considerando a única nota de dez na carteira, eu duvidava que ele tivesse ido de Yoober. Ele podia ter limpado a sala dos fundos do sr. Heinrich (os itens plantados em Dwyer faziam aquilo parecer provável), mas, se foi o que fez, ele não tinha convertido nenhum dos ganhos ilícitos em grana ainda. Talvez não soubesse como fazê-lo. Ele podia ser ardiloso, mas isso não era necessariamente o mesmo que ser inteligente. Ou ter contatos.

— Eu vim pelo bosque. — Ele moveu a mão direita na direção do cinturão verde que ficava atrás da propriedade do sr. Bowditch, tudo que restava do Bosque de Sentry que tinha coberto aquela parte da cidade um século antes.

Reavaliei a calça suja e a jaqueta rasgada. A sra. Richland não dissera que a calça do sujeito estava suja, e ela teria falado, porque tinha olhos afiados, mas ela o vira dias antes. Meu palpite era que ele não tinha só *vindo* pelo bosque, ele estava morando lá. Em algum lugar não muito longe da cerca dos fundos do quintal do sr. Bowditch devia haver um pedaço de lona roubada servindo de abrigo, com os poucos bens daquele homem lá dentro. Qualquer item tirado da loja do sr. Heinrich devia estar enterrado ali perto, da mesma forma que os piratas de livros faziam. Só que piratas de livros enterravam os dobrões e dólares espanhóis em baús. Era mais provável que o que Polley guardava estivesse em uma bolsa com um adesivo que dizia serviço de assinaturas da américa.

Se eu estivesse certo, o acampamento dele devia ser próximo o suficiente para que pudesse ficar de olho em Charles Reade. Ele saberia quem eu era pelo Heinrich. Podia até ter me visto em uma das minhas idas a Stantonville. E depois que a busca de Polley pela casa não deu em nada além de um cofre fechado, ele ficou me esperando, supondo que eu iria buscar o ouro. Porque era o que *ele* faria.

— Levanta. A gente vai descer. Cuidado com as bolinhas de ouro se não quiser cair de novo.

— Posso pegar algumas? Só algumas? Eu tô duro, cara!

— E fazer o quê? Usar uma pra pagar um almoço no McDonald's?

— Eu conheço um cara em Chi. Ele não vai me pagar o que elas valem, mas…

— Pode pegar três.

— Cinco? — Tentando sorrir como se não tivesse planejado me matar quando o cofre estivesse aberto.

— Quatro.

Ele se curvou, pegou-as rapidamente com a mão boa e se apressou para enfiá-las no bolso da calça.

— Foram cinco. Larga uma.

Ele me olhou com irritação, uma expressão de Rumpelstiltskin, e largou uma. Que saiu rolando.

— Você é um garoto cruel.

— Vindo de São Cristóvão do Bosque, isso me enche de vergonha.

Ele ergueu o lábio e exibiu dentes amarelados.

— Vai se foder.

Eu ergui a arma, que eu achava que era uma .22 automática.

— Você não devia mandar alguém armado se foder. Não é inteligente, ha-ha. Agora, desce.

Ele saiu do quarto aninhando o pulso quebrado junto ao peito e apertando as bolinhas de ouro na mão boa. Eu fui atrás. Nós passamos pela sala e fomos para a cozinha. Ele parou na porta.

— Continua. Atravessa o quintal.

Ele se virou para me olhar, os olhos arregalados e a boca tremendo.

— Você vai me matar e me jogar naquele buraco!

— Eu não teria te dado ouro nenhum se fosse fazer isso — falei.

— Você vai pegar de volta! — Ele estava começando a chorar de novo. — Você vai pegar de volta e me jogar no b-b-buraco!

Eu balancei a cabeça.

— Tem uma cerca e você está de pulso quebrado. Não vai conseguir passar por cima sem ajuda.

— Eu dou um jeito! Não quero sua ajuda!

— Anda — falei.

Ele andou, chorando, seguro de que levaria um tiro na nuca. Porque, de novo, era o que ele faria. Ele só parou de soluçar quando nós passamos pela porta aberta do barracão e ele ainda estava vivo. Chegamos à cerca, que tinha um metro e meio, alta o suficiente para que Radar não conseguisse fugir quando era pequena.

— Eu não quero te ver mais.

— Não vai.

— Nunca mais.

— Você não vai, eu prometo.

— Aperta a minha mão pra selar a promessa. — Eu estiquei a mão.

Ele caiu. Ardiloso, mas não tão inteligente. Como falei. Girei a mão dele e ouvi o estalo do osso. Ele gritou e caiu de joelhos com as duas mãos junto ao peito. Enfiei a .22 na cintura da calça, nas costas, como um bandido de filme, me inclinei, segurei-o e o peguei no colo. Foi fácil. Ele não devia pesar mais do que sessenta e cinco quilos e, naquele momento, eu já estava tão cheio de adrenalina que estava praticamente saindo pelo ouvido. Eu o joguei por cima da cerca. Ele caiu de costas em uma pilha de folhas secas e galhos quebrados, soltando gritinhos ofegantes de dor. As mãos pendiam, inúteis. Eu me inclinei por cima da cerca como uma lavadeira de alguma história, ansiosa para ouvir as fofocas do dia.

— Vai, Polley. Foge e não volta nunca mais.

— Você quebrou as minhas mãos! *Você quebrou as porras...*

— Você tem sorte de eu não ter te matado! — vociferei. — Eu queria, eu quase te matei, e, se te vir de novo, é o que eu vou fazer! Agora, vai! Vai enquanto ainda pode!

228

Ele me olhou mais uma vez, os olhos azuis arregalados, o rosto inchado sujo de meleca e lágrimas. Depois, se virou e andou para a vegetação rala que era tudo que restava do Bosque de Sentry, as mãos quebradas junto ao peito. Eu o vi se afastar sem o menor arrependimento pelo que tinha feito.

Não muito legal.

Será que ele ia voltar? Não. Com dois pulsos quebrados ele não ia, não. Ele ia contar a alguém? A algum parceiro ou cúmplice? Eu não achava que Polley tivesse qualquer parceiro ou amigo. Iria à polícia? Considerando o que eu sabia sobre Heinrich, a ideia era quase ridícula. Tirando tudo isso, eu não conseguiria mesmo matá-lo a sangue-frio.

Voltei para dentro da casa e recolhi as bolinhas de ouro. Estavam por toda parte e isso levou mais tempo do que todo o confronto com Polley. Guardei o ouro no cofre, junto com o cinturão vazio e o coldre, depois saí. Tomei cuidado para puxar a camisa para fora da calça e esconder a arma enfiada na cintura, nas costas, mas fiquei feliz de a sra. Richland não estar na entrada da casa dela, com a mão fazendo sombra nos olhos afiados.

5

Desci a colina devagar, porque minhas pernas estavam tremendo. Droga, a minha *mente* estava tremendo. Subi os degraus da varanda e percebi que também estava com fome. Faminto mesmo.

Radar estava esperando para me receber, mas não do jeito frenético que eu esperava; só um balançar de rabo feliz, uns pulinhos e a cabeça esfregada na minha coxa antes de voltar para o tapete. Percebi que eu esperava festinha, porque estava com a sensação de ter passado muito tempo fora. Na verdade, tinham sido menos de três horas. Muita coisa havia acontecido naquelas horas, coisas importantes. Pensei em Scrooge em *Um conto de Natal* dizendo *Os espíritos fizeram tudo em uma noite.*

Havia um resto de bolo de carne na geladeira e eu fiz dois sanduíches grossos, pegando pesado no ketchup. Precisava me alimentar, porque o meu dia só estava começando. Tinha muito o que fazer para me preparar para o dia seguinte. Eu não voltaria para a escola, e meu pai podia voltar e dar de cara com a casa vazia. Provavelmente era o que aconteceria. Eu tentaria encontrar o relógio de sol que o sr. Bowditch mencionara. Eu não duvidava mais que estivesse lá e não duvidava mais que pudesse voltar o tempo para a cadela idosa que estava roncando no tapete da sala. Eu tinha menos certeza de que conseguiria levá-la por aquela escada em espiral e não tinha ideia de como a faria andar sessenta e cinco (ou oitenta ou cem) quilômetros até a cidade. A única coisa de que eu *tinha* certeza era: eu não podia me dar ao luxo de esperar.

6

Enquanto comia, eu pensava. Se eu ia sumir levando a Radar, eu tinha que deixar um rastro falso que levasse a uma direção diferente da casa do sr. Bowditch. Uma ideia me ocorreu quando eu estava indo para a garagem, e pensei que serviria. Teria que servir.

Peguei o carrinho de mão do meu pai e um bônus. Em uma das prateleiras havia um saco de hidróxido de cálcio, mais comumente conhecido como cal. E por que meu pai tinha isso? Você adivinhou: baratas. Algumas no porão, algumas na garagem. Coloquei o saco no carrinho de mão, entrei em casa e mostrei a guia para Radar.

— Se eu te levar para o alto da colina, você vai ficar bem?

Ela me garantiu com os olhos que sim, então prendi a guia e andamos até o número 1 da rua Sycamore, eu empurrando o carrinho de mão e ela andando ao lado. A sra. Richland estava na posição habitual e eu quase esperava que ela perguntasse o que tinha sido a agitação mais cedo. Não perguntou, só quis saber se eu planejava trabalhar mais um pouco na casa. Eu disse que sim.

— É bom mesmo você fazer isso. Imagino que a propriedade vá ser colocada à venda, não é? O estado talvez até pague, mas eu não contaria com isso. Advogados são muquiranas. Espero que os novos donos não derrubem a casa, está muito mais bonita agora. Você sabe quem herdou?

Eu disse que não sabia.

— Bom, se você descobrir o preço, me avise. Nós andamos pensando em vender a nossa.

Nós significava que havia um sr. Richland. Quem poderia imaginar.

Eu falei que faria isso (só que não) e empurrei o carrinho de mão para os fundos com a guia da Radar no pulso. A garota estava se movendo bem, mas a caminhada colina acima não era longa. Oitenta ou cem quilômetros até a cidade abandonada? Ela nunca conseguiria.

Radar estava mais calma dessa vez, mas assim que soltei a guia, ela foi direto até o sofá-cama da sala, farejou de uma ponta à outra e se deitou ao lado. Levei um pote de água para ela e fui para o barracão com o saco de cal. Joguei nos restos da barata e vi impressionado a decomposição se acelerar absurdamente. Houve um chiado, um som de borbulhas. Subiu vapor dos restos, que logo só seriam uma poça de gosma.

Peguei o revólver, levei para a casa e guardei no cofre. Vi umas poucas bolinhas que tinham rolado para um canto e as coloquei no balde com o resto do ouro. Quando desci, Radar estava dormindo.

Que bom, pensei. *Durma o quanto quiser, porque amanhã vai ser um dia agitado pra você, garota.*

Aquele já estava sendo um dia agitado para mim e isso também era bom. Não me impediu de pensar no outro mundo, nas papoulas vermelhas ladeando o caminho, na mulher dos sapatos quase sem rosto, nas torres de vidro da cidade, mas ficar ocupado deve ter me impedido de ter uma reação atrasada ao risco que eu corri com Christopher Polley. E foi um risco. Grande.

O filho da mãe não tinha nem olhado as pilhas de leitura no corredor entre a cozinha e a porta dos fundos na busca pelo ouro. Eu não dei bola para os livros, mas passei uma hora levando no carrinho de mão pilhas de revistas (convenientemente amarradas com barbante) para o barracão. Coloquei algumas sobre os restos da barata. Empilhei a maioria perto do poço dos mundos. Quando eu descesse da próxima vez, quando *nós* descêssemos, eu colocaria as pilhas nas tábuas e tentaria cobrir a abertura totalmente.

Quando acabei, voltei e acordei Radar. Dei um petisco da despensa e a levei para casa. Lembrei a mim mesmo de levar o macaco de brinquedo no dia seguinte. Ela poderia querer quando chegássemos no lugar aonde iríamos. Isso se ela não caísse da escada e me levasse junto.

Se ela conseguisse descer a escada.

Quando voltei, coloquei a pistola .22 de Polley, a carteira e alguns outros itens na mochila; não muito, eu acrescentaria mais coisas da despensa do sr. Bowditch no dia seguinte. Depois, me sentei para escrever para o meu pai. Eu queria adiar aquilo, mas sabia que não podia. Foi uma carta difícil de escrever.

> Pai,
>
> Você vai voltar e encontrar a casa vazia, porque eu fui pra Chicago com a Radar. Encontrei uma pessoa na internet que teve um sucesso impressionante com renovação de saúde e vitalidade de cachorros idosos. Eu já sei desse cara há um tempo, mas não quis contar porque eu sei o que você acha de "curas de charlatães". Talvez seja isso, mas eu posso pagar os 750 dólares graças à minha herança. Não vou dizer pra você não se preocupar porque sei que você vai, apesar de não haver motivo pra isso. O que VOU dizer é pra você não tentar resolver a preocupação com uma bebida. Se eu voltasse e te encontrasse bebendo de novo, eu ficaria de coração partido. Não tenta me ligar porque eu vou desligar o celular. (Ligado ou desligado não faria diferença no lugar para onde eu estava indo.) Eu vou voltar e, se isso der certo, vou voltar com uma cadela novinha!
>
> Confia em mim, pai. Eu sei o que estou fazendo.
>
> Com amor,
>
> Charlie

Bom, eu esperava que soubesse.

Guardei a carta em um envelope, escrevi *PAI* e o deixei na mesa da cozinha. Abri o notebook e escrevi um e-mail para dsilvius@hillviewhigh.edu. Falei mais ou menos o mesmo (mas não me dei ao trabalho de falar para a sra. Silvius não beber). Eu achava que, se a sra. Silvius estivesse do meu lado enquanto eu estava digitando, ela teria sentido cheiro de quem quer matar aula em mim todinho. Programei o e-mail para chegar no computador dela na tarde de quinta. Eu podia me safar com dois dias de faltas inexplicadas, mas três provavelmente não. Meu objetivo era dar ao meu pai o máximo de tempo que pudesse no retiro. Eu poderia torcer para a sra. Silvius não ligar quando recebesse meu e-mail, mas sabia que ela ligaria, e ele provavelmente já estaria voltando, de qualquer jeito. O verdadeiro objetivo era dizer para o máximo de pessoas possível que eu ia para Chicago.

Assim, liguei para a delegacia e perguntei se o detetive Gleason estava lá. Ele estava, e eu perguntei se ele tinha alguma pista sobre a invasão domiciliar no número 1 da rua Sycamore.

— Eu queria perguntar hoje porque vou levar a cadela do sr. Bowditch para Chicago amanhã. Encontrei uma pessoa lá que faz maravilhas com cachorros idosos.

Gleason me falou que não havia nenhuma novidade, o que era o que eu esperava. Eu tinha cuidado do invasor. Ele me desejou boa sorte com a cadela velha. Esse desejo eu ouvi de coração.

7

Naquela noite, eu coloquei mais três comprimidos novos na ração da Radar. Eu daria mais três no dia seguinte. Só tinham restado poucos, mas talvez isso não fosse problema. Eu não tinha certeza do que eram, mas achava que eram anfetamina de cachorro. Se fossem, estavam encurtando a vida dela ao mesmo tempo que a reanimavam. Eu disse para mim mesmo que só precisava descer a escada com ela e, depois disso... bem, eu não sabia além disso.

Meu celular estava funcionando de novo (mas precisei reiniciar para que passasse a mostrar a hora certa) e, por volta das sete da noite, tocou. Apareceu PAI na tela. Eu liguei a televisão e aumentei um pouco o volume antes de atender.

— Oi, Charlie, tudo bem aí?

— Tudo bem. Subiu em alguma árvore?

Ele riu.

— Nada de árvores, está chovendo aqui. Está rolando muito espírito de equipe animado aqui. O pessoal dos seguros ficou louco. O que você está vendo?

— SportsCenter.

— A cadela está bem?

— Rad? — Ela ergueu a cabeça do tapete. — Está indo.

— Ainda comendo?

— Comeu tudinho do jantar e lambeu a tigela.

— Que bom.

Nós conversamos mais um pouco. Ele pareceu despreocupado, então acho que eu estava conseguindo disfarçar bem. Isso me deixou feliz e envergonhado ao mesmo tempo.

— Posso te ligar amanhã à noite se você quiser.

— Não precisa, acho que vou sair pra comer hambúrguer e jogar minigolfe com uns amigos.

— E amigas?

— Bom… talvez haja amigas também. Eu ligo se acontecer alguma coisa. Tipo se a casa pegar fogo.

— É um bom plano. Durma bem, Chip.

— Você também. — De onde estava sentado, eu via a carta na mesa da cozinha. Não gostava de mentir para o meu pai, mas não vi alternativa. Era o que você poderia chamar de situação extraordinária.

Desliguei a televisão e me preparei para ir dormir às oito pela primeira vez em muito tempo. Mas eu planejava acordar cedo. *Quanto antes começar, antes termina*, minha mãe dizia. Às vezes, eu não conseguia lembrar exatamente como ela era sem olhar numa foto, mas eu conseguia me lembrar de todas as coisinhas que ela dizia. A mente é uma máquina estranha.

Tranquei a casa, mas não por ter medo de Polley. Ele devia saber onde eu morava, mas estava com as duas mãos quebradas e a arma dele estava comigo. Ele também estava sem dinheiro e sem documentos. Meu palpite era que ele já estava pedindo carona para o lugar que tinha chamado de "Chi", onde tentaria trocar as quatro bolinhas de ouro por dinheiro. Se conseguisse vendê-las, eu achava que ele não receberia mais do que vinte centavos, e eu não tinha o menor problema com isso. Daora. Toda vez que eu começava a sentir pena dele ou culpa pelo que tinha feito, eu pensava nele encostando o cano da arminha na minha cabeça e me mandando não me virar, que não seria inteligente. Mas eu estava feliz por não tê-lo matado. Havia isso.

Eu me examinei no espelho com atenção enquanto escovava os dentes. Achei que estava como sempre estivera, o que era meio incrível depois de tudo o que tinha acontecido. Enxaguei a boca, me virei e vi Radar sentada na porta do banheiro. Apoiei-me em um joelho na frente dela e fiz carinho nos pelos ao lado da cara.

— Quer sair pra uma aventura amanhã, garota?

Ela abanou o rabo, foi para o quarto de hóspedes e se deitou no pé da minha cama. Verifiquei meu alarme duas vezes para ver se estava marcado para as cinco da manhã e apaguei a luz. Achei que ia demorar muito para dormir depois da montanha-russa que tinha sido aquele dia, mas comecei a pegar no sono quase imediatamente.

Eu me perguntei se ia mesmo arriscar a vida e me meter em um monte de problemas, tanto com meu pai quanto com a escola, por uma cadela velha que já tinha vivido pra caramba (em anos caninos). A resposta parecia ser sim, mas isso não era tudo. Era a maravilha daquilo tudo, o mistério. Eu tinha encontrado outro mundo, pelo amor de Deus. Eu queria ver a cidade com as torres verdes e descobrir se *era* mesmo Oz, com um monstro terrível, Gogmagog, no centro dela, em vez de um trambiqueiro projetando a voz por trás de uma cortina. Queria encontrar o relógio de sol e ver se fazia mesmo o que o sr. Bowditch dissera que fazia. E você precisa lembrar que eu só tinha dezessete anos, uma idade perfeita para aventuras e decisões idiotas.

Mas, sim, foi principalmente por causa da cadela. Eu a amava, sabe, e não queria perdê-la.

Virei para o lado e peguei no sono.

TREZE

Ligação para o Andy.
Radar decide. Ensopado. Minansos.

1

Rad pareceu surpresa por levantarmos no escuro, mas estava disposta a tomar o café da manhã (com mais três comprimidos misturados) e andar colina acima até o número 1. A casa dos Richland estava escura. Subi a escada até o cofre, prendi a .45 na cintura e amarrei os cordões. Com a .22 de Polley na mochila, eu era um atirador completo. Havia uns potes de molho de espaguete vazios na despensa. Enchi dois com ração Orijen seca, fechei as tampas de rosca, enrolei-os em um pano de prato e os enfiei na mochila embaixo de uma camiseta e uma cueca (*Nunca viaje sem uma cueca limpa* era outro dito da minha mãe). A isso, acrescentei doze latas de sardinhas King Oscar (das quais eu tinha passado a gostar), um pacote de cream crackers, alguns biscoitos de noz-pecã (só uns poucos, porque eu tinha exagerado neles) e um punhado de Perky Jerkys. Também as duas Cocas que tinham restado na geladeira. Coloquei a carteira na mochila para poder enfiar a lanterna de cano comprido no bolso de trás, como antes.

Você poderia dizer que eram pouquíssimos suprimentos para o que poderia ser uma viagem de ida e volta de até uns duzentos quilômetros, e claro que você teria razão, mas a minha mochila não era tão grande e, além disso, a mulher dos sapatos tinha me oferecido uma refeição. Talvez ela pudesse até acrescentar aos meus suprimentos. Fora isso, eu teria que me virar, uma ideia que me enchia de ansiedade e empolgação.

O que mais me perturbava era o cadeado no barracão. Eu achava que, se o barracão estivesse trancado, ninguém se interessaria por ele. Se não estivesse, alguém poderia ir olhar, e esconder a abertura do poço com pilhas de revistas velhas poderia não dar certo. Eu tinha ido dormir com esse problema estilo Agatha Christie sem resposta, mas tinha acordado com o que me parecia ser uma boa solução. Não só o barracão ficaria trancado por fora, mas haveria outra pessoa para dizer que eu tinha levado Radar para Chicago (para *Chi*) na esperança de obter uma cura milagrosa.

Andy Chen era a solução.

Esperei até as sete para ligar para ele, pensando que já estaria acordado e se arrumando para a escola, mas, depois de quatro toques, tive certeza de que minha ligação cairia na caixa postal. Eu estava pensando na mensagem que deixaria quando ele atendeu, parecendo impaciente e meio sem fôlego.

— O que você quer, Reade? Acabei de sair da porra do chuveiro e estou pingando no chão todo.

— Uuu — falei em falsete. — O Perigo Amarelo está pelado?

— Muito engraçado, seu merda racista. O que você quer?

— Uma coisa importante.

— O que foi? — A voz séria agora.

— Olha, estou no Highball, fora da cidade. Você conhece o Highball, né?

Claro que ele conhecia. Era uma parada de caminhão com a melhor variedade de videogames de Sentry. Nós lotávamos o carro de alguém que tivesse habilitação (ou pegávamos o ônibus se não houvesse ninguém com licença disponível) e jogávamos até o dinheiro acabar. Ou até a gente ser expulso.

— O que você está fazendo aí? Hoje é dia de aula.

— Estou com a cadela. A que te assustou quando a gente era criança, sabe? Ela não está muito bem e tem uma pessoa em Chicago que supostamente ajuda cachorros. Meio que os rejuvenesce.

— É cilada — disse Andy secamente. — Só pode ser. Não seja burro, Charles. Quando cachorros envelhecem, eles envelhecem, fim da hist…

— Você pode calar a boca e escutar? Um cara vai me dar carona com a Rad na van dele por trinta pratas…

— *Trinta…*

— Eu tenho que ir agora, senão ele vai sem a gente. Preciso que você tranque a casa.

— Você esqueceu de trancar a sua…

— Não, não, a do sr. Bowditch! Eu esqueci!

— Como você chegou ao Highba…

— Eu vou perder a carona se você não calar a boca! Tranca a casa, por favor? Eu deixei as chaves na mesa da cozinha. — E como se a ideia tivesse me ocorrido depois: — E tranca o barracão no quintal também. O cadeado está pendurado na porta.

— Eu vou ter que ir de bicicleta pra escola em vez de ir de ônibus. Quanto você vai me pagar?

— Andy, para com isso!

— Estou brincando, Reade, eu não vou nem te pedir pra me chupar. Mas, se alguém perguntar…

— Ninguém vai perguntar. Se perguntarem, diz a verdade. Eu fui pra Chicago. Eu não quero que você fique encrencado, só tranca a casa pra mim. Vou pegar as chaves com você quando a gente voltar.

— Tudo bem, eu posso fazer isso. Você vai passar a noite lá ou…

— Provavelmente. Talvez até duas. Eu tenho que ir. Obrigado, Andy. Te devo um favor.

Encerrei a ligação, joguei a mochila nas costas e peguei a guia. Deixei o chaveiro do sr. Bowditch na mesa e prendi a guia em Radar. No pé da escada dos fundos, parei e olhei pela grama até o barracão. Eu pretendia

238

mesmo levá-la por aquela escada estreita e sinuosa (*com degraus de alturas variadas*) na guia? Má ideia. Pra nós dois.

Não era tarde demais para desistir. Eu poderia ligar para o Andy e dizer que tinha mudado de ideia no último minuto ou que o motorista fictício da van tinha ido sem mim. Eu podia voltar andando com Radar para casa, rasgar a carta na mesa da cozinha e apagar o e-mail que estava esperando para ser enviado para a sra. Silvius. Andy estava certo: quando cachorros ficavam velhos, eles ficavam velhos, fim da história. Isso não significava que eu não podia explorar o outro lugar mesmo assim; eu só teria que esperar.

Até ela morrer.

Soltei a guia e fui andando na direção do barracão. Na metade do caminho, olhei para trás. Ela ainda estava sentada onde eu a deixara. Pensei em chamá-la, a vontade foi forte, mas não chamei. Só continuei andando. Na porta do barracão, olhei para trás de novo. Ela ainda estava sentada no pé da escada dos fundos. Senti o amargor da decepção por todos os preparativos (principalmente a ideia do cadeado) desperdiçados, mas eu não a deixaria sentada lá.

Eu estava prestes a voltar quando Radar se levantou e andou com hesitação pelo quintal até onde eu estava, na porta aberta. Ela hesitou e farejou. Não acendi as luzes lá dentro, porque o faro dela não precisava disso. Ela olhou para a pilha de revistas que eu tinha colocado sobre o que restava da baratona e vi aquele nariz apurado dela vibrar rapidamente. Ela olhou para as tábuas que cobriam o poço e algo incrível aconteceu. Ela correu até o poço e começou a cavar as tábuas, soltando latidinhos de empolgação.

Ela lembra, pensei. *E as lembranças devem ser boas, porque ela quer ir de novo.*

Pendurei o cadeado na porta e a fechei parcialmente, deixando luz suficiente para enxergar até o poço.

— Radar, você precisa ficar quieta agora. *Silêncio.*

Ela parou de latir, mas não de cavar as tábuas. A ansiedade dela para descer fez com que eu me sentisse melhor em relação ao que estava no fim do corredor subterrâneo. E, pensando bem, por que eu me sentiria mal? As papoulas eram lindas e cheiravam ainda melhor. Não havia mal nenhum na mulher dos sapatos; ela tinha me dado as boas-vindas, me consolado quando desmoronei e eu queria vê-la de novo.

239

Ela também quer ver Radar de novo... e Radar quer vê-la, eu acho.

— No chão.

Radar me olhou, mas ficou de pé. Ela olhou a escuridão entre as tábuas, olhou para mim e olhou para as tábuas. Cachorros encontram jeitos de passar a mensagem, e essa me pareceu bem clara: *Anda logo, Charlie.*

— Radar, *no chão.*

Com muita relutância, ela se deitou de barriga no chão, mas assim que movi as tábuas da posição paralela para uma posição em V, ela se levantou e desceu a escada correndo, com a agilidade de um filhote. Havia áreas brancas na parte de trás da cabeça dela e na base da coluna, perto do rabo. Eu vi isso e ela sumiu.

Eu estava preocupado em fazê-la descer a escada. Isso é meio engraçado, né? Como o sr. Neville, meu professor de inglês, gostava de dizer: *Ironia, faz bem para o sangue.*

2

Eu quase a chamei de volta, mas me dei conta de que era má ideia. Ela provavelmente não daria atenção. Se desse e tentasse dar a volta naqueles degraus pequenos, ela quase certamente iria cair e morrer. Eu só podia torcer para ela não errar os passos no escuro e cair. E para não começar a latir. Isso sem dúvida espantaria as baratas gigantes escondidas, mas assustaria os morcegos, também gigantes, que sairiam voando.

Mas não havia nada que eu pudesse fazer. Eu só podia seguir o plano. Desci a escada até só estar para fora do peito para cima, com as tábuas novamente em formato de V e bem perto dos meus dois lados. Comecei a colocar os fardos de revistas amarradas nelas e fui me isolando. O tempo todo em que fazia isso, fiquei prestando atenção se ouviria um baque e um grito final de dor. Ou, se a queda não a matasse, *muito* choro com ela deitada na terra batida, morrendo aos poucos por causa das minhas ideias brilhantes.

Eu estava suando como um porco quando fechei as tábuas em volta de mim. Enfiei os braços pelo muro de revistas e peguei mais um fardo. Equilibrei-o na cabeça como uma mulher tribal carregando um fardo de roupa para lavar até o rio mais próximo e me curvei lentamente. O último fardo ficou apoiado no buraco que eu tinha deixado. Caiu meio torto, mas teria que servir. Se Andy lançasse um olhar rápido para dentro do abrigo antes de trancá-lo, serviria. Claro que restava saber como eu sairia do barracão, mas isso era preocupação para outro dia.

Comecei a descer a escada, novamente mantendo o ombro encostado na curva da parede e o raio da lanterna apontado para o pé. A mochila fez a descida ficar mais lenta. Contei os degraus de novo e, quando cheguei a cem, apontei a luz para o que restava da descida. Dois pontos de luz sinistros brilharam na minha direção quando o raio acertou a superfície reflexiva que os cachorros têm no fundo dos olhos. Ela estava lá embaixo, bem, e esperando em vez de correndo pelo túnel. O alívio que senti foi enorme. Cheguei lá embaixo o mais rápido que pude, o que não foi muito, porque eu que não queria acabar caído lá embaixo com uma perna quebrada. Ou as duas. Apoiei um joelho no chão e dei um abraço em Radar. Ela normalmente estava disposta a ser abraçada em circunstâncias comuns, mas, dessa vez, se afastou quase na mesma hora e se virou para o corredor.

— Tudo bem, mas não assusta os animais. *Silêncio.*

Ela foi na minha frente, não correndo, mas andando rápido, e sem sinal de mancar. Pelo menos não naquele momento. Eu me perguntei de novo o que exatamente eram os comprimidos milagrosos e o quanto eles tiravam dela enquanto davam. Um dos ditos do meu pai era *Não existe almoço grátis.*

Quando nos aproximamos do lugar que eu havia chamado de fronteira, arrisquei perturbar os morcegos para erguer a lanterna do chão e ver a reação dela. O que eu vi foi nada, e fiquei me perguntando se o efeito passava depois da primeira exposição quando a mesma sensação de cabeça leve me atingiu, a sensação de ter uma experiência extracorpórea. Passou tão rápido quanto chegou, e pouco depois eu vi a fagulha de luz onde o corredor se abria na encosta da colina.

Alcancei Radar. Passei pelas plantas penduradas e olhei para as papoulas. *Tapete vermelho*, pensei. *Tapete vermelho.*

Nós estávamos no outro mundo.

3

Por um momento, Radar ficou imóvel, a cabeça para a frente, as orelhas erguidas, o nariz trabalhando. Em seguida, ela começou a descer pelo caminho trotando, o que naquele momento era a melhor velocidade que ela conseguia. Ou era o que eu pensava. Eu estava na metade da colina quando Dora saiu do chalezinho com um par de sapatinhos em uma das mãos. Rad devia estar uns três metros à minha frente. Ela nos viu chegando, ou melhor, viu quem estava chegando em quatro patas e não duas, e largou os sapatinhos. Ela caiu de joelhos e esticou os braços. Radar saiu correndo e latindo com alegria. Ela reduziu um pouco no final (ou as pernas velhas reduziram), mas não o suficiente para não se chocar com Dora. Ela caiu na terra com a saia voando acima das meias verdes. Radar subiu nela, latindo e lambendo a cara da mulher. O rabo estava balançando furiosamente.

Eu saí correndo, a mochila carregada batendo nas minhas costas. Passei por baixo de um varal com sapatos pendurados e segurei a coleira de Radar.

— Para, garota! Sai de cima dela!

Mas aquilo não ia acontecer mesmo, porque Dora estava com os braços em volta do pescoço da Radar e a estava abraçando junto ao peito... como fizera comigo. Os pés, usando os mesmos sapatos vermelhos (com as meias verdes, a aparência era bem natalina), se balançavam numa dança feliz. Quando ela se sentou, havia um leve toque de cor nas bochechas cinzentas e um líquido grudento, que devia ser o que ela conseguia produzir como lágrima, descendo dos olhos estreitos e sem cílios.

— *Raaaa!* — gritou ela e abraçou minha cadela de novo. Radar continuou lambendo o pescoço dela, balançando o rabo. — *Raaaa, Raaaa, RAAAA!*

— Parece que vocês duas se conhecem — falei.

4

Eu não precisei usar nada de meus suprimentos; ela nos alimentou e muito bem. O ensopado foi o melhor que eu já comi, cheio de carne e batatas, nadando num molho saboroso. Passou pela minha cabeça (provavelmente influenciado por algum filme de terror qualquer) que nós podíamos estar comendo carne humana, mas descartei a ideia ridícula. Aquela mulher era boa. Eu não precisava ver uma expressão alegre nem olhos gentis para saber; irradiava dela. E se eu não confiasse nisso, havia a forma como ela cumprimentara Radar. E, claro, a forma como Radar a cumprimentara. Eu ganhei meu abraço quando a ajudei a se levantar, mas não foi como os que ela deu em Rad.

Beijei a bochecha dela, o que me pareceu perfeitamente natural. Dora deu tapinhas nas minhas costas e me puxou para dentro. O chalé era um aposento único, grande, bem quentinho. Não havia fogo na lareira, mas o fogão estava aceso, com a panela de ensopado fervendo em uma placa de metal (que acredito que seja chamada de fogão de indução, mas posso estar enganado). Havia uma mesa de madeira no meio da sala com um vaso de papoulas no centro. Dora colocou nela duas cumbucas que pareciam feitas à mão e duas colheres de madeira. Ela gesticulou para que eu me sentasse.

Radar se encolheu o mais perto do fogão que conseguiu sem queimar o pelo. Dora pegou outra cumbuca em um armário e usou a bomba acima da pia da cozinha para enchê-la de água. Colocou na frente de Radar, que bebeu com avidez. Mas, reparei, sem erguer a traseira do chão. E isso não era um bom sinal. Eu tinha tomado o cuidado de minimizar o exercício dela, mas quando ela viu a casa da velha amiga, nada a teria segurado. Se estivesse de guia (que estava na minha mochila), ela a teria arrancado da minha mão.

Dora colocou uma chaleira no fogo, serviu o ensopado e voltou para o fogão. Pegou canecas no armário (como as tigelas, eram meio caroçudas) e um pote do qual tirou chá. Chá *comum*, eu esperava, não algo que fosse me deixar chapado. Eu já estava me sentindo bem fora de mim. Ficava pensando que aquele mundo ficava abaixo do *meu*, de alguma forma. Era uma ideia difícil de afastar, porque eu tinha descido para chegar lá. Mas havia céu acima. Eu me sentia como Charlie no País das Maravilhas, e se tivesse olhado pela janela redonda do chalé e visto o Chapeleiro Maluco saltitando pela estrada lá fora (talvez com um gato sorridente no ombro), eu não teria ficado surpreso. Ou melhor, *mais* surpreso.

A estranheza da situação não mudou o quão faminto eu estava; tinha estado nervoso demais para tomar um bom café da manhã antes de sair. Ainda assim, esperei até ela levar as canecas e se sentar. Era educação básica, claro, mas também achei que ela poderia querer fazer algum tipo de oração;

uma versão zumbida de *Abençoado seja o alimento que vamos comer*. Ela não fez isso, só pegou a colher e fez sinal para eu comer. Como falei, estava delicioso. Peguei um pedaço de carne, mostrei para ela e ergui as sobrancelhas.

O crescente da boca se curvou para cima na versão dela de sorriso. Ela ergueu dois dedos acima da cabeça e deu um pulinho na cadeira.

— Coelho?

Ela assentiu e fez um som rouco e gargarejado. Percebi que estava rindo (ou tentando), e fiquei triste, da mesma forma que eu ficava triste quando via uma pessoa cega ou uma pessoa de cadeira de rodas que nunca mais andaria. A maioria das pessoas assim não quer pena. Elas lidam com suas deficiências, ajudam os outros, vivem vidas boas. São corajosas. Eu entendo isso. Mas me parecia (talvez porque tudo no meu organismo estivesse funcionando perfeitamente) que havia algo de cruel em ter que lidar com aquele tipo de coisa, que fugia ao controle e era injusta. Pensei em uma garota com quem estudei no fundamental I: Georgina Womack, que tinha uma mancha de nascença vermelha enorme em uma bochecha. Georgina era uma menininha alegre, inteligente e afiada, e a maioria das crianças a tratava bem. Bertie Bird trocava coisas da lancheira com ela. Eu achava que ela se daria bem na vida, mas tinha pena de ela ter que olhar aquela marca no rosto todos os dias. Não era culpa dela, e não era culpa de Dora que a risada dela, que deveria ser linda e livre, parecesse um rosnado mal-humorado.

Ela deu um saltinho final, como se para enfatizar o que tinha explicado, e fez um gesto giratório para mim com o dedo: *coma, coma*.

Radar se levantou com dificuldade e, quando finalmente esticou as pernas traseiras, foi até Dora e olhou para cima. A mulher bateu com a base da mão cinzenta na testa cinzenta em um gesto que dizia *onde eu estou com a cabeça*. Ela pegou outra cumbuca e botou carne com molho dentro. Olhou para mim com as sobrancelhas ralas erguidas.

Eu assenti e sorri.

— Todo mundo come na Casa dos Sapatos. — Dora abriu o sorriso em formato de lua crescente e colocou a cumbuca no chão. Radar se ocupou enquanto balançava o rabo.

Olhei a outra metade do aposento enquanto comia. Havia uma cama arrumadinha, do tamanho certo para a pequena mulher dos sapatos, mas a maior parte do outro lado era uma oficina. Ou talvez uma unidade de reabilitação para sapatos feridos. Muitos estavam com calcanhares arrebentados, solas que pendiam da parte superior como mandíbulas quebradas ou buracos nas solas ou na frente. Havia um par de botas de couro que tinha sido cortado na parte de trás, como se tivesse sido herdado por alguém cujos pés eram maiores do que os do dono original. Uma ferida torta em uma botinha de seda roxo-royal tinha sido costurada com fio azul-marinho, provavelmente o mais parecido com a cor original que Dora tinha. Alguns sapatos estavam sujos e outros, em uma bancada de trabalho, estavam no processo de serem limpos e engraxados com produtos em potinhos de metal. Eu me perguntei de onde tinham vindo, mas me perguntei mais sobre o objeto que ocupava um lugar de orgulho na parte da oficina.

Enquanto isso, eu tinha esvaziado a minha cumbuca, e Radar, a dela. Dora pegou as duas e ergueu as sobrancelhas, fazendo outra pergunta.

— Sim, por favor — falei. — Não muito pra Radar, senão ela vai dormir o dia todo.

Dora colocou as mãos unidas na lateral da cabeça e fechou os olhos. E apontou para Radar.

— Oir.

— Sorrir?

Dora balançou a cabeça e fez a pantomima de novo.

— *Oir!*

— Ela precisa dormir?

A mulher dos sapatos assentiu e apontou para onde Radar estava antes, do lado do fogão.

— Ela já dormiu lá? Quando o sr. Bowditch a trouxe?

Dora assentiu de novo e se apoiou em um joelho para fazer carinho na cabeça de Radar. Rad ergueu o rosto para ela com (eu posso estar enganado, mas acho que não) adoração.

Terminamos a segunda cumbuca de ensopado. Eu agradeci com a boca, Radar com os olhos. Enquanto Dora levava as cumbucas, eu me levantei para olhar o objeto que tinha chamado minha atenção no hospital de sapatos. Era uma máquina de costura antiquada, do tipo que funciona com pedal. Escrita na cobertura preta com letras douradas meio apagadas havia a palavra SINGER.

— O sr. Bowditch trouxe isso?

Ela assentiu, tocou o peito, baixou a cabeça. Quando olhou para cima, estava com os olhos marejados.

— Ele era bom com você.

Ela assentiu.

— E você era boa com ele. E com Radar.

Ela fez um esforço e produziu uma única palavra compreensível:

— *Ziim.*

— Você tem muitos sapatos. Onde os consegue? E o que faz com eles?

Ela pareceu não saber responder e os gestos que ela fez não ajudaram. Então seu rosto se iluminou e ela foi até a oficina. Havia um guarda-roupa onde deviam ficar as roupas dela e bem mais armários do que na metade do chalé onde ficava a cozinha. Supus que ela guardasse o equipamento para conserto de sapatos neles. Ela se curvou para um dos mais baixos e tirou um quadrinho-negro, do tipo que crianças de antigamente usavam, na época de escolas de uma sala de aula só e carteiras com tinteiros. Ela remexeu mais e achou um pedaço de giz. Empurrou alguns dos trabalhos em progresso pela bancada, escreveu devagar e mostrou o quadro: *vos vê minansos.*

— Não entendi.

Ela suspirou, apagou e fez sinal para eu ir até a bancada. Olhei por cima do ombro dela enquanto ela desenhava uma caixa e duas linhas paralelas na frente. Ela bateu na caixa, balançou os braços e bateu na caixa de novo.

— Esta casa?

Ela assentiu, apontou para as linhas paralelas e apontou para a única janela redonda na parte esquerda da porta.

— A estrada.

— *Ziim.* — Ela ergueu um dedo para mim, *presta atenção, jovem,* e aumentou um pouco as linhas paralelas. Em seguida, desenhou outra caixa. Acima, escreveu *vos vê minansos* de novo.

— Minansos.

— *Ziim.* — Ela bateu na boca e juntou os dedos rapidamente em um gesto de boca de crocodilo se fechando que entendi rapidinho.

— Fala!

— *Ziim.*

246

Ela bateu na palavra *minansos*. E me segurou pelos ombros. Suas mãos eram fortes por causa do trabalho com os sapatos, as pontas cinzentas dos dedos duras com calos. Ela se virou para mim e me guiou até a porta. Quando cheguei lá, ela apontou para mim, fez gestos de caminhada com dois dedos e apontou para a direita.

— Você quer que eu vá ver minansos?

Ela assentiu.

— Minha cadela precisa descansar. Ela não está em boa forma.

Dora apontou para Radar e fez o gesto de dormir.

Pensei em perguntar o quanto era para eu andar, mas eu duvidava que ela conseguisse responder esse tipo de pergunta. Teria que ser num esquema de sim ou não.

— Fica longe?

Ela balançou a cabeça negativamente.

— Minansos fala?

Ela pareceu achar graça, mas assentiu.

— Minansos? Isso quer dizer menina sonsa?

O sorriso. Um movimento de ombros. Um gesto de sim seguido de um gesto de não.

— Estou meio perdido aqui. Eu vou voltar antes de escurecer?

Um movimento intenso de sim.

— E você vai cuidar da Radar?

— *Ziim.*

Pensei no assunto e decidi tentar. Se minansos falasse, eu poderia obter algumas respostas. Sobre Dora e sobre a cidade. Minansos talvez até soubesse do relógio de sol que supostamente deixaria Radar jovem de novo. Decidi que caminharia por cerca de uma hora e, se não encontrasse a casa de minansos, daria meia-volta e retornaria.

Comecei a abrir a porta (em vez de maçaneta, havia um trinco de ferro antiquado). Ela me segurou pelo cotovelo e levantou um dedo: *um minuto.* Foi correndo até a Central de Consertos de Sapatos, abriu uma gaveta na bancada, pegou alguma coisa e voltou correndo até mim. Estava com três pedaços de couro na mão, menores que a palma. Pareciam solas de sapatos tingidas de verde. Ela fez sinal para eu guardar aquilo no bolso.

247

— Pra que isso?

Ela franziu a testa, depois sorriu e virou a palma das mãos para cima. Aparentemente, aquilo era complicado demais. Ela tocou nas alças da minha mochila e fez uma expressão de pergunta. Decidi que não fazia sentido e a tirei. Coloquei-a ao lado da porta, me agachei, abri-a e enfiei a carteira no bolso de trás... como se alguém fosse pedir um documento, o que era absurdo. Olhei para Radar nessa hora, me perguntando o que ela acharia de eu deixá-la com Dora. Ela levantou a cabeça quando eu me levantei e abri a porta, depois se deitou de novo, perfeitamente satisfeita de ficar onde estava e dormir. Por que não? Sua barriga estava cheia de comida quente e ela estava com uma amiga.

Havia um caminho que levava à estrada de terra ampla, a via, ladeada de papoulas. Havia outras flores também, mas estavam morrendo ou mortas. Eu me virei. Acima da porta havia um sapato grande de madeira, vermelho como os que Dora usava. Achei que devia ser uma placa. Ela estava parada embaixo, sorrindo e apontando para a direita, para o caso de eu ter esquecido para que lado ir naquele último minuto. Era tanto o tipo de coisa que uma mãe faria que eu tive que sorrir.

— Meu nome é Charles Reade, senhora. E se eu não falei, obrigado por nos dar comida. É um prazer conhecê-la.

Ela assentiu, apontou para mim e bateu no coração. Não havia necessidade de tradução.

— Posso perguntar mais uma coisa?

Ela assentiu.

— Eu estou falando seu idioma? Estou, né?

Ela riu e deu de ombros; ou não entendeu ou não sabia ou achou que não importava.

— Está bem. Eu acho.

— Tá bem. — Ela fechou a porta.

Havia uma placa no começo do caminho, como se fosse um quadro com o cardápio que alguns restaurantes usam. O lado da direita, virado para o sentido que eu deveria seguir, estava em branco. Uma estrofe de quatro versos estava pintada no lado virado para a esquerda, perfeitamente compreensível:

248

Dá pra mim seus sapatos velhinhos
Pois na estrada você encontra novinhos.
Se você puder confiar em mim,
Sua sorte na jornada será sem fim.

Fiquei parado olhando aquilo por bem mais tempo do que levei para ler. Acabou me dando uma vaga ideia da origem dos sapatos que ela reformava, mas o motivo não foi esse. Eu *conhecia* aquela letra. Tinha visto em listas de compras e em muitos envelopes que eu tinha colocado na caixa de correspondência da rua Sycamore, número 1. O sr. Bowditch tinha feito aquela placa. Só Deus sabia quantos anos antes.

5

Andar sem a mochila foi fácil, e isso era bom. Olhar em volta em busca da Radar e não a ver não era tão bom, mas eu tinha certeza de que ela estava em segurança com Dora. Não consegui acompanhar bem a passagem do tempo com o telefone desativado, e com o céu sempre nublado, não deu nem para fazer uma avaliação rudimentar pelo sol. Estava lá em cima, mas só como uma mancha embotada atrás das nuvens. Decidi que usaria o jeito antigo dos pioneiros para marcar o tempo e a distância: eu faria três ou quatro "olhadas" e, se não visse sinal, voltaria.

Enquanto andava, fui pensando na placa com o versinho. Uma placa de cardápio de restaurante teria coisas escritas dos dois lados, para que as pessoas pudessem ver indo e vindo. Aquela só tinha o versinho de um lado, o que sugeria que o movimento na via só ia em uma direção: na direção da casa que eu tinha que encontrar. Eu não conseguia entender o motivo, mas talvez minansos pudesse me dizer. Se essa criatura existisse mesmo.

Eu tinha chegado no fim da minha terceira olhada, onde a estrada subia e passava por uma ponte de madeira em arco (o riacho embaixo estava seco) quando comecei a ouvir buzinas. Não eram carros, mas pássaros. Quando cheguei no ponto mais alto da ponte, vi uma casa à direita. Do lado esquerdo da via não tinha mais papoulas; o bosque ia até o limite. A casa era bem maior do que o chalé da mulher dos sapatos, quase um rancho

249

em um faroeste do TCM, e havia construções externas, duas grandes e uma pequena. A maior só podia ser um celeiro. Aquilo era uma fazenda. Atrás havia um jardim grande com fileiras organizadas de plantações crescendo. Eu não sabia o que eram todas, eu não era horticultor nem nada, mas sabia reconhecer um milharal. Todas as construções eram velhas e cinzentas como a pele da mulher dos sapatos, mas pareciam bem firmes.

As buzinas vinham de gansos, pelo menos uns doze. Estavam em volta de uma mulher de vestido azul e avental branco. Ela estava levantando o avental com uma das mãos. Com a outra, espalhava punhados de alimento. Os gansos foram para cima com avidez, com muitos bateres de asas. Ali perto, se alimentando em um comedor de metal, havia um cavalo branco magrelo e velho. A palavra *esparavão* surgiu na minha mente, mas como eu não sabia o que significava esparavão, eu não tinha ideia se eu estava certo. Havia uma borboleta na cabeça dele... de tamanho normal, o que foi um alívio. Quando me aproximei, ela saiu voando.

Ela deve ter me visto com o canto do olho, porque olhou para a frente e ficou imóvel, uma das mãos enfiadas no bolso do avental levantado enquanto os gansos se agitavam e batiam asas em volta dos pés dela, pedindo mais.

Também fiquei imóvel, porque entendi o que Dora estava tentando dizer: menina dos gansos. Mas isso foi só uma parte do motivo para eu ter ficado imóvel. O cabelo dela era de um louro-escuro vibrante com mechas mais claras misturadas. Caía nos ombros. Os olhos eram grandes e azuis, o que poderia haver de mais distante do constante olhar apertado e meio apagado de Dora. Suas bochechas eram rosadas. Ela era jovem, e não só bonitinha. Era linda. Só uma coisa estragava a beleza típica de um livro de contos de fadas. Entre o nariz e o queixo, não havia nada além de uma linha branca nodosa, como a cicatriz de uma ferida séria que já tinha se fechado muito tempo antes. Na ponta direita da cicatriz havia uma mancha vermelha do tamanho de uma moedinha que parecia um botão de rosa bem pequeno.

A menina dos gansos não tinha boca.

6

Quando me aproximei, ela deu um passo na direção de uma das construções externas. Talvez fosse um alojamento. Dois homens de pele cinzenta saíram de lá com um forcado na mão. Eu parei e lembrei que, além de ser um estranho, eu estava armado. Levantei as mãos vazias.

— Está tudo bem. Eu sou inofensivo. Dora me enviou.

A menina dos gansos ficou imóvel mais alguns momentos, decidindo. Mas a mão voltou a sair do avental e ela espalhou mais milho e grãos. Com a outra mão, ela primeiro sinalizou para os ajudantes de fazenda (eu tinha quase certeza de que eles eram isso) para voltarem para dentro, depois fez sinal para eu me aproximar. Eu fiz isso, mas lentamente, com as mãos erguidas. Um trio de gansos veio batendo asas e grasnindo para mim, viram minhas mãos vazias e voltaram correndo até a menina. O cavalo olhou ao redor e voltou a atenção para o almoço. Ou talvez fosse jantar, porque a bolota do sol estava indo agora na direção do bosque, do outro lado da estrada.

A menina dos gansos continuou alimentando o bando, parecendo despreocupada depois do sobressalto momentâneo. Fiquei parado no limite do pátio, sem saber o que dizer. Passou pela minha cabeça que a nova amiga de Radar poderia estar tirando uma comigo. Eu tinha perguntado se a minansos falava, e Dora tinha assentido, mas ela fez isso sorrindo. Que piada, mandar o garoto conseguir respostas com uma garota sem boca.

— Eu sou estranho aqui — falei, o que era uma idiotice; tenho certeza de que ela tinha percebido. Era só que ela era tão linda. De certa forma, a cicatriz que deveria ter sido boca e a manchinha ao lado a deixavam ainda mais linda. Tenho certeza de que isso parece estranho e talvez até perverso, mas era verdade. — Eu sou... *ai*. — Um dos gansos bicou meu tornozelo.

Ela pareceu achar isso divertido. Enfiou a mão no avental, tirou o que restava da ração, fechou a mãozinha e ofereceu para mim. Abri a mão e ela despejou uma pequena pilha do que parecia trigo misturado com milho moído na minha palma. Usou a outra mão para segurar a minha com firmeza, e o toque dos seus dedos foi como um choque elétrico suave. Eu estava encantado. Qualquer cara jovem teria ficado, eu acho.

— Eu vim porque minha cadela está velha e o meu amigo me disse que na cidade... — Eu apontei. — ... havia um jeito de a deixar jovem de novo.

Decidi tentar. Eu tenho umas mil perguntas, mas vejo que você... não, você sabe... consegue *exatamente*...

Parei aí, sem querer cavar o buraco mais fundo, e espalhei a comida para os gansos. Eu sentia minhas bochechas quentes.

Isso também pareceu diverti-la. Ela largou o avental e o limpou. Os gansos se reuniram para comer as migalhas finais e foram na direção do celeiro, estalando e fofocando. A menina dos gansos levantou os braços acima da cabeça fazendo o tecido do vestido se apertar sobre seios admiráveis. (Sim, eu reparei. Pode me processar.) Ela bateu palmas duas vezes.

O cavalo branco velho levantou a cabeça e veio na direção dela. Vi que a crina dele tinha sido trançada com pedaços de vidro colorido e fitas. Esse tipo de decoração sugeria que era uma égua. No momento seguinte, eu tive certeza, porque, quando o cavalo falou, foi com voz de mulher.

— Vou responder algumas das suas perguntas porque a Dora te mandou e porque a minha dona conhece o cinto com as pedras azuis bonitas que você usa.

A égua pareceu não ter interesse no cinto nem na .45 no coldre; ela estava olhando para a estrada e para as árvores do outro lado. Era a menina dos gansos que estava olhando para o cinturão. Ela olhou para mim em seguida com aqueles olhos azuis brilhantes.

— Você veio do Adrian?

A voz veio da égua branca, ou ao menos ali de perto, mas eu via os músculos se movendo na garganta da menina e em volta do que já tinha sido a boca.

— Você é ventríloqua! — exclamei.

Ela sorriu com os olhos e segurou a minha mão. Provocou outro daqueles choques.

— Vem.

A menina dos gansos me levou para contornar a fazenda.

CATORZE

Leah e Falada. Ajuda ela. Um encontro na estrada. Lobinhos. Duas luas.

1

Nós só conversamos por uma hora, e eu acabei falando quase o tempo todo, mas foi tempo suficiente para ter certeza de que ela não era uma fazendeira comum. Pode parecer esnobe, como se eu não acreditasse que fazendeiras podem ser inteligentes, bonitas ou mesmo lindas. Não quero dizer nada disso. Tenho certeza de que há fazendeiras nesse nosso mundo enorme capazes de fazer ventriloquismo. Havia outra coisa, algo mais. A garota tinha certa confiança, um *ar*, como se estivesse acostumada a mandar pessoas (e não só os ajudantes) fazerem o que ela mandava. E depois daquela primeira hesitação, provavelmente causada pela minha chegada súbita, ela não demonstrou medo nenhum.

Eu provavelmente não preciso dizer que só levei aquela hora para ficar completamente apaixonado por ela, porque você provavelmente já sabia. É como acontece nas histórias, não é? Só que, para mim, não era história, era a minha vida. Era a típica sorte de Charles Reade: se apaixonar por uma garota que não só era mais velha, mas cuja boca eu jamais poderia beijar. Mas eu teria ficado feliz de beijar a cicatriz onde antes havia boca, o que deve revelar o quanto eu estava apaixonado. Outra coisa que eu soube foi que, com ou sem boca, ela não era para o meu bico. Ela era bem mais do que uma garota que alimentava gansos. Bem mais.

Além disso, quanto romance dá para se viver quando a garota bonita tem que falar com o Romeu apaixonado através de um cavalo?

Mas foi isso que nós fizemos.

2

Havia um gazebo no alto do jardim. Nós nos sentamos dentro, a uma mesinha redonda. Dois ajudantes saíram do milharal a caminho do celeiro com cestos cheios, então achei que era verão lá em vez de começo de outubro. O cavalo estava pastando grama ali perto. Uma garota cinzenta com rosto muito deformado trouxe uma bandeja e a deixou na mesa. Nela havia dois guardanapos de pano, um copo e duas jarras, uma grande e uma do tamanho daquelas jarrinhas de leite que tem nas lanchonetes. A grande tinha o que parecia ser limonada. A pequena tinha uma gosma amarela que poderia ser purê de abóbora. A menina dos gansos fez sinal para eu me servir da jarra grande e beber. Eu fiz isso, mas com certo constrangimento. Porque eu tinha boca com a qual beber.

— Gostoso — falei, e era mesmo. A mistura certa de doce e ácido.

A garota cinzenta ainda estava parada ao lado da menina dos gansos. Ela apontou para a gosma amarelada na jarra pequena.

A menina dos gansos assentiu, mas as narinas se dilataram em um suspiro, e a cicatriz que deveria ter sido boca se curvou um pouco para baixo. A empregada tirou um tubo de vidro do bolso de um vestido que era cinzento como a sua pele. Ela se inclinou com a intenção de o inserir no líquido grosso, mas a menina dos gansos pegou o tubo e o deixou na mesa. Ela olhou para a empregada, assentiu e uniu as mãos como quem diz namastê. A garota retribuiu o movimento de cabeça e foi embora.

Quando ela se foi, a menina dos gansos bateu palmas para convocar a égua. Ela veio e enfiou a cabeça por cima da amurada entre nós, ainda mastigando grama.

— Eu sou Falada — disse a égua, mas sua boca não se moveu da forma que a da marionete se move quando está no joelho do ventríloquo; ela só continuou mastigando. Eu não tinha ideia de por que a garota continuava a história da projeção de voz. — Minha dona é Leah.

Depois eu soube a grafia certa graças a Dora, mas o que ouvi nessa hora foi *Leia*, como a de *Star Wars*. Pareceu bem razoável depois de tudo o que acontecera. Eu já tinha conhecido uma versão do Rumpelstiltskin e uma velha que morava não em um sapato, mas abaixo de uma placa de um; eu era uma versão de João, o garoto do pé de feijão, e *Star Wars* não é só mais um conto de fadas, ainda que com efeitos especiais?

— É um prazer conhecer vocês duas — falei. De todas as coisas estranhas que tinham me acontecido naquele dia (ainda havia mais à frente), aquela foi de muitas formas a mais estranha, ou talvez eu queira dizer a mais surreal. Eu não sabia para qual delas olhar e acabei virando a cabeça de um lado para o outro, como uma pessoa vendo uma partida de tênis.

— Adrian mandou você?

— Sim. Mas eu o conheci como Howard. Ele era Adrian… antes. Há quanto tempo você não o vê?

Leah pensou nisso, as sobrancelhas unidas. Até de testa franzida ela era bonita (vou tentar me segurar para não fazer essas observações daqui em diante, mas vai ser difícil). Depois de um tempo, ela olhou para a frente.

— Eu era bem mais nova — disse Falada. — Adrian também era mais novo. Ele tinha um cachorro, quase filhotinho. Ele dançava pra todo lado. O cachorrinho tinha um nome estranho.

— Radar.

— Sim.

Leah assentiu; a égua simplesmente continuou mastigando com cara de desinteressada em tudo.

— Adrian faleceu? Eu acho que sim se você está aqui usando o cinto e a arma dele.

— Sim.

— Ele decidiu não dar outra volta no relógio de sol, então? Se sim, ele foi sábio.

— Sim. Decidiu. — Eu tomei um pouco de limonada, apoiei o copo na mesa e me inclinei para a frente. — Eu vim por causa da Radar. Ela está velha e eu quero levá-la pra esse relógio de sol e ver se consigo... — Eu refleti e pensei em outro conto de fadas de ficção científica, um chamado *Fuga do século 23*. — E ver se consigo renová-la. Eu tenho perguntas...

— Me conta sua história — disse Falada. — Eu posso responder suas perguntas depois se me parecer bom fazer isso.

Vou parar aqui e dizer que consegui algumas informações da Leah por intermédio da Falada, mas ela conseguiu bem mais de mim. A garota tinha um jeito, como se estivesse acostumada a ser obedecida... mas não era de um jeito cruel ou intimidador. Há pessoas, pessoas de alta posição, que parecem perceber que têm obrigação de ser agradáveis e educadas, e a obrigação é dupla se elas não precisarem. Mas, agradáveis ou não, elas costumam conseguir o que querem.

Como eu queria estar de volta à casa de Dora antes de escurecer (eu não tinha ideia do que poderia sair do bosque depois do anoitecer), me mantive fiel à missão. Contei a ela como conheci o sr. Bowditch, que cuidei dele e ficamos amigos. Contei sobre o ouro e expliquei que tinha o suficiente por enquanto, mas que era importante que eu tivesse acesso a mais em algum momento para manter o poço que levava àquele mundo em segredo das pessoas que habitavam o meu, que poderiam fazer mau uso dele. Não me dei ao trabalho de acrescentar que eu teria que encontrar uma forma de converter ouro em dinheiro, agora que o sr. Heinrich estava morto.

— Porque mais tarde, daqui a anos, ainda vai haver impostos a pagar, e são bem altos. Você sabe o que são impostos?

— Ah, sim — disse Falada.

— Mas agora é com Radar que estou preocupado. O relógio de sol fica na cidade, certo?

256

— Sim. Se você for lá, precisa fazer silêncio e seguir as marcas do Adrian. E você nunca, *nunca* deve ir à noite. Você é uma das pessoas inteiras.

— Pessoas inteiras?

Ela esticou a mão por cima da mesa e tocou na minha testa, em uma bochecha, no meu nariz e na minha boca. Os dedos dela eram leves, o toque rápido, mas mais choques daqueles percorreram meu corpo.

— Inteiro — disse Falada. — Não cinzento. Não *estragado*.

— O que houve? — perguntei. — Foi G...

O toque dela não foi leve dessa vez; ela bateu com a palma da mão na minha boca com força suficiente para que meus lábios batessem contra os dentes. Ela balançou a cabeça.

— Nunca diga o nome dele e acelere seu despertar. — Ela colocou a mão na garganta com os dedos tocando a mandíbula do lado direito.

— Você está cansada — falei. — O que você está fazendo para falar deve ser difícil.

Ela assentiu.

— Eu vou embora. Quem sabe podemos conversar mais amanhã.

Comecei a me levantar, mas ela fez sinal para que eu ficasse. Não havia dúvida quanto à ordem nisso. Ela levantou um dedo em um gesto que Radar teria entendido: *Espere*.

Ela enfiou o tubo de vidro na gosma amarela e levou o indicador da mão direita até a mancha vermelha, a única falha na pele linda. Vi que todas as suas unhas, menos a daquele dedo, estavam curtas. Ela enfiou a unha na mancha até desaparecer. E puxou. A pele se abriu e um fio de sangue escorreu até a mandíbula. Ela inseriu o canudo no buraquinho que tinha feito e suas bochechas afundaram quando ela sugou aquilo que era sua nutrição. Metade da gosma amarela na jarrinha desapareceu, o que teria sido para mim só um gole. Sua garganta se contraiu não uma vez, mas várias. O gosto devia ser tão ruim quanto a aparência, porque ela estava engasgando. Tirou o canudo do que teria sido uma incisão de traqueostomia se fosse na garganta. O buraco sumiu na mesma hora, mas a mancha pareceu mais acentuada, furiosa. Parecia um xingamento contra a beleza dela.

— Isso foi suficiente mesmo? — Eu estava perplexo. Não consegui evitar. — Você não bebeu quase nada!

Ela assentiu de um jeito cansado.

— A abertura é dolorosa e o gosto é desagradável depois de tantos anos das mesmas poucas coisas. Às vezes, eu acho que preferiria morrer de fome, mas isso daria prazer demais a certos aposentos. — Ela inclinou a cabeça na direção da qual eu tinha vindo, a direção onde ficava a cidade.

— Sinto muito — falei. — Se houvesse qualquer coisa que eu pudesse fazer...

Ela assentiu para indicar que entendia (claro que as pessoas iam querer fazer coisas por ela, elas lutariam umas contra as outras para serem as primeiras da fila) e fez o gesto de namastê de novo. Em seguida, pegou um guardanapo e limpou o filete de sangue. Eu tinha ouvido falar de maldições, os livros de histórias estão cheios delas, mas aquela era a primeira vez que eu via uma em ação.

— Siga as marcas dele — disse Falada. — Não se perca ou os soldados da noite vão te pegar. E Radar. — Isso deve ter sido difícil para ela, pois a palavra saiu *Rayar*, me fazendo pensar no cumprimento extasiado de Dora para ela. — O relógio de sol fica na praça do estádio, nos fundos do palácio. Você pode conseguir o que quer lá se for rápido e silencioso. Quanto ao ouro do qual você fala, isso fica lá dentro. Pegá-lo seria bem mais perigoso.

— Leah, você já morou naquele palácio?

— Ela morou lá muito tempo atrás — disse Falada.

— Você é... — Eu tive que me obrigar a falar, embora a resposta me parecesse óbvia. — Você é uma princesa?

Ela abaixou a cabeça.

— Ela foi — disse Falada. — A menor princesa de todas, pois havia quatro irmãs que eram mais velhas e dois irmãos... príncipes, se você preferir. As irmãs dela estão mortas: Drusilla, Elena, Joylene e Falada, minha homônima. Robert está morto, ela viu o corpinho esmagado dele. Elden, que sempre foi bom com ela, está morto. A mãe e o pai também estão mortos. Sobraram poucos da família.

Fiquei em silêncio, tentando compreender a enormidade daquela tragédia. Eu havia perdido a minha mãe e já tinha sido bem ruim.

— Você precisa ver o tio da minha dona. Ele mora na casa de tijolos perto da estrada Enseada. Ele vai te contar mais. Agora, a minha senhora está muito cansada. Ela lhe deseja um bom dia e que você faça uma boa viagem. Você deve passar a noite na casa da Dora.

258

Eu me levantei. A bolota do sol tinha quase chegado nas árvores.

— Minha dona deseja boa sorte a você. Diz que, se você renovar a cadela de Adrian como deseja, você deve trazê-la aqui para ela poder vê-la dançar e correr como fazia.

— Vou fazer isso. Posso fazer mais uma pergunta?

Leah assentiu com cansaço e levantou a mão: *pode falar, mas seja breve.*

Tirei os sapatinhos de couro do bolso e os mostrei para Leah e depois (me sentindo meio idiota) para Falada, que não demonstrou interesse nenhum.

— Dora me deu isto, mas eu não sei o que fazer com eles.

Leah sorriu com os olhos e fez carinho no focinho de Falada.

— Você talvez veja viajantes no caminho de volta até a casa da Dora. Se eles estiverem descalços é porque deram sapatos rasgados ou gastos para ela consertar. Você verá os pés descalços e vai dar essas prendas para eles. Na estrada por *ali* — ela apontou para longe da cidade — fica uma lojinha que é do irmão mais novo da Dora. Se tiverem uma dessas prendas, ele vai dar sapatos novos para eles.

Eu pensei nisso.

— Dora conserta os rasgados.

Leah assentiu.

— Aí as pessoas sem sapatos vão até o irmão dela, o dono da loja.

Leah assentiu.

— Quando os sapatos rasgados são renovados, como eu espero renovar Radar, Dora os leva para o irmão?

Leah assentiu.

— O irmão os vende?

Leah fez que não.

— Por quê? Lojas costumam ter lucro.

— Existe mais na vida do que lucro — disse Falada. — Minha dona está muito cansada e precisa descansar agora.

Leah segurou a minha mão e a apertou. Não preciso dizer o que isso me fez sentir.

Ela soltou a minha mão e bateu palmas uma vez. Falada se afastou. Um dos sujeitos cinzentos saiu do celeiro e deu um tapa leve no flanco da égua. Ela andou na direção do celeiro por vontade própria, com o homem cinzento ao lado.

Quando olhei em volta, a mulher que tinha levado o purê e a limonada estava ali. Ela assentiu para mim e fez sinal na direção da casa e da estrada. A audiência (tinha sido isso, eu não tinha dúvida) estava encerrada.

— Adeus e obrigado — falei.

Leah fez o gesto de namastê, baixou a cabeça e uniu as mãos no aventa. A empregada (ou talvez fosse uma aia) andou comigo até a estrada, o vestido cinza comprido roçando no chão.

— Você fala? — perguntei.

— Pouco. — Foi um grunhido rouco. — Dói.

Nós chegamos à via. Apontei para o caminho por onde eu tinha vindo.

— Qual é a distância até a casinha de tijolos do tio dela? Você sabe?

Ela levantou um dedo cinzento deformado.

— Um dia?

Ela assentiu, eu estava aprendendo que essa era a forma mais comum de comunicação ali. Para quem não sabia praticar ventriloquismo, claro.

Um dia para chegar até o tio. Se fossem trinta quilômetros, poderia ser mais um dia até a cidade, mais provavelmente dois. Ou até três. Contando o retorno até o corredor subterrâneo que levava ao poço, talvez seis dias no total, e isso supondo que tudo corresse bem. Àquela altura, meu pai teria voltado e relatado meu desaparecimento.

Ele ficaria com medo e talvez bebesse. Eu estava brincando com a sobriedade do meu pai e a vida de um cachorro… e mesmo que o relógio de sol mágico ainda existisse, quem sabia se funcionaria em um pastor-alemão idoso? Percebi (você vai dizer que eu deveria ter percebido antes) que o que eu estava pensando em fazer não era só loucura, era egoísmo. Se eu voltasse agora, ninguém saberia de nada. Claro que eu teria que arrombar o barracão se Andy o tivesse trancado, mas eu achava que era forte o bastante para isso. Eu tinha sido um dos poucos jogadores da equipe de Hillview que conseguia não só acertar um boneco de treino e o empurrar uns trinta a cinquenta centímetros para trás, mas também derrubá-lo. E havia mais: eu estava com saudades de casa. Eu estava fora havia poucas horas, mas, com o dia chegando ao fim naquela terra triste e nublada em que a única cor de verdade era o grande campo de papoulas… sim, eu estava com saudades de casa.

Decidi pegar Radar e voltar. Repensar as minhas opções. Tentar fazer um plano melhor, em que eu pudesse ficar fora uma ou duas semanas sem preocupar ninguém. Não tinha ideia de que plano seria, e acho que sabia lá no fundo (naquele armário pequeno e escuro em que tentamos guardar segredos de nós mesmos) que eu continuaria adiando até Radar morrer, mas era isso que eu pretendia fazer.

Até, claro, a empregada cinzenta segurar meu cotovelo. Até onde eu conseguia perceber no que restava do rosto dela, ela sentiu medo de fazer aquilo, mas o aperto foi firme mesmo assim. Ela me puxou para perto, ficou na ponta dos pés e sussurrou para mim com aquele grunhido doloroso.

— *Ajuda ela.*

3

Andei lentamente de volta para a Casa dos Sapatos, sem nem perceber direito que a luz do dia estava se esgotando. Eu estava pensando em como Leah (naquele momento eu ainda estava pensando nela como Leia) tinha aberto a mancha ao lado do que tinha sido sua boca. Que sangrou, que devia ter doído, mas ela fez porque a gosma em forma de purê era a única coisa que ela conseguia consumir para ficar viva.

Quando ela teria consumido uma espiga de milho pela última vez, uma tigela do ensopado saboroso de coelho de Dora? Já não tinha boca quando Radar era filhote e saltitava em torno de uma Falada bem mais jovem? A beleza que existia apesar do que devia ser uma subnutrição extrema era uma piada cruel? Ela era amaldiçoada para ter aparência bonita e saudável apesar do que devia ser uma fome constante?

Ajuda ela.

Havia algum jeito de fazer isso? Em um conto de fadas, haveria. Eu me lembrava da minha mãe lendo a história da Rapunzel quando eu não devia ter mais do que cinco anos. A lembrança era vívida por causa do final da história: uma crueldade terrível revertida pelo amor. Uma bruxa malvada punia o príncipe que salvava Rapunzel deixando-o cego. Eu me lembrava vividamente de um desenho do pobre coitado vagando na floresta escura com os braços esticados para identificar os obstáculos. Finalmente, ele se reencontrava com Rapunzel, e as lágrimas dela restauravam a visão dele. Havia alguma forma de eu restaurar a boca de Leah? Provavelmente não chorando nela, verdade, mas talvez houvesse algo que eu *pudesse* fazer; em um mundo em que mover um grande relógio de sol para trás podia fazer os anos voltarem, qualquer coisa era possível.

Além do mais, me mostre um garoto saudável de dezessete anos que não quer ser o herói de uma história, aquele que ajuda a garota bonita, e eu vou te mostrar que isso não existe. Quanto à possibilidade de o meu pai voltar a beber, tinha algo que Lindy me falou uma vez:

— Você não pode levar o crédito por ele ficar sóbrio, porque foi ele quem fez isso. E se ele voltar a beber, você não pode levar a culpa, porque terá sido ele quem fez isso também.

Eu estava olhando para os meus sapatos e mergulhado em pensamentos quando ouvi o som de rodas. Olhei para a frente e vi uma carroça pequena vindo na minha direção, puxada por um cavalo tão velho que fez Falada parecer a imagem da saúde e da juventude. Havia alguns fardos na carroça, com uma galinha em cima do maior. Ao lado dela, *marchando*, havia um homem e uma mulher, ambos jovens. Eram cinzentos, mas não tanto quanto os ajudantes e a empregada de Leah. Se aquela cor de ardósia era sinal de doença, aquelas pessoas ainda estavam em estágio inicial… e, claro, Leah não era nada cinzenta, só não tinha boca. Era outro mistério.

O jovem puxou as rédeas do cavalo e o fez parar. O casal me olhou com uma mistura de medo e esperança. Eu conseguia ler a expressão deles com facilidade porque os rostos estavam quase inteiramente intactos. Os olhos da mulher tinham começado a se esticar, mas estavam longe de se tornarem as fendas pelas quais Dora observava o mundo. O homem estava pior; se não fosse a forma como o nariz dele parecia estar derretendo, talvez ele até fosse bonito.

— Olá — disse ele. — Esse encontro é cordial? Se não for, pegue o que quiser. Você tem uma arma, eu não tenho nenhuma, e estou cansado e triste demais para lutar com você.

— Não sou ladrão — falei. — Só um viajante, como vocês.

A mulher estava usando botas curtas de amarrar que pareciam sujas, mas inteiras. Os pés do homem estavam descalços. E sujos.

— Você é o sujeito que a moça com o cachorro nos disse que talvez encontrássemos?

— Esse provavelmente seria eu, sim.

— Você tem uma prenda? Ela disse que você teria, porque eu dei a ela as botas que estava usando. Eram do meu pai e estavam caindo aos pedaços.

— Você não vai nos fazer mal, vai? — perguntou a jovem. Mas a voz dela era de uma mulher velha. Não um grunhido como o de Dora, mas a caminho disso.

Essas pessoas estão amaldiçoadas, pensei. *Todas. E é uma maldição* lenta. *Que talvez seja o pior tipo.*

— Não vou. — Peguei um dos sapatinhos de couro verde no bolso e dei para o jovem. Ele guardou no próprio bolso.

— Ele vai dar sapatos para o meu homem? — perguntou a mulher com a voz rouca.

Respondi à pergunta com cuidado, como cabe a um garoto cujo pai trabalhava com seguros.

— Foi como entendi o acordo.

— Nós temos que continuar — disse o marido dela (se é que ele era isso). A voz dele era um pouco melhor, mas, de onde eu vinha, ninguém daria a ele emprego de locutor de televisão ou narrador de audiolivro. — Nós agradecemos.

No bosque do outro lado da estrada soou um uivo. Foi crescendo até virar quase um berro. Era terrível, e a mulher se encolheu junto do homem.

— Temos que ir — disse ele de novo. — Lobinhos.

— Onde vocês vão ficar?

— A moça do cachorro nos mostrou um quadro e desenhou o que achamos que era uma casa com celeiro. Você viu?

— Vi e tenho certeza de que vão receber vocês. Mas andem logo, eu vou fazer o mesmo. Acho que estar na estrada depois de escurecer não seria… — *Não seria maneiro* era o que eu pensei, mas não consegui falar. — Não seria sábio.

Não, porque, se os lobinhos viessem, aqueles dois não tinham casa de palha nem de madeira em que se esconder, e menos ainda uma de tijolos. Eles eram estranhos naquela terra. Eu tinha uma amiga pelo menos.

— Vão, agora. Acho que você vai conseguir sapatos novos amanhã. Tem uma loja, pelo que eu soube. O homem vai te dar sapatos se você mostrar a ele a sua… você sabe… prenda. Eu quero fazer uma pergunta se puder.

263

Eles aguardaram.

— Que terra é esta? Como vocês a chamam?

Eles me olharam como se eu tivesse um parafuso a menos — uma expressão que eu provavelmente não conseguiria pronunciar — e o homem respondeu:

— É Empis.

— Obrigado.

Eles seguiram o caminho deles, eu segui o meu, acelerando o passo até estar quase correndo. Não ouvi mais uivos, mas a escuridão do crepúsculo estava densa quando vi o brilho da janela do chalé de Dora. Ela também tinha colocado um lampião no pé da escada.

Uma sombra se moveu no escuro em minha direção, e levei a mão ao .45 do sr. Bowditch. A sombra se solidificou e virou Radar. Eu me apoiei em um joelho para ela não forçar as pernas traseiras tentando pular. E ela estava mesmo se preparando para fazer isso. Eu a segurei pelo pescoço e puxei a cabeça dela para o peito.

— Ei, garota. Como você está?

O rabo dela estava balançando com tanta força que a bunda se movia de um lado para o outro como um pêndulo, e eu ia deixar que ela morresse se podia fazer alguma coisa? O cacete que eu ia.

Ajuda ela, dissera a empregada da Leah, e ali, na estrada escura, tomei a decisão de ajudar as duas: a cadela velha e a princesa dos gansos.

Se eu pudesse.

Radar se afastou de mim, foi para o lado da estrada onde ficavam as papoulas e se agachou para fazer xixi.

— Boa ideia — falei e abri meu zíper. Fiquei com uma das mãos no revólver enquanto fazia o que tinha que fazer.

4

Dora tinha feito uma cama para mim perto da lareira. Havia até um travesseiro com borboletas coloridas na fronha. Agradeci e ela fez uma reverência. Fiquei impressionado ao ver que os sapatinhos vermelhos dela (como os de Dorothy em Oz) tinham sido substituídos por um par de All Star amarelos.

— O sr. Bowditch que te deu?

Ela assentiu e olhou para os tênis com sua versão pessoal de sorriso.

— São seus sapatos pras melhores ocasiões? — Pareceu que sim, porque estavam limpíssimos, como se tivessem acabado de sair da caixa.

Ela assentiu, apontou para mim e para os tênis: *Calcei para você.*

— Obrigado, Dora.

As sobrancelhas dela pareciam estar derretendo na testa, mas ela ergueu o que restava e apontou na direção de onde eu tinha vindo.

— *Veee?*

— Não entendi.

Ela se virou para a oficina e pegou o quadrinho. Apagou os quadradinhos que indicavam a casa e o celeiro que ela devia ter mostrado para o homem e a mulher e escreveu em letras de forma: LEAH. Ela pensou e acrescentou: ?

— Sim — falei. — A menina dos gansos. Obrigado por nos deixar passar a noite aqui. Amanhã, seguiremos nosso caminho.

Ela tocou o peito acima do coração, apontou para Radar, apontou para mim e levantou as mãos em um gesto global. *Minha casa é de vocês.*

5

Houve mais ensopado para o jantar, dessa vez acompanhado de pedaços de pão rústico. Comemos à luz de velas e Radar também conseguiu a parte dela. Antes de eu deixar que ela comesse, peguei os comprimidos na mochila e mergulhei dois deles no molho. Mas, pensando na distância que tínhamos que percorrer, coloquei um terceiro. Olhei dentro da embalagem e vi que só restavam seis. Talvez fosse melhor assim. Eu não conseguia superar a ideia de que, quando eu os dava para ela, estava vendendo o almoço para pagar o jantar.

Dora apontou para os comprimidos e inclinou a cabeça.

— É pra ajudar. Nós temos um longo caminho a percorrer e ela não está mais tão forte quanto era. Ela acha que está, mas não está. Quando acabarem, eu acho…

Outro daqueles uivos arrastados veio do outro lado da estrada. Foi seguido de um segundo e de um terceiro. Foram incrivelmente altos, virando

265

gritos que me deram vontade de trincar os dentes. Radar levantou a cabeça, mas não latiu, só soltou um rosnado baixo que veio do fundo do peito.

— Lobinhos — falei.

Dora assentiu, cruzou os braços sobre os seios pequenos e segurou os próprios ombros. Ela tremeu de forma exagerada.

Mais lobos uivaram. Se eles ficassem assim a noite inteira, eu achava que não conseguiria descansar muito antes de começar minha jornada. Não sei se Dora leu meus pensamentos ou se só pareceu ler. De qualquer modo, ela se levantou e fez sinal para eu ir até a janela redonda. Apontou para o céu. Era baixa e não precisou se abaixar para olhar para cima, mas eu precisei. O que vi foi outro choque para a minha cabeça naquele dia que tinha presenciado um desfile inteiro de choques.

As nuvens tinham se separado e formado um vão largo. No rio que se revelou no céu, eu vi duas luas, uma maior do que a outra. Pareciam correr pelo vão. A maior era *muito* grande. Eu não precisava de telescópio para ver crateras, vales e cânions na superfície que parecia antiga. Parecia pronta para cair em cima de nós. Então o vão se fechou. Os lobos pararam de uivar, e quando eu digo isso eu quero dizer imediatamente. Era como se os uivos estivessem sendo transmitidos por um amplificador gigante e alguém o tivesse tirado da tomada.

— Isso acontece todas as noites?

Ela balançou a cabeça, abriu as mãos e apontou para as nuvens. Ela era boa em se comunicar com os gestos e as poucas palavras que sabia escrever, mas aquilo eu não entendi.

6

A única porta no chalé que não levava aos fundos e à frente era baixa, do tamanho de Dora. Depois que tinha retirado o que restara do nosso jantar (me expulsando quando tentei ajudar), ela entrou por essa porta e voltou cinco minutos depois usando uma camisola que ia até os pés descalços e um lenço no que restava do cabelo. Os tênis estavam em uma das mãos. Ela os guardou com cuidado, com reverência, em uma prateleira na cabeceira da cama. Havia outra coisa ali e, quando pedi para olhar melhor, ela mostrou com evidente relutância de me entregar. Era um porta-retratos com uma fotografia do sr. Bowditch segurando um filhote que era obviamente Radar. Dora segurou a foto junto ao peito, deu um tapinha nela e a guardou no lugar, perto dos tênis.

Ela apontou para a portinha e para mim. Peguei minha escova de dentes e entrei. Não tinha visto muitas latrinas exceto em livros e alguns filmes velhos, mas achei que, mesmo que tivesse visto muitas, aquela seria a mais arrumadinha. Havia uma bacia de metal com água fresca e uma privada com tampa de madeira fechada. Havia papoulas em um vaso de parede, emanando o aroma doce de cereja. Não havia cheiro de dejetos humanos. Nenhum.

Lavei as mãos e o rosto e me sequei com uma toalhinha com um bordado de mais borboletas. Escovei os dentes a seco. Fiquei no máximo cinco minutos lá dentro, talvez nem isso tudo, mas Dora estava dormindo profundamente na cama quando saí. Radar estava dormindo ao lado dela.

Fiquei deitado na minha cama improvisada, que era feita de vários cobertores embaixo e outro bem dobradinho para eu me cobrir. Não precisei dele naquele momento, porque as brasas na lareira ainda estavam emanando calor. Olhar para elas se apagando e se intensificando era meio hipnótico. Os lobos ficaram quietos sem o luar, mas havia um vento soprando na casa, o som às vezes virando um uivo baixo, e era impossível não pensar no quanto eu estava longe do meu mundo. Ah, eu podia chegar lá de novo com uma curta caminhada colina acima, um quilômetro e meio pelo corredor subterrâneo e cento e oitenta e cinco degraus em espiral até o alto do poço, mas essa não era a verdadeira medida. Aquela era a outra terra. Era Empis, onde não uma, mas duas luas percorriam o céu. Pensei naquela capa de livro, a que mostrava um funil se enchendo de estrelas.

Não estrelas, pensei. *Histórias. Um número infinito de histórias que entram no funil e saem para o mundo, quase imutáveis.*

E pensei na sra. Wilcoxen, minha professora do terceiro ano, que encerrava cada dia dizendo: *O que aprendemos hoje, meninos e meninas?*

O que *eu* tinha aprendido? Que aquele era um lugar de magia operando com uma maldição. Que as pessoas que moravam ali estavam sofrendo de algum tipo de doença ou mal progressivo. Eu achava que entendia agora por que a placa de Dora, a que o sr. Bowditch tinha escrito para ela, só precisava do poeminha dos sapatos no lado virado para a cidade abandonada. Era porque as pessoas vinham daquela direção. Quantas eu não sabia, mas o lado em branco sugeria que poucas voltavam, talvez nenhuma. Se eu supusesse que a bolota do sol obscurecida pelas nuvens se punha no oeste, o homem e a mulher que eu encontrei (e todo o resto das pessoas do programa de troca de sapatos que Dora e seu irmão faziam) estavam vindo do norte. *Saindo* do norte? Era uma maldição constante, talvez até algum tipo de radiação que se originava na cidade? Eu não tinha informações suficientes para ter certeza disso, nem para ter certa confiança, mas era um pensamento desagradável mesmo assim, porque era para lá que eu planejava ir com Rad. A minha pele começaria a ficar cinza? Minha voz começaria a ficar mais grave até o nível do rosnado de Dora e da dama de companhia de Leah? Não havia nada de errado com a pele e a voz do sr. Bowditch, mas talvez aquela parte de Empis estivesse tranquila (ou quase) quando ele foi lá.

Talvez isso, talvez aquilo. Imaginei que, se começasse a ver mudanças em mim mesmo, eu poderia dar meia-volta e ir embora.

Ajuda ela.

Foi isso que a aia cinzenta sussurrou para mim. Eu achava que sabia um jeito de ajudar Radar, mas como eu ajudaria uma princesa que não tinha boca? Em uma história, o príncipe encontraria um jeito de fazer isso. Seria algo improvável, como as lágrimas da Rapunzel terem propriedades mágicas de recuperar a visão, mas palatável para os leitores que queriam um final feliz, mesmo que o contador da história tivesse que tirar um do chapéu. Mas eu não era nenhum príncipe, só um aluno de ensino médio que tinha ido parar em outra realidade, e eu não tinha nenhuma ideia.

As chamas tinham magia própria e se intensificavam quando o vento descia pela chaminé e dava a elas oxigênio extra, se apagando um pouco quando o vento morria. Enquanto olhava para elas, minhas pálpebras pareceram ganhar peso. Dormi, e, em algum momento da noite, Radar atravessou a sala e se deitou ao meu lado. De manhã, o fogo da lareira tinha se apagado, mas o lado do meu corpo em que ela estava encostada estava quente.

QUINZE

Deixando Dora. Refugiados. Peterkin. Woody.

1

O café da manhã foi ovos — de ganso, a julgar pelo tamanho — mexidos e pedaços de pão torrados em um fogo novo. Não havia manteiga, mas havia uma geleia de morango maravilhosa. Quando a refeição acabou, fechei a mochila e a coloquei nas costas. Prendi a guia de Radar na coleira. Eu não queria que ela saísse correndo atrás de coelhos gigantes no bosque e encontrasse uma versão daquele mundo dos lobos de *Guerra dos tronos*.

— Eu vou voltar — falei para Dora com mais confiança do que sentia.

Eu quase acrescentei *E Radar vai estar jovem de novo quando isso acontecer,* mas achei que isso podia dar azar. Eu também achava a ideia de regeneração mágica fácil de ter como esperança, mas difícil de acreditar, mesmo em Empis.

— Acho que posso ficar na casa do tio da Leah esta noite, supondo que ele não seja alérgico a cachorros nem nada do tipo. Mas eu gostaria de chegar lá antes de escurecer.

Eu estava pensando (era difícil não pensar) nos *lobinhos.*

Ela assentiu, mas segurou meu cotovelo e me levou pela porta dos fundos. Os varais ainda estavam cruzando o quintal, mas os sapatos, chinelos e botas tinham sido retirados, possivelmente para não ficarem úmidos com o orvalho da manhã (que eu esperava que não fosse radioativo). Fomos até a lateral do chalé e lá estava a carroça que eu tinha visto antes. Os sacos, de onde saíam coisas verdes, tinham sido substituídos por um pacote enrolado com juta e amarrado com barbante. Dora apontou para o pacote e para a minha boca. Ela esticou a mão na frente da boca e abriu e fechou os dedos meio derretidos em um gesto de mastigação. Não era preciso ser gênio para entender aquele.

— Nossa, não! Eu não posso levar sua comida e não posso levar sua carroça! Não é assim que você leva os sapatos que você conserta pra loja do seu irmão?

Ela apontou para Radar e fez vários passos mancos, primeiro na direção da carroça e, depois, de volta para mim. Em seguida, apontou para o sul (se eu estivesse certo na minha noção de direção, claro) e andou com os dedos no ar. A primeira parte foi fácil. Ela estava me dizendo que a carroça era para Radar quando ela começasse a mancar. Achei que ela também estava me dizendo que alguém, provavelmente o irmão dela, buscaria os sapatos.

Dora apontou para a carroça, fechou a mão cinzenta em punho e bateu de leve no meu peito três vezes: *Você precisa.*

Entendi o que ela quis dizer: eu tinha uma cadela idosa de quem cuidar e o caminho era longo. Ao mesmo tempo, eu odiava tirar dela mais do que já tinha tirado.

— Tem certeza?

Ela assentiu. Em seguida, esticou os braços para um abraço, que retribuí com alegria. Ela ficou de joelhos e abraçou Radar. Quando se levantou de novo, apontou para a estrada, para os varais entrecruzados e para si mesma.

Anda logo. Eu tenho que trabalhar.

Fiz meu próprio gesto, dois polegares para cima, fui até a carroça e joguei ali dentro minha mochila junto com os suprimentos que Dora tinha preparado… que, com base no que eu tinha comido no chalé até ali, seriam bem mais gostosos do que as sardinhas do sr. Bowditch. Peguei as alças compridas e fiquei feliz da vida de ver que a carroça não pesava quase nada, como se fosse feita da versão de madeira balsa daquele mundo. Até onde eu sabia, era mesmo. Além disso, as rodinhas estavam bem lubrificadas e não gemiam como as rodinhas da carroça do casal jovem. Pensei que puxá-la não seria mais difícil do que puxar meu carrinho vermelho quando eu tinha sete anos.

Eu me virei e andei até a estrada, passando por baixo de mais varais. Radar andou ao meu lado. Quando cheguei no que eu estava pensando até o momento como Estrada da Cidade (não havia nenhum tijolo amarelo ali, então esse nome não servia), eu me virei. Dora estava ao lado do chalé com as mãos unidas entre os seios. Quando me viu olhando, ela as levou à boca e as abriu na minha direção.

Larguei os cabos do carrinho por tempo suficiente para imitar o gesto, e segui meu caminho. Aprendi uma coisa em Empis: as pessoas boas brilham mais em momentos sombrios.

Ajuda ela também, pensei. *Ajuda a Dora também.*

2

Andamos colina acima e descemos no vale, como se contaria em uma história antiga. Grilos cricrilavam e pássaros cantavam. Às vezes, as papoulas à esquerda abriam espaço para campos lavrados onde eu via homens e mulheres cinzentos (não muitos) trabalhando. Eles me viam e paravam o que estavam fazendo até que eu passasse. Eu acenava, mas só um deles, uma mulher com um chapelão de palha, acenou de volta. Havia outros campos abandonados, esquecidos. Havia ervas daninhas entre as plantações, junto com trechos coloridos de papoulas, que eu achava que acabariam dominando tudo.

À direita, o bosque continuava. Havia algumas fazendas, mas a maioria delas estava deserta. Duas vezes, coelhos tão grandes quanto cachorros passaram saltitando pelo caminho. Radar olhou com interesse, mas não demonstrou inclinação de ir atrás, então soltei a guia dela e a joguei na carroça.

— Não me decepciona, garota.

Depois de uma hora, mais ou menos, parei para desamarrar o pacote grande de comida que Dora tinha preparado para mim. Havia biscoitos de melado dentre outras delícias. Não havia chocolate neles, então dei um para Radar, que comeu tudo. Havia também três jarros altos de vidro enrolados em panos limpos. Dois estavam cheios de água e um continha o que parecia ser chá. Bebi um pouco de água e dei um pouco para Radar em uma caneca de cerâmica que minha amiga também tinha embalado. Ela bebeu com avidez.

Quando terminei de fechar o embrulho, vi três pessoas vindo na minha direção pela estrada. Os dois homens estavam começando a ficar cinzentos, mas a mulher andando entre eles era escura como uma nuvem de tempestade de verão. Um dos olhos dela estava esticado em um rasgo que ia até a têmpora, algo horrível de se olhar. Exceto por um brilho azul único de uma íris que parecia um pedaço de safira, o outro estava afundado em um calombo de pele cinzenta. Ela usava um vestido imundo que se projetava para a frente no que só podia ser um estágio final de gravidez. Estava segurando um pacote embrulhado em um cobertor imundo. Um dos homens usava um par de botas com fivelas nas laterais, que me lembraram as que eu vi penduradas no quintal de Dora quando fiz minha primeira visita. O outro homem estava de sandálias. A mulher estava descalça e parecia exausta.

Eles viram Radar sentada na estrada e pararam.

— Não se preocupem — gritei. — Ela não vai morder vocês.

Eles se aproximaram lentamente e pararam de novo. Era para a arma que estavam olhando, então levantei as mãos com as palmas para a frente. Eles começaram a andar de novo, mas se afastando para o lado esquerdo da estrada, olhando para Radar, olhando para mim, para Radar de novo.

— Não queremos fazer mal a vocês — falei.

Os homens estavam magrelos e pareciam cansados. A mulher parecia exausta.

— Esperem um minuto — falei. Para o caso de eles não me entenderem, levantei a mão num gesto de pare de policial. — Por favor.

Eles pararam. Era um trio de aparência lamentável. De perto, dava para ver que a boca dos homens estava começando a se curvar para cima. Em pouco tempo, seriam crescentes que mal se moviam, como a de Dora. Eles se encolheram perto da mulher quando enfiei a mão no bolso, e ela puxou o pacote para perto dos seios. Peguei um dos sapatinhos de couro e ofereci a ela.

— Aceite. Por favor.

Ela esticou a mão com hesitação e arrancou o sapatinho da minha como se esperasse que eu a agarrasse. Quando ela fez isso, o cobertor se soltou do pacote e eu vi um bebê morto, devia ter um ano ou um ano e meio de idade. Estava cinza como a tampa do caixão da minha mãe. Em pouco tempo aquela pobre criatura teria outro para substituí-lo, e esse outro provavelmente morreria também. Se a mulher não morresse antes, claro, ou durante o parto.

— Vocês conseguem me entender?

— Nós entendemos — disse o homem de botas. A voz dele era rouca, mas bem normal. — O que você quer conosco, estranho, se não quer nossas vidas? Não temos mais nada.

Não, claro que não tinham. Se uma pessoa tivesse feito aquilo (ou feito com que acontecesse), essa pessoa tinha que ir para o inferno. Para o poço mais fundo de lá.

— Eu não posso dar minha carroça porque eu vou percorrer uma distância longa e minha cadela está velha. Mas, se vocês andarem mais três… — Eu tentei dizer *quilômetros*, mas a palavra não saiu. Recomecei. — Se andarem até o meio-dia, vocês vão ver a placa do sapato vermelho. A mulher que mora lá vai deixar que vocês descansem e talvez lhes dê comida e bebida.

Isso não foi bem uma promessa (meu pai gostava de observar o que ele chamava de "palavras escorregadias" nos comerciais de televisão de remédios milagrosos), e eu sabia que Dora não podia alimentar e dar água para todos os grupos de refugiados que passassem pelo chalé. Mas achei que, quando ela visse o estado da mulher e o embrulho horrível que ela carregava nos braços, ficaria comovida e ajudaria aqueles três. Enquanto isso, o homem de sandálias estava examinando o sapatinho de couro. Ele perguntou para que era.

— Mais pra frente, depois da mulher de quem falei, tem uma loja onde vocês podem dar essa prenda pra trocar por um par de sapatos.

— Tem onde enterrar? — Foi o homem de botas que perguntou. — Meu filho precisa de enterro.

— Não sei. Eu não sou daqui. Pergunte na placa do sapato vermelho ou na fazenda da garota dos gansos mais pra frente. Senhora, sinto muito pela sua perda.

— Ele era um bom menino — disse ela, olhando para o filho morto. — Meu Tam era um bom menino. Ele estava bem quando nasceu, rosado como o alvorecer, mas então o cinza caiu sobre ele. Siga seu caminho, senhor, e nós vamos seguir o nosso.

— Esperem um minuto. Por favor. — Eu abri a mochila, remexi e encontrei duas latas de sardinhas King Oscar. Ofereci a eles. Eles se encolheram para longe. — Não, está tudo bem. É comida. Sardinha. Peixes pequenininhos. É só puxar o aro no alto, estão vendo? — Eu bati no aro.

Os dois homens se olharam e balançaram a cabeça. Eles não queriam saber de latas com tampas de abrir puxando, ao que parecia, e a mulher parecia ter se desconectado completamente da conversa.

— Temos que ir — disse o das sandálias. — Quanto a você, meu jovem, está indo na direção errada.

— É a direção que eu tenho que seguir — falei.

Ele me encarou e disse:

— É a direção da morte.

Eles seguiram em frente, levantando poeira da Estrada da Cidade, a mulher carregando o fardo horrível. Por que um dos homens não pegava dela? Eu era só um garoto, mas achava que sabia a resposta. Ele era dela, o Tam dela, e o corpo dele era fardo dela enquanto conseguisse carregar.

3

Eu me senti idiota por não oferecer o resto do biscoito para eles e egoísta por ficar com a carroça. Até Radar ficar para trás, pelo menos.

Estava absorto demais nos meus pensamentos para reparar quando isso aconteceu, e você talvez se surpreenda (ou não) de saber que aqueles pensamentos não tinham muito a ver com as palavras horríveis de despedida do homem de sandálias. A ideia de que eu poderia morrer indo na direção da cidade não era nada surpreendente para mim; o sr. Bowditch, Dora e Leah tinham deixado isso claro de várias formas. Mas eu tinha dezessete anos, e nessa idade é fácil acreditar que você vai ser a exceção, aquele que vence tudo e ganha os louros. Afinal, quem tinha marcado o *touchdown* da vitória no Turkey Bowl? Quem tinha desarmado Christopher Polley? Eu estava em uma idade em que é possível acreditar que reflexos rápidos e cuidado razoável podem superar obstáculos.

Eu estava pensando no idioma em que estávamos falando. O que eu ouvia não era exatamente coloquial, mas também não era arcaico; não havia *tu* nem *vós* e *por obséquio*. Também não era o idioma padrão dos filmes de fantasia, em que todos os hobbits e elfos e magos pareciam membros do Parlamento inglês. Era o tipo de idioma que se esperaria em um conto de fadas ligeiramente modernizado.

E então havia eu.

Eu dissera que não poderia emprestar minha carroça porque percorreria uma longa distância e a cadela já estava velha. Se eu estivesse falando com alguém em Sentry, só teria dito *porque a viagem vai ser longa*. Eu tinha falado em "placa do sapato vermelho" em vez de dizer *é uma casinha com uma placa de sapato na frente*. E eu não tinha chamado a mulher grávida de *dona*, como eu teria feito na minha cidade; eu a tinha chamado de *senhora*, e saiu da minha boca com pronúncia perfeita. Pensei de novo no funil se enchendo de estrelas. Pensei que, naquele momento, eu era uma das estrelas.

Pensei que estava me tornando parte da história.

Procurei Radar e não a vi, o que me deu um susto horrível. Baixei os braços da carroça e olhei para trás. Ela estava vinte metros para trás, andando o mais rápido que conseguia com a língua pendendo pelo lado da boca.

— Meu Deus, menina, desculpa!

Fui até ela e a carreguei até a carroça, tomando o cuidado de entrelaçar as mãos debaixo da barriga dela e de ficar longe das pernas traseiras sofridas. Peguei mais um pouco de água, inclinando a caneca para ela beber o quanto quisesse. Depois, cocei atrás das suas orelhas.

— Por que você não disse nada?

Bem, dã. Não era esse tipo de conto de fadas.

4

Continuamos andando, colina e vale, vale e colina. Vimos mais refugiados. Alguns se afastaram, mas dois homens que andavam juntos pararam e ficaram na ponta dos pés para olhar dentro da carroça e ver o que havia ali. Radar rosnou para eles, mas, considerando o pelo irregular e o focinho branco, duvido que os tenha assustado muito. A arma no meu quadril era outra história. Eles tinham sapatos, então não dei a eles minhas duas últimas prendas. Acho que eu não teria sugerido a eles uma parada na casa de Dora nem se estivessem descalços. Também não dei minha comida. Havia campos de onde poderiam pegar alimentos se estivessem com fome.

— Se for pra Enseada que você está indo, pode voltar, garoto. O cinza chegou lá também.

— Obrigado pela... — *Informação* não saiu. — Obrigado pelo aviso. — Peguei os braços da carroça, mas fiquei de olho neles para ter certeza de que seguiam caminho.

Por volta de meio-dia chegamos em um terreno pantanoso que se espalhara até a estrada e a deixara lamacenta. Eu me curvei e puxei a carroça com mais rapidez até conseguirmos passar sem correr o risco de atolar. A carroça não ficava muito mais pesada com Radar a bordo, o que me disse mais do que eu realmente queria saber.

Quando estávamos em terra seca de novo, fui para a sombra do que parecia um dos carvalhos do parque Cavanaugh e larguei os braços. Havia carne de coelho frita em um dos pacotinhos que Dora tinha feito e eu o dividi no meio com Radar... ou tentei. Ela comeu dois pedaços, mas largou o terceiro entre as patas da frente e olhou para mim como quem pede desculpas. Mesmo na sombra eu via que os olhos dela estavam úmidos. Passou pela minha cabeça que ela tivesse pegado o que quer que houvesse por ali (o cinza), mas rejeitei a ideia. Era idade, pura e simples. Era difícil saber quanto tempo ela ainda tinha, mas eu não achava que fosse muito.

Enquanto comíamos, mais coelhos gigantescos saltitaram pela rua. Dois grilos que tinham o dobro do tamanho dos que eu estava acostumado a ver passaram pulando com agilidade nas patas traseiras. Fiquei impressionado com o quanto conseguiam percorrer com cada pulo. Um falcão (de tamanho normal) desceu e tentou pegar um, mas o grilo fez uma ação evasiva e sumiu de vista na grama e no mato que contornavam a floresta. Radar viu esse desfile de vida selvagem com interesse, mas sem se levantar, muito menos correr atrás.

Tomei um pouco do chá, que estava açucarado e delicioso. Tive que me fazer parar depois de alguns goles. Só Deus sabia quando haveria mais.

— Vem, garota. Precisamos chegar logo na casa do tio. A ideia de acampar perto desse bosque não me anima.

Eu a peguei, mas parei. No carvalho, com tinta vermelha desbotada, havia duas letras: AB. Saber que o sr. Bowditch estivera ali antes de mim fez com que eu me sentisse melhor. Era como se ele não tivesse partido totalmente.

5

Meio da tarde. O dia estava quente o bastante para me fazer suar. Nós não tínhamos visto nenhum refugiado por um tempo, mas, quando chegamos no pé de uma subida (longa, mas com inclinação tão leve que nem dava para chamar de colina), ouvi uma movimentação atrás de mim. Virei a cabeça e vi que Radar tinha ido para a frente da carroça. Ela estava sentada com as patas na frente do corpo e as orelhas em pé. Eu parei e ouvi um barulho à frente que podia ser uma risada distante. Comecei a andar de novo, mas parei antes do cume para ouvir.

— Gosta disso, amorzinho? Faz cosquinha?

Era uma voz aguda e trêmula que falhou no *amorzinho* e no *cosquinha*. Fora isso, era estranhamente familiar, e depois de um momento eu percebi por quê. Parecia Christopher Polley. Eu sabia que não podia ser, mas parecia.

Comecei a andar de novo e parei assim que consegui ver do outro lado. Eu já tinha visto coisas estranhas naquele mundo, mas nada tão estranho quanto uma criança sentada na terra com as mãos envolvendo as pernas de trás de um grilo. Era o maior que eu tinha visto até ali, e vermelho em vez de preto. A criança estava segurando o que parecia uma adaga com uma lâmina curta e um cabo rachado amarrado com um barbante.

Ele estava absorto demais no que estava fazendo para nos ver. Ele tinha enfiado a faca na barriga do grilo e produzido um pequeno jorro de

277

sangue. Até então, eu não sabia que grilos *sangravam*. Havia outras gotas na terra, o que sugeria que a criança estava fazendo aquela atrocidade havia um tempo.

— Gosta disso, meu bem? — O grilo pulou, mas com as pernas traseiras presas, o garoto o puxou de volta com facilidade. — Que tal um pouco no seu...

Radar latiu. O garoto olhou em volta sem soltar as pernas de trás do grilo, e eu vi que não era uma criança, e sim um anão. E velho. Havia cabelo grisalho caindo nas bochechas em amontoados. O rosto era enrugado e as linhas ao lado da boca eram tão fundas que ele parecia uma marionete de ventríloquo que Leah poderia ter usado (se ela não estivesse fingindo que a égua falava, claro). O rosto dele não estava derretendo, mas a pele era da cor de argila. E ele me lembrava mesmo Polley, em parte porque era pequeno, mas mais por causa da malícia no rosto. Vendo aquela expressão maliciosa junto do que ele estava fazendo, eu poderia facilmente imaginá-lo capaz de matar um joalheiro velho e manco.

— Quem é você? — Não havia medo na voz, pois eu estava meio longe e delineado contra o céu. Ele ainda não tinha visto a arma.

— O que você está fazendo?

— Peguei esse carinha. Ele foi rápido, mas o velho Peterkin foi mais ainda. Estou tentando ver se ele sente dor. Deus sabe que eu sinto.

Ele furou o grilo de novo, dessa vez entre duas placas da carapaça. O grilo vermelho sangrou e lutou. Comecei a puxar a carroça colina abaixo. Radar latiu de novo. Ela ainda estava de pé com as pernas apoiadas na tábua da frente.

— Segura seu cachorro, meu filho. Eu faria isso se fosse você. Se chegar perto de mim, corto a garganta dele.

Larguei os braços da carroça no chão e tirei a .45 do sr. Bowditch do coldre pela primeira vez.

— Você não vai cortar nem ela nem a mim. Para de fazer isso. Solta ele.

O anão, Peterkin, olhou para a arma confuso, não com medo.

— Por que você quer que eu faça isso? Só estou me divertindo um pouco em um mundo onde quase não há mais diversão.

— Você está torturando ele.

Peterkin pareceu impressionado.

278

— Tortura, você diz? *Tortura?* Ah, seu idiota, é um maldito *seto*. Não dá pra torturar um seto! E por que você se importaria?

Eu me importava porque vê-lo segurar as pernas saltadoras do bicho, o único meio de fuga, enquanto o furava sem parar, era feio e cruel.

— Eu não vou falar duas vezes.

Ele riu, e até *soou* um pouco como Polley, com as interjeições de ha-ha.

— Atirar em mim por causa de um seto? Acho que n…

Mirei alto e para a esquerda e puxei o gatilho. O som foi bem mais alto do que dentro do barracão do sr. Bowditch. Radar latiu. O anão deu um pulo de surpresa e soltou o grilo. Ele saiu saltitando pela grama, mas meio desajeitado. O maldito o machucara bastante. Era só um seto, mas isso não tornava certo o que aquele Peterkin estava fazendo. E quantos grilos vermelhos eu tinha visto? Só aquele. Deviam ser raros como cervos albinos.

O anão se levantou e limpou o traseiro da calça verde berrante. Puxou as mechas sujas de cabelo branco para trás como um pianista de concerto se preparando para tocar seu grande número. Com ou sem pele de chumbo, ele parecia bem cheio de vida. Vivo como um grilo, por assim dizer. E embora nunca fosse cantar no *American Idol*, tinha bem mais voz do que a maioria das pessoas que eu tinha visto nas últimas vinte e quatro horas, e o seu rosto estava todo presente e no lugar. Fora ser um anão ("Nunca os chame de nanicos, eles odeiam", meu pai me disse uma vez) e ter uma pele horrível que precisava de uma dose de Otezla, ele era como qualquer pessoa.

— Estou vendo que você é um garoto irritável — disse ele, me olhando com desgosto e talvez (eu esperava) um toque de medo. — Então por que eu não sigo o meu caminho e você segue o seu?

— Parece uma boa ideia, mas quero perguntar uma coisa antes de nos separarmos. Como seu rosto está mais ou menos normal e tantas outras pessoas parecem estar ficando mais feias o tempo todo?

Não que ele fosse modelo nem nada, e eu tenho certeza de que a pergunta foi meio grosseira, mas se não podemos ser grosseiros com um cara que pegamos torturando um grilo, com quem podemos ser?

— Talvez porque os deuses, se você acredita neles, já pregaram uma peça em mim. Como um sujeito grande como você saberia como é ser um sujeito pequeno como eu, com menos de doze palmos de distância do chão? — Havia um choramingo na voz dele, o tom de alguém que, no jargão do AA, já estava com a bunda quadrada de tanto ficar sentado no poço da autopiedade.

279

Juntei polegar e indicador e esfreguei os dois.

— Tá vendo isso aqui? É um violino minúsculo tocando *tô nem aí* pra você.

Ele franziu a testa.

— Hã?

— Deixa pra lá. Uma piadinha. Tentando fazer *cosquinha*.

— Eu vou agora se você não se importar.

— Pode ir, mas minha cadela e eu ficaríamos melhores se você guardasse a faca antes de ir.

— Você acha que só porque é um dos inteiros, você é melhor do que eu — disse o homenzinho. — Você vai ver o que fazem com gente como você se te pegarem.

— Quem vai me pegar?

— Os soldados noturnos.

— Quem são eles e o que eles fazem com gente como eu?

Ele fez expressão de desprezo.

— Deixa pra lá. Eu só espero que você saiba lutar, mas duvido. Você parece forte por fora, mas acho que é fraco por dentro. É assim com gente que não passa dificuldade. Não perdeu muitas refeições, não é, meu jovem?

— Você continua segurando a faca, sr. Peterkin. Pode guardar, ou talvez eu decida que é melhor jogá-la fora.

O anão enfiou a faca na cintura e eu meio que torci para ele se cortar fazendo isso, e quanto pior melhor. Um pensamento ruim. Em seguida, tive um pior: e se eu agarrasse a mão que segurou as pernas do grilo e a quebrasse, como fiz com a do Polley? Meio que como uma lição: *a sensação é essa*. Eu poderia dizer que não foi um pensamento sério, mas acho que foi. Era fácil demais imaginá-lo segurando Radar pelo pescoço enquanto usava a adaga nela: brincadeirinha. Ele não conseguiria quando ela estava bem, mas seus anos de glória haviam passado.

Mas eu o deixei ir. Ele olhou para trás uma vez antes de passar do cume e a expressão dele não dizia *Foi um bom encontro na Estrada da Cidade, jovem estranho*. A expressão dizia: *Não me deixe te pegar quando estiver distraído*.

Não havia chance disso, ele seguia o mesmo rumo dos demais refugiados, mas só depois que ele estava longe me ocorreu que eu devia tê-lo feito largar a faca e deixá-la para trás.

6

No fim da tarde não havia mais campos lavrados nem fazendas que pareciam estar funcionando. Também não havia mais refugiados, embora, em uma fazenda deserta, eu tenha visto carrinhos de mão cheios de bens em um jardim repleto de mato enquanto fumaça rala saía de uma chaminé. Devia ser um grupo que tinha decidido se proteger antes de os lobinhos começarem a uivar, pensei. Se eu não chegasse logo à casa do tio de Leah, seria prudente fazer o mesmo. Eu estava com o revólver do sr. Bowditch e com a .22 do Polley, mas lobos costumavam andar em matilhas e podiam ser grandes como alces até onde eu sabia. Além disso, meus braços, ombros e costas estavam se cansando. A carroça era leve e ao menos não houve mais lamaçais por onde passar, mas eu a estava puxando por muito tempo desde que saíra da casa de Dora.

Vi as iniciais do sr. Bowditch, as originais, AB, mais três vezes, duas em árvores que ladeavam a estrada e a última em um rochedo enorme. A bolota do sol já tinha descido para trás das árvores e as sombras estavam engolindo a terra. Já fazia um tempo que eu não via nenhuma moradia e estava começando a temer que a escuridão total nos pegasse ainda na estrada. Não era o que eu queria. No primeiro ano do ensino médio, tivemos que decorar pelo menos dezesseis versos de um poema. A professora Debbins nos dera mais de vinte entre os quais escolher. Eu selecionei uma parte de "A balada do velho marinheiro" e, naquele momento, desejei ter escolhido qualquer outro, porque os versos eram adequados demais:

Era eu como quem vai, com medo e com temor
Por deserto lugar
E, tendo olhado à pressa para trás, prossegue
Sem nunca mais olhar... *

— Porque bem sabe que um demônio assustador pisa em seu calcanhar — terminei em voz alta. Apoiei as alças da carroça no chão e girei os braços

---

* Tradução de Paulo Vizioli em *Poemas e excertos da "Biografia Literária"*. São Paulo: Nova Alexandria, 1995.

enquanto olhava o AB na rocha. O sr. Bowditch caprichara naquela; as letras tinham quase um metro de altura. — Rad, você latiria pra me alertar se visse um demônio apavorante atrás de nós, né?

Olhei para ela e vi que estava dormindo profundamente na carroça. Não viria ajuda dali contra demônios apavorantes.

Pensei em tomar um gole de água, minha garganta estava seca, mas decidi que isso podia esperar. Eu queria seguir enquanto ainda houvesse luz do dia. Peguei os braços da carroça e comecei a andar de novo, pensando que até um barracão de madeira pareceria bom àquela altura.

A estrada contornava a vegetação e seguia reto na direção do crepúsculo crescente. E à frente, a no máximo um quilômetro e meio, vi as janelas iluminadas de uma casa. Quando me aproximei, vi um lampião pendurado em um poste diante dela. Conseguia enxergar de leve que a estrada bifurcava sessenta ou setenta metros à frente da casa, que era mesmo feita de tijolos… como a do porquinho trabalhador da história.

Um caminho de pedra levava até a porta da frente, mas, antes de seguir por ele, parei para examinar o lampião, que emitia uma forte luz branca, difícil de olhar de perto. Eu tinha visto um igual no porão do sr. Bowditch e não precisei olhar a base para saber que era um Coleman, disponível em qualquer loja de material de construção americana. Achei que o lampião, assim como a máquina de costura de Dora, tinha sido presente do sr. Bowditch. *Um covarde só leva presentes*, ele dissera.

No centro da porta havia uma aldrava dourada no formato de um punho. Larguei a carroça no chão e ouvi um movimento quando Radar desceu pela inclinação da caçamba e se juntou a mim. Eu estava esticando a mão para a aldrava quando a porta se abriu. Parado nela estava um homem quase da minha altura, mas bem mais magro, quase esquelético. Como havia a iluminação de uma lareira atrás dele, não consegui ver suas feições, só o gato sobre o seu ombro e uma penugem de cabelo branco de pé na cabeça careca. Quando falou, foi novamente difícil de acreditar que eu não entrara em um livro de histórias e virado um dos personagens.

— Oi, jovem príncipe. Eu estava te esperando. Você é bem-vindo aqui.

7

Percebi que tinha deixado a guia de Radar na carroça.

— Hum, acho que preciso pegar a guia da minha cadela primeiro, senhor. Não sei como ela reage a gatos.

— Ela vai ficar bem — disse o homem idoso. — Mas, se você tiver comida, sugiro que traga para dentro. Se não quiser descobrir de manhã que foi roubada, claro.

Eu voltei, peguei o pacote de Dora e a minha mochila. E a guia, só por garantia. O homem da casa chegou para o lado e fez uma pequena reverência.

— Vem, Rad, mas se comporta. Estou contando com você.

Radar me seguiu para uma salinha arrumada com um tapete de retalhos sobre o piso de madeira. Havia duas poltronas perto da lareira. Um livro estava apoiado e aberto no braço de uma delas. Havia alguns outros em uma prateleira próxima dali. O outro lado da sala era uma cozinha estreita como a de um navio. Na mesa havia pão, queijo, frango e uma tigela de algo que eu tinha quase certeza que era geleia de cranberry. Também uma jarra de cerâmica. Meu estômago soltou um ronco alto.

O homem riu.

— Eu ouvi isso. Tem um ditado antigo que diz que a juventude precisa ser alimentada. Ao qual podemos acrescentar "e com frequência".

Havia dois lugares na mesa e uma tigela no chão perto de uma das poltronas, da qual Radar já estava bebendo ruidosamente.

— Você sabia que eu vinha, não sabia? *Como* você soube?

— Você sabe o nome que preferimos não dizer?

Eu assenti. É claro que, nas histórias como essa em que eu parecia ter entrado, geralmente há um nome que não deve ser falado para que não se desperte o mal.

— Ele não tirou tudo de nós. Você viu que minha sobrinha conseguiu falar com você, não foi?

— Sim. Pela égua.

— Falada, sim. Leah também fala comigo, jovem príncipe, ainda que raramente. Quando fala, a comunicação dela nem sempre é clara, e projetar os pensamentos a cansa ainda mais do que projetar a voz. Nós temos muito a discutir, mas primeiro vamos comer. Venha.

283

Ele está falando de telepatia, pensei. *Deve ser, porque ela não ligou pra ele nem mandou mensagem de texto.*

— Por que você me chamou de jovem príncipe?

Ele deu de ombros. O gato no seu ombro balançou.

— Uma forma familiar de tratamento, só isso. Bem antiquada. Um dia talvez um príncipe de verdade apareça, mas, pelo som da sua voz, não é você. Você é *muito* jovem.

Ele sorriu e se virou para a cozinha. A luz do fogo bateu toda no rosto dele pela primeira vez, mas eu acho que já sabia, só pela forma como ele esticava a mão ao andar, testando o ar em busca de obstáculos. Ele era cego.

8

Quando nos sentamos, o gato pulou para o chão. Seu pelo era de um marrom cor de fumaça intenso. Ele se aproximou de Radar e eu me preparei para segurar a coleira dela se ela fosse para cima dele. Mas ela não foi, só abaixou a cabeça e farejou o focinho do gato. Em seguida, se deitou. O gato andou na frente dela como um policial inspecionando um soldado em um desfile (e a achando descuidada), depois andou até a sala, pulou na poltrona que tinha o livro no braço e se deitou enrolado.

— Meu nome é Charles Reade. Charlie. Leah te contou isso?

— Não, não funciona assim. É mais como ter uma intuição. É um prazer te conhecer, Príncipe Charlie. — Agora que a luz estava no seu rosto, dava para ver que os olhos não existiam, da mesma forma que a boca de Leah, só com cicatrizes antigas marcando onde antes ficavam. — Meu nome é Stephen Woodleigh. Eu já tive um título, príncipe regente, na verdade, mas esses dias estão no passado. Pode me chamar de Woody se quiser. Nós moramos aqui perto do bosque. Eu e Catriona.

— Sua gata?

— É. E acredito que sua cadela é... Ramar? Algo assim, claro. Não consigo lembrar.

— Radar. Ela era do sr. Bowditch. Ele morreu.

— Ah, sinto muito. — Ele pareceu triste, mas não surpreso.

— O senhor o conhecia bem?

— Você, por favor. Nós passamos um tempo juntos. Como você e eu vamos passar, Charlie, assim espero. Mas temos que comer primeiro, porque acho que a viagem que você fez hoje foi longa.

— Posso fazer uma pergunta antes?

Ele abriu um sorriso largo e transformou o rosto em um rio de rugas.

— Se quiser saber quantos anos eu tenho, eu não consigo lembrar. Às vezes acho que eu já era velho quando o mundo era jovem.

— Não é isso. Eu vi o livro e me perguntei… se você… sabe como é…

— Como eu leio se sou cego? Dá uma olhada. Aliás, você prefere coxa ou peito?

— Peito, por favor.

Ele começou a servir a comida, e devia estar acostumado a fazer isso no escuro havia muito tempo, porque não houve hesitação nos movimentos. Eu me levantei e fui até a sua cadeira. Catriona olhou para mim com olhos verdes sábios. O livro era velho, a capa mostrava morcegos voando na frente de uma lua cheia: *The Black Angel*, de Cornell Woolrich. Poderia ter vindo das estantes do quarto do sr. Bowditch. Só que, quando o peguei e olhei o ponto em que Woody tinha parado, não vi palavras, só grupinhos de pontos. Coloquei-o no lugar e voltei para a mesa.

— Você lê braile — falei. Pensando: *a linguagem nos livros deve mudar também. Não é loucura?*

— Leio. Adrian trouxe um livro que ensinava e me mostrou as letras. Depois disso, consegui aprender sozinho. Ele trouxe outros livros em braile de tempos em tempos. Ele gostava de histórias fantasiosas, como a que eu estava lendo enquanto esperava sua chegada. Homens perigosos e donzelas em perigo vivendo em um mundo bem diferente deste.

Ele balançou a cabeça e riu, como se ler ficção fosse uma atividade frívola, talvez até maluca. Suas bochechas estavam rosadas de ter ficado perto do fogo e não vi sinal de cinza nele. Ele estava inteiro, mas não estava. Nem sua sobrinha. Ele não tinha olhos com que enxergar e ela não tinha boca com que falar, só uma ferida que abria com a unha para ingerir o pouco que conseguia. Isso sim era uma donzela em perigo.

— Venha. Sente-se.

285

Fui até a mesa. Lá fora, um lobo uivou, então a lua, *as luas* deviam ter aparecido. Mas estávamos seguros na casa de tijolos. Se um lobinho descesse pela chaminé, ele torraria a bunda peluda no fogo.

— Esse mundo me parece todo fantasioso — falei.

— Fique por um tempo e vai ser o seu que vai parecer de faz de conta. Agora, coma, Charlie.

9

Eu comi, e a comida estava deliciosa. Pedi para repetir e depois de novo. Fiquei me sentindo meio culpado, mas o dia tinha sido longo e eu tinha puxado aquela carroça por uns trinta quilômetros. Woody comeu pouco, só um drumete e um pouco da geleia de cranberry. Senti mais culpa quando vi isso. Lembrei-me da minha mãe me levando para dormir na casa do Andy Chen, dela dizendo para a mãe do Andy que eu era um poço sem fundo e comeria eles e a casa se ela deixasse. Perguntei a Woody onde ele conseguia os alimentos.

— Em Enseada. Tem alguns lá que ainda se lembram de nós... ou de como nós fomos... e pagam tributo. O cinza chegou lá agora. As pessoas estão indo embora. Você deve ter encontrado algumas na estrada.

— Encontrei — falei e contei sobre Peterkin.

— Grilo vermelho, você diz? Há lendas... mas deixa pra lá. Que bom que você pôs fim nisso. Talvez você seja um príncipe, no fim das contas. Cabelo louro, olhos azuis? — Ele estava me provocando.

— Não. Ambos castanhos.

— Ah. Não é um príncipe, nem *o* Príncipe.

— Quem é *o* Príncipe?

— Só mais uma lenda. Este é um mundo de histórias e lendas, assim como o seu. Quanto à comida... eu recebia mais mantimentos do que conseguia comer das pessoas de Enseada, embora mais peixe do que carne. Como você deve imaginar pelo nome. Demorou para o cinza chegar naquela parte do mundo; quanto tempo, não sei dizer, os dias se misturam quando se está sempre no escuro. — Ele falou sem autopiedade, só como constatação. — Acredito que Enseada pode ter sido poupada por um tempo, porque fica numa península estreita, onde o vento sempre sopra, mas ninguém tem certeza. Ano passado, Charlie, você teria encontrado dezenas de pessoas na Estrada do Rei. Agora, a maré está baixando.

— Estrada do Rei? É assim que vocês chamam?

— É, mas, quando passa da bifurcação, é Estrada do Reino. Se você escolhesse ir para a esquerda na bifurcação, você estaria na Estrada de Enseada.

— Pra onde eles estão indo? Depois da casa da Dora e a fazenda da Leah e da loja que o irmão da Dora tem?

Woody pareceu surpreso.

— Ele ainda tem? Estou impressionado. O que será que ele tem pra vender?

— Não sei. Só sei que ele dá sapatos novos pra substituir os estragados.

Woody riu, satisfeito.

— Dora e James! Sempre com os truques deles! A resposta pra sua pergunta é: eu não sei e tenho certeza de que eles também não sabem. Só pra longe. Longe, longe, longe.

Os lobos, que estavam em silêncio, começaram a uivar de novo. Parecia que eram dezenas, e fiquei bem feliz por ter chegado à casa de tijolos do Woody na hora em que cheguei. Radar choramingou. Eu fiz carinho na cabeça dela.

— A lua deve estar aparecendo. *Luas*.

— De acordo com Adrian, só tem uma no seu reino de faz de conta. Como diz um dos personagens do livro do sr. Cornell Woolrich: "Vocês foro robados". Quer uma fatia de bolo, Charlie? Talvez você o ache um pouco duro.

— Bolo seria uma maravilha. Quer que eu pegue?

— De jeito nenhum. Depois de tantos anos aqui... um abrigo bem aconchegante para um exílio, não acha? Eu estou bem hábil. Está numa prateleira na despensa fria. Fique aí. Volto em dois momentos.

Enquanto ele pegava o bolo, eu me servi de mais limonada da jarra. Limonada parecia ser a bebida padrão de Empis. Ele trouxe uma fatia de bolo de chocolate para mim e outra para ele. Fazia o bolo que a gente comia no refeitório da escola parecer bem ruim. Não achei nada duro, só um pouquinho nas bordas.

Os lobos pararam de repente, me fazendo pensar de novo em alguém tirando o plugue de um amplificador que tinha sido aumentado até o volume onze. Passou pela minha cabeça que ninguém naquele mundo entenderia essa referência a *Isto é Spinal Tap*. Nem a nenhum outro filme.

287

— As nuvens devem ter voltado — falei. — Elas vão embora, né?

Ele balançou a cabeça lentamente.

— Não desde que *ele* veio. Chove aqui, Príncipe Charlie, mas o sol quase nunca brilha.

— Jesus — falei.

— Outro príncipe — respondeu Woody, novamente com um sorriso largo. — De paz, de acordo com a Bíblia em braile que Adrian trouxe. Você está satisfeito? Significa...

— Eu sei o que significa, e estou, sim.

Ele se levantou.

— Então venha se sentar junto ao fogo. Nós precisamos conversar.

Eu o segui até as duas poltronas na salinha. Radar foi atrás. Woody procurou Catriona, encontrou-a e a pegou. Ela se deitou sobre as mãos dele como uma estola de pele até ele a largar no chão. Dali, ela lançou um olhar arrogante para a minha cadela, balançou a cauda com desprezo e se afastou. Radar se deitou entre as duas poltronas. Eu tinha dado um pouco do meu frango a ela, mas ela comeu pouco. Ela olhava para o fogo como se tentasse decifrar os segredos dele. Pensei em perguntar a Woody o que ele faria para conseguir alimentos, já que a cidade de Enseada tinha entrado na evacuação, mas decidi não falar nada. Temia que ele me dissesse que não fazia ideia.

— Quero agradecer pela refeição.

Ele fez um gesto de dispensa.

— Você deve estar se perguntando o que estou fazendo aqui.

— De jeito nenhum. — Ele esticou a mão e fez carinho nas costas de Radar. Em seguida, voltou as cicatrizes do que já tinham sido olhos para mim. — Sua cadela está morrendo e não há tempo a perder se você quer fazer o que veio fazer.

10

Cheio de comida, seguro na casa de tijolos com os lobos silenciosos e a lareira me aquecendo, eu estava relaxando. Me sentindo satisfeito. Mas quando ele disse que Rad estava morrendo, eu me ajeitei na poltrona.

— Não necessariamente. Ela está velha e tem artrite nos quadris, mas não está…

Pensei na assistente do veterinário dizendo que ficaria surpresa se Radar vivesse até o Halloween e fiz silêncio.

— Eu sou cego, mas meus outros sentidos funcionam muito bem para um velho. — A voz dele soou gentil e isso tornou tudo horrível. — Na verdade, meus ouvidos ficaram mais apurados do que nunca. Eu tinha cavalos e cachorros no palácio quando garoto, e quando jovem eu sempre saía com eles e amava todos. Sei como soam quando estão chegando perto do suspiro final. Escuta! Fecha os olhos e escuta!

Eu fiz o que ele mandou. Ouvi um estalo ocasional vindo da lareira. Em algum lugar, um relógio tiquetaqueava. Uma brisa tinha surgido lá fora. E eu ouvi Radar: o chiado cada vez que ela inspirava, o sacolejo cada vez que ela expirava.

— Você veio colocá-la no relógio de sol.

— Sim. E tem ouro. Bolinhas de ouro, como bilhas. Não preciso disso agora, mas o sr. Bowditch disse que mais pra frente…

— Deixa o ouro pra lá. Só chegar no relógio de sol… e usá-lo… já é uma missão perigosa demais para um jovem príncipe como você. Tem o risco da Hana. Ela não estava lá na época do Bowditch. Você talvez consiga passar por ela se tomar cuidado… e tiver sorte. A sorte não pode ficar de lado numa empreitada dessas. Quanto ao ouro… — Ele balançou a cabeça. — Isso é ainda mais arriscado. É bom você não precisar dele agora.

Hana. Guardei o nome para depois. Havia outra coisa sobre a qual fiquei curioso.

— Por que *você* está bem? Exceto pela cegueira, claro. — Desejei poder retirar as palavras assim que as falei. — Desculpa. Isso não saiu direito.

Ele sorriu.

— Não precisa pedir desculpas. Considerando uma escolha entre ser cego e ter o cinza, eu escolheria a escuridão com facilidade. Eu me ajustei muito bem. Graças ao Adrian, eu até tenho histórias de faz de conta pra ler. O cinza é uma morte lenta. Vai ficando mais difícil respirar. O rosto é engolido por carne inútil. O corpo se fecha. — Ele levantou uma das mãos e fez um punho. — Assim.

— Isso vai acontecer com a Dora?

Ele assentiu, mas não precisou. Foi uma pergunta infantil. Eu a tinha visto e a tinha ouvido.

— Quanto tempo ela tem?

Woody balançou a cabeça.

— Impossível dizer. É lento e não do mesmo jeito para todo mundo, mas é implacável. Por isso é tão horrível.

— E se ela fosse embora? Fosse para onde os outros estão indo?

— Acho que não faz diferença. Quando começa, não dá pra escapar. Como a doença que definha. Foi isso que matou Adrian?

Supus que ele estivesse falando do câncer.

— Não, ele teve um ataque cardíaco.

— Ah. Um pouco de dor e fim. Melhor do que o cinza. Quanto à sua pergunta, era uma vez... Adrian disse que muitas histórias começam assim no mundo de onde ele vinha.

— É. É verdade. E coisas que eu vi aqui são como essas histórias.

— Assim como as de onde você veio, tenho certeza. Tudo são histórias, Príncipe Charlie.

Os lobos começaram a uivar. Woody passou o dedo pelo livro em braile, fechou-o e o largou numa mesinha ao lado da poltrona. Eu me perguntei como ele acharia o ponto onde tinha parado. Catriona voltou, pulou no colo dele e começou a ronronar.

— Era uma vez, na terra de Empis e na cidade de Lilimar, que é seu destino, uma família real que datava de milhares de anos. A maioria, não todos, mas a maioria, governava sabiamente e bem. Mas quando a época terrível chegou, quase toda a família foi morta. Massacrada.

— Leah me contou um pouco disso. Você sabe, por meio de Falada. Ela disse que a mãe e o pai dela tinham morrido. Eles eram o rei e a rainha, né? Porque ela disse que era a princesa. A menor de todas.

Ele sorriu.

— Sim, de fato, a menor de todas. Ela contou que as irmãs foram mortas?

— Sim.

— E dos irmãos?

— Que eles também foram mortos.

Ele suspirou, fez carinho na gata e olhou para o fogo. Tenho certeza de que ele sentia o calor e me perguntei se conseguia ver um pouco... da forma que podemos virar o rosto para o sol de olhos fechados e ver uma vermelhidão quando o sangue se ilumina. Ele abriu a boca como se para dizer alguma coisa, mas fechou-a e balançou de leve a cabeça. Os lobos tinham parecido estar bem perto... mas pararam. A forma como isso acontecia subitamente era sinistra.

— Foi um expurgo. Você sabe o que isso quer dizer?

— Sei.

— Mas alguns de nós sobrevivemos. Fugimos da cidade, e Hana não sai de lá porque é exilada do mundo dela, no norte. Oito de nós conseguimos passar pelo portão. Seríamos nove, mas meu sobrinho Aloysius... — Woody balançou a cabeça de novo. — Oito de nós escapamos da morte na cidade e nosso sangue nos protege do cinza, mas outra maldição nos seguiu. Você consegue adivinhar?

Eu conseguia.

— Cada um perdeu um dos sentidos?

— É. Leah consegue comer, mas é doloroso para ela, como você deve ter visto.

Eu assenti, embora ele não tivesse como ver.

— Ela mal consegue sentir o gosto do que come, como você viu, não consegue falar, exceto por meio de Falada. Ela está convencida de que *ele* será enganado por isso caso ouça. Eu não sei. Talvez ela esteja certa. Talvez ele ouça e ache graça.

— Quando você diz *ele*... — Eu parei aí.

Woody segurou minha camisa e puxou. Eu me inclinei na sua direção. Ele encostou os lábios no meu ouvido e sussurrou. Eu esperava Gogmagog, mas não foi isso que ele disse. O que ele disse foi *Assassino Voador*.

11

— Ele poderia ter enviado assassinos atrás de nós, mas não enviou. Ele nos deixa viver, os que restaram, e viver já é punição suficiente. Aloysius, como falei, não conseguiu sair da cidade. Ellen, Warner e Greta tiraram as próprias vidas. Acho que Yolande ainda está viva, mas vaga por aí, insana. Como eu, ela é cega e vive basicamente da gentileza de estranhos. Eu a alimento quando ela vem aqui e concordo com as baboseiras que diz. Eles são meus sobrinhos e sobrinhas, sangue do meu sangue. Entende?

— Sim. — Eu entendia. Mais ou menos.

— Burton se tornou anacoreta, mora no meio do bosque e vive orando para a libertação de Empis com mãos que ele não consegue mais sentir mesmo quando as aperta. Ele não consegue sentir feridas a menos que veja o sangue, ele não tem nenhuma consciência se seu estômago está cheio ou vazio.

— Meu Deus... — Eu tinha imaginado que a cegueira fosse o pior. Não era.

— Os lobos o deixam em paz. Pelo menos, deixavam. Tem dois anos ou mais que ele não vem aqui. Ele talvez esteja morto. Meu pequeno grupo partiu em uma carroça de ferrador comigo, ainda não cego como você me vê agora, de pé e estalando um chicote num grupo de seis cavalos que estavam descontrolados de medo. Comigo estavam minha prima Claudia, meu sobrinho Aloysius e minha sobrinha Leah. Nós voamos como o vento, Charlie, as rodas de ferro da carroça gerando fagulhas nos paralelepípedos e até voando no ar por uns três metros ou mais do alto da ponte Rumpa. Achei que a carroça fosse virar ou se quebrar quando batemos no chão, mas era firme e aguentou bem. Dava para ouvir Hana rugindo atrás de nós, rugindo como uma tempestade, chegando cada vez mais perto. Ainda ouço os rugidos. Chicoteei os cavalos e eles correram como se o diabo estivesse atrás deles... e estava. Aloysius olhou para trás logo antes de chegarmos ao portão e Hana arrancou a cabeça dele dos ombros. Eu não vi isso acontecer, toda a minha atenção estava voltada para a frente, mas Claudia viu. Leah não, graças a Deus. Ela estava enrolada em um cobertor. O golpe seguinte da mão da Hana arrancou a parte de trás da carroça. Eu sentia o bafo dela, ainda sinto. Peixe e carne podre e o fedor do suor dela. Passamos pelo portão bem a tempo. Ela rugiu quando viu que tínhamos escapado. O ódio e a frustração naquele som! Ainda consigo ouvir.

Ele parou e passou a mão pela boca. Tremeu ao fazer isso. Eu nunca tinha visto TEPT fora de filmes como *Guerra ao terror*, mas estava vendo agora. Não sei quanto tempo antes aquilo tinha acontecido, mas o horror ainda estava com ele, ainda recente. Não gostei de ser responsável por fazê-lo se lembrar daquela época e falar dela, mas eu precisava saber em que estava me metendo.

— Charlie, se você for até minha despensa, vai encontrar uma garrafa de vinho de amora no armário frio. Eu gostaria de uma taça pequena se você não se importar. Tome também se quiser.

Eu encontrei a garrafa e servi uma taça para ele. O cheiro de amoras fermentadas foi forte o suficiente para matar qualquer desejo que eu pudesse ter de servir uma taça para mim, mesmo sem a cautela saudável que eu tinha com álcool por causa do meu pai, então me servi de mais limonada.

Ele tomou dois goles grandes, boa parte do que estava no copo, e deu um suspiro.

— Assim está melhor. Essas lembranças são tristes e dolorosas. Está ficando tarde e você deve estar cansado, então está na hora de falar sobre o que você precisa fazer para salvar sua amiga. Se você ainda pretender ir em frente, claro.

— Eu pretendo.

— Você arriscaria sua vida e sanidade pela cadela?

— Ela é tudo que eu tenho do sr. Bowditch. — Eu hesitei, mas falei o resto. — E eu a amo.

— Muito bem. Eu entendo o amor. O que você precisa fazer é o seguinte. Escute com atenção. Mais um dia de caminhada vai te levar até a casa da minha prima, Claudia. Se você andar rapidamente, claro. Quando chegar lá...

Ouvi com atenção. Como se a minha vida dependesse daquilo. Os lobos uivando lá fora sugeriam fortemente que dependia mesmo.

12

O banheiro do Woody era uma casinha do lado de fora conectada ao seu quarto por uma passagem curta de tábuas. Quando andei por ela, segurando uma lanterna (do tipo antiquado, não uma Coleman), algo bateu na parede com um baque forte. Algo faminto, supus. Escovei os dentes a seco e usei a latrina. Eu esperava que Rad conseguisse se segurar até de manhã, porque eu que não ia levá-la lá fora até amanhecer.

Não precisei dormir junto à lareira, porque havia um segundo quarto. A caminha tinha uma manta com babados coberta de borboletas que só podia ser coisa da Dora, e as paredes eram pintadas de rosa. Woody me falou que Leah e Claudia já o tinham usado, Leah muitos anos antes.

— Aqui elas estão como eram — disse ele. Esticou a mão com cuidado e pegou uma foto oval pequena em uma moldura dourada numa prateleira. Vi uma garota adolescente e uma mulher jovem. As duas eram lindas. Elas estavam com os braços em volta uma da outra na frente de um chafariz. Estavam usando vestidos bonitos e renda no cabelo arrumado. Leah tinha boca com que sorrir e, sim, elas pareciam da realeza.

Apontei para a garota.

— Essa era Leah? Antes...?

— Sim. — Woody voltou a foto ao lugar com cuidado. — Antes. O que aconteceu conosco não foi muito depois que fugimos da cidade. Um ato de vingança pura e ressentida. Elas eram lindas, você não acha?

— Acho, sim.

Fiquei olhando para a garota mais nova e pensei que a maldição da Leah era duplamente mais terrível do que a cegueira do Woody.

— Vingança de quem?

Ele balançou a cabeça.

— Não quero falar disso. Só queria poder ver essa foto de novo. Mas desejos são como a beleza, coisas vãs. Durma bem, Charlie. Você precisa partir cedo se quiser chegar à casa da Claudia antes do pôr do sol amanhã. Ela pode te contar mais. E se você acordar à noite, ou se a cadela te acordar, *não saia*. Por nada.

— Entendi perfeitamente.

— Que bom. Estou muito feliz de ter te conhecido, jovem príncipe. Qualquer amigo do Adrian, como dizem, é meu amigo.

Ele saiu, andando com confiança, mas com uma das mãos na frente do corpo, como devia ser natural para ele depois de tantos anos passados no escuro. Quantos teriam sido, me perguntei. Quanto tempo desde a ascensão de Gogmagog e do expurgo que tinha dizimado a família dele? Quem ou o que era o Assassino Voador? Quanto tempo antes Leah tinha sido uma garota com boca sorridente que considerava comer algo trivial? Os anos nem sequer eram iguais ali?

Stephen Woodleigh era Woody... como o caubói de *Toy Story*. Isso devia ser coincidência, mas eu não achava que os lobos e a casa de tijolos fossem.

Havia também o que ele disse sobre a ponte Rumpa. Minha mãe tinha morrido na ponte sobre o Little Rumple, e um cara estilo Rumpelstiltskin quase tinha me matado. Eu devia acreditar que *isso* era coincidência?

Radar estava dormindo ao lado da minha cama, e agora que Woody tinha chamado minha atenção para os ruídos na respiração dela, eu não conseguia deixar de ouvir. Achei que isso ou os uivos esporádicos dos lobos me manteria acordado. Mas eu tinha feito um longo percurso, e puxando uma carroça. Não demorei para adormecer, não tive sonhos e só acordei na manhã seguinte bem cedo, com Woody sacudindo meu ombro.

— Acorda, Charlie. Fiz café da manhã pra nós e você precisa pegar a estrada assim que tiver comido.

13

Havia uma cumbuca cheia de ovos mexidos e outra igualmente cheia de salsichas fumegantes. Woody comeu um pouco, Radar comeu mais um pouco e eu cuidei do restante.

— Coloquei seus pertences na carroça da Dora e acrescentei uma coisa que você vai querer mostrar à minha prima quando chegar à casa dela. Pra ela saber que eu te mandei pra lá.

— Ela não tem tendência a intuições, então?

Ele sorriu.

— Tem, sim, e eu fiz o melhor possível nesse sentido, mas é melhor não contar com esse tipo de comunicação. É algo que você pode querer mais pra frente, se a sua missão for bem-sucedida e você conseguir voltar para o seu mundo de contos de fadas.

— O que é?

— Olha na sua mala e você vai ver. — Ele sorriu, esticou as mãos na minha direção e me sacudiu pelos ombros. — Você pode não ser *o* príncipe, Charlie, mas é um garoto corajoso.

— Um dia, meu príncipe virá — falei meio cantarolado.

Ele sorriu; as rugas no seu rosto se proliferaram.

— Adrian conhecia essa mesma música. Dizia que era de um filme que contava uma história.

— Branca de Neve e os sete anões.

Woody assentiu.

— Ele também disse que a verdadeira história era bem mais sombria. *E não são todas?*, pensei.

— Obrigado por tudo. Se cuida. E cuida da Catriona.

— Nós cuidamos um do outro. Você se lembra de tudo que eu te falei?

— Acho que sim.

— O mais importante?

— Seguir as marcas do sr. Bowditch, fazer silêncio e sair da cidade antes de escurecer. Por causa dos soldados noturnos.

— Você acredita no que eu contei sobre eles, Charlie? Você tem que acreditar, porque senão você pode ficar tentado a permanecer por tempo demais se não tiver chegado ao relógio de sol.

— Você me contou que Hana é uma gigante e que os soldados noturnos são mortos-vivos.

— Sim, mas você acredita?

Pensei nas baratas e nos coelhos enormes. Pensei em um grilo vermelho quase do tamanho de Catriona. Pensei em Dora com o rosto desaparecendo e em Leah com uma cicatriz no lugar da boca.

— Sim — falei. — Eu acredito em tudo.

— Que bom. Lembre-se de mostrar à Claudia o que eu deixei na sua mala.

Coloquei Radar na carroça e abri a mochila. No alto, brilhando suave-mente na luz de outro dia nublado, havia um punho dourado. Olhei para a porta da casa de tijolos e vi que a aldrava tinha sumido. Levantei-a e fiquei surpreso com o peso.

— Meu Deus, Woody! É ouro maciço?

— É. Caso você sinta a tentação de ir além do relógio de sol e entrar na tesouraria, lembre-se de que você tem isso a acrescentar a qualquer coisa que Adrian possa ter coletado no palácio na última visita dele. Boa viagem, Príncipe Charlie. Espero que você não precise usar a arma do Adrian, mas, se precisar, não hesite.

DEZESSEIS

A Estrada do Reino. Claudia. Instruções. O fazedor de barulho. As monarcas.

1

Nós nos aproximamos da bifurcação, marcada por uma placa que apontava para a Estrada do Reino à direita. A que indicava Estrada de Enseada tinha afrouxado e estava apontando para baixo, como se Enseada fosse subterrânea. Radar soltou um latido rouco e vi um homem e um garoto vindo da direção de Enseada. O homem estava pulando, apoiado em uma muleta, o pé esquerdo enrolado numa atadura suja e tocando de leve no chão a intervalos de alguns passos. Eu me perguntei o quanto ele conseguiria prosseguir com apenas uma perna boa. O garoto não ajudaria muito; era pequeno e estava carregando os pertences deles em um saco de juta que ficava trocando de mão e às vezes arrastava pela estrada. Quando segui pela direita depois da placa, os dois pararam na bifurcação e olharam para mim.

— Por aí não, senhor! — gritou o garoto. — Aí é o caminho da cidade assombrada! — Ele estava cinzento, mas não tanto quanto o homem que o acompanhava. Eles poderiam ser pai e filho, mas era impossível ver semelhança porque o rosto do homem tinha começado a borrar, e os olhos, a ser puxados para cima.

O homem bateu no ombro dele e teria caído estatelado se o garoto não o tivesse segurado.

— Deixa ele, deixa ele — disse o homem. Sua voz ainda era compreensível, mas abafada, como se as cordas vocais estivessem embrulhadas com Kleenex. Achei que em pouco tempo ele estaria chiando e grunhindo como Dora.

Ele gritou para mim pelo espaço entre as duas estradas, e ficou óbvio que doeu. A sua careta de dor deixou as feições que se dissolviam ainda mais horríveis, mas ele queria falar.

— Oi, homem inteiro! Pra qual deles sua mãe levantou a saia pra deixarem seu rosto bonito?

Eu não sabia do que ele estava falando, então não disse nada. Radar soltou outro latido fraco.

— Aquilo é um cachorro, pai? Ou um lobo domado?

A resposta do homem foi outro tapa no ombro do garoto. Ele fez expressão de desprezo para mim e um gesto que entendi perfeitamente. Algumas coisas não mudavam, ao que parecia, fosse em que mundo fosse. Fiquei tentado a fazer a versão americana, mas não fiz nada. Xingar gente com deficiência é um comportamento horrível, mesmo que a pessoa em questão seja um babaca que bate no filho e fale mal da sua mãe.

— Siga bem, homem inteiro! — gritou ele com a voz abafada. — Que hoje seja seu último dia!

Sempre bom conhecer gente agradável no caminho, pensei e segui adiante. Em pouco tempo eles estavam fora do meu campo de visão.

2

Eu tinha a Estrada do Reino só para mim, o que me deu bastante tempo para pensar... e questionar.

As pessoas inteiras, por exemplo... o que elas eram? *Quem* eram? Havia eu, claro, mas eu achava que, se houvesse um livro de registros de gente inteira, eu estaria nele com um asterisco no nome, porque eu não era de Empis (pelo menos aquela parte do mundo era chamada assim; Woody tinha me dito que a gigante Hana vinha de um lugar chamado Cratchy). Foi bom ouvir Woody me garantir que eu não começaria a ficar cinzento e a perder meu rosto, porque pessoas inteiras eram imunes ao cinza. Isso foi no café da manhã, e ele se recusou a discutir mais a questão porque eu tinha uma viagem longa a fazer e tinha que sair. Quando perguntei sobre o Assassino Voador, ele só franziu a testa e balançou a cabeça. Reiterou que sua sobrinha Claudia poderia me contar mais a respeito, e eu tive que me contentar com isso. Ainda assim, o que o homem de muleta disse foi sugestivo: *Pra qual deles sua mãe levantou a saia pra deixarem seu rosto bonito?*

Eu também me questionei quanto ao céu sempre nublado. Pelo menos durante o dia ficava sempre nublado, mas à noite as nuvens às vezes se abriam para permitir que o luar brilhasse. O que, por sua vez, parecia despertar os lobos. Não uma lua só, mas duas, uma atrás da outra, e isso fez com que eu me perguntasse onde era esse lugar em que eu estava. Eu tinha lido ficção científica suficiente para conhecer a ideia de mundos paralelos e múltiplas Terras, mas achava que, quando passei pelo ponto no corredor subterrâneo onde minha mente e meu corpo pareceram se separar, eu talvez tivesse chegado a um plano totalmente diferente de existência. A possibilidade de eu estar em outro planeta em uma galáxia bem distante fazia certo sentido por causa das duas luas, mas as formas de vida dali não eram alienígenas; eram *pessoas*.

Pensei naquele livro na mesa de cabeceira do sr. Bowditch, o que tratava de perspectivas junguianas e as origens da fantasia, o livro com um funil se enchendo de estrelas na capa. E se eu tivesse ido para a matriz mundial sobre a qual ele tratava? (Queria eu tê-lo enfiado na mochila junto com a comida, os comprimidos de Radar e a arma do Polley.) A ideia me fez lembrar de um filme que eu tinha visto com a minha mãe e o meu pai quando eu era bem pequeno: *A história sem fim*. E se Empis fosse igual a Fantasia naquele filme, um mundo criado de imaginação? Isso também era um conceito junguiano? Como eu poderia saber se nem sabia se a pronúncia do nome do cara era *Jung* ou *Yung*?

Eu me questionei sobre tudo isso, mas ficava voltando para algo mais prático: meu pai. Ele já sabia que eu não estava em casa? Talvez ele ainda ignorasse o fato (e dizem que a ignorância é uma bênção), mas, como Woody, ele talvez tivesse tido uma *intuição*; eu tinha ouvido que pais e mães costumavam ter isso. Ele podia ter tentado ligar e, como eu não atendi, enviado uma mensagem de texto. Talvez ele supusesse que eu estava ocupado demais com a escola, mas isso não duraria muito, porque ele sabia que eu era responsável o suficiente para responder o mais rápido que pudesse.

Eu odiava a ideia de deixá-lo preocupado, mas não havia nada que eu pudesse fazer. Além do mais, e tenho que dizer isso se quiser falar a verdade, eu estava feliz por estar ali. Não posso dizer que estava me divertindo, mas, sim, estava feliz. Eu queria respostas para mil perguntas. Queria ver o que havia depois de cada elevação e cada curva. Queria ver o que o garoto tinha chamado de cidade assombrada. Claro que eu estava com medo: de Hana, dos soldados noturnos e de algo ou de alguém chamado Assassino Voador, e mais ainda de Gogmagog. Mas eu também estava eufórico. E havia Radar. Se eu pudesse dar a ela uma segunda chance, eu pretendia fazer isso.

Depois de quatro ou cinco horas puxando a carroça, parei para descansar e almoçar. O bosque tinha se fechado dos dois lados, e embora eu não visse vida selvagem, havia muita sombra. Parei a carroça na lateral da estrada, apesar de não haver nenhum movimento (força do hábito), e apoiei os braços de madeira no chão.

— Quer comer, Rad?

Eu esperava que ela quisesse, porque ela não tomara nenhum comprimido naquela manhã. Abri a mochila, peguei uma lata de sardinha, tirei a tampa e virei a lata na direção dela, para que sentisse o cheiro bom. Ela ergueu o focinho, mas não se levantou. Vi mais daquela coisa gosmenta escorrendo dos olhos dela.

— Vamos lá, garota. Você ama isso.

Ela se levantou, conseguiu dar três ou quatro passos para descer a inclinação da carroça, e as pernas traseiras cederam. Ela deslizou o resto do caminho, escorregando de lado e soltando um único gritinho agudo de dor. Bateu no chão duro de lado e levantou a cabeça para me olhar, ofegante. A lateral do rosto dela estava suja de terra. Doeu em mim ver aquilo. Ela tentou se levantar e não conseguiu.

Parei de me questionar sobre as pessoas inteiras, sobre as pessoas cinzentas, até sobre o meu pai. Tudo aquilo desapareceu. Limpei seu rosto, peguei-a no colo e a carreguei até a faixa de grama entre a estrada e as árvores. Deitei-a ali, fiz carinho na sua cabeça e examinei suas patas traseiras. Nenhuma parecia quebrada, mas ela deu um latidinho e mostrou os dentes, não para morder, mas de dor, quando toquei na parte mais alta delas. Pareceram estar bem, mas eu tinha quase certeza de que um raio X teria mostrado juntas inchadas e inflamadas.

Ela bebeu água e comeu uma sardinha ou duas… acho que para me agradar. Eu tinha perdido o apetite, mas me obriguei a comer um pouco do coelho frito que Dora tinha me dado, junto com dois biscoitos. Eu tinha que alimentar a máquina. Quando peguei Rad no colo com cuidado e a coloquei de volta na carroça, ouvi o chiado da sua respiração e senti cada costela. Woody disse que ela estava morrendo e ele estava certo, mas eu não tinha ido até ali para encontrar minha cadela morta na carroça da Dora. Peguei os braços do carrinho e saí andando, não correndo, porque sabia que isso me deixaria exaurido, mas em uma caminhada rápida.

— Aguenta aí. As coisas podem ficar melhores amanhã, então aguenta aí por mim, garota.

Ouvi a batida do seu rabo na madeira da carroça quando ela o balançou.

3

As nuvens escureceram quando fui puxando a carroça pela Estrada do Reino, mas não houve chuva. Isso foi bom. Eu não me importava de ficar molhado, mas ficar encharcada pioraria a situação da Radar e eu não tinha muito com o que a cobrir. Além do mais, puxar a carroça talvez ficasse difícil ou até impossível se uma chuva forte deixasse a estrada lamacenta.

Umas quatro ou cinco horas depois que Radar caiu, eu subi uma inclinação íngreme e parei, em parte para recuperar o fôlego, mas mais só

Claudia se virou para mim.

— ELA ESTÁ DOENTE PRA CARAMBA!

Eu assenti. Não adiantava negar.

— MAS A GENTE VAI DAR UM JEITO NELA! ELA ESTÁ COMENDO?

Balancei a mão, querendo dizer um pouco.

— Você consegue ler lábios? — Encostei nos meus e apontei para os dela.

— NUNCA APRENDI A LER LÁBIOS! — gritou ela. — NÃO TINHA COM QUEM TREINAR! VAMOS DAR CALDO DE CARNE PRA ELA! ELA VAI COMER ISSO, CARAMBA! VAI DAR UM BELO JEITO NELA! QUER BOTÁ-LA NA MINHA CESTA? A GENTE PODE IR MAIS RÁPIDO!

Eu não podia dizer que tinha medo de machucar as pernas traseiras doloridas da Radar, então só fiz que não.

— TUDO BEM, MAS VEM RÁPIDO! OS TRÊS SINOS NÃO VÃO DEMORAR! FIM DO DIA! TEM UNS LOBOS MALDITOS, VOCÊ SABE!

Ela empurrou o triciclo grande, com um assento que devia ficar a pelo menos um metro e meio do chão, em um círculo e subiu nele. Pedalou lentamente, e a estrada era ampla o suficiente para eu andar ao seu lado, então Radar e eu não precisamos comer poeira.

— SEIS QUILÔMETROS E MEIO! — gritou ela com a voz sem inflexão. — PUXA COM DISPOSIÇÃO, MEU JOVEM! EU TE DARIA MINHAS LUVAS, MAS SUAS MÃOS SÃO GRANDES DEMAIS! VOU TE DAR UM UNGUENTO BOM PRA ELAS QUANDO ESTIVERMOS NA MINHA CASA! RECEITA MINHA, MUITO BOA! ELAS PARECEM ESTAR MACHUCADAS!

5

Quando chegamos perto da casa de Claudia, o dia estava escurecendo e eu estava exausto. Dois dias puxando a carroça de Dora fizeram o treino de futebol americano parecer relaxamento. À nossa frente, talvez dois ou três quilômetros, eu via o começo do que poderia ter sido um subúrbio, embora essa palavra não se encaixe; eram chalés, como o de Dora, mas com telhados quebrados. Ficavam a certa distância uns dos outros no começo, com um pequeno pátio ou jardim, mas lado a lado quando chegavam perto do muro da cidade. Havia chaminés, mas não tinha fumaça saindo de nenhuma. Estradas e ruas começavam a surgir aqui e ali. Algum tipo de veículo, eu não sabia dizer qual, estava parado no meio da estrada principal. Primeiro, achei que fosse uma carroça comprida de transporte de carga. Quando chegamos mais perto, achei que poderia ser um ônibus. Eu apontei para ele.

— BONDE! — gritou Claudia. — ESTÁ AÍ HÁ MUITO TEMPO! PUXA, MEU JOVEM! FORÇA ESSE CAGADOR! — *Essa* eu nunca tinha ouvido; eu guardaria para Andy Chen, supondo que voltasse a vê-lo. — QUASE LÁ!

Atravessando a distância entre a cidade e o lugar onde estávamos veio o som de três sinos, espaçados e solenes: *DONG* e *DONG* e *DONG*. Claudia viu Radar se empertigar e se virar para o som.

— TRÊS SINOS?

Eu assenti.

— ANTIGAMENTE, ISSO SIGNIFICAVA QUE ERA PRA PARAR O TRABALHO E IR PRA CASA JANTAR! NÃO TEM TRABALHO E NINGUÉM PRA FAZÊ-LO, MAS OS SINOS CONTINUAM TOCANDO! EU NÃO CONSIGO OUVIR, MAS OS SINTO NOS DENTES, PRINCIPALMENTE QUANDO TEM TEMPESTADE!

A casa de Claudia ficava em uma área cheia de mato rasteiro com um lago sujo cercado de arbustos nos fundos. A casa era redonda e construída com o que pareciam ser tábuas e pedaços de latão. Parecia bem frágil e ficou difícil não pensar na história sobre os porcos e o lobo mau. A casa do Woody era de tijolos, a da Claudia era de madeira. Se houve outro parente real vivendo em uma casa de palha, eu achava que ele ou ela tinha sido comido muito tempo antes.

Quando chegamos, vi vários lobos mortos, três ou quatro na frente e outro de lado, com as patas erguidas no mato. Não pude ver aquele muito bem, mas os que estavam na frente estavam bem decompostos, com as caixas torácicas aparecendo no meio do que restava de pelos. Os olhos tinham sumido, provavelmente arrancados por corvos famintos, e os buracos pareciam me olhar quando entramos no caminho batido que levava até a porta. Fiquei aliviado ao ver que não eram gigantescos, como os insetos... mas eram bem grandes. Ou tinham sido quando ainda estavam vivos. A morte os tinha colocado numa dieta rigorosa, como acho que acontece com todas as criaturas vivas.

— EU ATIRO NELES QUANDO POSSO! — disse Claudia, descendo do triciclo. — AFASTA OS OUTROS NA MAIOR PARTE DO TEMPO! QUANDO O CHEIRO VAI PASSANDO, EU ATIRO EM ALGUNS OUTROS FILHOS DA PUTA!

Para um membro da realeza, ela tem a boca bem suja, pensei.

Apoiei os braços da carroça no chão, bati no ombro dela e tirei o revólver do sr. Bowditch do coldre. Mostrei para ela e ergui as sobrancelhas com uma pergunta. Eu não sabia se ela entenderia, mas ela entendeu. Seu sorriso mostrou vários dentes faltando.

— NÃO, NÃO, EU NÃO TENHO UM DESSES! BESTA! — Ela fez um gesto de erguer uma besta. — EU MESMA FIZ! E TEM OUTRA COISA, MELHOR AINDA! ADRIAN TROUXE QUANDO AQUELA ALI ERA FILHOTE AINDA!

Ela foi até a porta e a empurrou com o ombro musculoso. Tirei Radar da carroça e tentei colocá-la de pé. Ela conseguiu ficar de pé e andar, mas parou no degrau de pedra e me olhou, pedindo ajuda. Eu a ergui. A casa consistia em um aposento redondo grande e o que eu supus que fosse um menor escondido por uma cortina azul de veludo enfeitada com fios vermelhos e dourados. Havia um fogão, uma cozinha pequena e uma mesa de trabalho cheia de ferramentas. Na mesa também havia flechas em vários estágios de montagem e um cesto de vime com seis pontas. As pontas cintilaram quando ela pegou um fósforo comprido e acendeu dois lampiões a gás. Peguei uma das flechas e olhei a ponteira de perto. Era de ouro. E afiada. Quando encostei a almofadinha do indicador em uma, uma gota de sangue surgiu na mesma hora.

— EPA, VOCÊ ESTÁ QUERENDO SENTIR DOR?

Ela me segurou pela camisa e me puxou até uma pia de metal. Havia uma bomba manual acima. Claudia movimentou a bomba várias vezes para acioná-la e colocou meu dedo ensanguentado na água gelada.

— É só um… — comecei a falar, mas deixei que ela fizesse o que queria. Ela finalmente terminou e levei um susto quando ela deu um beijo no dodói.

— SENTA! DESCANSA! NÓS VAMOS COMER DAQUI A POUCO! PRECISO CUIDAR DA SUA CADELA, DEPOIS DAS SUAS MÃOS!

Ela colocou uma chaleira no fogão e, quando estava quente, mas não fervendo, tirou uma tina de debaixo da pia e a encheu. A isso ela acrescentou algo fedorento de um pote de uma prateleira. As prateleiras estavam cheias de coisas, algumas em latas, outras em pacotes do que parecia ser gaze amarrada com barbante, a maioria em potes de vidro. Havia uma besta pendurada na parede à direita da cortina de veludo e parecia perigosa. De modo geral, a casa me lembrava uma casa de fronteira, e Claudia me lembrava não uma parente da realeza, mas uma mulher da fronteira, durona e preparada.

Ela molhou um pano na mistura fedorenta, torceu-o e se agachou do lado de Radar, que estava com uma expressão desconfiada. Ela começou a apertar o pano com delicadeza na pata dolorida. Enquanto fazia isso, deixava escapar um barulho estranho que eu acho que era um canto. A afinação subia e descia, enquanto a voz de fala era só um tom constante e alto, quase como os avisos dos alto-falantes da minha escola. Achei que Radar poderia tentar se afastar ou até mordê-la, mas ela não fez isso. Ela deitou a cabeça nas tábuas ásperas e soltou um suspiro de satisfação.

Claudia colocou as mãos debaixo do corpo de Radar.

— ROLA, QUERIDA! PRECISO FAZER COM A OUTRA!

Radar não rolou, só meio que caiu. Claudia molhou o pano e trabalhou na outra perna traseira. Quando terminou, jogou o pano na pia de metal e pegou mais dois. Molhou-os, torceu-os e se virou para mim.

— ESTICA AS MÃOS, JOVEM PRÍNCIPE! FOI ASSIM QUE WOODY TE CHAMOU NO SONHO QUE EU TIVE!

Dizer para ela que eu era só Charlie não adiantaria, então só as estiquei. Ela as enrolou nos panos quentes molhados. O fedor da poção era desagradável, mas o alívio foi imediato. Eu não podia dizer com palavras, mas ela viu no meu rosto.

— BOM PRA CARAMBA, NÉ! MINHA AVÓ ME ENSINOU A FAZER MUITO TEMPO ATRÁS, QUANDO AQUELE BONDE AINDA FAZIA O TRAJETO ATÉ ULLUM E HAVIA GENTE PRA OUVIR OS SINOS! TEM CASCA DE SALGUEIRO AÍ, MAS ISSO É SÓ O COMEÇO! SÓ O COMEÇO, GAROTO! SEGURA AÍ ENQUANTO EU PREPARO UM RANGO! VOCÊ DEVE ESTAR COM FOME!

6

Era carne e vagem, com algo que era tipo uma torta de maçã com pêssego de sobremesa. Eu tinha recebido minha cota de comida de graça, de rango, desde que chegara em Empis, e Claudia foi enchendo meu prato. Radar ganhou uma tigela de caldo de carne com glóbulos de gordura flutuando.

Ela lambeu a tigela até não sobrar nada, lambeu o focinho e olhou para Claudia pedindo mais.

— NÃO, NÃO, NÃO! — gritou Claudia, se curvando para coçar Radar nas orelhas, como ela gostava. — VOCÊ IA ACABAR VOMITANDO, SUA FILHA DA PUTINHA, E DE QUE ADIANTARIA? MAS ISSO NÃO VAI TE FAZER MAL!

Havia um pão marrom na mesa. Ela arrancou um pedaço com os dedos fortes acostumados com trabalho (*ela* teria conseguido puxar aquela carroça o dia todo sem ficar com uma única bolha) e pegou uma flecha no cesto. Espetou o pão, abriu a porta do compartimento da lenha e enfiou o pão dentro. Saiu ainda mais escuro, em chamas. Ela soprou como se fosse uma vela de aniversário, passou manteiga do pote que havia na mesa com os dedos e ofereceu a ela. Radar se levantou, pegou o pão na ponta da flecha com os dentes e o levou para o canto. Ela estava mancando menos. Pensei que, se o sr. Bowditch tivesse um pouco do unguento da Claudia, ele talvez tivesse conseguido deixar o OxyContin de lado.

Claudia passou pela cortina de veludo que escondia seu quarto e voltou com um bloco de papel e um lápis. Ela os entregou para mim. Olhei para as letras gravadas no lápis e senti uma onda de irrealidade. O que restava dizia SAUDAÇÕES DA MADEIREIRA DE SENT. Havia só umas poucas folhas de papel no bloco. Olhei atrás e vi uma etiqueta de preço desbotada: STAPLES US$ 1,99.

— ESCREVE QUANDO PRECISAR, MAS SÓ BALANÇA A CABEÇA QUE SIM OU QUE NÃO SE NÃO PRECISAR! ECONOMIZA A PORRA DO PAPEL, ADRIAN TROUXE COM O FAZEDOR DE BARULHO NA ÚLTIMA VEZ EM QUE VEIO E SÓ RESTOU ISSO! ENTENDEU?

Eu assenti.

— VOCÊ VEIO REVIGORAR A CADELA DO ADE, NÉ?

Eu assenti.

— VOCÊ CONSEGUE CHEGAR NO RELÓGIO DE SOL, MEU JOVEM?

Escrevi e segurei o bloco para ela ver: *O sr. Bowditch deixou as iniciais dele como rastro.* O que, eu pensei, era melhor do que migalhas de pão. Supondo que a chuva não tivesse apagado tudo, claro.

Ela assentiu e baixou a cabeça, pensando. À luz dos lampiões, eu via uma semelhança clara com o primo dela, Woody, embora ele fosse bem mais velho. A mulher tinha uma espécie de beleza severa debaixo dos anos de trabalho e tiro ao alvo nos lobos agressores. *Realeza em exílio,* pensei. *Ela e Woody e Leah. Não os três porquinhos, mas os três sangues azuis.*

308

Finalmente, ela ergueu o rosto e disse:

— ARRISCADO!

Eu assenti.

— WOODY TE DISSE COMO VOCÊ DEVE IR E O QUE DEVE FAZER?

Dei de ombros e escrevi: *Eu tenho que fazer silêncio.*

Ela fez um som bufado, como se isso não fosse ajudar em nada.

— EU NÃO POSSO FICAR TE CHAMANDO DE JOVEM OU JOVEM PRÍNCIPE, EMBORA VOCÊ TENHA CERTO AR PRINCIPESCO MESMO! QUAL É O SEU NOME?

Escrevi CHARLIE READE em letras de forma.

— CARLIE?

Era quase isso. Eu assenti.

Ela pegou um pedaço de madeira na caixa ao lado do fogão, abriu a porta do compartimento de lenha, enfiou a madeira dentro e fechou a porta. Voltou ao seu lugar, juntou as mãos no colo sobre o vestido e se inclinou para a frente sobre as mãos. Seu rosto estava sério.

— VOCÊ NÃO VAI CHEGAR A TEMPO PRA FAZER SUA TAREFA AMANHÃ, CARLIE, ENTÃO VOCÊ VAI TER QUE PASSAR A NOITE EM UM BARRACÃO DE DEPÓSITO UM POU-CO LONGE DO PORTÃO PRINCIPAL! TEM UM CARRINHO VERMELHO SEM AS RODAS NA FRENTE! ESCREVE AÍ!

Eu escrevi *barracão de depósito, carrinho vermelho s/ rodas.*

— ÓTIMO ATÉ AGORA! VOCÊ VAI ENCONTRÁ-LO ABERTO, MAS TEM UM TRINCO DENTRO! FECHE-O SE NÃO QUISER UM OU TRÊS LOBOS COMO COMPANHIA! ESCREVE AÍ!

Trancar porta.

— FICA LÁ ATÉ OUVIR O SINO DA MANHÃ! UM TOQUE! VOCÊ VAI ENCONTRAR O PORTÃO DA CIDADE TRANCADO, MAS O NOME DA LEAH O ABRE! SÓ O DELA! LEAH DE GALLIEN! ESCREVE AÍ!

Escrevi *Leah do galeão.* Ela fez sinal para o bloco para ver o que eu ti-nha escrito, franziu a testa e pediu o lápis com um gesto. Ela riscou *galeão* e mudou para *Gallien.*

— NINGUÉM TE ENSINOU A SOLETRAR NAQUELA SUA TERRA, GAROTO?

Eu dei de ombros. Galeão ou Gallien me pareciam o mesmo. E se a cidade estivesse deserta, quem ia me ouvir e me deixar entrar?

— ESTEJA LÁ E PASSE PELO PORTÃO ASSIM QUE O MALDITO SINO MATINAL TOCAR, PORQUE VOCÊ VAI TER UM MALDITO LONGO TRAJETO PELA FRENTE!

Ela massageou a testa e me olhou, perturbada.

— SE VOCÊ VIR AS MARCAS DO ADE, TUDO PODE FICAR BEM! SE NÃO VIR, VÁ EMBORA ANTES QUE SE PERCA! AS RUAS SÃO UM LABIRINTO! VOCÊ AINDA ESTARIA VAGANDO NAQUELE BURACO DOS INFERNOS AO ANOITECER!

Eu escrevi: *Ela vai morrer se eu não conseguir revigorá-la!*

Ela leu e empurrou o bloco de volta para mim.

— VOCÊ A AMA O SUFICIENTE PRA MORRER COM ELA?

Eu balancei a cabeça. Claudia me surpreendeu com uma risada que foi quase musical. Pensei que era um resquício pequeno de como a voz dela era antes de ela ter sido amaldiçoada com uma vida de silêncio.

— NÃO É UMA RESPOSTA NOBRE, MAS OS QUE RESPONDEM COM NOBREZA ACABAM MORRENDO JOVENS COM A CALÇA CHEIA DE MERDA! QUER CERVEJA?

Eu fiz que não. Ela se levantou, remexeu no que eu achava que era a despensa fria e voltou com uma garrafa branca. Tirou uma rolha que tinha um buraco, talvez para deixar a bebida respirar, e tomou um longo gole. Isso foi seguido de um arroto alto. Ela se sentou de novo, dessa vez com a garrafa no colo.

— SE AS MARCAS ESTIVEREM LÁ, CARLIE, AS MARCAS DO ADRIAN, SIGA-AS O MAIS RÁPIDA E SILENCIOSAMENTE QUE CONSEGUIR! SEMPRE EM SILÊNCIO! NÃO DÊ ATENÇÃO ÀS VOZES QUE VOCÊ OUVIR, PORQUE SÃO AS VOZES DOS MORTOS... E PIOR DO QUE MORTOS!

Pior do que mortos? Não gostei de como aquilo soava. E falando em soar, as rodas de madeira da carroça de Dora provavelmente fariam barulho em ruas pavimentadas. Será que Radar conseguiria andar parte do caminho e eu a carregar pelo resto?

— TALVEZ VOCÊ VEJA COISAS ESTRANHAS... MUDANÇAS NAS FORMAS DAS COISAS... MAS NÃO DÊ ATENÇÃO! VOCÊ VAI ACABAR INDO PARAR EM UMA PRAÇA COM UM CHAFARIZ SECO!

Eu pensei que talvez tivesse visto esse chafariz na foto de Claudia e Leah que Woody tinha me mostrado.

— ALI PERTO TEM UMA CASA AMARELA ENORME COM JANELAS MARRONS! TEM UMA PASSAGEM NO MEIO! É A CASA DA HANA! METADE DA CASA É ONDE HANA MORA! A OUTRA METADE É A COZINHA ONDE HANA FAZ AS REFEIÇÕES! ESCREVE AÍ!

Eu escrevi e ela pegou o bloco. Ela desenhou uma passagem com teto curvo. Acima, desenhou uma borboleta com asas abertas. Para um desenho rápido, ficou muito bom.

— VOCÊ PRECISA SE ESCONDER, CARLIE! VOCÊ E SUA CADELA! ELA VAI FICAR EM SILÊNCIO?

Eu assenti.

— SILÊNCIO ACONTEÇA O QUE ACONTECER?

Eu não tinha como ter certeza daquilo, mas assenti de novo.

— ESPERA OS DOIS SINOS! ESCREVE AÍ!

2 sinos, escrevi.

— TALVEZ VOCÊ VEJA HANA DO LADO DE FORA ANTES DOS DOIS SINOS! TALVEZ NÃO! MAS VAI VÊ-LA QUANDO ELA FOR PRA COZINHA FAZER A REFEIÇÃO DO MEIO--DIA! É NESSA HORA QUE VOCÊ DEVE SEGUIR PELA PASSAGEM, O MAIS RÁPIDO QUE PUDER! ESCREVE AÍ!

Eu achei que não precisava; não ia querer passar muito tempo perto de Hana se ela era tão temerosa quanto eu tinha ouvido falar que era. Mas ficou bastante claro que Claudia estava bem preocupada comigo.

— O RELÓGIO DE SOL NÃO FICA MUITO DEPOIS! VOCÊ VAI SABER POR CAUSA DOS CAMINHOS LARGOS! COLOCA ELA NO RELÓGIO DE SOL E GIRA PARA TRÁS! USA AS MÃOS! PRESTA ATENÇÃO, SE VOCÊ GIRAR PARA A FRENTE, VOCÊ VAI MATÁ-LA! E FICA FORA DELE! ESCREVE AÍ!

Escrevi, mas só para agradá-la. Eu tinha lido *Algo sinistro vem por aí* e sabia do perigo de girar o relógio de sol para o lado errado. Radar *não* precisava ficar mais velha.

— VOLTA DA MESMA FORMA QUE ENTROU! MAS CUIDADO COM A HANA! PRESTA ATENÇÃO SE A ESCUTA NA PASSAGEM!

Levantei as mãos e balancei a cabeça: *Não entendi.*

Claudia abriu um sorriso severo.

— A FILHA DA PUTA SEMPRE TIRA UM COCHILO DEPOIS QUE COME! E RONCA! VOCÊ VAI OUVIR ISSO, CARLIE! PARECE TROVÃO!

Fiz dois sinais de joinha.

— VOLTA RÁPIDO! É LONGE E SEU TEMPO VAI SER CURTO! VOCÊ NÃO PRECISA TER PASSADO PELO PORTÃO QUANDO OS TRÊS SINOS TOCAREM, MAS PRECISA TER SAÍDO DE LILIMAR POUCO DEPOIS DISSO! ANTES DE ESCURECER!

Escrevi *Soldados noturnos?* no bloco e mostrei para ela. Claudia molhou o bico mais um pouco. Ela pareceu estar com medo.

— SIM! ELES! AGORA RISCA ISSO!

Eu risquei e mostrei para ela.

— QUE BOM! QUANTO MENOS FOR DITO OU ESCRITO SOBRE ESSES MALDITOS, MELHOR! PASSA A NOITE DE NOVO NO BARRACÃO COM O CARRINHO VERMELHO NA FRENTE! VAI EMBORA QUANDO OUVIR O SINO MATINAL! VOLTA PRA CÁ! ESCREVE AÍ!

Eu escrevi.

— TERMINAMOS — disse Claudia. — VOCÊ PRECISA DORMIR AGORA, PORQUE DEVE ESTAR CANSADO E TEM UM TRAJETO LONGO AMANHÃ!

Eu assenti e escrevi no bloco. Segurei-o com uma das mãos e segurei a mão dela na outra. Eu tinha escrito com letras grandes no bloco: *OBRIGADO*.

— NA, NA, NÃO! — Ela apertou a minha mão e a levou aos lábios rachados e a beijou. — EU AMAVA ADE! NÃO COMO UMA MULHER AMA UM HOMEM, MAS COMO UMA IRMÃ AMA UM IRMÃO! EU SÓ ESPERO NÃO ESTAR TE MANDANDO PRA SUA MORTE... OU PIOR!

Sorri e fiz dois sinais de joinha, tentando dizer que eu ficaria bem. Mas eu não tinha certeza, claro.

7

Antes que eu pudesse fazer mais perguntas, e eu tinha muitas, os lobos começaram a uivar. Muitos deles, descontrolados. Vi luar brilhando entre duas tábuas que tinham se afastado uma da outra e houve um impacto com a lateral da casa que foi tão forte que fez tudo tremer. Radar latiu e se levantou, as orelhas de pé. Houve outro impacto, um terceiro, depois dois juntos. Uma garrafa caiu de uma das prateleiras de Claudia e senti cheiro de salmoura.

Puxei a arma do sr. Bowditch, pensando: *Eles vão bufar e soprar até derrubarem a casa dela.*

— NA, NA, NÃO! — gritou Claudia. Ela não parecia estar com medo, como ficou quando viu as palavras *soldados noturnos*; ela pareceu quase achar graça. — ME SIGA, CARLIE, E VEJA O QUE ADRIAN TROUXE!

Ela empurrou a cortina de veludo e fez sinal para que eu passasse. O salão era arrumado; o quarto dela, não. Eu não chegaria a chamar Claudia de bagunceira com seus aposentos particulares, mas... quer saber? Eu *chamaria*, sim. Havia duas colchas emboladas e jogadas para trás. Calças, camisas e roupas de baixo que pareciam calçolas e camisetes de algodão espalhadas no chão. Ela chutou as roupas para tirar da frente quando me levou até o outro lado do aposento. Eu estava menos interessado no que ela pretendia me mostrar do que no ataque de lobos acontecendo lá fora. E *era* um ataque, os choques contra a casa frágil já estavam quase contínuos. Eu estava com medo de que, mesmo se as nuvens cobrissem as luas, o ataque não parasse. Eles estavam agitados e queriam sangue.

Ela abriu a porta e revelou um aposento do tamanho de um armário com um lavabo que certamente viera do meu mundo.

— PRA CAGAR! — disse ela. — CASO VOCÊ PRECISE À NOITE! NÃO PRECISA TER MEDO DE ME ACORDAR, EU DURMO COMO UMA PEDRA!

Eu tinha certeza disso, considerando que ela era surda como uma pedra, mas não achei que fosse precisar do banheiro se os lobos entrassem. Nem naquela noite, nem nunca. Parecia que havia dezenas deles lá fora tentando entrar, enquanto Claudia me levava numa turnê pela casa.

— AGORA, PRESTA ATENÇÃO NISSO! — disse Claudia. Ela usou a base da mão para deslizar um painel ao lado da privada. Dentro havia uma bateria de carro com ACDelco escrito do lado. Havia grampos de chupeta presos nos terminais. Os cabos estavam ligados em uma espécie de conversor de força. Outro cabo saía do conversor e se conectava no que parecia um interruptor comum. Claudia estava sorrindo largamente. — ADRIAN TROUXE E AS PORRAS DOS LOBOS ODEIAM!

Covardes levam presentes, pensei.

Ela virou o interruptor. O resultado foi um som absurdo, como vários alarmes de carro amplificados cinquenta ou cem vezes. Coloquei as mãos sobre as orelhas, com medo de que, se não fizesse isso, acabasse surdo como Claudia. Depois de dez ou quinze segundos bem longos, ela desligou o interruptor. Afastei as mãos dos ouvidos com cuidado. Na sala grande, Radar latia desvairada, mas os lobos tinham parado.

— SEIS ALTO-FALANTES! OS FILHOS DA PUTA DEVEM ESTAR CORRENDO PARA O BOSQUE COMO SE OS RABOS ESTIVESSEM PEGANDO FOGO! O QUE VOCÊ ACHOU, CARLIE? FOI ALTO O SUFICIENTE PARA VOCÊ?

Assenti e bati nas orelhas. Nada aguentaria aquela artilharia sonora por muito tempo.

— COMO EU QUERIA OUVIR! — disse Claudia. — MAS SINTO NOS DENTES! RÁ!

Eu ainda estava com o bloco e o lápis. Escrevi nele e mostrei para ela. *O que vai acontecer quando a bateria acabar?*

313

Ela pensou, sorriu e bateu na minha bochecha com uma das mãos.

— EU TE DOU CAMA E COMIDA, VOCÊ TRAZ OUTRA! É UMA TROCA JUSTA, JO-
VEM PRÍNCIPE!

8

Dormi junto ao fogão, como fizera na casa de Dora. Não tinha como eu ficar
acordado ponderando sobre a minha situação naquela noite: Claudia me
deu uma pilha de toalhas para servir de travesseiro e eu apaguei assim que
encostei a cabeça nela. Dois segundos depois (a sensação foi bem essa), ela
me acordou com um chacoalhão. Ela estava usando um casaco comprido
com borboletas aplicadas, quase certamente trabalho de Dora.

— O quê? — falei. — Me deixa dormir.

— NA, NA, NÃO! — Ela era surda, mas sabia perfeitamente bem o que
eu estava dizendo. — ACORDA, CARLIE! AINDA TEM MUITO PRA ANDAR! ESTÁ
NA HORA DE CUIDAR DA VIDA! ALÉM DO MAIS, TEM UMA COISA QUE EU QUERO
TE MOSTRAR!

Tentei me deitar, mas ela me puxou para uma posição sentada de novo.

— SUA CADELA ESTÁ ESPERANDO! EU ESTOU ACORDADA HÁ UMA HORA OU
MAIS! A CADELA TAMBÉM! ELA GANHOU OUTRA DOSE DE UNGUENTO E ESTÁ BEM-
-DISPOSTA! OLHA SÓ!

Radar estava ao lado dela balançando o rabo. Quando me viu olhando,
enfiou o focinho no meu pescoço e lambeu minha bochecha. Eu me levantei.
Minhas pernas estavam doloridas, meus braços e ombros estavam piores.
Eu os girei para trás, depois para a frente, uma parte dos alongamentos dos
treinos de futebol americano.

— VAI E FAZ SUAS NECESSIDADES! VOU TER UMA COISA QUENTE PRA VOCÊ
DEPOIS!

Fui para o banheirinho, onde ela deixara uma bacia de água morna e
um pedaço de sabão amarelo duro. Urinei, lavei o rosto e as mãos. Havia um
quadradinho de espelho na parede, do tamanho de um retrovisor de carro.
Estava arranhado e manchado, mas, quando me curvei, consegui me ver.
Eu me empertiguei, me virei para sair e olhei de novo, com mais atenção.
Achei que meu cabelo castanho tinha clareado um pouco. Acontecia no

verão, depois de dias no sol, mas não havia sol ali, só nuvens baixas. Exceto à noite, claro, quando as nuvens se abriam para deixar o luar passar.

Descartei a ideia como não sendo nada além da luz do único lampião a óleo e do pedacinho de espelho. Quando saí, ela me deu um pedaço grosso de pão junto com uma porção dupla de ovos mexidos. Engoli tudo feito um lobo (não tenho certeza se o trocadilho é adequado).

Ela me deu minha mochila.

— BOTEI AÍ ÁGUA E CHÁ GELADO! PAPEL E LÁPIS TAMBÉM, SÓ PRO CASO DE PRECISAR. AQUELA CARROÇA QUE VOCÊ ESTAVA PUXANDO FICA AQUI!

Balancei a cabeça e fiz um gesto de pegar os braços.

— NA, NA, NÃO! VOCÊ NÃO VAI USAR AQUILO ATÉ VOLTAR COM MEU TRÊS RODAS!

— Eu não posso levar o seu triciclo!

Ela já tinha se virado e não ouviu.

— VEM, CARLIE! A ALVORADA CHEGA EM BREVE! VOCÊ NÃO VAI QUERER PERDER ISSO!

Eu a segui até a porta, torcendo para que ela não fosse abri-la e dar de cara com uma matilha de lobos famintos. Não havia nenhum, e, na direção que o garoto chamara de cidade assombrada, as nuvens tinham se partido e revelado um tapete de estrelas. Perto da Estrada do Reino estava o triciclo enorme da Claudia. A cesta grande atrás tinha sido forrada com um quadrado branco macio do que parecia fleece, e entendi que Radar iria lá. Percebi que o triciclo seria mais fácil e mais rápido do que puxar a carroça com Radar dentro. Mas havia algo mais que era ainda melhor.

Claudia se curvou e esticou o lampião na direção da roda da frente enorme.

— ADE TROUXE ESSES PNEUS TAMBÉM! BORRACHA! EU TINHA OUVIDO FALAR, MAS NUNCA TINHA VISTO! MAGIA DO SEU MUNDO, CARLIE! E MAGIA *SILENCIOSA*!

Isso me convenceu. Não haveria preocupação com rodas duras estalando nas pedras.

Apontei para o triciclo. Apontei para mim mesmo. Bati no peito acima do coração.

— Vou trazer de volta, Claudia. Prometo.

— VOCÊ VAI DEVOLVER PRA MIM, JOVEM PRÍNCIPE CARLIE! NÃO TENHO DÚVIDA!

— Ela deu um tapinha nas minhas costas e outro tapinha desavergonhado na minha bunda que me lembrou o treinador Harkness me mandando jogar na defesa ou rebater. — AGORA, OLHA O CÉU ILUMINADO!

Eu olhei. Conforme as estrelas foram empalidecendo, o céu sobre a cidade de Lilimar ficou de um tom lindo de pêssego. Pode ser que haja uma cor assim quando os dias amanhecem nos trópicos, mas eu nunca tinha visto um céu daquele jeito. Radar estava sentada entre nós, a cabeça erguida, farejando o ar. Exceto pela gosma saindo dos olhos dela e pelo quanto estava magra, eu a teria achado perfeitamente bem.

— O que estamos procurando?

Claudia não respondeu porque não me viu falar. Estava olhando para o céu, onde as torres e os três pináculos se erguiam pretos no dia que clareava. Não gostei da aparência daqueles pináculos de vidro, mesmo de longe. A configuração deles fazia com que quase parecessem rostos olhando para nós. Falei para mim mesmo que era uma ilusão, que não era diferente de ver uma boca aberta no nó de uma árvore velha ou uma nuvem que parecia um dragão, mas não deu certo. Não chegou nem *perto* de dar certo. A ideia, certamente ridícula, de que a própria cidade era Gogmagog surgiu na minha mente: senciente, observadora e maligna. A ideia de chegar mais perto era assustadora; a ideia de usar o nome da Leah para passar pelo portão era apavorante.

O sr. Bowditch fez isso e voltou, falei para mim mesmo. *Você também consegue.*

Mas eu não tinha certeza.

O sino tocou a nota longa e sonora de ferro: *DONG*.

Radar se levantou e deu um passo na direção do som.

— PRIMEIRO SINO, CARLIE?

Levantei um dedo e assenti.

Enquanto o som ainda ecoava no ar, algo começou a acontecer e foi bem mais impressionante do que uma barata gigante ou um grilo vermelho supercrescido: o céu sobre os casebres e chalés espremidos fora da cidade começou a escurecer, como se uma janela estivesse não sendo aberta, mas *fechada*. Segurei o braço de Claudia, com medo por um momento de estar vendo um eclipse estranho não do sol nem da lua, mas da própria Terra. Quando o som do sino sumiu completamente, a escuridão se desfez em dez mil rachaduras de luz do sol que pulsava e mudava. Vi as cores: preto e dourado, branco e laranja, um roxo-royal profundo.

Eram borboletas-monarcas, cada uma do tamanho de um pardal, mas tão delicadas e efêmeras que a luz da manhã brilhava através delas do mesmo jeito que em volta.

— VIVA EMPIS! — gritou Claudia, e ergueu as duas mãos para o fluxo crescente de vida acima de nós. Esse fluxo bloqueou a vista da cidade, bloqueou os rostos que eu achei que tinha visto. — VIVA OS GALLIEN! QUE ELES POSSAM GOVERNAR DE NOVO E PARA SEMPRE!

Mesmo gritando alto, eu mal a ouvi. Estava hipnotizado. Nunca na vida eu tinha visto algo tão estranhamente surreal e lindo. As borboletas escureceram o céu ao voarem acima de nós, viajando só Deus sabia para onde, e quando senti o vento das suas asas, finalmente aceitei a realidade daquele mundo. De Empis. Eu era de um mundo de faz de conta.

Aquilo era a realidade.

DEZESSETE

Despedida de Claudia. Lembrança de Jenny. Uma noite no barracão de depósito. O portão. A cidade assombrada.

1

Radar se acomodou na cesta forrada com boa vontade, mas teve um ataque de tosse de que não gostei. Claudia e eu esperamos e acabou passando. Claudia usou a barra do vestido para limpar a gosma dos olhos de Radar e a lateral do focinho, depois olhou para mim com seriedade.

— NÃO PERCA TEMPO SE QUER SALVÁ-LA, CARLIE!

Eu assenti. Ela me puxou num abraço apertado, me soltou e me segurou pelos ombros.

— VÁ COM CUIDADO! EU FICARIA TRISTE DE VER VOCÊ VOLTAR SEM ELA, MAS MAIS TRISTE AINDA DE NÃO TE VER MAIS! ESTÁ COM TODAS AS INSTRUÇÕES QUE EU TE DEI?

Fiz sinal duplo de positivo e bati no bolso de trás.

— NÃO USA ESSA ARMA NA CIDADE, NEM QUANDO ESTIVER PERTO DELA!

Assenti e levei um dedo aos lábios: *Shhh.*

Ela levantou a mão, bagunçou meu cabelo e sorriu.

— BOA VIAGEM, JOVEM PRÍNCIPE CARLIE!

Subi no triciclo e me acomodei no assento. Depois da minha bicicleta, a sensação foi de estar sentando em uma torre. Precisei de força para fazer os pedais girarem, mas, quando o triciclo começou a andar, ficou fácil. Olhei para trás e acenei. Claudia acenou em resposta. E jogou um beijo.

Parei brevemente quando cheguei ao bonde abandonado. Uma das rodas tinha se soltado e estava de lado. Havia marcas velhas de garras na lateral de madeira mais perto de mim e um jorro velho e seco de sangue. *Lobinhos*, pensei.

Não olhei lá dentro.

2

O caminho era plano e eu segui num ritmo bom. Achei que chegaria no barracão de depósito sobre o qual ela falou bem antes de escurecer. O céu tinha se fechado de novo; a terra estava deserta e sem sombras sob as nuvens baixas. As monarcas tinham ido para onde quer que fossem durante o dia. Eu me perguntei se as veria voarem de volta para seus lugares de descanso fora da cidade. Os lobos talvez ficassem longe das casas e construções fora dos limites da cidade depois de escurecer, mas eu não queria apostar minha vida nisso. Nem a da Radar.

No meio da manhã, comecei a passar pelas primeiras casas e chalés. Um pouco mais para a frente, onde o primeiro caminho cortava a Estrada do Reino, a terra batida deu lugar a um calçamento de pedras quebradas. Eu teria preferido a terra batida de um modo geral porque era quase toda lisa. Havia buracos no calçamento dos quais eu tinha que desviar. A estabilidade do triciclo alto era boa, desde que eu conseguisse seguir um rumo reto, mas desviar era complicado. Em várias curvas, eu sentia uma das rodas traseiras sair do chão. Conseguia compensar jogando o peso na roda levantada, como fazia quando dobrava esquinas de bicicleta, mas tinha certeza de que um desvio ainda que moderadamente radical me faria cair de lado por mais que me inclinasse. Eu aguentaria uma queda, mas não sabia se Radar aguentaria.

As casas estavam vazias. As janelas pareciam olhar. Corvos, não gigantescos, mas grandes, saltitavam por jardins cheios de mato. Havia flores, mas elas estavam pálidas e pareciam erradas de alguma maneira. Trepadeiras que pareciam dedos subiam pelas laterais de chalés inclinados. Passei por uma construção estranhamente torta com calcário aparecendo pelo que restava da fachada de gesso. Portas pendiam com tristeza, fazendo a entrada parecer uma boca morta. No lintel acima delas havia uma caneca de cerveja, tão desbotada que a cerveja pintada dentro parecia mijo. Um bar, supus. Escrita acima da caneca com letras marrons desbotadas e afastadas estava a palavra CUIDADO. Ao lado havia o que devia ter sido algum tipo de loja. Havia estilhaços de vidro caídos na estrada na frente. Preocupado com os pneus de borracha do triciclo, passei longe do vidro quebrado.

Um pouco mais para a frente (havia construções dos dois lados, quase lado a lado, mas com pequenas passagens escuras entre elas), passamos por um fedor tão grande de esgoto que me deu ânsia de vômito e precisei prender a respiração. Radar também não gostou; ela choramingou, inquieta, e se mexeu, fazendo o triciclo sacudir um pouco. Eu estava pensando em parar para comer, mas o fedor me fez mudar de ideia. Não era de carne em decomposição, mas algo que se estragara de forma total e talvez profana.

Uma vegetação densa e selvagem, pensei, e essa frase trouxe de volta lembranças de Jenny Schuster. De estar sentado com ela debaixo de uma árvore, nós dois encostados no tronco na sombra pontilhada, ela com um livro no colo. Chamava-se *O melhor de H. P. Lovecraft* e ela estava lendo um poema chamado "Os fungos de Yuggoth". Lembro como começava: *O lugar era escuro e poeirento e meio perdido num labirinto de vielas junto aos molhes*, e de repente o motivo de aquele lugar estar me apavorando ficou claro. Eu ainda estava a quilômetros de Lilimar, o que o garoto refugiado tinha chamado de cidade assombrada, mas mesmo ali as coisas estavam erradas de formas que acho que eu não teria entendido se não fosse Jenny, que me apresentou Lovecraft quando estávamos no sexto ano, novos e impressionáveis demais para aquele tipo de horror.

Jenny e eu nos tornamos amigos de livros durante o último ano de bebedeira do meu pai e primeiro ano de sobriedade. Ela era uma amiga, não *namorada*, o que é completamente diferente.

— Eu nunca vou entender por que você gosta de andar com ela — disse Bertie uma vez. Acho que ele estava com ciúmes, mas também acho que ele estava sinceramente perplexo. — Você e ela se pegam? Dão beijo de língua, essas coisas?

Eu não fazia nada disso e falei para ele. Falei que ela não me interessava dessa forma. Bertie abriu um sorrisinho e disse:

— Que outra forma existe? — Eu poderia ter dito, mas isso o teria deixado mais perplexo ainda.

Era verdade que Jenny não tinha o que Birdman chamaria de "o tipo de corpo que se quer explorar". Aos onze ou doze anos, a maioria das garotas já exibe leves curvas, mas Jenny era reta como uma tábua na frente e até embaixo. Tinha um rosto ossudo, cabelo castanho que estava sempre embaraçado e um jeito esquisito de andar. As outras garotas debochavam dela, claro. Ela nunca seria uma líder de torcida ou rainha do baile ou estrela na peça da turma, e, se queria isso tudo (ou a aprovação das garotas que andavam juntas e usavam sombra nos olhos), ela nunca demonstrou. Não sei se ela sentia pressão para se encaixar. Ela não se vestia como gótica, usava macacões xadrez, sapatos Oxford e levava uma lancheira do Han Solo para a escola, mas tinha uma mentalidade gótica. Ela adorava uma banda punk chamada Dead Kennedys, sabia citar falas de *Taxi Driver* e amava as histórias e poemas de H. P. Lovecraft.

Ela e eu e HPL nos conectamos perto do fim do meu período sombrio, quando eu ainda estava fazendo as merdas com o Bertie Bird. Um dia, na aula de inglês do sexto ano, a discussão foi sobre os trabalhos de R. L. Stine. Eu tinha lido um dos livros dele, o nome era *Can You Keep a Secret*, e achei muito idiota. Falei isso e que gostaria de ler algo realmente assustador em vez de assustador de mentira.

Jenny foi falar comigo depois da aula.

— Ei, Reade. Você tem medo de palavras grandes?

Eu falei que não. Falei que, se não conseguia entender uma palavra de uma história, eu pesquisava no celular. Isso pareceu satisfazê-la.

— Lê isto — disse ela, e me entregou um livro surrado colado com fita adesiva. — Vê se te dá medo. Porque eu fiquei me cagando de medo.

O livro era *O chamado de Cthulhu* e as histórias nele me assustaram bastante, principalmente "Os ratos nas paredes". Também havia um monte de palavras grandes pra pesquisar, como *tenebroso* e *fedorento* (perfeita para o cheiro que senti perto daquele bar). Nós nos aproximamos por causa do terror, possivelmente por sermos os únicos alunos do sexto ano dispostos a nos aventurar por vontade própria na densidade da prosa estrangulada de Lovecraft. Por mais de um ano, até os pais da Jenny se separarem e ela se mudar para Des Moines com a mãe, nós lemos contos e poemas um para o outro em voz alta. Também vimos uns filmes baseados nos contos, mas eram horríveis. Nenhum entendia como a imaginação daquele cara era *grande*. E sombria pra caralho.

Enquanto eu pedalava para a cidade murada de Lilimar, percebi que aquele anel silencioso era parecido demais com um dos contos de fadas sombrios de H. P. Lovecraft sobre Arkham e Dunwich. Colocadas no contexto dessas e de outras histórias de terror sobrenatural (nós passamos para Clark Ashton Smith, Henry Kuttner e August Derleth), consegui entender o que era tão assustador e estranhamente desanimador nas ruas e casas vazias. Usando uma das palavras favoritas de Lovecraft, elas eram *tétricas*.

Por uma ponte de pedra, atravessamos um canal morto. Ratos enormes andavam por cima e pelo meio de um lixo tão antigo que não dava para saber o que era antes de virar lixo. As laterais inclinadas de pedra do canal estavam sujas de gosma marrom meio preta, o que Lovecraft sem dúvida teria chamado de *excremento*. E o fedor vindo da lama preta rachada? Ele teria chamado de *mefítico*.

Aquelas palavras voltaram à minha cabeça. Aquele lugar as *trouxe* de volta.

Do outro lado do canal, as construções eram ainda mais amontoadas, os espaços entre elas não eram vielas nem passagens, mas meras rachaduras pelas quais uma pessoa teria que se espremer... e quem sabia o que poderia estar à espreita lá dentro, esperando um passante? Aqueles locais vazios se curvavam sobre a rua, parecendo inchar na direção do triciclo e cobrir tudo, exceto um zigue-zague de céu branco. Eu me sentia observado não só *de dentro* das janelas pretas sem vidro, mas *por elas*, o que era ainda pior. Algo de terrível tinha acontecido ali, eu tinha certeza disso. Algo monstruoso e, sim, tétrico. A fonte do cinza podia ainda estar à frente, na cidade, mas era forte mesmo ali, naqueles arredores desertos.

Fora me sentir observado, havia uma sensação crepitante de estar sendo seguido. Várias vezes eu virei a cabeça, tentando pegar alguém ou alguma coisa (algum *demônio apavorante*) atrás de nós. Não vi nada além de corvos e uns ratos, provavelmente voltando para o ninho ou colônia nas sombras daquele canal lamacento.

Radar também estava sentindo o mesmo. Ela rosnou várias vezes e, uma vez, quando olhei para trás, eu a vi sentada com as patas na borda traseira da cesta de vime olhando para o caminho de onde tínhamos vindo.

Nada, pensei. *Essas ruas estreitas e casas abandonadas estão desertas. Você só está tenso. Radar também.*

Chegamos a outra ponte sobre outro canal abandonado, e em um dos pilares eu vi uma coisa que me animou: as iniciais AB, ainda não totalmente cobertas por incrustações de musgo verde-pálido. As construções espremidas me fizeram perder o muro da cidade de vista por uma ou duas horas, mas na ponte eu o vi claramente, liso e cinza e com mais de dez metros de altura. No centro havia um portão titânico cheio de vigas grossas entrelaçadas do que parecia ser um vidro verde fosco. O muro e o portão estavam visíveis porque a maior parte das construções entre o local onde eu estava e o muro da cidade tinha sido reduzida a escombros pelo que parecia um ataque a bomba. Uma espécie de cataclismo, no mínimo. Algumas chaminés queimadas se destacavam como dedos apontando, e alguns prédios tinham sido poupados. Um parecia uma igreja. Outro era uma construção comprida com laterais de madeira e telhado de metal. Na frente havia um carrinho vermelho sem rodas coberto de mato com aparência doentia.

Eu tinha ouvido os dois sinos sinalizando o meio-dia (*hora do rango pra Hana*, pensei) menos de duas horas antes, o que significava que eu tinha ido bem mais rápido do que Claudia esperava. Havia muita luz do dia pela frente, mas eu não tinha intenção de me aproximar do portão hoje. Eu precisava descansar e colocar a cabeça no lugar... se isso fosse possível.

— Acho que chegamos — falei para Radar. — Não é o Holiday Inn, mas vai servir.

Pedalei até depois do carrinho abandonado e fui até o barracão de depósito. Havia uma porta grande de enrolar, o vermelho alegre do passado desbotado em um rosa doentio, e uma porta menor do tamanho de um homem ao lado. Entalhadas na tinta estavam as iniciais AB. Vê-las fez com que eu me sentisse bem, como as do pilar da ponte, mas houve outra coisa que fez com que eu me sentisse melhor ainda: a sensação de desastre iminente acabara. Talvez porque as construções tivessem ficado para trás e eu conseguisse sentir o espaço ao meu redor e ver o céu de novo, mas não acho que tenha sido só isso. A sensação que Lovecraft poderia ter chamado de *mal antigo* tinha sumido. Mais tarde, não muito tempo depois dos três sinos da noite, eu descobri o porquê.

3

A porta do tamanho de uma pessoa só abriu quando eu a forcei com o ombro, e foi tão repentino que eu quase caí lá dentro. Radar latiu na cesta. O barracão de depósito estava escuro e com cheiro ruim, mas não *mefítico* nem com cheiro de *excremento*. Havia mais dois bondes na escuridão, pintados de vermelho e azul. Eles estavam no barracão havia anos, sem dúvida, mas, como estavam longe das intempéries, a tinta tinha permanecido nova e eles pareciam quase alegres. Havia varas saindo dos tetos e supus que em algum momento eles devem ter funcionado a partir de fios superiores por onde passava uma corrente elétrica. Se fosse isso mesmo, os fios já não existiam mais. Eu não tinha visto nenhum na viagem. Na frente de um dos bondes, em letras antiquadas, havia a palavra ENSEADA. No outro, LILIMAR. Havia pilhas de rodas de ferro com raios grossos e madeira e caixas de ferramentas enferrujadas. Também vi uma fileira de lampiões em forma de torpedo em uma mesa encostada na parede mais distante.

Radar latiu de novo. Voltei e a tirei da cesta. Ela cambaleou um pouco e mancou até a porta. Farejou e entrou sem hesitar. Encarei isso como bom sinal.

Tentei empurrar a porta de enrolar, as que os bondes deviam ter usado, mas nem se mexeu. Deixei a menor aberta para ter luz e verifiquei os lampiões. Parecia que seria uma noite escura para o Príncipe Carlie e sua fiel escudeira Radar, porque o óleo nos reservatórios tinha acabado. E o triciclo de Claudia teria que passar a noite lá fora, porque a porta pequena era estreita demais para ele.

Os raios de madeira das rodas estavam secos, se partindo. Eu sabia que conseguiria quebrar o suficiente para fazer uma fogueira e tinha levado o Zippo que o meu pai usava para acender o cachimbo, mas eu que não ia fazer uma fogueira lá dentro. Era fácil demais imaginar fagulhas caindo nos bondes velhos e colocando fogo neles, nos deixando sem refúgio além da construção que se assemelhava a uma igreja. Que parecia estar prestes a desmoronar.

Peguei duas latas de sardinha e um pouco da carne que Dora tinha preparado para mim. Comi e bebi uma Coca. Radar recusou a carne, experimentou a sardinha, mas a largou no chão de madeira empoeirado. Tinha ficado feliz com os biscoitos de melado da Dora antes, então tentei isso. Ela farejou e virou a cabeça. Também não quis Perky Jerky.

Fiz carinho na cara dela, nas laterais.

— O que eu vou fazer com você, garota?

Consertá-la, pensei. *Se puder.*

Fui na direção da porta, querendo dar outra olhada na muralha em volta da cidade, mas tive uma inspiração. Voltei até a mochila, remexi lá dentro e encontrei os últimos biscoitos de pecã em um saco embaixo do meu iPhone inútil. Ofereci um a ela. Radar farejou com atenção, pegou na boca e comeu. E mais três antes de recusar.

Melhor do que nada.

4

Observei a luz pela porta aberta e saí ocasionalmente para dar uma olhada lá fora. Tudo estava imóvel. Até os ratos e corvos estavam evitando aquela parte da cidade, ao que parecia, mas pelo menos a sensação de temor crescente tinha passado. Tentei jogar o macaco para Rad. Ela o pegou uma vez e apertou um pouco, mas não levou de volta para mim. Só o largou entre as patas e foi dormir com o focinho apoiado nele. O unguento de Claudia tinha ajudado, mas os efeitos tinham passado e ela não quis tomar os últimos três comprimidos que a assistente de veterinário tinha me dado. Achei que tinha gastado o que lhe restava de energia para correr pela escada em espiral e encontrar Dora. Se não a levasse ao relógio de sol logo, eu a encontraria não dormindo, mas morta.

Eu teria jogado no celular para passar o tempo se estivesse funcionando, mas era só um retângulo de vidro preto. Tentei reiniciá-lo, mas não apareceu nem a maçã. Não havia magia de contos de fadas no mundo de onde eu tinha vindo, nem magia do meu mundo naquele. Guardei-o de volta na mochila e olhei a porta aberta enquanto a luz branca nublada começava a sumir. Os três sinos da noite tocaram e pensei em fechar a porta nessa hora, mas não queria ficar no escuro só com o isqueiro do meu pai para quebrá-lo enquanto não fosse totalmente necessário. Fiquei de olho na igreja (se é que era isso mesmo) do outro lado da rua e pensei que, quando não conseguisse mais vê-la, eu fecharia a porta. A ausência de pássaros e ratos não necessariamente significava ausência de lobos ou outros predadores. Claudia tinha me dito para me trancar dentro e eu pretendia fazer exatamente isso.

Quando a igreja era só uma forma indistinta em um mundo cada vez mais escuro, eu me levantei para fechar a porta. Radar levantou a cabeça, ergueu as orelhas e soltou um *uuf* baixo. Pensei que tivesse sido porque eu me levantei, mas não foi. Velha ou não, os ouvidos dela eram melhores do que os meus. Ouvi alguns segundos depois: um som baixo e sacolejante, como papel preso num ventilador. Aproximou-se rapidamente, ficando cada vez mais alto até se tornar o som de um vento crescente. Eu sabia o que era e, quando parei na porta com uma das mãos no assento do triciclo, Radar se juntou a mim. Nós dois olhamos o céu.

As monarcas vieram da direção que eu tinha decidido arbitrariamente que era o sul, a direção de onde eu tinha vindo. Elas escureceram o céu cada vez mais escuro em uma nuvem abaixo das nuvens. Pousaram no prédio estilo igreja em frente, em algumas das chaminés, em pilhas de escombros e no telhado do barracão onde Radar e eu tínhamos nos abrigado. O som delas pousando lá, e deviam ser milhares, foi menos um esvoaçar e mais um suspiro prolongado.

Agora eu achava que entendia por que aquela parte da área bombardeada destruída me parecia mais segura do que desolada. As monarcas preservaram aquele posto avançado em um mundo que já tinha sido melhor, que existia antes de os membros da família real serem assassinados ou expulsos.

No meu mundo, eu acreditava (e não era só eu) que tudo da realeza era uma baboseira, assunto para tabloides de supermercado como *National Enquirer* e *Inside View*. Reis e rainhas, príncipes e princesas eram só mais uma família, mas uma família que tivera sorte em todos os números certos da versão genética da loteria. Também tiravam a calça quando precisavam cagar, como o mais baixo dos súditos.

Mas esse não era o mesmo mundo. Era Empis, onde as regras eram diferentes.

Esse era mesmo o Outro.

A nuvem de borboletas-monarcas tinha terminado o retorno, deixando só a escuridão crescente. O suspiro de suas asas desapareceu. Eu trancaria a porta porque Claudia tinha mandado, mas me sentia seguro. Protegido.

— Viva Empis — falei baixinho. — Viva os Gallien e que eles possam governar de novo e para sempre.

E por que não? Por que não, porra? Qualquer coisa seria melhor do que aquela desolação.

Fechei a porta e a tranquei.

5

No escuro, não havia nada a fazer além de dormir. Coloquei a mochila entre os dois bondes, ao lado de onde Radar tinha se encolhido, apoiei a cabeça nela e peguei no sono quase na mesma hora. Meu último pensamento era que, sem alarme para me acordar, eu talvez dormisse demais e saísse tarde, o que poderia ser letal. Eu não precisava ter me preocupado; Radar me acordou tossindo e tossindo. Dei-lhe água e ela melhorou um pouco.

Eu não tinha relógio além da minha bexiga, que estava bem cheia, mas não explodindo. Pensei em urinar em um dos cantos, mas decidi que não era jeito de tratar um abrigo seguro. Destranquei a porta, abri um pouco e espiei lá fora. Não havia estrelas nem luar brilhando entre as nuvens baixas. A igreja do outro lado parecia borrada. Esfreguei os olhos para clarear a visão, mas o borrão continuou. Não eram meus olhos, eram as borboletas, ainda dormindo. Eu achava que elas não viviam muito no nosso mundo, só semanas ou meses. Ali, quem sabia?

Algo se mexeu na extremidade da minha visão. Olhei, mas ou tinha sido minha imaginação ou o que estava lá sumiu. Mijei (sempre olhando por cima do ombro) e voltei para dentro. Tranquei a porta e fui até Radar. Não houve necessidade de usar o isqueiro do meu pai para encontrar o caminho: a respiração dela estava alta e rouca. Peguei no sono de novo, talvez por uma hora ou duas. Sonhei que estava na minha cama na rua Sycamore. Eu me sentava, tentava bocejar e não conseguia. Minha boca tinha sumido.

Isso me fez acordar e ouvir mais tosses caninas. Um dos olhos da Radar estava aberto, mas o outro estava colado com a gosma, deixando-a com uma expressão triste de pirata. Limpei a gosma e fui até a porta. As monarcas ainda estavam pousadas, mas um pouco de luz tinha surgido no céu. Era hora de comer alguma coisa e pegar a estrada.

Segurei uma lata aberta de sardinhas debaixo do nariz da Radar, mas ela virou a cabeça na mesma hora, como se o cheiro a enjoasse. Havia dois biscoitos de pecã. Ela comeu um, tentou comer o outro, mas cuspiu. E olhou para mim.

Segurei a cara dela nas mãos e a movi delicadamente de um lado para o outro de um jeito de que eu sabia que ela gostava. Fiquei com vontade de chorar.

— Aguenta firme, garota. Está bem? Por favor.

Eu a carreguei pela porta e a coloquei cuidadosamente de pé no chão. Ela foi até o lado esquerdo da porta com o andar suave dos idosos, encontrou o local onde eu tinha mijado mais cedo e acrescentou o dela ao meu. Eu me curvei para pegá-la de novo, mas ela me contornou e foi até a roda traseira direita do triciclo de Claudia, a mais perto da estrada. Farejou, se agachou e mijou de novo. Soltou um rosnado baixo enquanto fazia isso. Em seguida, me deixou pegá-la e colocá-la na cesta.

Fui até a roda traseira e me inclinei. Não havia nada para ver, mas eu tinha certeza de que o que eu vislumbrara mais cedo tinha se aproximado depois que eu entrei. Não só se aproximado, mas mijado no meu veículo, como quem diz *esse território é meu*. Eu estava com a minha mochila, mas decidi que havia mais uma coisa que eu queria. Voltei para dentro do barracão. Rad ficou na porta me olhando. Procurei até encontrar uma pilha mofada de cobertores no canto, talvez para passageiros do bonde se protegerem no tempo frio tempos antes. Se eu não tivesse decidido fazer minhas necessidades lá fora, eu talvez tivesse mijado neles no escuro. Peguei um e o sacudi. Várias mariposas mortas caíram no chão como flocos de neve. Eu o dobrei e levei até o triciclo.

— Pronto, Rad. Vamos fazer logo isso. O que você acha?

Eu a coloquei na cesta e enfiei o cobertor dobrado ao lado dela. Claudia tinha me instruído a esperar o primeiro sino para sair, mas, com as monarcas em volta, eu me senti bem seguro. Subi e comecei a pedalar lentamente na direção do portão no muro. Depois de meia hora, o sino matinal tocou. Perto da cidade, foi bem alto. As monarcas levantaram voo em uma onda enorme de preto e dourado, indo para o sul. Eu as vi saírem voando, desejando estar indo naquela direção... para a casa de Dora, depois para a entrada do túnel e de volta ao meu mundo de computadores e aves de aço mágicas que voavam no céu. Mas, como diz o poema, eu tinha promessas a cumprir e milhas a percorrer.

Pelo menos os soldados noturnos foram embora, pensei. *Voltaram para suas criptas ou mausoléus, porque é lá que coisas como eles dormem.* Não havia como eu ter certeza disso, mas eu tinha.

6

Chegamos ao portão em menos de uma hora. No céu, as nuvens estavam mais baixas e mais escuras do que nunca, e eu achava que a chuva não demoraria muito mais. Minha estimativa de que o muro cinza tinha dez metros acabou sendo bem errada. Tinha mais de vinte, e o portão era titânico. Era coberto de ouro, ouro de verdade, eu tinha certeza, não tinta. E era quase tão longo quanto um campo de futebol americano. As barras que o sustentavam estavam inclinadas para lá e para cá, mas não de velhice e decomposição; eu tinha certeza de que tinham sido instaladas assim, formando ângulos estranhos. Fizeram com que eu pensasse em Lovecraft de novo e no universo louco não euclidiano de monstros que estava sempre tentando sufocar o nosso.

Não eram só os ângulos que eram perturbadores. As barras eram de uma substância verde fosca muito parecida com vidro metálico. Algo parecia estar se movendo nelas, como vapor preto. Aquilo provocou uma sensação estranha no meu estômago. Eu afastei o olhar e, quando olhei de volta, a coisa preta tinha sumido. Quando virei a cabeça e olhei para as barras com os cantos dos olhos, a coisa preta pareceu ter voltado. Fui tomado por vertigem.

Sem querer perder o pouco que eu tinha comido de café da manhã, olhei para o chão aos meus pés. E lá, em um dos paralelepípedos, escrito em uma tinta que poderia ter sido azul, mas tinha desbotado para cinza, havia as iniciais AB. Tudo ficou claro na minha cabeça e, quando ergui o rosto, só vi o portão com as barras verdes se cruzando nele. Mas que portão era aquele, parecia até um ótimo CGI de um filme épico. Só que aquilo não era efeito especial. Bati com os dedos em uma das barras verdes foscas só para ter certeza.

Perguntei-me o que aconteceria se eu tentasse usar o nome de Claudia no portão, ou o de Stephen Woodleigh. Os dois eram de sangue real, não eram? A resposta era sim, mas, se eu tinha entendido direito (eu não tinha certeza se tinha, porque eu nunca fui bom em desvendar relações familiares), só a Princesa Leah era herdeira do trono de Empis. Ou talvez fosse o trono dos Galliens. Não importava para mim, desde que eu conseguisse entrar. Se o nome não funcionasse, eu ficaria preso ali fora e Radar morreria.

O idiota do Charlie procurou um interfone, o que se encontraria ao lado de uma porta de prédio de apartamentos. Não havia nada do tipo, claro, só as barras entrecruzadas estranhas com escuridão impenetrável entre elas.

Murmurei:

— Leah de Gallien.

Nada aconteceu.

Não foi alto o suficiente, talvez, pensei, mas gritar parecia errado no silêncio fora do muro, quase como cuspir num altar de igreja. *Faz mesmo assim. Fora da cidade, deve ser seguro. Faz por Radar.*

No fim das contas, não consegui gritar, mas limpei a garganta e ergui a voz.

— *Abra em nome de Leah de Gallien!*

Fui respondido por um grito nada humano que me fez dar um passo para trás e quase cair pela frente do triciclo. Sabe aquilo que dizem, fiquei com o coração na boca? O meu pareceu pronto para pular por entre meus lábios e me deixar mortinho no chão. O grito não parou, e percebi que era o som de um maquinário titânico trabalhando depois de anos ou décadas.

Talvez desde que o sr. Bowditch tinha usado a versão daquele mundo de *Abre-te, Sésamo*.

O portão tremeu. Vi os filetes pretos se contorcendo e subindo nas barras verdes. Não houve dúvida sobre eles dessa vez; foi como olhar sedimento em uma garrafa sacudida. O berro do maquinário mudou para um trovão sacolejante, e o portão começou a se mover para a esquerda pelo que devia ser um trilho escondido enorme. Vi-o deslizar e a vertigem voltou, pior do que nunca. Eu me virei, cambaleei como bêbado quatro passos até o assento do triciclo de Claudia e encostei o rosto nele. Meu coração estava disparado no peito, no meu pescoço e até nas laterais do meu rosto. Eu não conseguia olhar para aqueles ângulos em mutação enquanto o portão abria. Pensei que desmaiaria se olhasse. Ou veria algo tão horrível que me faria fugir correndo pelo caminho por onde tinha vindo, deixando minha cadela moribunda para trás. Fechei os olhos e estiquei a mão para o pelo dela.

Aguenta firme, pensei. *Aguenta firme, aguenta firme, aguenta firme.*

7

Finalmente, o ruído parou. Houve outro daqueles gritos de protesto e o silêncio voltou. Voltou? Caiu como uma bigorna. Abri os olhos e vi Radar olhando para mim. Abri a mão e vi que eu tinha arrancado uma quantidade considerável dos pelos dela, mas ela não reclamou. Talvez porque tivesse dores maiores para aguentar, mas acho que não foi isso. Acho que ela percebeu que eu precisava dela.

— Tudo bem — falei. — Vamos ver o que temos.

À minha frente, dentro do portão, havia um pátio ladrilhado amplo. Estava alinhado com restos de grandes borboletas de pedra dos dois lados, cada uma em um pedestal com seis metros de altura. As asas tinham sido quebradas e empilhadas no piso do pátio. Formavam uma espécie de corredor. Eu me perguntei se, em uma época melhor, cada uma daquelas borboletas-monarcas (porque é claro que elas eram monarcas) tinha representado um rei ou rainha da linhagem Gallien.

A gritaria recomeçou e percebi que o portão estava se preparando para fechar. O nome de Leah talvez o abrisse de novo; talvez não. Eu não tinha intenção de descobrir. Subi no triciclo e pedalei para dentro quando o portão começou a se fechar.

As rodas de borracha sussurraram nos ladrilhos, que já tinham sido coloridos, mas estavam desbotados. *Tudo ficando cinza*, pensei. *Cinza ou daquele tom doentio de verde fosco.* As borboletas, talvez antes coloridas, mas agora tão cinzas quanto todo o resto, assomavam sobre nós conforme seguíamos adiante. Os corpos estavam intactos, mas seus rostos e asas tinham sido destruídos. Fez com que eu pensasse nos vídeos que tinha visto do ISIS destruindo estátuas antigas, artefatos e templos que eles consideravam blasfemos.

Chegamos a um arco duplo na forma de asas de borboleta. Havia algo escrito acima, mas isso também tinha sido destruído. Só restavam as letras LI. Meu primeiro pensamento foi LILIMAR, o nome da cidade, mas poderia ter sido GALLIEN.

Antes de passar pelo arco, olhei para ver como Radar estava. Tínhamos que ficar em silêncio, todas as pessoas que encontrei falaram isso de alguma forma, e eu não achava que isso seria problema para Rad. Ela estava dormindo de novo. O que era bom por um lado e preocupante por outro.

O arco estava úmido e tinha cheiro de decomposição antiga. Do outro lado havia um laguinho circular feito de pedra coberta de líquen. Talvez um dia a água do laguinho tivesse sido de um azul alegre. Talvez um dia as pessoas tivessem ido ali se sentar nas pedras para fazer a refeição do meio-dia enquanto viam a versão empisiana de patos ou gansos nadando. Mães talvez segurassem os filhos para que pudessem molhar os pés. Agora, não havia aves nem empisianos. Se houvesse, teriam ficado longe daquele laguinho como se fosse veneno, porque era o que parecia. A água era de um verde viscoso e opaco que parecia quase sólido. O vapor subindo dele era realmente mefítico, o cheiro que eu imaginava que escapasse de uma tumba cheia de corpos em decomposição. Ao redor havia uma passarela curva onde cabia certinho o triciclo. Em um dos ladrilhos da direita havia as iniciais do sr. Bowditch. Fui nessa direção, mas parei e olhei para trás, certo de ter ouvido algum barulho. O movimento de passos ou talvez o sussurro de uma voz.

Não dê atenção às vozes que você pode ouvir, dissera Claudia. Agora, eu não estava ouvindo nada, e nada se movia nas sombras do arco pelo qual eu passara.

Pedalei lentamente pela curva direita do laguinho fedorento. Do outro lado havia mais um arco de borboleta. Quando me aproximei, uma gota de chuva caiu na minha nuca, depois outra. Elas começaram a pontilhar o lago, fazendo breves crateras na superfície. Enquanto eu olhava, uma coisa preta surgiu, só por um ou dois segundos. Depois, desapareceu. Eu não dei uma boa olhada, mas tenho quase certeza de que vi um brilho momentâneo de dentes.

A chuva começou a cair mais forte. Em pouco tempo, seria uma torrente. Quando entrei no abrigo do segundo arco, desci do triciclo e abri o cobertor sobre minha cadela adormecida. Mofado e comido de traças ou não, eu estava bem feliz por tê-lo levado.

8

Como eu estava adiantado, senti (tive esperanças) que podia esperar um pouco no abrigo do arco, torcendo para que a chuva parasse para eu não ter que levar Rad debaixo dela, mesmo com o cobertor em cima. Só que quanto tempo era um pouco? Quinze minutos? Vinte? E como eu saberia? Eu tinha me acostumado a olhar a hora no celular e desejei amargamente o relógio do sr. Bowditch. Passou pela minha cabeça enquanto eu via a chuva caindo no que parecia um bairro comercial deserto cheio de lojas de fachadas verdes que eu tinha me tornado dependente demais do meu celular, ponto. Meu pai tinha uma frase sobre equipamentos controlados por computador: *Se um homem se acostumar a andar de muletas, ele não vai conseguir andar sem elas.*

As lojas ficavam do lado mais distante de um canal seco. Pareciam o tipo de lugar que gente abastada frequentaria, como uma versão antiquada da Rodeo Drive ou do Oak Street District em Chicago. De onde eu estava, conseguia ler uma placa banhada em ouro (não podia ser de ouro maciço) que dizia SAPATARIA DE SUA MAJESTADE. Havia vitrines cujos vidros tinham sido quebrados tempos antes. Muitas chuvas tinham levado os estilhaços para as valas. E no meio da rua, encolhido como o corpo de uma cobra infinita, estava o que só podia ser um fio de bonde.

Algo tinha sido entalhado no pavimento fora do arco onde estávamos nos abrigando. Fiquei de joelhos para olhar melhor. A maior parte tinha sido apagada, como as asas e os rostos das borboletas, mas, quando passei os dedos no começo e no fim, achei que consegui identificar um E e um N. As letras entre elas poderiam ser qualquer coisa, mas eu achava que talvez aquela via principal, que era Estrada do Reino fora da muralha, se tornava Estrada Gallien do lado de dentro. O que quer que fosse, levava direto para os prédios altos e torres verdes da cidade central. Três das torres eram maiores do que o resto, os pináculos de vidro desaparecendo nas nuvens. Eu não sabia se era o palácio real da mesma forma que eu não sabia se as letras que restavam antes escreviam Estrada Gallien, mas eu achava bem provável.

Quando comecei a pensar que teríamos que seguir e ficar encharcados, a chuva diminuiu um pouco. Verifiquei para ter certeza de que Radar estava coberta (não havia nada para fora do cobertor além da ponta do focinho e as patas traseiras), subi no triciclo e pedalei lentamente pelo canal seco. Enquanto seguia, eu me perguntei se estava atravessando a ponte Rumpa da qual Woody tinha falado.

9

As lojas eram chiques, mas havia algo de errado com elas. Não era só por estarem vazias nem por estar óbvio que tinham sido saqueadas em algum momento no passado distante, talvez por residentes de Lilimar fugindo da cidade quando o cinza chegou. Havia outro detalhe mais sutil... e mais horrível, porque ainda estava lá. Ainda estava acontecendo. As construções pareciam bem firmes, vandalizadas ou não, mas estavam meio *tortas*, como se uma força gigantesca as tivesse deformado e elas não tivessem conseguido voltar para o lugar. Quando eu olhava diretamente para elas — SAPATARIA DE SUA MAJESTADE, DELEITES CULINÁRIOS, TESOUROS CURIOSOS, ALFAIATES DA CASA DE (o resto disso tinha sido quebrado, como se o que vinha depois fosse profano), RAIOS E RODAS —, elas pareciam bem. Normais se algo pudesse ser chamado de normal na estranheza do Outro. Mas, quando eu voltava a cuidar do meu caminho reto pela rua ampla, algo acontecia nas beiradas da minha visão. Ângulos retos pareciam virar curvas. Janelas de vidro pareciam se mexer, como olhos se apertando para me ver melhor. Letras viravam runas. Eu falei para mim mesmo que não era nada além da minha imaginação agitada, mas eu não tinha como ter certeza. Só *tinha* certeza de uma coisa: eu não queria estar ali depois que escurecesse.

Em uma rua transversal, uma gárgula de pedra enorme tinha caído e ficou me olhando de cabeça para baixo com a boca sem lábios aberta e mostrando um par de presas reptilianas e uma língua cinzenta bipartida. Passei bem longe dela e fiquei aliviado quando passei daquele olhar gelado de cabeça para baixo. Quando me movi, ouvi um baque alto. Olhei para trás e vi que a gárgula tinha caído. Talvez uma das rodas traseiras do triciclo tivesse roçado nela, abalando o equilíbrio precário que ela mantivera por anos. Talvez não.

Fosse como fosse, ela estava me olhando de novo.

10

O palácio, supondo que fosse isso, se aproximava. As construções dos dois lados agora pareciam casas estilo *townhouse*, antes sem dúvida luxuosas, mas agora em ruínas. Sacadas tinham desabado. Luminárias marcando caminhos de pedra tinham caído ou sido derrubadas. Os caminhos estavam cheios de ervas daninhas marrom-acinzentadas com aparência horrível. Os espaços entre essas casas tinham sido sufocados por urtigas. Andar por ali faria a pele em retalhos.

A chuva começou a cair forte de novo quando chegamos a casas ainda mais finas, feitas de mármore e vidro com degraus largos (intactos) e pórticos chiques (a maioria quebrada). Falei para Radar aguentar firme, que devíamos estar chegando perto, mas fiz isso em voz baixa. Apesar da chuvarada, minha boca estava seca. Eu nunca considerei virá-la para cima para pegar chuva porque não sabia o que poderia haver nela nem o que faria a mim. Ali era um lugar horrível. Podia haver uma infecção e eu não queria beber aquilo.

Mas me parecia que havia algo bom. Claudia me dissera que eu poderia me perder, mas até ali tinha sido tudo reto. Se a casa amarela de Hana e o relógio de sol estivessem perto da coleção majestosa de construções vigiada pelas três torres, a Estrada Gallien me levaria diretamente até lá. Agora, eu via janelas amplas através do grupo de construções. Não eram de

335

vitral, como as de uma catedral, mas de um verde-escuro cintilante que me lembrou as barras no portão. E aquele laguinho horrendo.

Ao olhar para elas, quase perdi as iniciais do sr. Bowditch pintadas em um poste de pedra com uma argola no alto, supostamente para prender cavalos. Havia uma fileira desses, como dentes grossos, na frente de um prédio cinza gigantesco com quase uma dezena de portas no alto dos degraus íngremes, mas nenhuma janela. O poste com as iniciais AB era o último da fila antes de uma rua mais estreita seguir para a esquerda. O traço horizontal da letra **A** tinha sido transformado em uma seta que apontava pelo caminho estreito, ladeado de mais construções de pedra sem face com oito ou dez andares de altura. Eu conseguia imaginar que eles tinham sido cheios de burocratas empisianos, fazendo o trabalho do governo. Quase conseguia vê-los entrando e saindo, usando casacos compridos e camisas de gola alta, como os homens (eu achava que todos seriam homens) nas ilustrações de um romance de Dickens. Eu não sabia se algum dos prédios abrigava a Prisão Real de Sua Majestade, mas, de certa forma, todos pareciam prisões aos meus olhos.

Parei e olhei para a barra horizontal do **A** que tinha sido transformada em seta. O palácio ficava em frente, mas a seta apontava para longe dele. A pergunta era a seguinte: eu continuava em frente ou seguia a seta? Atrás de mim, no cesto e debaixo de um cobertor que estava molhado e logo estaria encharcado, Radar teve outro ataque de tosse. Quase ignorei a seta e segui em frente, achando que eu poderia voltar se fosse parar em um beco sem saída ou algo do tipo, mas aí me lembrei de duas coisas que Claudia tinha me dito. Uma era que, se eu seguisse as marcas do sr. Bowditch, tudo ficaria bem (*poderia* ficar bem foi o que ela disse, mas para que enrolar?). A outra era que eu tinha, de acordo com ela, um trajeto bem longo pela frente. Mas, se eu continuasse pelo caminho que estava seguindo, o trajeto seria bem curto.

No fim das contas, decidi confiar em Claudia e no sr. Bowditch. Virei o triciclo na direção para a qual a seta apontava e pedalei.

As ruas são um labirinto, dissera Claudia. Ela estava certa quanto a isso, e as iniciais do sr. Bowditch, as marcas dele, me levaram mais fundo nele. Nova York fazia sentido; Chicago fazia certo sentido; Lilimar não fazia sentido nenhum. Imaginei que Londres devia ter sido assim durante a época de Sherlock Holmes e Jack, o Estripador (até onde eu sei, ainda é assim

336

agora). Algumas ruas eram amplas e alinhadas com árvores sem folhas que não abrigavam da chuva. Algumas eram estreitas, uma tão estreita que o triciclo quase não passou. Nessa pelo menos tivemos um pouco de alívio da chuva forte porque os prédios de dois andares se curvavam sobre a rua e quase se tocavam. Às vezes, havia fios de bonde, alguns ainda pendurados em suportes sem energia, a maioria caída na rua.

Em uma janela, vi um manequim de costura sem cabeça com chapéu de bobo da corte e sinos no pescoço e uma faca enfiada entre os seios. Se era a ideia de piada de alguém, não era engraçada. Depois da primeira hora, eu já não sabia quantas direitas e esquerdas tinha seguido. Em determinado ponto, atravessei uma passagem subterrânea pingando onde o som das rodas do triciclo sobre a água espalhou ecos que soaram como risadas sussurradas: *hah... haah... haaah.*

Algumas das marcas dele, as que estavam expostas às intempéries, estavam tão desbotadas que eram difíceis de ver. Se eu perdesse o rastro que formavam, teria que refazer o percurso ou tentar me orientar pelas três torres que eu achava que eram do palácio, e eu não sabia se conseguiria fazer isso. Por períodos longos, as construções aos lados as escondiam completamente. Era fácil demais me imaginar andando pelas ruas serpenteantes até os dois sinos... e depois os três da noite... e aí eu teria que começar a me preocupar com os soldados noturnos. Só que, naquela chuva e com a tosse contínua ao meu lado, eu achava que até a noite Radar estaria morta.

Duas vezes eu passei por buracos que se inclinavam e desciam até a escuridão. Deles vinham correntes de ar fedorento e o que pareceram as vozes sussurrantes das quais Claudia tinha me avisado. O cheiro do segundo foi mais forte, e os sussurros, mais altos. Eu não queria imaginar cidadãos apavorados se refugiando em bunkers subterrâneos enormes e morrendo lá, mas era difícil não pensar. Impossível até. Assim como era impossível acreditar que as vozes sussurrantes fossem qualquer coisa além de vozes de fantasmas.

Eu não queria estar ali. Queria estar em casa no meu mundo são, onde as únicas vozes sem corpo vinham dos meus fones.

Cheguei a uma esquina com o que poderia ser as iniciais do sr. Bowditch em um poste de luz ou só uma mancha de sangue. Desci do triciclo para olhar melhor. Sim, era a marca dele, mas tinha quase sumido. Não ousei tirar a água e a sujeira de cima por medo de apagar a marca completamente, então me curvei até meu nariz estar quase tocando nela. A barra horizontal do **A** apontava para a direita, eu tinha certeza (quase certeza). Quando voltei para o triciclo, Radar colocou a cabeça para fora do cobertor e choramingou. Um dos olhos dela estava colado com gosma. O outro estava a meio mastro, mas olhando para trás de nós. Olhei naquela direção e ouvi passos... de verdade. E tive um vislumbre de movimento que poderia ter sido um pedaço de roupa, talvez uma capa, quando a pessoa dobrou outra esquina algumas ruas para trás.

— Quem está aí? — gritei, depois coloquei as mãos sobre a boca. *Fica quieto, fica quieto*, todo mundo que eu encontrei me disse isso. Com voz bem mais baixa, quase um sussurro gritado, eu acrescentei: — Mostre-se. Se você for amigo, eu posso ser amigo.

Ninguém se mostrou. Eu não esperava que se mostrasse. Levei a mão ao cabo do revólver do sr. Bowditch.

— Se você não for, eu tenho uma arma e vou usá-la se precisar. — Puro blefe. Eu também tinha sido avisado quanto a isso. Enfaticamente. — Está ouvindo? Pelo seu bem, estranho, espero que esteja.

Minha voz não soou como minha e, não pela primeira vez, pareceu mais um personagem de livro ou filme. Eu quase esperava me ouvir dizendo *Meu nome é Inigo Montoya. Você matou meu pai. Prepare-se para morrer.*

Radar estava tossindo de novo e tinha começado a tremer. Subi no triciclo e pedalei na direção da última seta. Fui parar em uma rua em zigue-zague pavimentada de paralelepípedos e, por algum motivo, ladeada de barris, muitos deles virados.

11

Continuei seguindo as iniciais, algumas poucas quase tão visíveis quanto no dia em que ele as colocou lá com tinta vermelha, a maioria fantasmas desbotados do que já tinham sido. Esquerda e direita, direita e esquerda. Não vi corpos nem esqueletos dos falecidos, mas senti cheiro de podridão em quase todos os lugares, e às vezes havia aquela sensação dos prédios mudando sorrateiramente de forma.

Pedalei por poças em alguns lugares. Em outros, as ruas estavam completamente alagadas e as rodas grandes do triciclo passavam pela água suja com a roda quase toda submersa. A chuva virou um chuvisco e parou. Eu não tinha ideia de quanto faltava até a casa amarela de Hana; sem celular para consultar e sem sol no céu, minha noção de tempo estava completamente fodida. Eu ficava esperando que os dois sinos do meio-dia tocassem a qualquer momento.

Perdido, pensei. *Estou perdido, não tenho GPS e nunca vou chegar lá a tempo. Vou ter sorte se sair deste lugar maluco antes de escurecer.*

Em seguida, atravessei uma pracinha com uma estátua no meio (de uma mulher com a cabeça arrancada) e percebi que conseguia ver as três torres de novo. Só que eu as via de lado. Tive uma ideia nessa hora que me ocorreu (é absurdo, mas é verdade) na voz do treinador Harkness, o treinador de basquete e de beisebol. O treinador Harkness andando pela linha lateral, a cara vermelha e com manchas grandes de suor nas axilas da camisa branca que ele sempre usava nas noites de jogo, seguindo o fluxo do time e gritando:

— *Porta dos fundos, porta dos fundos, caramba!*

Porta dos fundos.

Era para lá que as iniciais do sr. Bowditch estavam me levando. Não para a frente daquele prédio central enorme, onde a Estrada Gallien certamente terminava, mas para trás. Atravessei a praça para a esquerda, esperando encontrar as iniciais dele em uma das três ruas que levavam para longe dela, e encontrei mesmo, pintadas na lateral de um prédio de vidro estilhaçado que podia ter sido algum tipo de estufa um dia. Agora, a lateral do palácio estava à minha direita e, sim, as marcas me levavam mais para trás. Comecei a ver a curva alta de pedra atrás das muitas construções.

Pedalei mais rápido. A marca seguinte me levou para a direita, junto do que devia ter sido em dias melhores um bulevar amplo. Na época, devia ter sido bem chique, mas agora o pavimento estava rachado e esfarelado até virar cascalho em alguns pontos. Havia uma divisória cheia de mato no meio. No mato havia flores enormes com pétalas amarelas e miolos verde-escuros. Desacelerei para olhar uma que pendia na direção da rua com o caule longo, mas, quando estiquei a mão na direção dela, as pétalas se fecharam com um estalo a centímetros dos meus dedos. Um fluido branco viscoso pingou. Pude sentir o calor emanando. Puxei a mão de volta rapidamente.

Mais para a frente, talvez uns quatrocentos metros, vi três telhados altos, um de cada lado do bulevar no qual eu viajava agora e um que parecia estar por cima. Eram do mesmo amarelo das flores famintas. Diretamente à frente, o bulevar dava em outra praça com um chafariz seco no meio. Era enorme e verde, com rachaduras obsidianas aleatórias dentro. *ESCREVE AÍ, PRÍNCIPE CARLIE* tinha sido a repetição constante de Claudia, e verifiquei as anotações só para ter certeza. Chafariz seco, sim. Casa amarela enorme por cima da estrada, sim de novo. Esconder, sim, duplo. Enfiei a folha de papel no bolso lateral da mochila para evitar que molhasse. Nem pensei na hora, mas mais tarde eu tive motivos para ficar agradecido de ela estar lá e não no meu bolso. Meu celular a mesma coisa.

Pedalei lentamente pela praça e mais rapidamente até o chafariz. O pedestal dele devia ter fácil uns dois metros e meio e era da grossura de um tronco de árvore. Bom esconderijo. Desci do triciclo e espiei por trás do pedestal. À minha frente, a menos de cinquenta metros do chafariz, ficava a casa de Hana... ou as casas. Elas eram conectadas por um corredor pintado de amarelo por cima da passagem central, tipo as passarelas aéreas que se veem em toda Minneapolis. Uma residência e tanto.

E Hana estava do lado de fora.

DEZOITO

Hana. Caminhos de cata-vento. O horror no lago. Finalmente, o relógio de sol. Um encontro indesejado.

1

Hana devia ter saído quando a chuva parou, talvez para apreciar o dia claro e aquele pouquinho de céu azul. Ela estava sentada em um trono dourado enorme embaixo de um toldo listrado de vermelho e azul. Achei que o ouro não era banhado e duvidava muito que as pedras encrustadas no encosto e nos braços do trono fossem falsas. Achei que o rei ou rainha de Empis ficaria ridiculamente pequeno sentado ali, mas não só Hana o preenchia como seu traseiro enorme se espremia pelos lados entre os braços de ouro e as almofadas roxo-royal.

A mulher naquele trono roubado (eu não tinha dúvida disso) era feia como um pesadelo. De onde eu tinha me escondido atrás do chafariz seco, era impossível dizer o quanto ela era realmente grande, mas eu tenho um metro e noventa e dois e me parecia que ela era mais alta do que eu pelo menos um metro e meio, mesmo sentada. Se fosse assim, Hana teria no mínimo seis metros de pé.

Uma gigante de verdade, em outras palavras.

Ela estava usando um vestido que parecia uma tenda de circo do mesmo roxo-royal em que estava sentada. Ia até as panturrilhas que pareciam troncos de árvore. Os dedos (cada um parecia do tamanho da minha mão) estavam usando muitos anéis. Eles cintilavam na luz suave do dia; se o dia ficasse mais luminoso, seriam como chamas. O cabelo castanho-escuro caía até os ombros e na onda gigante dos seios em cachos embaraçados.

O vestido a anunciava como do sexo feminino, mas seria difícil saber sem isso. O rosto era um amontoado de caroços e bolhas infeccionadas. Uma rachadura vermelha descia pelo centro da testa. Um olho era apertado, o outro era saltado. O lábio superior se erguia até o nariz torto, revelando dentes que tinham sido lixados como presas pontudas. Pior de tudo, em volta do trono havia um semicírculo de ossos que eram quase certamente humanos.

Radar começou a tossir. Eu me virei para ela, encostei a cabeça na dela e a encarei.

— Silêncio, garota — sussurrei. — Por favor, faz *silêncio*.

Ela tossiu de novo e fez silêncio. Ainda estava tremendo. Eu comecei a me virar e a tosse começou mais uma vez, mais alta do que nunca. Acho que teríamos sido descobertos se Hana não tivesse escolhido aquele momento para iniciar uma música.

Crava o cravo, Joe, meu bem,
Crava onde encaixa, meu bem,
Crava o cravo noite adentro
Crava em mim seu firme mastro
Firme mastro, ah, firme mastro,
Crava em mim seu firme mastro!

Eu achava que aquela música não devia ser dos Irmãos Grimm.

Ela continuou (parecia ser uma daquelas músicas como "A velha a fiar", com um zilhão de versos), e por mim tudo bem, porque Radar ainda estava tossindo. Fiz carinho no peito e na barriga dela, tentando acalmá-la enquanto Hana berrava algo sobre Joe, meu bem, o medo é passageiro (eu quase esperava "crava no meu traseiro"). Eu ainda estava fazendo carinho e Hana ainda estava cantando quando os sinos do meio-dia tocaram. Perto assim do palácio (não havia dúvida de que os sinos ficavam lá), eles eram ensurdecedores.

O som foi morrendo. Esperei que Hana se levantasse e fosse para a cozinha. Ela não foi. Só encostou dois dedos em uma bolha no queixo do tamanho de uma pá e espremeu. Saiu um jorro de pus amarelo de dentro. Ela limpou com a base da mão, examinou o pus e o sacudiu para a rua. Em seguida, se acomodou. Esperei que Radar começasse a tossir de novo. Ela não tossiu, mas tossiria. Era só questão de tempo.

Canta, pensei. *Canta, sua vaca feia e enorme, antes que minha cadela comece a tossir de novo e nossos ossos acabem misturados com os que você tem preguiça de recolher...*

Mas em vez de cantar, ela se levantou. Foi como ver uma montanha se erguer. Eu tinha usado uma proporção simples que tinha aprendido na aula de matemática para calcular a altura dela em pé, mas eu tinha subestimado o comprimento das pernas. A passagem entre as duas metades da casa devia ter seis metros de altura, mas Hana teria que se curvar para passar por ela.

Quando ficou de pé, ela tirou o vestido da racha da bunda e o soltou com um peido ressonante que não parecia ter fim. Lembrou-me o trombone no instrumental favorito do meu pai, "Midnight in Moscow". Precisei fechar as mãos sobre a boca para não soltar uma gargalhada. Sem me importar se iniciaria um ataque de tosse ou não, eu enfiei o rosto no pelo molhado da lateral da Radar e soltei uma série de ofegos baixos: *huh-huh-huh*. Fechei os olhos, esperando que Radar começasse de novo ou que uma das mãos enormes da Hana se fechasse no meu pescoço e arrancasse a minha cabeça.

Não aconteceu, então espiei do outro lado do pedestal do chafariz a tempo de ver Hana seguir para o lado direito da casa. O seu tamanho provocava alucinações. Ela poderia ter olhado pelas janelas do segundo andar sem dificuldades. Ela abriu a porta enorme e o aroma de carne sendo preparada saiu. Tinha cheiro de porco assado, mas tive uma sensação horrível de que não era porco. Ela se curvou e entrou.

— *Me alimenta, seu filho da mãe sem pinto!* — trovejou ela. — *Tô com fome!* *É nessa hora que você deve seguir*, dissera Claudia. Ou algo do tipo.

Subi no triciclo e pedalei na direção da passagem, curvado sobre o guidão como um cara no quilômetro final do Tour de France. Antes de entrar, dei uma olhada rápida para o lado esquerdo, onde ficava o trono. Os ossos descartados eram pequenos, quase certamente ossos de criança. Havia gordura em alguns e cabelo em outros. Olhar foi um erro e eu voltaria atrás se pudesse, mas às vezes, com muita frequência até, nós não conseguimos nos segurar. Conseguimos?

2

A passagem tinha mais de vinte metros, era fria e úmida, forrada de blocos de pedra cobertos de musgo. A luz do outro lado era intensa e eu achei que, quando saísse na praça, talvez visse o sol.

Mas não. Quando saí da passagem, ainda curvado sobre o guidão, as nuvens tinham engolido o pedacinho de azul e o cinza sem sombras voltou. O que eu vi me fez parar. Meus pés caíram dos pedais e o triciclo parou. Eu estava na borda de uma praça grande e aberta. Oito caminhos se curvavam em oito direções diferentes. No passado, a pavimentação devia ter sido bem colorida: verde, azul, magenta, índigo, vermelha, rosa, amarela, laranja. Mas as cores estavam desbotadas. Eu achava que acabariam ficando cinza como todo o resto de Lilimar e boa parte de Empis. Olhar para aqueles caminhos curvos era como olhar um cata-vento enorme e antes alegre. Na beira de cada caminho havia postes decorados com flâmulas. Anos antes (quantos?), deviam estalar e tremer em brisas livres do aroma de podridão e decomposição. Agora, pendiam inertes e pingando água da chuva.

No centro desse cata-vento enorme havia outra estátua de borboleta com as asas e a cabeça destruídas. Os restos estilhaçados estavam empilhados em volta do pedestal onde ela ficava. Depois dela, um caminho mais largo levava na direção dos fundos do palácio com as três torres verde-escuras. Eu conseguia imaginar as pessoas, os empisianos, que numa época tinham ocupado os caminhos curvos misturando os grupos separados em uma multidão só. Rindo e se empurrando de brincadeira, na expectativa de entretenimento, alguns carregando o almoço em cestos ou bolsas, alguns parando para comprar de vendedores de rua oferecendo mercadoria. Suvenires para os pequenos? Flâmulas? Claro! Digo que eu conseguia ver isso como se tivesse estado lá. E por que não? Eu tinha sido parte de grupos assim em noites especiais para ver os White Sox e, em um domingo que jamais será esquecido, os Chicago Bears.

Acima dos fundos do palácio (*daquela parte* do palácio, pois ele se espalhava para todo lado), eu via uma muralha curva de pedra vermelha. Era cheia de postes altos, cada um com dispositivos compridos como bandejas em cima. Jogos haviam acontecido ali, observados com avidez por grupos de pessoas. Eu tinha certeza. Multidões tinham esbravejado e torcido. Agora, as passagens curvas e a entrada principal estavam vazias e tão assombradas quanto o resto daquela cidade assombrada.

Na aula de história do quinto ano, minha turma construiu um castelo de Lego. Pareceu mais brincadeira do que aprendizado para nós, mas em retrospecto eu estava aprendendo, sim. Ainda me lembrava da maioria dos elementos estruturais variados e vi alguns deles quando me aproximei: arcobotantes, torreões, ameias, parapeitos e o que poderia ter sido uma poterna. Mas, como tudo em Lilimar, estava errado. Escadas seguiam de forma descontrolada (e sem destino pelo que eu conseguia perceber) entrando e saindo de estranhas excrescências em formato de girino com janelas em fendas e sem vidro. Talvez fossem guaritas; talvez fossem qualquer outra coisa. Algumas das escadas se entrecruzavam, me lembrando aqueles desenhos de Escher em que os olhos pregam peças na gente. Pisquei e as escadas pareceram de cabeça para baixo. Pisquei de novo e estavam certas.

Pior, o palácio todo, que não tinha simetria nenhuma, parecia estar se *movendo*, como o Castelo Animado. Eu não conseguia ver acontecendo porque era difícil ver tudo de uma vez com os olhos… e com a mente. A escada era de várias cores, como os caminhos de cata-vento, o que deve soar como algo alegre, mas a sensação geral era de algo senciente e desconhecido, como se não fosse um palácio, mas uma criatura com cérebro alienígena. Eu sabia que a minha imaginação estava correndo solta (não, eu *não* sabia disso), mas fiquei bem feliz de as marcas do sr. Bowditch terem me levado

345

para o lado do estádio, para que aquelas janelas de catedral não pudessem me olhar diretamente. Não sei se eu teria conseguido sustentar o olhar.

Pedalei pelo caminho largo de entrada, as rodas do triciclo às vezes batendo em blocos que tinham sido tirados do lugar. Os fundos do palácio eram basicamente de pedra, sem janelas. Havia uma série de portas largas, oito ou nove, e um engarrafamento antigo de carroças, mais do que algumas viradas e algumas quebradas em pedacinhos. Era fácil imaginar Hana fazendo aquilo, talvez por raiva, talvez por pura diversão. Eu achava que era uma área de suprimentos que os ricos e da realeza raramente viam, se vissem. Era por onde o povão entrava.

Vi as iniciais desbotadas do sr. Bowditch em um dos blocos de pedra perto dessa área de carga e descarga. Não gostei de estar tão perto do palácio, mesmo no lado cego, porque eu quase o via se movendo. Pulsando. A barra horizontal do **A** apontava para a esquerda, então me desviei do caminho principal para seguir a seta. Radar estava tossindo de novo, muito. Quando encostei o rosto no pelo dela para sufocar minha risada, achei que estava muito frio e sujo. Cachorros tinham pneumonia? Achei que era uma pergunta idiota. Provavelmente qualquer criatura com pulmões poderia ter pneumonia.

Mais iniciais me levaram a uma fila de seis ou oito arcobotantes. Eu poderia ter passado debaixo deles, mas preferi não fazer isso. Eram do mesmo verde-escuro que as janelas das torres, talvez não de pedra, mas de um tipo de vidro. Era difícil acreditar que vidro podia sustentar o peso tremendo que uma construção tão grande e ampla exigiria, mas parecia mesmo vidro. E novamente vi filetes pretos dentro, se contorcendo preguiçosamente uns em volta dos outros enquanto subiam e desciam aos poucos. Olhar para aqueles arcobotantes era como olhar para uma fila de estranhos abajures de lava verdes e pretos. Os filetes pretos em movimento me fizeram pensar em vários filmes de terror (*Alien* foi um. *Piranha* foi outro) e desejei não tê-los visto.

Estava começando a pensar que faria a volta completa no palácio, o que significaria cair no olhar triplo das torres, quando cheguei a uma alcova. Ficava entre duas alas sem janelas que se abriam em V. Havia bancos ali em volta de um laguinho protegido por palmeiras; surreal, mas verdade. As palmeiras escondiam o que havia no fundo da alcova, mas, projetado acima delas, com pelo menos trinta metros de altura, havia um poste com um sol estilizado no alto. Tinha rosto e os olhos se moviam de um lado para o outro, como os olhos de tique-taque de um relógio Krazy Kat. À direita do lago, o sr. Bowditch tinha pintado suas iniciais em um bloco de pedra. A barra daquele **A** não tinha seta; dessa vez, a seta se projetava do alto. Eu quase conseguia ouvir o sr. Bowditch dizendo *Sempre em frente, Charlie, e não perca tempo.*

— Aguenta aí, Rad, estamos quase lá.

Pedalei na direção que a seta apontava. Fui parar à direita do laguinho bonito. Não havia necessidade de parar e espiar dentro entre duas palmeiras, não com o que eu tinha ido procurar tão perto, mas eu olhei. E por mais terrível que tenha sido o que eu vi lá, fiquei feliz de ter olhado. Mudou tudo, embora fosse demorar muito para eu entender integralmente a importância crucial daquele momento. Às vezes, nós olhamos porque precisamos nos lembrar. Às vezes, as coisas mais horríveis são o que nos dá força; pergunte a qualquer judeu que passou pelos portões de Auschwitz. Eu sei disso agora, mas na ocasião eu só consegui pensar *Ah, meu Deus do céu, é a Ariel.*

No laguinho que antes devia ter sido de um azul suave, mas agora estava marrom e turvo com decomposição, estavam os restos de uma sereia. Mas não da Ariel, a princesa da Disney filha do rei Tritão e da rainha Athena. Não, não ela. Certamente não era ela. Não havia cauda verde cintilante, nem olhos azuis, nem cabelo ruivo comprido. Nem sutiãzinho roxo fofo. Eu achava que aquela sereia já tinha sido loura, mas a maior parte do cabelo dela tinha caído e estava flutuando na água. A cauda podia ter sido verde em algum momento, mas era de um cinza estúpido e sem vida, como a sua pele. Os lábios tinham sumido e revelavam um aro de dentinhos. Os olhos eram buracos vazios.

Mas ela já tinha sido bonita. Eu tinha tanta certeza disso quanto das multidões felizes que já tinham ido lá ver jogos ou entretenimento. Bonita e viva e cheia de magia feliz e inofensiva. Já tinha nadado ali, eu tinha certeza. Tinha sido seu lar, e as pessoas que tiraram um tempo para ir até aquele oásis a tinham visto, ela as tinha visto, e todos tinham se revigorado. Estava morta, com uma vara de ferro saindo do lugar onde a cauda de peixe virava tronco humano e uma espiral de tripas cinzentas saindo do buraco. Só restava um sussurro da sua beleza e da sua graça. Ela estava tão morta quanto qualquer peixe que já tivesse morrido em algum aquário e flutuado

347

nele com as cores intensas desbotadas. Era um cadáver feio parcialmente preservado pela água fria. Enquanto uma criatura verdadeiramente feia, Hana, ainda vivia e cantava e peidava e comia sua comida maléfica.

Amaldiçoada, pensei. *Todos amaldiçoados. O mal se abateu sobre aquela terra infeliz.* Esse não foi um pensamento de Charlie Reade, mas foi um pensamento verdadeiro.

Senti o ódio por Hana crescer dentro de mim, não por ela ter matado a pequena sereia (eu achava que a gigante teria simplesmente a feito em pedacinhos), mas porque ela, Hana, estava viva. E estaria no meu caminho na volta.

Radar começou a tossir de novo, com tanta força que ouvi a cesta gemer atrás de mim. Rompi o feitiço daquele cadáver patético e pedalei em torno do lago na direção do poste com o sol no alto.

3

O relógio de sol ocupava a parte da alcova em que o V das duas alas se estreitava. Na frente dele havia uma placa em um poste de ferro. Apagado, mas ainda legível, dizia NÃO ENTRE. O disco parecia ter seis metros de diâmetro, o que o fazia ter, se a minha matemática estivesse certa, dezoito metros de circunferência. Vi as iniciais do sr. Bowditch num dos extremos. Eu queria dar uma boa olhada nelas. Elas tinham me guiado até ali; agora que eu tinha chegado, as últimas talvez me dissessem a direção certa para girar o relógio de sol. Não era possível pedalar no triciclo da Claudia até lá porque ao redor do círculo do relógio de sol havia estacas pretas e brancas de uns noventa centímetros de altura.

Radar tossiu, se engasgou e tossiu mais. Ela estava ofegando e tremendo, um olho colado, o outro me olhando. O pelo estava colado no corpo, permitindo que eu visse (não que eu quisesse) como ela estava magra. Desci do triciclo e a tirei da cesta. O seu tremor junto a mim foi convulsivo: treme, relaxa, treme, relaxa.

— Daqui a pouco, garota.

Torcendo para eu estar certo, porque essa era a única chance dela... e tinha funcionado para o sr. Bowditch, não tinha? Mas, mesmo depois da gigante e da sereia, eu tive dificuldade de acreditar. Voltar no tempo era uma magia de um nível completamente diferente.

Passei por cima das estacas e andei pelo relógio de sol. Era de pedra, dividido em catorze fatias de torta. *Agora eu acho que sei a duração dos dias aqui*, pensei. Um símbolo simples, gasto mas ainda reconhecível, estava entalhado no centro de cada fatia: as duas luas, o sol, um peixe, um pássaro, um porco, um boi, uma borboleta, uma abelha, um ramo de trigo, um ramo de bagas, uma gota de água, uma árvore, um homem nu e uma mulher nua grávida. Símbolos de vida. Eu ouvia o *clique-clique-clique-clique* dos olhos na face do sol indo para lá e para cá, marcando a passagem do tempo.

Passei por cima das estacas do outro lado, ainda segurando Radar no colo. A língua dela pendia inerte da lateral da boca enquanto ela tossia sem parar. O tempo dela estava mesmo curto.

Eu me virei, de frente para o relógio de sol e para as iniciais do sr. Bowditch. A barra horizontal do **A** tinha sido transformada em uma seta meio curva apontando para a direita, o que significava que, quando eu virasse o relógio de sol (*se eu conseguisse*), seria no sentido anti-horário. Isso me pareceu certo. Eu esperava que sim. Se estivesse errado, eu teria ido até ali só para matar minha cadela deixando-a ainda mais velha.

Ouvi vozes sussurradas e não dei atenção a elas. Radar era a única coisa na minha cabeça, só ela, e eu sabia o que tinha que ser feito. Eu me curvei e a coloquei delicadamente na fatia entalhada com o ramo de trigo. Ela tentou levantar a cabeça, mas não conseguiu. Deitou-a de lado nas pedras entre as patas, olhando para mim com o olho bom. Agora, ela estava fraca demais para tossir e só conseguia soltar um chiado.

Que isso esteja certo e, Deus, que funcione.

Eu me ajoelhei e segurei uma das estacas curtas em volta da circunferência do relógio de sol. Puxei-a com uma das mãos, depois com as duas. Nada aconteceu. Radar estava agora fazendo sons engasgados entre ofegos para respirar. A lateral dela subia e descia como um fole. Eu puxei com mais força. Nada. Pensei no treino de futebol americano e em como fui o único do time não só a mover o boneco, mas a derrubá-lo.

Puxa, filho da puta! Puxa pela vida dela!

Dei tudo que eu tinha: pernas, costas, braços, ombros. Senti o sangue correndo pelo meu pescoço contraído até minha cabeça. Eu tinha que

349

ficar em silêncio em Lilimar, mas não pude segurar um grunhido baixo e rosnado de esforço. O sr. Bowditch tinha conseguido fazer aquilo? Eu não via como.

Quando achei que não ia conseguir fazer nada se mexer, senti um movimento minúsculo à direita. Eu não sentia que poderia puxar com mais força, mas de alguma forma eu consegui, com todos os músculos nos meus braços, costas e pescoço saltando. O relógio de sol começou a se mover. Em vez de estar diretamente à minha frente, minha cadela estava agora um pouco para a direita. Movi o peso para o outro lado e comecei a empurrar com tudo. Pensei em Claudia me dizendo para fazer *força no cagador*. Eu estava fazendo força agora, com certeza, provavelmente quase virando a pobre coisa do avesso.

Depois que começou, a roda girou com mais facilidade. A primeira estaca estava atrás de mim, então peguei outra, movi o peso de novo e puxei com o máximo de força que consegui. Quando essa passou, peguei outra. Isso me fez pensar no carrossel do parquinho no Parque Cavanaugh e em como Bertie o girava até as criancinhas nele estarem gritando de alegria e pavor e as mães delas estarem gritando para pararem antes que uma saísse voando.

Radar tinha se deslocado um terço do caminho... depois metade... depois estava voltando para perto de mim. O relógio de sol estava girando com facilidade agora. Talvez um entupimento de graxa antigo no maquinário abaixo tivesse sido quebrado, mas eu continuei puxando as estacas, agora indo uma atrás da outra com as mãos como se eu estivesse subindo uma corda. Pensei estar vendo uma mudança em Radar, mas acreditei que podia ser só meu desejo, isso até o relógio de sol a levar de volta a mim. Os dois olhos dela estavam abertos. Ela estava tossindo, mas o chiado horrível tinha parado e ela estava de cabeça levantada.

O relógio de sol se moveu mais rápido e eu parei de puxar as estacas. Vi Radar na segunda volta tentando se levantar sobre as patas dianteiras. As orelhas estavam erguidas em vez de caídas para os lados. Eu me agachei, respirando com dificuldade, a camisa molhada no peito e nas laterais, tentando decidir quantas voltas seriam suficientes. Percebi que eu não sabia quantos anos ela tinha. Catorze? Talvez até quinze? Se cada circuito equivalesse a um ano, quatro voltas no relógio de sol bastariam. Seis a levariam para o auge da vida.

Quando ela passou por mim, eu vi que ela não estava só se apoiando nas pernas dianteiras; ela estava sentada. E quando ela se aproximou pela terceira vez, vi algo que não consegui entender: Rad estava se preenchendo, ganhando peso. Ela ainda não era a cadela que tinha matado Andy Chen de medo, mas estava quase lá.

Só uma coisa me incomodou: mesmo sem eu puxar as estacas, o relógio de sol estava ganhando velocidade. Na quarta vez, achei que Radar parecia preocupada. Na quinta vez, ela parecia estar com medo, e o vento da passagem dela soprou o cabelo encharcado de suor da minha testa. Eu tinha que tirá-la dali. Se eu não tirasse, eu teria a visão da minha cadela virando filhote e depois... nada. Acima, o *clique-clique-clique-clique* dos olhos do sol tinha virado *cliquecliquecliquecliquecliqueclique*, e eu soube que, se olhasse para cima, veria os olhos indo para a esquerda e para a direita mais rápido e mais rápido, até serem só um borrão.

Coisas incríveis podem passar pela cabeça da gente em tempos de estresse extremo. Lembrei-me de um faroeste da Turner Classic Movies que eu tinha visto com meu pai na época em que ele bebia. *As aventuras de Buffalo Bill* era o nome. Eu me lembrei do Charlton Heston galopando como louco na direção de um posto solitário onde havia uma bolsa de cartas pendurada num gancho. Charlton a pegou sem nem desacelerar o cavalo do galope veloz, e eu teria que pegar Radar do mesmo jeito. Eu não queria gritar, então me agachei e estiquei os braços, torcendo para ela entender.

Quando o relógio de sol se aproximou e ela me viu, ela se levantou. O vento do disco veloz balançava o seu pelo como mãos invisíveis fazendo carinho. Se eu errasse (Charlton Heston não tinha errado na hora de pegar a bolsa, mas aquilo era um filme), eu teria que pular no relógio de sol, pegá-la e pular de volta. Eu talvez perdesse um dos meus dezessete anos no processo, mas às vezes medidas desesperadas são as únicas medidas.

No fim das contas, eu não precisei segurá-la. Quando eu a coloquei no relógio de sol, Rad não teria conseguido nem andar sozinha. Depois de cinco, quase seis voltas, ela era uma cadela totalmente diferente. Ela se agachou, flexionou as pernas poderosas traseiras e saltou nos meus braços esticados. Foi como ser acertado por um saco voador de concreto. Eu caí de costas com Radar em cima de mim, as patas dianteiras apoiadas dos dois lados dos meus ombros, balançando o rabo feito louca e lambendo meu rosto.

— Para! — sussurrei, mas a ordem não teve muita força porque eu estava rindo. Ela continuou lambendo.

Eu finalmente me sentei e dei uma boa olhada nela. Ela tinha emagrecido até ficar com uns vinte e cinco quilos, talvez menos. Agora, devia estar com trinta e cinco ou quarenta. O chiado e a tosse tinham parado, como se nunca tivessem existido. O branco tinha desaparecido do focinho e dos pelos na parte de trás das costas. A cauda, que antes parecia uma bandeira esfiapada, estava peluda quando ela a balançou de um lado para o outro. Melhor de tudo, a indicação mais segura da mudança gerada pelo relógio de sol foram os olhos dela. Não estavam mais embaçados e perdidos, como se ela não soubesse exatamente o que estava acontecendo dentro dela ou no mundo ao redor.

— Olha só pra você — sussurrei. Eu tive que secar meus olhos. — Olha só pra você.

4

Eu a abracei e me levantei. A ideia de procurar bolinhas de ouro nem passou pela minha cabeça. Eu tinha tentado o destino demais por um dia. Mais do que demais.

Não havia como essa versão nova e melhorada de Radar caber na cesta atrás do triciclo. Um olhar bastou para me convencer disso. Eu também não estava com a guia dela. Tinha ficado na casa de Claudia, na carroça de Dora. Acho que parte de mim devia ter acreditado que eu jamais voltaria a precisar daquilo.

Eu me curvei, botei as mãos nas laterais do rosto dela e olhei no fundo dos seus olhos castanho-escuros.

— Fica comigo. E faz silêncio. *Silêncio*, Rad.

Nós voltamos pelo mesmo caminho, eu pedalando, Radar andando ao meu lado. Fiz questão de não olhar no laguinho. Quando nos aproximamos da passagem de pedra, a chuva recomeçou. Na metade do caminho, eu parei e desci do triciclo. Mandei Radar sentar e ficar. Indo lentamente, mantendo as costas na lateral coberta de musgo da passagem, fui até o fim. Radar ficou olhando, mas não se moveu: boa menina. Parei quando vi o braço dourado daquele trono com decoração exagerada e grotesca. Dei outro passo, estiquei o pescoço e vi que estava vazio. A chuva batia na cobertura listrada.

Onde estava Hana? De que lado da casa com duas partes? E o que estava fazendo?

Perguntas vitais para as quais eu não tinha resposta. Ela talvez ainda estivesse fazendo a refeição do meio-dia, devorando a coisa que tinha cheiro de carne de porco, mas provavelmente não era, ou podia já ter voltado para os aposentos para a soneca da tarde. Eu não achava que tínhamos ficado longe por tempo suficiente para eu supor que ela tivesse terminado de comer, mas era só um palpite. O último trechinho (primeiro a sereia e depois o relógio de sol) foi intenso.

De onde eu estava, dava para ver o chafariz seco à frente. Ele nos esconderia bem, mas só se passássemos sem ser vistos até lá. Só cinquenta metros, mas quando imaginei as consequências de ser pego a céu aberto, pareceu bem mais. Prestei atenção para ver se ouvia a voz alta de Hana, mais alta ainda do que a de Claudia, e não ouvi. Alguns versos da música do firme mastro teriam sido úteis para identificar sua localização, mas uma coisa eu aprendi na cidade assombrada de Lilimar: gigantes nunca cantam quando você quer que eles cantem.

Ainda assim, uma escolha tinha que ser feita, e a minha foi tentar ir até o chafariz. Voltei até Radar e estava prestes a subir no triciclo quando houve um estrondo alto no lado esquerdo da passagem. Se ela olhasse para a direita, Radar e eu poderíamos ficar encostados na parede e talvez na luz fraca passarmos sem sermos vistos, mas, mesmo que Hana fosse míope, o triciclo de Claudia era grande demais para não ser visto.

Puxei o revólver do sr. Bowditch e o segurei ao lado do corpo. Se ela se virasse na nossa direção, eu atiraria nela, e eu sabia exatamente onde ia mirar: naquela rachadura vermelha no centro da sua testa. Eu nunca tinha praticado com a arma do sr. Bowditch (nem com nenhuma arma), mas meus olhos eram bons. Eu talvez errasse de primeira, mas teria mais cinco chances mesmo se errasse. Quanto ao barulho? Lembrei daqueles ossos espalhados em volta do trono e pensei: *que se foda o barulho*.

Ela não olhou na nossa direção, nem para o chafariz, só olhou para os pés e ficou murmurando de um jeito que me lembrou meu pai antes de ter que fazer um discurso no jantar anual da Seguradora Overland em 2015, quando ganhou o prêmio de Funcionário Regional do Ano. Havia algo na sua mão esquerda, mas o quadril bloqueou boa parte da visão até ela levar a mão à boca. Ela tinha sumido de vista antes de morder, o que foi ótimo para mim. Tenho quase certeza de que era um pé, e já havia uma mordida em formato crescente de um lado, abaixo do tornozelo.

Fiquei com medo de ela voltar para o trono para traçar o lanchinho pós--almoço, mas, aparentemente, a chuva, mesmo com o toldo a protegendo, desencorajou a ideia. Ou talvez ela só quisesse cochilar. Fosse como fosse, houve uma batida de outra porta, essa à nossa direita, e silêncio. Guardei a arma e me sentei ao lado da minha cadela. Mesmo na luz fraca, deu para ver como Radar estava bem, jovem e forte. Fiquei feliz. Talvez isso pareça uma palavra fraca para você, mas não para mim. Eu acho felicidade uma coisa e tanto. Eu não conseguia tirar as mãos do pelo dela nem parar de me maravilhar com o quanto estava denso.

5

Eu não queria esperar; só queria sair de Lilimar com minha cadela renovada e levá-la para o barracão e vê-la comer o máximo que ela aguentasse. Eu estava apostando que seria muito. Eu daria um pote inteiro de Orijen para ela se ela quisesse, além de uns Perky Jerkys para completar. Aí, a gente poderia ver as monarcas voltarem para seus locais de dormir.

Era isso que eu queria, mas me fiz esperar e dar a Hana a chance de se acomodar. Contei até quinhentos de dez em dez, depois de cinco em cinco, depois de dois em dois. Eu não sabia se isso era tempo suficiente para a vaca gigantesca cair no modo sono profundo, mas não dava para esperar mais. Sair de perto dela era importante, mas eu também precisava sair da cidade antes de escurecer, e não só por causa dos soldados noturnos. Algumas das marcas do sr. Bowditch estavam muito desbotadas e, se perdesse o rastro, eu estaria encrencado.

— Vem — falei para Radar. — Mas silêncio, garota, silêncio.

Puxei o triciclo, querendo estar com ele atrás de mim caso Hana saísse de repente e atacasse. Enquanto ela o estivesse tirando do caminho, eu talvez tivesse tempo de sacar a arma e disparar. Além do mais, havia Radar, que estava de volta ao peso de luta. Eu achava que, se Hana se metesse com Rad, ela perderia carne. Isso seria uma visão agradável, pensei. Já ver Hana quebrar o pescoço de Radar com uma das mãos enormes não seria nada agradável.

Parei na boca da passagem e fui para o chafariz com Radar ao meu lado. Houve jogos (principalmente contra o nosso maior rival, o St. John's) que pareceram não ter fim, mas a caminhada em área aberta entre a casa da Hana e o chafariz seco na praça foram os cinquenta metros mais longos da minha vida. Eu ficava esperando escutar uma versão empisiana do *fee-fi-fo--fum* e ouvir o baque de sacudir o chão dos pés dela correndo atrás de mim.

Um pássaro gritou, talvez um corvo, talvez um abutre, mas esse foi o único som. Nós chegamos ao chafariz e eu me encostei nele para limpar uma mistura de suor e água de chuva do rosto. Radar estava me olhando. Não havia tremor agora; nem tosse. Ela estava sorrindo. Vivendo uma aventura.

Dei outra olhada procurando Hana, subi no triciclo e saí pedalando pelo bulevar chique dividido onde era uma vez (engraçado como essa expressão tinha se metido na minha cabeça) uma elite que sem dúvida tinha se reunido para comer sanduichinhos e discutir a fofoca da corte da vez. Talvez à noite houvesse churrascos empisianos ou bailes à luz de lampiões em quintais que agora estavam cobertos de mato, arbustos de cardo e flores perigosas.

Fui num ritmo intenso, mas Radar acompanhou com facilidade, saltitando do lado com a língua voando de um lado para o outro da boca. A chuva estava mais forte, mas eu nem notei direito. Só queria refazer o caminho e sair da cidade. Só então eu me preocuparia em me secar e, se eu pegasse um resfriado, Claudia me encheria de canja antes de eu voltar para a casa de Woody... e de Dora... e a minha. Meu pai me daria uma bronca enorme, mas, quando visse Radar, ele...

Ele o quê?

Decidi não me preocupar com isso agora. O primeiro trabalho era sair daquela cidade desagradável, que não estava nada deserta. E que não ficava parada.

6

Deveria ter sido fácil: só seguir as marcas do sr. Bowditch ao contrário, indo na direção oposta de cada seta até chegarmos ao portão. Mas, quando cheguei ao ponto em que tínhamos entrado no bulevar largo, as iniciais dele tinham sumido. Eu tinha certeza de que estavam num paralelepípedo na frente de um prédio largo com uma cúpula de vidro sujo no alto, mas não havia sinal delas. A chuva poderia ter apagado? Não parecia provável considerando toda a chuva que devia ter caído nelas ao longo dos anos, e aquele par ainda estava relativamente forte. Era mais provável que eu tivesse me enganado.

Pedalei mais pelo bulevar, procurando o AB. Depois de passar por mais três ruazinhas sem ver sinal das letras, eu me virei e voltei para o prédio com cara de banco com a cúpula.

— Eu *tenho certeza* de que estava aqui — falei e apontei um pouco à frente da rua torta, para onde um vaso enorme de barro com uma arvorezinha morta estava virado na rua. — Eu me lembro disso. Acho que a chuva deve ter apagado as marcas mesmo. Vem, Rad.

Pedalei lentamente em frente, os olhos alertas para a próxima dupla de iniciais, sentindo uma inquietação. Porque era uma corrente, não era? Tipo a corrente que levou do acidente fatal da minha mãe na maldita ponte até o barracão do sr. Bowditch. Se um elo estivesse rompido, havia uma boa chance de eu estar perdido. *Você ainda estaria vagando naquele buraco ao anoitecer*, dissera Claudia.

Mais à frente naquela rua estreita, nós chegamos a uma rua de lojas antigas abandonadas. Eu achava que nós tínhamos vindo por ali, mas também não havia iniciais em nenhum lugar à vista. Eu achei que reconhecia o que poderia ter sido um boticário de um lado, mas o prédio torto e de olhar vazio do outro não parecia nada familiar. Olhei ao redor procurando o palácio, torcendo para entender nossa localização assim, mas não estava visível na chuva forte.

— Radar — falei e apontei para a esquina. — Você sente algum cheiro?

Ela foi na direção em que eu apontei e farejou a calçada em ruínas, depois olhou para mim, esperando mais instruções. Eu não tinha nenhuma para dar e não a culpava. Nós tínhamos ido em um triciclo, afinal, e mesmo que estivéssemos andando, a chuva teria lavado qualquer odor que tivesse ficado.

— Vem — falei.

Nós seguimos pela rua porque eu achei que me lembrava do boticário, mas também porque nós tínhamos que ir para *algum* lugar. Eu achava que o melhor plano seria ficar de olho no palácio e tentar voltar até a Estrada Gallien. Usar a via principal talvez fosse perigoso, a forma como os sinais do sr. Bowditch desviavam dela sugeria isso, mas nos levaria para fora. Como falei, era reta.

O problema era que as ruas pareciam insistir em nos levar para longe do palácio e não na direção dele. Mesmo quando a chuva diminuiu e eu consegui ver as três torres de novo, elas sempre pareciam mais distantes. O palácio ficava à nossa esquerda, e eu encontrei muitas ruas levando naquela direção, mas elas sempre pareciam ser becos sem saída ou voltar para a direita. Os sussurros ficaram mais altos. Eu queria atribuir ao vento, mas não consegui. Não *havia* vento. Num prédio de dois andares, um terceiro pareceu crescer no meu canto de olho, mas, quando olhei, só havia dois. Uma construção quadrada pareceu inflar na minha direção. Uma gárgula, algo parecido com um grifo, pareceu virar a cabeça para nos olhar.

Se Radar viu ou sentiu qualquer uma dessas coisas, ela não pareceu se incomodar. Talvez ela só estivesse apreciando a força nova, mas eu fiquei bastante incomodado. Foi ficando mais e mais difícil não pensar em Lilimar como uma entidade viva, meio senciente e determinada a não nos deixar ir embora.

A rua à nossa frente terminou em uma ravina íngreme cheia de detritos e água parada, outro beco sem saída. De impulso, entrei em uma viela tão estreita que as rodas traseiras do triciclo arrancaram flocos enferrujados das laterais de tijolos. Radar andou à minha frente. De repente, ela parou e começou a latir. Foram latidos altos e fortes, proporcionados por pulmões saudáveis.

— O que é?

Ela latiu de novo e se sentou, as orelhas para trás, olhando para a chuva pela viela. E aí, da esquina da rua com que a viela se conectava, veio uma voz aguda que eu reconheci na mesma hora.

— Olá, salvador de setos! Você ainda é um garoto irritável ou já virou agora um garoto assustado? Que quer correr pra mamãe em casa, mas não consegue encontrar o caminho?

Isso foi seguido de uma gargalhada.

— Eu limpei suas marcas com lixívia, não limpei? Vamos ver se você consegue sair de Lily antes que os soldados noturnos saiam pra brincar! Não é problema pra mim, este sujeitinho aqui conhece essas ruas como a palma da mão!

Era Peterkin, mas, na minha mente, eu vi Christopher Polley. Polley, pelo menos, tinha motivo para querer vingança; eu tinha quebrado as mãos dele. O que eu tinha feito a Peterkin além de obrigá-lo a parar de torturar um grilo vermelho supercrescido?

Eu o tinha constrangido, isso sim. Era a única coisa em que eu conseguia pensar. Mas eu sabia de uma coisa que ele quase certamente não sabia: a cadela quase morta que ele tinha visto na Estrada do Reino não era a cadela que estava viajando comigo agora. Radar estava me olhando. Eu apontei para a viela.

— *PEGA ELE!*

Ela não precisou que eu dissesse duas vezes. Rad saiu correndo na direção do som daquela voz desagradável, espalhando água com tom de tijolo com as patas, e dobrou a esquina. Houve um grito surpreso de Peterkin e uma saraivada de latidos, do tipo que deixou Andy Chen se cagando de medo no passado, depois um uivo de dor.

— *Você vai se arrepender!* — gritou Peterkin. — *Você e seu maldito cachorro!*

Eu vou te pegar, minha linda, pensei enquanto pedalava pela viela. Não pude ir tão rápido quanto gostaria porque as calotas das rodas traseiras ficavam arrastando nas laterais. *Vou te pegar e vou pegar seu cachorrinho também.*

— Segura ele! — gritei. — Segura ele, Radar! — Se ela conseguisse fazer isso, ele poderia nos levar para fora dali. Eu o convenceria, assim como tinha convencido Polley.

Mas, quando eu estava me aproximando do fim da viela, Radar dobrou a esquina. Cachorros podem ficar com cara de vergonha, qualquer um que tenha vivido com um sabe, e era assim que ela estava nessa hora. Peterkin tinha escapado, mas não ileso. Nas mandíbulas, Radar estava segurando um pedaço de bom tamanho de pano verde que só podia ser da calça do Peterkin. Melhor ainda, eu vi dois pontinhos de sangue.

Cheguei ao fim da viela, olhei para a direita e o vi pendurado na cornija de segundo andar de um prédio de pedra a uns vinte ou trinta metros dali. Ele parecia uma mosca humana. Eu via a calha de metal pela qual ele devia ter subido para sair do alcance de Radar (mas não rápido o suficiente, ha-ha) e, enquanto eu olhava, ele subiu em um parapeito e se agachou lá. Parecia estar se desfazendo e eu torci para que cedesse com ele ali, mas não tive essa sorte. Talvez tivesse acontecido se ele fosse do tamanho normal.

— Você vai pagar por isso! — gritou ele, sacudindo o punho para mim. — Os soldados noturnos vão começar matando seu maldito cachorro! Espero que não te matem! Quero ver a Molly Vermelha arrancar as entranhas da sua barriga na Justa!

Puxei a .45, mas, antes que eu pudesse atirar nele (considerando a distância, eu quase certamente erraria), ele soltou outro grito feio, caiu para trás em uma janela com os bracinhos segurando os joelhinhos junto ao peitinho e sumiu.

— Bem — falei para Radar —, isso foi interessante, né? O que você acha de a gente sair daqui?

Radar latiu uma vez.

— E larga esse pedaço de calça antes que te envenene.

Radar fez isso e nós seguimos em frente. Quando passamos pela janela pela qual Peterkin tinha desaparecido, eu fiquei de olho, torcendo para que ele aparecesse como um alvo numa galeria de tiro, mas também não tive essa sorte. Acho que merdas covardes como ele não dão segundas chances... mas, às vezes (se o destino for gentil), você tem uma terceira.

Eu podia torcer por isso.

DEZENOVE

O problema dos cachorros. O pedestal. O cemitério. O portão externo.

1

O problema dos cachorros, supondo que você não bata neles nem os chute, claro, é que eles confiam em você. Você é quem dá comida e abrigo. É quem consegue pegar o macaco barulhento embaixo do sofá com uma das suas patas com cinco dedos inteligentes. Você também é quem dá amor. O problema com esse tipo de confiança inquestionável é que ela carrega um peso de responsabilidade. De um modo geral, tudo bem. Na nossa situação, não estava tudo bem.

Radar estava se divertindo como nunca, praticamente quicando ao meu lado, e por que não? Ela não era mais o pastor-alemão velho e meio cego que eu tive que carregar, primeiro na carroça de Dora e depois na cesta atrás do triciclo enorme de Claudia. Ela estava jovem de novo, estava forte de novo, tinha até tido a chance de arrancar o fundilho da calça de um anão velho desagradável. Estava à vontade com o corpo e também à vontade com a mente. Estava com o cara que dava comida, oferecia abrigo e dava amor. Tudo estava daora no mundo dela.

Eu, por outro lado, estava lutando contra o pânico. Se você já se perdeu em uma cidade grande, vai entender. Só que ali não havia nenhum estranho simpático para quem eu pudesse perguntar o caminho. E ali a cidade em si tinha se virado contra mim. Uma rua levava a outra, mas cada rua nova levava só a becos sem saída para onde gárgulas olhavam de prédios altos e cegos que eu poderia jurar que não estavam lá quando eu me virava para ver se Peterkin estava indo atrás de nós. A chuva virou só um chuvisco de novo, mas minha visão do palácio ficava bloqueada por prédios que pareciam crescer assim que eu afastava o olhar, escondendo-o de vista.

E havia algo pior. Quando eu *conseguia* ver o palácio, ele sempre parecia estar em um lugar diferente do que eu esperava. Como se também estivesse se movendo. Poderia ser uma ilusão gerada pelo medo, eu disse isso para mim mesmo repetidamente, mas eu não acreditava de verdade. A tarde estava passando e cada virada errada me lembrava que o escuro estava chegando. O fato era simples e claro: graças a Peterkin, eu tinha me perdido completamente. Eu quase esperava dar de cara com uma casa de doces na qual uma bruxa me convidaria junto com a minha cadela (eu, João, ela, Maria) a entrar.

Enquanto isso, Radar acompanhava o triciclo, olhando para mim com um sorriso canino que quase gritava *A gente tá se divertindo tanto!*

E nós continuamos. E continuamos.

De vez em quando, eu tinha vista do céu à frente e subia no banco do triciclo para tentar ver a muralha da cidade, que devia ser a maior coisa da paisagem, exceto pelas três torres do palácio. Eu não conseguia vê-la. E as torres estavam agora à minha direita, o que parecia impossível. Se eu tivesse atravessado na frente do palácio, teria cortado a Estrada Gallien, e eu não tinha feito isso. Eu estava com vontade de gritar. Estava com vontade de me encolher em posição fetal com as mãos em volta da cabeça. Queria encontrar um policial, que era o que a minha mãe dizia que as crianças deviam fazer caso se perdessem.

E o tempo todo Radar ficava sorrindo para mim: *Não está sendo ótimo? Não está sendo o dia mais legal do mundo?*

— Não está — falei. — A gente está encrencado, garota.

Eu continuei pedalando. Não havia pedaço de azul no céu agora, nem sol para me guiar. Só prédios se juntando, alguns quebrados, alguns só vazios, todos meio famintos. O único som era aquele sussurro baixo e abafado. Se fosse constante, eu talvez tivesse me acostumado, mas não era. Vinha em explosões, como se eu estivesse passando por congregações de mortos invisíveis.

Aquela tarde horrível (eu nunca vou conseguir explicar o *quanto* foi horrível) pareceu não acabar nunca, mas eu finalmente comecei a sentir que a noite estava chegando. Acho que chorei um pouco, mas não lembro direito. Se chorei, acho que foi tanto por Radar quanto por mim. Eu a tinha levado até ali e tinha conseguido o que tinha ido fazer, mas, no fim, seria por nada. Por causa do maldito anão. Eu desejei que Radar tivesse rasgado a garganta dele em vez da calça.

Pior de tudo era a confiança que eu via nos olhos de Radar cada vez que ela me olhava.

Você confiou em um tolo, pensei. *Que azar pra você, meu bem.*

2

Nós chegamos a um parque cheio de mato cercado em três lados por prédios cinzentos cheios de sacadas vazias. Pareciam um cruzamento entre os prédios caros na Gold Coast de Chicago e celas de prisão. No centro dele havia uma estátua enorme em um pedestal alto. Parecia ser de um homem e uma mulher ladeando uma borboleta enorme, mas, como todas as outras obras de arte que eu tinha encontrado em Lilimar (sem mencionar a pobre sereia morta), tinha sido quase toda destruída. A cabeça e uma asa da borboleta tinham sido pulverizadas. A outra asa tinha sobrevivido e, com base na forma como tinha sido entalhada (todas as cores tinham sumido, se é que tinha havido alguma), eu tinha certeza de que era uma monarca. O homem e a mulher talvez tivessem sido o rei e a rainha em tempos antigos, mas não havia como saber porque os dois estavam obliterados dos joelhos para cima.

Enquanto fiquei sentado observando a cena vandalizada, três sinos soaram na cidade assombrada, cada repique espaçado e solene. *Você não precisa ter passado pelo portão quando os três sinos tocarem*, Claudia dissera, *mas precisa ter saído de Lilimar pouco depois disso! Antes de escurecer!*

Escureceria logo.

Comecei a pedalar em frente, sabendo que seria inútil, sabendo que estava preso na teia que Peterkin tinha chamado de Lily, me perguntando que novo horror os soldados noturnos trariam quando viessem atrás de nós, mas parei, acometido de uma ideia súbita que era ao mesmo tempo louca e perfeitamente racional.

Dei meia-volta e fui para o parque. Comecei a descer do triciclo, pensei na altura do pedestal em que a estátua destruída estava e mudei de ideia. Pedalei até o mato alto, torcendo para não haver nenhuma daquelas flores amarelas horríveis lá para me queimar. Eu também esperava que o triciclo não atolasse, porque o chão estava enlameado da chuva. Botei toda a força nos pés e segui pedalando. Radar ficou comigo, sem andar nem correr, mas pulando. Mesmo na minha situação, foi maravilhoso de ver.

A estátua estava cercada de água parada. Eu parei nela, pendurei a mochila no guidão, fiquei de pé no assento do triciclo e estiquei as mãos. Ficando na ponta dos pés, consegui encostar os dedos na borda áspera do pedestal. Agradecendo a Deus por ainda estar em boa forma, eu me ergui, apoiei um antebraço primeiro e depois o outro na superfície coberta de lascas de pedra e subi o resto. Só tive um momento ruim em que achei que ia cair para trás em cima do triciclo e provavelmente quebrar alguma coisa, mas estiquei a mão e segurei o pé da mulher. Arranhei a barriga em alguns lugares com os escombros quando me arrastei pelo resto do caminho, mas não tive nenhuma lesão real.

Radar estava me olhando e latindo. Eu a mandei fazer silêncio e ela fez. Mas ficou abanando o rabo: *Ele não é maravilhoso? Olha como ele está alto!*

Eu me levantei e peguei o que restava da asa da borboleta. Talvez ainda houvesse um pouco de magia nela (do tipo bom), porque senti um pouco do meu medo diminuir. Segurando-a primeiro com uma das mãos e depois

363

com a outra, dei uma volta lenta de trezentos e sessenta graus. Vi as três torres do palácio na frente do céu que estava escurecendo, e agora elas estavam aproximadamente onde meu senso de direção (o que restava dele) dizia que deveriam estar. Eu não conseguia ver a muralha da cidade e nem esperava ver. O pedestal em que eu estava era alto, mas havia construções demais na frente. De propósito, eu tinha quase certeza.

— Espera, Radar — falei. — Isso não vai demorar. — Eu esperava estar certo sobre isso. Eu me curvei e peguei um pedaço de pedra com ponta afiada e o segurei com a mão frouxa.

O tempo passou. Contei até quinhentos de dez em dez, depois de cinco em cinco, depois perdi a conta. Eu estava preocupado demais com o dia escurecendo. Quase dava para senti-lo se esvaindo, como sangue de um corte feio. Finalmente, quando eu tinha começado a acreditar que tinha subido ali por nada, vi uma escuridão surgir no que eu tinha decidido chamar de sul. Veio na minha direção. As monarcas estavam voltando para passar a noite. Eu estiquei o braço, apontando como um rifle na direção das borboletas. Perdi a nuvem de vista quando me ajoelhei de novo, mas mantive o braço esticado. Usei a ponta da pedra que eu tinha pegado para fazer uma marca na lateral do pedestal e segui meu braço esticado com o olhar até uma abertura entre duas construções do outro lado do parque. Era um começo. Supondo que a abertura não desaparecesse, claro.

Virei de joelhos e passei as pernas pela beirada. Meu plano era me segurar até estar pendurado na lateral do pedestal, mas minhas mãos escorregaram e eu caí. Radar soltou um único latido de alarme. Lembrei-me de deixar meus joelhos se flexionarem e rolar quando caí. O chão estava macio por causa da chuva, o que foi bom. Fiquei sujo da cabeça aos pés de lama e água, o que não foi. Eu me levantei (quase caindo em cima da minha cadela ansiosa), sequei o rosto e procurei minha marca. Apontei a mão por ela e fiquei aliviado de ver que o vão entre as duas construções ainda estava lá. As construções (de madeira, não de pedra) estavam diagonalmente do outro lado do parque. Vi água parada em alguns lugares e soube que o triciclo atolaria se eu tentasse ir pedalando. Eu teria que me desculpar com Claudia por deixá-lo para trás, mas eu me preocuparia com isso quando a visse. Se a visse.

— Vem, garota. — Pendurei a mochila nas costas e saí correndo.

3

Nós corremos pelas poças de água parada. Algumas eram rasas, mas em alguns lugares a água ia quase até os joelhos, e eu sentia a lama tentando sugar os tênis dos meus pés. Radar me acompanhou com facilidade, a língua voando, os olhos brilhando. O pelo dela estava encharcado e grudado no corpo agora musculoso, mas ela não pareceu se importar. Nós estávamos vivendo uma aventura!

As construções pareciam armazéns. Nós chegamos até elas e eu parei para me posicionar e amarrar um dos meus tênis encharcados. Olhei para o pedestal. Não dava mais para ver a minha marca, pois a estátua destruída estava uns cem metros atrás de nós, mas eu sabia onde estava. Apontei com os dois braços, para trás e para a frente, e corri entre os prédios com Radar ao meu lado. Tinham sido armazéns, sim. Dava para sentir o aroma fantasma antigo dos peixes que ficaram guardados neles muito tempo antes. Minha mochila pulava e sacudia. Nós fomos parar em uma via estreita com mais armazéns. Todos pareciam ter sido arrombados e provavelmente pilhados muito tempo antes. Os dois diretamente à nossa frente estavam próximos demais um do outro para eu passar entre eles, então eu fui para a direita, encontrei uma viela e corri por ela. Do lado mais distante havia o jardim cheio de mato de alguém. Voltei para a esquerda, para o que eu esperava que fosse a minha linha reta de antes, e segui correndo. Tentei dizer para mim mesmo que o crepúsculo não tinha chegado, ainda não, ainda não, mas tinha. Claro que tinha.

Repetidamente, precisei desviar de construções que estavam no caminho, e repetidamente tentei recuperar o caminho reto onde eu tinha visto as borboletas. Eu não tinha mais certeza se estava fazendo isso, mas eu tinha que tentar. Era o que eu tinha.

Nós passamos entre duas casas de pedra grandes, o vão tão estreito que precisei ir de lado (Radar não teve esse problema). Eu saí e, à minha direita, em um vão entre o que poderia ter sido um grande museu e um conservatório de vidro, vi a muralha da cidade. Chegava mais alto do que os prédios do lado mais distante da rua, as nuvens tão baixas na penumbra crescente que o alto não estava visível.

— Radar! Vem!

A penumbra tornava impossível saber se a escuridão de verdade tinha chegado ou não, mas eu estava morrendo de medo de que tivesse. Nós corremos pela rua em que tínhamos saído. Não era a certa, mas estava bem perto da Estrada Gallien, eu tinha certeza. À nossa frente, os prédios abriram caminho para um cemitério do lado mais distante da rua. Era cheio de lápides tortas, tabuletas memoriais e várias construções que deviam ser criptas. Era o último lugar onde eu queria me aventurar depois do pôr do sol (*que pôr do sol, ha-ha*), mas, se eu estivesse certo (*Deus, por favor, que eu esteja certo*, rezei), era o caminho que eu tinha que seguir.

Corri pelo portão de ferro entreaberto, e pela primeira vez Radar hesitou, as patas da frente em uma placa de concreto em ruínas, as patas de trás na rua. Eu também parei, o suficiente para recuperar o fôlego.

— Eu também não gosto, garota, mas a gente tem que ir, então vem!

Ela foi. Nós seguimos pelas lápides tortas. Uma névoa noturna estava começando a subir da grama alta e dos cardos. Eu via uma cerca de ferro fundido quarenta metros à frente. Pareceu alta demais para escalar mesmo que eu não estivesse com a cadela, mas havia um portão.

Tropecei em uma lápide e caí estatelado. Comecei a me levantar, mas parei, sem acreditar no que eu estava vendo. Radar estava latindo violentamente. Uma mão ressecada com ossos amarelados aparecendo pela pele rasgada saiu do chão. Abriu-se e se fechou, espalhando terra úmida. Quando via essas coisas nos filmes de terror, eu só ria e gritava junto com os meus amigos e pegava mais pipoca. Eu não estava rindo agora. Eu gritei… *e a mão me ouviu*. Virou-se para mim como uma porra de uma antena parabólica, agarrando o ar cada vez mais escuro.

Eu me levantei e corri. Rad correu ao meu lado, latindo e rosnando e olhando para trás. Eu cheguei ao portão do cemitério. Estava trancado. Eu recuei, virei um ombro e bati nele da forma que já tinha batido em adversários. Sacudiu, mas não cedeu. Os latidos de Radar estavam subindo a escada, não mais *AU-AU-AU* mas *AAAUUU-AAAUUU-AAAUUU*, quase como se ela também estivesse tentando gritar.

Olhei para trás e vi mais mãos saindo do chão, como flores horrendas com unhas no lugar de pétalas. Primeiro, umas poucas, depois dezenas. Talvez centenas. E outra coisa, talvez pior: o gemido de dobradiças enferrujadas. As criptas estavam prestes a cuspir seus mortos. Eu me lembro de pensar que punir invasores era uma coisa (compreensível), mas aquilo era ridículo.

Bati no portão de novo com tudo. A tranca quebrou. O portão se abriu e eu caí para a frente, balançando os braços, tentando manter o equilíbrio. Eu quase consegui, mas tropecei em outra coisa, talvez uma pedra de meio-fio, e caí de joelhos.

Olhei para a frente e vi que tinha caído na Estrada Gallien.

Eu me levantei, os joelhos ardendo e a calça rasgada. Olhei para trás, para o cemitério. Não havia nada vindo atrás de nós, mas aquelas mãos acenando já eram bem ruins. Pensei na força que seria necessária para abrir tampas de caixão e atravessar a terra por cima. Até onde eu sabia, os empisianos podiam não usar caixões, talvez só embrulhassem os mortos em mortalhas e pronto. A névoa junto ao chão tinha assumido um brilho azul, como se eletrificada.

— *CORRE!* — gritei para Radar. — *CORRE!*

Nós corremos para o portão. Corremos para salvar nossas vidas.

4

Nós entramos na estrada bem mais longe de onde tínhamos saído para seguir as marcas do sr. Bowditch, mas consegui ver o portão externo na penumbra crescente. Podia estar uns oitocentos metros à frente, talvez menos. Eu estava ofegante, as pernas estavam pesadas. Parte disso era porque a minha calça tinha ficado encharcada de lama e água quando eu caí do pedestal, mas mais era pura exaustão. Eu tinha feito esportes por toda a minha carreira estudantil, mas não tinha feito basquete; não só porque eu não gostava do treinador Harkness, mas porque, considerando meu tamanho e meu peso, correr não era para mim. Havia um motivo para eu ter jogado como primeira-base na temporada de beisebol: era a posição de defesa que exigia menos velocidade. Eu tive que ir mais devagar. Apesar de o portão não parecer estar se aproximando, era o melhor que eu podia fazer se não quisesse ter uma câimbra e precisar parar.

Radar olhou para trás e começou a soltar aqueles latidos agudos e assustados de novo. Eu me virei e vi um bando de luzes azuis brilhantes vindo

367

do palácio na nossa direção. Só podiam ser os soldados noturnos. Não perdi tempo tentando me convencer do contrário, só acelerei o passo de novo.

Minha respiração entrava e saía, cada ofego e sopro mais quente do que o anterior. Meu coração estava trovejando. Pontos de luz começaram a pulsar na frente dos meus olhos, se expandindo e se contraindo. Olhei para trás de novo e vi que as luzes azuis estavam mais perto. E tinham adquirido pernas. Eram homens, cada um cercado de uma aura azul intensa. Eu ainda não conseguia ver o rosto deles, nem queria.

Tropecei nos meus próprios pés, recuperei o equilíbrio e continuei correndo. A escuridão total tinha chegado, mas o portão tinha um tom mais claro de cinza do que o muro e eu vi que estava perto. Se conseguisse continuar correndo, eu achava que nós tínhamos uma chance.

Comecei a sentir uma dor na lateral do corpo, de leve no começo, mas ficando mais forte. Subiu pela minha caixa torácica até a axila. Meu cabelo, molhado e enlameado, batia na testa. A mochila batia nas minhas costas, de nada adiantava o peso para firmá-la. Eu a tirei e pendurei em uns arbustos ao lado de uma construção torreada ladeada de postes listrados de vermelho e branco com borboletas de pedra em cima. Aquelas monarcas ainda estavam inteiras, provavelmente porque estavam altas demais para serem alcançadas sem escadas.

Eu tropecei de novo, dessa vez em um emaranhado de fios de bonde caídos, recuperei o equilíbrio e continuei correndo. Eles estavam chegando perto. Pensei na .45 do sr. Bowditch, mas, mesmo que funcionasse contra aquelas aparições, eram muitas.

Mas uma coisa maravilhosa aconteceu: de repente, meus pulmões pareceram mais profundos e a dor na minha lateral desapareceu. Eu nunca tinha feito corridas de longa distância a ponto de vivenciar um segundo fôlego, mas tinha acontecido comigo algumas vezes em trajetos longos de bicicleta. Eu sabia que não duraria muito, mas não precisava. O portão estava agora a cem metros de mim. Arrisquei mais um olhar por cima do ombro e vi que a tropa brilhante de soldados da noite não estava mais ganhando vantagem. Eu me virei para a frente e aumentei ainda mais a velocidade, as mãos fechadas e bombeando, respirando mais fundo do que nunca. Por uns trinta metros, eu fui até na frente de Radar. Mas ela me alcançou e me olhou. Não tinha mais sorriso largo de *que divertido* na cara dela agora; as orelhas estavam coladas no crânio e havia anéis brancos aparecendo em volta dos olhos castanhos. Ela parecia apavorada.

Finalmente, o portão.

Respirei fundo uma última vez e berrei:

— *ABRA EM NOME DE LEAH DE GALLIEN!*

O maquinário antigo debaixo do portão ganhou vida e seguiu com um ronco grave. O portão tremeu e começou a se abrir no trilho. Mas devagar. Devagar demais. Eu fiquei com medo. Os soldados noturnos podiam sair da cidade se nós passássemos? Eu achava que não, que as auras azuis fortes se apagariam e eles se desfariam... ou derreteriam, como a Bruxa Malvada do Leste.

Dois centímetros.

Quatro.

Eu via uma pequena fatia do mundo lá fora, onde havia lobos, mas não homens azuis brilhantes, nem mãos podres saindo da terra do cemitério.

Olhei para trás e os vi de verdade pela primeira vez: vinte homens ou mais com lábios marrons da cor de sangue seco e rostos pálidos como pergaminho. Eles estavam vestidos com calças largas e camisas que pareciam estranhamente com uniformes do Exército. Aquela luz azul saía dos olhos deles, escorria e os envolvia. Eles tinham feições de homens comuns, mas eram meio transparentes. Dava para vislumbrar o crânio embaixo.

Eles estavam correndo na nossa direção, deixando manchas de luz azul para trás que iam se apagando até sumir, mas eu não achava que eles fossem chegar a tempo. Seria por pouco, mas eu achei que nós conseguiríamos fugir.

Oito centímetros.

Dez.

Ah, Deus, como era *devagar*.

De repente, houve o som de um alarme de incêndio antiquado, *CLANG- -A-LANG-A-LANG*, e o grupo de homens-esqueleto azuis se separou, uns dez para a esquerda e o resto para a direita. Em disparada pela Estrada Gallien veio um veículo elétrico parecendo um carrinho de golfe gigante ou um ônibus aberto achatado. Na frente, guiando uma espécie de leme para a frente e para trás, havia um homem (uso a palavra deliberadamente) com cabelo grisalho caindo dos dois lados do rosto horrendo, meio transparente. Era magrelo e alto. Havia outros espremidos atrás, as auras azuis se sobrepondo e pingando para o chão molhado como um sangue estranho. O motorista estava mirando em mim, querendo me esmagar no portão. Eu não ia conseguir, no fim das contas... mas minha cadela podia.

— Radar! Vai até a Claudia!

Ela não se moveu, só me olhou apavorada.

— *Vai, Rad! Pelo amor de Deus, VAI!*

Soltei o cinto com os enfeites metálicos e o joguei na escuridão. Se eles quisessem a arma do sr. Bowditch, teriam que sair da cidade murada para procurar. Em seguida, bati na traseira da Radar com força. Uma luz azul caiu sobre mim. Eu sei que dá para se resignar à morte porque, naquela hora, foi o que eu fiz.

— *VAI ATÉ A CLAUDIA, VAI ATÉ A DORA. SÓ VAI!*

Ela me lançou um último olhar magoado que eu nunca vou esquecer e passou pela abertura do portão.

Uma coisa me acertou com tanta força que me jogou no portão ainda em movimento, mas não com força suficiente para me esmagar. Vi o soldado noturno de cabelo grisalho pular por cima da alavanca. Vi as mãos esticadas, os ossos dos dedos visíveis pelo sebo da pele brilhante. Vi o sorriso eterno dos dentes e da mandíbula. Vi os fluxos azuis de um poder horrendo de reanimação emanando dos seus olhos.

O portão estava aberto o suficiente para mim agora. Mergulhei para longe dos dedos da coisa e rolei na direção da abertura. Por um momento, vi Radar parada no escuro no fim da Estrada do Reino, olhando para trás. Com esperanças. Corri na direção dela com as mãos esticadas. Mas aqueles dedos terríveis encontraram meu pescoço.

— Não, garotinho — sussurrou o soldado noturno morto-vivo. — Não, inteiro. Você veio a Lily sem ser convidado e aqui vai ficar.

Ele chegou perto, um crânio sorridente embaixo de pele pálida e transparente esticada. Um esqueleto ambulante. Os outros começaram a se aproximar. Um gritou uma palavra, na hora achei que tivesse sido Elimar, uma combinação de Empis e Lilimar, mas agora sei o que foi. O portão começou a se fechar. A mão morta continuou apertando, cortando meu ar.

Vai, Radar, vai ficar em segurança, pensei, e não soube de mais nada.

VINTE

Prisão prolongada. Hamey. Hora do rango. O Lorde Superior. Interrogatório.

1

Radar luta contra a vontade de voltar para o novo dono, de voltar para o portão e pular, as patas da frente arranhando para entrar. Ela não faz isso. Ela tem suas ordens e sai correndo. Sente que é capaz de correr a noite toda, mas não vai precisar, porque tem um lugar seguro se ela conseguir entrar.

Slap-slap.

Ela corre e corre, o corpo próximo do chão. Não há luar, ainda não, nem uivos de lobo, mas ela os sente por perto. Se houver luar, eles vão atacar, e ela sente o luar chegando. Se chegar e eles atacarem, ela vai lutar. Eles podem vencê-la, mas ela vai lutar até o fim.

Slap-slap.

— Acorda, garoto!

As luas saem de trás de uma nuvem, a menor em sua caçada eterna da maior, e o primeiro lobo uiva. Mas ali à frente está o carrinho vermelho e o abrigo onde ela e Charlie passaram a noite quando ela ainda estava doente, e se ela conseguir chegar lá, ela pode entrar se a porta ainda estiver aberta. Ela acha que ele não fechou completamente, mas não tem certeza. Foi há tanto tempo! Se estiver aberta, ela pode ficar de pé nas patas traseiras e fechar com as patas. Se não estiver, ela vai ficar de costas para a porta e lutar até não conseguir mais lutar.

Slap-slap.

— Quer perder outra refeição? Nã, não!

A porta está entreaberta. Radar entra por ela e

SLAP!

2

Aquele último finalmente acabou com o sonho que eu estava tendo e eu abri os olhos numa luz irregular e cheia de sombras com uma pessoa ajoelhada sobre mim. O cabelo caía até os ombros e ele era tão pálido que, por um momento, achei que fosse o soldado noturno que estava dirigindo o ônibus elétrico. Eu me sentei rápido. Senti uma pontada de dor na cabeça, seguida de uma onda de tontura. Levantei os punhos. O homem arregalou os olhos e recuou. E *era* um homem, não uma coisa pálida cercada de um envelope de luz azul que saía dos olhos. Aqueles olhos eram fundos e pareciam machucados, mas eram humanos, e o cabelo era castanho-escuro, quase preto, não grisalho.

— Deixa ele morrer, Hamey! — gritaram. — Ele é o trinta e um! Eles não vão querer sessenta e quatro, esses dias já eram! Mais um e chega!

Hamey, se é que esse era o nome dele, olhou na direção da voz. Ele sorriu, exibindo dentes brancos e um rosto sujo. Ele parecia uma fuinha solitária.

— Só estou tentando puteger a alma, Eye! Fazer bem ao próximo, sabe! Estou perto demais do fim pra não pensar na eternidade!

— Vai se foder e se foder eternamente — disse o que se chamava Eye.
— Tem esse mundo, então os fogos de artifícios e fim.

Eu estava em pedra fria e úmida. Por cima do ombro magro de Hamey, vi uma parede de blocos da qual escorria água e uma janela gradeada bem no alto. Nada entre as barras além de escuridão. Eu estava em uma cela. *Prisão prolongada*, pensei. Não sei de onde a expressão veio, nem sabia direito o que significava. O que eu sabia era que a minha cabeça estava doendo demais e o homem que tinha me dado uns tapas para me acordar tinha um bafo tão horroroso que parecia que um animal de pequeno porte tinha morrido na boca dele. Ah, e parecia que eu tinha molhado a calça.

Hamey se inclinou para perto de mim. Eu tentei recuar, mas havia outra parede atrás de mim. Uma gota de água fria desceu pela minha nuca. *Suor de pedra*, pensei, e eu também não sei de onde veio essa.

— Você parece forte, garoto. — A boca envolta de barba por fazer de Hamey fez cócegas no meu ouvido. Foi horrível e meio patético. — Você vai me putegar como eu putegi você?

Eu tentei perguntar onde estava, mas só saíram pedaços entrecortados de som. Eu lambi os lábios. Estavam secos, rachados e inchados.

— Sede.

— Ah, isso eu consigo resolver.

Ele correu até um balde no canto do que eu agora não tinha dúvida de que era uma cela… e Hamey era meu colega de cela. Ele estava usando calças em farrapos que iam até as canelas, como um náufrago de quadrinhos de revista. A camisa era uma regata, mas por pouco. Os braços expostos cintilavam na luz fraca. Eram lamentavelmente finos, mas não estavam cinzentos. Se bem que era difícil ter certeza na luz ruim.

— Seu idiota! — Isso foi outra pessoa, não o que Hamey tinha chamado de Eye. — Por que piorar? Sua babá te deixou cair de cabeça quando você era bebezinho? O garoto nem estava respirando direito! Você podia ter sentado no peito dele e acabado com tudo! Voltaria a trinta!

Hamey não deu atenção. Ele pegou uma xícara de metal em uma prateleira acima do que supus que era o catre dele e mergulhou no balde. Levou até mim com um dedo (tão sujo quanto o resto dele) pressionado contra o fundo.

— Tem buraco — disse ele.

Eu não me importei, porque não teria chance de vazar muito. Peguei a caneca e tomei tudo. Tinha pedrinhas dentro, mas não me importei. Estava deliciosa.

— Chupa ele já que você tá aí, que tal? — perguntou uma nova voz. — Dá uma boa chupada, Hames, isso vai deixar ele alerta como um chicote num cavalo!

— Onde eu estou?

Hamey se inclinou para a frente de novo, querendo falar em tom confidencial. Eu abominava o bafo dele, estava fazendo minha cabeça doer ainda mais, mas aguentei porque eu precisava saber. Agora que eu estava voltando a mim e deixando meu sonho com Radar para trás, fiquei surpreso de não estar morto.

— Maleen — sussurrou ele. — Maleen Profunda. Dez... — Uma coisa, uma palavra que eu não conhecia. — ... abaixo do palácio.

— Vinte! — gritou Eye. — E você nunca mais vai ver o sol, novato! Nenhum de nós vai!

Peguei a caneca da mão de Hamey e atravessei a cela, me sentindo como Radar no seu momento mais velho. Eu a enchi, botei o dedo na água escorrendo pelo buraquinho no fundo e bebi de novo. O garoto que já tinha assistido ao Turner Classic Movies e comprava online na Amazon estava em um calabouço. Não dava para confundir com outra coisa. Havia celas dos dois lados de um corredor úmido. Lampiões a óleo saíam das paredes entre algumas celas, soltando luz amarelo-azulada. Pingava água do teto de pedra. Havia poças na passagem central. Do outro lado, um sujeito grande usando o que parecia ser o resquício de uma roupa de baixo comprida me viu olhando e pulou na grade e a sacudiu fazendo barulhos de macaco. Seu peito estava exposto, era largo e peludo. O rosto era amplo, a testa baixa, ele era feio pra caralho... mas não havia nada daquela desfiguração sinistra que eu tinha visto a caminho daquele local encantador, e sua voz estava presente e clara.

— Bem-vindo, novato! — Era Eye... que, descobri depois, era apelido de Iota. — Bem-vindo ao inferno! Quando a Justa chegar... *se* chegar... acho que vou arrancar seu fígado e usar como chapéu. Primeira Rodada, você, Segunda Rodada, o sr. Inútil com quem você está! Até lá, tenha uma estada agradável!

No corredor, perto de uma porta de madeira com ferro no final, outro prisioneiro, agora uma mulher, gritou:

— Você devia ter ficado na Cidadela, garoto! — E, mais baixo: — E eu também. Morrer de fome teria sido melhor.

Hamey andou até o canto da cela que ficava do lado oposto ao balde de água, baixou a calça e se agachou sobre um buraco no chão.

— Estou com caganeira. Devem ter sido os cogumelos do campo.

— Como assim, depois de mais de um ano que você comeu? — perguntou Eye. — Você está com caganeira, sim, mas os cogumelos não têm nada a ver com isso.

Eu fechei os olhos.

3

O tempo passou. Não sei o quanto, mas comecei a me sentir um pouco melhor. Dava para sentir cheiro de terra e umidade e gás dos jatos que davam àquele lugar certa luz. Eu ouvia o barulho de água pingando e prisioneiros se movendo ao redor, às vezes conversando com outros, às vezes falando sozinhos. Meu colega de cela estava sentado perto do balde de água, olhando morosamente para as mãos.

— Hamey?

Ele ergueu o olhar.

— O que são os inteiros?

Ele soltou uma gargalhada, fez uma careta e botou a mão na barriga.

— *Nós* somos. Você é idiota? Caiu do céu?

— Vamos fingir que sim.

— Senta aqui do meu lado. — E quando eu hesitei: — Nã, não, nunca se preocupe comigo. Eu não vou coçar suas bolas se é isso que você pensa. Pode ser que uma pulga pule em você, só isso. Eu não consigo ficar duro há uns seis meses já. Barriga ruim faz isso.

Eu me sentei ao lado dele e ele deu um tapa no meu joelho.

— Melhor assim. Eu não gosto de falar pra todos aqueles ouvidos. Não que importe que ouçam, nós somos todos peixes no mesmo balde, mas eu gosto de ficar no meu canto… foi como me ensinaram. — Ele suspirou. — Preocupação não ajuda em nada a minha barriga, isso eu posso dizer. Ver os números aumentarem e aumentarem e aumentarem? Horrível! Vinte e cinco… vinte e seis… agora, trinta e um. E nunca vão chegar a sessenta e quatro, Eye está certo sobre isso. Antes, nós, inteiros, éramos como um saco cheio de açúcar, mas agora o saco está vazio, exceto por alguns últimos cristais.

Ele disse *cristais*? Ou outra coisa? Minha dor de cabeça estava tentando voltar, minhas pernas estavam doendo de andar e pedalar e correr e eu estava cansado. Era como se eu tivesse sido arrancado de onde estava.

Hamey soltou outro suspiro que virou um ataque de tosse. Ele ficou segurando a barriga até passar.

— Mas o Assassino Voador e seus… — Uma palavra estranha que minha mente não conseguiu traduzir, algo parecido com *ruggamunkas*. — … não param de procurar. Só vão ficar satisfeitos quando pegarem até o último de nós. Mas… sessenta e quatro? Nã, não. Essa vai ser a última Justa, e eu vou ser um dos primeiros a ir. Talvez o primeiríssimo. Não sou forte, sabe. Tenho caganeira e a comida não fica.

Ele pareceu lembrar que eu estava lá, o novo colega de cela.

— Mas *você*… Eye prestou atenção em você e isso não é pouca coisa. E talvez você fosse rápido se estivesse com suas forças.

Pensei em dizer que eu não era muito rápido, mas decidi não falar nada. Ele que pensasse o que quisesse.

— Ele não tem medo de você, o Iota não tem medo de ninguém… talvez só da Molly Ruiva e da vaca da mãe dela, mas ele também não quer fazer mais esforço do que o necessário. Qual é seu nome?

— Charlie.

Ele baixou a voz ainda mais.

— E você não sabe onde está? De verdade?

Prisão prolongada, pensei.

— Bem, é uma prisão… um calabouço… e acho que pode ser debaixo do palácio… mas só isso.

Eu não tinha a menor intenção de contar para ele por que eu tinha ido parar ali, nem quem tinha encontrado no caminho. Eu estava voltando a mim agora, cansado ou não, e começando a pensar direito. Hamey podia estar querendo se aproveitar. Conseguir informações que poderia trocar por privilégios. Maleen Profunda não parecia um lugar onde *houvesse* privilégios, o fim da linha, por assim dizer, mas eu não queria arriscar. Talvez não se importassem com um pastor-alemão de Sentry, Illinois, ter fugido… mas, por outro lado, talvez sim.

— Não é da Cidadela, você?

Eu fiz que não.

— Nem sabe onde fica, é?

— Não.

— Ilhas Verdes? Deesk? Um dos Tayvos, talvez?

— Nenhum desses lugares.

— De onde você é, Charlie?

Eu não disse nada.

— Não conte — sussurrou Hamey com ferocidade. — Isso é bom. Não conte pra nenhum desses outros e eu também não vou contar. Se você me puteger. Seria bom. Há destinos piores do que Maleen Profunda, meu jovem. Você pode não acreditar, mas eu sei. O Lorde Superior é ruim, mas tudo que eu sei do Assassino Voador é pior.

— Quem é o Assassino Voador? E o Lorde Superior, quem é?

— Lorde Superior é como chamamos Kellin, o chefe dos soldados noturnos. Ele que trouxe você. Eu fiquei no cantinho. Aqueles olhos dele...

Um sino abafado começou a tocar atrás da porta de madeira e ferro no final do calabouço.

— Pursey! — gritou Iota. Ele pulou nas grades e começou a sacudi-las de novo. — Já estava na hora, porra! Vem aqui, Pursey, velho amigo, e vamos ver o que sobrou da sua cara!

Houve o som de ferrolhos sendo abertos (contei quatro) e a porta se abriu. Primeiro entrou um carrinho, quase do tipo que se empurra em um supermercado, mas feito de madeira. Atrás dele havia um homem cinzento cujo rosto parecia ter derretido. Só restava um olho. O nariz mal passava de um calombo de pele. A boca estava fechada exceto por uma abertura em forma de lágrima no lado esquerdo. Os dedos estavam tão derretidos que as mãos pareciam barbatanas. Ele usava calça frouxa e uma coisa que parecia uma blusa larga. Havia um sino pendurado no seu pescoço em um cordão de couro cru.

Ele parou logo depois da porta, segurou o sino e o sacudiu. Ao mesmo tempo, olhou de um lado para o outro com o único olho.

— Ás! Ás! Ás, ô fimãe! — Em comparação com aquele cara, Dora parecia Laurence Olivier declamando Shakespeare.

Hamey me segurou pelo ombro e me puxou para trás. Na cela do outro lado, Eye também chegou para trás. Todos os prisioneiros estavam fazendo o mesmo. Pursey ficou batendo o sino até estar satisfeito com a distância a que estávamos das grades, longe o suficiente que não pudéssemos alcançá-lo, embora eu não visse motivo para alguém fazer isso; ele parecia um prisioneiro de confiança nos filmes de prisão, e eles nunca tinham chaves.

A cela em que Hamey e eu estávamos era a mais próxima dele. Pursey enfiou a mão no carrinho, tirou dois pedaços de bom tamanho de carne e os jogou pelas grades. Eu peguei o meu no ar. Hamey tentou pegar o dele, mas não conseguiu, e a carne caiu no chão.

Agora, os prisioneiros estavam gritando com ele. Um (depois descobri que foi Fremmy) perguntou se o cu de Pursey já estava esfolado e, se sim, se ele precisava cagar pela boca. Eles pareciam leões no zoológico na hora da comida. Só que isso está errado. Eles pareciam hienas. Aqueles homens não eram leões, com a possível exceção de Iota.

Pursey empurrou o carrinho devagar pelo corredor entre as celas, as sandálias espalhando água (os dedos dos pés também estavam grudados uns nos outros), jogando carne para a esquerda e para a direita. A mira era boa, com um olho só ou não; nenhum dos pedaços de carne bateu nas barras nem caiu na água parada do corredor.

Ergui meu pedaço de carne até o nariz e cheirei. Acho que eu ainda estava no modo conto de fadas, porque eu esperava algo podre e horrível, talvez até infestado de larvas, mas era um bife que eu poderia ter comprado no mercado Hy-Vee de Sentry, mas sem a embalagem plástica. Mal tinha tocado no fogo (pensei no meu pai pedindo bife em um restaurante e falando para o garçom só dar um susto na carne), mas o cheiro foi suficiente para encher minha boca de saliva e deixar meu estômago roncando. Minha última refeição tinha sido na casa de madeira de Claudia. Quanto tempo fazia eu não sabia, mas devia ter um bom tempo.

À minha frente, Eye estava sentado no catre de pernas cruzadas, comendo o bife dele. O líquido vermelho escorria até a barba suja. Ele me viu olhando e sorriu.

— Vai, garoto, come enquanto você ainda tem dentes pra mastigar. Vou arrancar todos eles.

Eu comi. O bife estava duro. O bife estava delicioso. Cada pedacinho me deixou faminto pelo seguinte.

Pursey tinha chegado às duas últimas celas. Ele jogou carne dentro e começou a voltar pelo mesmo caminho, tocando o sino com uma barbatana, empurrando o carrinho com a outra e gritando "Ás! Ás!". Presumi que fosse *pra trás, pra trás*. Ninguém pareceu interessado em provocá-lo agora, menos ainda em apressá-lo. De todos os lados vinha o ruído de mastigação.

Eu comi tudo, menos um pedaço de gordura e sebo, mas depois comi isso também. Enquanto isso, Hamey tinha dado algumas mordidas no bife dele, mas voltou para o catre, segurando-o em um joelho ossudo. Ele estava olhando para a carne com uma expressão intrigada, como se questionando por que não queria. Ele me viu olhando e ofereceu.

— Quer? A comida não gosta de mim e eu não gosto de comida. Eu comia com os melhores na minha época de serraria. Devem ter sido os cogumelos. O tipo errado destrói as tripas. Foi isso que aconteceu comigo.

Eu queria, sim, meu estômago ainda estava roncando, mas tive controle suficiente para perguntar se ele tinha certeza. Ele disse que sim. Eu peguei rápido para o caso de ele mudar de ideia.

Pursey tinha parado na frente da nossa cela. Ele apontou para mim com uma das mãos derretidas.

— Ellie er e oe.

— Não entendi — falei com a boca cheia de carne praticamente crua, mas Pursey só voltou a andar até sair pela porta. Ele bateu o sino mais uma vez e fechou os ferrolhos: um, dois, três e quatro.

— Ele disse que Kellin quer ver você — disse Hamey. — Eu não estou surpreso. Você é inteiro, mas não é como nós. Até seu sotaque é diferente… — Ele parou e seus olhos se arregalaram quando ele teve uma ideia. — Diz que você é de Ullum! Vai dar certo! Bem ao norte da Cidadela!

— O que é Ullum?

— Religiosos! Eles falam diferente de todo mundo! Diz que você fugiu do veneno!

— Eu não tenho a menor ideia do que você está falando.

— Hamey, não fala o que não deve! — alguém gritou. — Você é um *vunático*!

— Cala a boca, Stooks! — gritou Hamey. — Esse garoto vai me puteger!

Do outro lado do corredor, Eye se levantou e segurou as grades com dedos brilhando de gordura. Ele estava sorrindo.

— Você pode não ser lunático, mas ninguém vai te proteger, Hamey. Não há proteção pra nenhum de nós.

4

Não havia catre para mim. Eu até pensei em pegar o do Hamey, ele não tinha como me impedir, mas me perguntei que porra eu estava pensando... ou me tornando. Eu já tinha comido a refeição dele, mas pelo menos aquilo tinha sido oferecido. Além do mais, um piso de pedra úmido não me manteria acordado, não considerando como eu estava me sentindo. Eu tinha despertado não muito tempo antes, e depois de ficar apagado só Deus sabia quanto tempo, um grande cansaço tomou conta de mim. Tomei água do balde e me deitei no que achei que fosse o meu lado da cela.

Na cela ao lado havia dois homens: Fremmy e Stooks. Eles eram jovens e pareciam fortes. Não grandes como Iota, mas fortes.

Fremmy:

— O bebê vai nanar?

Stooks:

— Tá cansadiiinho?

O Abbott e o Costello de Maleen Profunda, pensei. *E na cela ao lado, será que dá pra ter mais sorte do que isso?*

— Não liga pra eles, Charlie — disse Hamey. — Pode dormir. Todo mundo fica sem energia depois de ser manuseado pela guarda noturna. Eles sugam de você. Eles sugam seu... sei lá...

— Sua força vital? — perguntei. Eu sentia como se as minhas pálpebras estivessem cobertas de cimento.

— Isso mesmo! É isso mesmo e é assim que eles fazem! E foi o próprio Kellin quem carregou você. Você deve ser forte, senão o filho da mãe teria fritado você como se fosse um ovo. Eu já vi acontecer, ah, vi, sim!

Tentei perguntar quanto tempo havia que ele estava ali, mas só consegui murmurar. Eu estava apagando. Pensei nos degraus em espiral que me levaram até ali e parecia que eu estava descendo por eles de novo, correndo atrás de Radar. *Cuidado com as baratas*, pensei. *E com os morcegos.*

— Ullum, ao norte da Cidadela! — Hamey estava ajoelhado sobre mim, como estava na primeira vez em que acordei naquele buraco. — Não esquece! E você prometeu me puteger, não se esquece disso também!

Eu não conseguia me lembrar de ter prometido isso, mas, antes que pudesse falar alguma coisa, eu apaguei.

5

Acordei com Hamey me sacudindo. O que foi melhor do que me batendo. Minha ressaca (era isso, e como meu pai tinha aguentado uma manhã atrás da outra durante a época em que ele bebia eu não conseguia entender) tinha passado. Meu ombro esquerdo estava latejando; eu devia ter torcido quando caí do pedestal, mas as outras dores estavam bem menores.

— O que... quanto tempo eu...

— De pé! São eles! Cuidado com as varetas flexíveis!

Eu me levantei. A porta no nosso fim de corredor se abriu e se encheu de luz azul. Três soldados noturnos entraram, altos e pálidos dentro das auras, os esqueletos dentro dos corpos aparecendo e desaparecendo como sombras em um dia em que as nuvens estão passando rápido no céu. Eles estavam segurando varetas compridas que pareciam antenas de carro de antigamente.

— De pé! — gritou um deles. — De pé, hora do recreio!

Dois deles andaram na frente do terceiro, os braços esticados como pastores dando boas-vindas a uma congregação no culto. Conforme eles seguiram pelo corredor, as portas das celas se abriram, soltando uma chuva de flocos de ferrugem. O terceiro parou e apontou para mim.

— Você, não.

Trinta prisioneiros saíram para o corredor. Hamey abriu um sorrisinho desesperado para mim quando foi, se encolhendo para longe da aura do soldado noturno estacionário. Eye sorriu, levantou as duas mãos, fez círculos com os polegares e indicadores e apontou os dedos do meio para mim. Não foi a mesma coisa que o dedo do meio americano, mas eu tinha certeza de que tinha o mesmo significado. Quando os prisioneiros seguiram o primeiro par de soldados noturnos pelo corredor, eu vi que dois deles eram mulheres e dois eram negros. Um dos homens negros era ainda maior do que Iota, com os ombros largos e a bunda ampla de um jogador profissional de futebol americano, mas ele andava devagar, a cabeça baixa, e antes de passar pela porta no fim do conjunto de celas, eu o vi cambalear. Ele era Dommy. As mulheres eram Jaya e Eris.

O soldado noturno que esperou esticou um dedo pálido na minha direção e o curvou. O rosto dele estava severo, mas, por baixo, indo e vindo, o crânio exibia seu sorriso eterno. Ele fez um gesto com a vareta na minha direção, para que eu andasse na frente dele até a porta. Antes que eu pudesse passar, ele disse:

— Espera. — E depois: — Porra.

Eu parei. À nossa direita, um dos iluminadores a gás tinha se soltado da parede. Pendia torto com a mangueira de metal abaixo de um buraco como uma boca aberta, ainda soltando chamas e deixando um dos blocos de pedra preto de fuligem. Quando ele colocou no lugar, a aura dele roçou em mim. Eu senti todos os meus músculos enfraquecerem e entendi por que Hamey tomou o cuidado de evitar aquele envelope azul. Era como levar um choque de um fio desencapado. Eu me afastei.

— Espera, maldito, eu falei espera!

O soldado noturno segurou o iluminador, que parecia feito de bronze. Devia estar quente à beça, mas ele não demonstrou sentir dor. Ele enfiou de volta no buraco. O iluminador ficou no lugar por um momento e voltou a cair.

— *Porra!*

Uma onda de irrealidade tomou conta de mim. Eu tinha sido aprisionado em uma catacumba, estava sendo levado Deus sabia aonde por uma criatura morta-viva que parecia muito o bonequinho do Esqueleto que eu tive quando era pequeno... e a criatura estava fazendo o que era essencialmente uma tarefa doméstica.

Ele segurou o dispositivo de novo e colocou a mão em cima da chama para apagá-la. Largou o iluminador apagado junto à parede, onde ele fez um som metálico.

— Vai! Anda, maldito!

Ele bateu no meu ombro ruim com a vareta flexível. Doeu como fogo. Ser açoitado era humilhante e irritante, mas era melhor do que a fraqueza debilitante que eu senti quando sua aura tocou em mim.

Eu andei.

6

Ele me seguiu por um corredor comprido de pedra, mas não perto a ponto de a aura me tocar. Nós passamos por uma porta holandesa, a metade de cima aberta para deixar sair o cheiro de coisas boas sendo preparadas. Vi um homem e uma mulher passarem, um carregando dois baldes, o outro uma bandeja de madeira soltando fumaça. Estavam vestidos de branco, mas a pele estava cinzenta e os rostos estavam sumindo.

— Anda! — A vareta flexível cantou de novo, dessa vez no outro ombro.

— Não precisa me bater, senhor. Eu não sou um cavalo.

— É, sim. — A voz dele era estranha. Era como se as cordas vocais estivessem cheias de insetos. — Você é o *meu* cavalo. Fique agradecido de eu não te fazer galopar!

Nós passamos por uma câmara cheia de implementos cujos nomes eu desejei não saber, mas sabia: cavalete, dama de ferro, garras, potro. Havia manchas escuras no piso de madeira. Um rato do tamanho de um filhote de cachorro estava de pé nas pernas traseiras atrás do cavalete e me olhou com desprezo.

Meu Deus, pensei. *Meu Deus do céu.*

— Te deixa feliz ser um inteiro, né? — perguntou meu guarda. — Vamos ver o quanto você fica agradecido quando a Justa começar.

— O que é isso? — perguntei.

Minha resposta foi outro golpe da vareta flexível, dessa vez na minha nuca. Quando botei a mão lá, saiu suja de sangue.

— Pra esquerda, garoto, esquerda! Não hesite, não está trancada.

Abri a porta à esquerda e comecei a subir uma escadaria íngreme e estreita que parecia se prolongar eternamente. Cheguei a quatrocentos degraus antes de perder a conta. Minhas pernas começaram a doer de novo e o corte fino que a vareta tinha aberto na minha nuca estava ardendo.

— Está diminuindo o ritmo, garoto. Melhor acelerar se você não quer sentir o fogo frio.

Se ele estava falando da aura que o cercava, eu realmente não queria sentir. Continuei subindo, e quando achei que minhas coxas teriam câimbras e se recusariam a me levar adiante, nós chegamos a uma porta no alto. Eu já estava ofegante. A coisa atrás de mim não, o que não foi surpresa. Ele estava morto, afinal.

Aquele corredor era mais amplo, cheio de tapeçarias de veludo, vermelhas, roxas e azuis. Os iluminadores a gás estavam envoltos em chaminés de vidro delicadas. *É uma ala residencial*, pensei. Nós passamos por pequenas alcovas que estavam quase todas vazias, e me perguntei se algum dia elas haviam abrigado esculturas de borboletas. Algumas continham figuras de mármore de mulheres e homens nus, e uma tinha uma *coisa* excessivamente horrenda com uma nuvem de tentáculos obscurecendo a cabeça. Essa me fez pensar em Jenny Schuster, que tinha me apresentado ao bichinho de estimação favorito do Lovecraft, Cthulhu, também conhecido como Aquele Que Espera Abaixo.

Nós devíamos ter caminhado uns oitocentos metros por aquela passagem ricamente equipada. Perto do fim, passamos por espelhos com molduras douradas virados um para o outro, que tornaram meu reflexo infinito. Vi que meu rosto e meu cabelo estavam imundos das minhas últimas horas frenéticas tentando fugir de Lilimar. Havia arranhões no meu pescoço. E eu parecia estar sozinho. Meu guarda soldado noturno não tinha reflexo. Onde ele deveria estar só havia uma névoa azul suave... e a vareta flexível, parecendo flutuar sozinha. Olhei em volta para ter certeza de que ele ainda estava lá e a vareta desceu em mim no mesmo ponto no meu pescoço. A ardência foi imediata.

— Anda! Anda, maldito!

Eu andei. O corredor acabou em uma porta firme que parecia de mogno sólido decorado de ouro. O soldado noturno bateu na minha mão com a vareta odiosa e bateu na porta. Eu entendi a mensagem e bati. A vareta desceu e cortou minha camisa no ombro.

— Mais força!

Eu bati com a lateral do punho. Havia sangue escorrendo pelo meu braço e da minha nuca. O suor se misturava com ele e fazia arder. Eu pensei: *Eu não sei se você pode morrer, seu filho da puta azul, mas, se puder e eu tiver a oportunidade, eu vou te matar.*

A porta se abriu e ali estava Kellin, também conhecido como Lorde Superior.

Usando, dentre todas as coisas possíveis, um paletó de veludo vermelho.

7

Fui tomado de uma sensação de irrealidade de novo. A coisa que tinha me segurado segundos antes de eu conseguir escapar parecia uma coisa de um gibi de terror de antigamente: em parte vampiro, em parte esqueleto, em parte zumbi de *Walking Dead*. Agora, o cabelo grisalho que caía em volta das bochechas pálidas estava penteado para trás, revelando o rosto de um homem que era idoso, mas que parecia no auge da saúde corada. Os lábios eram carnudos. Os olhos, ladeados por linhas bondosas de sorrisos, observavam por baixo de sobrancelhas grisalhas peludas e desgrenhadas. Ele me lembrou alguém, mas não consegui identificar quem.

— Ah — disse ele e sorriu. — Nosso novo hóspede. Entre, por favor. Aaron, pode ir.

O soldado noturno que tinha me levado, Aaron, hesitou. Kellin balançou a mão com bom humor para ele. Ele fez uma pequena reverência, deu um passo para trás e fechou a porta.

Eu olhei em volta. Estávamos em um saguão com painéis de madeira. Atrás havia uma sala que me fez pensar em um clube de cavalheiros em uma história de Sherlock Holmes: paredes com painéis de madeira, poltronas de encostos altos, um sofá comprido forrado de veludo azul. Seis lâmpadas emitiam poças suaves de brilho, e eu não achei que fossem a gás. Naquela parte do palácio, pelo menos, parecia haver eletricidade. E, claro, havia o ônibus que cortara o caminho entre o esquadrão de soldados noturnos. O que aquela coisa estava dirigindo.

— Entre, hóspede.

Ele voltou as costas para mim, parecendo não ter medo de eu o atacar. Ele me levou até a sala, tão diferente da cela úmida na qual eu tinha acordado que uma terceira onda de irrealidade tomou conta de mim de novo. Talvez ele não tivesse medo porque tinha olhos na parte de trás da cabeça, espiando do meio daquele cabelo cuidadosamente penteado (e um tanto vaidoso) até o pescoço. Não teria me surpreendido. Àquela altura, nada me surpreenderia.

Duas das poltronas de clube de cavalheiros estavam viradas uma para a outra com uma mesinha no meio, com superfície ladrilhada exibindo um unicórnio saltitante. Na bunda do unicórnio estava apoiada uma bandejinha com uma chaleira, um recipiente de açúcar (eu esperava que fosse açúcar e não arsênico branco), colherinhas e duas xícaras com rosas nas bordas.

— Sente-se, sente-se. Chá?

— Sim, por favor.

— Açúcar? Não tem creme, infelizmente. Me dá indigestão. Na verdade, hóspede, *comida* me dá indigestão.

Ele me serviu primeiro, depois a si mesmo. Virei metade do frasquinho na minha xícara (me segurando para não virar tudo; de repente, fiquei ávido por algo doce), levei a xícara aos lábios e hesitei.

— Está pensando em veneno? — Kellin continuou sorrindo. — Se esse fosse o meu desejo, eu poderia ter ordenado que isso fosse feito lá embaixo, em Maleen. Ou me livrado de você de incontáveis outras formas.

Eu tinha pensado em veneno, era verdade, mas não foi isso que me fez hesitar. As flores em volta da xícara não eram rosas, afinal. Eram papoulas, o que me fez me lembrar de Dora. Eu esperava de coração que Rad conseguisse chegar àquela mulher de coração gentil. Eu sabia que as chances eram pequenas, mas você sabe o que dizem sobre esperança: é a coisa que tem penas. Pode voar mesmo para quem está preso. Talvez especialmente para eles.

Eu ergui a xícara para Kellin.

— Dias longos e noites agradáveis. — Eu bebi. Estava doce e gostoso.

— Que brinde interessante. Eu nunca tinha ouvido.

— Eu aprendi com meu pai. — Era verdade. Achei que poucas outras coisas que eu pudesse dizer naquela sala ricamente decorada seriam verdade, mas aquela era. Ele tinha lido em algum livro, mas eu não pretendia dizer isso. Talvez o tipo de pessoa que eu supostamente era não lesse.

— Eu não posso ficar te chamando de hóspede. Qual é seu nome?

— Charlie.

Eu achei que ele ia perguntar meu sobrenome, mas não perguntou.

— Charlie? Nunca ouvi esse nome. — Ele esperou que eu explicasse meu nome exótico, que era comum como terra no lugar de onde eu vinha, e, como não falei nada, ele perguntou de onde eu era. — Seu sotaque é estranho aos meus ouvidos.

— Ullum — falei.

— Ah! Longe, então? Longe assim?

— Se você diz.

Ele franziu a testa, e me dei conta de duas coisas. Uma era que ele continuava pálido, como sempre. A cor nas bochechas e nos lábios era maquiagem. A outra coisa era que a pessoa que ele me lembrava era o Donald Sutherland, que eu tinha visto ficar magicamente velho em vários filmes da Turner Classic Movies, de *M.A.S.H.* a *Jogos vorazes*. E mais uma coisa: a aura azul ainda estava lá, mas fraca. Uma espiral leve em cada narina; um brilhinho quase invisível no fundo de cada olho.

— É educado encarar em Ullum, Charlie? Talvez até sinal de respeito? Me diga.

— Desculpe — falei, e bebi o resto do meu chá. Ficou uma camada de açúcar no fundo. Precisei me controlar para não enfiar um dedo sujo dentro e pegar tudo. — Isso tudo é estranho pra mim. *Você* é estranho.

— Claro, claro. Mais chá? Pode se servir e não precisa economizar açúcar. Eu também não uso isso e estou vendo que você quer mais. Eu vejo muita coisa. Alguns aprendem isso na dor.

Eu não sabia quanto tempo fazia que a chaleira estava na mesa antes da minha chegada, mas o chá ainda estava quente, soltando um pouco de fumaça. Mais magia, talvez. Eu não me importei com aquilo. Estava cansado de magia. Só queria pegar minha cadela e ir para casa. Só que... havia a sereia. Aquilo era errado. E odioso. Era odioso assassinar a beleza.

— Por que você saiu de Ullum, Charlie?

Havia uma armadilha escondida naquela pergunta. Graças a Hamey, eu achava que conseguiria evitar.

— Eu não queria morrer.

— Ah?

— Fugi do veneno.

— Muito inteligente da sua parte, eu diria. A tolice foi vir para cá. Você não diria?

— Eu quase saí — falei, e me lembrei de outro dito do meu pai: *O quase tem o mesmo valor de nada.* Cada pergunta de Kellin parecia mais uma mina terrestre que eu tinha que contornar para não explodir.

— Quantos outros fugiram do veneno, como você diz? E eram todos inteiros?

Eu dei de ombros. Kellin franziu a testa e pôs a xícara na mesa (ele mal tinha tocado no chá) com um estrondo.

— Não seja impertinente comigo, Charlie. Não seria inteligente.

— Eu não sei quantos. — Era a resposta mais segura que eu podia dar considerando que a única coisa que eu sabia sobre os inteiros era que eles não ficavam cinzentos, não perdiam a voz e, supostamente, não morriam de forma desagradável quando suas entranhas derretiam e seu aparelho respiratório se fechava. Droga, eu não tinha certeza nem disso.

— Meu Senhor Assassino Voador está ficando impaciente para os trinta e dois, ele é muito sábio, mas meio infantil a esse respeito. — Kellin ergueu um dedo. A unha era comprida e parecia cruel. — A questão, Charlie, é que

387

ele ainda não sabe que eu tenho trinta e um. Isso significa que eu posso sumir com você se quiser. Portanto, tome cuidado e responda minhas perguntas com sinceridade.

Eu assenti, torcendo para estar com cara de quem foi repreendido. Eu *estava* me sentindo repreendido e pretendia tomar muito cuidado. Quanto a responder as perguntas daquele monstro com sinceridade... não.

— Foi bem confuso no final — falei. Eu estava pensando nos envenenamentos em massa em Jonestown. Eu esperava que tivesse sido assim em Ullum. Acho que pode parecer nojento, mas eu tinha quase certeza de que a minha vida estava em jogo naquela sala bem iluminada. Na verdade, eu sabia que estava.

— Imagino que tenha sido. Tentaram rezar para afastar o cinza, e como não deu certo... por que você está sorrindo? Eu falei alguma coisa engraçada?

Eu não podia contar para ele que havia cristãos fundamentalistas no meu mundo, que eu estava apostando que era bem mais distante do que Ullum, que acreditavam que podiam rezar para se deixar de ser gay.

— Foi burrice. Eu acho a burrice engraçada.

Ele sorriu ao ouvir isso, e vi um fogo azul escondido atrás dos seus dentes. Que eram bem grandes. *Que dentes grandes você tem, Kellin*, pensei.

— Que resposta durona, essa. Você é durão? Vamos ver se é.

Eu não falei nada.

— Então você foi embora antes que pudessem virar o coquetel de beladona na sua garganta.

Não foi *coquetel* que ele disse... mas minha mente reconheceu imediatamente o sentido do que ele falou e fez a substituição.

— Sim.

— Você e seu cachorro.

— Teriam matado ela também — falei. E esperei que ele dissesse *Você não é de Ullum, não tem cachorros lá, você está inventando tudo na hora*.

Mas ele só assentiu.

— Sim, provavelmente. Me disseram que mataram os cavalos, vacas e ovelhas. — Ele olhou para a xícara com expressão meditativa e levantou a cabeça. Os olhos tinham ficado azuis e brilhantes. Pingavam lágrimas elétricas que sumiam pelas bochechas enrugadas, e por um momento eu vi osso cintilando embaixo da pele. — Por que vir *pra cá*? Por que vir para

388

Lily? Me dê uma resposta verdadeira, senão vou virar a porra da sua cabeça na porra do seu pescoço! Você vai morrer olhando para a porta pela qual você teve a infelicidade de entrar!

Eu pensei (ou ao menos esperei) que a verdade servisse para manter minha cabeça no lugar ao menos mais um pouco.

— Ela estava velha e havia histórias sobre um círculo de pedra que... — Eu girei um dedo no ar. — Que podia deixá-la jovem de novo.

— E deu certo?

Ele sabia que tinha dado certo. Se não a tinha visto correr antes de ele abrir caminho pelo meio dos soldados noturnos no carrinho elétrico, os outros tinham visto.

— Deu.

— Você teve sorte. O relógio de sol é perigoso. Eu pensei que matar Elsa no laguinho pudesse acabar com o poder dele, mas a magia velha é teimosa.

Elsa. Então aquele era o nome de Ariel naquele mundo.

— Eu poderia enviar alguns cinzentos lá pra quebrá-lo com marretas, mas o Assassino Voador teria que aprovar e, até agora, ele não aprovou. Coisa da Petra, eu acho. Ela manda no ouvido dele. Você sabe o que magia faz, Charlie?

Eu achava que fazia vários tipos de coisas (permitia que peregrinos desafortunados como eu visitassem outros mundos, por exemplo), mas balancei a cabeça.

— Dá esperança às pessoas, e a esperança é perigosa. Não acha?

— Eu não sei, senhor.

Ele sorriu, e só por um piscar de olhos eu vi claramente o maxilar exposto sorrindo por baixo dos lábios.

— Mas *eu* sei. Sei mesmo. O que mais foi além de esperança de um pós-vida feliz que fez aqueles vivos da sua província infeliz se envenenarem junto com os animais quando as orações não bastaram para afastar o cinza? Mas você teve esperanças reais e por isso fugiu. Agora, está aqui, e aqui é o lugar onde todas as esperanças para gente como você morrem. Se você não acredita nisso agora, vai acreditar. Como você passou por Hana?

— Eu esperei e arrisquei.

— Corajoso além de durão! Nossa! — Ele se inclinou para a frente, e senti o seu cheiro: um aroma de podridão velha. — Não foi só pelo cachorro que você ousou vir a Lilimar, foi? — Ele levantou uma das mãos e mostrou aquela unha comprida. — Me conta a verdade, senão corto sua garganta.

Eu soltei de repente:

— Ouro.

Kellin fez um gesto indiferente com as mãos.

— Tem ouro pra todo lado em Lily. O trono onde Hana se senta e peida e dorme é feito de ouro.

— Mas eu não teria como carregar um trono, não é, senhor?

Isso o fez rir. Foi um som horrível, de ossos secos batendo. Ele parou tão abruptamente quanto começou.

— Eu ouvi… as histórias talvez estivessem erradas… que havia bolinhas de ouro…

— Ah, o tesouro. Claro. Mas você nunca o viu por si mesmo?

— Não.

— Nunca veio assistir aos jogos e ficou embasbacado encarando-o através do vidro?

— Não. — Eu estava entrando em terreno incerto ali. Eu só podia ter uma vaga ideia do que ele queria dizer. E não podia ter certeza de que não era uma armadilha.

— E do Poço Profundo? Falam disso até em Ullum?

— Bem… sim. — Eu estava suando. Se aquele interrogatório durasse muito mais, eu ia acabar pisando em uma daquelas minas. Eu sabia.

— Mas você voltou depois do relógio de sol. Por que isso, Charlie?

— Eu queria ir embora antes de escurecer. — Eu me empertiguei e tentei colocar um tom de desafio na voz e no rosto. — Eu quase consegui.

Ele sorriu de novo. Embaixo da ilusão de pele, seu crânio sorriu. Ele e os outros já tinham sido humanos? Eu achava que sim.

— Tem dor nessa palavra, você não acha? Uma dor danada em cada *quase*. — Ele bateu nos lábios pintados com aquela unha comprida hedionda, me observando. — Eu não gosto de você, Charlie, e não acredito em você. Estou tentado a te enviar para as Esteiras, só que o Assassino Voador não aprovaria. Ele quer trinta e dois, e com você em Maleen, só falta um. Então, de volta para Maleen você vai.

Ele ergueu a voz para um grito tão sobrenaturalmente alto que senti vontade de tapar os ouvidos, e por um momento só o que eu vi foi um crânio envolto em fogo azul acima da afetação do paletó de veludo vermelho.

— *AARON!*

A porta se abriu e Aaron entrou.

— Sim, meu senhor.

— Leve-o de volta, mas mostre as Esteiras no caminho. Quero que Charlie veja que o lote dele em Maleen não é o pior lote do palácio em que o Rei Jan, que seu nome seja logo esquecido, já reinou. E, Charlie?

— Sim?

— Espero que você tenha gostado da visita, do chá com açúcar. — Dessa vez, a ilusão do rosto sorriu junto com o crânio que era a realidade. — Porque você nunca mais vai ter um privilégio desses. Você se acha durão, mas vai amolecer. Leva ele.

Aaron ergueu a vareta flexível, mas eu fui para o lado para não precisar tocar na sua aura debilitante. Quando cheguei na porta, quando a fuga daquela sala terrível estava logo ali, Kellin disse:

— Ah, caramba. Eu quase esqueci. Volte, por favor, Charlie.

Eu tinha visto episódios suficientes de *Columbo* no Amazon Prime Video para conhecer o truque do "Só mais uma perguntinha", mas mesmo assim senti um medo danado.

Eu voltei e parei ao lado da cadeira em que tinha me sentado. Kellin abriu uma gavetinha na mesa onde estava o chá e pegou uma coisa dentro. Era uma carteira… mas não a *minha* carteira. A minha era uma Lord Buxton de cordovão, que meu pai me deu como presente de aniversário quando eu fiz catorze anos. Aquela era mole, preta e surrada.

— O que é isso? Estou curioso.

— Não sei.

Mas quando meu choque inicial passou, eu percebi que sabia. Eu me lembrei de Dora me dando as prendas de sapato de couro e fazendo um sinal para eu tirar a mochila para não ter que carregá-la até a casa de Leah. Eu abri a mochila e guardei minha carteira no meu bolso de trás, um gesto automático. Sem pensar. E sem olhar. Eu estava olhando para Radar, pensando se ela ficaria bem se eu a deixasse com Dora, e em vez da minha carteira, eu estava carregando a de Christopher Polley o tempo todo.

— Eu encontrei e peguei. Achei que podia ser uma coisa valiosa. Enfiei no bolso e esqueci.

Ele abriu o compartimento de notas e tirou o dinheiro que Polley estava carregando, uma cédula de dez dólares.

391

— Isso pode ser dinheiro, mas eu nunca vi nada parecido.

Alexander Hamilton parecia poder ser um dos inteiros de Empis, talvez até da realeza, mas não havia palavras na cédula, só uns rabiscos emaranhados que quase machucaram meus olhos. E em vez do número dez nos cantos, havia os símbolos: ∠ ⌐.

— Você sabe o que é isso?

Eu balancei a cabeça negativamente. As palavras e números na nota aparentemente não eram traduzíveis para inglês nem empisiano e acabaram em algum tipo de limbo linguístico.

Em seguida, ele pegou a habilitação vencida de Polley. O nome dele estava legível, mas todo o resto era um amontoado de runas interrompido aqui e ali por alguma letra reconhecível.

— Quem é esse tal de Polley e que tipo de ilustração é essa? Nunca vi nada parecido.

— Não sei. — Mas eu sabia de uma coisa: jogar fora a mochila para poder correr mais rápido foi de uma sorte absurda. Minha carteira estava dentro, meu celular (sei que ele teria se interessado por ele) e as instruções que anotei quando Claudia mandou. Eu duvidava que as palavras naquele papel fossem rabiscos parecidos com runas, como os da nota de dez dólares e da habilitação do Polley. Não, as instruções estariam escritas em empisiano.

— Eu não acredito em você, Charlie.

— É a verdade — falei. — Eu encontrei na vala ao lado da estrada.

— E isso aí? — Ele apontou para os meus tênis imundos. — Em uma *vala*? Ao lado da *estrada*?

— Sim. Com isso aí. — Eu apontei para a carteira e esperei que ele pegasse o revólver do sr. Bowditch. *E isso aqui, Charlie? Nós encontramos na grama alta do lado de fora do portão principal.* Eu tinha quase certeza de que isso ia acontecer.

Mas não aconteceu. Em vez de pegar a arma como um mágico que tira um coelho da cartola, Kellin jogou a carteira do outro lado da sala.

— Tira ele daqui! — berrou ele com Aaron. — Ele está imundo! Está no meu tapete, na minha cadeira, até na xícara que ele usou! *Tira essa escória mentirosa dos meus aposentos!*

Eu fiquei bem feliz de ir.

VINTE E UM

As Esteiras. Uento. Sem nem um pontinho cinzento. Dias de calabouço.

1

Em vez de voltar pelo caminho que tínhamos feito, Aaron me mandou descer três lances diferentes de escada, andando atrás de mim e me batendo de vez em quando com a vareta. Eu me senti um animal sendo levado para um cercado, o que foi feio e humilhante, mas pelo menos não pareceu que eu estivesse sendo levado para o abatedouro. Eu era o número trinta e um, afinal, e por isso era valioso. Só não sabia por quê. Mas uma ideia havia começado a surgir na minha cabeça. Trinta e um era um número primo, divisível apenas por um e por ele mesmo. Trinta e dois, por outro lado... podia ser dividido e dividido até chegar a um.

Nós passamos por muitas portas no caminho, a maioria fechada, algumas abertas ou entreabertas. Não ouvi ninguém dentro desses aposentos. A sensação que tive no trajeto foi de deserção e dilapidação. Havia os soldados noturnos, mas eu achava que o palácio não tinha muitos outros ocupantes além deles. Eu não fazia a menor ideia de para onde estávamos indo, mas finalmente comecei a ouvir o som de maquinário alto e uma batida regular, como o batimento de um coração. Nessa hora, já tinha certeza de que estávamos mais fundo do que Maleen Profunda. Os lampiões a gás nas paredes estavam cada vez mais separados, e muitos falhando. Quando chegamos ao fim da terceira escadaria (as batidas já estavam bem altas e o maquinário mais ainda), a maior parte da luz era fornecida pela aura azul de Aaron. Levantei o punho para bater na porta no pé da escada e com força; não queria outro açoite na nuca da vareta odiosa.

— Nã, não — disse Aaron com a voz estranha de inseto. — Só abre, garoto.

Eu levantei o ferrolho de ferro, empurrei a porta e fui atingido por uma parede de som e calor. Aaron me empurrou para dentro. Suor brotou no meu rosto e nos meus braços quase imediatamente. Eu me vi em um parapeito, cercado por uma amurada de ferro na altura da cintura. A área circular abaixo parecia uma academia de ginástica do inferno. Mais de vinte homens e mulheres cinzentos estavam andando rapidamente em esteiras, cada um com uma corda de forca no pescoço. Três soldados noturnos relaxavam junto às paredes de pedra, segurando varetas flexíveis e observando. Havia outro em uma espécie de pódio, batendo em um cilindro alto de madeira como se fosse um tambor. Havia borboletas-monarcas sangrando pintadas no tambor, o que não devia ser muito acurado, até onde eu sei borboletas não sangram. Bem à minha frente, depois das esteiras, tinha uma máquina barulhenta, cheia de correias e pistões. Ela tremia na plataforma. E, acima, uma única luz elétrica, do tipo que mecânicos usam para olhar debaixo dos capôs dos carros que estão consertando.

O que eu estava vendo me lembrou dos navios de guerra nos meus filmes favoritos do TCM. *Ben-Hur.* Os homens e as mulheres nas esteiras eram escravos, assim como os homens remando nos navios de guerra. Enquanto eu olhava, uma das mulheres tropeçou, enfiou os dedos na corda em volta do pescoço e conseguiu se levantar de novo. Dois soldados noturnos a observaram, olharam-se e riram.

— Você não ia querer ir lá pra baixo, garoto. Ia? — perguntou Aaron atrás de mim.

— Não. — Eu não sabia o que era pior: os prisioneiros andando em passo rápido que era quase uma corrida ou a forma como os dois homens-esqueleto tinham rido quando a mulher perdeu o equilíbrio e começou a sufocar. — Não ia.

Eu me perguntei o quanto de energia aquele gerador movido a esteira que mais parecia um calhambeque podia gerar. Achava que não muito; havia eletricidade nos aposentos do Lorde Superior (pelo menos no aposento que eu vi), mas eu não tinha visto em nenhum outro lugar. Só os jatos de gás, que também não pareciam em muito bom estado.

— Por quanto tempo eles precisam…

— O turno é de doze horas. — Não foi *horas* que ele disse, mas minha mente mais uma vez fez a tradução. Eu estava ouvindo empisiano, estava falando e ficando melhor nos dois. Eu provavelmente não conseguiria dizer alguma gíria similar a *daora* ainda, mas até isso podia acabar acontecendo. — A não ser que sufoquem. Nós deixamos alguns na reserva pra quando isso acontece. Vem, garoto. Você já viu. Hora de ir.

Fiquei feliz de ir embora, acredite. Mas, antes de me virar, a mulher que tinha caído me olhou. Seu cabelo pendia em mechas suadas. O rosto estava sendo enterrado debaixo de nós e colinas de pele cinzenta, mas havia o suficiente das feições dela para que eu visse o desespero.

A visão daquele desespero me deixou com tanta raiva quanto a da sereia morta? Não tenho certeza, porque tudo me deu raiva. Uma terra justa tinha sido transformada em horrenda e aquele era o resultado: pessoas inteiras trancadas num calabouço, pessoas doentes com forcas no pescoço obrigadas a correr em esteiras para gerar energia elétrica para o Lorde Superior e talvez alguns outros sortudos, um deles quase certamente o homem ou criatura no comando: o Assassino Voador.

— Fique feliz de ser inteiro — disse Aaron. — Ao menos por um tempinho. Depois, você pode lamentar.

Só por ênfase, ele bateu com a vareta flexível no meu pescoço e reabriu o corte.

2

Alguém, provavelmente Pursey, nosso prisioneiro de confiança/carcereiro, tinha jogado um cobertor sujo na cela que eu dividia com Hamey. Eu o sacudi, desalojei uma boa quantidade de percevejos (de tamanho comum até onde deu para ver) e me sentei nele. Hamey estava deitado de costas olhando para o teto. Havia um arranhão na testa dele, uma casca de sangue seco debaixo do nariz e os dois joelhos estavam cortados. Um dos cortes tinha feito escorrer sangue pela perna esquerda.

— O que aconteceu com você? — perguntei.

— Hora do recreio — disse ele em tom vazio.

— Ele não aguenta — disse Fremmy da cela ao lado. Ele estava de olho roxo.

— Nunca aguentou — disse Stooks. Ele estava com um hematoma na têmpora, mas, de resto, parecia bem.

— Calem a boca, vocês dois! — gritou Eye do outro lado. — Se resolvam com ele se o tirarem, mas até lá, deixem ele em paz.

Fremmy e Stooks se recolheram. Eye se sentou com as costas na parede da cela e ficou olhando de cara emburrada para o chão entre os joelhos. Ele estava com um corte em cima de um olho. Das outras celas eu ouvia gemidos e um grunhido sufocado de dor ocasional. Uma das mulheres estava chorando baixo.

A porta se abriu e Pursey entrou com um balde pendurado na dobra do braço. Parou para olhar o jato de gás que tinha se soltado da parede. Ele largou o balde no chão e pôs o jato de gás no buraco irregular. Dessa vez, ficou. Ele tirou um fósforo de madeira do bolso do avental, passou em um bloco de pedra e o ergueu na frente do orifício de metal do jato, que se acendeu. Eu esperei que Fremmy fizesse algum comentário, mas aquele gentil sujeito pareceu desprovido de comentários humorísticos no momento.

— Uento — disse Pursey pelo formato de gota que já tinha sido uma boca. — Uento, em er uento?

— Eu quero — respondeu Eye. Pursey entregou a ele um disquinho tirado do balde. Aos meus olhos, pareceu uma moeda de madeira. — E dá um para o garoto. Ele não precisa, mas o Inútil precisa.

— Unguento? — perguntei.

— O que mais poderia ser, porra? — Iota começou a espalhar um pouco na nuca larga.

— Ea — disse Pursey para mim. — Ea, aoto oo.

Supus que ele estivesse dizendo para o garoto novo pegar e enfiei a mão pelas grades. Ele largou um disco de madeira na minha mão.

— Obrigado, Pursey — falei.

Ele me olhou. Possivelmente, impressionado. Talvez nunca tivessem agradecido a ele. Pelo menos não ali, em Maleen Profunda.

Havia uma mancha densa de algo fedorento no disco de madeira. Eu me ajoelhei ao lado de Hamey e perguntei onde estava doendo.

— Tudo — disse ele e tentou sorrir.

— Onde está pior?

Enquanto isso, Pursey carregava o balde pelo corredor entre as celas, repetindo:

— Uento, uento, em er uento?

— Os joelhos. Os ombros. A barriga é o pior, claro, mas não tem unguento que vá melhorar isso.

Ele ofegou quando passei unguento nos arranhões dos joelhos, mas suspirou de alívio quando passei nas costas e nos ombros. Eu tinha recebido (e feito) massagens depois de jogos na temporada de futebol e sabia onde apertar.

— Isso é bom — disse ele. — Obrigado.

Ele não estava sujo... ou não sujo *demais*, pelo menos, não da forma como eu ainda estava. Não pude deixar de me lembrar de Kellin gritando *Tira ele daqui, ele está imundo!* Minha breve estada em Empis havia sido bem agitada, incluindo cair esparrado em lama de cemitério e a minha mais recente visita às Esteiras, onde era quente feito uma sauna.

— Não tem chuveiro aqui, né?

— Nã, não, tinha água corrente nas salas dos times, de quando havia jogos de verdade, mas agora só temos os baldes. Só água fria, mas... *ai!*

— Desculpa. Tem um nó grande aqui, na sua nuca.

— Você pode tomar um banho de puta depois do próximo recreio, é assim que a gente chama. Mas, por enquanto, vai ter que ficar assim.

— Pela sua aparência e o som de todo mundo, o recreio deve ser pesado. Até Eye parece maltratado.

— Você vai descobrir — disse Stooks.

— Mas não vai gostar — acrescentou Fremmy.

No corredor, alguém começou a tossir.

— Cobre! — gritou uma das mulheres. — Ninguém quer pegar o que você tem, Dommy!

A tosse continuou.

3

Um tempo depois, Pursey voltou com um carrinho cheio de pedaços de frango parcialmente cozido, que ele jogou nas celas. Eu comi o meu e metade do de Hamey. Na cela em frente à nossa, Eye jogou os ossos pelo buraco da latrina e gritou:

— Calem a boca, vocês todos! Eu quero dormir!

Houve um pouco mais de conversa pós-jantar entre as celas apesar do seu decreto, que foi morrendo para murmúrios até finalmente parar. Então suponho que o frango realmente tenha sido o jantar e agora era a hora de dormir. Não que houvesse como saber; nossa janela gradeada nunca mostrava nada além de escuridão e, como eu aprenderia, não havia diferença entre as refeições. Às vezes era bife, às vezes frango, uma vez uns filés de peixe cheios de espinhas. Algumas vezes, mas não sempre, havia cenouras. Nada de doces. Nada que Pursey não pudesse jogar pelas grades, em outras palavras. A carne era boa, não os restos cheios de larvas que eu esperaria em um calabouço, e as cenouras eram crocantes. Eles nos queriam saudáveis e nós éramos, exceto por Dommy, que tinha algum tipo de doença pulmonar, e Hamey, que nunca comia muito e reclamava de dor de barriga quando comia.

Quer fosse manhã, tarde ou noite, os jatos de gás ficavam acesos, mas havia tão poucos que Maleen Profunda existia em uma espécie de crepúsculo desorientador e deprimente. Se eu tivesse noção de tempo quando cheguei (eu não tinha), teria perdido depois das primeiras vinte e quatro a trinta e seis horas.

Os lugares onde Aaron tinha me batido com a vareta flexível ardiam e latejavam. Usei o restante do unguento neles e ajudou um pouco. Passei a mão no rosto e no pescoço. A sujeira caiu em flocos. Em determinado momento, dormi e sonhei com Radar. Ela estava saltitando, jovem e forte e cercada de uma nuvem de borboletas laranja e pretas. Não sei quanto tempo dormi, mas, quando acordei, o aposento comprido cheio de celas estava em silêncio exceto pelos roncos, um peido ocasional e a tosse de Dommy. Eu me levantei e bebi um pouco de água do balde, tomando o cuidado de colocar o dedo no buraco no fundo da caneca de lata. Quando voltei para o meu cobertor (torcendo para os percevejos não terem decidido voltar), vi Hamey me olhando. As olheiras inchadas debaixo dos seus olhos pareciam hematomas.

— Não precisa me puteger. Eu retiro isso. Vai ser meu fim de qualquer jeito. Eles me jogam pra lá e pra cá como se eu fosse um saco de grãos, e isso é só no recreio. Como vai ser quando a Justa chegar?

— Não sei. — Pensei em perguntar o que era a Justa, mas achava que devia ser algum torneio sangrento, como uma luta dentro de uma jaula, e que a "hora do recreio" era uma espécie de treino. Uma preparação para o evento principal. Havia outra coisa me deixando mais curioso.

— Eu conheci um garoto e um homem quando estava vindo para Lilimar. Eles eram, sabe, pessoas cinzentas.

— A maioria é — disse Hamey. — Desde que o Assassino Voador voltou do Poço Profundo. — Ele abriu um sorriso amargo.

Havia um monte de história só naquela frase, e eu queria saber o que era, mas, por enquanto, fiquei com o homem cinzento pulando de muleta.

— Eles estavam vindo de Enseada…

— Estavam, é? — sussurrou Hamey sem muito interesse.

— E o homem me disse uma coisa. Primeiro, me chamou de homem inteiro…

— E você não é? Não tem nenhum sinal de cinza em você. Muita sujeira, mas nada cinza.

— E ele falou: "Pra qual deles sua mãe levantou a saia pra deixarem seu rosto bonito?". Você tem ideia do que isso quer dizer?

Hamey se sentou e me encarou com olhos arregalados.

— De onde, em nome de todas as borboletas laranja que já voaram, foi que você *veio*?

Do outro lado do corredor, Eye grunhiu e se mexeu na cela.

— Você sabe o que quer dizer ou não?

Ele suspirou.

— Galliens governaram Empis desde sempre, você sabe disso, né?

Eu não sabia, então só movi a mão indicando que era para ele continuar.

— Milhares e milhares de anos.

Novamente, foi como ter dois idiomas no cérebro, se mesclando de forma tão perfeita que eram quase um.

— De certa forma, ainda governam — contou Hamey. — O Assassino Voador sendo quem é e tal… se ele ainda *for* ele e não tiver virado uma criatura do Poço… mas… onde eu estava mesmo?

— Os Galliens.

— Eles se foram agora, aquela árvore ginecológica foi cortada… se bem que dizem que alguns ainda vivem…

Eu sabia que alguns ainda viviam porque tinha conhecido três. Eu não tinha intenção de contar isso para Hamey.

— Mas houve uma época, mesmo quando meu pai ainda era vivo, em que havia muitos Galliens. Eles eram lindos, homens e mulheres. Tão lindos quanto as monarcas que o Assassino Voador erradicou.

Bem, ele não tinha erradicado todas, mas eu também não tinha intenção de contar isso.

— E eles eram fogosos. — Ele abriu um sorriso, exibindo os dentes, estranhamente brancos e saudáveis naquele rosto maltratado. — Você sabe o que isso quer dizer, garoto?

— Sei.

— Os homens plantavam suas sementes em toda parte, não só aqui em Gallien e na Cidadela, mas em Enseada… Deesk… Ullum… até nas Ilhas Verdes depois de Ullum, dizem. — Ele abriu um sorriso malicioso. — E as mulheres não recusavam algumas aventuras por cima da cerca, diziam. Homens fogosos, mulheres fogosas e bem poucos estupros, porque muita gente da plebe fica feliz em se deitar com sangue real. E você sabe o que vem desse tipo de atividade, né?

— Bebês — respondi.

— Bebês, isso mesmo. É o sangue deles, garoto, que nos putege do cinza. Quem sabe qual bríncipe ou cortesão ou até o próprio rei se deitou com a minha avó, ou minha bisavó, ou até com a minha mãe? E aqui estou eu, sem nem um pontinho cinza. Tem Eye, aquele homem que mais parece um macaco enorme, sem uma mancha, Dommy e Black Tom sem manchas... Stooks e Fremmy... Jaya e Eris... Double... Bult... o dr. Freed... todo o resto... e *você*. Que não sabe de porra nenhuma. Quase me faz pensar...

— O quê? — sussurrei. — O que você pensa?

— Deixa pra lá — disse. Ele se deitou e pôs um dos braços finos sobre os olhos que pareciam roxos. — Só que você devia pensar melhor sobre lavar a sujeira, garoto.

Do corredor, o prisioneiro chamado Gully berrou:

— *Tem gente aqui querendo dormir!*

Hamey fechou os olhos.

4

Fiquei deitado acordado, pensando. A ideia de que as chamadas "pessoas inteiras" eram protegidas do cinza primeiro me pareceu racista, bem parecida com os babacas supremacistas que dizem que os brancos são naturalmente mais inteligentes do que os negros, ou elitista. Como já falei, eu acreditava que os ditos de sangue real vestiam a calça uma perna de cada vez da mesma forma que as criaturas infelizes suando na Esteira para manter as luzes do Lorde Superior acesas.

Só que havia a genética a considerar, não havia? As pessoas de Empis podiam não saber, mas eu sabia. Podia haver resultados infelizes como espalhamento de genes ruins, e famílias reais eram boas nisso. A hemofilia era um caso, uma má-formação facial chamada lábio de Habsburgo era outro. Eu tinha aprendido sobre isso na aula de educação sexual no oitavo ano. Não podia ter também um código genético que oferecia imunidade à deformação do cinza?

Em um mundo normal, a pessoa no comando ia querer salvar essas pessoas, pensei. Naquele, a pessoa no comando (o Assassino Voador, um nome que não exatamente inspirava sensações de segurança) queria matá-las. E as pessoas cinzentas provavelmente também não viviam muito. Fosse maldição ou doença, era progressiva. No fim, quem sobraria? Eu achava que os soldados noturnos, mas quem mais? O Assassino Voador vivia cercado de um grupo de seguidores protegidos? Se sim, quem eles governariam quando as pessoas inteiras tivessem sido erradicadas e as pessoas cinzentas tivessem morrido? Qual era a etapa final? *Havia uma?*

Outra coisa: Hamey disse que os Galliens tinham governado Empis desde sempre, mas *aquela árvore ginecológica foi cortada*. Mas ele também pareceu se contradizer: *de certa forma, ainda governam.* Isso significava que o Assassino Voador era... o quê? Da Casa de Gallien, como em um livro centrado na realeza estilo *A guerra dos tronos*, de George R.R. Martin? Isso me pareceu errado, porque Leah tinha me dito (através da égua, claro) que suas quatro irmãs e seus dois irmãos estavam mortos. Também a mãe e o pai, supostamente o rei e a rainha. Quem restava? Um bastardo, tipo Jon Snow no livro dos tronos? O eremita louco em algum lugar na floresta?

Eu me levantei e fui até as grades da cela. Mais à frente, Jaya estava parada nas grades da dela. Havia um curativo amarrado meio torto na sua testa, com sangue escorrendo por cima do olho esquerdo.

— Você está bem? — sussurrei.

— Estou. A gente não devia conversar, Charlie. É hora de dormir.

— Eu sei, mas... quando o cinza veio? Há quanto tempo o Assassino Voador está no comando?

Ela pensou na pergunta. Finalmente, falou:

— Não sei. Eu era garotinha na Cidadela quando tudo aconteceu.

Não foi de muita ajuda. *Eu era garotinha* podia significar seis, doze ou até dezoito anos. Eu estava pensando que o cinza podia ter começado e o Assassino Voador podia ter chegado ao poder uns doze ou catorze anos antes por causa de algo que o sr. Bowditch disse: *covardes levam presentes.* Como se ele tivesse visto acontecer, dado umas coisas para suas pessoas favoritas, pegado um monte de bolinhas de ouro e fugido. Também por causa de algo que Dora disse: Radar era um pouco mais do que filhote quando o sr. Bowditch apareceu da última vez. A maldição já estava acontecendo. Talvez. Provavelmente. Além do mais, só para acrescentar à diversão, eu nem sabia se os anos de Empis eram iguais aos que eu conhecia.

— Dorme, Charlie. É a única fuga que nós temos. — Ela começou a se virar.

— Jaya, espera! — À minha frente, Iota grunhiu, roncou e se virou. — Quem ele era? Antes de virar o Assassino Voador, quem ele era? Você sabe?

— Elden — disse ela. — Elden de Gallien.

Voltei para o meu cobertor e me deitei nele. *Elden*, pensei. Eu conhecia o nome. Falada, a égua, falando pela dona, havia me contado que Leah tinha quatro irmãs e dois irmãos. Leah vira o corpo esmagado do pobre Robert. O outro irmão também estava morto, embora ela não tivesse dito como aconteceu nem se vira o corpo. O outro irmão era o que sempre foi bom com ela, Falada disse. Falada, que era na verdade a própria Leah.

O outro irmão era Elden.

5

Três dias se passaram. Eu digo três porque Pursey apareceu nove vezes com o carrinho de carne parcialmente cozida, mas talvez tenha sido mais; no crepúsculo de luzes a gás de Maleen Profunda, era impossível saber. Durante esse tempo, eu tentei montar a história que pensava como A queda de Empis, ou A ascensão do Assassino Voador ou A chegada da maldição. Isso era idiotice, com base em pedacinhos de informações que eu tinha, mas servia para passar o tempo. Um pouco do tempo, pelo menos. E eu tinha esses pedacinhos, por menores que fossem.

Um pedacinho: o sr. Bowditch falou de duas luas subindo no céu, mas eu nunca tinha visto as luas subirem. Quase não as tinha visto. Ele também falou de constelações que nenhum astrônomo da Terra vira, mas só tive vislumbres ocasionais das estrelas. Fora aquele único trecho efêmero de azul quando eu estava me aproximando do relógio de sol, eu só havia visto nuvens. Em Empis, o céu estava em falta. Ao menos agora.

Outro pedacinho: o sr. Bowditch nunca mencionou Hana, e acho que ele teria mencionado. Eu só ouvi o nome da gigante quando visitei "minansos".

Foi o terceiro pedacinho que mais me interessou, que era mais *sugestivo*. O sr. Bowditch tinha falado sobre o que poderia acontecer se as pessoas do nosso mundo descobrissem um caminho para Empis, um mundo sem dúvida cheio de recursos inexplorados, o ouro sendo um deles. Pouco antes de se dar conta de que estava tendo um ataque cardíaco, ele disse: *Eles* (falando dos supostos saqueadores do nosso mundo) *teriam medo de despertar o deus terrível daquele lugar do longo sono?*

Com base na fita, as coisas já estavam ruins em Empis quando o sr. Bowditch fez a última visita, embora Hana talvez não estivesse na posição dela na época. A cidade de Lilimar já estava deserta e *extremamente perigosa, principalmente à noite.* Isso significava que ele sabia por experiência própria, tipo uma expedição final para obter mais ouro, ou só que tinha ouvido de fontes confiáveis? Woody, talvez? Eu achava que ele tinha feito uma viagem final para pegar ouro e que Hana não estava lá.

Usando essa base bamba de palitos de fósforos, construí um arranha-céu de suposições. Quando o sr. Bowditch fez a última visita, o Rei de Gallien (cujo nome provavelmente era Jan) e a Rainha Alguma Coisa (nome desconhecido) já tinham sido depostos. Ao menos cinco dos sete filhos tinham sido mortos. Leah escapou, junto com a tia Claudia e o tio ou primo (eu não lembrava qual) Woody. Leah alegou que seu irmão mais novo, Elden, também estava morto, mas ficou claro que ela o amava mais (aquilo tinha saído direto da boca do cavalo, ha-ha). Não era possível que Leah preferisse acreditar que Elden estava morto a acreditar que ele tinha se tornado o Assassino Voador? Alguma irmãzinha queria acreditar que seu adorado irmão tinha se tornado um monstro?

Não era possível que Elden também tivesse escapado do expurgo (se é que tinha sido isso mesmo) e despertado *o deus terrível daquele lugar do longo sono?* Eu achava que essa era a mais crível das minhas suposições, por causa de algo que Hamey disse: *Desde que o Assassino Voador voltou do Poço Profundo.*

Isso podia ser baboseira de lenda, mas e se não fosse? E se o irmão mais novo da Leah tivesse descido no Poço Profundo (assim como eu tinha descido por um outro poço profundo para chegar ali) para fugir do expurgo ou de propósito? E se ele tivesse descido como Elden e voltado como Assassino Voador? Possivelmente, o deus do Poço Profundo o estava direcionando. Ou talvez Elden tivesse sido possuído por esse deus, *fosse* esse deus. Um pensamento horrível, mas eu achava que fazia certo sentido, baseado na forma como todo mundo (as pessoas cinzentas e as inteiras) estava sendo exterminado, a maioria lenta e dolorosamente.

Havia coisas que não se encaixavam, mas muitas sim. E, como eu falei, ajudava a passar o tempo.

Havia uma pergunta para a qual eu não conseguia supor uma resposta: o que poderia ser feito a respeito daquilo tudo?

6

Passei a conhecer um pouco meus colegas prisioneiros, mas, como nós ficávamos trancados nas celas, não era possível cultivar o que chamaríamos de relacionamentos significativos. Fremmy e Stooks eram a dupla comediante, embora eles mesmos achassem mais graça das piadas (ou do que se passava por piada) do que qualquer outra pessoa, inclusive eu. Dommy era grande, mas tinha aquela tosse de cemitério, que piorava quando ele se deitava. O outro cara negro, Tom, era bem menor. Ele tinha uma voz fantástica para cantar, mas só Eris conseguia convencê-lo a usá-la. Uma das suas baladas contava uma história que eu conhecia. Era sobre uma garotinha que ia visitar a avó, mas encontrava um lobo usando a camisola da vovó. A "Chapeuzinho Vermelho" de que eu me lembrava tinha final feliz, mas a versão do Tom terminava com uma rima sombria: *Ela correu, mas foi capturada, todas as suas lutas foram por nada.*

Em Maleen Profunda, finais felizes pareciam estar em falta.

No terceiro dia, eu estava começando a entender o verdadeiro significado de loucura de confinamento. Meus colegas de calabouço podiam ser inteiros, mas não eram candidatos a prêmios de inteligência. Jaya parecia bem inteligente, e havia um sujeito chamado Jackah que conhecia uma quantidade aparentemente inesgotável de charadas, mas, fora isso, a conversa era falação desconexa.

Eu fazia flexões e agachamentos para manter o sangue circulando, e corria no mesmo lugar.

— Olha o principezinho se exibindo — disse Eye uma vez. Iota era um babaca, mas eu tinha passado a gostar dele mesmo assim. De certas formas, ele me lembrava meu antigo amigo Bertie Bird. Assim como o Birdman,

Iota era direto com as merdas que falava, e, além disso, eu sempre tive admiração por quem consegue falar merda assim. Iota não era o melhor que eu já tinha conhecido, mas não era ruim, e embora eu ainda fosse novato, gostava de dar corda para ele.

— Olha isso, Eye — falei e levantei as mãos com as palmas para baixo até a altura do peito. Bati com os joelhos nelas. — Quero ver você fazer isso.

— E torcer alguma coisa? Distender um músculo? Você ia gostar disso, né? Aí, você poderia fugir de mim quando a Justa chegar.

— Não vai ser um — falei. — Vão ser trinta e um. O Assassino Voador está sem gente inteira. Quero te ver fazer isso! — Eu levantei as mãos quase na altura do queixo e fiquei batendo nelas com os joelhos. Minhas endorfinas, embora cansadas, aceitaram o desafio. Um pouco, pelo menos.

— Se você ficar fazendo isso, vou partir seu cu em dois — disse Bernd. Ele era o mais velho de nós, quase todo careca. O pouco cabelo que tinha estava grisalho.

Isso me fez rir e eu tive que parar. Hamey estava deitado no catre, rindo.

— Vão ser trinta e dois — disse Eye. — Se não conseguirmos arrumar alguém logo, vão pôr a Molly Ruiva. *Ela* vai fazer chegar a trinta e dois. A vaca vai voltar de Cratchy em pouco tempo e o Assassino Voador não vai querer esperar muito pelo entretenimento dele.

— Não *ela*! — disse Fremmy.

— *Nunca* diga ela! — gritou Stooks. Eles estavam com expressões idênticas de alarme.

— Eu *digo*. — Eye pulou nas grades da cela de novo e começou a sacudi-las. Era o exercício preferido dele. — Ela é inteira, né? Se bem que aquela mãe grandona dela caiu da árvore da feiura e ralou a porra da cara todinha.

— Espera aí — falei. Uma ideia horrível tinha me ocorrido. — Você não vai me dizer que a mãe dela é…

— Hana — completou Hamey. — Que protege o relógio de sol e o tesouro. Se bem que, se você chegou ao relógio de sol com aquela sua cadela vira-lata que você encontrou, ela deve estar relaxando em serviço. O Assassino Voador não vai gostar disso.

Eu nem prestei atenção. O fato de Hana ter uma filha era incrível para mim, principalmente porque eu não conseguia nem começar a imaginar quem tinha se deitado com ela para produzir descendência.

406

— A Molly Ruiva é... gigante?

— Não como a mãe — disse Ammit do corredor. — Mas ela é grande. Ela vai pra Cratchy ver os parentes. É a terra dos gigantes, sabe. Ela volta e te quebra como um gravetinho se pega você. Não eu. Eu rápido. Ela lenta. Tem uma que o Jackah não sabe: eu sou alto quando sou jovem, sou baixo quando sou velho. O que eu sou?

— Uma vela — respondeu Jackah. — Todo mundo sabe essa, bobo.

Eu falei sem pensar:

— Aqui vem uma vela sua cama iluminar. Aqui vem um cutelo sua cabeça cortar.

Silêncio. Eye disse:

— Deuses, onde você ouviu isso?

— Não sei. Acho que a minha mãe dizia pra mim quando eu era pequeno.

— Então sua mãe era uma mulher estranha. Nunca mais diga isso, é uma rima ruim.

Pelo corredor úmido de Maleen Profunda, Dommy começou a tossir. E tossir. E tossir.

7

Dois ou três dias depois (puro palpite; não havia tempo no calabouço), Pursey chegou para servir o café da manhã e dessa vez foi *mesmo* café da manhã: linguiça em cordão jogada pelas grades em fios compridos. Nove ou dez a cada cordão. Peguei a minha no ar. Hamey deixou a dele cair no chão sujo, depois pegou e esfregou sem energia a sujeira de cada linguiça. Ele olhou para o alimento por um tempo e o largou de novo. Havia uma similaridade horrível com a forma como Radar se comportava quando estava velha e morrendo. Ele voltou para o catre, puxou os joelhos junto ao peito e se virou para a parede. À nossa frente, Eye estava agachado junto às grades da cela, comendo as linguiças a partir do meio do cordão, indo e voltando como se fosse uma espiga de milho. A barba brilhando com a gordura.

— Vamos, Hamey — falei. — Tenta comer só uma.

— Se ele não quiser, joga pra cá — disse Stooks.

407

— A gente cuida disso rapidinho — disse Fremmy.

Hamey rolou para o lado, se sentou e puxou o cordão de linguiças para o colo. Ele me olhou.

— Eu preciso?

— É melhor comer, Inútil — disse Eye. Ele só estava com duas linguiças agora, as das pontas. — Você sabe o que significa quando a gente ganha isto.

Qualquer calor residual que as linguiças podiam ter havia sumido e os centros estavam crus. Pensei em uma história que li na internet, sobre um cara que foi parar no hospital reclamando de dor de barriga. O raio X revelou que ele tinha uma tênia enorme nos intestinos. De comer carne pouco cozida, dizia o artigo. Tentei esquecer isso (o que não foi possível) e comecei a comer. Eu tinha uma boa ideia do que as linguiças de café da manhã significavam: jogo pela frente.

Pursey voltou pelo corredor. Eu agradeci de novo. Ele parou e fez sinal com a mão derretida. Eu fui até as grades. Em um sussurro rouco pela gota que era agora sua boca, ele disse:

— Ão ava elo.

Eu balancei a cabeça.

— Não entend...

— *Ão* ava *elo*!

Ele recuou e puxou o carrinho vazio. A porta se fechou. Os ferrolhos foram movidos. Eu me virei para Hamey. Ele tinha conseguido comer uma linguiça, mordeu uma segunda, teve ânsia de vômito e cuspiu o pedaço na mão. Levantou-se e jogou o pedaço no buraco.

— Eu não sei o que ele estava tentando me dizer — falei.

Hamey pegou nossa caneca de lata e a esfregou nos restos de camisa como um homem polindo uma maçã. Em seguida, se sentou no catre e afastou o café da manhã quase todo intacto.

— Vem aqui, garoto. — Ele bateu no cobertor. Eu me sentei ao seu lado. — Agora, fica parado.

Ele olhou ao redor. Fremmy e Stooks tinham recuado para o lado mais distante do apartamentinho de merda deles. Iota estava absorto na última linguiça, querendo fazê-la durar. Das outras celas vinham ruídos de mastigação, arrotos e lábios estalando. Aparentemente, depois de concluir que não estávamos sendo observados, Hamey abriu os dedos (o que ele podia

408

fazer, pois era uma pessoa inteira com mãos em vez de barbatanas) e os passou no meu cabelo. Eu me encolhi.

— Não, garoto. Fica parado.

Ele enfiou a mão e puxou meu cabelo. Nuvens de terra caíram de lá. Eu não fiquei exatamente envergonhado (passe alguns dias numa cela cagando e mijando em um buraco no chão que você acaba perdendo esses sentimentos mais refinados), mas foi impressionante me dar conta de quanto eu estava imundo. Eu me senti o amigo sujinho do Charlie Brown, o Chiqueirinho.

Hamey segurou a caneca de lata para eu poder olhar um reflexo borrado de mim mesmo. Como um barbeiro mostrando seu novo corte de cabelo, só que a caneca estava amassada além de ser curva, então foi meio como olhar o espelho de uma casa maluca. Uma parte do meu rosto estava grande, a outra, pequena.

— Está vendo?

— Vendo o quê?

Ele inclinou a caneca e eu percebi que meu cabelo na frente, onde Hamey tinha limpado a terra, não estava mais castanho. Tinha ficado louro. Ali embaixo, mesmo sem sol para clareá-lo, tinha ficado louro. Eu peguei a caneca e a levei para perto do rosto. Era difícil ter certeza, mas parecia que meus olhos também haviam mudado. Em vez do castanho que sempre tinham sido, pareciam ter ficado cor de mel.

Hamey colocou a mão na minha nuca e me puxou para perto da boca.

— Pursey disse: "Não lava o cabelo".

Eu recuei. Hamey me encarou, os olhos, tão castanhos quanto os meus eram, bem arregalados. E me puxou para perto de novo.

— Você é o verdadeiro príncipe? Que veio nos salvar?

8

Antes que eu pudesse responder, os ferrolhos da porta foram abertos. Dessa vez, não era Pursey. Eram quatro soldados noturnos armados com varetas flexíveis. Dois andavam na frente, os braços esticados, as portas de cela se abrindo dos dois lados.

— Hora do recreio! — gritou um deles com uma voz zumbida de inseto. — Crianças, saiam pra brincar!

Nós saímos das celas. Aaron, que não estava presente naquele grupo de bichos-papões, tinha me levado para a direita. Nós fomos para a esquerda, os trinta e um, em fila dupla, como crianças indo fazer um passeio de escola. Eu andei no final, o único sem dupla. Os outros dois soldados noturnos foram atrás de mim. No começo, eu achava que o estalo seco que eu ouvia, como de voltagem baixa, fosse a minha imaginação, com base nas vezes anteriores em que fui tocado pela força envolvente que estava mantendo aqueles horrores vivos, mas não era. Os soldados noturnos eram zumbis elétricos. E pensei que seria um nome do cacete para uma banda de heavy metal.

Hamey estava andando com Iota, que ficava esbarrando com o ombro no meu companheiro de cela magrelo e o fazendo tropeçar. Fiquei com vontade de dizer *Chega*, mas o que saiu foi:

— Pare com isso.

Eye olhou para mim, sorrindo.

— Quem morreu e fez de você Deus?

— Pare — falei. — Por que você provocaria alguém que é seu companheiro neste lugar horrível?

Isso não pareceu Charlie Reade falando. Era mais provável que o garoto dissesse *Para de sacanagem* do que o que saiu da minha boca. Mas *fui* eu, e o sorriso de Iota foi substituído por uma expressão de especulação intrigada. Ele fez uma saudação estilo britânica (as costas da mão grande na testa) e disse:

— Sim, senhor. Vamos ver o quanto você vai me dar ordens com a boca cheia de terra.

E se virou para a frente de novo.

VINTE E DOIS

O campo de jogo. Ammit. Banho. Bolo. Os jatos de gás.

1

Nós subimos escadas. Claro que subimos. Quando você era prisioneiro em Maleen Profunda, as escadas eram um estilo de vida. Depois de dez minutos, Hamey estava com a respiração entrecortada. Eye segurou o seu braço e o puxou.

— Vamos, vamos, vamos, Inútil! Continua, senão o papai vai dar bronca!

Nós chegamos a um patamar largo e uma porta dupla. Um de dois soldados noturnos liderando aquele desfile de merda moveu as mãos para cima e as portas se abriram. Do outro lado havia um mundo diferente, mais limpo: um corredor de ladrilhos brancos com jatos de gás polidos a ponto de brilhar. O corredor era uma rampa suave para cima, e quando andamos naquela luz forte incomum (me fez apertar os olhos e eu não fui o único), comecei a sentir o cheiro de algo que eu conhecia de dezenas de vestiários: cloro, como as bolinhas dentro de mictórios e o que tem em escalda-pés desinfetantes.

Eu sabia o que o "recreio" significava? Sim, claro. Entendia o que era a chamada Justa? Também. Nas celas, nós só comíamos, dormíamos e falávamos. Eu tinha cuidado com as minhas perguntas, querendo preservar a ficção de que eu era da comunidade religiosa de Ullum, e ouvia bem mais do que falava. Mas fiquei impressionado com o corredor inclinado, que parecia (quase) uma coisa em um complexo esportivo moderno e bem cuidado em um dos muitos campi em que os esportes são importantes. Lilimar tinha sido destruída (ora, toda Empis tinha), mas aquele corredor era grandioso, e eu tinha uma ideia de que o que viria no fim dele também seria. Talvez ainda mais. Eu não estava enganado.

Nós começamos a passar por portas, cada uma com uma iluminação a gás coberta em cima. As primeiras três diziam TIMES. A seguinte dizia EQUIPAMENTO. A quinta dizia JUÍZES. Só quando passei por essa (ainda o Charlie do Rabo da Fila, sem querer ser engraçadinho), olhei com o canto do olho e JUÍZES se tornou algo formado dos mesmos símbolos rúnicos que havia na habilitação de Polley quando Kellin a mostrou para mim. Virei a cabeça para olhar para trás o suficiente para ver que dizia JUÍZES de novo e uma vareta flexível me acertou no ombro. Não com muita força, mas o bastante para chamar minha atenção.

— Anda, garoto.

À frente, o corredor terminava em uma área de luz forte. Eu segui os outros para um campo de jogo… e que campo de jogo. Fiquei olhando ao redor como o caipira de Ullum que estava fingindo ser. Tinha tido muitos choques desde que saíra do túnel entre o meu mundo e Empis, mas nunca até aquele momento o pensamento *Eu devo estar sonhando* tinha passado pela minha cabeça.

Jatos de gás enormes naquelas bandejas que eu tinha visto de fora circundavam o centro de um estádio que teria deixado um time de beisebol do primeiro escalão orgulhoso. Lançavam fluxos intensos de fogo azul--esbranquiçado no céu, que eram refletidos pelas nuvens onipresentes.

O céu. Nós estávamos do lado de fora.

Não só isso, mas era noite, embora para nós o dia estivesse apenas começando. Isso fazia sentido se nossos captores esqueléticos não pudessem existir na luz do dia, mas ainda era estranho perceber que meus ritmos tradicionais de acordar e dormir tinham sido invertidos.

Nós andamos por uma pista de terra até um gramado verde. Eu tinha estado em muitos campos de jogo, tanto de beisebol quanto de futebol americano, que eram parecidos com aquele, mas nunca em um tão perfeitamente redondo. Que jogo tinha sido jogado ali? Não havia como saber, mas devia ter sido bastante popular, porque a quantidade de caminhos levando até lá e as arquibancadas em volta do campo e indo até a borda circular do estádio só podiam significar que tinha atraído milhares de torcedores empisianos.

Eu vi as três torres verdes subindo até as nuvens bem à frente. Havia torreões de pedra à minha direita e esquerda. Havia soldados noturnos nas mortalhas azuis ardentes em alguns parapeitos entre os torreões, olhando para nós. Eu só tinha conseguido ver a curva superior do estádio no meu caminho até o relógio de sol porque ficava afundado atrás do palácio.

Em algum lugar, provavelmente na base das torres verdes de vidro, havia uma sala do trono e apartamentos reais. Como as lojas pela ampla Estrada Gallien, eram lugar para os importantões. Eu achava que ali tinha sido importante para o povão e quase conseguia vê-los subindo por aqueles caminhos coloridos nos dias de jogo, vindo de Enseada e Deesk, talvez até de Ullum e das Ilhas Verdes, carregando cestas de comida e cantando seus hinos ou cantarolando os nomes dos times...

Uma vareta flexível acertou meu braço, com mais força dessa vez. Eu me virei e vi dentro de um envelope um crânio sorridente de rosto semitransparente de cara feia.

— Para de olhar em volta como um grande idiota! Hora de correr, garoto! Hora de mexer esses pés!

Iota liderou nosso grupo na pista em volta do campo verde circular. Os outros o seguiram em grupos de dois e três. Hamey foi o último. Não houve surpresa nisso. Sobre o que achei que fosse a frente do campo havia uma espécie de camarote que parecia uma sala de estar grande a céu aber-

413

to; o único item que faltava para completar a imagem era um candelabro chique. Cadeiras acolchoadas, como as que havia na frente do Guaranteed Rate Field, ladeavam o que era obviamente o assento de honra. Não era grande como o trono da Hana, onde ela protegia a entrada dos fundos do palácio (quando não estava comendo ou dormindo, claro), mas bem largo, e os braços se inclinavam para fora, como se a pessoa com o privilégio de se sentar ali tivesse um corpo incrementado por esteroides da bunda para cima. O assento estava vazio, mas havia umas seis pessoas nas cadeiras acolchoadas dos dois lados, nos vendo passar correndo. Eram pessoas inteiras vestidas com roupas boas, o que queria dizer que não eram os trapos que a maioria de nós estava usando. Uma era uma mulher, o rosto pálido com o que supus ser algum tipo de maquiagem. Ela usava um vestido longo com gola de babados. Os dedos e os grampos de cabelo estavam cheios de pedras preciosas. Todo mundo ali bebia o que poderia ser cerveja em copos altos. Um dos homens me viu olhando e ergueu o copo para mim, como que brindando. Eles todos tinham expressões que eu chamaria de uma mistura de tédio levemente temperado com um interesse suave. Eu os odiei na mesma hora, como só um prisioneiro açoitado com varetas flexíveis pode odiar um bando de pessoas bem-vestidas que estão só sentadas, vendo o tempo passar.

Este lugar não foi feito para gente como esses babacas, pensei. *Não sei como eu posso saber disso, mas eu sei.*

Uma vareta flexível desceu, dessa vez no traseiro da minha calça cada vez mais imunda. Ardeu como fogo.

— Você não sabe que não é educado olhar para seus superiores?

Eu estava começando a odiar aquelas vozes zumbidas de inseto. Era como escutar não só um Darth Vader, mas um pelotão inteiro. Eu acelerei o passo e ultrapassei Stooks. Ele me mostrou um dedo do meio empisiano quando passei. Eu mostrei o meu para ele.

Fui passando pelos meus colegas de Maleen Profunda, recebendo um esbarrão simpático de Tom e um mais forte e menos simpático de um grandão com pernas meio arqueadas chamado Ammit.

— Olha por onde anda, ully — disse ele. — Não tem deus pra te proteger aqui. Você deixou isso tudo para trás.

Eu *o* deixei para trás e com prazer. A vida já era bem ruim sem companheiros de prisão mal-humorados para piorar tudo.

414

No centro do campo tinha algo que reconheci de várias práticas atléticas desde o futebol e o hóquei infantis. Havia uma linha dupla do que pareciam ser trilhos de madeira. Sacos grandes de pano cheios de volumes redondos que só podiam ser bolas. Uma linha de postes envoltos em juta. No alto de cada um uma cara mal-humorada pintada de forma meio rudimentar. Bonecos empisianos de treino, sem dúvida. Havia cordas com aros na ponta penduradas em uma barra em T e uma tábua larga sobre cavaletes altos com um quadrado de feno de cada lado. Também uma cesta de vime cheia do que pareciam ser cabos de machado. Não gostei da aparência disso. O treinador Harkness nos tinha feito passar por treinos que alguns poderiam considerar sádicos, mas bater nos outros com bastões? Não.

Parei na frente do grupo quando chegamos na parte da pista de corrida que dava diretamente no camarote VIP. Ali, estava ao lado de Iota, que corria com a cabeça para trás, o peito estufado e as mãos bombeando ao lado do corpo. Ele só precisava de dois pesos de mão para parecer qualquer cara de meia-idade do meu bairro entrando em forma. Ah, e talvez um conjunto de moletom.

— Quer apostar corrida? — perguntei.

— O quê? Pra que a vaca da Petra e o restante deles possam apostar em quem vai ganhar? — Ele apontou com o polegar para as pessoas bem-vestidas relaxando com seus drinques refrescantes. Pessoas novas tinham se juntado a elas. Era quase uma festa, por Deus. O grupo estava ladeado por dois soldados noturnos. — A gente já não tem preocupação suficiente sem isso?

— Acho que sim.

— De onde você é de verdade, Charlie? Você não é ully.

Fui poupado de responder isso ao ver Hamey sair da pista. Ele andou na direção de um amontoado de equipamentos de treino com a cabeça baixa e o peito oscilando. Entre a cesta de vime com bastões (eu não sabia o que mais poderiam ser) e os bonecos com as caras mal-humoradas, havia uns bancos e uma mesa coberta de copos de cerâmica… pequenos, como xicrinhas. Hamey pegou um, bebeu tudo, colocou-o de volta na mesa e se sentou com os antebraços nas coxas e a cabeça baixa. A mesa estava protegida (ou talvez "vigiada") por um soldado noturno, que olhou para Hamey, mas não ameaçou bater nele.

415

— Não tenta isso — disse Eye, ofegante —, senão vão te açoitar até você sangrar.

— Como *ele* se safa?

— Porque eles sabem que ele não consegue fazer essa merda aqui. É por isso. Ele é o sr. Inútil, não é? Mas ele é inteiro, e sem ele o número volta a ser trinta.

— Eu não vejo como… quer dizer, quando a Justa começar, supondo que um dia comece… como podem esperar que ele… você sabe. Lute.

— Não esperam — respondeu Eye, e detectei um tom estranho na sua voz. Podia ser pena. Ou talvez eu queira dizer companheirismo. Não era que ele gostasse do Hamey; era que ele gostava menos da situação em que a gente estava.

— Você não perde o fôlego, garoto? Mais uma volta e eu vou estar sentado no banco com o Inútil e vão poder me bater o quanto quiserem com as varetas.

Pensei em dizer para ele que eu tinha feito muitos esportes, mas aí ele talvez me perguntasse quais, e eu nem sabia que esportes se jogavam naquele campo verde enorme.

— Eu sempre mantive a forma. Ao menos até vir pra cá. E você pode me chamar de Charlie em vez de garoto, tá? Garoto é como *eles* nos chamam.

— Charlie, então. — Eye apontou para Hamey com o polegar, uma imagem do abatimento sentado naquele banco. — Aquele pobre otário é só um corpo quente. Bucha de canhão.

Só que ele não disse *otário* e não disse *bucha de canhão*. Foi assim que a minha mente traduziu a expressão que ele usou.

— Eles gostam de ver uma partida resolvida rápido.

Como o número um contra o número dezesseis na Divisão I do NCAA Basketball Championship, pensei.

Nós estávamos chegando ao camarote VIP de novo, e dessa vez foi a minha vez de apontar com o polegar para as pessoas bem-vestidas nos observando. Quando elas não estavam conversando, claro, porque dava para ver que o que eles estavam dizendo era mais importante para eles do que os maltrapilhos bufando e correndo abaixo. Nós éramos só uma desculpa para eles se reunirem, como os caras que viam o treino de futebol americano lá na escola. Atrás de nós, os outros estavam exaustos, e dois caras (Double e um cara chamado Yanno) tinham se juntado a Hamey nos bancos.

— Quantos são?

— O quê? — Iota também estava bufando agora. Eu ainda tinha fôlego.

— Os súditos do Elden? — Ele deu um pouco de ênfase a *súditos*, como se colocando aspas. — Não sei. Vinte. Talvez trinta. Talvez um pouco mais. A vaca banca a rainha porque ela é a favorita do Assassino Voador.

— Petra?

— É, ela.

— Só *isso*?

Antes que ele pudesse responder, meu velho aminimigo Aaron saiu de uma passagem embaixo do camarote vip balançando a vareta como um maestro prestes a iniciar o primeiro número de uma orquestra.

— *Pra dentro!* — gritou ele. — *Todo mundo pra dentro!*

Iota correu na direção dos equipamentos no centro do campo e eu fui junto. A maioria dos prisioneiros estava bufando e ofegando. Jaya e Eris estavam curvadas, as mãos nos joelhos, recuperando o fôlego. Elas se juntaram aos outros perto da mesa com os copinhos. Eu virei um. Era basicamente água, mas algo amargo batia com força. Eu ainda estava com fôlego, mas depois de beber o que havia no copinho, pareceu que eu tinha mais.

Contando Aaron, agora cinco soldados noturnos no campo, parados em semicírculo, estavam à nossa frente. Mais dois protegiam os vips. Os que estavam olhando dos parapeitos eram fáceis de contar por causa das auras azuis fortes: doze. Isso significava dezenove no total, que eu achei que era o mesmo número que tinha perseguido a mim e Radar quando estávamos correndo para o portão. Vinte quando acrescentei Kellin, que não estava ali ou estava olhando de um dos parapeitos. Eram todos? Se sim, os prisioneiros estavam em número maior do que os guardas. Eu não queria perguntar a Eye porque Aaron parecia estar me observando.

— Boa corrida! — disse Stooks.

— Melhor que sexo! — disse Fremmy.

— Menos com você — respondeu Stooks.

— É — concordou Fremmy —, eu faço um bom sexo.

Estiquei a mão para outro copo e um dos guardas apontou a vareta para mim.

— Nã, não, um por cliente, garoto.

Só que *um por cliente*, claro, não foi o que ele disse.

2

Em seguida, veio o jogo, que foi de um modo geral menos brutal do que o treino de futebol americano. Até o final, pelo menos.

Primeiro, vieram as bolas. Eram dezesseis, em três sacos. Pareciam bolas de praia, mas eram cobertas de uma substância prateada que as deixava pesadas. Até onde eu sabia, *era* prata. Dava para ver meu reflexo distorcido na minha: rosto sujo, cabelo sujo. Decidi que não ia lavar o cabelo, por mais nojento que estivesse. Eu não achava que fosse o "verdadeiro príncipe, o que veio nos salvar", eu não era capaz nem de salvar a mim mesmo, mas não tinha vontade de me destacar. Eu já tinha visto a câmara de tortura do palácio e não desejava ser hóspede lá.

Nós formamos duas filas de quinze. Hamey foi quem sobrou, e um dos guardas usou a vareta flexível para mandá-lo jogar a décima sexta bola para cima e para baixo. E Hamey fez isso, de forma indiferente. Ele ainda estava sem fôlego da caminhada pelo corredor inclinado e a volta parcial na pista. Ele me viu olhando e abriu um sorriso, mas os olhos acima estavam desolados. Podia muito bem ter tatuado na testa VOU SER O PRIMEIRO A MORRER.

O restante de nós jogou as bolas pesadas, de uns dois quilos, de um para o outro. Não era nada de mais, só um aquecimento de braços e tronco, mas muitos dos meus colegas prisioneiros não tinham inclinação atlética na vida anterior, porque houve muita dificuldade. Eu me vi me perguntando se a maioria tinha sido equivalente a trabalhadores de colarinho branco no lugar que eles chamavam de Cidadela antes da derrubada da Monarquia das Borboletas (tem um trocadilho não muito intencional aqui). Alguns estavam em boa forma e uns poucos levavam jeito; Eye era um, Eris era outra, Tom e Ammit também. Mas o restante era bem desajeitado. O treinador Harkness os teria chamado de pés de cola (nunca pés colados). Fremmy e Stooks eram pés de cola; Jaya e Double também. Dommy tinha tamanho, mas tinha também aquela tosse. E havia Hamey, que, como Iota tinha dito, era inútil.

Fui colocado com Iota. Ele jogou com suavidade várias vezes, batendo com a base da mão na bola, e fiz o mesmo. Mandaram que déssemos um passo para trás depois de cada dois arremessos. Após uns dez minutos, nos mandaram voltar para a pista para dar outra volta. Hamey se esforçou, mas logo reduziu o ritmo para uma caminhada. Eu estava correndo devagar agora, basicamente acompanhando. Ammit me alcançou com facilidade, embora a passada de pernas arqueadas o fizesse se balançar de um lado para o outro, como um barco numa maré moderada. Quando passamos pelo camarote VIP, ele desviou e esbarrou em mim de novo, só que dessa vez não foi um esbarrão, mas uma boa porrada com o ombro. Eu não estava esperando e caí estatelado. Jaya tropeçou em mim e caiu de joelhos com um grunhido. Os outros desviaram de nós.

Nós tínhamos finalmente capturado a atenção total dos janotas no camarote. Eles estavam olhando para Jaya e para mim, apontando e rindo como Andy, Bertie e eu devíamos ter rido de alguma sequência de comédia em um filme.

Ajudei Jaya a se levantar. Um dos cotovelos dela estava sangrando. Perguntei se ela estava bem. Ela respondeu que sim e saiu correndo quando um dos soldados noturnos se aproximou com a vareta flexível erguida.

— Nada de toques, garoto! Nã, nã, não! — Eu levantei a mão, em parte para mostrar que eu entendia, mas mais para me defender de um golpe caso ele tentasse acertar a minha cara.

O soldado noturno recuou um passo. Eu alcancei Ammit.

— Por que você fez aquilo?

A resposta dele foi algo que eu poderia ter ouvido de qualquer cabeça-dura pretenso macho alfa com quem tivesse jogado ao longo dos anos, e foram muitos. Se você jogou, principalmente no ensino médio, você sabe. Esses são os caras que acabam em um grupinho perto da cerca durante o treino quando têm vinte e poucos ou trinta anos, trabalhando na pança de cerveja e falando sobre os seus dias de glória.

— Fiquei com vontade.

O que significava que Ammit precisava de uma lição. Se não tivesse uma, os empurrões e tropeços não parariam nunca.

Depois de uma volta na pista, fomos mandados para os aros fazer barra. Metade dos meus colegas conseguiu fazer cinco. Seis ou sete conseguiram fazer uma ou duas. Eu fiz doze e decidi estupidamente me exibir.

— Olhem isso! — falei para Eye e Hamey.

Eu me ergui repetidamente e ergui as pernas, passei-as por cima da cabeça e fiz uma revolução perfeita de trezentos e sessenta graus. Eu mal tinha encostado no chão quando fui açoitado na lombar, com força. Primeiro veio a dor, depois a ardência.

— Sem truques! — gritou Aaron para mim. A raiva deixou sua aura mais forte, e o rosto humano (frágil desde sempre) desapareceu quase completamente. Um pequeno factoide: você pode achar que se acostuma a ser prisioneiro de mortos-vivos, mas isso nunca acontece. — *Sem truques!* Se você quebrar o pulso ou a perna, eu vou te *esfolar!*

Olhei para ele da posição agachada, os lábios repuxados, os dedos da mão esquerda apoiados no chão. Aaron deu um passo para longe, mas não por estar com medo. Ele fez isso para dar a si mesmo a distância de que precisava para mover a porra da vareta.

— Quer vir pra cima de mim? Vem! Se você precisar de uma lição, eu posso te dar!

Eu balancei a cabeça, fazendo meu cabelo imundo bater na testa, e me levantei bem devagar. Eu era maior e mais pesado do que ele uns cinquenta quilos, ele era essencialmente um saco de ossos, mas estava protegido pela aura. Eu queria ser eletrificado? Não queria.

— Desculpe — falei, e achei só por um momento que ele pareceu surpreso, como Pursey quando eu agradeci. Ele fez sinal para eu me juntar aos outros.

— *Corram!* — gritou ele para nós. — *Corram, seus macacos!*

Não macacos, mas outra substituição mental minha. Nós percorremos a pista (dessa vez, Hamey nem tentou), bebemos mais água energizada e fomos enviados para os bonecos.

Aaron ficou para trás. Outro soldado noturno foi no lugar dele.

— O primeiro a matar o inimigo ganha bolo! Bolo para o primeiro assassino! Deem um passo à frente e escolham um poste!

Nós éramos trinta e um e só havia doze postes. Eye segurou meu pulso e rosnou:

— Primeiro, vê como se faz.

Fiquei surpreso com a dica, mas mais do que disposto. Com bolo como possível recompensa, doze dos meus colegas prisioneiros deram rapidamente um passo à frente e tocaram em um poste envolto em juta. Dentre eles estavam Eris, Fremmy e Stooks, Double e Ammit.

— Agora, para *trás!*

Eles recuaram até a mesa.

— E *matem* seu *inimigo!*

Eles correram para a frente. Mais da metade se segurou um pouco antes do impacto; não foi óbvio, mas eu vi. Três colidiram com tudo nos postes. Eris bateu com força, mas ela era magrela, e a placa de cara feia no alto do poste dela só tremeu. O mesmo aconteceu com o outro cara que não se encolheu. O nome dele era Murf. O golpe de Ammit foi com tudo. A placa dele voou do alto do poste e caiu a três metros de distância.

— Bolo pra esse aqui! — declarou Aaron. — Esse aqui vai ganhar bolo!

Liderados pela mulher de cara branca, os espectadores no camarote VIP comemoraram. Ammit levantou as mãos fechadas e se curvou para eles. Acho que ele não reconheceu a qualidade distintamente satírica da comemoração. Como dizem, ele não era a faca mais afiada nem a lâmpada mais brilhante.

Os primeiros doze foram substituídos por mais doze, mas Eye segurou meu pulso de novo e eu fiquei no lugar. Ninguém derrubou placas dessa vez. Eye, Hamey, Jaya e eu estávamos entre os últimos a tentar.

— Para *trás*!

Nós chegamos para trás.

— E *matem* seu *inimigo*!

Eu corri para o meu poste com o ombro direito, meu ombro forte, abaixado sem nem pensar. Eu tinha quase certeza de que poderia ter batido no poste com força suficiente para jogar a placa em forma de cabeça mal-humorada longe, mesmo sem proteção, mas me segurei, como vi alguns dos outros fazerem. Minha placa quase não tremeu, mas a do Iota caiu e voou quase tão longe quanto a do Ammit. Dessa vez, nenhum dos VIPs se deu ao trabalho de comemorar; eles estavam novamente entretidos em suas conversas.

Aaron tinha voltado para a passagem embaixo do camarote VIP e lá Kellin se juntou a ele. Nada de paletó hoje; o Lorde Superior usava uma calça estilo bombacha apertada nos tornozelos e uma camisa branca aberta no pescoço por baixo da aura. Eles andaram juntos na nossa direção, e tive o mesmo déjà-vu de quando vi o equipamento de treino e a mesa com as bebidas. Kellin e Aaron podiam ser o treinador principal e o assistente. Aquilo não era só um período de exercício para os prisioneiros, era coisa séria. Haveria uma Justa, e eu achava que Kellin e Aaron eram os responsáveis por garantir que fosse um bom show.

— *Bastões*! — gritou Aaron. — *Agora, bastões*!

Com isso, todas as pessoas do camarote demonstraram mais interesse. Até os guardas noturnos vigiando dos parapeitos pareceram prestar atenção.

Nós fomos até as cestas de vime contendo os bastões de luta. Pareciam espadas de madeira de treino japonesas, mas sem cabo, com uns noventa centímetros e mais finas nas duas pontas. A madeira era branca, macia e dura. Freixo, pensei. Como os bastões de beisebol da liga principal.

Kellin apontou para Eris. Ela deu um passo à frente e pegou um dos bastões. Em seguida, ele apontou para Hamey, o que fez meu coração se apertar um pouco. Ele pegou um e o segurou com uma das mãos em cada ponta. Eris estava segurando o dela com uma das mãos só. *Defensiva e ofensiva*, pensei. Nenhum dos dois demonstrava empolgação, mas Hamey parecia estar com medo. Eu achei que ele tinha motivo para isso.

— *Matem seu inimigo!* — gritou Aaron, a voz mais zumbida do que nunca.

Eris bateu com o bastão. Hamey se defendeu. Ela foi para cima dele pelo lado e Hamey se defendeu de novo, mas sem força; se ela tivesse feito isso (e não foi o que fez), provavelmente o teria derrubado.

— *Derruba ele!* — berrou Kellin. — *Derruba ele, sua piranha inútil, senão eu vou te derrubar!*

Eris bateu baixo. Hamey não fez nenhum esforço para se defender dessa vez e ela acertou nas pernas dele. Ele caiu na grama com um arquejo e um baque. As pessoas inteiras no camarote comemoraram com mais avidez. Eris se curvou para elas. Eu torci para que elas estivessem longe o suficiente para não notar a expressão de nojo na cara dela.

Aaron bateu na bunda e nas pernas de Hamey com sua vareta flexível.

— De pé! De pé, sua pilha de bosta! De pé!

Hamey se levantou com dificuldade. Havia lágrimas escorrendo pelas bochechas dele e meleca pendurada em fios duplos no nariz. Aaron levantou a vareta flexível para outro golpe, mas Kellin o deteve com um único movimento de cabeça. Hamey tinha que ficar inteiro, ao menos até a competição começar.

Eris foi mantida no lugar para outro oponente. Teve muita briga, mas não golpes fortes. Eles chegavam para trás e outro par assumia o lugar. Foi assim, com muitos ataques e golpes e defesas, mas não houve mais gritos de *derruba ele* ou *matem seu inimigo*. Mas Stooks e Fremmy levaram açoites de um outro soldado noturno por preguiça. Pela forma como eles receberam os golpes, pensei que não era a primeira vez.

Eye foi com Tom, Bernd com Bult, e no fim ficamos eu e Ammit. Meu palpite era que Aaron vira a porrada que Ammit tinha me dado com o ombro na pista de corrida e quis assim. Ou talvez Kellin tivesse visto do lugar onde estava antes de ir para o campo.

— Bastões! — gritou Aaron. Deus, eu odiava aquela voz zumbida. — Vocês dois agora! Bastões! Vamos ver como vocês se saem!

Ammit segurou o dele pela ponta: ofensiva. Ele estava sorrindo. Eu segurei o meu pelas duas pontas, atravessado no corpo, para me defender. Ao menos para começar. Ammit já tinha feito aquilo antes e não esperava problema do garoto novo no pedaço. Talvez ele estivesse certo. Talvez não. Nós veríamos.

— *Matem seu inimigo!* — Dessa vez, foi Kellin quem gritou.

Ammit veio para cima de mim sem hesitar, se balançando de um lado para o outro nas pernas arqueadas, querendo me encurralar entre a mesa de bebidas e a cesta que guardava os bastões, que os pares anteriores tinham substituído depois de suas lutas. Ele ergueu o bastão e o baixou com tudo. Não havia controle no golpe; ele pretendia me fazer ter uma concussão ou algo pior. Acabar comigo fazia certo sentido. Ele talvez fosse punido, mas a população do calabouço voltaria a ter trinta pessoas, o que significava que a Justa seria adiada até mais duas pessoas serem encontradas. Ele talvez até visse como levar em nome do time, mas eu não acreditava nisso. Fosse por que motivo fosse, Ammit tinha decidido que não gostava de mim.

Eu me agachei um pouco e levantei meu bastão. Ele bateu nele em vez de na minha cabeça. Eu me levantei, empurrei o bastão dele e o levei para trás. Ao longe, ouvi alguns aplausos vindos do camarote VIP. Saí do espaço entre a cesta e a mesa e fui para cima dele, forçando-o para a área aberta, onde poderia usar a velocidade que tivesse. Não era muito, verdade, mas, com aquelas pernas arqueadas, Ammit não era nenhum galgo.

Ele moveu o bastão primeiro na direção do meu lado esquerdo, depois do direito. Eu me defendi com facilidade agora que estava em local aberto. E eu estava com raiva. Muita. A mesma raiva que senti de Christopher Polley quando quebrei uma das mãos dele, bati nele e quebrei a outra. A mesma raiva que senti do meu pai quando ele se jogou na bebida depois que a minha mãe morreu. Eu o deixei em paz, não reclamei (muito) para ele, mas expressei essa raiva de outras formas. Algumas eu já contei, de outras tenho vergonha.

423

Nós rodamos em círculo na grama, pisando e nos curvando e nos defendendo. Os prisioneiros assistiram em silêncio. Kellin, Aaron e os outros soldados noturnos também estavam olhando. No camarote VIP, a falação estilo festinha tinha parado. Ammit começava a respirar com dificuldade e não estava mais tão veloz com o bastão. Ele também não sorria mais e isso era bom.

— Vem — falei. — Vem pra cima de mim, seu escroto inútil. Vamos ver o que você tem.

Ele se adiantou com o bastão levantado acima da cabeça. Deslizei uma das minhas mãos pelo meu bastão e enfiei a ponta na barriga dele, acima da virilha. O golpe que ele tinha dado acertou meu ombro e o deixou dormente. Eu não recuei. Larguei o bastão, estiquei minha esquerda numa cruzada e arranquei o dele. Bati com o bastão na coxa dele, recuei e bati no quadril, colocando os meus quadris no embalo, como se tentando rebater uma bola reta no campo direito.

Ammit gritou de dor.

— Arrego! Eu peço arrego!

Eu estava cagando para o que ele pedia. Eu golpeei de novo e bati no braço dele. Ele se virou e saiu correndo, mas estava sem fôlego. E tinha as pernas arqueadas. Olhei para Kellin, que deu de ombros e moveu a mão na direção do meu então adversário, como quem diz *como quiser*. Interpretei assim, pelo menos. Fui atrás de Ammit. Eu poderia dizer que estava pensando no empurrão com o ombro e em como as pessoas do camarote tinham rido quando eu caí. Poderia dizer que estava pensando em como Jaya tinha tropeçado em mim e se estatelado. Eu poderia até dizer que estava cuidando para que mais ninguém decidisse se meter com o garoto novo. Nada disso teria sido verdade. Nenhum dos outros tinha demonstrado a menor animosidade por mim, exceto talvez Eye, e isso foi antes de ele me conhecer um pouco.

Eu só queria foder com o sujeito.

Bati nele duas vezes na bunda, golpes fortes. O segundo o fez cair de joelhos.

— Arrego! Arrego! *Eu peço arrego!*

Eu levantei o bastão acima da cabeça, mas, antes que pudesse bater, o Lorde Supremo segurou meu cotovelo. Houve aquela sensação horrível de ser tocado por um fio desencapado e que toda a minha força estava sendo sugada de mim. Se ele tivesse ficado segurando, eu teria desmaiado, como aconteceu no portão, mas ele me soltou.

— Chega.

Eu abri as mãos e larguei o bastão. Caí apoiado em um joelho. Os vips estavam aplaudindo e comemorando. Minha visão estava girando, mas um cara alto com uma cicatriz na bochecha sussurrando para a mulher de cara branca e segurando casualmente um dos seios dela enquanto falava me chamou a atenção.

— Levanta, Charlie.

Eu consegui me levantar. Kellin assentiu para Aaron.

— O jogo acabou — disse Aaron. — Vão todos tomar outra bebida.

Não sei eles, mas eu estava precisando.

3

Os guardas nos levaram para uma das salas de time. Para os padrões a que eu estava acostumado, era grande e luxuosa. Havia luzes elétricas no teto, mas aparentemente não estavam ligadas ao gerador mequetrefe e tinham sido substituídas por mais jatos de gás. Os pisos e paredes eram de ladrilhos brancos e impecáveis, ao menos até levarmos nossa sujeira... e as várias manchas de sangue da luta com os bastões. O local devia ser mantido limpo pelos cinzentos, pensei, embora não tivesse nenhum por perto agora. Havia uma vala de água corrente para mijar, o que vários homens fizeram. Nas duas pontas tinha assentos de porcelana com buracos no centro. Achei que eram para as mulheres, embora nem Jaya nem Eris os tenham usado. Elas tiraram as blusas, como os homens, e sem nenhuma vergonha observável. Jaya tinha levado várias porradas e suas costelas estavam cobertas de hematomas.

De um lado do quarto havia escaninhos de madeira onde os membros de times deviam ter guardado equipamentos no passado (nós, claro, não tínhamos nada para guardar). Do outro lado, uma prateleira comprida cheia de baldes para lavagem. Havia um trapo flutuando em cada. Não tinha sabão.

Eu tirei a camisa, fazendo uma careta por conta das várias dores, a maioria dos golpes das varetas flexíveis. A pior era na minha lombar. Eu não conseguia ver essa, mas senti o sangue, agora grudento e viscoso.

Várias pessoas já estavam nos baldes, lavando os troncos, e alguns tinham tirado a calça para lavar o resto. Pensei em pular essa parte da minha ablução, mas foi interessante reparar que em Empis, assim como na França (ao menos pelo que diziam por aí), não se usava roupa de baixo.

Ammit mancou na minha direção. Nossos guardiões não tinham ido junto, o que significava que não havia ninguém para apartar se ele quisesse revanche. Por mim, tudo bem. Eu me curvei, de peito exposto e ainda coberto de dias de sujeira (talvez semanas àquela altura) e fechei os punhos. E algo incrível aconteceu. Eye, Fremmy, Stooks e Hamey formaram uma fila na minha frente, diante de Ammit.

O homem de pernas arqueadas balançou a cabeça e levou a base da mão à testa, como se estivesse com dor de cabeça.

— Nã, não. Eu não acreditava, mas agora acredito. *Talvez* acredite. Você é mesmo o...

Iota deu um passo à frente e colocou a mão sobre a boca de Ammit antes que ele pudesse terminar. Com a outra, apontou para uma grade que talvez fornecesse aquecimento nos dias em que aquele estádio e a cidade a que ele servia ofereciam interesse constante. Ammit seguiu o olhar dele e assentiu. Com o que era dor óbvia, ele se apoiou em um joelho na minha frente e encostou a mão na testa de novo.

— Peço desculpas, Charlie.

Eu abri a boca para dizer *de boas*, mas o que saiu foi:

— Aceito com prazer. Ponha-se de pé, Ammit.

Todos estavam me olhando agora, e alguns dos outros (não Iota, não nessa ocasião) também tinham levado a mão à testa. Não era possível que todos estivessem com dor de cabeça, então devia ser uma saudação. Eles acreditavam em algo completamente ridículo. Ainda assim...

— Se lava, Charlie — disse Gully. Ele esticou a mão para um dos baldes. Por motivos que eu não entendia, Eris estava andando meio agachada ao longo da prateleira, passando as mãos embaixo. — Vai lá. Se limpa.

— O cabelo também — falou Eye. E quando eu hesitei: — Não tem problema. Eles precisam ver. Eu também. — E acrescentou: — Peço desculpas por dizer aquilo sobre encher sua boca de terra.

Eu falei que não tinha levado a mal, sem me dar ao trabalho de acrescentar que já tinham me xingado muito na vida. Não era só algo do mundo dos esportes; era do mundo dos garotos.

Fui até um dos baldes e torci o pano flutuando nele. Lavei o rosto, o pescoço, as axilas e a barriga. Estava muito ciente, de forma excruciante, de que tinha plateia me observando. Quando terminei tudo que conseguia alcançar, Jaya me mandou virar. Obedeci e ela lavou as minhas costas. Foi delicada perto do corte onde Aaron tinha me acertado pela cambalhota nas argolas, mas fiz uma careta mesmo assim.

— Nã, não — disse ela. Sua voz foi gentil. — Fique parado, Charlie. Eu preciso tirar a sujeira da ferida para não infeccionar.

Quando acabou, ela apontou para um dos baldes que não tinham sido usados. Em seguida, mexeu no meu cabelo, mas só por um segundo antes de recuar, como se tivesse tocado em algo quente.

Olhei para Iota para ter certeza. Ele assentiu. Sem esperar mais, peguei o balde e o virei na cabeça. A água estava tão fria que me fez ofegar, mas foi bom. Passei as mãos pelo cabelo e tirei um monte de terra e pedrinhas velhas. A água que se acumulou em volta dos meus pés estava imunda. Passei os dedos no cabelo da melhor forma que consegui. *Está ficando comprido*, pensei. *Eu devo estar parecendo um hippie.*

Eles estavam me olhando fixamente, os trinta. Alguns até de boca aberta. Todos de olhos arregalados. Eye levou a base da mão à testa e se apoiou em um joelho. Os outros fizeram o mesmo. Dizer que eu estava estupefato não é suficiente.

— Levantem-se — falei. — Eu não sou quem vocês acham que sou.

Só que eu não tinha certeza se era verdade.

Eles se levantaram. Eye se aproximou e segurou uma mecha de cabelo que tinha caído sobre a minha orelha. Ele a arrancou (ai) e me mostrou a palma da mão aberta. Mesmo molhada, a mecha de cabelo brilhava na luz dos jatos de gás. Quase tanto quanto as bolinhas de ouro do sr. Bowditch.

— E os meus olhos? — perguntei. — De que cor estão os meus olhos?

Iota apertou os olhos e quase encostou o nariz no meu.

— Ainda cor de mel. Mas podem ainda estar mudando. Mantenha-os baixos o máximo que puder.

— Os filhos da mãe gostam disso mesmo — disse Stooks.

— *Amam* — acrescentou Fremmy.

— Eles vêm nos buscar a qualquer momento — disse Eris. — Me deixa... desculpa, Príncipe Charlie, mas eu preciso...

— Não chama ele assim! — disse Tom. — Nunca! Você quer que ele seja morto? Charlie, sempre Charlie!

— Desculpa — sussurrou ela —, e lamento ter que fazer isso, mas eu preciso.

Ela tinha recolhido um monte de gosma preta de debaixo da prateleira, uma mistura de graxa velha e sujeira.

— Se curva pra mim. Você é muito alto.

Claro que sou, pensei. *Alto, caucasiano, agora louro e talvez de olhos azuis em breve. Um príncipe encantado saído de um desenho da Disney.* Não que eu me sentisse encantado em lugar nenhum, e tudo era absurdo. Que príncipe da Disney já tinha espalhado merda em um para-brisa ou explodido uma caixa de correio com bombinha?

Eu me curvei. Muito delicadamente, ela passou os dedos pelo meu cabelo, sujando-o, escurecendo-o. Mas não vou dizer que a sensação dos dedos dela no meu couro cabeludo não provocou um pequeno arrepio em mim. Pela forma como as bochechas de Eris ficaram coradas, eu não fui o único.

Um punho bateu na porta. Um dos soldados noturnos gritou:

— Acabou o recreio! Saiam! Andem, andem! Não me façam mandar duas vezes, crianças!

Eris se afastou. Ela olhou para mim, para Eye, Jaya e Hamey.

— Acho que ficou bom — disse Jaya em voz baixa. Eu esperava que sim. Eu não tinha a menor vontade de visitar os aposentos do Lorde Superior de novo.

Nem a câmara de torturas. Se fosse parar lá, me mandariam contar tudo... e eu acabaria contando mesmo. De onde eu vim, para começar. Quem tinha me ajudado no caminho e onde essas pessoas moravam. E quem meus colegas prisioneiros achavam que eu era. *O que* eu era.

A porra do salvador deles.

4

Nós voltamos para Maleen Profunda. As portas das celas foram fechadas e trancadas pelos braços esticados dos soldados noturnos. Era um truque legal. Eu me perguntei que outros eles tinham. Além de administrar choques elétricos quando tinham vontade, claro.

Hamey ficou me olhando com olhos arregalados do seu canto da cela, o mais distante de mim que ele podia ficar. Eu falei para ele parar de me olhar, estava me deixando nervoso.

— Peço desculpas, Pr… Charlie — disse ele.

— Você precisa se sair melhor — falei. — Promete que vai tentar.

— Eu prometo.

— E você precisa tentar guardar o que acha que sabe só pra você.

— Eu não falei pra ninguém do que eu desconfiava.

Eu olhei por cima do ombro e vi Fremmy e Stooks lado a lado, nos observando da cela deles, e entendi como a história tinha se espalhado. Algumas histórias (como você deve saber) são boas demais para não serem passadas adiante.

Eu ainda estava inventariando minhas várias dores e lesões quando os quatro ferrolhos foram abertos. Pursey entrou com um pedaço grande de bolo em um prato de metal. Bolo de *chocolate*, pela aparência. Meu estômago gritou. Ele o levou pelo corredor até a cela que Ammit dividia com Gully.

Ammit enfiou a mão pela grade e arrancou um bom pedaço com os dedos. Colocou na boca e disse (com pesar evidente):

— Dá o resto para o Charlie. Ele me bateu com o bastão. Me deu uma surra como se eu fosse um enteado ruivo.

Não foi isso que ele falou; foi o que eu ouvi. Era algo que minha mãe dizia depois de jogar Gin Rummy com a amiga Hedda. Às vezes, Hedda dava uma surra nela como uma enteada ruiva, às vezes como uma mula alugada, às vezes como um tambor enorme. Há frases das quais você nunca se esquece.

Pursey voltou pelo mesmo caminho, o bolo ainda no prato exceto pelo pedaço arrancado. Olhos ávidos o seguiram. A fatia era tão grande que Pursey teve que virar o prato de lado para passá-lo entre as grades. Eu o segurei no prato com a mão para que não caísse no chão e depois lambi a cobertura. Meu Deus, estava tão gostoso… ainda consigo sentir o gosto.

Eu comecei a dar uma mordida (prometendo a mim mesmo que daria um pouco para Hamey, talvez até um pouco para os Gêmeos da Comédia ao lado), mas hesitei. Pursey ainda estava parado na frente da cela. Quando me viu olhando, encostou a base da pobre mão derretida na testa cinzenta.

E se apoiou em um joelho.

429

5

Eu dormi e sonhei com Radar.

Ela estava trotando pela Estrada do Reino na direção do barracão de depósito onde tínhamos passado a noite antes de entrarmos na cidade. De vez em quando, ela parava e me olhava, choramingando. Uma vez, quase se virou para voltar, mas continuou. *Boa menina*, pensei. *Vá para um lugar seguro se puder.*

As luas surgiram em meio às nuvens. Os lobos começaram a uivar, bem na hora. Radar parou de trotar e saiu em disparada. Os uivos ficaram mais altos, mais perto. No sonho, eu via sombras baixas se aproximando dos dois lados da Estrada do Reino. As sombras tinham olhos vermelhos. *É aqui que o sonho vira pesadelo*, pensei, e me mandei acordar. Eu não queria ver uma matilha de lobos (*duas* matilhas, uma de cada lado) surgir das ruas e vielas do subúrbio destruído e atacar minha amiga.

O sonho se tornou fugaz. Ouvi Hamey gemer. Fremmy e Stooks estavam murmurando na cela ao lado. Antes que eu pudesse voltar completamente à realidade, algo maravilhoso aconteceu. Uma nuvem mais escura do que a noite rolou na direção de Radar. Quando passou na frente das luas em movimento, a nuvem virou renda. Eram as monarcas. Elas não tinham nada que estar voando à noite, deviam descansar, mas sonhos são assim mesmo. A nuvem chegou à minha cadela e pairou a uma curta distância acima dela enquanto ela corria. Algumas até desceram até a cabeça, as costas e as ancas rejuvenescidas e poderosas, as asas se abrindo e fechando lentamente. Os lobos pararam de uivar, e eu acordei.

Hamey estava agachado sobre o buraco no canto, a calça abaixada em volta dos pés. Ele estava com as mãos na barriga.

— Será que não dá pra calar a boca? — disse Eye do lado dele do corredor. — Tem gente tentando dormir.

— Cala a boca você — falei em tom baixo. Fui até Hamey. — Está muito ruim?

— Nã, nã, não está ruim. — A cara suada mostrava o contrário. De repente, houve um peido explosivo e um *plop*. — Ah, deuses, melhor. Assim está melhor.

O fedor foi atroz, mas segurei seu braço para que ele não caísse enquanto puxava o que restava da calça.

— Minha nossa, quem morreu? — perguntou Fremmy.

— Acho que o cu do Hamey finalmente caiu — acrescentou Stooks.

— Parem — falei. — Os dois. Não tem nada de engraçado em uma doença.

Eles calaram a boca na mesma hora. Stooks começou a levar a mão à testa.

— Nã, não — falei (você começa a falar igual aos outros rapidinho quando está preso). — Não faz isso. Nunca.

Ajudei Hamey a voltar ao catre. O rosto dele estava abatido e pálido. Pensar nele lutando com qualquer pessoa na tal Justa, até mesmo Dommy com os pulmões fracos, era ridículo.

Não, palavra errada. Horrível. Era como pedir a um papagaio para lutar com um Rottweiler.

— Comida não me cai bem. Eu te falei. Eu era forte, trabalhava doze horas por dia no moinho Brookey, às vezes catorze, e nunca pedia um período extra de descanso. E aí... eu não sei o que houve. Cogumelos? Não, provavelmente não. É mais provável que tenha engolido algum bicho ruim. Agora, comida não me cai bem. Não era tão ruim no começo. Sabe qual é a minha esperança?

Eu balancei a cabeça.

— Espero que haja uma Justa e que eu chegue até lá. Aí eu posso morrer a céu aberto e não com a minha barriga explodindo quando estou tentando cagar nesta cela podre do caralho!

— Você ficou doente aqui?

Eu achava que provavelmente sim; um cogumelo venenoso o teria matado rápido ou ele teria melhorado depois de um tempo. E Maleen Profunda não era exatamente um ambiente antisséptico. Mas Hamey fez que não.

— Acho que na estrada da Cidadela. Depois que o cinza chegou. Às vezes, eu acho que o cinza teria sido melhor.

— Há quanto tempo foi isso?

Ele balançou a cabeça.

— Não sei. Anos. Às vezes, eu acho que sinto aquele inseto zumbindo aqui embaixo. — Ele passou a mão na barriga. — Zumbindo e me comendo aos poucos. Devagar. *Devagaaar.*

Ele limpou o suor do rosto com o braço.

— Só havia cinco quando me trouxeram pra cá com Jackah. — Ele apontou para o corredor, na direção da cela que Jackah dividia com Bernd. — Com ele e comigo, chegou a sete. O número sobe... alguém morre e cai... mas sempre sobe de novo. Agora, somos trinta e um. Bult estava aqui antes de mim, ele deve ser o mais antigo... que ainda está vivo... e ele disse na época que o Assassino Voador queria sessenta e quatro. Mais competições assim! Mais sangue e cérebro na grama! Kellin... deve ter sido ele... o convenceu de que ele nunca conseguiria tantos inteiros, então vão ter que ser trinta e dois. Eye diz que, se não houver trinta e dois logo, o Assassino Voador vai trazer a Molly Ruiva em vez de guardá-la para o final.

Disso eu sabia. E embora nunca tivesse visto Molly Ruiva, tinha medo dela porque eu *tinha* visto a sua mãe. Mas havia algo que eu não sabia. Eu cheguei perto do Hamey.

— Elden é o Assassino Voador.

— É como o chamam.

— Ele tem outro nome? Ele é Gogmagog?

Foi nessa hora que eu descobri a grande distância, o vão, o abismo, entre magia de contos de fadas como relógios de sol que voltam o tempo e o sobrenatural. Porque *algo ouviu.*

Os jatos de gás, que estavam soprando como sempre e lançando uma luz fraca, de repente dispararam flechas azuis intensas que deixaram Maleen Profunda iluminada como se por lâmpadas elétricas. Houve gritos de medo e surpresa vindos de algumas celas. Vi Iota na porta gradeada, uma das mãos protegendo os olhos. Durou só um ou dois segundos, mas eu senti o chão de pedra embaixo de mim subir e descer. Caiu pó de pedra do teto. As paredes gemeram. Era como se nossa prisão tivesse gritado ao ouvir aquele nome.

Não.

Não *como se.*

Ela *gritou.*

E então aquilo passou.

Hamey passou um dos braços finos pelo meu pescoço, com tanta força a ponto de quase me sufocar. No meu ouvido, sussurrou:

— *Nunca diga esse nome! Você quer acordar o que dorme no Poço Profundo?*

VINTE E TRÊS

Tempus est umbra in mente. História confusa. Cla. Um bilhete. Pares.

1

Quando eu estava no nono ano em Hillview, fiz aula de latim. Fiz porque aprender uma língua morta pareceu uma ideia legal e porque meu pai falou que a minha mãe fez na mesma escola, com a mesma professora, a srta. Young. Ele disse que ela a achava legal. Quando chegou a minha vez, a professora Young (que dava aula de francês além de latim) não era mais jovem, mas ainda era legal. Éramos só oito alunos em sala e não houve latim II

433

quando fui para o primeiro ano porque a srta. Young se aposentou e aquela parte do programa de idiomas da HHS foi fechada.

No nosso primeiro dia de aula, a srta. Young perguntou se sabíamos expressões em latim. Carla Johansson levantou a mão e disse *carpe diem*, que significa "aproveite o dia". Mais ninguém disse nada, então levantei a mão e falei uma que eu tinha ouvido do tio Bob, normalmente quando ele tinha que ir para algum lugar: *tempus fugit*, que significa "o tempo voa". A srta. Young assentiu, e como mais ninguém falou nada, ela citou algumas outras, como *ad hoc*, *de facto* e *bona fide*. Quando a aula terminou, ela me chamou, disse que se lembrava bem da minha mãe e que lamentava que eu a tivesse perdido tão jovem. Eu agradeci. Sem lágrimas depois de seis anos, mas fiquei com um nó na garganta.

— *Tempus fugit* é uma expressão boa — disse ela —, mas o tempo nem sempre voa, como qualquer pessoa que já precisou ficar esperando algo sabe. Eu acho que *tempus est umbra in mente* é melhor. Traduzido de forma grosseira, significa "o tempo é uma sombra na mente".

Pensei nisso com frequência em Maleen Profunda. Como estávamos debaixo da terra, a única forma de diferenciar dia e noite era que, durante o dia (dia *em algum lugar*, não na nossa prisão prolongada), os soldados noturnos apareciam menos, as auras azuis estavam reduzidas quando eles iam lá e seus rostos humanos ficavam mais aparentes. Na maioria das vezes, eram rostos infelizes. Cansados. Abatidos. Eu me perguntei se aquelas criaturas, quando ainda humanas, tinham feito algum tipo de pacto com o diabo do qual se arrependiam agora que era tarde demais para voltar atrás. Talvez não Aaron e alguns dos outros, certamente não o Lorde Supremo, mas o restante? Talvez. Ou talvez eu só estivesse vendo o que queria ver.

Eu achei que estava conseguindo acompanhar bem a passagem do tempo na minha primeira semana no calabouço, mas depois disso perdi a noção. Acho que éramos levados para o estádio para o recreio a cada cinco ou seis dias, mas, na maior parte, eram só treinos e não sangrentos. A única exceção foi quando Yanno (desculpe ficar jogando esses nomes assim, mas você precisa lembrar que havia trinta prisioneiros além de mim) bateu com o bastão forte demais em Eris. Ela se abaixou. Ele errou por um quilômetro e deslocou o ombro. Isso não me surpreendeu. Como a maioria dos meus companheiros, Yanno nunca tinha sido o que poderíamos chamar de estilo

Dwayne Johnson, e ficar trancado numa cela pela maior parte do tempo não tinha ajudado a melhorar sua forma física. Eu me exercitava na cela; poucos faziam o mesmo.

Outro prisioneiro, Freed, ajeitou o ombro de Yanno quando fomos levados para a sala do time. Ele mandou Yan ficar parado, segurou-o pelo cotovelo e puxou. Ouvi o estalo quando o ombro do Yanno voltou para o lugar.

— Aquilo foi bom — falei quando fomos levados de volta a Maleen.

Freed deu de ombros.

— Eu era médico. Na Cidadela. Muitos anos atrás.

Só que *anos* não foi a palavra que ele usou. Eu sei que já falei antes, *você* sabe que eu já falei antes, mas eu preciso explicar (ou ao menos tentar) por que nada encaixava na minha mente. Eu sempre ouvia *anos*, mas quando fazia perguntas sobre Empis e a palavra era usada, ela parecia ter significados diferentes para pessoas diferentes. Tive uma noção da história empisiana conforme as semanas (palavra usada livremente) passaram, mas nunca uma linha do tempo coerente.

Nas reuniões do AA do meu pai, os iniciantes eram aconselhados a tirar o algodão dos ouvidos e enfiar na boca; aprender a ouvir para poder ouvir e aprender, eles diziam. Às vezes, eu fazia perguntas, mas o que mais fazia era manter os ouvidos abertos e a boca fechada. Eles conversavam (porque não havia muito mais o que fazer), discutiam sobre quando tal situação acontecera (ou se tinha acontecido mesmo), contavam histórias que seus pais e avós tinham contado. Uma imagem começou a se formar, indefinida, mas melhor do que não ter imagem nenhuma.

Era uma vez, muito tempo antes, uma monarquia que tinha sido uma monarquia *real*, com um exército real, e até onde eu sabia uma marinha. Meio como a Inglaterra, eu acho, na época de Jaime, Carlos e Henrique com todas as esposas. Esses reis de Empis de antigamente (não posso dizer se houve rainha no comando, essa é uma das muitas coisas que não sei) eram supostamente escolhidos pelos deuses supremos. Seu direito de governar não era questionado. Eles eram quase considerados deuses também e, até onde eu sabia, eram. É tão difícil acreditar que reis (e talvez os membros de suas famílias) podiam levitar, matar inimigos com um olhar ou curar os doentes com um toque em uma terra onde havia sereias e gigantes?

435

Em determinado ponto, os Galliens se tornaram a família no comando. De acordo com meus colegas prisioneiros, isso foi (você adivinhou) *muitos anos antes*. Mas com o passar do tempo, acho que talvez umas cinco ou seis gerações, os Galliens começaram a perder o controle real. Na época antes de o cinza chegar, Empis era uma monarquia só no nome: a família real ainda era importante, mas não mais para tudo. Vejamos a Cidadela. O dr. Freed me disse que era governada por um Conselho de Sete e que os conselheiros eram eleitos. Ele falou da Cidadela como se fosse uma cidade grande e importante, mas a imagem que tive foi de uma cidadezinha pequena e rica que prosperou com o comércio entre Enseada e Lilimar. Talvez outras cidades ou principados, como Deesk e Ullum (ao menos antes de Ullum virar uma piração religiosa), fossem a mesma coisa, cada uma com sua especialidade, os habitantes de cada uma só cuidando da vida.

Os prisioneiros, a maioria dos quais acabou ficando meu amigo (o que se complicou pela crença deles de que eu era ou podia ser um príncipe mágico), sabiam pouco sobre Lilimar e o palácio, não por ser um grande segredo, mas porque eles tinham as próprias vidas e cidades de que cuidar. Eles pagavam tributo ao Rei Jan (Double achava que era rei Gema, como o que tem no meio do ovo), porque as quantias pedidas eram razoáveis e porque o exército, bem reduzido e renomeado como Guarda do Rei, cuidava das estradas e pontes. Tributos também eram pagos para uns sujeitos que Tom chamou de xerifes montados e Ammit chamou de agentes armados (foram essas as palavras que ouvi). O povo de Empis também pagava tributo porque Jan era (*ta-dá!*) o rei e porque as pessoas costumam fazer o que a tradição pede. Eles deviam reclamar um pouco, da forma como as pessoas sempre reclamam de pagar impostos, depois esqueciam tudo até que o equivalente empisiano à entrega do imposto de renda chegava de novo.

E a magia, você pergunta? O relógio de sol? Os soldados noturnos? Os prédios que às vezes pareciam mudar de forma? Eles consideravam normal. Se você acha isso estranho, imagine um viajante no tempo sendo transportado de 1910 para 2010 e encontrando um mundo onde as pessoas voam pelo céu em aves metálicas gigantes e andam em carros que atingem cento e cinquenta quilômetros por hora. Um mundo em que todo mundo anda por aí com computadores poderosos nos bolsos. Ou imagine um cara que

436

só viu alguns filmes mudos em preto e branco sendo colocado na primeira fila de um cinema IMAX para ver *Avatar* em 3D.

A gente se acostuma com o fantástico, é isso. Sereias e IMAX, gigantes e celulares. Se é no seu mundo, você aceita. É maravilhoso, né? Mas se olharmos de outra forma é horrível. Acha que Gogmagog é assustador? Nosso mundo tem um suprimento de armas nucleares com potencial para destruir tudo, e se isso não é magia maléfica, eu não sei o que é.

2

Em Empis, reis iam e vinham. Até onde eu sabia, os corpos preservados dos Galliens ficavam em um dos prédios cinzentos enormes pelos quais Radar e eu passamos seguindo as iniciais do sr. Bowditch até o relógio de sol. O Rei Jan foi ungido com os rituais de sempre. Bult alegou que um cálice sagrado de ouro estava envolvido.

Jackah insistiu que a esposa de Jan era a Rainha Clara, talvez Kara, mas a maioria dos outros insistiu que o nome era Cora e que ela e Jan eram primos de terceiro grau ou algo assim. Nenhum dos meus companheiros parecia saber quantos filhos eles tiveram; alguns diziam quatro, outros diziam oito e Ammit jurou que foram dez.

— Aqueles dois deviam trepar como coelhos reais — disse ele.

De acordo com o que eu sabia pelo cavalo de certa princesa, eles estavam todos enganados; tinham sido sete. Cinco meninas e dois meninos. E foi aí que a história ficou interessante para mim, podemos até dizer relevante, embora tenha permanecido louca e confusa.

O Rei Jan ficou doente. Seu filho Robert, que sempre foi o favorito além de ser o mais velho dos dois meninos, ficou esperando na coxia, pronto para beber do cálice sagrado. (Eu imaginei borboletas entalhadas em volta da borda.) Elden, o irmão mais novo, ficou praticamente esquecido… exceto por Leah, que o idolatrava.

— Pelo que dizem por aí, ele era um sujeito feio e manco — disse Dommy uma noite. — Não tinha só um pé torto, tinha os dois.

— E verrugas, eu ouvi falar — completou Ocka.

— Uma corcunda nas costas — falou Fremmy.

— Ouvi que tinha um caroço no pescoço dele — disse Stooks.

Foi interessante para mim, até esclarecedor, que eles falassem sobre Elden, o príncipe feio, manco e quase esquecido, e sobre o Assassino Voador como duas pessoas diferentes. Ou como uma lagarta que se transforma em borboleta. Pelo menos uma parte da Guarda do Rei tinha se transformado também, eu acreditava. Em soldados noturnos.

Elden tinha inveja do irmão e a inveja virou ódio. Todos pareciam concordar sobre esse ponto, e por que não? Era uma história clássica de rivalidade entre irmãos que teria se encaixado em qualquer conto de fadas. Eu sabia que as boas histórias nem sempre são histórias reais, ou não completamente reais, mas aquela era bem plausível, a natureza humana sendo como era. Elden decidiu tomar o reino, por força ou por golpe, e se vingar da família. Se Empis como um todo também tivesse que sofrer, que fosse.

O cinza veio antes ou depois que Elden se tornou o Assassino Voador? Alguns dos meus companheiros disseram que antes, mas eu acho que foi depois. Eu acho que ele fez acontecer. O que tenho certeza é de como ele obteve o novo nome.

— As borboletas estavam em toda parte em Empis — disse o dr. Freed. — Elas escureciam o céu.

Isso foi depois do treino em que ele colocou o ombro de Yanno no lugar. Nós estávamos voltando para o calabouço, andando lado a lado. O doutor falava baixo, quase sussurrando. Era mais fácil falar descendo a escada, e o ritmo foi lento porque nós estávamos cansados. O que ele disse me fez pensar em quando pombos-passageiros uma vez escureceram o céu do Meio-Oeste. Até serem exterminados. Mas quem caçaria borboletas-monarcas?

— Serviam para comer? — perguntei. Afinal, esse foi o motivo para os pombos-passageiros deixarem de existir; eram comida barata voadora.

Ele riu com deboche.

— Monarcas são venenosas, Charlie. Se você comer uma, pode ficar só com dor de estômago. Se comer várias, pode morrer. Elas estavam em toda parte, como falei, mas havia mais em Lilimar e no subúrbio em volta.

Ele disse *subúrbio* ou *arredores*? Dava na mesma.

— As pessoas plantavam asclépias nos jardins para as larvas comerem e flores das quais as borboletas podiam beber néctar de onde elas vinham. Eram consideradas a sorte do reino.

438

Pensei em todas as estátuas depredadas que vi, asas abertas transformadas em escombros.

— Diz a história que quando a família de Elden foi morta e só sobrou ele, ele andou pelas ruas de veste vermelha com uma gola de arminho branco, a coroa dourada dos Galliens na cabeça. O céu estava escuro com as monarcas, como era típico. Mas, cada vez que Elden levantava as mãos, milhares caíam mortas do céu. Quando as pessoas fugiram da cidade, elas correram por pilhas de borboletas mortas. Algumas poucas ficaram, fizeram homenagens, juraram lealdade. Dizem que, dentro da muralha da cidade, as pilhas chegavam a três metros. Milhões de monarcas mortas com as cores vibrantes desbotando para cinza.

— Que horror — falei. Nós estávamos quase de volta às celas. — Você acredita nisso?

— Eu sei que elas também morreram na Cidadela. Eu as vi caindo do céu. Outros vão contar o mesmo. — Ele esfregou os olhos e olhou para mim. — Eu daria tudo pra ver uma borboleta enquanto estamos treinando naquele campo. Só uma. Mas acho que morreram todas.

— Não — falei. — Eu vi. Muitas.

Ele segurou meu braço, o aperto surpreendentemente forte para um homem pequeno; se bem que, se a Justa chegasse, eu achava que o doutor não duraria muito mais do que Hamey.

— Isso é verdade? Você jura?

— Sim.

— Pelo nome da sua mãe, agora!

Um dos nossos guardas olhou para trás, franziu a testa e fez um gesto ameaçador com a vareta flexível antes de se virar para a frente de novo.

— Pelo nome da minha mãe — falei em voz baixa.

As monarcas não tinham sumido, nem os Galliens... não todos, pelo menos. Eles tinham sido amaldiçoados pelo poder que agora havia em Elden, o mesmo poder que tinha reduzido os subúrbios mais próximos a ruínas, eu supunha. Mas eles estavam vivos. Só que não contei isso para Freed. Talvez tivesse sido perigoso para nós dois.

Pensei na história de Woody sobre Hana perseguindo quem restava da família dele para fora dos portões da cidade e que ela arrancou a cabeça do sobrinho de Woody, Aloysius.

439

— Quando Hana veio? *Por que* ela veio se os gigantes vivem no norte? Ele balançou a cabeça.

— Não sei.

Pensei que talvez Hana estivesse visitando a família em Cratchy quando o sr. Bowditch fez a última viagem para coletar ouro, mas não havia como saber. Ele estava morto e, como eu disse, a história empisiana era uma confusão.

Naquela noite, fiquei muito tempo acordado. Não estava pensando em Empis nem nas borboletas nem no Assassino Voador; estava pensando no meu pai. Sentindo saudades e preocupado com ele. Até onde eu sabia, ele talvez achasse que eu estava tão morto quanto a minha mãe.

3

O tempo foi passando, sem registro, sem contagem. Fui coletando minhas migalhas de informação, embora com que propósito eu não soubesse bem. Um dia, nós voltamos de um treino um pouco mais árduo e encontramos um homem barbado bem maior do que eu, Dommy e Iota dentro da cela de Iota. Ele estava usando um short sujo de lama e uma camiseta listrada igualmente suja, as mangas cortadas exibindo os músculos. Ele estava agachado no canto, os joelhos em volta das orelhas, o mais longe possível da presença azul que também ocupava a cela... a presença azul sendo o Lorde Supremo.

Kellin levantou uma das mãos. O gesto era quase indiferente, mas os dois soldados noturnos nos levando pararam na mesma hora e fizeram posição de sentido. Nós todos paramos. Jaya estava ao meu lado naquele dia e a mão dela segurou a minha. Estava muito fria.

Kellin saiu da cela de Eye e olhou para nós.

— Meus prezados amigos, eu gostaria que vocês conhecessem seu novo companheiro. O nome dele é Cla. Ele foi encontrado às margens do lago Remla depois que o barquinho dele furou. Ele quase se afogou, não foi, Cla?

Cla não disse nada, só ficou olhando para Kellin.

— Responde!

— Sim. Eu quase me afoguei.

— Tenta de novo. Me chama de Lorde Supremo.

— Sim, Lorde Supremo. Eu quase me afoguei.

Kellin se virou para nós.

— Mas ele foi salvo, meus prezados amigos, e, como tenho certeza de que vocês podem ver, não há um pontinho cinza nele. Só sujeira. — Kellin deu uma risadinha. Foi um som horrível. Jaya apertou a minha mão. — Apresentações não são comuns em Maleen Profunda, como vocês sem dúvida sabem, mas achei que meu novo e querido amigo Cla merecia uma, porque ele é nosso trigésimo segundo hóspede. Não é maravilhoso?

Ninguém disse nada.

Kellin apontou para um dos soldados noturnos na frente da nossa procissão infeliz e para Bernd, que estava na frente, ao lado de Ammit. O soldado noturno bateu no pescoço de Bernd com a vareta. Ele gritou, caiu de joelhos e colocou a mão sobre um fluxo de sangue. Kellin se curvou na direção dele.

— Qual é seu nome? Não vou pedir desculpas por ter esquecido. Vocês são tantos.

— Bernd — respondeu ele, engasgado. — Bernd da Cida…

— Não existe lugar chamado Cidadela — disse Kellin. — Nem agora nem nunca mais. Só Bernd está bom. Me diz, Bernd de Lugar Nenhum, não é maravilhoso que o Rei Elden, o Assassino Voador, agora tenha trinta e dois? Responda alto e com orgulho!

— Sim — disse Bernd. Havia sangue escorrendo por entre seus dedos.

— Sim o *quê*? — E então, como se ensinando uma criancinha a ler: — Mara… mara… mara…? Alto e com orgulho, agora!

— Maravilhoso — disse Bernd, olhando para as pedras molhadas do corredor.

— Mulher! — disse Kellin. — Você, Erin! É Erin?

— Sim, Lorde Supremo — assentiu Eris. Ela que não o corrigiria.

— É maravilhoso Cla ter se juntado a nós?

— Sim, Lorde Supremo.

— O quanto?

— Muito maravilhoso, Lorde Supremo.

— O que está fedendo é sua boceta ou seu cu, Erin?

O rosto de Eris estava vazio, mas seus olhos pegavam fogo. Ela os baixou, um gesto sábio.

— Provavelmente os dois, Lorde Supremo.

— É, acho que os dois. Você, agora… Iota. Venha até mim.

441

Eye se adiantou quase até o brilho azul protetor em volta de Kellin.

— Está feliz de ter um colega de cela?

— Sim, Lorde Supremo.

— É mara... mara...? — Kellin balançou a mão branca e percebi que ele estava feliz. Não, não só feliz, feliz da vida. Ou, considerando quem ele era, *pós-vida*. E por que não? Ele tinha recebido uma missão que estava agora completa. Eu também percebi o quanto o odiava. Eu também odiava o Assassino Voador, mesmo ainda não o tendo visto.

— Maravilhoso.

Kellin esticou a mão lentamente para Iota, que tentou se manter firme, mas se encolheu quando a mão estava a menos de dois centímetros do seu rosto. Ouvi o ar estalar e vi o cabelo de Eye se mexer em reação à força que estava mantendo Kellin vivo.

— Maravilhoso o quê, Iota?

— Maravilhoso, Lorde Supremo.

Kellin tinha se divertido. Ele andou no meio de nós com impaciência. Nós tentamos nos afastar, mas alguns não foram rápidos o suficiente e acabaram atingidos pela aura. Caíram de joelhos, alguns em silêncio, alguns choramingando de dor. Eu empurrei Jaya para longe do caminho dele, mas meu braço entrou no envelope azul em volta dele e uma dor lancinante subiu até o meu ombro, travando todos os músculos. Foram dois longos minutos até afrouxarem.

Deviam soltar os escravos cinzentos e fazer o velho gerador funcionar com esse poder, pensei.

Na porta, Kellin se virou para nos olhar, parando com uma batida de pé como um instrutor militar da Prússia.

— Me escutem, prezados amigos. Fora alguns exilados que não importam e algumas pessoas inteiras fugitivas que podem ter escapado nos primeiros dias do reinado do Assassino Voador, vocês são os últimos de sangue real, a cria aguada de libertinos, malandros e estupradores. Vocês vão servir para o prazer do Assassino Voador, e em breve. A brincadeira acabou. Na próxima vez que pisarem no Campo de Elden, antigo Campo dos Monarcas, vai ser para a primeira rodada da Justa.

— E ele, Lorde Supremo? — perguntei, apontando para Cla com o braço que ainda funcionava. — Ele não vai ter chance de treinar?

Kellin me olhou com um sorriso apertado. Por trás dos seus olhos, dava para ver as órbitas vazias dos crânios.

— *Você* vai ser o treino dele, garoto. Ele sobreviveu ao lago Remla e vai sobreviver a você. Olha o tamanho dele! Nã, não, quando chegar a segunda rodada, você não vai participar, meu amigo insolente, e eu vou ficar feliz de me livrar de você.

Com essas palavras reconfortantes, ele foi embora.

4

O jantar daquela noite foi bife. Quase sempre era bife depois do "recreio". Pursey empurrou o carrinho pelo corredor, jogando a carne parcialmente cozida nas nossas celas... dezesseis celas, cada uma agora ocupada por dois prisioneiros. Pursey novamente ergueu a mão malformada até a testa quando jogou o meu. Foi um gesto rápido e furtivo, mas não havia como confundir. Cla pegou o dele no ar e se sentou no canto, segurando a carne meio crua e comendo em mordidas grandes. *Que dentes grandes você tem, Cla*, pensei.

Hamey deu umas mordidinhas no dele e tentou dar para mim. Eu não quis aceitar.

— Você consegue mais do que isso.

— Por que motivo? — perguntou ele. — Por que comer, sentir cólica e morrer?

Eu me voltei para a sabedoria adquirida do meu pai.

— Um dia de cada vez. — Como se houvesse dias em Maleen. Mas ele comeu mais alguns pedaços para me agradar. Eu era o príncipe prometido, afinal, o famoso PP. Se bem que a única magia em mim tinha a ver com a mudança misteriosa na cor do meu cabelo e dos meus olhos, e essa era uma magia sobre a qual eu não tinha controle e para a qual não havia utilidade.

Eye perguntou a Cla sobre o quase afogamento. Cla não respondeu. Fremmy e Stooks queriam saber de onde ele tinha vindo e para onde estava indo; havia algum santuário seguro em algum lugar? Cla não respondeu. Gully quis saber quanto tempo ele tinha ficado foragido. Cla não respondeu. Ele comeu a carne e limpou os dedos engordurados na camisa listrada.

443

— Você não é de falar sem o Lorde Supremo na frente, não é? — perguntou Double. Ele estava parado nas grades da cela que dividia com Bernd, algumas depois da minha. Estava segurando o último pedaço de bife, que eu sabia que ele guardaria para depois, se acordasse de noite. As rotinas da prisão são tristes, mas simples.

Cla respondeu do canto dele, sem se levantar nem olhar.

— Por que eu falaria com gente que vai estar morta em breve? Eu entendi que vai haver uma competição. Muito bem. Eu vou ganhar. Se houver um prêmio, eu vou pegar e vou seguir meu caminho.

Nós recebemos isso com silêncio esmagador.

Finalmente, Fremmy disse:

— Ele não entende.

— Recebeu informação ruim — disse Stooks. — Ou pode ser que ele ainda estivesse com água nos ouvidos e não tenha escutado muito bem.

Iota enfiou a caneca no balde, bebeu e pulou nas grades da cela que tinha sido de uma pessoa só naquele dia, alongando os músculos e sacudindo as grades como sempre fazia, depois se virou para olhar para o grandalhão encolhido no canto.

— Vou te explicar uma coisinha, Cla — disse ele. — *Esclarecer*, como dizem. A Justa é um torneio. Esses tipos de torneio costumavam acontecer no Campo dos Monarcas nos dias dos Galliens, e as pessoas vinham aos milhares assistir. Elas vinham de toda parte, até gigantes de Cratchy, dizem. Os competidores eram membros da Guarda do Rei normalmente, mas gente comum podia participar se quisesse testar a dureza do crânio. Havia sangue e muitos combatentes eram tirados inconscientes do campo, mas agora vai ser na versão antiga, de bem antes dos Galliens, quando Lilimar era só um vilarejo não muito maior do que Deesk.

Eu sabia de algumas dessas coisas, mas, mesmo depois dos longos dias e semanas, não tudo. Eu prestei muita atenção. O resto também, porque na prisão prolongada nós raramente discutíamos a Justa. Era tabu, como eu imaginava que a cadeira elétrica era antigamente e a injeção letal é agora.

— Dezesseis de nós vão lutar com os outros dezesseis. Até a morte. Sem misericórdia, sem pedir arrego. Qualquer um que se recuse a lutar vai acabar no cavalete, ou na dama, ou puxado como uma bala de caramelo no potro. Entendeu?

Cla ficou sentado no canto, parecendo pensar. Finalmente, ele disse:

— Eu sei lutar.

Eye assentiu.

— Sim, você parece que sabe quando não está encarando o Lorde Supremo nem cuspindo água do lago. Os dezesseis que sobram lutam de novo até sobrarem oito. Os oito lutam até sobrarem quatro. Quatro se tornam dois.

Cla assentiu.

— Eu vou ser um desses. E quando o outro homem estiver morto aos meus pés, vou pedir meu prêmio.

— Vai, sim — disse Hamey. Ele tinha ido ficar ao meu lado. — Antigamente, o prêmio era um saco de ouro e, dizem, uma vida livre do imposto do rei. Mas isso era antigamente. O *seu* prêmio vai ser lutar com a Molly Ruiva. Ela é uma gigante, grande demais para o camarote especial onde os baba-ovos do Assassino Voador ficam, mas eu a vi muitas vezes parada embaixo. Você é grande, acho que deve ter quase dois metros e quinze, mas a vaca ruiva é maior.

— Ela não vai me pegar — disse Raio. — Ela lenta. Eu rápido. Existe motivo pra me chamarem de Raio.

Ninguém disse o óbvio: rápido ou não, o magrelo Raio já estaria morto antes que alguém tivesse que enfrentar a Molly Ruiva.

Cla ficou sentado pensando sobre isso tudo. Finalmente, se levantou, os joelhos grandes estalando como nós em uma fogueira, e se aproximou do balde de água. Ele disse:

— Vou vencer ela também. Bater nela até o cérebro sair pela boca.

— Digamos que sim — falei.

Ele se virou para mim.

— Você não vai ter terminado. Se você matar a filha, e você provavelmente não vai, mas digamos que sim, você não vai ter a menor chance com a mãe. Eu a vi. Ela é a porra do Godzilla.

Essa não foi a palavra que saiu da minha boca, claro, mas, o que quer que eu tenha dito, houve murmúrios de concordância nas outras celas.

— Vocês todos apanharam até terem medo da própria sombra — disse Cla, talvez esquecendo que quando Kellin o mandou chamá-lo de Lorde Supremo, ele fez exatamente isso. Claro que Kellin e o resto dos soldados noturnos eram diferentes. Eles tinham aquela aura. Eu pensei em como meus músculos tinham travado quando Kellin me tocou.

445

Cla pegou o balde de água. Iota segurou o tronco que era o braço dele.

— Nã, não! Usa a caneca, seu burro! Pursey só vai trazer o carrinho de água de novo…

Eu nunca vi um homem grande como Cla se mover tão rápido, nem mesmo nos melhores momentos do ESPN Classic, quando Shaquille O'Neal jogava basquete universitário pela LSU; mesmo com dois metros e dezesseis e cento e quarenta e cinco quilos, Shaq tinha movimentos sublimes.

O balde estava na boca de Cla, inclinado. Um segundo depois, ou foi o que pareceu, estava caindo no piso de pedra, a água derramando. Cla se virou para o olhar. Eye estava no chão da cela, apoiado em uma das mãos. A outra mão estava no pescoço. Seus olhos estavam saltados. Ele estava sufocando. Cla se inclinou para o balde e o pegou.

— Se matou ele, você vai pagar caro — disse Yanno. E acrescentou, com alívio inconfundível: — Não vai ter Justa.

— Vai — disse Hamey com tristeza. — O Assassino Voador não vai esperar. A Molly Ruiva vai para o lugar do Eye.

Mas Eye não estava morto. Ele acabou se levantando, cambaleou até o catre e se deitou. Por dois dias, ele não conseguiu falar mais alto do que um sussurro. Até Cla chegar, ele era o maior, o mais forte, aquele que se esperaria estar de pé quando o esporte sangrento conhecido como Justa acabasse, mas eu nem cheguei a ver o soco na garganta que o derrubou.

Quem enfrentaria um homem que era capaz de fazer isso na primeira rodada de competição?

De acordo com Kellin, a honra seria minha.

5

Eu sonhava com frequência com Radar, nas na noite depois que Cla derrubou Iota, eu sonhei com a Princesa Leah. Ela estava usando um vestido vermelho com cintura império e um corpete ajustado. Embaixo da barra havia sapatos vermelhos combinando, as fivelas encrustadas de diamantes. O cabelo dela estava preso com um fio complicado de pérolas. Ela estava usando um medalhão dourado na forma de borboleta na curva dos seios. Eu estava sentado ao seu lado, não vestido com os trapos das roupas que estava usando quando cheguei em Empis com minha cadela doente e moribunda, mas com um terno escuro e uma camisa branca. O terno era de veludo. A camisa era de seda. Nos meus pés havia botas de camurça com o cano dobrado, o tipo de bota que um mosqueteiro de Dumas devia usar nas ilustrações de Howard Pyle. Da coleção de Dora, sem dúvida. Falada estava pastando alegremente ali perto enquanto a ama de pele cinzenta de Leah a penteava com uma escova.

Leah e eu estávamos de mãos dadas, olhando para o nosso reflexo em um lago de água parada. Meu cabelo estava comprido e dourado. Meus poucos pontos de acne tinham sumido. Eu estava bonito e Leah estava linda, principalmente porque a boca tinha voltado. Os lábios estavam curvados em um sorrisinho. Havia covinhas nos cantos da boca, mas nenhum sinal de ferida. Em pouco tempo, se o sonho continuasse, eu beijaria aqueles lábios vermelhos. Mesmo no sonho, eu reconheci o que era: a sequência final de um filme animado da Disney. Em qualquer momento, uma pétala cairia no lago, fazendo a água ondular e nossos reflexos tremerem quando os lábios do príncipe e da princesa reunidos se encontrassem e a música aumentasse. Nenhuma escuridão poderia macular o fim perfeito de livro de histórias.

Só um negócio estava fora do lugar. No colo do vestido, a Princesa Leah estava segurando um secador de cabelo roxo. Eu o conhecia bem, embora só tivesse sete anos quando a minha mãe morreu. Tudo de útil dela, inclusive aquilo, tinha ido para a loja Goodwill, porque meu pai dizia que cada vez que olhava para o que ele chamava de "coisas de mulher" dela, seu coração se partia de novo. Eu não tive problema em dar quase tudo, só pedi para ficar com o sachê de pinho e o espelho de mão. Meu pai não teve nenhum problema com isso. Ainda estavam na minha cômoda, em casa.

Minha mãe chamava o seu secador de cabelo de Arma Roxa de Raios da Morte.

Abri a boca para perguntar a Leah por que ela estava com o secador da minha mãe, mas, antes que eu pudesse, a ama dela falou:

— *Ajuda ela.*

— Eu não sei como — falei.

Leah sorriu com a boca nova e perfeita. Fez carinho na minha bochecha.

— Você é mais veloz do que pensa, Príncipe Charlie.

Comecei a dizer que não era rápido, que era por isso que eu jogava na linha no futebol americano e na primeira base no beisebol. Era verdade que eu tinha demonstrado certa velocidade no jogo do Turkey Bowl contra

447

Stanford, mas isso foi uma exceção curta e alimentada pela adrenalina. Mas, antes que eu pudesse dizer algo, um negócio caiu na minha cara e eu acordei.

Era outro bife, pequeno agora. Pursey andou pelo corredor jogando outros pedaços pequenos nas celas e dizendo "uessos, uessos". Que supus que era o melhor que ele podia fazer para dizer *restos*.

Hamey estava roncando, exausto pelo "recreio" e sua luta diária para esvaziar o intestino depois do jantar. Peguei meu pedaço de bife, me sentei com as costas na parede da cela e mordi. Uma coisa fez barulho nos meus dentes. Olhei e vi um pedaço de papel, do tamanho de um recadinho de biscoito da sorte, enfiado em um pedaço da carne. Eu o puxei. Em caligrafia cursiva caprichada bem pequena, letra de um homem estudado, havia o seguinte:

> *Ajudarei se puder, meu príncipe. Há um jeito de sair daqui pela Sala dos Juízes. É perigoso. Destrua isto se você valoriza a minha vida. A seu serviço, PERCIVAL.*

Percival, pensei. *Não Pursey, mas Percival. Não um escravo cinzento, mas um homem real com um nome real.*

Eu comi o papel.

6

No dia seguinte, tivemos linguiça no café. Nós todos sabíamos o que isso significava. Hamey me olhou com expressão desolada e um sorriso.

— Pelo menos eu não vou ter mais dor de barriga. Nem dificuldade pra cagar. Quer?

Eu não queria, mas peguei as quatro linguiças dele, torcendo para me darem um pouco mais de energia. Pesaram no meu estômago como chumbo. Da cela do outro lado do corredor, Cla estava me olhando. Não, não foi bem isso. Ele estava me fodendo com os olhos. Iota deu de ombros de um jeito que dizia *Fazer o quê*. Eu fiz o mesmo gesto. *O que mesmo.*

Houve espera. Nós não tínhamos como acompanhar a passagem de tempo, mas passou devagar. Fremmy e Stooks ficaram sentados lado a lado na cela.

— Desde que não nos coloquem um contra o outro, velho amigo, só isso — disse Fremmy.

Eu pensei que provavelmente fariam isso mesmo. Porque era crueldade. Isso, pelo menos, acabou sendo uma suposição errada.

Quando eu comecei a acreditar que não seria naquele dia, no fim das contas, quatro soldados noturnos apareceram, Aaron no comando. Ele estava sempre no campo durante o "recreio", balançando a vareta flexível como a batuta de um maestro, mas aquela era a primeira vez que ele ia a Maleen Profunda desde que tinha me levado para ver o Lorde Supremo. E para olhar a câmara de tortura, claro.

As portas das celas se abriram nos trilhos enferrujados.

— Pra fora! Pra fora, crianças! Vai ser um dia bom pra metade de vocês, um dia ruim para o resto!

Nós saímos das celas... todos, exceto um homem pequeno e calvo chamado Hatcha.

— Não quero — disse ele. — Estou passando mal.

Um dos soldados noturnos se aproximou dele, mas Aaron o dispensou. Ele parou na porta da cela que Hatcha dividia com um homem bem maior chamado Quilly, que tinha vindo de Deesk. Quilly se encolheu, mas a aura de Aaron roçou nele. Quilly soltou um grito baixo e segurou o braço.

— Você é Hatcha do que já foi chamado Cidadela, certo?

Hatcha assentiu com infelicidade.

— E você está se sentindo mal. As linguiças, talvez?

— Talvez — disse Hatcha, sem erguer o olhar do nó trêmulo que eram suas mãos. — Provavelmente.

— Mas vejo que você comeu tudo.

Hatcha não disse nada.

— Me escuta, garoto. É a Justa ou a dama. Eu cuidaria da sua visita àquela dama, e seria um tempo bem longo. Eu fecharia a porta devagar. Você sentiria os espetos tocarem nas suas pálpebras... bem devagar, sabe... antes de perfurarem. E sua barriga! Não tão mole como seus olhos, mas mole mesmo assim. O que sobrou das linguiças vai escorrer pra fora enquanto você grita. Isso parece bom?

Hatcha gemeu e saiu da cela.

— Excelente! E aqui estamos todos! — exclamou Aaron. — Para os jogos! Andem, crianças! Andem, andem, andem! A diversão nos aguarda!

Nós andamos.

Quando subimos a ladeira que tínhamos subido tantas vezes antes, mas nunca até então sabendo que só metade de nós voltaria, eu pensei no meu sonho. Em Leah dizendo *você é mais veloz do que pensa, Príncipe Charlie.*

Eu não me sentia veloz.

7

Em vez de ir diretamente para o campo, nós fomos levados para a sala do time que usávamos depois dos recreios. Só que dessa vez o Lorde Supremo estava lá, resplandecente com um uniforme completo que parecia preto--azulado dentro da aura. Ele estava todo energizado para a ocasião. Eu me perguntei de onde vinha a energia que alimentava aquelas auras, mas essas perguntas não eram prioridade naquele dia.

Na prateleira onde costumava haver trinta e um baldes para nos lavarmos depois do "recreio", agora só havia dezesseis, porque só dezesseis pessoas se lavariam depois das festividades do dia. Na frente da prateleira, apoiado em um cavalete, havia um quadro grande com PRIMEIRA RODADA DA JUSTA escrito no alto. Abaixo, havia os pares. Eu me lembro deles perfeitamente; acho que, em uma situação tão terrível, uma pessoa se lembraria de tudo... ou de nada. Peço desculpas por incluir mais nomes ainda, mas preciso, no mínimo porque aqueles com quem fui aprisionado merecem ser lembrados, ainda que brevemente.

— Aqui vocês veem a ordem da batalha — disse Kellin. — Espero que todos ofereçam um bom show para Sua Majestade Elden. Entenderam?

Ninguém respondeu.

— Vocês talvez tenham que lutar contra alguém que consideram amigo, mas a amizade não importa mais. Cada competição é até a morte. *Até a morte.* Derrubar seu oponente sem matá-lo só vai fazer com que vocês dois tenham mortes ainda mais sofridas. Entenderam?

Foi Cla quem respondeu:

— Sim.

Ele me olhou quando falou isso e passou o polegar pelo pescoço enorme. E sorriu.

— O primeiro grupo começará daqui a pouco. Fiquem prontos.

Ele foi embora. Os outros soldados noturnos foram atrás. Nós examinamos o quadro em silêncio.

PRIMEIRA RODADA DA JUSTA

Primeiro Grupo

Fremmy e Murf
Jaya e Hamey
Ammit e Wale

Segundo Grupo

Yanno e Freed
Jackah e Iota
Mesel e Sam

Terceiro Grupo

Tom e Bult
Dommy e Cammit
Bendo e Raio

ALMOÇO

Quarto Grupo

Double e Evah
Stooks e Hatcha
Pag e Quilly

Quinto Grupo

Bernd e Gully
Hilt e Ocka
Eris e Viz

Sexto Grupo

Cla e Charlie

Eu já tinha visto listas similares não só na televisão, durante o Domingo de Seleção de basquete da NCAA, mas em pessoa, quando os jogos do torneio Arcadia Babe Ruth eram anunciados na primavera, em pôsteres em todos os campos participantes. Aquilo já era bem estranho, mas o elemento mais surreal era aquela única palavra no meio: ALMOÇO. O Assassino Voador e seu séquito assistiriam a nove prisioneiros serem mortos em batalha... depois apreciariam o almoço.

— O que aconteceria se todos nós nos recusássemos? — perguntou Ammit em um tom reflexivo que eu não esperaria de um sujeito com cara de que já tinha colocado ferraduras como ganha-pão. E que derrubava no chão os cavalos que não cooperassem. — Só pra saber mesmo.

Ocka, um sujeito grandão com olhos apertados de míope, riu.

— Você quer dizer greve? Tipo os moleiros na época do meu pai? E privar o Assassino Voador do entretenimento do dia? Eu acho que prefiro viver até amanhã a passar hoje gritando de dor, muito obrigado.

E eu achei que Ocka provavelmente viveria até o dia seguinte, considerando que ele lutaria com o pequeno e magro Hilt, que tinha quadril ruim. Ocka talvez caísse na segunda rodada, mas, se vencesse hoje, ele ainda estaria vivo para se lavar depois e jantar à noite. Olhei em volta e vi o mesmo cálculo simples em muitos rostos. Mas não no de Hamey. Depois de uma olhada no quadro, ele foi para um banco e agora estava sentado lá, a cabeça baixa. Eu odiava vê-lo assim, mas odiava mais ainda quem nos tinha colocado naquela posição terrível.

Olhei para o quadro de novo. Eu tinha esperado ver Fremmy contra Stooks e as duas mulheres, Jaya e Eris, uma contra a outra; briga de garotas, o que poderia ser mais divertido? Mas não. Parecia não haver nenhuma reflexão sobre os pares. Podiam ter sido sorteados em um chapéu. Menos o último, claro. Só nós dois no campo, o encerramento do dia.

Cla e Charlie.

VINTE E QUATRO

Primeira rodada. O último grupo. Meu príncipe. "O que *você* acha?"

1

Jaya se sentou ao lado de Hamey no banco e segurou a mão dele, que ficou inerte na dela.

— Eu não quero isso.

— Eu sei — disse Hamey sem olhar para ela. — Tudo bem.

— Pode ser que você me vença. Eu não sou forte, sabe. Não como Eris.

— Pode ser.

A porta se abriu e dois soldados noturnos entraram. Eles pareciam tão animados quanto cadáveres vivos podem ficar, as auras pulsando como se dentro deles os corações mortos ainda estivessem batendo.

— Primeiro grupo! Andem, andem! Não deixem Sua Majestade esperando, crianças! Ele já foi para o lugar dele!

No começo, ninguém se mexeu, e por um momento eu quase acreditei que a greve de Ammit ia acontecer... até eu pensar nas consequências da greve, claro. Depois de olhar para o quadro de novo para ter certeza de que um milagre não tinha mudado a listagem, os primeiros seis se levantaram: Fremmy e Murf, Ammit e um sujeito baixo e corpulento chamado Wale, Hamey e Jaya. Ela estava segurando a mão dele quando eles saíram, se encolhendo para evitar a aura do soldado noturno parado mais perto dela.

Nos dias de governo Gallien, o resto de nós teria ouvido a comemoração de expectativa de um estádio lotado enquanto os combatentes apareciam. Apurei os ouvidos e pensei ter ouvido uma leve salva de palmas, mas pode ter sido minha imaginação. Provavelmente foi. Porque as arquibancadas do Campo de Elden (antigamente, Campo dos Monarcas) estavam quase totalmente vazias. O garoto que eu conheci na minha viagem até ali estava certo: Lilimar era uma cidade assombrada, um lugar onde só os mortos, os mortos-vivos e alguns puxa-sacos ainda viviam.

Não havia borboletas lá.

Se não fossem os soldados noturnos, uma fuga seria possível, pensei. Mas lembrei que também havia umas mulheres gigantes a considerar... e o próprio Assassino Voador. Eu não sabia o que ele era agora, por qual transformação ele poderia ter passado, mas uma coisa parecia certa: ele não era mais o irmãozinho manco da Leah, com uma corcunda nas costas e um caroço no pescoço.

O tempo passou. Difícil dizer o quanto. Vários de nós visitaram o buraco do mijo, inclusive eu. Nada dá tanta vontade de mijar quanto o medo de morrer. Finalmente, a porta se abriu e Ammit entrou. Ele estava com um corte pequeno nas costas da mão esquerda peluda. Fora isso, não tinha marcas.

Mesel correu até ele assim que o acompanhante morto-vivo chegou para trás.

— Como foi? Wale está mesmo...

Ammit o empurrou com tanta força que Mesel caiu estatelado no chão.

— Eu voltei, ele não. É o que tenho a dizer e o que você precisa ouvir. Me deixa em paz.

Ele foi até o fim do banco, se sentou e botou as mãos nas laterais da cabeça abaixada. Era uma postura que eu tinha visto muitas vezes nos campos de beisebol, com mais frequência quando um arremessador fazia um arremesso perfeito e era rebatido. Era a postura de um perdedor, não de um vencedor. Mas claro que nós todos seríamos perdedores, a não ser que algo acontecesse.

Salva ela, sussurrara a ama cinzenta de Leah para mim. E eu agora tinha que salvar todos só porque meu cabelo estava louro debaixo de repetidas aplicações de sujeira? Era absurdo. Cla continuou a me foder com os olhos. Ele pretendia ainda estar por ali na hora do jantar.

Quando chegasse a última partida mortal do dia, eu não conseguiria nem salvar a mim mesmo.

O segundo a voltar foi Murf. Um dos seus olhos estava fechado de tão inchado e o ombro direito da camisa estava molhado de sangue. Stooks viu, entendeu que seu parceiro de comédia não existia mais, soltou um grito baixo e cobriu os olhos.

Nós esperamos, observando a porta. Finalmente, se abriu e Jaya entrou. Ela estava pálida como uma vidraça, mas parecia sem marcas. Lágrimas desciam pelas suas bochechas.

— Eu fui obrigada — disse ela. Não só para mim, para todos nós. — Eu fui obrigada, senão eles teriam matado nós dois.

2

O segundo grupo foi chamado: Yanno para lutar com o dr. Freed, Iota para lutar com Jackah, Mesel para lutar com Sam. Quando eles saíram, eu me sentei ao lado de Jaya. Ela não olhou para mim, mas as palavras jorraram dela, como se guardá-las fosse fazer algo explodir dentro dela.

— Ele não conseguiu lutar, você sabe como ele é, como ele *era*, mas ele fingiu. Por mim, eu acho. Estavam gritando por sangue, você vai ouvir quando sua vez chegar, gritando pra ele acabar com a puta, gritando pra que eu fosse pra trás dele e o furasse no pescoço...

— Tem *facas*? — perguntei.

— Não, lanças com cabos curtos. E também luvas com espetos nos dedos. Eles colocaram tudo na mesa onde ficavam as bebidas nos treinos. Querem você perto, sabe, querem ver o máximo de furos e socos que puderem antes de alguém morrer, mas eu peguei uma das varas, você sabe, as... — Ela fez uma mímica de golpe.

— Os bastões.

— Sim. Nós ficamos nos rodeando. Fremmy estava morto com a garganta cortada e Hamey quase escorregou no sangue. Wale estava caído na pista.

— Aham — disse Ammit sem erguer o rosto. — O idiota tentou fugir.

— Nós fomos os últimos. Foi quando Aaron disse mais cinco minutos ou vamos acabar com os dois. Ele viu que nós não estávamos tentando de verdade. Hamey correu pra cima de mim balançando aquela lançazinha para o lado, tão idiota, e eu o acertei na barriga com a ponta do bastão. Ele gritou. Ele largou a lança na grama e ficou gritando.

A barriga de Hamey, pensei. A barriga eternamente doente.

— Eu não suportei o som. Estavam aplaudindo e rindo e dizendo *bom golpe* e *a gatinha o derrubou com aquilo*, e Hamey continuou gritando. Eu peguei a lança. Eu nunca matei ninguém, mas não aguentei ele gritando, então eu... eu...

— Pode parar aí — falei.

Ela me olhou, os olhos cheios, as bochechas molhadas.

— Você precisa fazer algo, Charlie. Se você for o príncipe prometido, tem que fazer algo.

Eu poderia ter dito que o primeiro trabalho do Príncipe Charlie seria não ser morto por Cla, mas achei que ela já se sentia muito mal sem isso, então só lhe dei um abraço rápido.

— Ele está lá? O Assassino Voador?

Ela tremeu e assentiu.

— Como ele é? — Eu estava pensando naquele assento de honra com os apoios de braço inclinados para fora, como se a pessoa para quem foi feito fosse extremamente gorda ou pelo menos extremamente volumosa.

— Horrível. *Horrível.* O rosto dele é verde, como se houvesse algo errado com ele por dentro. Tem cabelo branco comprido caindo nas bochechas por baixo da coroa que ele usa. Os olhos são grandes como ovos pochê. É um rosto *largo*, tão largo que não é humano. Os lábios são gordos e vermelhos, como se ele tivesse comido morango. Foi só isso que eu consegui ver dele. Ele está usando uma veste roxa enorme do queixo para baixo, mas eu a vi *se mexendo*. Como se ele tivesse um bichinho de estimação por baixo. Ele é horrível. Monstruoso. E ele ri. Os outros aplaudiram quando eu... quando Hamey morreu, mas ele só riu. Caiu baba da boca dos dois lados, eu vi nas luzes de gás. Havia uma mulher do lado dele, alta e linda, com uma pintinha do lado da boca...

— Petra — falei. — Um homem segurou o peito dela e a beijou no pescoço depois que eu derrubei Ammit.

— Ela... ela... — Jaya tremeu de novo. — Ela o beijou onde a baba escorria. Ela *lambeu da cara verde dele*.

Iota entrou, escoltado por um soldado noturno. Ele me viu e assentiu. Então Jackah já era.

3

Quando a porta se fechou, fui até Iota. Ele não tinha marca nenhuma.

— A vaca está aqui — disse ele. — Molly Ruiva. Vendo da pista, embaixo do camarote onde o séquito fica. O cabelo dela não é vermelho e sim laranja. Da cor de cenoura. Todo espetado em volta da cabeça em tufos. Quatro metros e meio dos pés à cabeça. Está usando uma saia de couro. Os peitos parecem rochas. Cada um deles deve pesar o mesmo que uma criança de cinco anos. Tem uma faca numa bainha no quadril, parece quase do tamanho das lanças pequenas que nos dão pra lutar. Eu acho que ela fica olhando para ver que golpes os vencedores dão. Pra depois, sabe.

Isso me fez pensar no treinador Harkness e nos treinos de quinta antes dos jogos de sexta à noite. Naquelas tardes, nós terminávamos vinte minutos mais cedo e nos sentávamos em um vestiário menos chique do que aquele, mas bem parecido. O treinador levava uma televisão e nós víamos nossos futuros adversários, seus movimentos e jogadas. Principalmente o quarterback. Ele nos mostrava o quarterback adversário vinte ou trinta vezes em uma câmera isolada, cada finta, drible, jogada. Contei isso para o tio Bob uma vez e ele riu e assentiu.

— O treinador está certo, Charlie. Se você corta a cabeça do inimigo, o corpo morre.

— Não gosto de ela estar olhando assim — disse Eye. — Eu esperava que ela não prestasse atenção em mim e, quando chegasse a hora, eu talvez conseguisse dar um jeito de furar ela ou quebrar a cabeça dela. Mas ela vai ter quatro chances de ver como eu faço e eu não vou ter nenhuma de ver como *ela* faz.

Eu não comentei sobre a suposição tácita de que eu já estaria morto, príncipe prometido ou não.

— Cla acha que vai ser ele.

Eye riu como se não tivesse acabado de matar um de seus antigos companheiros de Maleen.

— Vai ser Cla contra mim quando restarem dois, sem dúvida. Eu passei a gostar de você, Charlie, mas acho que você não vai conseguir nem encostar nele. Mas eu sei a fraqueza dele.

— E qual seria?

— Ele me derrubou aquela vez, me bateu com tanta força no pescoço que é uma surpresa eu ainda conseguir falar, mas eu aprendi com isso. — O que não respondia à pergunta.

Mesel entrou em seguida, então Sam já era. Alguns minutos depois, a porta se abriu de novo e fiquei surpreso de ver o dr. Freed entrar, embora não totalmente pelas próprias forças. Pursey estava com ele, uma das mãos de barbatana embaixo da axila de Freed, ajudando-o. A coxa direita do doutor estava sangrando muito pela atadura improvisada e seu rosto estava grotescamente machucado, mas ele estava vivo e Yanno não estava.

Eu estava sentado com Double e Eris.

— Ele não vai conseguir lutar de novo — falei. — A não ser que a segunda rodada seja daqui a seis meses, e talvez nem assim.

— Não vai ser daqui a seis meses — disse Eris. — Nem mesmo seis dias. E ele vai lutar ou vai morrer.

Aquilo não era mesmo futebol americano do ensino médio.

4

Bult e Bendo sobreviveram ao terceiro grupo. Cammit também. Ele estava cortado em vários lugares quando voltou e disse que teve certeza de que era o seu fim. Mas o pobre Dommy teve um daqueles ataques de tosse, e foi tão ruim a ponto de ele precisar se curvar. Cammit viu a oportunidade e enfiou a lança curta na nuca de Dommy.

O doutor estava deitado no chão, dormindo (improvável, considerando as suas feridas) ou desmaiado. Enquanto o resto de nós estava esperando que o terceiro grupo acabasse, Cla continuou me encarando com aquele sorriso infinito. A única vez que consegui escapar dele foi quando fui até um dos baldes pegar um pouco de água. Mas, quando me virei, ele estava me fodendo com os olhos.

Eu sei a fraqueza dele, dissera Iota. *Ele me derrubou aquela vez, mas eu aprendi com isso.*

O que ele tinha aprendido?

Eu repassei a luta (se é que dava para chamar assim) na cela de Eye: a velocidade impressionante do soco de Cla no pescoço de Eye, o balde rolando, Cla se virando para olhar, Yanno (o agora falecido Yanno) dizendo *Se você matou ele, você vai pagar caro*, Eye se levantando e indo para o catre enquanto Cla se curvava para pegar o balde. Talvez pensando em bater na cabeça de Eye com o balde se ele tentasse de novo.

Se houve outra coisa, eu não vi.

Quando o terceiro grupo acabou, Pursey entrou empurrando um carrinho. Aaron estava junto. Havia cheiro de frango assado, que eu teria achado tentador em outras circunstâncias, mas não quando podia acabar sendo minha última refeição.

— Comam bem, crianças! — gritou Aaron. — Vocês não podem dizer que não alimentamos vocês bem!

Muitos que tinham vencido as batalhas do dia pegaram com avidez a carne no carrinho. Os que ainda iam lutar declinaram... com uma exceção. Cla pegou metade de um frango no carrinho de Pursey e comeu sem tirar os olhos de mim.

O soco.

Iota nas pedras da cela.

O balde rolando.

Eye rasteja até o catre, a mão no pescoço.

Cla procura o balde e o pega.

Havia mais alguma coisa que Iota tinha visto e eu tinha deixado passar?

O carrinho chegou em mim. Aaron estava observando Pursey, então não houve saudação. O dr. Freed gemeu, rolou para o lado e vomitou no chão. Aaron se virou e apontou para Cammit e Bendo, sentados lado a lado em um banco próximo.

— Você e você! Limpem essa sujeira.

Aproveitei essa distração momentânea para levantar a mão com o polegar e o indicador unidos. Movi a mão num gesto de escrita. Pursey deu de ombros de forma quase imperceptível, talvez por ter entendido ou talvez para me fazer parar antes que Aaron visse. Quando Aaron se virou, eu estava pegando uma coxa no bufê de rodinhas e pensando que a compreensão ou falta dela da parte de Pursey não importariam se Cla me matasse na última luta do dia.

— Última refeição, garoto — disse aquele cavalheiro gigantesco para mim. — Aprecie.

Ele está tentando abalar meu psicológico, pensei.

Claro que eu já sabia disso, mas as palavras reais para o que ele estava fazendo deram foco, tornaram concreto. Palavras têm esse poder. E abriram algo dentro de mim. Um buraco. Talvez até um poço. Foi o mesmo que se abriu durante minhas saídas travessas com Bertie Bird e durante o meu confronto com Christopher Polley e Peterkin, o anão. Se eu era um príncipe, não era do tipo de filme que terminava com o cara insipidamente louro e bonito abraçando a garota insipidamente bonita. Não havia nada de bonito no meu cabelo louro sujo, e minha batalha com Cla também não seria bonita. Podia acabar sendo curta, mas não seria bonita.

Eu pensei: *Eu não quero ser um príncipe da Disney. Que se dane isso. Se eu tiver que ser príncipe, quero ser um das trevas.*

— Para de olhar pra mim, cuzão — falei.

O sorriso dele foi substituído por uma expressão de perplexidade surpresa, e percebi o motivo mesmo antes de eu jogar a coxa de frango nele. Foi porque aquela palavra, *cuzão*, veio do poço, saiu em *inglês* e ele não entendeu. Eu errei por um quilômetro, a coxa bateu em um dos baldes e caiu no chão,

460

mas ele deu um pulo de surpresa mesmo assim e se virou para o som. Eris riu. Ele se virou para ela e se levantou. O sorriso constante virou um rosnado.

— Nã, nã, *não!* — gritou Aaron. — Guarda para o campo, garoto, senão vou te dar um choque tão ruim que você não vai conseguir sair daqui e Charlie vai ser declarado vencedor por W.O. O Assassino Voador não vai gostar disso e eu vou fazer você gostar menos ainda!

Perturbado e furioso, obviamente abalado no momento, Cla voltou para o seu lugar, me olhando de cara feia. Foi minha vez de sorrir. Foi uma sensação sombria e foi uma sensação boa. Eu apontei para ele.

— Eu vou foder com você, meu bem.

Palavras ousadas. Eu talvez me arrependesse delas, mas, quando saíram, a sensação foi ótima.

5

Um tempo depois do almoço, o quarto grupo foi chamado. Novamente, houve a espera, e um a um eles voltaram: Double primeiro, depois Stooks, Quilly por último. Stooks estava sangrando de um corte tão fundo na bochecha que dava para ver o brilho dos dentes, mas ele estava andando com os próprios pés. Jaya deu a ele uma toalha para estancar o sangramento e ele se sentou em um banco perto dos baldes e a toalha branca logo ficou vermelha. Freed estava apoiado no canto ali perto. Stooks perguntou se havia algo que o doutor pudesse fazer no rosto cortado dele. Freed balançou a cabeça sem olhar. A ideia de que os feridos teriam que lutar de novo e em breve era loucura, mais do que sadismo, mas eu não tinha dúvida de que era verdade. Murf tinha matado metade do time de comédia; se ele tirasse Stooks na segunda rodada, Murf acabaria com ele facilmente, com ou sem o ombro machucado.

Cla ainda estava me olhando, mas o sorriso tinha sumido. Eu achei que a avaliação que ele tinha feito de mim como morte fácil talvez tivesse mudado, o que significava que eu não podia contar com ele ser descuidado.

Ele vai se mover rápido, pensei. *Como se moveu com Eye.* No meu sonho, Leah dissera *Você é mais veloz do que pensa, Príncipe Charlie...* só que eu não era. A não ser que eu conseguisse encontrar uma marcha alta motivada pela força do ódio.

O quinto grupo foi chamado: Bernd e Gully, o pequeno Hilt e o grande Ocka, Eris e um sujeito baixo e musculoso chamado Viz. Antes de Eris sair, Jaya a abraçou.

— Nã, não, nada disso! — disse um dos guardas com o zumbido desagradável de gafanhoto. — Anda, anda!

Eris saiu por último, mas foi a primeira a voltar, sangrando de uma orelha, mas de resto ilesa. Jaya voou até ela, e dessa vez não havia ninguém para impedir o abraço. Nós tínhamos sido deixados sozinhos. Ocka voltou em seguida. Por muito tempo depois disso, ninguém entrou. Finalmente, Gully veio carregado por um homem cinzento que não era Pursey e largado no chão. Ele estava inconsciente, quase sem respirar. Um lado da sua cabeça parecia afundado acima da têmpora.

— Eu quero ir contra ele na próxima — disse Bult.

— Espero que eu fique com *você* na próxima — rosnou Ammit. — Cala a boca.

Mais tempo passou. Gully se mexeu, mas não acordou. Eu fui até a vala de mijo. Eu precisava fazer, mas não consegui. Sentei-me de novo, as mãos unidas entre os joelhos, como eu sempre fazia nos jogos de beisebol e futebol americano antes que o hino nacional tocasse. Não olhei para Cla, mas senti que ele estava me olhando como se o olhar dele tivesse peso.

A porta se abriu. Dois soldados noturnos ficaram parados, um de cada lado dela. Aaron e o Lorde Supremo passaram entre eles.

— Última luta do dia — disse Aaron. — Cla e Charlie. Venham, crianças, andem.

Cla se levantou na mesma hora e passou por mim, virando a cabeça para dar um último sorriso ao passar. Eu fui atrás. Iota estava me olhando. Ele levantou uma das mãos e fez uma saudação estranha, não na testa, mas na lateral do rosto.

Eu sei a fraqueza dele.

Quando passei pelo Lorde Supremo, Kellin disse:

— Vou ficar feliz de me livrar de você, Charlie. Se eu não precisasse de trinta e dois, já teria feito isso.

Dois soldados noturnos foram na nossa frente, Cla na minha, andando com a cabeça baixa e as mãos balançando ao lado do corpo, já em punhos frouxos. Atrás de nós vinham o Lorde Supremo e Aaron, o seu tenente. Meu coração estava batendo devagar e forte no peito.

Ele me derrubou aquela vez, mas eu aprendi com isso.

Nós andamos pelo corredor, na direção das fileiras brilhantes de luz de gás em torno do estádio. Nós passamos por outras salas de times. Passamos pela sala de equipamento.

O soco, Iota cai, o balde rola, Iota rasteja até o catre, Cla se vira para olhar o balde.

Nós passamos pela sala dos juízes, pela qual havia uma saída, ao menos de acordo com o bilhete de Pursey.

Eu jogo a coxa de frango. Bate em um balde. Cla se vira para olhar.

Eu comecei a entender naquela hora e acelerei um pouco quando saímos do corredor na pista de terra em volta do campo. Não cheguei ao lado de Cla, mas quase. Ele não olhou para mim. A atenção dele estava no centro do campo, onde as armas estavam enfileiradas. Os aros e cordas tinham sumido. Duas luvas de couro com espetos nos dedos estavam na mesa em que ficavam as bebidas durante nosso treino. Havia bastões na cesta de vime e duas lanças curtas em outra.

Iota não tinha respondido a minha pergunta quando a fiz, mas talvez tenha respondido quando eu estava saindo. Talvez aquela saudação estranha que ele fez não tivesse sido saudação. Talvez tivesse sido uma mensagem.

Houve alguns aplausos quando seguimos os soldados noturnos na direção do camarote VIP, mas eu quase não ouvi. Também não prestei atenção aos espectadores ladeando o camarote, nem mesmo ao Elden Assassino Voador. Eu estava prestando atenção em Cla, que tinha se virado para acompanhar o balde rolando no chão da cela que dividia com Iota e a coxa que eu tinha arremessado nele na sala do time. Cla, que parecia não ter percebido que eu quase tinha encostado nele, e por quê?

Eu sei a fraqueza dele, Iota dissera, e agora eu achava que sabia também. Eye não fez uma saudação; ele fez uma mímica daqueles antolhos que cavalos usavam.

Cla tinha pouca visão periférica ou nenhuma.

6

Nós fomos levados, não, *arrebanhados* para a parte da pista na frente do camarote real. Fiquei de pé ao lado de Cla, que não simplesmente moveu os olhos para me olhar, mas virou a cabeça toda. Na mesma hora, Kellin bateu na nuca dele com a vareta flexível, arrancando uma linha fina de sangue.

— Nada de olhar para o príncipe de faz de conta, seu idiota. Faça homenagem ao verdadeiro rei.

Então Kellin sabia em que os outros prisioneiros acreditavam, e eu estava surpreso? Não muito. A sujeira só escondia a mudança impressionante de cor no meu cabelo por um tempo, e meus olhos nem estavam mais cor de mel; estavam cinza, ficando azuis. Se Elden não tivesse insistido no grupo completo de competidores, eu teria sido morto semanas antes.

— Ajoelhem-se! — gritou Aaron com a voz zumbida horrível. — Ajoelhem-se, vocês do sangue antigo! Ajoelhem-se perante o sangue novo! Ajoelhem-se perante o seu rei!

Petra, alta, de cabelo escuro, a pinta ao lado da boca, o vestido de seda verde, a pele branca como queijo cottage, gritou:

— *Ajoelhem-se, sangue antigo! Ajoelhem-se, sangue antigo!*

Os outros, e não podiam ser mais de sessenta, setenta no máximo, acompanharam o grito:

— *Ajoelhem-se, sangue antigo! Ajoelhem-se, sangue antigo! Ajoelhem-se, sangue antigo!*

Isso tinha acontecido com os outros competidores? Eu achava que não. Era especialmente para nós, porque nós éramos a última luta do dia, a atração principal. Nós nos ajoelhamos, nenhum de nós querendo ser açoitado com varetas flexíveis ou, pior, levar choque das auras dos nossos captores.

Elden Assassino Voador parecia um homem à porta da morte... *um pé na cova e o outro na casca de banana*, tio Bob teria dito. Esse foi meu primeiro pensamento. O segundo, logo em seguida, foi que ele não era um homem. Talvez já tivesse sido, mas não era mais. A pele dele era da cor de uma pera d'anjou antes de amadurecer. Os olhos, azuis, enormes, úmidos, cada um do tamanho da palma da minha mão, saltavam das órbitas enrugadas e flácidas. Os lábios eram vermelhos, um tanto femininos, e tão frouxos que pendiam. Havia uma coroa torta com uma naturalidade horrível no cabelo ralo branco. A veste roxa, com fios finos de ouro, era como uma túnica gigante que o cobria todo a partir do pescoço inchado. E, sim, estava se movendo. *Como se ele estivesse segurando um bicho de estimação embaixo*, Jaya dissera. Só que estava subindo e descendo em vários lugares diferentes ao mesmo tempo.

À minha esquerda, na pista, estava Molly Ruiva com uma saia de couro curta que parecia um kilt. As coxas dela eram musculosas e enormes. A faca comprida pendia em uma bainha no quadril direito. O cabelo laranja estava espetado em tufos curtos, uma espécie de penteado punk rock. Suspensórios largos seguravam a saia e cobriam parte dos seios, que estavam nus fora isso. Ela me viu olhando e esticou os lábios em um beijinho.

O Assassino Voador falou com uma voz coagulada que não se parecia em nada com o zumbido de inseto dos soldados noturnos. Era como se ele estivesse falando com a garganta cheia de um líquido viscoso. Não, nenhum dos outros tinham sido sujeitados a algo assim. Eles teriam contado. O horror daquela voz não humana era indelével.

— *Quem é o Rei do Mundo Cinzento, antiga Empis?*

Os do camarote e o resto dos espectadores responderam rapidamente, gritando alto:

— *Elden!*

O Assassino Voador estava olhando para nós com aqueles olhos enormes como ovos. Varetas flexíveis acertaram o meu pescoço e o de Cla.

— Digam — zumbiu Kellin.

— Elden — nós dissemos.

— *Quem derrubou os monarcas da terra e as monarcas do ar?*

— *Elden!* — gritou Petra com o resto, mais alto. Sua mão acariciava uma das papadas verdes de Elden. A veste roxa subia e descia, subia e descia, em uns seis lugares diferentes.

— Elden — Cla e eu dissemos, sem querer levar outro açoite.

— *Que a luta comece!*

Esse era um grito que parecia não precisar de resposta além de aplauso e alguns gritos.

Kellin entrou entre nós dois, longe o suficiente apenas para impedir que a aura tocasse em nós.

— Levantem-se e se virem para o campo — disse ele.

Nós fizemos isso. Eu via Cla com o canto dos olhos, à direita; ele virou a cabeça para dar uma olhada rápida em mim e se virou para a frente. Uns setenta metros à frente estavam as armas de combate. Havia algo de surreal no espaçamento cuidadoso entre elas, como prêmios a serem vencidos em um game show homicida.

Eu vi na mesma hora que alguém (talvez o próprio Assassino Voador, mas eu apostava no Lorde Supremo) tinha favorecido Cla no jogo, isso se não tivesse trapaceado abertamente. A cesta de vime de lanças, a arma de escolha óbvia, estava à direita, que era o lado de Cla. Vinte metros para a esquerda estava a mesa com as luvas de couro com espetos. Vinte metros para a esquerda disso, mais ou menos na minha frente, uma cesta cheia de bastões, úteis para dar porradas, não tão úteis assim para matar. Ninguém nos disse o que vinha em seguida; nem era preciso. Nós correríamos até as armas e, se eu quisesse pegar uma lança em vez de uma luva ou um bastão, eu teria que ir mais rápido que Cla e atravessar na frente dele.

Você é mais veloz do que pensa, Leah me dissera, só que tinha sido em sonho e aquilo era a vida real.

Você talvez se pergunte se eu estava apavorado. Eu estava, mas também estava tirando daquele poço profundo que eu tinha descoberto quando criança, quando meu pai parecia dedicado a honrar a memória da esposa, a minha mãe, se acabando por aí e nos deixando sem casa. Eu o odiei por um tempo e me odiei por odiar. Um comportamento ruim foi resultado disso. Agora, eu tinha outras coisas para odiar e nenhum motivo para me sentir mal. Então, sim, eu estava apavorado. Mas uma parte de mim estava ansiosa.

Parte de mim queria aquilo.

O Assassino Voador gritou com a voz gorgolejante e nada humana, outra coisa para odiar:

—*AGORA!*

7

Nós corremos. Cla tinha se movido com velocidade ofuscante quando foi atacado por Eye, mas aquilo foi uma explosão rápida em espaço fechado. Eram setenta metros até as armas. Havia muito peso para ele carregar, mais de cento e trinta quilos, e eu pensei que, se corresse com tudo, conseguiria ficar ao lado dele na metade do caminho até o equipamento de luta. A Leah do sonho estava certa: eu era mais veloz do que pensava. Mas ainda teria que passar na frente dele, e, quando fizesse, eu ficaria bem no campo de visão meio reduzido dele. O que era mais perigoso, eu estaria de costas para ele.

Desviei para a esquerda então, deixando para ele um caminho incontestável para as lanças. Eu nem olhei para as luvas com espetos; elas podiam ser letais, mas, para usar uma, eu teria que entrar na zona de golpe de Cla, e eu tinha visto como ele era rápido quando o oponente estava próximo. Foi um dos bastões que eu fui pegar. Depois de vários treinos, eu tinha ficado bem hábil com eles.

Peguei um na cesta, me virei e vi Cla já atacando, a lança baixa, ao lado do quadril direito. Ele a moveu para cima, querendo me abrir das bolas até a barriga e acabar com tudo rápido. Eu cheguei para trás e desci o bastão nos braços dele, torcendo para que ele largasse a lança. Ele gritou de dor e raiva, mas não largou. A plateia bateu palmas e ouvi uma mulher, quase certamente Petra, gritar:

— *Corta o palitinho dele e traz pra mim!*

Cla atacou de novo, dessa vez com a lança erguida acima do ombro. Não havia finesse nele; como Mike Tyson nos vídeos antigos de boxe que eu via com Andy Chen e meu pai, ele era basicamente um brigão que derrubava os oponentes com um ataque frontal brutal. Sempre tinha funcionado para Cla; funcionaria de novo contra um oponente bem mais jovem. Ele tinha a vantagem no peso e no alcance.

De acordo com a Leah do sonho, eu era mais veloz do que pensava. Eu era mais veloz do que Cla pensava, certamente. Cheguei para o lado como um toureiro fugindo do ataque de um touro e desci com o bastão no braço dele, acima do cotovelo. A lança voou da mão dele e caiu na grama. A plateia soltou um *aaahhh*. Petra berrou de desprazer.

Cla se curvou para pegar a arma. Bati com o bastão na cabeça dele usando as duas mãos e toda a minha força. O bastão se partiu no meio. Jorrou sangue do couro cabeludo de Cla e começou a escorrer pelas bochechas e pescoço aos montes. O golpe teria derrubado qualquer outro homem, inclusive Eye e Ammit, mas Cla só balançou a cabeça, pegou a

467

lança e se virou para mim. Não havia sorriso agora; ele estava rosnando e com os olhos vermelhos.

— Vem me pegar, filho de uma puta!

— Que se foda. Me mostra você o que tem. Você é tão idiota quanto é feio.

Estiquei o que restava do meu bastão. Agora, a ponta virada para Cla era um ninho de ratos de pontas. Era madeira maciça e, se ele fosse para cima daquelas pontas, elas não dobrariam. Só furariam a barriga dele, e ele sabia. Fiz uma finta para cima dele e, quando ele recuou, eu circulei para a sua direita. Ele teve que virar a cabeça para me manter fora do ponto cego. Ele atacou e eu bati na carne do antebraço, abrindo um pedaço de pele e jogando um jato de sangue na grama verde.

— *Acaba com ele!* — gritou Petra. Eu conhecia a voz dela agora e a odiava. Eu a odiava, odiava eles todos. — *Acaba com ele, seu grandão feioso!*

Cla atacou. Eu fui para a esquerda dessa vez, recuando para trás da mesa com as luvas. Cla não desacelerou. Ele estava respirando em ofegos rápidos e secos. Eu me joguei para o lado, a ponta da lança passando pertinho do meu pescoço. Cla bateu na mesa, virou-a e caiu em cima dela, quebrando uma das pernas. Continuou segurando a lança, mas, por mim, tudo bem. Eu fui para o ponto cego dele, pulei nas costas e apertei sua barriga com as coxas enquanto ele se levantava. Botei o que restava do meu bastão na garganta dele enquanto ele ia ficando de pé. Ele tentou me pegar e bateu nos meus ombros com as mãos enormes.

O que veio em seguida foi um passeio insano comigo no cangote dele. Eu estava com as pernas envolvendo sua cintura grossa e meu pedaço quebrado de noventa centímetros de bastão na sua garganta. Eu sentia cada tentativa que ele fazia de engolir. Ele começou a fazer um som gorgolejado. Finalmente, sem opção além da inconsciência seguida de morte, ele se jogou de costas comigo embaixo.

Eu já estava esperando; afinal, que movimento restava a ele? Mas, mesmo assim, tirou meu ar. Mais de cento e trinta quilos fazem isso mesmo. Ele se balançou de um lado a outro, tentando se soltar de mim. Eu segurei mesmo quando pontos pretos começaram a dançar na frente dos meus olhos e o som dos espectadores torcendo começou a ecoar bem distante. O que chegava a mim claramente era só o som da consorte do Assassino Voador, como uma agulha afiada perfurando minha cabeça:

— *Levanta! Se solta dele, seu brutamontes! LEVANTA!*

Eu podia morrer esmagado pelo brutamontes, mas não ia mesmo deixar que ele se soltasse de mim. Eu tinha feito muitas flexões de braço na cela e muitos exercícios de barra nas argolas de corda. Botei os músculos em uso enquanto minha consciência parecia se esvair. Eu puxei... puxei... e, finalmente, sua resistência foi enfraquecendo. Com o que restava da minha força, eu empurrei o seu tronco de cima de mim e saí de debaixo do peso. Engatinhei pela grama, o cabelo caindo nos olhos, inspirando ar em grandes arfadas. Parecia que nada era suficiente e que não chegava ao fundo dos meus pulmões maltratados. Minha primeira tentativa de ficar de pé fracassou e eu continuei engatinhando, sufocado e tossindo, seguro de que o puto do Cla, o filho da puta do Cla, estava se levantando atrás de mim e que eu sentiria a lança entrando entre meus ombros.

Na segunda tentativa, eu consegui ficar de pé, cambaleei em um círculo trôpego e olhei para o meu oponente. Ele também estava engatinhando... ou tentando. A maior parte do seu rosto estava obscurecida com sangue do golpe que eu havia desferido na sua cabeça. O que dava para ver estava roxo de asfixia.

— *Finaliza ele!* — gritou Petra. Pontos vermelhos apareciam na sua maquiagem. Ela parecia ter mudado de lado. Não que eu quisesse a torcida dela. — *Finaliza ele! Finaliza ele!*

Os outros se juntaram ao coro:

— *FINALIZA ELE! FINALIZA ELE! FINALIZA!*

Cla rolou e me olhou. Se era misericórdia que ele queria, não era eu que podia dar.

— *FINALIZA ELE! FINALIZA ELE! FINALIZA!*

Eu peguei a lança dele...

Ele ergueu a mão e levou a base da palma à testa.

— Meu príncipe.

... e a movi para baixo.

Eu gostaria de dizer que voltei ao meu melhor eu no finalzinho. Dizer que senti arrependimento. Não seria verdade. Existe um poço sombrio em todo mundo, eu acho, que nunca fica seco. Mas você bebe dele por sua própria conta e risco. E a água é venenosa.

8

Fui obrigado a me ajoelhar perante Elden, a puta dele e os outros membros importantes do séquito.

— Boa luta, boa luta — disse Elden, mas de um jeito distraído. Ele estava mesmo babando por um dos lados da boca flácida. Um líquido purulento que não era lágrima escorria dos cantos dos olhos enormes. — Carregadores! Eu quero meus carregadores! Estou cansado e preciso descansar até o jantar!

Quatro homens cinzentos, deformados, mas fortes, chegaram correndo por um dos corredores íngremes carregando uma liteira com bordas douradas e cortinas de veludo roxo.

Eu não o vi entrar porque fui agarrado pelo cabelo e puxado para ficar de pé. Eu sou alto, mas Molly Ruiva era muito maior. Olhar para ela me lembrou quando eu olhei para a estátua em que subi para ver as monarcas chegando. O seu rosto era pálido e redondo e bolachudo, como uma forma de torta enorme polvilhada de farinha. Os olhos eram pretos.

— Hoje você lutou com um inimigo — disse ela. A voz era um ronco grave, longe de ser reconfortante, mas melhor do que o zumbido de gafanhoto dos soldados noturnos ou da liquidez da voz de Elden. — Na próxima vez, você vai lutar com um amigo. Se sobreviver, *eu* vou cortar seu palitinho. — Ela baixou a voz. — E vou dar pra Petra. Pra ela colocar na coleção.

Tenho certeza de que o herói de um filme de ação teria conseguido dar uma resposta inteligente, mas eu olhei para aquele rosto largo e para aqueles olhos pretos e não consegui pensar em porra nenhuma.

9

Foi o próprio Lorde Supremo que me acompanhou até a sala do time. Olhei para trás uma vez antes de entrar no corredor, bem a tempo de ver a liteira, as cortinas fechadas, seguindo por um corredor inclinado. Presumi que Petra, a da pinta, estivesse dentro com o Assassino Voador.

— Você me surpreendeu, Charlie — disse Kellin. Agora que a pressão das suas funções como mestre de cerimônias do dia tinha acabado, ele parecia relaxado, talvez até achando graça. — Achei que Cla arrancaria sua cabeça rapidinho. Na próxima vez, você vai lutar com um dos seus amigos. Não Iota, eu acho... nós vamos poupá-lo. Talvez a pequena Jaya. O quanto você gostaria de fazer o coração dela parar como fez com o de Cla?

Eu não respondi, só andei na frente dele pelo corredor inclinado, ficando o mais distante da aura de alta-voltagem quanto possível. Quando chegamos à porta, Kellin não veio atrás, só a fechou depois que eu entrei. Trinta e dois de nós tinham ido para o campo. Agora, só restavam quinze para registrar a surpresa de não ser Cla entrando, mas Charlie, abalado, porém ileso. Não, foram só catorze. Gully estava inconsciente.

Por um momento, eles só me olharam. Em seguida, treze caíram de joelhos e levaram a palma da mão à testa. O dr. Freed não conseguiu se ajoelhar, mas fez a saudação do local onde estava, sentado encostado na parede.

— Meu príncipe — disse Jaya.

— *Meu príncipe* — ecoaram os outros.

Eu nunca tinha ficado tão feliz de Empis ser uma terra sem circuito fechado de televisão.

10

Nós lavamos a sujeira e o sangue. O horror do dia ficou. Eris tirou a calça de Freed e limpou a ferida funda na coxa dele da melhor forma que pôde. De vez em quando, ela parava o trabalho e me olhava. Todos estavam me olhando. Finalmente, porque estava me deixando assustado, eu pedi para pararem. Aí, eles fizeram questão de *não* olhar para mim, o que foi igualmente ruim, talvez pior.

Depois de dez ou quinze minutos, quatro soldados noturnos entraram. O líder gesticulou com a vareta para irmos. Não havia nenhum cinzento e Gully teve que ser carregado. Fui até ele com a intenção de segurar a parte de cima de seu corpo, mas Ammit me empurrou com o ombro. Delicadamente.

— Nã, não. Eu e o grandão vamos fazer isso. — Supostamente falando de Iota, considerando que o outro grandão agora era carne esfriando. — Ajuda o doutor, se der.

Mas também não me deixaram fazer isso. Afinal, eu era o príncipe prometido. Ou era o que eles achavam. Fora as cores de cabelo e olhos. Eu

471

achava que talvez eu fosse só um garoto de dezessete anos que por acaso estava em boa forma, tinha tido sorte de tirar um oponente sem visão lateral e conseguir controlar seus piores impulsos por tempo suficiente para sobreviver. Além do mais, eu queria ser o príncipe daquele conto de fadas sombrio? Não. O que eu queria era pegar minha cadela e ir para casa. E minha casa nunca tinha parecido tão distante.

Nós seguimos lentamente para nossas celas em Maleen Profunda: Murf com o ombro ferido, Jaya e Eris, Ammit, Iota, o dr. Freed, Bult, Bendo, Mesel, Cammit, Double, Stooks com o rosto cortado, Quilly, Ocka, Gully inconsciente... e eu. Dezesseis. Só que nem o dr. Freed nem Gully conseguiriam lutar a rodada seguinte. Não que eles fossem ganhar descanso; eu sabia que não. Eles seriam colocados contra oponentes que os matariam rapidinho para o prazer de Elden, Petra e o pequeno grupo de súditos do Assassino Voador. Os que tirassem Freed e Gully na próxima rodada ganhariam uma vantagem, na verdade. Murf e Stooks também não tinham probabilidade de sobreviver ao que seria chamado na seleção de basquete de Elite 8.

A porta no fim do bloco de celas estava aberta. Eye e Ammit carregaram Gully por ela. Quilly e Freed foram em seguida, Quilly basicamente sustentando o doutor para ele não precisar tentar andar com a perna ruim. Não que Freed estivesse capaz de andar; ele ficava indo e vindo de um estado de consciência, o queixo batendo no peito. Quando entramos em Maleen, ele disse algo tão terrível, tão desolado, que eu nunca vou esquecer.

— Eu quero a minha mãe.

O jato de gás depois da porta tinha caído do buraco de novo e estava pendurado na mangueira de metal. Tinha se apagado. Um dos guardas o enfiou de volta no buraco e olhou para ele por um momento, como se o desafiando a cair. Não caiu.

— O jantar de hoje é especial, crianças! — declarou um dos outros. — Comida e sobremesa das boas a seguir!

Nós entramos nas celas. Eye, Stooks e eu estávamos agora aproveitando (se é que a palavra era essa) aposentos só nossos. Quilly carregou Freed para a cela dele, colocou-o delicadamente no catre e foi para a que dividia com Cammit. Nós esperamos os soldados noturnos saírem com os braços esticados, fazendo as portas das celas se fecharem, mas eles só saíram e trancaram a porta para o mundo externo: um ferrolho, dois ferrolhos, três ferrolhos, quatro. Ao que parecia, além de "comida das boas", nós poderíamos confraternizar, ao menos por um tempo.

Eris foi para a cela de Gully para examinar-lhe a ferida na cabeça, que estava (não há necessidade de detalhes) horrenda. A respiração dele saía em ofegos irregulares. Eris olhou para mim com olhos cansados.

— Ele não vai sobreviver a esta noite, Charlie. — E deu uma risada amarga. — Mas nenhum de nós vai, pois é sempre noite aqui!

Bati no seu ombro e fui até a cela de Iota, da qual ele tinha decidido não sair. Ele estava sentado encostado na parede, os pulsos apoiados nos joelhos, as mãos pendendo. Eu me sentei ao seu lado.

— Que diabo você quer? — perguntou ele. — Eu prefiro ficar sozinho. Se te agradar, claro, vossa majestade real do caralho.

Em voz baixa, eu disse:

— Se houvesse um jeito de sair daqui, um jeito de fugir, você tentaria comigo?

Ele levantou a cabeça devagar. Olhou para mim. E começou a sorrir.

— É só mostrar o caminho, meu amor. É só mostrar.

— E os outros. Os que conseguissem?

O sorriso dele se alargou.

— O sangue real te deixa burro, Principezinho? O que *você* acha?

VINTE E CINCO

Um banquete. Eu recebo uma visita. A inspiração não bate à porta. "Quem quer viver para sempre?"

1

Não foram só pedaços de carne meio crua para os sobreviventes naquela noite; foi um banquete. Pursey e outros dois cinzentos, um homem e uma mulher usando túnicas brancas manchadas, entraram empurrando não apenas um carrinho, mas três. Havia soldados noturnos na frente e atrás deles, as varetas flexíveis a postos. O primeiro carrinho continha uma panela enorme que me fez pensar na cozinha da bruxa malvada de *João e Maria*.

Havia cumbucas empilhadas ao redor. No segundo havia uma urna alta de cerâmica e copinhos. No terceiro havia meia dúzia de tortas com massa dourada. Os cheiros eram divinos. Nós éramos assassinos agora, assassinos que tinham assassinado colegas, mas também estávamos com fome, e se não fosse o par de Esqueletos observando, eu acho que teríamos atacado os carrinhos. Mas nós só voltamos para as portas das nossas celas e observamos. Double ficava passando o braço para secar a saliva da boca.

Cada um recebeu uma cumbuca com uma colher de madeira. Pursey colocou ensopado da panela até a borda de cada cumbuca. Era denso e cremoso (com creme de verdade, eu acho), com vários pedaços grandes de frango e ervilha, cenoura e milho. Eu já tinha questionado de onde a comida vinha, mas, naquele momento, só queria comer.

— Ooca na ela — disse Pursey com a voz rouca e moribunda. — Em mais.

Da urna veio uma salada de frutas frescas com pêssego, mirtilo, morango. Sem conseguir esperar (a visão e o cheiro de frutas de verdade me deixaram desesperado), virei o copo de cerâmica na boca e comi, sequei o suco do queixo e lambi os dedos. Senti meu corpo todo dar as boas-vindas ao alimento depois de uma dieta regular de carne e cenoura, carne e cenoura e mais carne e cenoura. As tortas foram divididas em quinze pedaços; não houve pedaço para Gully, cujos dias de se alimentar tinham acabado. Não havia prato para as tortas, então usamos nossas mãos. A fatia de Iota acabou antes mesmo de as últimas porções serem distribuídas.

— Maçã! — disse ele, e voaram migalhas dos seus lábios. — E boas demais!

— Comam bem, crianças — proclamou um dos soldados noturnos, depois riu.

Pois amanhã morreremos, pensei, torcendo para não ser amanhã. Nem no dia seguinte. Nem depois disso. Eu ainda não tinha ideia de como sairíamos dali, mesmo com Pursey sabendo um caminho pela Sala dos Juízes. O que eu sabia era que eu queria que fosse antes da segunda rodada da Justa, onde eu provavelmente teria que lutar com Jaya. Não haveria nada de justo naquilo.

Os guardas e a equipe da cozinha foram embora, mas as celas continuaram abertas. Eu caí de boca no ensopado de frango. Estava delicioso. Ah, meu Deus, tão delicioso. *Comidinha boa pra barriguinha*, Bird Man dizia naqueles dias em que ficávamos sentados na bicicleta em frente ao Zip Mart comendo Twinkies ou Slim Jims. Olhei para o lado e vi Stooks comendo, segurando a mão na lateral do rosto para o molho de frango não escorrer pela bochecha. Tem imagens da época de Maleen Profunda que vão sempre ficar comigo. Essa é uma delas.

Quando minha cumbuca ficou vazia (não tenho vergonha de dizer que lambi dentro, assim como Jack Sprat da rima infantil), eu peguei minha fatia de torta e mordi. A minha era de creme e não de maçã. Meus dentes bateram em algo duro. Olhei e vi um pedaço de lápis no creme. Em volta havia um pedacinho de papel.

Ninguém estava me olhando; todos estavam concentrados na comida, tão diferente do que recebíamos normalmente. Enfiei o papel e o lápis embaixo do catre de Hamey. Ele não se incomodaria.

Com as celas abertas, nós ficamos livres para confraternizar em conversas pós-banquete. Iota veio até a minha cela. Ammit se juntou a ele. Um de cada lado, mas eu não tive medo deles. Senti que meu status principesco me deixava imune a bullying.

— Como você avalia passar dos soldados noturnos, Charlie? — perguntou Iota. *Avalia* não foi o que ele disse; foi o que eu ouvi.

— Não sei — admiti.

Ammit rosnou.

— Ao menos, ainda não. Quantos são, vocês acham? Contando Kellin?

Iota, que estava em Maleen Profunda havia muito tempo, pensou.

— Vinte, talvez vinte e cinco no máximo. Não houve muitos da Guarda do Rei que ficaram com Elden quando ele voltou como Assassino Voador. Quem não ficou está morto.

— *Eles* estão mortos — disse Ammit, falando dos soldados noturnos. Ele não estava errado.

— É, mas quando é dia, dia no mundo acima, eles ficam mais fracos — disse Iota. — O brilho azul em volta deles fica menor. Você deve ter visto isso, Charlie.

Eu tinha visto, mas tocar em um, ou mesmo tentar, resultaria em um choque debilitante. Iota sabia disso. Os outros também saberiam. E as chances estavam contra nós. Antes da primeira rodada, nós estávamos em número maior. Agora, não. Se esperássemos a segunda rodada, só haveria oito de nós. Menos, se algum ficasse tão ferido quanto Freed e Gully.

— Ah, você não tem ideia porra nenhuma — disse Ammit e esperou (com esperança, eu acho) que eu o contradissesse.

Eu não podia, mas sabia de algo que eles não sabiam.

— Me escutem, vocês dois, e espalhem a notícia. *Tem* um jeito de sair. — Pelo menos, tinha se Pursey estivesse dizendo a verdade. — Se conseguirmos passar pelos soldados noturnos, vamos usá-lo.

— Que jeito? — perguntou Iota.

— Deixa isso pra lá por enquanto.

— Digamos que tenha. Como vamos passar pelos azuis? — De volta a isso.

— Estou trabalhando nisso.

Ammit balançou a mão perigosamente perto do meu nariz.

— Você não tem nada.

Eu não queria jogar meu trunfo, mas não vi escolha. Passei as mãos no cabelo e levantei para mostrar as raízes louras.

— Eu sou o príncipe que foi prometido ou não?

Para isso, eles não tinham resposta. Iota até levou a palma à testa. Claro, estando cheio de comida como estava, talvez ele só estivesse sendo generoso.

2

Pursey e sua equipe de cozinha de dois homens voltaram logo em seguida, acompanhados de dois soldados noturnos. Os envoltórios azuis estavam notadamente mais fracos, em tom pastel em vez de celeste, então acima de nós o sol estava alto, embora provavelmente escondido atrás das nuvens de sempre. Se me dessem escolha entre outra cumbuca de ensopado de frango e ver a luz do dia, eu teria escolhido a luz do dia.

Fácil falar de barriga cheia, pensei.

Nós colocamos as cumbucas e os copos no carrinho. Todos estavam brilhando de limpos, o que me fez pensar em quando Radar lambia a tigela em seus melhores dias. As portas das nossas celas foram fechadas. Dia acima, mas outra noite para nós.

Maleen se acalmou com mais arrotos e peidos do que o habitual, que acabaram sendo acompanhados de roncos. Matar é um trabalho cansativo

477

e desanimador. Pensei em juntar o catre de Hamey ao meu para amortecer o chão de pedra em que dormíamos, mas não consegui me convencer a fazer isso. Fiquei olhando para a janela gradeada sempre preta. Eu estava exausto, mas cada vez que fechava os olhos via os de Cla naquele último momento, quando eram os olhos de um homem vivo, ou Stooks com a mão na bochecha para o ensopado não pingar para fora.

Finalmente, eu dormi. E sonhei com a Princesa Leah no lago, segurando o secador esquisito da minha mãe, a Arma Roxa de Raios da Morte. Havia um propósito naquele sonho, ou magia empisiana ou a magia mais comum do meu subconsciente tentando me dizer algo, mas, antes que eu pudesse entender, alguma coisa me acordou. Um som de sacolejo e algo raspando em pedra.

Eu me sentei e olhei em volta. O jato de gás apagado estava se movendo no buraco. Primeiro, no sentido horário, depois no anti-horário.

— O que...

Quem disse isso foi Iota, na cela à minha frente. Eu levei o dedo aos lábios.

— Shhh!

Isso foi puro instinto. Todo mundo estava dormindo, duas pessoas gemendo com o que só podiam ser pesadelos, e não existiam dispositivos de escuta, não em Empis.

Nós vimos o jato de gás se balançar para lá e para cá. Em seguida, caiu e pendeu na mangueira de metal. Havia algo dentro. Primeiro, achei que era um rato enorme, mas a forma parecia *angulosa* demais para ser um rato. Ela se espremeu e correu rapidamente parede abaixo até o chão sujo de pedra.

— Que *porra* é essa! — sussurrou Iota.

Fiquei olhando, estupefato, um grilo vermelho do tamanho de um gato saltitar até mim com as pernas traseiras musculosas. Ainda estava mancando, mas só um pouco. Foi até as grades da minha cela e olhou para mim com os olhos pretos. As antenas compridas na cabeça me lembraram as antenas da televisão antiga do sr. Bowditch. Havia uma placa entre seus olhos e uma boca que parecia presa em um sorriso demoníaco. E havia algo na sua barriga que parecia um pedaço de papel.

Eu me apoiei em um joelho e falei:

— Eu me lembro de você. Como está a perna? Parece melhor.

O grilo pulou para dentro da cela. Teria sido fácil para um grilo do mundo de onde eu vim, mas aquele era tão grande que ele precisou se espremer. Ele olhou para mim. Ele *se lembrou* de mim. Eu estiquei a mão devagar e fiz carinho na sua cabeça quitinosa. Como se estivesse esperando meu toque, ele caiu de lado. Havia mesmo um pedaço de papel dobrado na carapaça da barriga, preso com algum tipo de cola. Delicadamente, soltei o papel, tentando não rasgá-lo. O grilo voltou a ficar sobre seis patas (quatro para andar, ao que me parecia, e as duas grandes de trás para saltar) e pulou no catre de Hamey. Lá, voltou a ficar me olhando.

Mais magia. Eu estava me acostumando.

Desdobrei o papel. O bilhete estava escrito com letras tão pequenas que precisei segurá-lo perto do rosto para ler, mas houve outra coisa que me pareceu bem mais importante naquele momento. Era um montinho de pelos, grudado no bilhete com a mesma substância. Levei até o nariz e cheirei. O aroma estava fraco, mas era inconfundível.

Radar.

O bilhete dizia: *Você está vivo? Nós podemos ajudar? POR FAVOR, RESPONDA SE PUDER. Cadela está bem. C.*

— O que é? — sussurrou Eye. — O que ele trouxe?

Eu tinha papel, uma folhinha pequena, dado por Pursey, e o cotoco de lápis. Eu podia responder, mas dizer o quê?

— Charlie! O que...

— Cala a boca! — sussurrei. — Eu preciso pensar!

Nós podemos ajudar?, perguntava o bilhete.

A grande pergunta tinha a ver com aquele pronome. O bilhete era de Claudia, claro. De alguma forma, provavelmente por causa do faro e do talento natural para encontrar caminhos de Radar, ela tinha conseguido chegar na casa de madeira da Claudia. Isso era bom, era maravilhoso. Mas Claudia morava sozinha. Ela era *eu*, não *nós*. Woody teria se juntado a ela? Talvez até Leah, montada na fiel Falada? Eles não seriam suficientes, com ou sem sangue real. Mas, se tivessem reunido outros, os cinzentos... era esperança demais? Provavelmente era. Só que, se eles realmente acreditassem que eu era o príncipe prometido, talvez...

Pensa, Charlie, pensa.

Eu pensei no estádio, antes Campo dos Monarcas, agora Campo de El-den. Não havia eletricidade para iluminá-lo, não do gerador bambo movido a escravos que Aaron tinha me mostrado, mas ficava iluminado, ao menos quando a Justa estava acontecendo, por aglomerados de jatos de gás enormes em volta do estádio todo.

Eu tinha mil perguntas e só um pedacinho de papel. Não era uma situação ideal, principalmente porque ter respostas para qualquer uma delas era bem improvável. Mas eu também tinha uma ideia, o que era melhor do que nenhuma. O problema era que não chegaria nem perto de funcionar a não ser que eu conseguisse pensar em uma forma de neutralizar os soldados noturnos.

Se eu pudesse... e se aquele grilo vermelho providencial, a quem eu já tinha ajudado uma vez, levasse uma mensagem para Claudia...

Dobrei meu único pedaço de papel precioso e o rasguei com cuidado no meio. Em seguida, escrevi isto, bem pequeno: *Vivo. Espere a próxima noite Campo dos Monarcas se acender. Venham se forem muitos. Não se forem poucos.* Pensei em assinar o bilhete como ela tinha feito, com um *C*, mas pensei melhor. No pé do pedacinho de papel, menor que tudo, escrevi (não sem constrangimento): *Príncipe Carlie.*

— Vem aqui — sussurrei para o grilo.

Ele ficou no catre de Hamey sem se mover, as juntas das pernas traseiras enormes se projetando como cotovelos dobrados. Eu estalei os dedos e ele deu um salto e parou na minha frente. Estava bem mais ágil do que na última vez em que eu o tinha visto. Dei um empurrão delicado com meus dedos curvados e ele caiu obedientemente para o lado. A cola na barriga dele ainda estava bem grudenta. Prendi o bilhete e falei:

— Vai. Leva de volta.

O grilo se levantou, mas não se moveu. Iota estava olhando para ele, os olhos tão grandes que pareciam estar correndo risco de cair das órbitas.

— Vai — sussurrei e apontei para o buraco acima do jato de gás pendurado. — Volta pra Claudia. — Passou pela minha cabeça que eu estava dando instruções a um grilo. Passou também pela minha cabeça que eu estava louco.

Ele me olhou com os olhos pretos solenes por mais um ou dois segundos, se virou e se enfiou pelas barras. Saltou para a parede, sentiu a pedra com as patas da frente como se a testando e subiu tão bem quanto se pode imaginar.

— *Que porra é essa?* — disse Stooks na cela ao lado.

Não me dei ao trabalho de responder. Era vermelho e era grande, mas, se ele não percebeu que era um grilo, ele estava cego.

O buraco era um pouco mais apertado do que o espaço entre as barras da minha cela, mas ele passou com meu bilhete ainda grudado. Considerando quem poderia ter lido a mensagem caso tivesse caído no chão, isso também era excelente. Claro que não havia como saber se ficaria grudado enquanto o grilo vermelho voltava pelos caminhos sinuosos que o tinham trazido até ali. Supondo que sim, não havia como saber se ainda estaria grudado quando o grilo chegasse em Claudia. Ou se chegaria nela. Mas que opção eu (*nós*) tinha?

— Stooks. Eye. Me escutem e passem adiante. Nós temos que esperar até a segunda rodada, mas, antes que aconteça, nós vamos sair desta porra.

Os olhos de Stooks se iluminaram.

— Como?

— Eu ainda estou trabalhando nisso. Agora, me deixa em paz.

Eu queria pensar. Também queria tocar no montinho de pelos que Claudia tinha me enviado e desejar estar fazendo carinho na cadela de onde tinham vindo. Mas só saber que Radar estava bem tirou um peso dos meus ombros que eu nem tinha percebido que carregava.

— Eu não entendo por que aquele bicho vermelho foi até você — disse Eye. — É porque você é o príncipe?

Eu balancei a cabeça.

— Você conhece a história do rato que tirou o espinho da pata do leão?

— Não.

— Vou te contar qualquer hora dessas. Depois que a gente sair daqui.

3

Não houve "recreio" no dia seguinte, nem banquete. Mas houve café da manhã e, como Pursey estava sozinho, pude passar para ele um bilhete na outra metade do papel que ele tinha me dado. Só havia seis palavras nele:

Como sair da Sala dos Juízes? Ele não leu, só guardou em algum lugar embaixo da camisa larga que ele usava e continuou empurrando o carrinho pelo corredor.

A notícia se espalhou: *O Príncipe Charlie tem um plano de fuga.*

Eu esperava que, se algum soldado noturno fosse dar uma olhada na gente, o que era improvável durante o dia, mas já tinha acontecido, eles não sentissem a nova energia e estado de alerta nos gladiadores presos. Eu não achava que sentiriam; a maioria era bem pateta, ao que me parecia. Mas Aaron não era pateta, nem o Lorde Supremo.

De qualquer modo, o dado estava lançado… sempre supondo que o Grilo Falante levasse meu bilhete para Claudia. Quando chegasse a segunda rodada, os últimos herdeiros dos Galliens talvez aparecessem no portão da cidade assombrada com um grupo de cinzentos. Se nós conseguíssemos sair de lá e nos juntar a eles, havia chance de liberdade, talvez até de deposição da criatura que tinha assumido o poder e amaldiçoado a antes agradável terra de Empis.

Eu achava que escolheria a liberdade. Eu não queria morrer naquela cela úmida nem no campo de matança para o prazer de Elden e seus bajuladores, e também não queria que nenhum colega prisioneiro morresse. Só havia quinze de nós. Gully havia falecido na noite do banquete… enquanto o banquete ainda estava acontecendo, até onde eu sabia. Dois homens cinzentos o carregaram depois do café na manhã seguinte, supervisionados por um soldado noturno cujo nome talvez fosse Lemmil, Lammel ou talvez até Lemuel. Não fazia diferença para mim. Eu queria matá-lo.

Eu queria matar todos.

— Se houver um jeito de lidar com os soldados noturnos, é melhor que você descubra rápido, Principezinho — disse Ammit depois que Gully foi levado. — Não sei o Assassino Voador, mas a vaca que está com ele, aquela Petra, não vai querer esperar muito pra ver mais mortes. Ela estava se amarrando.

Se amarrando não foi exatamente o que ele disse, mas não estava errado.

O jantar na noite seguinte ao banquete foi de pedaços de carne de porco parcialmente cozida. Só de olhar para o meu, fiquei de estômago embrulhado, e quase o joguei no buraco das fezes. Que bom que não joguei, porque havia outro bilhete de Pursey dentro, escrito com a mesma caligrafia caprichada: *Mova armário alto. Porta. Pode trancar. Destrua isso. A seu serviço, Percival.*

Teria sido melhor ter mais, mas era aquilo que eu tinha, e só importaria se conseguíssemos entrar na Sala dos Juízes. Nós poderíamos lidar com as varetas flexíveis, mas só se pudéssemos fazer algo em relação à voltagem alta que envolvia nossos captores. Mas digamos que pudéssemos.

Nós poderíamos matá-los considerando que já estavam mortos?

4

Fiquei com medo do café da manhã do dia seguinte, sabendo que, se Pursey levasse linguiça, a segunda rodada aconteceria antes de eu ter ideia do que fazer com os garotos azuis. Mas foram panquecas grandes cobertas de uma espécie de xarope de frutas vermelhas. Peguei a minha, comi e usei a xícara com o buraco embaixo para lavar o xarope das mãos. Iota estava me olhando pelas grades da cela e lambendo os dedos, esperando que Pursey saísse.

Quando saiu, ele disse:

— Nós temos mais um dia para os feridos melhorarem um pouco, mas, se não for amanhã, provavelmente vai ser depois de amanhã. Três dias no máximo.

Ele estava certo e todos estavam contando comigo. Era absurdo eles depositarem a confiança em um estudante de ensino médio, mas eles precisavam de um salvador e eu havia sido eleito.

Na minha cabeça, ouvi o treinador Harkness dizer: *Se abaixa e paga vinte, seu desperdício de espaço.*

Porque eu não tinha ideia melhor e me sentia mesmo um desperdício de espaço. As mãos afastadas. Descendo devagar, o queixo tocando o chão de pedra, depois subindo devagar.

— Por que você faz isso? — perguntou Stooks, se segurando nas grades e me olhando.

— Me acalma.

Depois que o enrijecimento inicial passa (e o protesto previsível do corpo por ter que trabalhar), sempre acalma. Enquanto eu subia e descia, pensei no sonho: Leah segurando o secador de cabelo roxo da minha mãe. Acreditar que a resposta ao meu problema (*nosso* problema) estava em um sonho era acreditar em magia, mas eu tinha ido para um lugar mágico, então por que não?

Um comentário à parte que não é nada um comentário à parte: espera só. Eu tinha lido *Drácula* no verão antes do sétimo ano. Também foi por sugestão de Jenny Schuster, pouco tempo antes de ela se mudar com a família para Iowa. Eu ia ler *Frankenstein*, tinha até pegado emprestado na biblioteca, mas ela disse que era chato, um monte de escrita ruim misturada com um monte de filosofia de merda. *Drácula*, ela disse, era cem vezes melhor, a história de vampiro mais legal já escrita.

Não sei se ela estava certa sobre isso, é difícil levar as críticas literárias de uma garota de doze anos a sério demais, mesmo sendo uma especialista em terror, mas *Drac* é ótimo. Mas, bem depois que todo o sangue sugado, estacas enfiadas em corações e bocas mortas cheias de alho já tinham praticamente sumindo da minha mente, eu me lembrei de algo que Van Helsing disse sobre risadas, que ele chamava de Rei Riso. Ele dizia que o Rei Riso não batia na porta, ele só entrava. Você sabe que é verdade se já viu algo engraçado e não conseguiu segurar o riso, não só no momento, mas toda vez que lembrava. Acho que a verdadeira inspiração é assim. Não há elo que você consiga identificar e dizer *ah, claro, eu estava pensando* nisso *e me levou àquilo*. A inspiração não bate na porta.

Fiz vinte flexões, trinta e, quando estava quase parando, o raio me acertou. Em um momento, a ideia não estava lá; no seguinte, estava enorme. Eu me levantei e fui até as grades.

— Eu sei o que a gente vai fazer. Não sei se vai dar certo, mas não tem mais nada.

— Me conta — disse Iota, então contei sobre o secador de cabelo da minha mãe, o que ele não entendeu; de onde ele vinha, qualquer mulher de cabelo comprido deixava-o secando no sol depois de lavá-lo. Mas entendeu o resto direitinho. Stooks, que estava ouvindo na cela ao lado da minha, também entendeu.

— Espalhem — falei. — Vocês dois.

Stooks encostou a palma da mão na testa e se curvou. Isso de eles se curvarem ainda me dava arrepios, mas, se os unia, eu aceitaria até poder voltar a ser um garoto comum. Só que eu achava que isso não ia acontecer, mesmo se eu sobrevivesse àquilo. Algumas mudanças são permanentes.

5

Na manhã seguinte, o café foi linguiça.

Pursey normalmente ficava calado enquanto nos servia, mas, naquela manhã, teve algo a dizer. Foi breve.

— Ome, ome. — Interpretei como *come, come*.

Todo mundo recebeu três linguiças. Eu recebi quatro, e não só por ser o Príncipe de Maleen Profunda. Dentro de cada uma havia um fósforo de madeira com uma cabeça de enxofre malfeita. Enfiei dois em uma das minhas meias sujas e dois na outra. Eu tinha uma ideia de para que eram. Eu esperava estar certo.

6

Houve outra espera agonizante. Finalmente, a porta se abriu. Aaron apareceu com Lemmil (ou fosse lá qual fosse o nome dele) e dois outros.

— Pra fora, crianças! — gritou Aaron, abrindo os braços para abrir as portas. — Um bom dia para oito, um dia ruim para o resto! Andem, andem!

Nós saímos. Não havia Hatcha dizendo que estava doente; Stooks tinha cuidado dele, embora a cara do pobre Stooks nunca mais fosse ser a mesma. Iota me olhou com um meio sorriso. Uma pálpebra tremeu no que poderia ter sido uma piscadela. Tirei um pouco de coragem disso. Também de saber que, quer conseguíssemos escapar ou não, Elden Assassino Voador, Petra e o grupo de puxa-sacos não teriam sua Justa.

Quando fui passar por Aaron, ele me segurou com a ponta da vareta flexível nos trapos da minha camisa. O rosto humano semitransparente acima do crânio estava sorrindo.

— Você se acha especial, né? Mas não é. Os outros acham que você é especial, né? Eles vão aprender.

— Traidor — falei. — Traidor de tudo que você jurou.

O sorriso desapareceu no que restava da humanidade dele; por baixo, o crânio sorria o sorriso eterno. Ele levantou a vareta flexível, pretendendo bater com ela na minha cara, parti-la do couro cabeludo até o queixo. Fiquei esperando, até virei um pouco o rosto para receber o golpe. Outra coisa tinha falado através de mim e tinha dito palavras verdadeiras.

Aaron abaixou a vareta.

— Nã, não, eu não vou te marcar. Vou deixar isso pra quem acabar com você. Vai, agora. Antes que eu decida te abraçar e te fazer cagar na calça.

Mas ele não faria isso. Eu sabia e Aaron também. As lutas da segunda rodada tinham sido decididas e ele não podia se dar ao luxo de estragar a competição me dando um choque que podia me deixar inconsciente ou até me matar.

Segui os outros e ele bateu com a vareta na minha coxa e cortou minha calça. A dor inicial foi seguida de ardência e um fluxo de sangue. Eu não emiti som nenhum. Não daria essa satisfação ao filho da puta morto.

7

Nós fomos levados para a mesma sala de time, a duas portas da Sala dos Juízes que poderia, *poderia*, ser a saída. O cavalete estava montado no meio da sala, como antes, só que dessa vez com menos lutas.

SEGUNDA RODADA DA JUSTA

Primeiro Grupo

Ocka e Gully (m)
Charlie e Jaya
Murf e Freed

Segundo Grupo

Bendo e Bult
Cammit e Stooks
Eris e Quilly
Double e Mesel

Terceiro Grupo

Ammit e Iota

Dessa vez, os grandões estavam programados para serem a luta final. Eu achei que teria sido uma luta boa, mas, independentemente de como os cinco minutos seguintes fossem, ela não aconteceria.

O Lorde Supremo estava nos esperando, como tinha feito antes da primeira rodada, trajando o uniforme chique. A mim, parecia algo que poderia ter sido usado pelo ditador de um país pobre da América Central em uma ocasião de Estado.

— Aqui estamos nós de novo — zumbiu ele. — Alguns de vocês meio maltratados, mas sem dúvida prontos e ansiosos pela batalha. O que vocês têm a dizer?

— Sim, Lorde Supremo — falei.

— Sim, Lorde Supremo — ecoaram os outros.

Ele olhou para a minha coxa ensanguentada.

— Você parece já estar meio machucado, Príncipe Charlie.

Eu não disse nada.

Ele observou os outros.

— Não é assim que vocês o chamam? Príncipe Charlie?

— Não, Lorde Supremo — disse Ammit. — Ele é só um filho de prostituta que se acha melhor do que os outros.

Kellin gostou disso. Seus lábios humanos sorriram um pouco; por baixo, o sorriso congelado permaneceu grudado. Ele voltou a atenção para mim.

— Dizem que o verdadeiro príncipe é capaz de flutuar e mudar de forma. Você flutua?

— Não, Lorde Supremo — falei.

— Muda de forma?

— Não.

Ele ergueu a vareta flexível, que era mais grossa e mais longa do que a que a tropa dele carregava.

— Não o *quê*?

— Não, Lorde Supremo.

— Melhor. Vou dar a vocês, crianças, um tempo para se aprontarem — disse Kellin. — Limpem-se para seus superiores, por favor, e considerem a ordem da batalha de hoje enquanto se lavam. Molhem o cabelo e puxem para trás, eles vão querer ver seus rostos. Espero que vocês deem um bom show para Sua Majestade, como fizeram na primeira rodada. Entendido?

— Sim, Lorde Supremo — nós dissemos, como uma boa turma de primeiro ano.

Ele moveu aqueles olhos sem fundo por nós de novo, como se desconfiasse de que estávamos tramando algo. Talvez desconfiasse. Em seguida, saiu, seguido dos outros.

— Olha isso — gabou-se Ocka. — Eu contra um morto! Devo conseguir vencer essa fácil.

— Hoje, todos nós vamos vencer ou nenhum vai — falei. Olhei para a prateleira onde havia dezesseis baldes enfileirados... Sim, eles haviam deixado um até para Gully.

— Verdade pra caralho — rosnou Eye.

— Jaya e Eris, fiquem dos dois lados da porta. Os dois baldes precisam estar cheios até a borda se já não estiverem. O resto de vocês, peguem os baldes, mas se abaixem. De quatro.

Pensei numa piada antiga da escola: Adão e Eva quase fazendo sexo pela primeira vez. "Para trás, querida", diz Adão. "Eu não sei de que tamanho essa coisa fica."

— Porque eu não sei o que vai acontecer.

E porque, pensei, *nunca se usa secador de cabelo quando se está tomando banho. Minha mãe me falou isso.*

Em voz alta, falei:

— Nós vamos limpar, sim, mas não a nós mesmo. Isso vai dar certo.

Soava bem, mas eu não tinha certeza. O que eu tinha certo era que, quando acontecesse, seria rápido.

8

— Estou ouvindo passos — sussurrou Eris. — Estão vindo.

— Esperem até eles entrarem — falei. — Eles não vão ver vocês, vão estar olhando para a frente.

Era o que eu esperava.

As duas mulheres ergueram o balde até o peito. O resto de nós estava agachado com mãos e joelhos no chão, cada um com um balde cheio de água perto. Ammit e Iota estavam agachados dos meus dois lados de forma protetora. A porta se abriu. Foi o mesmo par de soldados noturnos que dias antes tinha escoltado o primeiro grupo da primeira rodada. Eu estava com esperança de que fosse Kellin ou Aaron, mas não fiquei surpreso. Aqueles dois estariam no campo, prontos para gerenciar as festividades.

Os soldados noturnos pararam e olharam para a fila agachada no chão. Um disse:

— O que vocês...

Eu gritei:

— *AGORA!*

Jaya e Eris os encharcaram.

Como falei, eu não sabia o que poderia acontecer, mas nunca imaginei o que realmente aconteceu: eles explodiram. Houve um par de brilhos ofuscantes que deixaram minha visão branca por um momento. Eu ouvi uma coisa, não, várias coisas, voarem sobre a minha cabeça e uma queimadura como uma ferroada de abelha ardeu no meu braço. Ouvi um grito agudo, um grito de guerra de Jaya ou Eris. Minha cabeça estava abaixada e eu não vi qual. Foi seguido de vários gritos de dor surpresa dos meus lados.

— De pé! — gritei.

Nesse momento, eu não sabia bem o que tinha acontecido, mas nós tínhamos que sair dali, isso eu entendia perfeitamente. As detonações dos soldados noturnos não foram barulhentas, foram mais como baques que móveis pesados fariam ao serem largados num tapete, mas o grito de guerra da mulher foi *bem* alto. E teve o barulho dos estilhaços. Quando me levantei, vi que havia algo espetado na testa de Iota, acima do olho esquerdo. Havia sangue escorrendo pela lateral do nariz. Era uma lasca de osso. Havia uma outra no meu braço. Eu a arranquei e larguei no chão.

Vários outros tinham sofrido ferimentos, mas nenhum parecia incapacitado, exceto Freed, e ele já estava assim antes. Murf, que seria o oponente dele no primeiro grupo, o estava segurando.

Iota arrancou o pedaço de osso da testa e olhou em volta sem acreditar. Havia lascas de osso em toda parte. Pareciam cerâmica quebrada. Dos soldados noturnos só restavam os uniformes, que estavam rasgados, como se tivessem sofrido tiros à queima-roupa de armas carregadas de chumbinho.

Uma mão se fechou no meu pescoço e Ammit, ileso, me puxou para um abraço.

— Se você não tivesse nos mandado nos abaixar, nós estaríamos em pedacinhos. — Ele deu um beijo na minha bochecha. — Como você soube?

— Eu não sabia. — Só estava pensando que queria que estivéssemos agachados e prontos para atacar, como a linha de frente de um time de futebol americano. — Todos pra fora. Tragam seus baldes. Eye e Ammit, vocês vão na frente. Se mais soldados vierem, vocês os molham e se jogam no chão. *Todo mundo* se joga no chão, mas tentem não virar a água dos seus baldes. Agora, a gente sabe o que acontece.

Quando saímos com nossos baldes (Eris chutou um dos uniformes furados e cuspiu nele), dei uma olhada para trás. A sala do time onde tínhamos que esperar até chegar nossa vez de lutar era agora um cemitério.

Ótimo.

9

Ammit e Iota foram na frente. Eris pegou o balde do falecido Gully para substituir o dela. Jaya, o balde agora vazio, foi na retaguarda. Quando chegamos à porta da Sala dos Juízes, mais dois soldados noturnos vieram correndo pelo corredor do campo iluminado.

— Ei! — gritou um deles. (Tenho quase certeza de que foi *ei*.) — O que vocês estão fazendo aqui fora? É pra ser só o primeiro grupo!

Ammit e Iota pararam. Nós todos paramos. Ammit, parecendo lindamente confuso:

— Não é pra sairmos todos agora? Pra saudar Sua Majestade?

Eles chegaram mais perto.

— Só a primeira dupla, seus patetas! — disse o outro. — O resto, volta pra...

Ammit e Iota se olharam. Eye assentiu. Eles deram um passo à frente em perfeita sincronia, como se tivesse sido planejado, jogaram os baldes de água e se jogaram no chão. O resto de nós já estava no chão, dessa vez não só agachados, mas deitados de bruços. Nós tivemos uma sorte imensa da primeira vez; talvez não tivéssemos de novo.

Esses dois também explodiram. Além dos brilhos e dos sons de baque, ouvi uma espécie de estalo metálico, como um pequeno transformador um pouco antes de uma sobrecarga de energia o fritar, e senti um cheiro de ozônio. Nuvens de ossos voaram sobre nós, bateram na parede e quicaram no chão.

Ammit se levantou e se virou para mim, todos os dentes aparecendo em um sorriso que era mais do que feroz; era demoníaco.

— Vamos todos lá pra fora, Charlie! Nós temos quase doze baldes ainda! Vamos explodir o máximo desses escrotos que pudermos!

— De jeito nenhum. A gente acabaria com alguns e eles nos massacrariam. Nós vamos fugir, não lutar.

O sangue de Ammit estava fervendo e muito. Achei que ele não fosse me ouvir, mas Eye segurou o pescoço dele e o sacudiu.

— Quem é o príncipe, seu babaca? Você ou ele?

— Ele.

— Isso mesmo, e a gente faz o que ele manda.

— Venham — falei. — Bendo? Bult? Os baldes estão cheios?

— Pela metade — disse Bult. — Lamento dizer que derramei um pouco, meu prín…

— Vão na nossa frente, virados pra boca da passagem. Double, você e Cammit também. Se vierem mais…

— A gente dá um banho neles, pode deixar — disse Cammit.

Liderei o resto, carregando meu balde. Eu também tinha perdido um pouco de água, as pernas da calça estavam molhadas, mas o balde ainda estava com três quartos da capacidade. A porta da Sala dos Juízes estava trancada.

— Ammit. Eye. Vejam o que conseguem fazer.

Eles bateram juntos na porta. A porta se abriu. Estava escuro dentro, e a impressão da explosão marcada nos meus olhos não ajudou.

— Quem consegue enxergar? — gritei. — Tem um armário alto que pode…

Alguém da nossa retaguarda gritou nessa hora. Um momento depois, houve um brilho intenso. Na luz eu vi o armário na parede distante, ladeado por seis cadeiras de madeira. Houve um uivo de dor e um segundo brilho intenso.

Bendo, Double e Cammit entraram, Cammit sangrando intensamente no rosto e no braço. Havia fragmentos de osso saindo das duas feridas, como penas amareladas.

— Pegamos mais dois — disse Bendo, ofegante —, mas o segundo acabou com Bult antes de eu acabar com ele. Puxou-o para um abraço... ele começou a *tremer*...

Nós perdemos um, mas, se Bendo estivesse certo, os soldados noturnos tinham perdido seis. Não era um placar ruim, mas ainda havia muitos outros.

— Eye, me ajuda a mover esse armário.

Eu não tive chance de ajudar. Eye andou até o armário, que parecia o armário de cozinha da minha avô. Ele apoiou o ombro e deu um empurrão. O móvel deslizou mais de um metro, balançou e caiu com um estrondo. Havia uma porta atrás, como o bilhete de Pursey tinha prometido.

Houve gritos, gritos *zumbidos*, vindos de algum lugar. Ainda distantes, mas alarmados. Eu não sabia se o Lorde Supremo tinha adivinhado que os prisioneiros estavam tentando fugir, mas ele e seu grupo de soldados noturnos deviam saber que tinha *algo* acontecendo.

Stooks segurou a maçaneta da porta e a abriu. Isso me surpreendeu, mas também me deu esperança. *Porta. Pode trancar*, dissera o bilhete de Pursey. Não *pode estar trancada*, mas *pode trancar*. Eu torcia para estar certo sobre o que ele queria dizer.

— Vão — falei. — Todos vocês.

Eles se juntaram, Murf ainda carregando Freed. Minha visão estava se ajustando um pouco agora, e vi um lampião em formato de torpedo em uma das cadeiras de madeira. Abençoei mentalmente Pursey, *Percival*, com muitos desejos bons. Se descobrissem que ele tinha nos ajudado, ficaria ruim para ele caso a fuga fracassasse. Talvez se não fracassasse também.

Iota gritou:

— Está escuro pra caralho aqui, Charlie. Eu... — Ele viu o lampião. — Ah! Se ao menos tivéssemos como acender.

Botei meu balde no chão, enfiei a mão na meia e tirei um fósforo. Eye ficou olhando para o fósforo e depois olhou para mim, impressionado.

— Você *é* mesmo o príncipe.

Eu entreguei o fósforo para ele.

— Talvez, mas não sei como isso funciona. Faz você.

Enquanto ele acendia o lampião, que estava com o reservatório de vidro cheio de querosene ou de algo similar, passos soaram na nossa direção vindos do campo.

— Ei, ei! O que está acontecendo aí? — Eu conhecia aquela voz, com ou sem zumbido de inseto. — Por que essa porta está aberta?

Iota me olhou e levantou as mãos, uma com o lampião e outra vazia. Nada de balde.

— Entra aí — falei. — Fecha a porta. Acho que a maçaneta funciona por dentro.

— Eu não quero te deix...

— *VAI!*

Ele foi.

Aaron apareceu na porta, a aura azul pulsando com tanta força que foi difícil olhar. E ali estava eu, um balde pendurado na mão. Ele parou, momentaneamente sobressaltado demais pelo que estava vendo para se mover.

Devia ter continuado vindo, pensei. Eu dei um passo à frente e joguei o balde de água nele.

Vi no ar como se em câmera lenta: um grande cristal amorfo. O crânio embaixo da pele de Aaron continuou sorrindo, mas no que restava do rosto humano eu vi surpresa chocada. Eu só tive tempo de pensar na Bruxa Malvada do Oeste berrando *Estou derretendo! Estou derretendo!* Ele largou a maldita vareta flexível e levantou um braço, como se para bloquear o que estava a caminho. Eu me deitei logo antes da detonação brilhante jogar Aaron no que eu esperava com toda a sinceridade que fosse uma pós-vida infernal.

Ossos voaram sobre mim... mas nem todos passaram sem me afetar. Dessa vez, não foi uma ferroada de abelha no braço, mas linhas de dor no meu couro cabeludo e no meu ombro esquerdo. Eu me levantei, cambaleei e me virei para a porta. Dava para ouvir outros vindo agora. Desejei mais água, e havia uma pia do outro lado da sala, mas não havia tempo.

Segurei a maçaneta e puxei, esperando que a porta estivesse trancada. Não estava. Eu entrei, fechei a porta e peguei o lampião pelo cabo de madeira. Baixei-o e vi dois ferrolhos. Pareciam firmes. Eu rezei para Deus para que fossem. Quando fechei o segundo, vi a maçaneta se mover e a porta começar a ser sacudida. Dei um passo para trás. A porta era de madeira, não metal, mas eu não queria correr o risco de levar um choque.

— *Abre! Abre em nome de Elden Assassino Voador!*

— Beija meu cu em nome de Elden Assassino Voador — disse alguém atrás de mim.

493

Eu me virei. Pelo brilho fraco da lanterna, vi os treze. Estávamos em um corredor quadrado de ladrilhos. Fez com que eu pensasse em um túnel do metrô. Havia jatos de gás apagados na altura da cabeça, seguindo para a escuridão. Meus companheiros prisioneiros, *ex*-prisioneiros, pelo menos por enquanto, estavam me olhando com os olhos arregalados. E com exceção de Ammit e Iota, todos pareciam com medo. Eles estavam esperando, que Deus me ajudasse, que o Príncipe Charlie os liderasse.

Batidas na porta. Pelas frestas nas laterais e embaixo, luz azul intensa.

Liderar foi fácil, ao menos no momento, porque só havia um caminho. Eu passei por eles, o lampião erguido, me sentindo absurdamente como a estátua da Liberdade com a tocha. Algo passou pela minha cabeça, uma fala de filme de guerra que eu tinha visto no TCM. Saiu pela minha boca antes mesmo de eu saber que ia falar. Acho que eu estava histérico ou inspirado.

— Venham, seus filhos da puta! Vocês querem viver pra sempre?

Ammit riu e bateu nas minhas costas com tanta força que quase deixei o lampião cair, o que teria nos deixado no que os livros de terror antigos gostavam de chamar de "escuridão viva".

Eu comecei a andar. Eles foram atrás. As batidas na porta ficaram mais fracas e, depois, ficaram para trás. Os soldados noturnos de Kellin teriam um trabalho danado para derrubá-la, porque ela abria para fora e porque, dentro das auras deles, não havia muito... como agora sabíamos.

Que Deus abençoasse Percival, cujo bilhete não foi tímido, como eu achei de primeira. Foi um convite: a porta pode trancar. No sentido de *você pode trancar depois de entrar*.

— Quem quer viver pra sempre? — gritou Iota, e um eco soou nos ladrilhos.

— Eu quero — declarou Jaya... e você pode não acreditar, mas nós rimos.

Todos nós.

VINTE E SEIS

O túnel e a estação. Arranhões. A casa dos bondes. Molly Ruiva. A festa de boas-vindas. O luto de uma mãe.

1

Acho que o túnel tinha um pouco mais de dois quilômetros de comprimento da Sala dos Juízes até o local onde saímos, mas, na hora, só com uma lanterna nos guiando, parecia não acabar nunca. Seguia sempre para cima, interrompido de vez em quando por lances curtos de escada: seis degraus em uma, oito em outra, quatro numa terceira. Em seguida, fez uma virada de noventa graus para a direita e houve mais degraus, dessa vez um lance maior. Àquela altura, Murf não conseguia mais sustentar Freed, e Ammit o estava carregando. Quando cheguei no alto, parei para recuperar o fôlego, e Ammit me alcançou. Ele não estava respirando com a menor dificuldade, o maldito.

— Freed diz que sabe onde isso sai — disse Ammit. — Conta pra ele.

Freed me olhou. No brilho pálido da lanterna, seu rosto estava um horror de caroços, hematomas e cortes. Disso ele talvez se recuperasse, mas a ferida da perna estava infeccionada. Dava para sentir o cheiro.

— Eu vinha às vezes com os oficiais antigamente — disse Freed. — Os juízes e os fiscais. Pra cuidar dos cortes e fraturas e cabeças quebradas, sabe. Não era como a Justa, matar por matar, mas [*uma palavra que não consegui traduzir*] era bem violenta.

O resto do nosso bando alegre ficou reunido abaixo de nós na escada. Nós não podíamos nos dar ao luxo de parar, mas nós precisávamos (*eu precisava*) saber o que havia à frente, então girei o punho para o doutor, pedindo para ele continuar, mas que fosse rápido.

— Nós não usávamos o túnel pra ir para o Campo dos Monarcas, mas era comum que usássemos quando saíamos. Sempre que Empis perdia, por causa de gritos que enfureciam a multidão.

— Matem o juiz — falei.

— Hã?

— Deixa pra lá. Onde termina?

— Na Casa dos Bondes, claro. — Freed conseguiu abrir um sorriso débil. — Porque, você precisa entender, quando Empis perdia uma partida, o sábio era sair da cidade o mais rápido possível.

— O quanto essa Casa dos Bondes é próxima do portão principal?

Freed disse o que eu queria ouvir e temia não ouvir.

— Bem próxima.

— Vamos — falei. Quase acrescentei *andem, andem*, mas não fiz isso. Era a linguagem dos nossos captores, e eu não queria ter nada a ver com a fala humilhante deles. Nós tínhamos destruído sete deles. Independentemente do que acontecesse no fim do túnel, havia isso.

— Quem ainda tem balde de água? — gritei.

Seis pessoas tinham, mas nenhum estava cheio. Pedi para que viessem atrás de mim. Nós usaríamos o que tínhamos e faríamos o que pudéssemos.

496

2

Chegamos a outro lance de escadas e Ammit, sem fôlego finalmente quando chegamos no alto, passou Freed para Iota. Freed disse:

— Me deixem. Eu sou só peso morto.

— Poupa seu fôlego pra soprar seu mingau — rosnou Eye. Talvez tenha sido *mingau*, como na história da Cachinhos Dourados e os três ursos; talvez tenha sido *sopa*.

O corredor agora subia de forma mais íngreme, como o que levava a um campo. Eu esperava que chegássemos logo ao final, porque a reserva de combustível no lampião estava quase acabando e a luz estava ficando fraca. À nossa direita, comecei a ouvir arranhões atrás da parede ladrilhada. Bem perto. Lembrei-me da maldita corrida para o portão principal, quando tropecei nas lápides, e os pelos do meu pescoço se eriçaram.

— O que é isso? — perguntou Quilly. — Parece...

Ele não terminou, mas todos nós sabíamos o que parecia: dedos. Dedos na terra, arranhando na direção do som da nossa passagem.

— Eu não sei o que é — falei. E provavelmente era mentira.

— Quando a mente dele não está em descanso, a de Elden, os mortos ficam inquietos. Eu ouvi falar. Pode ser só uma história para assustar crianças. Mesmo se for verdade, eu acho... eu acho que eles não conseguem entrar aqui.

Eu não tinha tanta certeza disso. Eu tinha visto mãos saindo do chão, os mortos tentando alcançar o mundo vivo, e também tinha ouvido o gemido de dobradiças enferrujadas, como se *alguma coisa* estivesse saindo das criptas e tumbas. Talvez várias coisas.

— São só ratos. — Esse foi Mesel. Ele estava tentando falar com autoridade. — Talvez ratazanas. Ou furões. O resto é só história pra assustar crianças. Como ela disse.

Eu realmente não achava que eles conseguissem atravessar a parede de ladrilhos entre eles e nós, mas fiquei grato quando deixamos o barulho para trás. Se *fosse* o cemitério, eu tinha ao menos uma ideia vaga de onde estávamos, e, se eu estivesse certo, nós estávamos mesmo perto do portão.

Quando chegamos em outro lance de escadas, íngreme e longo, o lampião começou a falhar.

— Me deixem, me deixem — gemeu Freed. — Chegou meu fim.

— Cala a boca ou eu mesmo acabo com você — ofegou Eye e começou a subir a escada com Freed nos braços. Eu fui atrás e o resto veio atrás de mim. No alto havia uma salinha com bancos dos dois lados e uma porta. Estava trancada, e dessa vez não por dentro. Teria sido fácil demais. A maçaneta era uma alavanca enferrujada. Ammit a segurou e puxou com toda a força. A alavanca quebrou.

— *Porra!* — Ele a largou e examinou a mão ensanguentada. — Eye, vem comigo! Ao meu lado, vamos com tudo!

Eye passou o dr. Freed para Cammit e Quilly e foi para junto de Ammit, bem ao lado. A chama dentro do lampião deu um salto final, como um último suspiro de um homem moribundo. Por um momento, eu vi nossas sombras nos ladrilhos brancos e aí fomos mergulhados na escuridão total. Jaya gemeu.

— Comigo! — rosnou Ammit. — No três, bata com mais força do que você já bateu em qualquer coisa na sua maldita vida! Um... dois... *TRÊS!*

Por um momento, houve um pouco de luz quando a porta tremeu na moldura, mas fomos mergulhados no escuro de novo.

— Ah, você consegue bater com mais força do que isso, seu maldito... — *Fracote? Fresco?* Ouvi os dois, sobrepostos. — No três! Um... dois... *TRÊS!*

Os trincos da porta deviam ser fortes, porque aguentaram. Foram as dobradiças que cederam e a porta saiu voando. Iota e Ammit cambalearam para fora. Eye caiu de joelhos e Ammit o puxou para ficar de pé. O resto de nós foi atrás.

— Graças aos deuses supremos! — gritou Ocka. Sua voz ecoou no espaço amplo: *aças-aças* e *euses-euses*. Um momento depois, fomos envoltos em uma nuvem de asas que pareciam couro.

3

Eris e Jaya gritaram em perfeita harmonia. Elas não foram as únicas a gritar; acho que a maioria de nós gritou ou berrou de pavor. Eu sei que eu gritei. Larguei o lampião para cobrir a cabeça e ouvi-o se estilhaçar no piso de pedra.

— Morcegos — chiou Freed. — Só morcegos. Eles dormem… — Ele começou a tossir e não conseguiu terminar, mas apontou para cima nas sombras.

Ammit o ouviu e berrou:

— *Morcegos! Eles não vão fazer nada! Mantenham-se firmes e os espantem!*

Nós movemos os braços, torcendo para que não fossem morcegos *vampiros*, porque eles eram enormes, como os do túnel entre Illinois e Empis. Eu os vislumbrei quando me balancei e girei porque havia uma luz fraca, acho que luar coberto de nuvens, entrando por uma fileira de janelinhas altas. Dava para ver a maioria dos outros, todos balançando os braços loucamente. Cammit e Quilly estavam carregando Freed e não podiam mover os braços, mas o doutor estava balançando os braços fracamente e tossindo à beça.

A colônia se afastou, voltou para o topo daquele aposento enorme em que estávamos. Aquela parte da Casa dos Bondes parecia ser a garagem. Havia pelo menos vinte bondes em fila. Na frente achatada deles havia seus destinos pintados: ENSEADA, DEESK, ULLUM, TAVYO NORTE, TAVYO SUL, ILHAS VERDES. As varas em cima, feitas para tirar energia dos fios suspensos (a maioria agora caída nas ruas) pendiam inertes e desanimadas. Nas laterais dos que eu via tinha palavras em dourado que estavam fora de moda em Empis atualmente: AMIZADE, CAMARADAGEM, GENTILEZA e AMOR.

— Como a gente sai? — perguntou Stokes.

— Você não aprendeu a ler? — perguntou Eris.

— Tão bem quanto qualquer lavrador, eu acho — disse Stooks com mau humor. Eu também ficaria de mau humor se tivesse que segurar a bochecha para que a comida não escorresse dela.

— Então lê aquilo — disse Eris, apontando para um arco central grande no lado mais distante da garagem.

Acima do arco estava escrito SAÍDA.

Nós passamos pelo arco, treze supostos fugitivos seguindo seu príncipe completamente perdido. Saímos em uma sala quase tão grande quanto a garagem, com uma fileira do que só podiam ser bilheterias de um lado e vários arcos menores com destinos pintados sobre eles do outro. O vidro das bilheterias tinha sido quebrado, um ornamento no centro em forma de borboleta gigante tinha sido todo destruído e um mural de monarcas tinha sido manchado de tinta, mas os vândalos não tinham conseguido apagar

499

todas as borboletas: bem alto, em volta de todo o aposento, havia ladrilhos amarelos com uma monarca em cada um. Ver o que os capangas de Elden não tinham conseguido destruir me deu conforto, e, se eu estivesse certo, talvez houvesse algo ali perto que eu pudesse usar.

— Venham — falei e apontei para uma série de portas. E saí correndo.

4

Nós saímos no mundo externo, alguns ainda segurando baldes. Ficamos reunidos no alto da escada que levava à Estrada Gallien, Cammit e Quilly grunhindo carregando Freed. Ouvi o estrondo do ônibus achatado do Lorde Supremo e vi uns dez soldados noturnos correndo na frente, espalhados pela via larga. Eu tinha achado que o pequeno veículo de Kellin era o único meio de transporte motorizado que restava em Lilimar, mas estava enganado. Havia um na frente dos soldados noturnos, liderando o grupo, e, diferentemente do ônibus, não era movido a eletricidade. Fez barulho e estouros enquanto vinha na nossa direção. Um guidão enorme saía da frente de um motor. Quatro rodas de ferro arrancavam fagulhas dos paralelepípedos.

Na frente, acrescentando à força que o motor fornecia, estava Molly Ruiva, sentada em um banco alto e pedalando com toda a força. Os joelhos enormes subiam e desciam. Ela estava curvada sobre o guidão como uma motociclista demoníaca. Nós talvez conseguíssemos chegar antes do resto no portão, mas ela estava vindo rápido.

Vi postes listrados de vermelho e branco, vi o emaranhado derrubado de fios de bonde em que eu quase tinha tropeçado, vi os arbustos onde tinha jogado minha mochila para poder correr mais rápido. Eu não tinha conseguido daquela vez e também não ia conseguir nessa. Nenhum de nós, a não ser que a mochila ainda estivesse lá.

— Aquela vaca, eu cuido dela! — gritou Iota, fechando as mãos.

— Eu vou com você — disse Ammit. — Eu vou e que se dane.

— Não — falei. Eu estava pensando no sobrinho de Woody, Aloysius, e em como a mãe de Molly Ruiva arrancou a cabeça dele dos ombros. — Eye, espera.

— Mas eu posso…

Eu segurei o ombro dele.

— Ela ainda nem viu a gente. Está olhando bem pra frente. Eu tenho uma coisa. Confia em mim. — Olhei para os outros. — Fiquem aqui, todos vocês.

Eu me agachei e desci a escada correndo. A motoca barulhenta estava perto o suficiente para eu ver as feições de Molly Ruiva... mas ela ainda estava olhando para a frente, os olhos apertados, talvez míope, esperando ver nosso grupo correndo para o portão.

Eu poderia tê-la pegado de surpresa, talvez, mas aí uma figurinha usando calça verde (calça verde com o traseiro rasgado) apareceu na rua balançando os braços.

— *Ele está ali!* — gritou Peterkin, apontando diretamente para mim.

Como ele tinha nos visto? Estava esperando? Eu nunca soube e também nunca me importei. Aquele nanico escroto conseguia aparecer no pior momento possível.

— *Ele está ali, bem ali!* — Apontando. Pulando de tanta empolgação. — *Não está vendo, sua vaca meio cegueta, ELE ESTÁ AL...*

Ela nem reduziu, simplesmente se inclinou para a frente e deu um tapa nele. Peterkin subiu no ar. Tive um vislumbre do rosto dele, estampado com uma expressão terminal de surpresa chocada, e ele se separou no meio. A porrada de Molly Ruiva foi tão forte que o partiu no meio, literalmente. Ele deve ter subido uns seis metros no ar, os intestinos se desenrolando no caminho. Pensei em Rumpelstiltskin de novo, foi impossível não pensar.

Molly Ruiva estava sorrindo e o sorriso revelou dentes afiados e pontudos.

Ninguém tinha encontrado minha mochila, graças a Deus. Ainda estava no arbusto. Meus braços foram arranhados por espinhos quando a puxei. Eu nem senti. Um dos cordões que fechavam a mochila deslizou com facilidade; o outro se enrolou. Eu o arranquei e tirei latas de sardinhas, um pote de Jif, um pote de molho de tomate cheio de ração de cachorro, uma camiseta, minha escova de dentes, uma cueca...

Iota segurou meu ombro. Meu grupinho de guerreiros da água o tinha seguido pela escada contrariando minhas ordens, mas acabou sendo melhor assim.

— Eye, pega eles e corre! Carrega você o Freed. Os que ainda têm água vão na retaguarda! No portão, grita *abra em nome de Leah de Gallien!* Você consegue lembrar?

— Aham.

— *VOCÊS MORREM AGORA!* — gritou Molly Ruiva. A voz dela era um barítono grave com o poder de pulmões enormes.

— Então vão!

Eye balançou um braço musculoso para os outros.

— Vem, pessoal! Corram pelas suas vidas! — A maioria foi. Ammit não. Aparentemente, ele tinha se autointitulado meu guardião.

Não havia tempo para discutir com ele. Encontrei a .22 de Polley e a puxei da mochila junto com algumas latas de sardinha e um pacote de biscoitos de aveia e mel que eu nem me lembrava de ter levado. Molly Ruiva parou a menos de dez metros dos degraus da Casa dos Bondes e desceu do assento, um braço encharcado até o cotovelo com o sangue de Peterkin. Ammit se colocou na minha frente, o que era um problema a não ser que eu pretendesse atirar na cabeça dele. Eu o empurrei para o lado.

— *Sai daqui, Ammit!*

Ele não deu atenção, só se jogou na Molly Ruiva com um grito de fúria. Ele era um homem grande, mas, perto da gigante, ele não parecia muito maior do que Peterkin, agora caído morto em dois pedaços na rua. Por um momento, ela ficou surpresa demais pelo ataque inesperado para se mover. Ammit se aproveitou disso enquanto pôde. Ele segurou um dos suspensórios largos e subiu com uma das mãos. Abriu a boca e enfiou os dentes acima do cotovelo.

Ela gritou de dor, o pegou pelo cabelo oleoso e puxou a cabeça dele. Fechou um punho e enfiou não na cara dele, mas através dela. Os olhos saltaram em duas direções diferentes, como se não quisessem ver o buraco vermelho que antes tinham sido o nariz e a boca. Ela o levantou, ainda com apenas uma das mãos, e sacudiu aquele homenzarrão para a frente e para trás como uma marionete. Depois, o jogou na direção do cemitério, com sangue jorrando do braço mordido. Ammit era forte e destemido, mas ela se livrou dele como se ele não passasse de uma criança.

Em seguida, se virou para mim.

Eu estava sentado no chão de paralelepípedo da Estrada Gallien, as pernas abertas, a automática de Polley nas duas mãos. Lembrei-me da sensação daquela arma encostada na minha nuca. Pensei de novo em Rumpelstiltskin e no quanto Polley me lembrou aquele anão de contos de fadas: *O que você vai me dar se eu fiar sua palha até virar ouro?* Polley teria me matado depois de pegar o tesouro do sr. Bowditch e teria me jogado no poço mágico escondido no barracão do sr. Bowditch.

O que eu mais me lembro é de torcer para que a arminha pudesse deter um gigante, assim como a pedrinha de Davi tinha derrubado Golias. Era possível se estivesse quase toda carregada. Já tinha sido disparada duas vezes, em um mundo menos mágico.

Ela veio na minha direção sorrindo. O braço ferido estava jorrando sangue. Ela não pareceu se incomodar. Talvez a mordida final de Ammit iniciasse uma infecção que a mataria se eu não conseguisse.

— Você não é príncipe — disse ela naquele barítono estrondoso. — Você é um inseto. Não passa de um *inseto*. Vou pisar em você e…

Eu disparei. A arma soltou um estrondo educado, não muito mais alto do que a pistola de ar que eu tive aos seis anos. Um buraquinho preto apareceu acima do olho direito de Molly Ruiva. Ela se moveu para trás e eu disparei de novo. Dessa vez, o buraco apareceu no pescoço, e quando ela soltou um uivo de dor, sangue jorrou do buraco. Saiu com tanta pressão que pareceu sólido, como o cabo de uma flecha vermelha. Eu disparei de novo e dessa vez o buraco preto, não muito maior do que o ponto que se coloca no final de uma frase, apareceu no alto do nariz. Nada disso a deteve.

— VOCÊÊÊÊ…! — gritou ela e esticou as mãos para mim.

Eu não recuei nem tentei desviar; isso teria ferrado minha mira e era meio tarde para correr. Ela teria me segurado em dois passos gigantes da brincadeira *mamãe, posso ir?* Pouco antes de ela poder segurar a minha cabeça como tinha segurado a de Ammit, eu disparei mais cinco vezes em sucessão rápida. Cada tiro entrou em sua boca aberta, enquanto ela gritava. Os dois primeiros (talvez os três primeiros) levaram a maioria dos dentes. Em *Guerra dos mundos*, nossas armas mais sofisticadas não fizeram muito para impedir os marcianos enlouquecidos; foram os germes terráqueos que os mataram. Acho que nenhuma bala da arminha de Polley acabou com Molly Ruiva, nem mesmo todas as oito, que era tudo que restava nela.

Eu acho que os dentes quebrados desceram pela garganta… e ela engasgou.

503

5

Se ela tivesse caído em cima de mim, seu peso talvez tivesse me segurado até Kellin e seus soldados noturnos chegarem ou mesmo teria me matado. Ela devia ter no mínimo duzentos e vinte quilos. Mas caiu de joelhos primeiro, ofegando, engasgada e segurando a garganta ensanguentada. Os olhos saltaram, sem enxergar. Eu cheguei para trás sentado, virei para o lado e rolei. Os soldados noturnos estavam se aproximando, eu nunca chegaria antes deles ao portão e a arma estava vazia; não havia nada na câmara.

Ela fez um esforço final para me alcançar, balançando o braço ferido e respingando minhas bochechas e testa com seu sangue. Em seguida, caiu de cara. Eu me levantei. Podia sair correndo, mas para quê? Era melhor encará-los e morrer da melhor forma possível.

Naquele momento, pensei no meu pai, que ainda estaria com esperanças de eu voltar. Ele e Lindy Franklin e meu tio Bob teriam enchido todas as cidades entre Sentry e Chi com fotos minhas e de Radar: VOCÊ VIU ESSE MENINO OU ESSA CADELA? A passagem para Empis ficaria desprotegida e talvez isso fosse mais importante do que um pai desolado, mas, quando os soldados noturnos se aproximaram, foi no meu pai que eu pensei. Ele tinha ficado sóbrio e para quê? Esposa morta, filho desaparecido sem deixar rastros.

Mas, se Iota conseguisse levar os outros pelo portão, por onde eu achava que os soldados noturnos não conseguiriam passar, eles ficariam livres. Havia isso.

— *Vem, bando de filho da puta!* — gritei.

Joguei a arma inútil longe e abri bem os braços. Atrás da linha de formas azuis, Kellin tinha parado o ônibus. Satisfeito só em me observar, pensei de primeira, mas não era para mim que ele estava olhando. Era para o céu. Os soldados noturnos pararam ainda a uns setenta ou oitenta metros de mim. Eles também estavam olhando para cima, com expressões idênticas de surpresa nos rostos humanos finos que cobriam os crânios.

Havia luz suficiente para enxergar, embora as duas luas sempre em movimento estivessem escondidas. Uma nuvem entre as nuvens estava passando por cima da muralha externa. Estava indo na direção da Estrada Gallien, das lojas chiques e arcos e do palácio mais adiante, onde as três torres de vidro verde brilhavam com as luzes em torno do campo.

Era uma nuvem de monarcas, o tipo de grupo conhecido como caleidoscópio. Elas voaram por cima de mim sem parar. Eram os soldados noturnos que elas queriam. Elas pararam, circularam e mergulharam ao mesmo tempo. Os soldados ergueram os braços, como diziam que o Assassino Voador tinha feito depois do golpe, mas eles não tinham o poder dele e as borboletas não morreram. Só as que bateram nas auras de alta voltagem primeiro. Houve brilhos intensos quando elas bateram nos envoltórios azuis. Foi como se uma multidão de crianças invisíveis estivesse sacudindo chuviscos de Quatro de Julho. Centenas pegaram fogo, mas vieram outros milhares em seguida, abafando as auras mortais ou provocando-lhes curto-circuito. A nuvem pareceu se solidificar quando envolveu os soldados noturnos.

Mas não o Lorde Supremo Kellin. O ônibus elétrico deu meia-volta e foi para o palácio a toda velocidade. Algumas das monarcas foram atrás, mas era rápido demais para elas, e o telhado teria protegido o filho da puta de qualquer jeito. Os soldados noturnos que estavam nos perseguindo já eram. Todos. O único movimento onde eles antes estavam era o movimento de asas delicadas. Eu vi uma mão ossuda subir… e afundar de volta na massa laranja-avermelhada em cima.

Eu corri para o portão. Estava aberto. Meu grupo de prisioneiros tinha saído, mas uma outra coisa entrou correndo como louca. Preta, próxima do chão e latindo desesperada. Eu achava que só queria sair da cidade assombrada de Lilimar, mas agora me dava conta de que havia algo que eu queria mais. Pensei em Dora, em quando ela viu a minha cadela, em como gritou para ela da melhor forma que pôde com a voz ruim. A minha voz também estava ruim, não por uma maldição degenerativa, mas por choro. Eu caí de joelhos e estiquei os braços.

— *Radar! Radar! RAD!*

Ela colidiu comigo e me derrubou, choramingando e lambendo meu rosto de cima a baixo. Eu a abracei com toda a minha força. E chorei. Não consegui não chorar. Não foi um gesto principesco, acho, mas, como você já deve ter percebido, isto aqui não é esse tipo de conto de fadas.

6

Uma voz estrondosa que eu conhecia muito bem interrompeu nosso reencontro feliz.

— CARLIE! PRÍNCIPE CARLIE! SAI DAÍ, PORRA, PRA GENTE PODER FECHAR O PORTÃO! VEM PRA CÁ, CARLIE!

Certo, pensei, ficando de pé. *E força no cagador, Príncipe Carlie.*

Radar dançou em volta de mim, latindo. Eu corri para o portão. Claudia estava parada do lado de fora e não estava sozinha. Woody estava com ela e, entre os dois, montada em Falada, Leah. Atrás deles estavam os fugitivos que restavam de Maleen Profunda, e atrás deles havia outros, uma multidão de pessoas que não consegui identificar.

Claudia não atravessou para Lilimar, mas me agarrou assim que eu passei pelo portão e me puxou para um abraço tão forte que senti minha coluna estalar.

— Onde ele está? — perguntou Woody. — Estou ouvindo o cachorro, mas onde...

— Aqui — falei. — Bem aqui. — Foi a minha vez de abraçar.

Quando o soltei, Woody botou a palma da mão na testa e se apoiou em um joelho.

— Meu príncipe. Era você o tempo todo e você veio, como as histórias antigas diziam que viria.

— Levanta — falei. Com lágrimas ainda caindo dos olhos (e catarro do nariz, que limpei com as costas da mão) e sangue por toda parte, eu nunca tinha me sentido menos principesco na vida. — Por favor, Woody, levanta. Fica de pé.

Ele obedeceu. Olhei para o meu grupo, me observando com admiração. Eris e Jaya estavam abraçadas. Eye estava com Freed nos braços. Estava claro que alguns dos meus amigos, talvez todos, sabiam exatamente quem aquelas três pessoas eram: não só pessoas inteiras, mas pessoas inteiras do sangue verdadeiro. Elas eram a realeza exilada de Empis, e exceto talvez pela louca Yolande e Burton, o anacoreta, eram os últimos da linhagem Gallien.

Atrás dos refugiados do calabouço, havia umas sessenta ou setenta pessoas cinzentas, algumas carregando tochas e algumas com lampiões similares ao que Pursey tinha deixado para mim. Dentre eles, vi uma pessoa que eu conhecia. Radar já tinha corrido para ela. Eu fui até ela, sem nem perceber que as pessoas deformadas que tinham sido amaldiçoadas por Elden (ou pelo ser que o usara como marionete) estavam se ajoelhando em volta de mim, a palma da mão na testa. Dora também tentou ficar de joelhos. Eu não deixei. Eu a abracei, beijei as duas bochechas cinzentas e o canto da boca em forma de crescente.

Eu a levei até Woody, Claudia e Leah.

— FECHE EM NOME DE LEAH DE GALLIEN! — gritou Claudia.

O portão começou a se fechar devagar, o maquinário gemendo como uma coisa sentindo dor. Enquanto isso acontecia, vi uma figura enorme correndo em passos largos pela via central. Nuvens de monarcas giravam acima e em volta, algumas até pousaram nos seus ombros largos e na cabeça grande, mas aquilo não era um soldado noturno, e a figura simplesmente as ignorou. Quando o portão passou pela metade do trilho escondido, ela soltou um grito de dor tão alto e tão horrendo que todos menos Claudia cobriram os ouvidos.

— *MOLLY!* — gritou Hana. — *AH, MINHA MOLLY! AH, MINHA QUE-RIDA, COMO VOCÊ PODE FICAR TÃO IMÓVEL?*

Ela se curvou sobre a filha morta e depois se levantou. Havia muitos de nós reunidos perante o portão em fechamento, mas foi para mim que ela olhou.

— *VOLTA!* — Ela levantou os punhos como rochas e os sacudiu. — VOLTA, SEU COVARDE, PRA EU PODER TE MATAR PELO QUE VOCÊ FEZ COM A MINHA QUERIDA!

O portão se fechou e bloqueou a visão da mãe desolada de Molly Ruiva.

7

Olhei para Leah. Não havia vestido azul naquela noite. Nem avental branco. Ela estava usando uma calça escura enfiada em botas de couro altas e um colete azul de retalhos com uma borboleta-monarca, o brasão real de Gallien, do lado esquerdo, acima do coração. Em volta da cintura havia um cinto largo. Em um quadril havia uma adaga. No outro havia uma bainha guardando uma espada curta com cabo dourado.

— Oi, Leah — falei, me sentindo tímido de repente. — Estou muito feliz de ver você.

Ela se virou de costas para mim sem sinal de ter ouvido; era como se fosse tão surda quanto Claudia. O rosto sem boca estava pétreo.

VINTE E SETE

Uma conferência. O Snab. Nada de príncipe da Disney. O príncipe e a princesa. O pacto.

1

Lembro-me de duas coisas com grande clareza sobre nossa conferência. Ninguém mencionou o nome Gogmagog e Leah não olhou para mim. Nenhuma vez.

2

Havia seis pessoas e dois animais no barracão de depósito naquela noite, o barracão onde Radar e eu tínhamos nos abrigado antes de entrar em Lilimar. Woody, Claudia e eu nos sentamos juntos no chão. Radar se deitou ao meu lado com o focinho apoiado com firmeza na minha perna, como se quisesse ter certeza de que eu não fugiria dela de novo. Leah se sentou longe de nós, nos degraus da frente do bonde de Enseada. No canto estava Franna, a mulher cinzenta que tinha sussurrado *ajuda ela* para mim antes de eu sair da fazenda da "minansos". Franna estava fazendo carinho na cabeça de Falada, que estava enfiada em um saco de grãos que Iota estava segurando para ela. Do lado de fora estava o resto dos fugitivos de Maleen Profunda e um número crescente de cinzentos. Não houve uivos; ao que parecia, os lobinhos não gostavam de multidões.

A .45 do sr. Bowditch estava novamente no meu quadril. Claudia podia ser surda, mas seus olhos eram apurados. Ela tinha visto o brilho das pedras azuis do cinto, caído no mato que crescia alto junto ao muro externo, perto do portão. A arma precisava ser lubrificada e limpa antes de eu ter certeza de que funcionava e eu teria que cuidar disso mais tarde. Eu achava que talvez conseguisse encontrar o necessário em uma das mesas de trabalho no fundo do barracão. Aquilo ali já tinha sido uma oficina em tempos melhores.

— A cobra está ferida, mas ainda vive. Nós temos que cortar a cabeça dela antes que consiga renovar seu veneno. E você vai ter que liderar isso, Charlie — disse Woody.

Ele pegou um bloco e uma caneta de ponta de pena toda elegante no bolso do casaco e escreveu nele, tão rapidamente e com tanta segurança quanto qualquer pessoa com visão, enquanto falava. Mostrou para Claudia. Ela leu e assentiu vigorosamente.

— você tem que liderar, carlie! você é o príncipe que foi prometido! o herdeiro de adrian do mundo mágico!

Leah olhou brevemente para Claudia e voltou a olhar para baixo, uma mecha de cabelo cobrindo o rosto. Seus dedos brincaram no cabo retorcido da espada.

Eu não tinha prometido nada a ninguém. Estava cansado e com medo, mas havia algo mais importante do que essas coisas.

— Digamos que você esteja certo, Woody. Digamos que permitir que o Assassino Voador renove seu veneno seja perigoso para nós e para toda Empis.

— Seria — disse ele baixinho. — É.

— Mesmo assim, eu não vou liderar um grupo de pessoas desarmadas para dentro da cidade se é isso que você está pensando. Metade dos soldados noturnos pode estar morta, não eram tantos assim desde o começo...

— Não — concordou Woody. — A maioria teve a verdadeira morte em vez de ficar meio-viva, a serviço de um monstro.

Eu estava olhando para Leah (na verdade, mal conseguia afastar os olhos dela) e vi que ela se encolheu, como se Woody tivesse batido nela.

— Nós matamos sete e as monarcas mataram mais ainda. Mas ainda tem o resto.

— Não mais do que doze — rosnou Eye do canto. — Talvez nem isso. As monarcas mataram dez que eu tenha contado, e o grupo de Kellin não chegava a trinta desde o começo.

— Você tem certeza?

Ele deu de ombros.

— Quando eu estava preso naquele lugar pelo que parecia uma eternidade, não havia nada pra fazer além de contar. Quando não estava contando soldados noturnos, estava contando pingos do teto ou os blocos no piso da minha cela.

Havia quarenta e três blocos no piso da minha.

— Até doze são muitos quando eles conseguem te deixar inconsciente com um toque ou te matar com um abraço — falei. — E tem Kellin pra comandar os que restaram.

Woody escreveu KELLIN no bloco e mostrou para Claudia. Sendo cego, ele mostrou virado para o lugar errado. Eu o movi para que ela pudesse ver.

— KELLIN! SIM! — gritou Claudia. — E NÃO ESQUEÇAM A HANA!

Não, não seria bom esquecer Hana, que estaria querendo sangue.

Woody suspirou e esfregou o rosto.

— Kellin foi o líder da Guarda do Rei quando meu irmão reinava. Inteligente e corajoso. Na época, eu teria acrescentado leal. Eu nunca teria achado que ele se voltaria contra Jan. Mas, por outro lado, eu nunca teria acreditado que Elden faria o que ele fez.

Ele não conseguiu ver Leah se virar de costas para ele como ela tinha feito comigo quando olhei para ela e disse oi. Mas eu vi.

— Eu vejo da seguinte forma — falei. — Nós temos que impedir o Assassino Voador antes que ele faça alguma outra coisa. Pior. Vejam o que ele já fez. Ele deixou todo o reino cinzento. Deixou as *pessoas* cinzentas, menos uns poucos que são… — Eu quase falei *puladas de cerca*, um termo que tinha ouvido meu pai usar para falar de Scooter MacLean, um colega meu do fundamental com orelhas de abano infelizes. — Que são inteiros — terminei, desajeitado. — E ele está acabando com esses. Eu não sei como lidar com ele. Nem quando.

— O quando é fácil — disse Iota. Ele tinha terminado de alimentar Falada e estava guardando o saco vazio em um dos alforjes nos flancos dela. — Na luz do dia. Os garotos azuis ficam mais fracos e não podem sair no sol. Senão, *puf*. Só restam ossos. — Ele olhou para Woody. — Pelo menos, foi o que eu ouvi.

— Eu também ouvi isso — disse Woody —, mas não confiaria nisso como fato. — Ele estava escrevendo no bloco e mostrou para Claudia. Eu não vi o que ele tinha escrito, mas ela balançou a cabeça e sorriu.

— NÃ, NÃO, ELE NÃO PODE FAZER MAIS DO QUE JÁ FEZ SEM IR ATÉ LÁ, E ELE SÓ PODE FAZER ISSO NO BEIJO DA LUA! É A LENDA, E EU ACREDITO QUE SEJA HISTÓRIA REAL!

Leah ergueu o olhar e, pela primeira vez, pareceu envolvida. Ela se virou para Falada. Quando a égua começou a falar, a reação de Iota foi divertida, para dizer o mínimo.

— Minha dona as viu hoje quando as nuvens se abriram por uns momentos, e Bella está quase alcançando Arabella!

Woody esticou a mão para Claudia e bateu no braço dela para chamar sua atenção. Ele apontou na direção de Leah, apontou para o céu e moveu dois dedos na frente do rosto de Claudia, um logo atrás do outro. Claudia arregalou os olhos e seu sorriso desapareceu. Ela olhou para Leah.

— VOCÊ VIU ISSO?

Leah assentiu.

Claudia se virou para mim com uma expressão no rosto que eu não tinha visto antes. Era de medo.

— ENTÃO TEM QUE SER AMANHÃ! VOCÊ PRECISA DETÊ-LO, CARLIE! VOCÊ É O ÚNICO CAPAZ! ELE PRECISA SER MORTO ANTES QUE ARABELLA BEIJE A IRMÃ! ELE NÃO PODE ABRIR O POÇO PROFUNDO DE NOVO!

Leah deu um pulo, ficou de pé, pegou as rédeas de Falada e a puxou na direção da porta. Radar ergueu a cabeça e choramingou. Franna foi atrás de Leah e tocou no ombro dela. Leah se soltou. Eu me levantei.

— DEIXA ELA, DEIXA ELA, ELA ESTÁ DE CORAÇÃO PARTIDO E PRECISA DE TEMPO PARA QUE FIQUE CURADO — disse Claudia. Ela sem dúvida tinha boas intenções, mas a voz alta tirou de sua voz qualquer compaixão. Leah se encolheu ao ouvi-las.

Eu fui até ela mesmo assim.

— Leah, por favor. Volt...

Ela me empurrou com tanta força que eu quase caí.

E foi embora, levando a égua que era sua voz.

3

Não houve necessidade de abrir a porta porque, sem lobos por perto, não houve motivo para fechá-la. O grupo de cinzentos continuava crescendo, e quando Leah surgiu, puxando a égua, os que estavam de pé ficaram de joelhos. Todos levaram a palma da mão à testa. Não havia dúvida na minha mente de que, se ela ou algum dos outros dois sobreviventes da realeza os mandassem retomar a cidade ou ao menos tentar, eles iriam.

Foi minha chegada que levou àquilo. Qualquer esforço para negar ruiu quando um único fato se apresentava: eles realmente achavam que eu era o príncipe que tinha sido prometido. Eu não sabia sobre Leah, mas Woody e Claudia acreditavam no mesmo. Isso tornava o grupo de supostos rebeldes, dentre eles Dora, minha responsabilidade.

Fui atrás de Leah, mas Claudia segurou meu braço.

— NÃO, FICA! FRANNA VAI CUIDAR DELA.

— Fique na sua por enquanto, Charlie. Descanse se puder. Você deve estar exausto — disse Woody.

Expliquei que nós, fugitivos, poderíamos ficar sonolentos quando o sol nascesse, mas agora estávamos despertos. Não atrapalhava estar cheio de adrenalina e da alegria difícil de acreditar de estar fora do calabouço e longe do campo de matança.

Woody ouviu, assentiu e escreveu para Claudia. Fiquei fascinado com o quanto a caligrafia dele era bonita e regular, apesar de ele não enxergar. O texto dizia: *Charlie e o grupo estão acostumados a noites acordados, dias dormindo.* Claudia assentiu para indicar que entendia.

— Ela está com raiva porque ela o amava, não é? Quando eu a conheci, ela falou por intermédio de Falada que Elden sempre foi bom com ela.

Woody escreveu no bloco e mostrou para Claudia. *Ele quer saber sobre L E.* Embaixo disso, ele tinha desenhado um ponto de interrogação.

— CONTE O QUE QUISER — disse Claudia. — NÓS TEMOS UMA NOITE LONGA, E NOITES LONGAS SÃO BOAS PARA HISTÓRIAS. ELE MERECE SABER.

— Tudo bem — disse Woody. — Saiba, então, Charlie, que Leah prefere acreditar que Elden está morto porque ela não quer acreditar, *não consegue*, que ele se tornou o Assassino Voador. Quando crianças, eles eram assim. — Ele juntou as mãos e entrelaçou os dedos. — Parte disso foi pelas circunstâncias de nascimento. Eles são os dois mais novos e, quando não eram ignorados, implicavam com eles. As irmãs mais velhas, Dru, Ellie, Joy e Fala, odiavam Leah porque ela era a mais nova da mãe e do pai, a queridinha, mas também porque eles eram comuns e ela era bonita…

— O QUE ELE ESTÁ TE CONTANDO? — gritou Claudia. Eu concluí que ela conseguia ler lábios um pouco, afinal. — ELE ESTÁ SENDO DIPLOMÁTICO, COMO ERA FUNÇÃO DELE QUANDO JAN SE SENTAVA NO TRONO? NÃ, NÃO, CONTE A VERDADE, STEPHEN WOODLEIGH! LEAH ERA LINDA COMO UMA MANHÃ DE VERÃO E OS OUTROS QUATRO ERAM FEIOS COMO BARCOS DE PEDRA! AQUELES QUATRO PUXARAM O PAI, MAS LEAH ERA UMA CÓPIA DA MÃE!

Novamente, *feios como barcos de pedra* não foi exatamente o que ela disse, mas foi o que eu ouvi. Acho que eu não preciso te contar que o que eu estava ouvindo era outro conto de fadas. Só faltava o sapatinho de cristal.

— As garotas afiavam as línguas já afiadas para Elden — disse Woody. — Chamavam-no de Tampinha e Pé Morto e Sr. Vesgo e Cara Cinzenta…

— Cara Cinzenta? Sério?

Woody abriu um sorriso de lábios apertados.

— Você está começando a ver um pouco da vingança dele, não é? Desde que Elden Assassino Voador começou a reinar, a população de Empis é for-

513

mada quase somente por pessoas de cara cinzenta. Ele está apodrecendo os poucos que são imunes à maldição, e mataria todas as borboletas-monarcas se pudesse. Ele não quer flores no seu jardim, só ervas daninhas.

Ele se inclinou para a frente e segurou os joelhos, o bloco em uma das mãos.

— Mas garotas usam apenas palavras. O irmão aterrorizava Elden com socos e chutes quando não havia ninguém por perto além do grupo leal de puxa-sacos. Não havia necessidade; Robert era tão bonito quanto Elden era feio, era paparicado e bajulado pelos pais enquanto Elden era amplamente ignorado por eles, e Robert não tinha motivo para inveja por conta do trono, pois era mais velho e seria quem assumiria quando Jan morresse ou abdicasse. Ele só odiava e desprezava o irmão mais novo. Eu acho... — Ele fez uma pausa e franziu a testa. — Eu acho que sempre há um motivo para amar, mas às vezes o ódio simplesmente *existe*. Uma espécie de malcriado solto.

Eu não respondi, mas pensei nos meus dois Rumpelstiltskins: Christopher Polley e Peterkin. Por que o anão teve todo o trabalho de apagar a trilha de iniciais que teria me levado para fora da cidade antes de escurecer? Por que tinha arriscado a vida (e a perdido) para me mostrar para Molly Ruiva? Porque eu o tinha contrariado na questão do grilo vermelho? Porque eu era alto e ele era baixo? Eu não acreditava em nada disso nem um minuto. Ele fez tudo aquilo só porque podia. E porque queria causar confusão.

Franna voltou e sussurrou no ouvido de Woody. Ele assentiu.

— Ela disse que tem uma igreja ali em frente que não foi destruída. Leah foi para lá com Dora, a moça que conserta os sapatos, e alguns outros para dormir.

Eu me lembrava de ter visto a igreja.

— Acho que pode ser bom. Ela deve estar cansada. — Para o benefício de Claudia, apontei para Franna na porta, juntei as mãos e apoiei a cabeça nelas.

— cansada? leah e todos nós! nós fizemos uma longa viagem, algumas pessoas aqui por muitos dias!

— Continue, por favor — falei para Woody. — Você estava dizendo que as garotas odiavam Leah e Robert odiava Elden...

— Todos odiavam Elden — disse Woody. — Todos, menos Leah. Havia uma impressão geral na corte de que ele não passaria dos vinte anos.

Pensei na coisa flácida e babona no camarote VIP, a pele muito além do cinza e mais de um verde doentio, e me perguntei como Elden estava agora. Também me perguntei o que estava se mexendo debaixo daquela túnica-veste roxa... mas não sabia se queria mesmo saber.

— Os dois mais novos eram motivados pelo ódio e pela repulsa dos outros e também porque eles realmente se amavam e... eu acho... porque eles eram mais inteligentes. Eles exploraram quase todos os cantinhos do palácio, das pontas das torres aonde eram proibidos de ir, mas iam mesmo assim, aos níveis inferiores.

— Maleen Profunda?

— É provável, e mais fundo ainda. Há muitos caminhos antigos embaixo da cidade, onde poucas pessoas foram por muitos anos. Não sei se Leah estava com ele quando ele encontrou o caminho do Poço Profundo, ela se recusa a falar sobre os anos em que eles começaram a sair da infância, mas eles iam para quase toda parte juntos, exceto talvez para a biblioteca do palácio. Embora fosse inteligente, Leah nunca foi dos livros; Elden era o leitor dos dois.

— Aposto que o irmão dele também debochava dele por isso — palpitou Eye.

Woody se virou para ele e sorriu.

— Muito verdadeiro isso, amigo de Charlie. Robert e as irmãs também.

— O QUE VOCÊ ESTÁ CONTANDO AGORA? — perguntou Claudia.

Woody rabiscou um breve resumo no bloco. Ela leu e falou:

— CONTA SOBRE A ELSA!

Eu me empertiguei.

— A sereia?

— Sim — concordou Woody. — A sereia do palácio. Você a viu, por acaso?

Eu assenti. Mas não ia dizer que tinha visto o que tinha sobrado dela.

— Ela morava em uma alcova escondida — disse Woody. — Quase uma gruta. Eu gostaria de acreditar que ainda mora lá, mas duvido muito. Ela deve ter morrido de negligência ou fome. E, possivelmente, tristeza.

Ela tinha morrido, sim, mas não foi negligência, fome nem tristeza que a matou.

— Elden e Leah a alimentavam e ela cantava para eles. Músicas estranhas, mas bonitas. Leah cantava algumas também. — Ele fez uma pausa. — Quando ainda tinha boca com que cantar.

Fiz carinho na cabeça de Radar. Ela olhou para mim, sonolenta. Nossa viagem tinha sido tão difícil para ela quanto para mim, mas para Rad tinha acabado bem. Ela tinha uma nova chance de vida e estava com pessoas que a amavam. Pensar na fuga dela me fez pensar em como eu recebi a notícia da sobrevivência dela.

— Me conta sobre o grilo — falei para Claudia. — O grilo vermelho. Deste tamanho assim. — Segurei as mãos afastadas no tamanho dele. — Não entendo como ele chegou a você. Foi com Radar? E por que...

Ela me olhou com exasperação.

— ESQUECEU QUE EU NÃO TE ESCUTO, CARLIE?

Eu tinha esquecido mesmo. Eu poderia dizer que foi porque ela estava de cabelo solto, cobrindo as laterais da cabeça onde antes ficavam as orelhas, mas isso não seria verdade. Eu só esqueci. Então, contei a Woody que tinha salvado o grilo vermelho de Peterkin e que depois eu o vi sair de um buraco na parede do calabouço com um bilhete preso na barriga. Com um pedacinho do pelo da Radar dentro da dobra. Que eu prendi um bilhete meu nele e o mandei embora, seguindo o lema do meu pai: *não espere nada, mas nunca perca a esperança.*

— Bom conselho — disse Woody e começou a rabiscar no bloco. Ele escreveu rápido, cada linha incrivelmente reta. Do lado de fora, os cinzentos estavam se acomodando para passar a noite, os que tinham levado cobertores os compartilhando. Do outro lado da rua, eu via Falada presa a um poste do lado de fora da igreja, pastando.

Woody passou o bloco para Claudia, e, enquanto lia o que estava escrito ali, ela começou a sorrir. O sorriso a deixou linda. Quando falou, não foi com a voz estrondosa de sempre, mas com um tom bem mais baixo, como se falando sozinha.

— Apesar dos esforços de Elden em nome da entidade a que ele serve, e ele pode não acreditar que é ferramenta da coisa, mas é, a magia sobrevive. Porque a magia é difícil de destruir. Você mesmo viu, não viu?

Eu assenti e fiz carinho em Radar, que estava morrendo e agora estava jovem e forte de novo depois de seis voltas no relógio de sol.

— Sim, a magia sobrevive. Ele se chama Assassino Voador agora, mas você viu que milhares, não, MILHÕES de monarcas ainda vivem. E embora Elsa possa estar morta, o Snab ainda está vivo. Graças a você, Carlie.

— O Snab? — perguntou Iota, se sentando ereto. Ele bateu na testa com a palma da mão grande. — Deuses supremos, como eu não soube quando vi?

— Quando ele chegou a mim... ah, Carlie... quando ele chegou...

Para o meu alarme, ela começou a chorar.

— OUVIR de novo, Carlie! Ah, OUVIR de novo, embora não uma voz humana, foi tão MARAVILHOSO...

Radar se levantou e andou até ela. Claudia colocou a cabeça perto da de Radar por alguns momentos, ao mesmo tempo que acariciou a lateral dela do pescoço à cauda. Buscando consolo. Woody passou o braço em volta dela. Pensei em fazer o mesmo, mas não fiz. Príncipe ou não, eu era tímido.

Ela levantou a cabeça e secou as lágrimas das bochechas com a base da mão. Quando voltou a falar, foi no volume de sempre.

— ELSA, A SEREIA, CANTAVA PARA AS CRIANÇAS, STEPHEN CONTOU ISSO?

— Contou — falei, mas lembrei que ela era surda e assenti.

— ELA CANTAVA PARA QUALQUER UM QUE PARASSE PARA OUVIR, MAS SÓ SE A PESSOA LIMPASSE OS PENSAMENTOS DA MENTE PARA PODER OUVIR. AS IRMÃS DE ROBERT E LEAH NÃO TINHAM TEMPO PARA ESSAS BESTEIRAS, MAS ELDEN E LEAH ERAM DIFERENTES. ERAM CANÇÕES LINDAS, NÃO ERAM, WOODY?

— Eram — disse ele, mas, pela expressão no seu rosto, eu duvidava que ele tivesse tido tempo para as canções de Elsa.

Bati na testa, me inclinei para a frente e bati na dela. Levantei as mãos em um gesto de pergunta.

— SIM, CARLIE. NÃO ERAM MÚSICAS QUE PUDESSEM SER OUVIDAS COM OS OUVIDOS, PORQUE SEREIAS NÃO FALAM.

— Mas o grilo? — Fiz gestos de salto com a mão. — O... como você falou? Um snab?

Vou poupar você da voz estrondosa de Claudia por um tempo, certo? O grilo vermelho não era *um* snab, era *o* Snab. Claudia o chamou de rei do mundo pequeno. Eu supus na ocasião que ela quis dizer insetos (*É só um maldito seto*, dissera Peterkin), mas depois passei a achar que o Snab podia ser o governante de muitas das criaturas que eu tinha visto. E, como Elsa, a sereia, o Snab era capaz de falar com humanos, e ele tinha falado com Claudia depois de acompanhar Radar até sua casa. De acordo com Claudia, o Snab fez boa parte da viagem nas costas de Radar. Foi difícil imaginar, mas eu entendi o motivo; o grilo ainda estava se recuperando de uma pata traseira ferida, afinal.

O Snab contou a ela que o dono do cachorro tinha sido morto ou feito prisioneiro em Lilimar. Perguntou a Claudia se havia algo que ele pudesse fazer além de acompanhar a cadela até ela em segurança. Porque, ele disse, o jovem tinha salvado a sua vida, e esse tipo de dívida tinha que ser paga. Disse que, se o jovem ainda estivesse vivo, ele estaria preso em Maleen Profunda, e que sabia um jeito de entrar.

— O Snab — disse Iota com voz maravilhada. — Eu vi o Snab e nem percebi. Que desgraça.

— Ele não falou *comigo* — falei.

Woody sorriu ao ouvir isso.

— Você estava ouvindo?

Claro que eu não estava; minha mente estava repleta dos meus próprios pensamentos… assim como a mente de muitos que passavam por Elsa e não ouviam as músicas dela porque estavam ocupados demais para ouvir. Isso é verdade sobre músicas (e muitas histórias) até no meu mundo. Elas falam mente com mente, mas só se você escutar.

Passou pela minha cabeça que eu não só tinha sido salvo por um sonho com o secador de cabelo da minha mãe, mas também por um grilo a quem eu tinha feito o bem. Lembra quando eu falei no começo que ninguém acreditaria na minha história?

4

Woody e Claudia estavam cansados, dava para ver que estavam, até Radar estava roncando agora, mas havia mais que eu precisava saber.

— O que Leah quis dizer sobre as luas se beijarem?

— Talvez seu amigo possa te contar — disse Woody.

Iota estava ansioso para isso. Ele tinha ouvido a história das irmãs do céu quando criança, e, como você deve saber, você que me lê, são as histórias da nossa infância que provocam as impressões mais profundas e duram mais.

— Elas se perseguem, como todo mundo já viu. Ou se perseguiam antes de as nuvens ficarem tão densas e constantes. — Ele olhou para as cicatrizes de Woody. — Quem tem olhos, pelo menos. Às vezes, Bella está na frente, às vezes, Arabella. Na maior parte das vezes, uma está bem à frente da outra, mas aí a distância vai diminuindo.

Eu tinha visto isso nas ocasiões em que as nuvens se abriram.

— Chega uma hora em que uma ultrapassa a outra, e na noite em que isso acontece, elas se juntam e parecem dar um beijo.

— Antigamente, os homens sábios diziam que um dia elas iam colidir — disse Woody — e se pulverizar. Elas talvez nem precisem colidir para serem destruídas; a atração mútua pode deixá-las em pedacinhos. Como às vezes acontece nas vidas humanas.

Iota não tinha interesse nesse tipo de postulado filosófico.

— Também diziam que, na noite em que as irmãs do céu se beijam, todas as coisas maldosas ficam livres para fazer maldade no mundo. — Iota fez uma pausa. — Quando eu era jovem, nós éramos proibidos de sair nas noites em que as irmãs se beijavam. Os lobos uivavam, o vento uivava, mas não eram só os lobos e o vento. — Ele me olhou com expressão sombria. — Charlie, o *mundo* uivava. Como se estivesse com dor.

— E Elden pode abrir esse Poço Profundo quando isso acontecer? Essa é a lenda?

Não houve resposta de Woody nem de Eye, mas a expressão no rosto deles bastou para me dizer que, para eles, não era lenda.

— E tem uma criatura morando nesse Poço Profundo? A coisa que transformou Elden no Assassino Voador?

— Sim — disse Woody. — Você sabe o nome dele. E, se sabe, você sabe que até dizer o nome é perigoso.

Eu sabia, *sim*.

— ME ESCUTA, CARLIE! — Ao ouvir a voz estrondosa e sem entonação de Claudia, Radar abriu os olhos e levantou a cabeça, depois baixou-a de novo. — AMANHÃ NÓS VAMOS ENTRAR NA CIDADE PRA RETOMÁ-LA ENQUANTO OS SOLDADOS NOTURNOS ESTIVEREM NO MOMENTO MAIS FRACO! LEAH VAI NOS LIDERAR, COMO É DIREITO DELA, MAS VOCÊ PRECISA ENCONTRAR ELDEN E O MATAR ANTES QUE ELE POSSA ABRIR O POÇO! DEVERIA SER LEAH, ELA É A HERDEIRA DO TRONO E, COMO TAL, DEVERIA SER TAREFA DELA... FARDO DELA... MAS...

Ela não queria dizer o resto tanto quanto não queria dizer o nome de Gogmagog, o espreitador do Poço Profundo. E nem precisou. Leah estava firme na crença de que seu amado irmão, com quem ela tinha ouvido as canções da sereia, não podia ser o Assassino Voador. Apesar de tudo que ela devia ter ouvido e de tudo que estava sofrendo, era mais fácil para ela acreditar que Elden estava morto, que o monstro que governava as ruínas de Lilimar e os poucos habitantes que restavam era um impostor que tinha assumido o nome dele. Se ela descobrisse que era de fato Elden e o encontrasse em algum lugar no labirinto de túneis e catacumbas abaixo, ela talvez hesitasse.

E fosse assassinada, como tantos de seus parentes foram.

— VOCÊ É O PRÍNCIPE QUE FOI PROMETIDO — disse Claudia. — VOCÊ TEM TODOS OS SENTIDOS QUE NOS FORAM ROUBADOS. VOCÊ É O HERDEIRO DE ADRIAN, ELE QUE VEIO DO MUNDO MÁGICO. É VOCÊ QUE TEM QUE MATAR ELDEN ANTES QUE ELE POSSA ABRIR AQUELE POÇO INFERNAL!

Iota estava ouvindo com olhos arregalados e o queixo caído. Foi Woody que rompeu o silêncio. Ele falou baixo, mas cada palavra me atingiu como um golpe.

— Eis a pior possibilidade: o que voltou para o Poço Profundo uma vez pode não voltar. Ao abri-lo, Elden cria o risco não só do acinzentamento do nosso mundo, mas também de sua total destruição. E depois? Quem sabe para onde aquela coisa pode ir?

Ele se inclinou para a frente até seu rosto sem olhos estar a centímetros do meu.

— Empis... Bella... Arabella... há outros mundos além deste, Charlie. Havia mesmo. Eu não tinha vindo de um deles?

Acho que foi nessa hora que o frio começou a tomar conta de mim, o que me fazia lembrar das piores aventuras que tivera com Bertie Bird. E de Polley, quando quebrei primeiro uma das mãos dele e depois a outra. E de Cla. Eu tinha jogado a coxa de frango nele e dito *eu vou foder com a sua cara, meu bem*. E fiz mesmo, sem arrependimentos. Eu não era nenhum príncipe da Disney, e talvez isso fosse bom. Um príncipe da Disney não era aquilo de que o povo de Empis precisava.

5

Claudia e Woody estavam dormindo. Os cinzentos que tinham ido com eles também. Eles fizeram uma viagem árdua, e haveria mais trabalho para eles no dia (ou dias) por vir. Eu, por outro lado, nunca tinha me sentido tão desperto, e não só porque minhas horas de ficar acordado e de dormir tinham sido invertidas. Eu tinha mil perguntas sem resposta. A mais terrível era o que Gogmagog poderia fazer se saísse do poço. Eu estava assombrado pela ideia de que poderia ir para o nosso mundo, assim como a barata gigante tinha ido.

Foi a barata que começou tudo!, pensei e quase ri.

Eu fui para fora. Os sons de quem estava dormindo (grunhidos, gemidos, uns peidos ocasionais) me lembraram as noites em Maleen Profunda. Eu me sentei junto à parede do barracão e olhei para o céu, torcendo para uma abertura nas nuvens, só o suficiente para eu ver uma estrela ou duas, possivelmente até Bella e Arabella, mas só havia aquele painel branco. Que durante o dia seria mais cinza. Do outro lado da Estrada do Reino, Falada continuava pastando em frente à igreja. Algumas fogueiras se apagando iluminavam mais gente dormindo lá. Devia haver cem pessoas agora pelo menos. Ainda não era um exército, mas estava caminhando para isso.

Sombras se moveram ao meu lado. Eu me virei e vi Eye e Radar. Eye se agachou. Rad se sentou ao seu lado, o focinho se movendo delicadamente enquanto ela sentia os odores da noite.

— Não consegue dormir? — perguntei.

— Nã, não. O relógio dentro da minha cabeça está todo errado.

Bem-vindo ao clube, pensei.

— Com que frequência as luas passam no céu?

Ele refletiu.

— Três vezes por noite pelo menos, às vezes dez.

Isso não fazia sentido, porque eu morava em um mundo onde o relógio do universo sempre seguia um padrão. O nascer da lua e o pôr da lua podiam ser previstos dez, cinquenta, cem anos adiantado. Aquele não era o mesmo mundo. Era um mundo em que sereias e um grilo vermelho chamado Snab podiam projetar canções e pensamentos na cabeça de quem estava ouvindo.

— Eu queria poder vê-las. Ver o quanto estão mesmo próximas.

— Bem, não dá, mas você pode ver o brilho pelas nuvens quando elas passarem. Quanto mais forte o brilho, mais próximas elas estão. Mas pra quê? Ou você acha que a princesa estava mentindo sobre o que viu?

Eu balancei a cabeça. Não dava para confundir a expressão de alarme no rosto de Leah.

— É verdade que você vem de outro mundo? — perguntou Iota abruptamente. — Um mundo mágico? Acho que deve ser mesmo, porque eu nunca vi uma arma como a que você carrega no quadril. — Ele fez uma pausa. — Eu também nunca vi alguém como você. Agradeço aos deuses supremos por não ter precisado lutar com você na primeira rodada da Justa. Eu não estaria aqui.

— Você teria acabado comigo, Eye.

— Nã, não. Você é um príncipe mesmo. Eu nunca pensaria de primeira, mas é. Tem algo em você que é tão duro quanto tinta velha.

E sombria, pensei. *Meu próprio poço profundo, com o qual é bom eu ter cuidado.*

— Você consegue encontrá-lo? — perguntou ele, fazendo carinho na cabeça de Radar com a mão grande e cheia de cicatrizes. — Nós podemos cuidar do resto, não tenho dúvida; com os soldados noturnos fracos com a luz do dia e sem poder protegê-los, o grupinho de puxa-sacos de Elden vai fugir como os coelhos que eles são, e nós vamos massacrá-los como coelhos... mas o Assassino Voador! Você consegue encontrá-lo se ele for fundo? Você tem, sei lá... algum...

Sentido aranha foi o que eu pensei, mas não o que saiu da minha boca.

— Um sentido principesco?

Ele riu disso, mas disse sim, ele achava que era isso o que queria dizer.

— Não tenho.

— E Pursey? O que nos ajudou? Ele consegue achar o caminho para o Poço Profundo?

Pensei na ideia e balancei a cabeça. Eu esperava que Pursey ainda estivesse vivo, mas sabia que as chances eram pequenas. Kellin saberia que nós não tínhamos fugido sozinhos. Talvez me desse crédito pelo truque letal com os baldes de água, mas saber sobre a porta com o armário na frente? Isso só podia ter vindo de dentro. E mesmo que Pursey tivesse até agora escapado da morte e da indução da câmara de tortura para falar, as chances de ele saber o caminho para o Poço Profundo eram pequenas.

Nós estávamos no escuro, onde nem mesmo a luz tremeluzente das últimas fogueiras chegava, então peguei outro fósforo na meia e o raspei na lateral do prédio. Empurrei o cabelo para trás e o segurei na frente dos olhos.

— O que você vê? Ainda cor de mel?

Iota chegou perto.

— Não. Azul. Bem azul, meu príncipe.

Eu não fiquei surpreso.

— Me chama de Charlie — falei e apaguei o fósforo. — Quanto ao mundo de onde eu vim... eu acho que todos os mundos são mágicos. A gente só se acostuma.

— E agora?

— Eu? Eu vou esperar. Você pode esperar comigo ou entrar e tentar dormir.

— Eu vou ficar.

— Nós também — disse alguém. Eu me virei e vi as duas mulheres, Eris e Jaya. Foi Eris quem falou. — O que estamos esperando, meu príncipe?

— Chama ele de Charlie — disse Eye. — Ele gosta mais. É modesto, sabe. Como um príncipe de uma história.

— Ou nós vamos ver o que eu estou esperando ou não vamos. Agora, fiquem quietos.

Nós ficamos quietos. Grilos (supostamente não vermelhos) cantavam no mato e nos escombros do subúrbio arruinado que se espalhava em torno da cidade. Nós respiramos ar livre. Foi bom. O tempo passou. Falada pastou, depois ficou parada de cabeça baixa, supostamente cochilando. Radar estava dormindo profundamente. Depois de um tempo, Jaya apontou para o céu. Por trás das nuvens, duas luzes fortes estavam passando, viajando em alta velocidade. Suas luzes não estavam se tocando, se beijando, mas, mesmo com a cobertura das nuvens, deu para ver que estavam bem, bem próximas. Elas passaram atrás das torres triplas do palácio e sumiram. O círculo de jatos de gás em volta do estádio estava apagado. A cidade estava escura, mas, dentro da muralha, os soldados noturnos que restavam estariam patrulhando.

Uma hora se passou, depois duas. Meu relógio interior estava tão errado quanto o de Iota, mas devia estar chegando a primeira luz da manhã quando aconteceu o que eu estava esperando, o que a parte sombria da minha natureza torcia para que acontecesse. A Princesa Leah saiu da igreja.

Com a calça e as botas e a espada curta, não podia ser outra pessoa. Eye se sentou ereto e abriu a boca. Botei a mão no peito dele e levei um dedo aos lábios. Nós a vimos desamarrar Falada e a levar na direção do portão da cidade, ficando fora da superfície de paralelepípedos da rua, onde o barulho dos cascos dela poderia alertar alguém com sono leve. A princesa era um pouco mais do que uma forma mais escura na escuridão quando montou.

Eu me levantei.

— Ninguém precisa vir comigo — falei —, mas, depois do que passamos, não vou impedir ninguém que decida vir.

— Estou com você — disse Eye.

— Eu vou — disse Eris.

Jaya só assentiu.

— Você não, Radar — falei. — Fica com Claudia.

As orelhas dela penderam. O rabo parou de balançar. Não dava para confundir a esperança e a súplica naqueles olhos.

— Não — falei. — Uma ida a Lilimar é o máximo que você vai ter.

— A mulher está se afastando de nós, Charlie — disse Eye. — E o portão está próximo. Se vamos alcançá-la…

— Andem, mas devagar. Nós temos tempo. Ela só vai tentar entrar quando estiver claro. Ela quer ver com os próprios olhos que o Assassino Voador não é o irmão dela, e imagino que ela gostaria de salvar Elden se ele ainda estiver vivo, mas ela não é burra. Nós vamos alcançá-la antes de ela entrar e eu vou convencê-la a se juntar a nós.

— Como você vai fazer isso? — perguntou Eris.

— Da forma que for necessária. — Ninguém disse nada em resposta a isso. — Elden pode já estar no Poço Profundo, esperando o beijo das luas. Nós temos que chegar lá e impedi-lo antes que aconteça.

— Da forma que for necessária — disse Eris, baixo.

— E se Leah não souber o caminho? — perguntou Iota.

— Aí, nós estamos ferrados — falei.

— Meu príncipe — disse Jaya. — Quer dizer, Charlie. — Ela se virou e apontou.

Radar estava vindo atrás de nós. Ela me viu olhando e correu para nos alcançar. Eu me ajoelhei e segurei sua cabeça com as mãos.

— Cadela desobediente! Você vai voltar?

524

Ela só me olhou.

Eu suspirei e me levantei.

— Tudo bem. Pode vir.

Ela andou logo atrás de mim, e foi assim que nós quatro (cinco contando Radar) seguimos para a cidade assombrada.

6

O portão estava próximo, alto, quando algo pulou em nós de um prédio em ruínas no lado esquerdo da estrada. Puxei a .45 do sr. Bowditch, mas, antes que pudesse erguê-la, menos ainda mirar, a forma deu um salto maior (mas ainda meio torto) e pousou nas costas de Radar. Era o Snab. Nós ficamos atônitos; Radar, não. Ela já tinha carregado aquele passageiro e pareceu perfeitamente disposta a carregar de novo. O Snab se acomodou no pescoço dela, como um vigia.

Não vi sinal de Leah e Falada do lado de fora do portão. Não gostei disso. Parei, tentando decidir o que fazer. O Snab pulou de onde estava, foi quase até o portão e virou para a direita. Radar foi atrás, cutucou o grilo com o focinho (ele não pareceu se importar) e olhou para nós para ver se estávamos indo atrás.

Um caminho pavimentado, talvez usado para manutenção nos tempos antigos, seguia pelos escombros perto da parte externa do muro, que ali estava coberto por hera. O Snab foi na frente, pulando pelo mato e saltando por cima de tijolos. Depois de no máximo cem passos, vi uma forma branca na nossa frente. Soltou um relincho baixo. Sentada ao lado de Falada, as pernas cruzadas e esperando o alvorecer, estava a Princesa Leah. Ela viu o grilo primeiro e depois o resto de nós. Ficou de pé e nos encarou com a mão no cabo da espada e os pés afastados, como se pronta para o combate.

Falada falou, mas dispensou o uso da terceira pessoa.

— Ah. Sir Snab o trouxe até mim. E agora que você me encontrou, você precisa voltar.

— Quem cuida dos seus gansos, minha lady, quando você está fora?

Não era o que eu esperava dizer e não era o jeito como Charlie Reade de Sentry, Illinois, teria dito qualquer coisa.

Ela arregalou os olhos, depois os apertou um pouco nos cantos. Como ela não tinha boca, era difícil ter certeza, mas eu acho que ela achou graça tanto quanto ficou surpresa. Falada disse:

— Os criados da minha senhora, Whit e Dickon, cuidam muito bem deles.

Igual a Dick Whittington, pensei.

— O cavalo... — disse Jaya.

Leah a fez se calar com um gesto. Jaya se encolheu e baixou os olhos.

— Agora que sua pergunta tola foi respondida, nos deixe. Eu tenho assuntos sérios.

Olhei para o seu rosto, virado para cima, lindo exceto pela cicatriz onde a boca deveria estar e a ferida feia ao lado.

— Você comeu? — perguntei. — Você precisa estar forte pelo que vem pela frente, minha lady.

— Eu consumi o que precisava — disse Falada. Vi a garganta de Leah trabalhando com o esforço necessário para projetar a voz. — Agora, vá. Eu ordeno.

Eu segurei suas mãos. Eram pequenas nas minhas e estavam frias. Ela estava passando uma imagem forte, a princesa arrogante no controle, mas eu achava que ela estava morrendo de medo. Ela tentou puxar as mãos. Eu continuei segurando.

— Não, Leah. Sou eu que ordeno. Eu sou o príncipe prometido. Acho que você sabe disso.

— Não o príncipe deste mundo — disse Falada, e agora eu ouvia os cliques e murmúrios na garganta de Leah. Sua fala educada era mais por necessidade do que desejo. Se ela não fosse obrigada (e com grande esforço) a falar pela égua, ela teria me dado um sacode. Não havia diversão nos seus olhos agora, só fúria. Aquela mulher que alimentava os gansos com comida no avental estava acostumada a ser obedecida sem ser questionada.

— Não — concordei. — Não o príncipe deste mundo e também não sou príncipe no meu, mas passei longos dias em um calabouço, fui obrigado a matar e vi meus companheiros morrerem. Você me entende, Princesa? Entende meu *direito* de lhe dar ordens?

Falada não disse nada. Uma lágrima caiu do olho esquerdo de Leah e seguiu um caminho lento pela bochecha lisa.

— Ande comigo um pouco, por favor.

Ela balançou a cabeça com tanta violência que o cabelo voou em volta do rosto. Novamente, ela tentou puxar as mãos e novamente eu as segurei.

— Temos tempo, ao menos uma hora até a primeira luz, e seu mundo todo pode depender do que vamos dizer um para o outro. Até o meu pode estar em risco. Então, *por favor.*

Eu soltei suas mãos. Peguei um dos fósforos que restavam na minha meia. Empurrei um pouco da hera para o lado, passei o fósforo pela pedra áspera e o segurei na frente do rosto, como tinha feito com Iota. Ela ficou na ponta dos pés para me olhar, tão próxima que eu poderia ter beijado a testa voltada para cima.

— Azuis — disse Falada.

— Ele *fala* — murmurou Eris.

— Nã, não, é ela — disse Iota com a mesma voz baixa. Eles estavam embasbacados. Eu também estava, e por que não? Havia magia ali e agora eu era parte dela. Isso me apavorava, porque eu não era mais eu mesmo, mas também me deixava exultante.

— Venha, lady. Nós precisamos conversar. Por favor, venha.

Ela veio.

7

Nós seguimos um pouco mais à frente dos outros, a muralha da cidade coberta de hera à esquerda, os escombros do subúrbio destruído à direita, o céu escuro acima.

— Nós temos que impedi-lo — falei. — Antes que ele gere um cataclismo terrível.

Radar estava andando entre nós com o Snab empoleirado no pescoço, e foi o Snab que respondeu. A voz dele era bem mais clara do que a que Leah usava quando estava falando através de Falada.

— Não é o meu irmão. O Assassino Voador *não* é Elden. Ele nunca seria tão terrível. Ele era gentil e amoroso.

As pessoas mudam, pensei. *Meu pai mudou e eu também quando estava com Bertie. Eu me lembro de me perguntar por que uma pessoa boa como eu estava fazendo tanta merda.*

— Se ele estiver vivo — disse o Snab —, ele é prisioneiro. Mas eu não acredito nisso. Eu acredito que ele esteja morto, como tantos da família.

— Eu também acredito nisso — falei. Não era mentira, porque o Elden que ela tinha conhecido, o que segurava a mão dela quando eles exploravam os lugares secretos do palácio, o que ouvia as músicas que a sereia cantava, aquele Elden *estava* morto. Só tinha restado a marionete de Gogmagog.

Nós paramos. A garganta dela trabalhou e o Snab falou. Tanto ventriloquismo devia estar doendo, apesar de o Snab ser o condutor ideal, mas ela tinha que dizer o que carregava no coração havia tanto tempo.

— Se ele for prisioneiro, eu vou libertá-lo. Se estiver morto, vou vingá-lo, para que a maldição sobre esta terra triste possa acabar. Esse trabalho é meu e não seu, filho de Adrian Bowditch.

Eu não era filho dele, só herdeiro, mas essa não pareceu a hora para falar isso.

— É quase certo que o Assassino Voador tenha ido para o Poço Profundo, Princesa. Lá, ele vai esperar até que as luas se beijem e o caminho seja aberto. Você consegue encontrá-lo?

Ela assentiu, mas pareceu em dúvida.

— Você nos leva até lá? Porque não há como encontrarmos sozinhos. Você nos levaria se eu prometer deixar o destino do Assassino Voador em suas mãos quando o enfrentarmos?

Por muito tempo, não houve resposta. Ela não sabia se eu cumpriria minha promessa e estava certa de ter dúvida. Se ela reconhecesse Elden e não conseguisse matá-lo, mesmo da forma como ele estava agora, eu honraria o seu desejo e o deixaria vivo? Pensei no rosto destruído e no coração honesto de Dora. Pensei na coragem de Pursey, pela qual ele quase certamente tinha pagado um preço alto. Pensei nos refugiados cinzentos que eu tinha visto indo de Enseada para algum lugar de refúgio que provavelmente não existia. Se colocássemos essas pessoas feridas e amaldiçoadas em um lado de uma balança e o coração amoroso de uma princesa no outro, não havia como existir equilíbrio.

Você faria mesmo uma promessa dessas para Leah de Gallien?

Eu não achei que fosse um retorno à terceira pessoa; acho que o Snab talvez estivesse falando por si daquela vez, mas eu não tinha dúvida de que Leah queria saber o mesmo.

— Faria.

— Você promete pela alma da sua mãe, que ela possa arder nos fogos do inferno se você faltar com a sua palavra? — disse ela.

— Prometo. — Falei sem hesitação, e era uma promessa que eu pretendia cumprir. Quando Leah visse o que o irmão tinha se tornado, ela talvez o matasse ela mesma. Eu podia ter esperanças disso. Se não, eu daria a arma do sr. Bowditch para Iota. Ele nunca tinha disparado uma, mas eu não esperava nenhuma dificuldade nesse sentido; armas são como câmeras baratas, você só precisa apontar e disparar.

Você e seus amigos vão seguir Leah e obedecê-la?

— Vamos.

Ela devia saber que não podia me impedir de segui-la. Os outros talvez obedecessem a uma ordem da rainha por direito de Empis, mas eu não. Como ela já tinha dito através de Falada, eu não era um príncipe daquele mundo e não estava suscetível às suas ordens.

Acima, o céu clareou. Nós, humanos, olhamos para cima. Radar também. Até o Snab olhou. Círculos brilhosos iluminaram as nuvens. As luas estavam agora tão próximas que pareciam um oito de lado. Ou o símbolo do infinito. Em meros segundos, elas passaram atrás das torres do palácio e o céu escureceu de novo.

— Certo — disse o Snab. — Eu concordo com seus termos. Chega de conversa, por favor. Dói.

— Eu sei — falei. — E sinto muito.

Radar choramingou e lambeu a mão de Leah. Leah se curvou e fez carinho nela. O pacto estava feito.

VINTE E OITO

Para dentro da cidade. O som do luto. Hana. Aquela que antes cantava. Ouro. A cozinha. O salão de recepção. Nós temos que subir para descer.

1

Leah nos levou para onde os outros estavam esperando. Sentou-se novamente sem uma palavra de Falada nem do Snab. Iota me olhou. Eu assenti: feito. Nós nos sentamos com ela e esperamos o amanhecer. Começou a chover de novo, não forte, mas regularmente. Leah tirou uma capa de chuva do único alforje que Falada carregava e colocou por cima dos ombros. Fez sinal para Radar, que me olhou pedindo permissão e foi até ela. Ela passou a capa sobre a minha cadela. O Snab também foi. Eles ficaram secos. O resto de nós, usando os trapos que estávamos usando desde que fugimos, ficamos molhados. Jaya começou a tremer. Eris a abraçou. Eu falei que elas podiam voltar. As duas mulheres balançaram a cabeça. Iota não se deu ao trabalho, só ficou de cabeça baixa e mãos unidas.

O tempo passou. Chegou um momento em que olhei para a frente e percebi que conseguia ver Leah. Eu levantei a mão para ela em pergunta. Ela só balançou a cabeça. Finalmente, quando o dia estava claro em um alvorecer aguado, ela se levantou e prendeu Falada em um pedaço de ferro projetado do que restava de um muro de tijolos no meio de escombros. Ela seguiu pelo caminho sem nem olhar se estávamos atrás. O Snab estava nas costas de Radar de novo. Leah andou devagar, empurrando de lado um crescimento mais denso de hera de vez em quando, olhando, seguindo em frente. Depois de uns cinco minutos, ela parou e começou a rasgar os caules. Fui ajudar, mas ela fez que não. Nós tínhamos um acordo, um pacto, mas estava claro que ela não estava feliz com isso.

Ela puxou mais hera e vi a portinha que estava escondida atrás. Não havia trinco nem maçaneta. Ela me chamou e apontou. Por um momento, eu não soube o que ela esperava de mim. Mas aí, soube.

— Abra em nome de Leah de Gallien — falei, e a porta se abriu.

2

Nós entramos em uma construção longa que parecia um celeiro, cheia de equipamento de manutenção bem antigo. Pás, ancinhos e carrinhos de mão estavam cobertos por uma camada grossa de poeira. O chão também estava empoeirado e não havia marcas exceto as que deixamos ao passar. Vi outro daqueles híbridos de ônibus e carro. Olhei dentro e vi uma bateria tão corroída que era só um calombo verde. Eu me perguntei de onde aqueles veículos, dois pelo menos, um ainda funcionando, tinham vindo. Teria o sr. Bowditch levado peças do nosso mundo para montar lá? Eu não sabia. Só sabia que o regime atual não ligava muito para manutenção. Só ligava para esportes com sangue.

Leah nos levou por uma porta do outro lado. Nós fomos parar em uma espécie de ferro-velho cheio de bondes desmontados, pilhas de postes de energia e grandes emaranhados de fios. Seguimos por esse equipamento inútil, subimos um conjunto de degraus de madeira e entramos em uma sala que eu e os outros fugitivos reconhecemos: a área de armazenamento dos bondes.

Nós estávamos atravessando o terminal principal quando o sino da manhã soltou seu *BONG* reverberante. Leah parou até o som passar e prosseguiu. Não olhou para trás para ver se a estávamos seguindo. Nossos passos ecoavam. No teto, uma nuvem escura de morcegos gigantes moveu as asas, mas não se deslocou.

— Da última vez, nós estávamos indo — disse Eris em voz baixa. — Agora, estamos vindo. Eu tenho um acerto de contas com aquela vaca.

Eu não respondi. Eu não estava interessado. Minha mente estava fixada.

Nós saímos na chuva. Radar de repente desceu correndo os degraus da Casa dos Bondes e passou por um dos postes vermelhos e brancos com a borboleta de pedra no alto. Farejou nos arbustos. Vi uma alça da minha mochila abandonada e ouvi a última coisa que esperaria, mas reconheci na mesma hora. Radar voltou correndo com o macaco na boca. Largou ao meu pé e me olhou, balançando o rabo.

— Boa menina — falei, e dei o macaco para Eye. Ele tinha bolsos. Eu não. O caminho largo levando ao palácio estava deserto, mas não vazio. O corpo de Molly Ruiva tinha sumido, mas os ossos dos soldados noturnos que tinham ido atrás de nós continuavam espalhados por quarenta metros, a maioria enterrada em pilhas de borboletas-monarcas mortas.

Leah tinha parado no pé da escada, a cabeça inclinada, prestando atenção. Nós nos juntamos a ela. Eu também ouvi: era uma espécie de gemido alto, como vento soprando em calhas em uma noite de inverno. Subia e descia, subia e descia, chegava a um grito estridente e voltava a ser gemido.

— Deuses supremos, o que é isso? — sussurrou Jaya.

— O som do luto — falei.

— Cadê o Snab? — perguntou Iota.

Eu balancei a cabeça.

— Não gostou da chuva, talvez.

Leah seguiu pela Estrada Gallien na direção do palácio. Coloquei a mão no seu ombro e a fiz parar.

— A gente devia ir pelos fundos e sair perto do campo de jogos. Eu não consigo encontrar o caminho, um merdinha chamado Peterkin apagou as marcas do sr. Bowditch, mas eu aposto que você sabe chegar lá.

Leah botou as mãos nos quadris e me olhou com exasperação. Apontou para o som de Hana de luto pela filha. E, para o caso de eu ser burro demais para entender, ela levantou as mãos bem acima da cabeça.

— A princesa está certa, Charlie — disse Iota. — Por que ir por lá se podemos evitar a vaca gigante indo pela porta da frente?

Eu entendi o seu ponto, mas havia outros que me pareciam mais importantes.

— Porque ela come carne humana. Tenho quase certeza de que foi por isso que ela foi expulsa da terra dos gigantes, não sei qual é o nome que vocês chamam aqui. Você entende? *Ela come carne humana.* E ela serve a *ele*.

Leah olhou nos meus olhos. Lentamente, ela assentiu e apontou para a arma que eu carregava.

— Sim — falei. — E tem outro motivo, minha lady. Algo que você precisa ver.

3

Nós seguimos um pouco mais pela Estrada Gallien e Leah virou para a esquerda em uma passagem tão estreita que não era mais do que uma viela. Ela nos levou por um labirinto de ruas sem nunca hesitar. Eu esperava que ela soubesse o que estava fazendo; havia muitos anos que ela não passava por ali. Por outro lado, nós tínhamos os uivos de luto de Hana para nos guiar.

Jaya e Eris me alcançaram. Eris estava com expressão feroz, determinada. Jaya parecia estar surtando. Ela disse:

— Os prédios não parecem parados. Sei que é loucura, mas não parecem. Cada vez que afasto o olhar, eu os vejo mudar com o canto do olho.

— E eu fico achando que ouvi vozes — disse Eye. — Este lugar parece… sei lá… assombrado.

— Porque é — falei. — Nós vamos exorcizá-lo ou morrer tentando.

— Exercitá-lo? — perguntou Eris. Os uivos de Hana ficavam cada vez mais altos.

— Deixa pra lá — falei. — Uma coisa de cada vez.

Leah nos levou por uma ruazinha em que os prédios eram tão espremidos que parecia que estávamos passando por uma fenda. Eu via os tijolos de um prédio e as pedras do outro se moverem lentamente para dentro e para fora, como se eles estivessem respirando.

Nós saímos em uma rua que eu reconheci. Era o bulevar com a divisória cheia de mato no meio e o que podiam já ter sido lojas chiques que serviam à realeza e seus cortejos nas laterais. Iota esticou a mão para tocar (ou talvez pegar) uma das flores enormes e eu segurei o seu pulso.

— Você não deveria fazer isso, Eye. Elas mordem.

Ele me olhou.

— Sério?

— Sério.

Agora, eu via os topos do telhado da casa enorme de Hana, atravessada na rua. Leah foi para a direita e começou a andar junto das fachadas de loja em ruínas, olhando pela chuva para a praça vazia com o chafariz seco. Os gemidos de dor de Hana estavam agora quase insuportáveis cada vez que o choro aumentava e virava um grito. Leah finalmente olhou para trás. Fez sinal para eu me adiantar, mas balançou a mão no ar: *devagar, devagar*.

Eu me curvei para Radar e sussurrei no ouvido dela para ela fazer silêncio. E me juntei à princesa.

Hana estava no trono cravejado de pedras. No colo dela estava o corpo da filha. A cabeça de Molly Ruiva pendia para um lado do trono, as pernas caídas do outro. Não havia canções sobre Joe meu bem naquela manhã. Hana acariciou as mechas alaranjadas de Molly, ergueu o rosto caroçudo para a chuva e soltou outro uivo. Pôs um braço grosso embaixo do pescoço da mulher morta, levantou a cabeça dela e cobriu a testa e o que restava da boca suja de sangue de Molly de beijos.

Leah apontou para ela e levantou as mãos para mim com as palmas voltadas para fora: *E agora?*

Isto, pensei, e saí andando pela praça na direção de onde Hana estava. Uma das mãos estava no cabo da arma do sr. Bowditch. Só percebi que Radar estava comigo quando ela começou a latir. Os latidos saíram graves, do fundo do peito, com um rosnado cada vez que ela inspirava. Hana ergueu o rosto e nos viu chegando.

— Calma, garota — falei. — Comigo.

Hana jogou o corpo para o lado e se levantou. Uma das mãos de Molly Ruiva caiu em um montinho de ossos.

— VOCÊ! — gritou ela, os seios subindo como um inchaço. — *VOCÊÊÊÊ!*

— Isso mesmo — falei. — Eu. Eu sou o príncipe que foi prometido, portanto se ajoelhe na minha frente e aceite seu destino.

Eu não esperava que ela obedecesse e não me enganei. Ela veio na minha direção em passos largos. Cinco a trariam até mim. Eu permiti que ela desse três porque não queria errar. Eu não estava com medo. Aquela escuridão tinha tomado conta de mim. Estava frio, mas claro. Acho que é um paradoxo, mas mantenho isso. Eu via aquela rachadura vermelha no meio da testa dela, e quando ela bloqueou o céu acima de mim, gritando algo, não sei o quê, coloquei duas balas lá. O revólver .45 era para a .22 do Polley o que uma espingarda é para uma arma de espoleta de criança. A testa infestada de bolhas afundou como uma cobertura de neve quando alguém pisa com a bota pesada. Os fios castanhos do cabelo voaram para trás, junto com um espirro de sangue. A boca se abriu e revelou dentes afiados que não rasgariam e mastigariam mais a carne de crianças.

Os braços dela voaram para o céu cinzento. Chuva desceu pelos dedos. Eu sentia cheiro de pólvora, forte e acre. Ela cambaleou em um semicírculo, como se quisesse dar mais uma olhada em sua filha amada. Em seguida, caiu. Senti o baque nas pedras embaixo dos meus pés quando ela bateu no chão.

Assim caiu Hana, a gigante, que protegia o relógio de sol, o laguinho e a entrada do Campo dos Monarcas atrás do Palácio de Lilimar.

4

Iota estava na frente da ala direita da casa de Hana, a ala da cozinha. Com ele estava um homem cinzento quase sem rosto; parecia que a pele tinha se soltado do crânio e deslizado para baixo, engolindo um olho e todo o nariz. Ele estava usando uma blusa branca manchada de sangue e uma calça branca. Supus que ele era, tinha sido, o cozinheiro de Jana, o que ela chamou de filho da mãe sem pinto. Eu não tinha nenhum problema com ele. Minha questão era no palácio.

Mas o que Leah queria com Hana ainda não tinha acabado, ao que parecia. Ela foi na direção da gigante caída e puxou a espada. Havia sangue se acumulando em volta da cabeça de Hana e escorrendo entre as pedras.

Eris se adiantou e segurou o braço de Leah. Leah se virou e sua expressão não precisou de palavras: *Como você ousa me tocar?*

— Não, minha Lady de Gallien, eu não tenho nenhuma intenção de ser desrespeitosa, mas espere um momento. Por favor. Por mim.

Leah pareceu considerar o que ela disse e deu um passo para trás.

Eris foi até a gigante e afastou os pés para andar por uma das pernas enormes. Ergueu a saia imunda e mijou na pele branca flácida da coxa de Hana. Quando se afastou, havia lágrimas escorrendo pelas suas bochechas. Ela se virou para nos olhar.

— Eu vim para o sul do vilarejo de Wayva, um lugar do qual ninguém ouviu falar nem vai ouvir porque essa puta diabólica acabou com ele e matou dezenas. Uma das pessoas era o meu avô. Outra era a minha mãe. Agora, faça o que quiser, minha lady. — E Eris fez uma reverência.

Fui até Iota e o cozinheiro, que estava tremendo todo. Eye levou a palma da mão à testa quando me olhou e o cozinheiro fez o mesmo.

— Você derrubou não uma gigante, mas duas — disse Iota. — Se eu viver o suficiente, e sei que as chances são poucas, eu nunca vou esquecer. Nem de Eris mijando nela. Estou surpreso de sua cadela não querer fazer o mesmo.

Leah foi até a lateral da gigante, levantou a espada bem acima da cabeça e golpeou. Ela era uma princesa e herdeira do trono, mas fazia trabalho de fazendeira no exílio e era forte. Mesmo assim, ela precisou golpear três vezes com a espada para cortar a cabeça de Hana.

Ela se ajoelhou, limpou a lâmina em um pedaço do vestido roxo da gigante e embainhou a espada. Foi até Iota, que se curvou e a saudou. Quando ele se empertigou, ela apontou para os seis metros de gigante morta e para o chafariz seco.

— Como ordenar, minha lady, e com muito boa vontade.

Ele foi até o corpo. Mesmo forte como era, mesmo grande como era, ele precisou usar as duas mãos para erguer a cabeça. Foi balançando enquanto ele a carregava até o chafariz. Eris não viu; ela estava chorando nos braços de Jaya.

Iota soltou um grunhido alto, "*HUT!*", e sua camisa rasgou dos lados quando ele arremessou a cabeça. Caiu no chafariz e ficou olhando para a chuva. Como a gárgula pela qual eu tinha passado quando entrei.

5

Nós seguimos por um dos caminhos de cata-vento, dessa vez comigo na frente. Os fundos do palácio se erguiam alto, e novamente o vi como algo vivo. Cochilando, talvez, mas com um olho aberto. Eu podia jurar que alguns torreões tinham se deslocado para locais novos. O mesmo era verdade para escadarias entrecruzadas e parapeitos, que pareciam de pedra em um piscar de olho e de vidro verde-escuro cheio de formas pretas se contorcendo no seguinte. Pensei no poema de Edgar Allan Poe sobre o palácio assombrado, onde uma multidão hedionda corria para sempre, rindo, mas nunca mais sorrindo.

Ali, as iniciais do sr. Bowditch ainda existiam. Olhar para elas foi como encontrar um amigo em um lugar ruim. Nós chegamos às portas vermelhas de carga com o engarrafamento de carroças, depois aos arcobotantes verde-escuros. Contornei-os com meu grupo, e, embora levasse um pouco mais de tempo, não ouvi objeções.

— Mais vozes — disse Iota baixinho. — Está ouvindo?

— Estou — falei.

— O que são? Demônios? Os mortos?

— Acho que não podem fazer nada com a gente. Mas têm poder aqui, sem dúvida, e não é um poder bom.

Olhei para Leah, que fez um gesto rápido de círculo com a mão direita: *Rápido.* Eu entendi isso. Nós não podíamos desperdiçar a preciosa luz do dia, mas eu tinha que mostrar a ela. Ela tinha que ver, porque ver é o começo de entender. De aceitar uma verdade havia muito negada.

6

Um caminho curvo nos levou para perto do lago cercado de palmeiras, as folhas agora pendendo inertes na chuva. Eu via o poste alto no centro do relógio de sol, mas não estava mais com o sol no alto. Por causa da volta de radar nele, o sol tinha acabado virado para o outro lado. Agora, mostrava as duas luas de Empis. Elas também tinham faces e os olhos também se moviam... um em direção ao outro, como se estimando a distância que restava entre eles. Vi a última marca do sr. Bowditch, AB com uma seta no alto do A apontando para a frente, na direção do relógio de sol.

E do laguinho.

Eu me virei para o meu pequeno grupo.

— Princesa Leah, por favor, venha comigo. O resto de vocês, fiquem até eu chamar. — Eu me curvei para Radar. — Você também, garota. Fica.

Não houve perguntas nem protestos.

Leah andou ao meu lado. Eu a levei até o laguinho e fiz sinal para ela olhar. Ela viu o que restava da sereia debaixo da água agora contaminada com decomposição. Viu o cabo da lança saindo da barriga de Elsa e os intestinos flutuando em volta.

Leah soltou um gemido abafado que teria sido um grito se pudesse escapar dela. Botou as mãos sobre os olhos e desabou em um dos bancos onde os empisianos que tinham viajado de suas cidades talvez tivessem se sentado um dia para se maravilhar com a linda criatura nadando no lago e talvez para ouvir uma canção. Ela se curvou sobre as coxas, ainda soltando os grunhidos abafados, que para mim foram mais terríveis, mais desolados, do que um choro de verdade seria. Pus a mão nas costas dela, com medo de repente de que a incapacidade de dar voz à dor pudesse matá-la, da mesma forma que uma pessoa azarada poderia morrer engasgada com comida entalada na garganta.

Finalmente, ela virou a cabeça, olhou para os restos cinzentos de Elsa novamente e voltou o rosto para o céu. Chuva e lágrimas desciam pelas suas bochechas lisas, pela cicatriz da boca, pela ferida vermelha que ela precisava abrir para comer apesar da dor que aquilo gerava. Ela ergueu os punhos para o céu cinzento e os sacudiu.

Eu segurei suas mãos delicadamente nas minhas. Foi como segurar pedras. Finalmente, elas relaxaram e seguraram as minhas. Eu esperei até ela me olhar.

— O Assassino Voador a matou. Se não foi ele em pessoa, ele ordenou que fizessem isso. Porque ela era linda e a força que o governa odeia toda beleza: as monarcas, as pessoas boas como Dora, que já foram pessoas inteiras, até a terra que você deveria governar por direito. O que *ele* ama é violência e dor e assassinato. Ele ama o *cinza*. Quando nós o encontrarmos, *se* o encontrarmos, você vai matá-lo se eu cair?

Ela olhou para mim em dúvida, os olhos tomados de lágrimas. Finalmente, ela assentiu.

— Mesmo se for Elden?

Ela balançou a cabeça tão violentamente quanto antes e soltou as mãos das minhas. E, do lago onde estava a sereia morta, veio a voz projetada de Leah, lamentosa e trêmula:

— Ele nunca mataria Elsa. Ele a amava.

Bem, pensei, *isso não é exatamente um não.*

O tempo estava passando. Ainda havia horas de luz do dia pela frente, mas eu não sabia se as luas precisavam se beijar acima de Empis para o Poço Profundo se abrir; até onde eu sabia, elas poderiam se encontrar do outro lado do mundo com o mesmo resultado terrível. Os olhos de Bella e Arabella no poste central do relógio de sol ficavam tiquetaqueando para a frente e para trás como se para delinear essa ideia.

Eu me virei e chamei os outros.

7

Nós contornamos o relógio de sol, mas com uma exceção: Radar andou por cima, parando só para fazer xixi no poste central, o que me fez pensar em Eris e na gigante morta.

Os caminhos de cata-vento se mesclaram no caminho central amplo. Acabaram em várias portas. Tentei a do meio e vi que estava trancada. Mandei que se abrisse em nome de Leah de Gallien, a versão empisiana de *Abre-te, Sésamo*, e abriu. Isso eu esperava, mas aconteceu outra coisa que eu não esperava. A construção pareceu se encolher ao ouvir o nome da princesa. Não foi bem que eu vi isso acontecer, foi mais que eu senti, assim como senti nos pés quando os duzentos e cinquenta ou trezentos quilos de peso morto de Hana caíram no chão.

O emaranhado de vozes sussurrantes, ouvidas não tanto com ouvidos, mas no meio da cabeça, parou de repente. Eu não era bobo de achar que o palácio inteiro estava limpo (*exorcizado* era a palavra que eu tinha usado com Iota), mas ficou claro para mim que não era só o Assassino Voador que tinha poder. *Seria mais forte se ela pudesse falar*, pensei, mas claro que ela não podia.

Atrás das portas havia um saguão amplo. No passado, assim como a Casa dos Bondes, tinha sido decorado com um mural circular, mas pintado de tinta preta para que não restasse nada além de umas poucas monarcas bem no alto, perto do teto. Pensei de novo em fanáticos do ISIS destruindo os artefatos culturais de civilizações que existiram antes deles.

No centro do saguão havia vários quiosques pintados de vermelho, não muito diferentes dos que eu e meu pai vimos muitas vezes no Guaranteed Rate Field quando fomos a Chicago ver o White Sox jogar.

— Eu sei onde estamos — murmurou Iota. Ele apontou. — Espera, Charlie. Um minuto.

Ele subiu uma das rampas, olhou e voltou correndo.

— Os assentos estão vazios. O campo também. Tudo sumiu. Os corpos também.

Leah olhou para ele com uma impaciência que parecia perguntar o que ele esperava, depois nos levou para a esquerda. Percorremos um corredor circular passando por várias cabines fechadas que deviam ser de comida. Radar andou ao meu lado. Se houvesse problema, eu esperava que ela percebesse primeiro, mas até o momento ela parecia alerta, mas calma. Depois das últimas cabines, eu parei e fiquei olhando. Os outros fizeram o mesmo. Só Leah não exibiu interesse no que tinha me impressionado tanto. Ela andou mais um pouco e só então se deu conta de que não estávamos acompanhando. Ela fez aquele gesto circular de *anda logo* de novo, mas no momento estávamos paralisados.

Ali, o muro de pedra tinha sido substituído por um painel de vidro curvo com pelo menos nove metros de comprimento. Estava empoeirado, tudo no palácio estava empoeirado, mas ainda dava para ver o que havia dentro, iluminado por uma fileira de jatos de gás no teto, protegidos para funcionarem como holofotes. Eu estava olhando para uma câmara lotada de montes de bolinhas de ouro como as que vi no cofre do sr. Bowditch. Deviam valer bilhões de dólares americanos. Dentre elas, espalhadas com descuido, havia pedras preciosas: opacas, pérolas, esmeraldas, diamantes, rubis, safiras. O sr. Heinrich, o velho joalheiro manco, teria tido um ataque do coração.

— Meu Deus — sussurrei.

Eris, Jaya e Iota pareceram interessados, mas nada perto de estupefatos.

— Eu ouvi falar disso — disse Iota. — É o tesouro, não é, minha lady? O tesouro de Empis.

Leah assentiu com impaciência e fez sinal para irmos. Ela estava certa, nós tínhamos que seguir em frente, mas fiquei mais alguns momentos apreciando aquela riqueza enorme. Pensei nas minhas muitas viagens para ver o White Sox e naquele domingo especial para ver os Bears jogarem no Soldier Field. Os dois estádios tinham exposições de objetos importantes protegidos por vidro, e achei que aquilo podia ser algo similar: quando estava indo para o jogo que tinha ido ver, o povo podia parar e admirar as riquezas do reino, sem dúvida protegidas pela Guarda do Rei durante o reinado dos Galliens, mais recentemente por Hana. Eu não sabia como o sr. Bowditch tinha conseguido acesso, mas o que ele levara, com ou sem permissão, era só uma gota do balde. Por assim dizer.

Leah fez um gesto mais vigoroso, as duas mãos balançando por cima dos ombros. Nós a seguimos. Dei uma olhada para trás, pensando que, se eu pulasse em uma daquelas pilhas, ficaria com ouro até o pescoço. Depois, pensei no rei Midas, que morreu de fome, de acordo com a história, porque tudo que ele tentava comer virava ouro quando ele tocava.

8

Mais para a frente no corredor, comecei a sentir um odor fraco que trouxe lembranças desagradáveis de Maleen Profunda: linguiça. Nós chegamos a uma porta dupla aberta à esquerda. Atrás dela ficava uma cozinha enorme com uma fileira de fornos embutidos em tijolo, três fogões, espetos para assar carne e pias tão grandes que dava para tomar banho nelas. Era ali que a comida era preparada para as multidões que compareciam aos dias de jogo. As portas dos fornos estavam abertas, os queimadores dos fogões estavam apagados e não havia nada girando nos espetos, mas o aroma fantasmagórico das linguiças permanecia no ar. *Eu nunca mais vou comer linguiça enquanto estiver vivo*, pensei. *Talvez nem bife.*

541

Quatro homens cinzentos se encolhiam junto à parede mais distante. Eles estavam usando calças largas e camisas parecidas com a que Pursey usava, mas nenhum deles era Pursey. Ao nos ver, um dos infelizes levantou o avental e cobriu o que restava do rosto. Os outros só ficaram olhando, as feições semiapagadas exibindo graus variados de consternação e medo. Eu entrei, ignorando a tentativa de Leah de me puxar pela passagem. Um a um os membros da equipe de cozinha caíram de joelhos e levaram a palma da mão à testa.

— Nã, não, levantem — falei, e fiquei um pouco consternado com a prontidão com que eles obedeceram. — Eu não quero fazer mal a ninguém, mas onde está Pursey? Percival? Eu sei que ele era um de vocês.

Eles se olharam e olharam para mim, depois para a minha cadela e para Iota ao meu lado... e, claro, lançaram olhares para a princesa, que tinha voltado para o castelo que já tinha sido seu lar. Finalmente, o que tinha coberto o rosto abaixou o avental e deu um passo à frente. Ele estava tremendo. Vou poupar você da fala arrastada dele. Ele foi bem compreensível.

— Os soldados noturnos vieram e o levaram. Ele tremeu e desmaiou. Eles o carregaram. Acho que ele pode estar morto, grande senhor, pois o toque deles mata.

Isso eu sabia, mas nem sempre matava, senão eu estaria morto havia semanas.

— Pra onde o levaram?

Eles balançaram a cabeça, mas eu tinha uma ideia, e se o Lorde Supremo quisesse interrogar Pursey, *Percival*, ele talvez ainda estivesse vivo.

Leah, enquanto isso, tinha visto algo. Ela correu para o outro lado do aposento, para a grande ilha de preparação de comida no centro. Nela, havia uma pilha de papéis amarrada com barbante e uma caneta de pena, as penas escuras de graxa e a ponta escura de tinta. Ela pegou os dois e fez aquele gesto impaciente que dizia que nós tínhamos que ir. Ela estava certa, claro, mas teria que aguentar um desviozinho para o apartamento que eu já tinha visitado. Eu tinha uma dívida com Percival. Todos nós. E eu também tinha uma dívida com Kellin, o Lorde Supremo.

Eu queria me vingar, e, como todo mundo sabe, vingança é um prato que se come frio.

9

Não muito depois da cozinha, o corredor terminava em uma porta alta atravessada por barras formidáveis de metal. Nela havia uma placa com letras com noventa centímetros de altura. Olhando de frente, eu conseguia ver as palavras NÃO ENTRE. Quando virava a cabeça para olhar com a visão periférica que Cla infelizmente não tinha, as palavras viravam um emaranhado de símbolos rúnicos… que, tenho certeza, meus companheiros conseguiam ler perfeitamente bem.

Leah apontou para mim. Eu me aproximei da porta e falei as palavras mágicas. Ferrolhos se deslocaram do outro lado e a porta se entreabriu.

— Você devia ter tentado isso em Maleen — disse Eris. — Teria nos poupado muito sofrimento.

Eu poderia dizer que nem tinha pensado naquilo, o que era verdade, mas isso não era tudo.

— Eu não era o príncipe ainda. Eu ainda…

— Ainda o quê? — perguntou Jaya.

Ainda estava mudando, pensei. *Maleen Profunda foi meu casulo.*

Fui salvo de ter que terminar. Leah fez sinal com uma das mãos e puxou o que restava da minha camisa com a outra. Ela estava certa, claro. Nós tínhamos um apocalipse para impedir.

O corredor depois da porta era bem mais largo e decorado com tapeçarias exibindo tudo, desde casamentos reais e bailes com roupas elegantes a cenas de caça e paisagens com montanhas e lagos. Uma particularmente memorável mostrava um navio a vela preso nas garras de um crustáceo submarino gigante. Nós andamos pelo menos oitocentos metros até chegarmos a uma porta dupla de três metros de altura. Em um dos lados havia uma faixa mostrando um velho com uma túnica vermelha do pescoço ao pé. Na sua cabeça estava a coroa que eu tinha visto na cabeça do Assassino Voador; não havia como confundir. Na outra porta havia uma mulher bem mais jovem, também usando uma coroa nos cachos louros.

— O Rei Jan e a Rainha Cova — disse Jaya. A voz dela estava suave e impressionada. — Minha mãe tinha uma almofada com a cara deles. Nós não podíamos tocar, menos ainda apoiar a cabeça nela.

Não houve necessidade de eu dizer o nome de Leah ali; a porta se abriu para dentro com o toque dela. Nós pisamos em uma varanda ampla. A sala abaixo dava uma sensação de amplidão, mas era difícil ter certeza porque estava bem escuro. Leah chegou para a esquerda e entrou nas sombras até quase desaparecer. Ouvi um barulho baixo e agudo seguido do cheiro de gás e um chiado baixo da escuridão acima e ao nosso redor. Em seguida, primeiro de um em um, depois de dois em dois e de três em três, jatos de gás se acenderam. Deviam ser mais de cem em volta do salão enorme. Mais se acenderam em um candelabro enorme com muitos raios. Eu sei que você está lendo um monte de *enormes* e *grandes* e *gigantescos*. É bom se acostumar, porque *tudo* era... ao menos até chegarmos ao pesadelo claustrofóbico sobre o qual vou contar em breve.

Leah estava girando uma pequena válvula. Os jatos de gás ficaram mais fortes. A varanda era na verdade uma galeria com uma fila de cadeiras de encostos altos. Abaixo de nós havia uma sala circular com piso vermelho de pedra. No centro, em uma espécie de plataforma, havia dois tronos, um deles um pouco maior do que o outro. Havia cadeiras espalhadas em volta (bem mais confortáveis do que as da varanda) e pequenos divãs como namoradeiras.

E fedia. O cheiro era tão denso e forte que era quase visível. Dava para ver pilhas de comida podre aqui e ali, algumas com o movimento de larvas, mas isso não era tudo. Havia também pilhas de merda nas pedras e pilhas particularmente grandes nos dois tronos. Sangue, agora seco e marrom, manchava as paredes. Dois corpos decapitados estavam caídos abaixo do candelabro. Pendurados nele dos dois lados, como se para mantê-lo equilibrado, estavam mais dois, os rostos retorcidos encolhidos e quase mumificados com o tempo. Os pescoços estavam esticados e grotescamente longos, mas ainda não tinham se soltado das cabeças que deviam sustentar. Era como olhar o resultado de uma festa de assassinato horrível.

— O que aconteceu aqui? — perguntou Iota em um sussurro rouco. — Meus deuses supremos, *o quê?*

A princesa bateu no meu braço. O rosto sem boca pareceu ao mesmo tempo exausto e triste. Ela estava me oferecendo um dos papéis que tinha pegado na cozinha. De um lado, alguém tinha escrito uma receita complicada em letra cursiva. Do outro, Leah tinha escrito com letra clara: *Esse era o salão de recepção do meu pai e da minha mãe.* Ela apontou para uma das múmias penduradas e escreveu: *Acho que é Luddum. Chanceler do meu pai.*

Eu passei o braço pelos seus ombros. Ela apoiou a cabeça brevemente no meu braço e se afastou.

— Não foi suficiente matá-los, não é? — perguntei. — Tiveram que profanar o lugar.

Ela assentiu com cansaço e apontou para trás de mim, para um lance de escadas. Nós descemos por lá e ela nos levou por outra porta dupla, com pelo menos nove metros de altura. Hana poderia ter passado por ali sem se abaixar.

Leah chamou Iota. Ele colocou a palma das mãos na porta, se inclinou para a frente e a abriu por um trilho. Enquanto ele fazia isso, Leah se virou para os tronos cagados onde sua mãe e seu pai já tinham ouvido os pedidos dos súditos. Apoiou-se em um joelho e levou a palma da mão à testa. Lágrimas caíram nas pedras vermelhas sujas.

Silenciosas, silenciosas.

10

O aposento depois do salão de recepção teria provocado vergonha na nave da catedral de Notre-Dame. Os ecos transformaram os passos de cinco na marcha de um batalhão. E as vozes tinham voltado, todos os sussurros misturados cheios de malícia.

Acima de nós estavam as três torres, como grandes túneis verticais cheios de brilhos verdes e sombras que escureciam até puro ébano. O piso em que estávamos andando tinha centenas de milhares de ladrilhos pequenos. Eles já tinham formado uma borboleta-monarca enorme, e apesar do vandalismo que a tinha destruído, a forma permanecia lá. Abaixo da torre central ficava uma plataforma dourada. Do centro dela, um cabo prateado subia até a escuridão. Havia um pedestal ao lado com uma roda grande saindo do lado. Leah fez sinal para Iota. Em seguida, apontou para a roda e fez um gesto de giro.

Eye se adiantou, cuspiu nas mãos e começou a girar. Ele era um homem forte e continuou girando por um tempo sem se cansar. Quando finalmente chegou para trás, eu assumi o lugar dele. A roda girava sem parar, mas era trabalho árduo; depois de uns dez minutos, eu tive a sensação de que estava empurrando a porcaria por alguma espécie de cola. Houve um tapinha no meu ombro. Eris assumiu a função. Ela conseguiu uma única volta e foi a vez de Jaya. O trabalho dela foi quase que simbólico, mas ela queria ser parte da equipe. Não havia nada de errado nisso.

— O que nós estamos fazendo? — perguntei a Leah. A plataforma dourada era claramente um elevador que subia pela torre central, mas não tinha se movido. — E por que estamos fazendo isso se o Assassino Voador desceu?

Houve um grunhido vindo do ar, quase uma palavra. *Preciso*, acho que foi. Leah botou as mãos na garganta e balançou a cabeça, como se para dizer que o ventriloquismo agora era muito difícil. Em seguida, escreveu em outro papel de receita, usando as costas de Jaya como apoio. A tinta na ponta da pena estava bem fraca quando ela terminou, mas deu para ler.

Nós temos que subir para descer. Confie em mim.

Que escolha eu tinha?

VINTE E NOVE

O elevador. A escadaria em espiral. Jeff. O Lorde Supremo. "A Rainha de Empis vai cumprir seu dever."

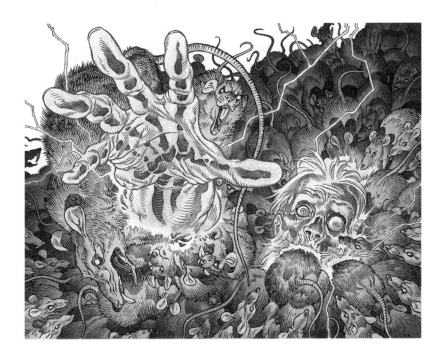

1

Iota voltou para a roda, e agora a resistência era tão grande que ele grunhiu a cada um quarto de volta. Ele a moveu umas seis vezes, a última só alguns centímetros. E aí, em algum lugar no alto, um carrilhão suave soou. Ecoou e sumiu. Leah fez sinal para Eye chegar para trás. Ela apontou para a plataforma. Apontou para nós, levantou os braços e deu um abraço no ar.

— Todos nós? — perguntei. — É isso que você quer dizer? Bem juntos?

Ela assentiu e conseguiu um ato final de ventriloquismo segurando a garganta. Lágrimas de dor desceram pelas bochechas. Eu não queria imaginar a garganta dela cheia de arame farpado, mas não pude evitar.

— Cachorro. Meio. Agora.

Nós, humanos, subimos na plataforma. Radar ficou para trás, agachada, com expressão preocupada. Assim que nosso peso moveu na plataforma, ela começou a subir.

— Radar! — gritei. — Pula, pula!

Por um segundo, eu achei que ela ficaria para trás. Mas seu traseiro se encolheu e ela saltou. A guia não existia mais, mas ela ainda estava de coleira. Iota a segurou e a puxou para cima. Nós todos nos movemos e abrimos espaço para ela no meio. Ela ficou sentada olhando para mim e choramingou. Eu sabia o que ela estava sentindo. Quase não havia espaço para todos, mesmo espremidos com costas e barrigas encostadas.

O chão foi ficando para baixo. Com até uns dois metros, nós talvez conseguíssemos pular sem nos machucar. Com três e meio, nós talvez conseguíssemos pular sem morrer. Mas logo passamos dos cinco e nem valia mais a pena pensar.

Eye estava de um lado com os dedos dos pés para fora da beirada. Eu estava do outro, também com pelo menos um quarto dos meus pés no ar. Eris, Jaya e Leah estavam agrupadas em volta de Radar, Leah por cima dela. Agora, o chão devia estar vinte metros abaixo. O ar estava empoeirado, e achei que, se começasse a espirrar, talvez acabasse caindo, o que seria um fim desonroso para o príncipe prometido.

As vozes sussurraram e se misturaram. Uma que eu ouvi claramente disse: *O cérebro do seu pai está se consumindo.*

Jaya começou a se balançar e fechou os olhos.

— Eu não gosto de altura — disse ela. — Nunca gostei de altura, nem mesmo do mezanino do celeiro. Ah, eu não consigo, eu quero descer.

Ela começou a lutar, levantando os braços para empurrar Eris, que esbarrou em Iota e quase o jogou lá embaixo. Radar latiu. Se *ela* entrasse em pânico e começasse a se mover, Leah cairia. Eu também.

— Segura essa mulher, Eris — rosnou Iota. — Faz ela ficar parada antes que ela mate todo mundo.

Eris esticou os braços por cima de Radar... e de Leah, que dobrou os joelhos e se agachou parcialmente. Eris passou os braços em volta de Jaya.

— Fecha os olhos, querida. Fecha os olhos e finge que é um sonho.

Jaya fechou os olhos e abraçou Eris pelo pescoço.

O ar estava mais frio lá em cima e eu estava melado de suor. Comecei a tremer. *Doente*, sussurrou uma voz que passou por mim como um lenço diáfano. *Doente e escorrega, escorrega e cai.*

Abaixo de mim, o piso de pedra era agora só um quadradinho na penumbra. O vento estava soprando e as laterais às vezes de pedra e às vezes de vidro da torre estalavam.

Doente, sussurraram as vozes. *Doente e escorrega, escorrega e cai. Cai com certeza.*

Nós continuamos subindo, o que me pareceu loucura com o Assassino Voador em algum lugar abaixo de nós, mas era tarde demais para mudar o rumo agora. Eu só podia torcer para Leah saber o que estava fazendo.

Nós passamos por suportes grossos de pedra coberta de camadas de poeira e agora havia vidro verde dos dois lados. Formas pretas se retorciam sinuosamente nele. As laterais estavam se estreitando.

De repente, a plataforma parou.

Acima de nós, a torre se estreitava no escuro. Dava para ver algo lá em cima, talvez um patamar, mas ficava pelo menos doze metros acima da plataforma parada onde estávamos em volta da minha cadela, que estava pronta para sair correndo a qualquer segundo. Abaixo de nós havia léguas de ar.

— O que está acontecendo? — perguntou Eris. — Nós paramos? — A voz dela estava fraca de tanto pavor. Jaya tremeu nos braços dela e esbarrou em Iota de novo. Ele balançou os braços como louco para manter o equilíbrio.

— Como a gente vai descer é uma pergunta melhor — rosnou ele. — Isso aqui é o que chamamos de pau-rrengue.

Leah estava olhando para cima com ansiedade, acompanhando o cabo prateado com os olhos.

— Isso não é jeito de terminar a história — disse Eye, e até riu. — Cento e vinte metros no ar e espremidos como gado.

Pensei em gritar *Suba em nome de Leah de Gallien*, sabia que era absurdo e estava prestes a tentar mesmo assim quando a plataforma ganhou vida de novo. Dessa vez, fui eu quem balancei os braços para não cair para o lado.

549

Acho que eu teria caído se Leah não tivesse me segurado pelo pescoço. O aperto foi forte a ponto de cortar meu ar por uns segundos, mas, considerando as circunstâncias, teria sido absurdo reclamar.

Radar se levantou e todos nos balançamos ao mesmo tempo. A plataforma parecia estar encolhendo em volta de nós. As paredes curvas da torre estavam agora tão perto que quase dava para tocar nelas. Olhei para o patamar que se aproximava e rezei para que chegasse ao nosso alcance antes de o elevador parar de novo ou despencar.

Nada disso aconteceu. A plataforma parou no patamar com um sacolejo suave, houve outro toque, mais alto lá em cima, e Radar saiu andando, dando um bom esbarrão em Leah com o traseiro e a jogando em Eris e Jaya. Elas oscilaram na borda da escuridão. Eu empurrei Leah com uma das mãos e Jaya com a outra. Iota empurrou Eris e nós cambaleamos para o patamar uns em cima dos outros, como palhaços saindo do carrinho no circo. Iota começou a rir. Eu me juntei a ele. Eris e Jaya também começaram a rir, mas Jaya também estava chorando. Houve muitos abraços.

Leah encostou o rosto nas costas de Radar e esticou uma das mãos. Eu a segurei e a apertei. Ela apertou de volta.

— Eu gostaria de saber algo — disse Iota. — Eu gostaria de saber onde nós estamos e por que viemos pra cá.

Eu apontei para Leah e dei de ombros. *Coisa dela, não minha.*

2

O patamar era pequeno e não havia amurada, mas nós conseguimos ficar em fila, o que era mais seguro do que ficarmos espremidos em uma plataforma de menos de dois por dois metros de ouro maciço. E a plataforma então começou a descer, nos deixando presos lá em cima.

Leah apontou para a direita. Iota era o primeiro da fila e começou a andar naquela direção, olhando para a escuridão da queda e para a plataforma que descia. O resto de nós foi atrás, Jaya olhando com determinação para o lado mais distante da torre. Nós estávamos de mãos dadas como bonecos de papel. Não devia ser muito inteligente, pois, se um de nós perdesse o equilíbrio, poderíamos cair todos, mas isso não nos impediu.

No fim do patamar havia um arco baixo. Iota se curvou, soltou a mão de Eris e passou. Radar foi em seguida, depois Jaya e Leah. Eu fui por último, lançando um olhar derradeiro para a plataforma que descia, quase fora do campo de visão.

Havia outra passarela curva do outro lado do arco e outro abismo depois dela. Nós tínhamos subido quase até o topo da torre central; estávamos agora no topo da torre da direita. Leah abriu caminho até a frente do nosso pequeno desfile, cada um de nós segurando-a pela cintura conforme ela foi passando. Ouvi a respiração rápida entrando e saindo pelo seu nariz. Eu me perguntei quanta força tinha sido necessária para ela vocalizar o tanto que tinha vocalizado e quando tinha sido a última vez que ela comera. Agora, ela devia estar na reserva de energia... mas isso também se aplicava a todos nós.

— Você não está feliz de ter vindo? — sussurrei para Jaya quando começamos a nos mover de novo, agora arrastando os pés em torno do topo daquela segunda torre.

— Cala a boca, meu príncipe — sussurrou ela em resposta.

A passarela terminava em outro arco do outro lado da torre, esse bloqueado por uma porta de madeira que não devia ter mais de um metro e meio. Não foram necessárias palavras mágicas. Leah puxou o ferrolho no alto e usou as duas mãos para erguer uma trava dupla. Não havia dúvida de que ela já tinha estado ali. Dava para imaginá-la com Elden, quando crianças, os menores da ninhada e basicamente esquecidos, explorando um palácio que devia ter uns trezentos ou quatrocentos mil metros quadrados, encontrando seus segredos antigos, desafiando a morte naquela plataforma (como eles conseguiam girar a roda que a movia?) e Deus sabia quantos outros lugares perigosos. Era impressionante eles não terem morrido em uma dessas expedições. O corolário desse pensamento era que teria sido melhor para todos se Elden tivesse morrido.

Assim que a porta foi aberta, nós ouvimos o som de vento lá fora. O gemido baixo e constante me fez pensar nos sons que Hana fez enquanto segurava o corpo da filha morta. O patamar depois da porta só dava espaço para uma pessoa de cada vez (ou talvez, pensei, para duas crianças pequenas e curiosas bem juntinhas).

Leah foi primeiro. Fui atrás e vi que estávamos no topo de um cilindro estreito que parecia ir até o térreo. À nossa esquerda havia uma parede de blocos de pedra. À direita havia vidro verde curvo com aqueles capilares pretos flutuando preguiçosamente para cima. O vidro era grosso e escuro, mas passava luz suficiente para eu ver o caminho para baixo: uma escada estreita que girava em si mesma em uma espiral apertada. Não havia guarda-corpo. Estiquei a mão e toquei no vidro com os dedos. O resultado foi surpreendente. Os filetes pretos se juntaram em nuvem e seguiram na direção do meu toque. Puxei a mão de volta rapidamente e os fios pretos retomaram a perambulação preguiçosa.

Mas essas coisas nos veem ou nos sentem, pensei. *E estão famintas.*

— Não toquem na parede de vidro — falei para os outros. — Acho que eles não conseguem atravessar, mas não seria bom atiçá-los.

— O que é *atiçar*? — perguntou Jaya.

— Não importa, só não toca na parede de vidro.

Leah, agora uns seis degraus abaixo, fez aquele gesto de giro de novo, como um juiz sinalizando um *home run*.

Nós começamos a descer.

3

A escada era melhor do que a plataforma do elevador, menos assustadora, mas ainda era perigosa. Era íngreme, e a estrutura circular deixou todo mundo (com a possível exceção de Radar) tonto. Olhar para baixo pelo centro da espiral era má ideia; deixava a sensação de vertigem pior. Depois de Leah e de mim vinham Radar, Iota e Jaya. Eris vinha na retaguarda.

Depois de uma descida de uns cem degraus, nós chegamos a outra daquelas portas baixas. Leah passou direto, mas eu fiquei curioso. Espiei dentro de um aposento comprido, com mofo e poeira, cheio de formas escuras, algumas cobertas com panos. A ideia de eu estar olhando para um sótão enorme me deixou intrigado no começo, mas me dei conta de que todo palácio devia ter um. Só não costumam aparecer nos livros.

Depois de descer mais, a parede de vidro mais grossa, a luz mais fraca, nós chegamos a outra porta. Abri-a e vi um corredor iluminado com uns poucos jatos de gás hesitantes. Muitos outros estavam apagados. Uma tapeçaria poeirenta estava embolada e abandonada no chão.

— Leah, espera.

Ela se virou para mim e levantou as mãos com as palmas para fora.

— Tem mais portas no caminho de descida? Que dão em partes diferentes do palácio? Aposentos de moradia, talvez?

Ela assentiu e fez o gesto de giro de novo, o que dizia que tínhamos que ir em frente.

— Ainda não. Você sabe de um apartamento iluminado por eletricidade e não jatos de gás? — O que eu falei de verdade foi, eu acho, *você sabe de aposentos*. Mas não foi por isso que ela pareceu intrigada. Ela não conhecia *eletricidade*, da mesma forma que Jaya não soube o que era *atiçar*.

— Luzes mágicas — falei.

Isso ela entendeu. Levantou três dedos, pensou e levantou quatro.

— Por que estamos parando? — perguntou Jaya. — Eu quero *descer*.

— Aguenta firme — disse Iota. — Eu sei o que ele quer. Ou acho que sei.

Pensei em perguntar a Leah se o sr. Bowditch tinha instalado as luzes mágicas e o gerador para ligá-las, mas eu já sabia. *Covardes levam presentes*. Mas, com base no que eu tinha visto do gerador ultrapassado, ele tinha feito isso muito tempo antes, provavelmente quando ainda era Adrian e não Howard.

Uma das suítes agraciadas com eletricidade gerada por escravos devia ser os aposentos particulares dos falecidos rei e rainha, mas não era nessa que eu estava interessado.

Leah não só apontou para baixo da escada em espiral; ela sacudiu o dedo repetidamente. Ela só pensava em duas coisas: encontrar o Assassino Voador antes que ele pudesse abrir o Poço Profundo e verificar que o usurpador não era seu irmão. Eu me importava com isso tanto quanto ela, mas também me importava com outra coisa. Eu tinha passado um tempo no inferno de Maleen Profunda, afinal, assim como Iota e as duas mulheres que tinham decidido vir conosco.

— Ainda não, Leah. Me escuta. Você se lembra de um conjunto de aposentos, um equipado com luzes mágicas, que tinha um sofá comprido de veludo azul? — Ela não fez sinal de lembrar, mas eu me lembrei de outra coisa. — E uma mesa com superfície de ladrilhos? Os ladrilhos formam a imagem de um unicórnio que parece quase estar dançando. Você se lembra disso?

Ela arregalou os olhos e assentiu.

553

— Tem porta dessa escada pra essa parte das residências?

Ela pôs as mãos nos quadris, um com a espada, o outro com a adaga, e me olhou com exasperação. Ela apontou para baixo.

Eu caí no vernáculo que tinha aprendido em Maleen.

— Nã, nã, não, minha lady. Diga se podemos adentrar nessa parte daqui. Me responda!

Com relutância, ela assentiu.

— Então, nos leve lá. Nós ainda temos muita luz do dia… — eu talvez tivesse dito *um bocadinho* de luz do dia — … e há outras questões além da sua.

— Que questões? — perguntou Jaya atrás de mim.

— Acho que é lá que vamos encontrar o Lorde Supremo.

— Então nós temos que ir lá — disse Eris. — Ele tem muito pelo que responder.

Certo pra caralho, pensei.

4

Nós passamos por mais três portas em nossa descida contínua, e comecei a pensar que Leah pretendia passar direto pelo ninho de descanso de Kellin. Do ninho *eletrificado* de descanso. Mas ela parou em outra porta, abriu-a e deu um passo sobressaltado para trás. Eu a segurei com uma das mãos e puxei a .45 do sr. Bowditch com a outra. Antes que eu pudesse olhar pela porta, Radar passou por mim, balançando o rabo. Leah pôs a palma da mão na testa, não como saudação, mas como o gesto distraído de uma mulher que sente que seus problemas não vão terminar nunca.

Encolhido no corredor, depois do ponto onde a porta o teria derrubado, estava o Snab. Radar farejou entre as antenas dele, balançando o rabo. Em seguida, se abaixou e o Snab subiu nela.

Iota estava olhando por cima do meu ombro, fascinado.

— Você bem que passeia por aí, hein, sr. Snab? Como você nos encontrou?

Eu tinha uma ideia em relação a isso. Claudia havia conseguido ouvir o Snab em pensamento e talvez essa habilidade fosse uma via de mão dupla. Se fosse, o Snab talvez estivesse nos rastreando com uma espécie de GPS telepático. Era uma ideia maluca, mas mais maluca do que uma sereia com capacidade similar? Ou um relógio de sol com rejuvenescimento?

Quanto a como El Snabbo tinha ido parar lá, meu palpite era que Leah não era a única que conhecia os caminhos secretos do palácio, e um grilo, mesmo um grande, podia ir a lugares a que um humano não podia. Eu tinha visto isso acontecer em Maleen Profunda.

— Por que ele está aqui? — perguntou Eris. — Pra nos guiar?

Se sim, tinha desperdiçado a viagem, porque eu sabia onde estávamos, embora Aaron tivesse me levado por outro caminho. Era o mesmo corredor amplo, com os jatos de gás envoltos em chaminés de vidro. As mesmas tapeçarias, as mesmas estátuas de mármore, se bem que a que tinha me lembrado Cthulhu tinha caído no chão e se partido no meio... o que, na minha opinião, não era uma grande perda.

Botei as mãos nos joelhos e abaixei o rosto até estar quase tocando no do Snab. Ele olhou para mim sem medo da posição que ocupava no pescoço da Radar.

— Por que você está aqui? Estava nos esperando? Qual é a sua?

Claudia tinha dito algo sobre ter que esvaziar a mente. Eu tentei esvaziar a minha e acho que fiz bem direitinho, considerando as circunstâncias e a pressão de tempo que estávamos sofrendo, mas, se o Snab estava nos enviando mensagens telepáticas, elas não estavam nos mesmos comprimentos das minhas ondas cerebrais.

Mas estavam na de alguém.

— Príncipe Charlie, o Snab deseja o melhor para você e torce pelo nosso sucesso — disse Jaya.

Eu não achei que ela estivesse exatamente inventando, mas achei que podia ser projeção. Mas ela disse algo que me fez mudar de ideia.

Iota ouviu e começou a sorrir, o que revelou buracos significativos no seu aparelho dentário.

— É mesmo? — disse ele. — Ele vai ficar mergulhado em merda! — (Não foi o que ele disse, foi o que eu ouvi.) — Me deixa cuidar disso, Charlie. Posso? Como favor pra alguém que passou bem mais tempo em Maleen Profunda do que você?

Dei permissão a ele. Eu voltaria atrás se pudesse e usaria a .45, mas eu não sabia. O Snab também não, senão teria dito para Jaya. Pensar nisso ajuda, mas não tanto. Na história toda do mundo, de *todos* os mundos, não saber nunca mudou um único erro.

5

Havia um buraco de bom tamanho nos lambris atrás do pedestal onde ficava a estátua do horror de tentáculos, o que me fez lembrar do jato de gás com defeito em Maleen Profunda. Uma corrente de ar gemeu nos vãos atrás das parede e um ar fedorento saiu.

— Foi dali que o lordezinho saiu, com a mesma certeza de que leite vira manteiga — disse Iota. Ele tinha passado a liderar o grupo, com Leah logo atrás. Tentei andar ao lado dela, mas ela se adiantou sem nem me olhar. Rad assumiu o lugar dela, o Snab ainda nas costas. Jaya e Eris seguiam na retaguarda. Nós passamos pelos espelhos de moldura dourada de que eu me lembrava e chegamos à porta de mogno que levava ao apartamento do Lorde Supremo. Como era um dos poucos com energia elétrica, eu achei que devia ter pertencido a Luddum, chanceler do Rei Jan, mas eu nunca tive certeza.

Leah puxou a adaga e eu puxei a .45, mas nós dois ficamos atrás de Iota. Ele olhou para Jaya e falou com movimentos labiais: *Atrás da porta?*

Ela assentiu. Iota bateu com os dedos grandes e sujos.

— Alguém em casa? Podemos entrar?

Sem esperar resposta, ele girou a maçaneta (de ouro, claro) e enfiou o ombro na porta. Ela voou para trás e houve um grunhido. Iota puxou a maçaneta para si e bateu com a porta de novo. Outro grunhido. Uma terceira vez… uma quarta… os grunhidos pararam… uma quinta. Quando Eye puxou a porta de novo, o homem que estava atrás caiu no tapete vermelho grosso que cobria o chão do saguão. A testa, o nariz e a boca estavam sangrando. Em uma das mãos ele segurava uma faca comprida. Quando ele virou o rosto para nos olhar, reconheci um dos homens do camarote VIP, o que tinha a cicatriz na bochecha e tinha sussurrado para Petra. Ele ergueu a faca e a moveu a ponto de fazer um corte leve no tornozelo peludo de Iota.

— Nã, não, nada disso, garoto — disse Eye, e pisou no pulso do sujeito com a cicatriz até a mão do homem se abrir e a faca cair no tapete. Eu a peguei e enfiei no cinto do sr. Bowditch, no outro lado do coldre.

Leah ficou de joelhos ao lado do homem com cicatriz. Ele a reconheceu e sorriu. Sangue escorreu dos seus lábios cortados.

— Princesa Leah! Eu sou Jeff. Uma vez eu fiz um curativo no seu braço quando você o cortou… lembra?

Ela assentiu.

— E uma vez eu tirei sua carroça puxada pelo pônei de um atoleiro. Nós éramos três, mas meu amor por você era mais forte e eu empurrei com mais força. Você se lembra disso também?

Ela assentiu de novo.

— Eu nunca quis ser parte disso, eu juro pra você, princesa. Você vai me deixar ir, em memória dos dias passados, quando você era uma criança e Lilimar era linda?

Ela assentiu, concordando em deixá-lo ir, e enfiou a adaga até o cabo em um dos olhos arregalados.

6

Também não havia eletricidade no apartamento naquele dia, mas o homem da cicatriz, Jeff, ou talvez fosse Geoff, tinha ligado o jato de gás parcialmente, para poder enxergar e fazer seu trabalho sujo. Meu palpite era que ele não esperava que fôssemos cinco nem que soubéssemos onde ele estava esperando. Sem mencionar Snab, o caubói grilo montado nas costas da minha cadela.

Eris encontrou a alavanca de metal que controlava o gás e aumentou os jatos ao máximo. Nós encontramos Kellin no quarto ao lado, deitado em uma cama enorme com dossel. O quarto estava escuro. As mãos dele estavam unidas no peito. O cabelo estava penteado para trás e ele estava usando o mesmo paletó vermelho de veludo de quando me interrogou. Uma névoa azul bem leve o envolvia. Parecia sombra nas pálpebras fechadas. Ele nem se mexeu quando nos aproximamos e paramos em volta da cama roubada. Um velho nunca tinha parecido tão morto, e logo estaria mesmo. Eu não sabia se havia água corrente no banheiro que vi à esquerda do quarto, mas certamente haveria bomba. Eu achava que meu velho amigo Lorde Supremo bem que precisava de um banho.

Jaya e Eris falaram ao mesmo tempo.

Jaya:

— Onde está o Snab?

Eris:

— Que barulho é esse?

Era uma mistura de trepidação e guinchos, pontuada por sibilares rápidos e profundos. Quando o som se aproximou, Radar começou a latir. Eu reparei em como Iota ficou pálido quando eu me virei para a sala para ver o que estava chegando? Acho que sim, mas não tenho certeza. A maior parte da minha atenção estava na porta do quarto. O Snab entrou em dois saltos grandes e pulou para o lado. O que veio em seguida foram os moradores escondidos das paredes e dos lugares escuros do palácio: uma multidão de ratos cinzentos enormes. Jaya e Eris gritaram. Leah não podia, mas recuou para a parede, os olhos arregalados e as mãos erguidas até a cicatriz da boca.

Eu não tinha dúvida de que o Snab os tinha invocado. Afinal, ele era o senhor das coisas pequenas. Se bem que a maioria dos ratos era maior do que ele.

Eu cheguei para longe da cama. Iota tropeçou e eu o segurei. Ele estava respirando rápido e eu devia ter percebido que havia algo de errado com ele, mas eu estava observando os ratos. Eles subiram pela roupa de cama e cobriram o corpo do Lorde Supremo. Os olhos dele se abriram. Estavam quase intensos demais para se olhar. A aura em volta dele mudou de azul-pálido para um tom mais profundo e puro. A primeira onda de ratos foi frita quando entrou. O fedor de carne cozida e pelo queimado foi atrás, mas eles não pararam. Tropas novas subiram por cima dos corpos dos companheiros mortos, guinchando e mordendo. Kellin tentou jogá-los longe. Um braço surgiu na pilha agitada de ratos e começou a bater neles. Um estava agarrado no polegar, sendo balançado como um pêndulo, a cauda em volta do pulso ossudo. Não havia sangue, pois Kellin não tinha nem uma gota para dar. Eu via luz azul piscando ocasionalmente pelos ratos que o cobriam. Ele gritou, e um rato do tamanho de um gato arrancou seu lábio superior, expondo os dentes em movimento. E os ratos continuaram chegando, entrando pela porta do quarto e subindo na cama, até o Lorde Supremo ficar enterrado embaixo de um cobertor vivo de pelo e caudas e dentes que mordiam.

Houve um baque ao meu lado e Iota caiu no canto do quarto, em frente a onde estavam as três mulheres encolhidas e Radar latindo. Leah estava segurando a coleira de Rad com as duas mãos. Uma espuma branca estava saindo dos cantos da boca de Iota e escorrendo pelo queixo. Ele me olhou e tentou sorrir.

— Ven...

Por um momento, achei que ele estava me chamando. Mas aí, entendi a palavra que ele não conseguiu terminar.

Houve uma explosão abafada e um brilho. Ratos, alguns em chamas, alguns só soltando fumaça, voaram em todas as direções. Um me acertou no peito e deslizou pela camisa em farrapos, deixando uma trilha de tripas por onde passou. As mulheres capazes de vocalizar gritaram de novo. Ouvi as asas do Snab começarem a fazer aquele som distinto de grilo. Os ratos obedeceram na mesma hora, inverteram a direção e começaram a correr para o lugar de onde tinham vindo, deixando centenas de corpos para trás. A cama de Kellin estava cheia de tripas e encharcada de sangue de rato. O próprio Kellin era um esqueleto desmontado embaixo de um crânio sorridente meio torto em um travesseiro de seda.

Tentei pegar Iota, mas ele era pesado demais para mim.

— Eris! — gritei. — Eye está caído! Me ajuda! É sério!

Ela se aproximou pela maré cada vez menor de ratos, saltando e gritando quando eles passavam por cima dos pés dela... mas nenhum a mordeu, nem a nenhum de nós. Jaya ficou para trás, mas depois também veio.

Eu peguei Iota embaixo dos braços. Eris pegou uma perna, Leah, a outra. Nós o carregamos, tentando não tropeçar nos últimos ratos, inclusive um sem pernas traseiras, mas se movendo com determinação atrás dos companheiros.

— Desculpa — disse Iota. A voz dele soou gutural, vindo de uma garganta que estava se fechando rápido. A espuma voou. — Desculpa, eu queria ir até o final...

— Cala a boca e poupa seu fôlego.

Nós o colocamos no sofá azul comprido. Ele começou a tossir, cuspindo mais bolas de espuma na cara de Leah quando ela se curvou para tirar o cabelo dele da testa suada. Jaya pegou um paninho na mesa de unicórnio e limpou um pouco da sujeira. Leah não pareceu notar. Os olhos dela estavam fixados nos de Iota. O que eu vi nos dela foi gentileza e pena e misericórdia.

Ele tentou sorrir para ela e olhou para mim.

— Estava na lâmina da faca. Um truque... velho.

Eu assenti, pensando em como fui descuidado na hora de enfiar a faca no cinto. Se eu tivesse me cortado, Eye não seria o único espumando pela boca.

Ele olhou para Leah. Ergueu o braço bem devagar, como se pesasse cinquenta quilos, e levou a palma da mão à testa.

— Minha... Rainha. Quando a hora chegar... cumpra seu dever. — A mão dele caiu.

E foi assim que Iota, que eu vi pela primeira vez agarrado nas grades da cela como um macaco, faleceu. Depois de tudo que ele passou, e sendo um homem grande como ele era, bastou um corte no tornozelo para acabar com ele.

Seus olhos estavam abertos. Leah os fechou, se curvou e encostou a cicatriz da boca em uma bochecha peluda. Foi o melhor que ela pôde fazer no lugar de um beijo. Ela se levantou e apontou para a porta. Nós fomos atrás, contornando os cadáveres de alguns ratos que tinham morrido na saída. Ela parou antes de ir para o corredor, olhou para trás e colocou as mãos no pescoço.

Iota falou uma última vez, como Falada já tinha falado, e também o Snab.

— *A Rainha de Empis vai cumprir seu dever. Isso eu juro.*

TRINTA

Mais uma parada. O calabouço. Determinada. Estrelas impossíveis. O Poço Profundo. Gogmagog. A mordida.

1

Nós seguimos um rastro de ratos mortos e feridos até o buraco nos lambris; Eris até ajudou um manco de três pernas a entrar, depois fez uma careta e limpou as mãos na camisa (o que não pode ter ajudado muito do jeito que ela estava coberta de sujeira e sangue). Nós chegamos à porta da escadaria em espiral, que eu achava que devia ser uma espécie de saída de emergência da realeza em caso de incêndio. Eu bati no ombro de Leah.

— Mais uma parada antes de irmos atrás do Assassino Voador — falei. — No andar de Maleen Profunda e da câmara de tortura. Você pode fazer isso?

Ela não protestou, só assentiu com cansaço. Ainda havia um pouco de espuma e sangue na sua bochecha. Estiquei a mão para limpar e dessa vez ela não se encolheu.

— Obrigado. Pode ter uma pessoa lá que nos ajudou...

Ela se virou antes que eu pudesse terminar. Do lado de fora do palácio, Woody e Claudia e seus seguidores, que agora talvez estivessem do tamanho de um exército de verdade, já deviam ter entrado na cidade. Se houvesse um alojamento onde o restante dos soldados noturnos dormiam, os cinzentos talvez os estivessem massacrando agora mesmo, e um viva a isso, mas ali dentro o tempo estava voando e não havia relógio de sol mágico para fazê-lo voltar.

Nós descemos a escada, para baixo e para baixo, girando e girando. Ninguém falou nada. A morte de Iota caiu sobre nós como um fardo. Até Radar sentiu. Ela não conseguia ficar ao meu lado, o cilindro pelo qual estávamos descendo era estreito demais para isso, mas andou com o focinho tocando na minha panturrilha, as orelhas caídas e a cauda para baixo. O ar ficou mais gelado. Água escorria do líquen crescendo nos blocos de pedra que tinham sido colocados ali centenas de anos antes. *Não*, pensei, *mais do que isso. Milhares, talvez.*

Comecei a sentir um cheiro bem de leve.

— Deuses supremos — disse Eris e riu. Não houve nada de alegre na risada. — A roda gira e cá estamos, de volta no lugar de onde saímos.

Nós tínhamos passado por várias outras portas na descida, algumas grandes, outras menores. Leah parou em uma pequena, apontou e desceu alguns degraus para me dar espaço. Eu tentei abrir a porta. Deu certo. Precisei me curvar bastante para passar. Eu me vi em outra cozinha, essa mais parecida com um armário em comparação à outra pela qual tínhamos passado quando entramos. Ali, só havia um fogão, sem forno, e uma grelha baixa e comprida, provavelmente movida a gás, mas agora apagada. Nela havia uma fileira de linguiças pretas, queimadas.

Jaya fez um som que foi algo entre uma tosse e ânsia de vômito. Acho que ela pensou em todas as refeições que fizemos na cela, principalmente as de antes da "hora do recreio" e da primeira rodada da Justa. Eu já tinha lido sobre TEPT, mas ler e entender são coisas bem diferentes.

Em uma prateleira ao lado da grelha havia uma caneca de metal do tipo que tínhamos na cela, só que sem buraco no fundo onde era preciso colocar o dedo. Estava cheia de fósforos do mesmo tipo que Pursey tinha me dado. Peguei-a, e, como não tinha bolsos, coloquei a .45 no cinto e enfiei a caneca de fósforos na bainha.

Leah nos levou até a porta, espiou do lado de fora e fez sinal para irmos atrás, girando os dedos como antes: *rápido, rápido*. Eu me perguntei quanto tempo tinha passado. Ainda era dia, claro, mas que importância teria se Bella e Arabella se beijassem do outro lado do mundo? Eu achava que o Assassino Voador já devia estar no Poço Profundo. Esperando que se abrisse, para ele poder tentar fazer outro acordo com a coisa que morava lá, cego para os eventos terríveis que podiam resultar ou sem se importar. Eu achava que a segunda opção era mais provável. Elden de Gallien, Elden, o Assassino Voador, um goblin flácido, ávido de cara verde esperando para invocar uma coisa de outro mundo para aquele… e depois talvez para o meu. Pensei em dizer para Leah esquecer a ideia de nos levar até a câmara de tortura. Pursey, *Percival*, talvez nem estivesse lá ou talvez estivesse morto. Impedir o Assassino Voador era mais importante, sem dúvida.

Eris tocou no meu ombro.

— Príncipe Charlie… você tem certeza disso? É sábio?

Não. Não era. Só que, sem Percival, um homem com a doença cinzenta tão avançada que mal conseguia falar, nenhum de nós estaria ali.

— Nós vamos — eu disse brevemente.

Eris levou a palma da mão à testa e não disse mais nada.

2

Eu reconheci a passagem onde Leah estava nos esperando, se movendo de um pé para o outro, apertando e largando o cabo da espada. À direita da cozinha auxiliar ficava o caminho para o calabouço. À esquerda e não muito longe ficava a câmara de tortura.

Eu corri e deixei os outros para trás. Exceto Radar, que correu ao meu lado, a língua voando pelo lado da boca. Era mais longe do que eu lembrava. Quando cheguei à porta aberta da câmara, parei por tempo suficiente para pensar em algo que não era bem uma oração, só *por favor, por favor*. E entrei.

Primeiro, eu achei que estivesse vazia... a não ser que Percival estivesse fechado na Dama de Ferro. Mas, se estivesse, haveria sangue escorrendo, e não havia nada. Mas uma pilha de trapos no canto se mexeu. Levantou a cabeça, me viu e tentou sorrir com o que restava da boca.

— Pursey! — gritei e corri até ele. — Percival!

Ele se esforçou para me saudar.

— Nã, não, eu que tenho que saudar você. Você consegue ficar de pé?

Com a minha ajuda, ele conseguiu se levantar. Eu achei que ele tinha enrolado uma das mãos com um pedaço sujo da camisa que ele usava, mas, quando olhei melhor, vi que tinha sido amarrado no pulso e estava com um nó apertado para estancar o sangramento. Dava para ver uma parte escura e suja nas pedras onde ele estava. A mão dele já era. Algum filho da mãe a tinha cortado fora.

Os outros chegaram. Jaya e Eris ficaram na porta, mas Leah entrou. Percival a viu e levou a mão que restava à testa. Ele começou a chorar.

— Iesa. — Foi o mais próximo que ele conseguiu de *princesa*.

Ele tentou se apoiar em um joelho para ela e teria caído se eu não o tivesse segurado. Ele estava imundo, ensanguentado e desfigurado, mas Leah passou os braços pelo pescoço dele e o abraçou. Eu a amei por isso mais do que tudo.

— Você consegue andar? — perguntei. — Se for devagar e descansar de vez em quando, você consegue? Porque nós estamos com pressa. Uma pressa *desesperada*.

Ele assentiu.

— E você consegue encontrar a saída?

Ele assentiu de novo.

— Jaya! — falei. — É agora que você se separa de nós. Percival vai guiar você. Ande com ele, deixe-o descansar quando ele precisar.

— Mas eu quero...

— Não me importa o que você quer, é disso que eu preciso de você. Leve-o para fora deste... deste *buraco*. Já vai haver outros agora. — *Espero que haja*, pensei. — Leve-o para Claudia ou Woody e consiga cuidados médicos. — *Cuidados médicos* não foi o que eu disse, mas Jaya assentiu.

Eu abracei Percival do mesmo jeito que Leah tinha feito.

— Obrigado, meu amigo. Se isso der certo, deviam erguer uma estátua sua. — *Talvez com borboletas pousadas nos seus braços esticados*, pensei e fui para a porta. Leah já estava lá esperando.

Jaya passou o braço em volta dele.

— Estarei com você a cada passo, Pursey. Só me guia.

— *Ince!* — disse Percival e eu me virei. Ele se esforçou muito para falar com clareza. — *Aaíno oador!* — Ele apontou para a porta. — *Ato otos! E a uta!* — Agora ele apontou para Leah. — *Ea abe o aínho!* — Agora, ele apontou para cima. — *Ela e aaela! Eve! Eve!*

Eu olhei para Leah.

— Você entendeu?

Ela assentiu. Seu rosto estava mortalmente pálido. A ferida pela qual ela se alimentava se destacava como uma marca de nascença.

Eu me virei para Eris.

— E você?

— O Assassino Voador — disse ela. — Quatro outros. E a puta. Ou talvez tenha sido bruxa. Acho que ele estava falando de Petra, a escrota com a pinta no rosto que estava ao lado dele no camarote. Ele disse que a princesa sabe o caminho. E algo sobre Bella e Arabella.

— Elas se beijam em breve — disse Jaya, e Percival assentiu.

— Cuida dele, Jaya. Tira ele daqui.

— Eu vou fazer isso se ele souber mesmo o caminho. E cuide para que eu veja vocês de novo. Todos vocês. — Ela se curvou e fez um carinho rápido de despedida na cabeça de Radar.

3

Leah nos levou pela escada circular para um corredor diferente. Parou à porta, abriu-a, balançou a cabeça e continuou.

— Ela sabe mesmo aonde está indo? — sussurrou Eris.

— Acho que sim.

— Você *espera* que sim.

— Tem muito tempo que ela não vem aqui.

Nós chegamos a outra porta. Não. E outra. Leah espiou aquela sala e nos chamou. Estava escura. Ela apontou para a caneca de fósforos que eu tinha pegado na cozinha. Tentei acender um no traseiro da calça, um truque legal que eu tinha visto um caubói antigo fazer em um filme do TCM. Como não deu certo, acendi-o na pedra áspera ao lado da porta e o ergui. A sala tinha painéis de madeira em vez de pedra e estava cheia de roupas: uniformes, roupas brancas de cozinheiro, macacões e camisas de lã. Uma pilha de vestidos marrons comidos de traça estava caída embaixo de uma fileira de ganchos de madeira. No canto havia uma caixa de luvas brancas amareladas com o tempo.

Leah já estava atravessando a sala, Radar logo atrás, mas olhando para mim. Acendi outro fósforo e fui atrás. Leah ficou na ponta dos pés, segurou dois ganchos e puxou. Nada aconteceu. Ela chegou para trás e apontou para mim.

Entreguei a caneca de fósforos para Eris, segurei os ganchos e puxei. Nada aconteceu, mas senti algo ceder. Puxei com mais força e a parede toda veio para fora, trazendo junto um sopro de ar parado. Dobradiças ocultas gemeram. Eris acendeu outro fósforo e eu vi teias de aranha, não inteiras, mas pendendo em fiapos. Junto à pilha de vestidos derrubados dos ganchos, a mensagem ficou clara: alguém tinha passado por aquela porta antes de nós. Acendi outro fósforo e me curvei. Na poeira havia pegadas sobrepostas. Se eu fosse um detetive brilhante como Sherlock Holmes, eu talvez conseguisse deduzir quantos tinham passado pela porta secreta, talvez até quanto tempo antes tinham passado, mas eu não era nenhum Sherlock. Eu achava que eles talvez estivessem carregando algo pesado com base nos borrões das pegadas. Como se estivessem arrastando os pés em vez de andar. Pensei na liteira chique do Assassino Voador.

Mais degraus levavam para baixo, com curva para a esquerda. Mais pegadas na poeira. Bem abaixo havia uma luz fraca, mas não de jatos de gás. Era esverdeada. Não gostei muito dela. Gostei da voz que sussurrou no ar para mim menos ainda. *Seu pai está morrendo na própria imundície dele*, disse.

Eris inspirou fundo.

— As vozes voltaram.

— Não escuta — falei.

— Por que você não me diz pra não *respirar*, Príncipe Charlie?

Leah nos chamou. Nós começamos a descer a escada. Radar chora-mingou com inquietação e eu achei que ela talvez estivesse ouvindo vozes também.

4

Nós descemos. A luz verde ficou mais forte. Estava vindo das paredes. *Escorrendo* das paredes. As vozes também ficaram mais fortes. Estavam dizendo coisas desagradáveis. Muitas sobre minhas explorações sinistras com Bertie Bird. Eris estava chorando ao meu lado, bem baixo, e uma vez ela murmurou:

— Será que você pode parar? Eu não pretendia. Você não pode parar, por favor?

Eu quase desejei poder enfrentar Hana ou Molly Ruiva de novo. Elas foram horríveis, mas tinham substância. Dava para atacá-las.

Se Leah estava ouvindo as vozes, ela não deu sinal. Ela desceu a escada em ritmo regular, as costas eretas, o cabelo preso balançando entre as omoplatas. Eu odiava a recusa teimosa dela de admitir que o Assassino Voador era seu irmão, nós não tínhamos ouvido os companheiros gritando o nome dele na Justa? Mas eu amava a coragem dela.

Eu *a* amava.

Quando a escada terminou em um arco coberto de musgo e teias de aranha rompidas, nós devíamos estar pelo menos cento e cinquenta metros abaixo de Maleen Profunda. Talvez mais. As vozes foram sumindo. O que as substituiu foi um cantarolar sombrio que parecia vir das paredes úmidas de pedra ou da luz verde, que estava bem mais forte agora. Era uma coisa *viva*, e aquele cantarolar era sua voz. Nós estávamos nos aproximando de um poder grande, e se eu já tivesse duvidado da existência do mal como força real, algo separado do que vivia nos corações e mentes dos homens e mulheres mortais, eu não duvidava agora. Nós estávamos só na extremidade da coisa que gerava aquela força, mas chegando mais perto a cada passo que dávamos.

Estiquei a mão para tocar no ombro de Leah. Ela deu um pulo, mas relaxou quando se deu conta de que era eu. Seus olhos estavam arregalados e escuros. Ao olhar para seu rosto em vez de para as costas determinadas, percebi que ela estava tão apavorada quanto nós. Talvez mais, porque ela sabia mais.

— Vocês vieram aqui? — sussurrei. — Você e Elden vieram aqui quando *crianças*?

Ela assentiu. Esticou a mão e agarrou o ar.

— Vocês ficaram de mãos dadas.

Ela assentiu. *Sim.*

Eu os via de mãos dadas, correndo para toda parte... mas, não, isso estava errado, eles não teriam corrido. Leah podia correr, mas Elden tinha pés tortos. Ela andaria com ele mesmo se quisesse sair correndo até a próxima coisa, a próxima surpresa, o próximo lugar secreto, porque ela o amava.

— Ele usava bengala?

Ela levantou a mão e mostrou um V. Então, duas bengalas.

Para todos os lugares juntos, menos um lugar. *Leah nunca foi dos livros,* Woody dissera. *Elden era o leitor dos dois.*

— Ele sabia sobre aquela porta secreta onde as roupas ficavam guardadas, não sabia? Leu sobre ela na biblioteca. Devia saber sobre outros lugares também.

Sim.

Livros velhos. Talvez livros proibidos como o *Necronomicon*, o inventado sobre o qual Lovecraft amava escrever. Eu conseguia visualizar Elden lendo um livro desses, o garoto feio com pés tortos, o garoto com caroços na cara e corcunda, o que era esquecido menos quando alguém queria fazer uma pegadinha (eu sabia bem disso, Bertie e eu fizemos várias durante meu período sombrio), o que era ignorado por todo mundo exceto a irmãzinha. Por que ele não seria ignorado pelo irmão mais velho bonito que acabaria ficando com o trono um dia? E quando Robert ascendesse, o Elden doente e manco, o Elden dos livros, provavelmente já estaria morto. Gente assim não vivia muito. Pegava uma virose, tossia, tinha febre e morria.

Elden lendo os livros velhos e empoeirados, tirados de prateleiras altas ou de um armário trancado que ele tinha conseguido abrir. Talvez no começo só procurando poder para usar contra o irmão valentão e as irmãs de língua ferina. Pensamentos de vingança viriam depois.

— Não foi ideia sua vir aqui, foi? Para outras partes do castelo, talvez, mas não aqui.

Sim.

— Você não gostava daqui, né? As salas secretas e a plataforma que subia tudo bem, era divertido, mas aqui era ruim e você sabia. Não era?

Seus olhos estavam escuros e perturbados. Ela não fez sinal nem de sim nem de não... mas seus olhos estavam úmidos.

— Mas Elden... ele era fascinado por este lugar. Não era?

Leah só se virou e saiu andando de novo, fazendo aquele gesto de *vamos* com a mão. As costas eretas.

Determinada.

5

Radar tinha se adiantado um pouco e agora estava farejando algo no chão da passagem... um pedaço de seda verde. Eu o peguei, olhei e enfiei no coldre com a canequinha de fósforos, e não pensei mais sobre aquilo.

O caminho era largo e alto, mais túnel do que passagem. Nós chegamos a um lugar onde se abria em três, cada caminho iluminado por aquela luz verde pulsante. Por cima de cada entrada havia uma pedra entalhada na forma da coisa que eu tinha visto pela última vez em dois pedaços no chão da ala residencial: uma criatura que parecia uma lula, com um ninho de tentáculos obscurecendo o horror da face. As monarcas eram uma bênção; aquela coisa era uma blasfêmia.

Este é outro conto de fadas, pensei. *Para adultos, não para crianças. Não tem lobo mau, não tem gigante, não tem Rumpelstiltskin. É uma versão de Cthulhu sobre aqueles arcos. É isso que Gogmagog é? O sumo sacerdote dos Deuses Antigos, sonhando seus sonhos malevolentes nas ruínas de R'lyeh? É para isso que Elden quer pedir outro favor?*

Leah parou, foi na direção da passagem da esquerda, parou, foi na direção da passagem do centro e hesitou de novo. Ela estava olhando para a frente. Eu estava olhando para o chão, onde via as marcas na poeira indo para o lado direito. Foi para lá que o Assassino Voador e seu grupo seguiram, mas esperei para ver se ela lembraria. Ela lembrou. Entrou na passagem da direita e começou a andar de novo. Nós fomos atrás. O cheiro, o fedor, o *odor mefítico*, estava pior agora, o zumbido não mais alto, mas mais penetrante. Cogumelos carnudos e deformados, brancos como os dedos de um morto, cresciam nas rachaduras nas paredes. Eles se viraram para nos ver passar. Primeiro, achei que era imaginação minha. Não era.

— Aqui é terrível — disse Eris. Sua voz estava baixa e desolada. — Eu achava que Maleen era ruim... e o campo onde tivemos que lutar... mas não eram nada em comparação a isto.

E não havia nada a dizer porque ela estava certa.

Nós continuamos andando, o caminho sempre descendo. O cheiro foi piorando e o zumbido foi ficando cada vez mais alto. Não vinha mais só das paredes. Eu sentia no centro do cérebro, onde parecia não ser um som, mas uma luz negra. Eu não tinha ideia de onde estávamos no mundo acima, mas devíamos ter ultrapassado o terreno do palácio. E bastante. As marcas foram diminuindo até sumir. Não tinha caído poeira tão lá embaixo, e não havia teias penduradas. Até as aranhas tinham abandonado aquele lugar miserável.

As paredes estavam mudando. Em alguns lugares, as pedras tinham sido substituídas por enormes blocos verde-escuros de vidro. Dentro deles, filetes pretos grossos se contorciam. Um veio na nossa direção e a frente sem cabeça se abriu, se tornou uma boca. Eris soltou um grito fraco. Radar estava agora andando tão perto de mim que a minha perna roçava na lateral dela a cada passo.

Nós finalmente entramos em uma sala grande e abobadada de vidro verde-escuro. Os filetes pretos estavam em toda a parte nas paredes, criando e desfazendo formas estranhas que mudavam quando você olhava para elas. Eles se curvavam, se retorciam, assumiam formatos... rostos...

— Não olha para aquelas coisas — falei para Eris. Eu achava que Leah já sabia; se ela tinha lembrado como ir até lá, certamente se lembrava daquelas formas estranhas e mutantes. — Acho que vão te hipnotizar.

Leah estava parada no centro daquela nave grotesca, olhando ao redor, perplexa. Estava cheia de passagens, cada uma pulsando com luz verde. Deviam ser pelo menos doze.

— Acho que eu não consigo — disse Eris. Sua voz foi um sussurro trêmulo. — Charlie, me desculpa, mas eu acho que não consigo.

— Você não precisa ir. — O som da minha voz estava seco e estranho, acho que por causa do zumbido. Pareceu a voz do Charlie Reade que tinha concordado com cada truque sujo que Birdie Man inventou... e acrescentado alguns deles. — Volta se conseguir encontrar o caminho. Fica aqui e nos espera se não conseguir.

Leah fez um círculo completo bem devagar, olhando cada passagem. Em seguida, olhou para mim, levantou as mãos e balançou a cabeça.

Eu não sei.

— Você só veio até aqui, não foi? Elden seguiu sem você.

Sim.

— Mas voltou depois de um tempo.

Sim.

Pensei nela esperando ali, naquela câmara verde estranha com os entalhes esquisitos e as coisas pretas dançando nas paredes. Uma garotinha aguentando firme, aguentando, determinada, apesar do zumbido insidioso. Esperando sozinha.

— Você veio com ele outras vezes?

Sim. E apontou para cima, o que eu não entendi.

— Depois disso, ele veio sem você?

Uma pausa longa... e: *Sim.*

— E houve uma ocasião em que ele não voltou.

Sim.

— Você não foi atrás dele, foi? Talvez até aqui, mas não mais. Você não ousou.

Ela cobriu o rosto. Foi resposta suficiente.

— Estou indo — disse Eris subitamente. — Me desculpe, Charlie, mas eu... *eu não consigo.*

Ela fugiu. Radar foi atrás dela até a entrada de onde tínhamos vindo, e, se ela tivesse ido com Eris, eu não a teria chamado de volta. O zumbido estava invadindo meus ossos agora. Eu tinha uma premonição forte de que nem a Princesa Leah nem eu veríamos o mundo lá fora de novo.

Radar voltou até mim. Eu me ajoelhei, passei o braço em volta dela e aproveitei o conforto que deu.

— Você supôs que seu irmão estivesse morto.

Sim. Ela segurou o pescoço e palavras guturais saíram na frente dela.

— Está morto. *Está.*

A pessoa que eu tinha me tornado, ainda estava me tornando, era mais velha e mais sábia do que o garoto de ensino médio que tinha saído daquele campo de papoulas. Esse Charlie, o *Príncipe* Charlie, entendia que Leah acreditava naquilo. Senão, a culpa de não tentar salvá-lo teria sido grande demais para suportar.

Mas eu acho que ela já sabia.

6

O chão era de vidro verde polido que parecia descer profundezas infinitas. As coisas pretas se moviam embaixo de nós e não havia como duvidar de que estavam famintas. Não havia poeira ali e nenhuma marca. Se eles tinham deixado alguma, alguém do séquito do Assassino Voador tinha apagado para o caso de alguém, nós, por exemplo, tentar seguir. Como Leah não conseguia lembrar, não havia como saber qual das doze passagens ele tinha escolhido.

Ou talvez houvesse.

Eu me lembrei da mulher com a pinta ao lado da boca gritando: *Ajoelhem-se, sangue antigo! Ajoelhem-se, sangue antigo!* O nome dela era Petra e ela estava usando um vestido verde de seda.

Peguei o pedaço de pano que eu tinha encontrado e ofereci para Radar, que o farejou sem muito interesse; o zumbido e as formas pretas nos blocos de vidro também a estavam afetando. Mas ela era o que eu tinha agora. O que *nós* tínhamos.

— Qual? — falei, e apontei para os túneis. Ela não se moveu, só me olhou, e percebi que a atmosfera terrível daquele lugar tinha me deixado burro. Havia ordens que ela entendia, mas *qual* não era uma delas. Levei o pedaço de pano ao focinho dela de novo. — Encontra, Radar, encontra!

Dessa vez, ela encostou o focinho no chão. Uma daquelas formas pretas pareceu pular nela e ela recuou, mas botou o focinho no chão de novo... a minha cadela tão boazinha, tão corajosa. Ela foi na direção de um dos túneis, voltou e entrou no da direita. Virou-se para mim e latiu.

Leah nem hesitou. Foi correndo para o túnel. Eu fui atrás. O chão de vidro verde naquela passagem se inclinava para baixo de um jeito mais brusco. Se a inclinação fosse um pouco mais severa, acho que teríamos nos desequilibrado. Leah aumentou a distância. Ela tinha pés velozes; eu era o cavalão que só podia jogar na primeira base.

— Leah, espera!

Mas ela não esperou. Eu corri tão rápido quanto o piso inclinado permitiu. Radar, junto ao chão e com quatro patas em vez de duas, foi mais rápido. O zumbido começou a diminuir, como se houvesse uma mão em algum lugar girando o volume para baixo em um amplificador gigante. Aquilo foi um alívio. O brilho verde das paredes também diminuiu. O que o substituiu foi uma luz mais fraca que aumentou de leve quando chegamos na boca da passagem.

O que vi ali, mesmo depois de tudo que vivenciei, era impossível de acreditar. A mente se rebelou contra o que os olhos relataram. O aposento com muitas passagens era enorme, mas aquela câmara subterrânea era bem maior. E como poderia ser uma câmara se acima de mim havia um céu noturno cheio de estrelas amareladas pulsantes? Era de lá que a luz vinha.

Não pode ser, pensei, mas me dei conta de que, sim, podia. Eu já não tinha vindo de outro mundo depois de descer uma escadaria? Eu tinha saído no mundo de Empis. Agora, havia um terceiro.

Outra escadaria circulava um vão colossal que tinha sido feito em rocha maciça. Leah estava descendo por ela, correndo a toda. No fundo, uns cento e cinquenta metros ou mais abaixo, dava para ver a liteira do Assassino Voador, com as cortinas roxas com fios dourados fechadas. Os quatro homens que a carregaram estavam encolhidos junto da parede curva, olhando para a escada estranha. Eles deviam ser homens fortes para ter carregado o Assassino Voador até lá embaixo, além de corajosos, mas, de onde eu estava, com Radar ao meu lado, eles pareciam pequenos e apavorados.

No centro do piso de pedra havia uma grua enorme com uns cem metros de altura, fácil. Não era diferente das que eu tinha visto em construções na minha cidade, mas aquela parecia ter sido feita de madeira e parecia uma forca. O mastro articulado e a sustentação dele formavam um triângulo perfeito. O gancho estava preso não à tampa de um poço que eu tinha imaginado quando visualizei o Poço Profundo, mas a um alçapão gigante com dobradiças que pulsava com uma luz verde doentia.

Parado perto dele com a veste roxa que parecia uma túnica, a coroa de ouro dos Galliens absurdamente torta no cabelo branco ralo, estava o Assassino Voador.

— *Leah!* — gritei. — *Espera!*

Ela não deu sinal de ter ouvido; era como se fosse tão surda quanto Claudia. No círculo final da escada, ela correu sob a luz fraca das estrelas de pesadelo que brilhavam de outro universo. Eu corri atrás dela, puxando a arma do sr. Bowditch no caminho.

7

Os homens que tinham carregado a liteira começaram a subir a escada para encontrá-la. Ela parou com as pernas afastadas em postura de luta e puxou a espada. Radar estava latindo histericamente, de pavor daquele lugar terrível do qual eu tinha certeza de que nunca sairíamos ou porque entendia que os homens estavam ameaçando Leah. Talvez ambos. O Assassino Voador olhou para cima e a coroa caiu da sua cabeça. Ele a pegou, mas o que saiu de debaixo da veste roxa não foi um braço. Eu não vi o que foi (ou não quis ver) e, naquele momento, não me importava. Eu tinha que chegar até Leah se pudesse, mas já admitia que não chegaria a tempo de salvá-la dos carregadores do Assassino Voador. Eles estavam perto demais, a distância era grande demais para o revólver e ela estava no caminho.

Ela apoiou o cabo da espada na barriga. Ouvi o que estava na frente gritar algo. Ele estava balançando os braços enquanto subia, os outros três atrás. Ouvi um *Nã, não!*, mas não o resto. Ela não precisou atacá-lo; em pânico, ele correu para a espada sem desacelerar. Entrou até o cabo e saiu do outro lado em um jorro de sangue. Ele se inclinou na direção do vão. Ela tentou soltar a espada, mas não saiu. A escolha dela foi simples e clara: soltar e viver ou ficar segurando e cair com o homem. Ela soltou. O homem empalado caiu por trinta metros ou mais da altura onde Leah o tinha perfurado e foi parar não muito longe da liteira que ele tinha ajudado a carregar. Talvez tivessem prometido a ele ouro, mulheres, uma propriedade no campo, os três. O que ele obteve foi morte.

Os outros três continuaram. Eu corri mais rápido, descartando a possibilidade real de tropeçar, talvez na minha própria cadela, e sofrer uma queda mortal. Vi que mesmo assim não chegaria a tempo. Eles chegariam nela primeiro e agora ela só tinha a adaga com que se defender. Ela a puxou e se encostou na parede, pronta para lutar até a morte.

Só que não houve luta nem morte. Até o homem que ela matou não devia ter intenção de lutar com ela; *Nã, não* era o que ele estava gritando antes do empalamento. Aqueles sujeitos tinham chegado ao limite. Só queriam ir embora. Eles passaram por ela sem nem olhar.

— *Voltem!* — gritou Elden. — *Voltem, seus covardes! Seu rei ordena!*

Eles não deram a menor atenção e subiram dois ou três degraus de cada vez. Segurei a coleira de Radar e a puxei para perto de mim. Os primeiros dois carregadores de liteira passaram por nós, mas o terceiro tropeçou em Radar, que não queria mais saber. Ela esticou a cabeça e mordeu a coxa dele. Ele balançou os braços em uma tentativa de recuperar o equilíbrio, mas caiu no abismo, o grito final cada vez mais baixo interrompido subitamente quando ele chegou ao fundo.

Comecei a descer de novo. Leah não tinha se movido. Estava olhando a figura grotesca com a veste roxa em movimento, tentando identificar as feições na luz fraca das estrelas brilhando naquele abismo insano acima das nossas cabeças. Eu tinha quase chegado nela quando a luz começou a ficar mais forte. Mas não das estrelas. O zumbido voltou, mas mais grave, não *mmmmmmmm*, mas *AAAAAAA*, o som de um ser alienígena, colossal e desconhecido, sentindo o cheiro de uma refeição que sabe que vai ser deliciosa.

Eu olhei para cima. Leah olhou para cima. Radar olhou para cima. O que vimos saindo daquele céu preto cheio de estrelas era horrível, mas o verdadeiro horror era o seguinte: também era lindo.

Se minha noção de tempo não estivesse totalmente bagunçada, ainda era dia em algum lugar acima de nós. Bella e Arabella deviam estar do outro lado do mundo do qual Empis fazia parte, mas ali aquelas duas luas eram as mesmas, projetadas de um vão preto que não devia existir, enchendo aquele buraco infernal com sua luz pálida e sobrenatural.

A maior estava chegando na menor, e não passaria nem atrás nem na frente. Depois de milhares de anos que só os deuses supremos sabiam quantos eram, as duas luas (aquelas e as verdadeiras em algum lugar na curva do planeta) estavam em rota de colisão.

Elas se juntaram com um choque sem som (era *mesmo* uma projeção, então) e acompanhado de um brilho intenso. Pedaços voaram em todas as direções, enchendo aquele céu escuro como pedaços de louça brilhante quebrados. Aquele barulho apático, AAAAAAAA, ficou mais alto ainda. Ensurdecedor. A viga do guindaste começou a subir, estreitando o triângulo entre ele e o mastro de sustentação. Não havia som de maquinário, mas eu não teria ouvido, de qualquer modo.

O brilho intenso das luas se desintegrando bloqueou as estrelas e banhou o chão abaixo de luz. O alçapão acima do Poço Profundo começou a subir, puxado pelo gancho do guindaste. A criatura grotesca de veste roxa também estava olhando para cima, e quando Leah olhou para baixo, seus olhares se encontraram. Os dele estavam fundos em órbitas flácidas de pele esverdeada; os dela, arregalados e azuis.

Apesar de todos os anos e de todas as mudanças, ela o reconheceu. A consternação e o horror foram inconfundíveis. Tentei segurá-la, mas ela se soltou com um movimento convulsivo que quase a fez cair. E eu estava em choque, entorpecido pelo que tinha visto: a colisão de duas luas em um céu que não tinha o direito de existir. Os pedaços estavam se espalhando e começando a perder o brilho.

Um crescente de escuridão foi aparecendo na borda do alçapão do Poço Profundo e foi se alargando rapidamente em um sorriso negro. O grito longo e rouco de satisfação ficou mais alto. O Assassino Voador cambaleou na direção do poço. A veste roxa subiu em várias direções diferentes. Por um momento, aquela cabeça flácida frouxa ficou obscurecida e a veste caiu para o lado no chão de pedra. O homem embaixo dela era só metade homem, da mesma forma que Elsa tinha sido só metade mulher. As pernas tinham sido substituídas por um emaranhado de tentáculos negros que o carregavam, balançando de um lado para o outro. Alguns outros saíam da barriga e subiam na direção do alçapão em movimento como ereções obscenas. Os braços tinham sido substituídos por horrores que pareciam cobras e se balançavam em volta do rosto dele como algas em uma correnteza forte, e me dei conta de que, o que quer que aquela coisa no poço fosse, não era Cthulhu. *Elden* era o Cthulhu daquele mundo, tanto quando Dora era a se-

576

nhora que morava em um sapato e Leah era a garota dos gansos. Ele tinha trocado pés deformados e uma corcunda, cifose, por algo bem pior. Será que ele considerava a troca justa? Vingança e uma destruição lenta do reino foram suficientes para equilibrar o acordo?

Leah chegou ao pé da escada. Acima, os fragmentos de Bella e Arabella continuavam a se expandir.

— *Leah!* — gritei. — *Leah, pelo amor de Deus, para!*

Depois da liteira com as cortinas pendentes, ela parou... mas não porque eu tinha gritado pedindo. Acho que ela nem me ouviu. Toda a atenção dela estava voltada para a coisa flácida que tinha sido o irmão dela. Agora, ele estava curvado com avidez sobre o alçapão em movimento, a pele solta do rosto pendendo como massa. A coroa caiu da sua cabeça de novo. Mais daqueles tentáculos pretos saíram do pescoço, das costas e do espaço entre as nádegas. Ele estava virando Cthulhu perante meus olhos, senhor dos deuses antigos, um conto de fadas de pesadelo ganhando vida.

Mas o verdadeiro monstro estava abaixo. Em breve, surgiria.

Gogmagog.

8

Eu me lembro do que aconteceu depois com uma clareza arrasadora. Vi tudo de onde estava, talvez uns doze degraus acima da liteira abandonada, e ainda vejo nos meus sonhos.

Radar estava latindo, mas eu mal conseguia ouvi-la com o ruído constante enlouquecedor vindo do Poço Profundo. Leah ergueu a adaga e, sem hesitação, a enfiou fundo na ferida de alimentação ao lado do que já tinha sido sua boca. E, usando as duas mãos, puxou-a pela cicatriz, da direita para a esquerda.

— *Elden!* — gritou ela.

Sangue jorrou pela boca reaberta em um spray fino. Sua voz soou rouca, culpa dos feitos de ventriloquismo, eu achei, mas a primeira palavra que ela falou sem precisar projetá-la do fundo da garganta foi alta o suficiente para o irmão horrendo ouvir, mesmo com o ruído. Ele se virou. Ele a viu, a *viu* de verdade, pela primeira vez.

577

— Elden, para enquanto ainda há tempo!

Ele hesitou, aquela floresta de tentáculos (havia mais agora, bem mais) se balançando. Eu vi amor naqueles olhos turvos? Arrependimento? Dor, talvez vergonha por ter amaldiçoado a única que o tinha amado junto com os que não tinham? Ou só a necessidade de preservar o que estava escapando depois de um reinado que tinha sido curto demais (mas não é assim que parece para todo mundo quando o fim chega)?

Eu não sabia. Estava descendo os últimos degraus correndo, passando pela liteira. Eu não tinha um plano em mente, só uma necessidade de tirá-la antes que a coisa lá de baixo pudesse emergir. Pensei na barata gigante que tinha escapado para o barracão do sr. Bowditch e em como o sr. Bowditch tinha atirado nela e isso me lembrou finalmente que eu ainda estava com a arma dele.

Leah entrou no meio daquela abundância de tentáculos, parecendo alheia ao perigo que ofereciam. Um deles acariciou a bochecha dela. Elden ainda estava olhando para ela. Ele estava chorando?

— Volta — grunhiu ele. — Volta enquanto ainda pode. Eu não posso...

Um dos tentáculos envolveu o pescoço manchado de sangue. Ficou claro o que ele não podia fazer: parar a parte dele que tinha sido possuída pela coisa abaixo. De todos os livros que ele tinha lido na biblioteca do palácio, nenhum continha a história mais básica de todas as culturas, a que diz que quando você trata com o diabo você faz um pacto com ele?

Eu peguei o tentáculo, um que podia ter sido parte de um braço quando Elden fez seu pacto, e o puxei do pescoço dela. Era duro e coberto com uma espécie de gosma. Quando não estava mais sufocando Leah, deixei que escapasse da minha mão. Outro envolveu minha cintura e um segundo a minha coxa. Eles começaram a me puxar na direção de Elden. E do poço que se abria.

Levantei a arma do sr. Bowditch para atirar nele. Antes que eu pudesse, um tentáculo se fechou no cano, puxou o revólver e o jogou girando pelo chão de pedra na direção da liteira abandonada. Radar estava parada agora entre Elden e o poço, os pelos todos eriçados, latindo tanto que havia espuma voando da boca. Ela deu um pulo para mordê-lo. Um tentáculo, um que era parte da perna esquerda de Elden, se esticou como um chicote e a jogou longe. Eu estava sendo puxado para a frente. O monstro podia estar chorando

578

pela irmã, mas também estava sorrindo de expectativa de uma vitória horrível, real ou imaginária. Mais dois tentáculos, dois pequenos, saíram daquele sorriso para sentir o ar. O guindaste ainda estava puxando o alçapão, mas outra coisa, algo embaixo, também o estava empurrando, aumentando o vão.

Outro mundo lá embaixo, pensei. *Um sombrio que eu nunca quero ver.*

— Você também participou! — gritou a criatura flácida de cara verde para Leah. — *Você também participou, senão teria vindo comigo! Você teria sido minha rainha!*

Mais tentáculos do Assassino Voador a pegaram pelas pernas, pela cintura, mais um no pescoço, e a arrastaram para a frente. Algo estava saindo do poço, uma substância preta oleosa pontilhada de espinhos brancos compridos. Bateu no chão com um ruído úmido. Era uma asa.

— *Eu SOU a rainha!* — gritou Leah. — *Você não é meu irmão! Ele era bondoso! Você é um assassino e um falso! Você é um impostor!*

Ela enfiou a adaga, ainda molhada do próprio sangue, no olho do irmão. Os tentáculos a soltaram. Ele cambaleou para trás. A asa subiu e bateu de um jeito que jogou um sopro de ar nauseante na minha cara. Envolveu Elden. Os espinhos o empalaram. Ele foi puxado para a beira do poço com um grito final, antes de a coisa enfiar os espinhos que mais pareciam ganchos no peito dele e o puxar para dentro.

Mas ter sua marionete não bastou para satisfazê-lo. Uma bolha de carne alienígena saiu do poço. Olhos dourados enormes nos encararam de uma superfície que não era uma cara. Houve um som de arranhado e arrastado e uma segunda asa coberta de espinhos saiu. Fez um movimento exploratório e outro sopro de ar putrescente me atingiu.

— *Volta!* — gritou Leah. Sangue jorrou da boca cortada. Gotículas caíram na coisa que surgia e ferveram. — *Eu, a Rainha de Empis, ordeno!*

A coisa continuou a surgir, agora batendo as duas asas com espinhos. Fios de um fluido fétido voaram dela. A luz das luas destruídas tinha continuado a se apagar e eu mal conseguia ver a coisa corcunda e retorcida que estava surgindo, as laterais inflando e murchando como um fole. A cabeça de Elden estava desaparecendo na pele estranha. O rosto morto, estampado com a expressão final de horror, olhava para nós como o rosto de um homem desaparecendo em areia movediça.

Os latidos de Radar agora pareciam gritos.

Acho que talvez fosse uma espécie de dragão, mas não do tipo visto em qualquer livro de contos de fadas. Era de além do meu mundo. Do de Leah também. O Poço Profundo se abria em um outro universo que era além de qualquer compreensão humana. E a ordem de Leah não adiantou de nada para impedi-lo.

A criatura saiu.

A criatura saiu.

As luas tinham se beijado e logo ela estaria livre.

9

Leah não repetiu a ordem. Ela devia ter decidido que era inútil. Só esticou o pescoço para ver a coisa crescer para fora do poço. Agora, só havia Radar, latindo e latindo, mas, de alguma forma, milagrosamente, heroicamente, se mantendo firme.

Eu me dei conta de que ia morrer e de que seria uma misericórdia. Supondo, claro, que a vida não fosse continuar em um ruído infernal terrível (*AAAAAAA*) quando eu (e Leah e Radar) fosse levado para dentro do ser alienígena.

Eu tinha lido que em momentos assim a vida da pessoa passa na frente dos olhos. O que passou na minha frente, como ilustrações de um livro cujas páginas são folheadas rapidamente, foram todos os contos de fadas que eu tinha encontrado em Empis, desde a mulher dos sapatos e a garota dos gansos às casas dos Três Exiladinhos e às irmãs malvadas que nunca teriam levado a irmãzinha bonita (nem o irmãozinho deformado) para o baile.

Estava crescendo, crescendo. Asas com espinhos batendo. O rosto de Elden tinha desaparecido nas entranhas desconhecidas.

Mas então pensei em outro conto de fadas.

Era uma vez um homenzinho cruel chamado Christopher Polley, que tinha ido roubar o ouro do sr. Bowditch.

Era uma vez um homenzinho cruel chamado Peterkin, que estava torturando o Snab com uma adaga.

Era uma vez a minha mãe, que foi atingida por um caminhão de encanador na ponte da rua Sycamore e morta quando ele a imprensou em um dos suportes da ponte. A maior parte dela ficou na ponte, mas a cabeça e os ombros caíram no rio Little Rumple.

Sempre Rumpelstiltskin. Desde o começo. O Conto de Fadas Original, poderíamos dizer. E como a filha da rainha se livrou daquele duende encrenqueiro?

— *EU SEI SEU NOME!* — gritei. A voz não era a minha, tanto quanto muitos dos pensamentos e ideias nessa história não pertenciam ao garoto de dezessete anos que foi para Empis. Era a voz de um príncipe. Não daquele mundo, nem do meu. Eu tinha começado chamando Empis de "o Outro", mas *eu* era o outro. Ainda Charlie Reade, claro, mas eu também era outra pessoa, e a ideia de que eu tinha sido enviado ali, de que meu relógio tinha sido preparado anos antes, quando a minha mãe atravessou aquela ponte, comendo uma asinha de frango, só para aquele momento era impossível de duvidar. Mais tarde, quando a pessoa que eu era naquele mundo subterrâneo começasse a sumir, eu *duvidaria*, mas naquele momento? Não.

— *EU SEI SEU NOME, GOGMAGOG, E ORDENO QUE VOCÊ VOLTE PARA O SEU COVIL!*

A criatura gritou. O piso de pedra tremeu e rachaduras se formaram. Bem acima de nós, túmulos estavam novamente cedendo seus mortos e uma grande fenda estava ziguezagueando pelo centro do Campo dos Monarcas. Aquelas asas enormes bateram, fazendo chover gotas fedorentas que queimavam como ácido. Mas quer saber? Eu *gostei* do grito, porque eu era um príncipe sombrio e aquele grito foi de dor.

— *GOGMAGOG, GOGMAGOG, SEU NOME É GOGMAGOG!*

Ele gritou cada vez que eu falei o nome. Aqueles gritos soaram no mundo; soaram também na minha cabeça, assim como o zumbido tinha soado, ameaçando explodir meu crânio. As asas bateram freneticamente. Olhos enormes me encararam.

— *VOLTE PARA O SEU COVIL, GOGMAGOG! VOCÊ TALVEZ RESSUR-JA, GOGMAGOG, EM DEZ ANOS OU MIL, GOGMAGOG, MAS NÃO HOJE, GOGMAGOG!* — Eu abri os braços. — *SE VOCÊ ME LEVAR, GOGMAGOG, VOU EXPLODIR SUAS ENTRANHAS COM SEU NOME ANTES DE MORRER!*

A coisa começou a recuar, dobrando as asas sobre os olhos horríveis. O som da descida foi um *shloooop* líquido que me deu vontade de vomitar. Eu me perguntei como a gente faria aquele guindaste gigante baixar a tampa, mas Leah cuidou disso. A voz dela estava rouca e falhada... mas eu não estava vendo lábios surgindo no corte irregular da boca? Não tenho certeza, mas depois de ter tido que engolir tanto faz de conta, eu engoli aquele com prazer.

— Feche em nome de Leah de Gallien.

Lentamente, até demais para o meu gosto, a haste do guindaste começou a baixar a tampa. O cabo ficou frouxo e o gancho se soltou. Eu soltei o ar.

Leah se jogou nos meus braços e me abraçou com toda a força que tinha. O sangue da boca recém-aberta pingou quente no meu pescoço. Senti algo bater em mim por trás. Era Radar, as patas traseiras no chão, as dianteiras apoiadas na minha bunda, o rabo balançando loucamente.

— Como você soube? — perguntou Leah com a voz partida.

— Uma história que a minha mãe me contou — falei. E era verdade, de certa forma. Ela tinha me contado agora tendo morrido naquela época. — Nós temos que ir, Leah, senão vamos ter que achar o caminho no escuro. E você precisa parar de falar. Dá para ver o quanto dói.

— É, mas a dor é maravilhosa.

Leah apontou para a liteira.

— Eles devem ter trazido pelo menos um lampião. Você ainda tem os fósforos?

Incrivelmente, eu tinha. Nós andamos de mãos dadas até a liteira abandonada, com Radar entre nós. Leah se curvou uma vez no caminho, mas eu nem notei direito. Estava concentrado em algo para iluminar nosso caminho antes que a luz das luas partidas sumisse de vez.

Empurrei uma das cortinas da liteira e ali, encolhida no lado mais distante, estava o membro do grupo de Elden de quem eu tinha me esquecido. *Assassino Voador*, dissera Percival. *Quatro outros. E a puta.* Ou talvez ele tivesse dito *a bruxa.*

O cabelo de Petra tinha se soltado dos fios cruzados de pérolas que o prendiam. A maquiagem branca tinha rachado e escorrido. Ela me encarou com horror e repulsa.

— Você estragou tudo, seu moleque odioso!

Moleque me fez sorrir.

— Nã, não, querida. Paus e pedras podem me machucar, mas palavras nunca vão me afetar.

Pendurado em um gancho de metal na frente da liteira estava o que eu esperava que estivesse: um daqueles lampiões em forma de torpedo.

— Eu era consorte dele, entendeu? A escolhida! Eu deixei que ele me tocasse com aquelas cobras repugnantes que eram os braços dele! Eu lambi a baba dele! Ele não tinha muito tempo de vida, qualquer tolo podia ver, e eu teria governado!

Não era algo digno de resposta, na minha humilde opinião.

— *Eu teria sido Rainha de Empis!*

Peguei o lampião. Os lábios dela se repuxaram sobre dentes que tinham sido lixados e tinham pontas, como os de Hana. Talvez aquela fosse a última moda da corte infernal do Assassino Voador. Ela deu um pulo e enfiou aqueles dentes no meu braço. A dor foi imediata e excruciante. Sangue escorreu dos lábios dela. Os olhos saltavam das órbitas. Eu tentei me soltar. Minha pele rasgou, mas os lábios continuaram grudados.

— Petra — disse Leah. A voz dela era um grunhido rouco agora. — Toma isso, sua bruxa fedorenta.

O rugido do .45 do sr. Bowditch que Leah tinha se abaixado para pegar foi ensurdecedor. Um buraco apareceu na maquiagem sólida, logo acima do olho direito de Petra. A cabeça pendeu para trás e, antes que ela caísse no chão da liteira, eu vi algo que não precisava ter visto: um pedaço do tamanho de uma maçaneta do meu antebraço pendurado naqueles dentes afiados.

Leah nem hesitou. Arrancou as cortinas da liteira, cortou um pedaço comprido da parte de baixo e amarrou em volta da ferida. Agora, estava quase completamente escuro. Eu estiquei o braço bom na penumbra para pegar o lampião (a ideia de que Petra poderia voltar à vida e morder o outro foi ridícula, mas forte). Eu quase o deixei cair. Príncipe ou não, eu estava tremendo de choque. Parecia que Petra não tinha apenas mordido meu braço, mas jogado gasolina na ferida e tacado fogo.

— Você acende — falei. — Os fósforos estão no coldre.

Senti-a mexer no meu quadril e raspar um dos fósforos na lateral da liteira. Virei para trás a chaminé de vidro do lampião. Ela girou um botãozinho na lateral para exibir o pavio e o acender. Em seguida, tirou-o de mim, o que foi bom. Eu teria deixado cair.

583

Fui na direção da escadaria em espiral (achei que ficaria feliz em nunca mais ver uma daquelas), mas ela me segurou e me puxou de volta. Senti a boca cortada se mover junto ao meu ouvido quando ela sussurrou.

— Ela era minha tia-avó.

Ela era jovem demais para ser avó, pensei. Mas aí me lembrei do sr. Bowditch, que tinha feito uma viagem e voltado como o próprio filho.

— Vamos sair daqui pra nunca mais voltar — falei.

10

Nós saímos do poço bem lentamente. Eu precisei parar para descansar a cada cinquenta degraus mais ou menos. Meu braço latejava a cada batida do coração, e eu sentia que a atadura improvisada da Leah estava encharcada de sangue. Eu ficava vendo Petra cair para trás morta com um pedaço da minha carne na boca.

Quando chegamos no alto da escada, eu precisei me sentar. Minha cabeça estava latejando tanto quanto o braço. Eu me lembrei de ter lido em algum lugar que, quando o assunto é iniciar uma infecção perigosa e talvez até letal, só a mordida de um animal com raiva supera a de um humano supostamente saudável... e como eu ia saber se Petra estava saudável depois de anos de integração (minha mente hesitou ao pensar em uma união carnal) com Elden? Imaginei conseguir sentir o veneno dela subindo pelo meu braço até o ombro e de lá até meu coração. Dizer para mim mesmo que era besteira não ajudou.

Leah me deu alguns momentos sentado com Radar cheirando ansiosamente a lateral do meu rosto e depois apontou para a reserva do lampião. Estava quase vazia, e o brilho das paredes tinha sumido com a morte de Elden e o recuo de Gogmagog. O que ela estava dizendo ficou claro: se nós não queríamos ter que sair cambaleando pelo escuro, nós tínhamos que ir logo.

Estávamos na metade da inclinação íngreme que levava à câmara imensa com as doze passagens quando o lampião tremeluziu e se apagou. Leah suspirou e segurou minha mão boa. Nós andamos devagar. O escuro era desagradável, mas sem o zumbido e o murmúrio de vozes, não estava tão ruim.

A dor no meu braço, sim. A mordida não tinha estancado; eu sentia sangue quente na palma da mão e entre os dedos. Radar farejou e choramingou. Pensei em Iota morrendo de um cortezinho de faca envenenada. Como a lembrança da minha carne pendendo dos dentes pontudos de Petra, era algo em que eu não queria pensar, mas não conseguia evitar.

Leah parou e apontou. Percebi que consegui enxergá-la apontar porque agora havia luz na passagem de novo. Não a luz verde doentia daquelas paredes estranhas meio de vidro meio de pedra, mas um brilho amarelo caloroso, indo e vindo. Quando ficou mais forte, Radar saiu correndo na direção da luz, latindo como louca.

— Não! — gritei. Isso fez minha dor de cabeça piorar. — Fica, garota!

Ela não me deu atenção, e aqueles não eram os latidos furiosos e apavorados que ela tinha dado no universo sombrio que tínhamos deixado para trás (mas não tão longe, nunca seria longe o suficiente). Eram latidos de empolgação. E algo estava vindo do brilho. *Saltando* dele.

Radar se abaixou, a cauda balançando, e o Snab pulou nas suas costas. Logo em seguida veio um enxame de vaga-lumes.

— O senhor das coisas pequenas — falei. — Caramba.

Os vaga-lumes, e deviam ser pelo menos mil, formaram uma nuvem incandescente sobre minha cadela e o grilo vermelho nas suas costas, e os dois ficaram lindos na luz fraca e oscilante. Radar se levantou, acho que depois de uma ordem do cavaleiro que não foi dada para ouvidos humanos. Ela começou a subir o piso inclinado. Os vaga-lumes foram naquela direção, voando sobre os dois.

Leah apertou a minha mão. Nós seguimos os vaga-lumes.

11

Eris estava esperando na sala do tamanho de uma catedral que tinha doze passagens. O Snab tinha levado um batalhão de vaga-lumes até nós, mas tinha deixado um grupo para que Eris não ficasse na escuridão total. Quando nós aparecemos, ela correu até mim e me abraçou. Como eu enrijeci de dor, ela recuou e olhou para a atadura improvisada, encharcada de sangue, ainda pingando.

— Deuses supremos, o que aconteceu com você? — Ela olhou para Leah e ofegou. — Ah, minha lady!

— Coisas demais pra contar. — Pensando que talvez sempre fosse ser demais para contar. — Por que você está aqui? Por que voltou?

— O Snab me trouxe. E trouxe luz. Como você pode ver. Vocês precisam de cuidados médicos, vocês dois, e Freed está mal demais.

Vai ter que ser Claudia então, pensei. *Claudia vai saber o que fazer. Se algo* puder *ser feito.*

— Nós temos que sair daqui — falei. — Estou cansado de ficar debaixo da terra.

Olhei para o grilo vermelho nas costas de Radar. Ele olhou para mim, aqueles olhinhos pretos dando um aspecto singularmente solene a ele.

— Vá na frente, sr. Snab, por gentileza.

Ele foi.

12

Várias pessoas estavam aglomeradas no depósito de roupas quando saímos. Os vaga-lumes voaram sobre a cabeça de todo mundo em uma faixa de luz. Jaya estava lá, e Percival e vários outros do meu tempo de encarceramento em Maleen Profunda, mas não lembro quais. Eu estava ficando cada vez mais tonto e a minha dor de cabeça estava tão ruim que parecia ter se materializado em uma bola branca pulsante de dor pairando sete centímetros na frente dos meus olhos. O que me lembro claramente é que o Snab não estava mais nas costas de Radar e Percival estava com uma aparência melhor. Era impossível dizer como, com aquela bola branca de dor na minha frente e o latejar até o osso no braço, mas estava. Eu tinha certeza. As pessoas se ajoelharam quando viram a princesa e levaram a mão à testa baixa.

— De pé — disse ela. Ela estava quase sem voz, mas achei que era de uso em excesso e que voltaria com o tempo. A ideia de que suas cordas vocais tivessem se rompido permanentemente era horrível demais para ser considerada.

Eles se levantaram. Com Leah me apoiando de um lado e Eris do outro, nós saímos do depósito lotado. Eu quase cheguei na primeira escadaria, mas minhas pernas cederam. Fui carregado, talvez pelos meus amigos de Maleen Profunda, talvez pelos cinzentos, talvez ambos. Eu não lembro. Lembro-me de ser carregado pelo salão de recepção e de ver mais de trinta homens e mulheres cinzentos limpando a sujeira que tinha sido deixada lá pelos cortesãos do Rei Jan que tinham decidido jurar lealdade ao Assassino Voador. Tive a impressão de que uma das pessoas fazendo a limpeza era Dora, usando um pano vermelho no cabelo e sapatos amarelos de lona esplêndidos nos pés. Ela levou as mãos à boca e jogou um beijo com dedos que estavam começando a parecer dedos de novo e não barbatanas.

Ela não está lá, pensei. *Você está delirando, Príncipe Charlie. E mesmo se estiver, os dedos dela não podem estar se regenerando. Coisas assim só acontecem em...*

Em o quê? Bem... em histórias como aquela.

Estiquei o pescoço para dar outra olhada nela quando fui carregado para a sala ao lado, uma espécie de antecâmara, e vi o lenço colorido e os tênis coloridos, mas não pude ter certeza de que era Dora. Ela estava de costas para mim e de joelhos, esfregando sujeira.

Nós passamos por mais salas e por um corredor comprido, mas eu já estava caindo na inconsciência e ficaria feliz de ir se ela me levasse para um lugar onde a minha cabeça não parecesse estar explodindo e meu braço não parecesse um tronco dentro de uma lareira. Mas eu aguentei. Se eu estivesse morrendo, e a sensação era essa, eu queria que fosse do lado de fora, respirando ar livre.

Uma luz forte me atingiu. Deixou minha dor de cabeça pior, mas foi maravilhoso mesmo assim porque não era a luz horrenda do mundo subterrâneo embaixo de Lilimar. Não era nem o brilho bem mais simpático dos vaga-lumes. Era a luz do dia, mas era mais.

Era a *luz do sol*.

Fui carregado nela, meio sentado, meio deitado. As nuvens estavam se abrindo e eu vi o céu azul acima da grande praça na frente do palácio. Não só um pouco de azul, mas metros quadrados de azul. Não, *quilômetros*. Deus, que luz do sol! Olhei para baixo e vi minha sombra. Vê-la me fez me sentir como Peter Pan, aquele Príncipe dos Garotos Perdidos.

Um grito alto soou. O portão da cidade foi aberto e a praça foi tomada pelos cinzentos de Empis. Eles viram Leah e caíram de joelhos com um barulho de movimentação que me deixou arrepiado.

Ela estava me olhando. Acho que a expressão dizia *Estou precisando de uma ajudinha aqui.*

— Me coloquem no chão — falei.

Meus carregadores fizeram isso e vi que eu conseguia ficar de pé. A dor ainda estava toda lá, mas havia uma outra coisa também. Estava lá quando eu gritei o nome de Gogmagog com uma voz que não era minha e estava ali agora. Levantei os braços, o direito bom e o esquerdo que ainda estava pingando sangue, deixando vermelha a nova atadura que Jaya tinha colocado em algum momento. Como as papoulas na colina atrás da casinha de Dora.

O povo abaixo ficou em silêncio, esperando, de joelhos. E apesar do poder que senti correndo por mim nessa hora, eu lembrei que eles não estavam ajoelhados por mim. Aquele não era o meu mundo. O meu mundo era o outro, mas eu tinha mais um trabalho a fazer ali.

— *Me escute, povo de Empis! O Assassino Voador está morto!*

Eles gritaram em aprovação e agradecimento.

— *O Poço Profundo está fechado e a criatura que vive lá está presa dentro!*

Outro grito soou depois disso.

Agora, eu sentia aquele poder, aquela *sensação de outro*, saindo de mim, levando junto a força que eu tinha pegado emprestada. Em breve, eu seria o Charlie Reade simples de sempre... se a mordida de Petra não me matasse, claro.

— *Um viva para Leah, povo de Empis! Um viva para Leah de Gallien! UM VIVA PARA SUA RAINHA!*

Acho que foi uma boa frase de efeito com que encerrar, como meu pai teria dito, mas eu nunca vou ter certeza, porque foi nessa hora que as juntas dos meus joelhos cederam e eu perdi a consciência.

TRINTA E UM

Visitantes. A rainha de branco. Misericórdia. Woody e Claudia. Embora de Empis.

1

Passei muito tempo em um quarto lindo com cortinas brancas flutuantes. As janelas atrás delas estavam abertas, deixando entrar não só uma brisa, mas um fluxo de ar fresco. Eu passei três semanas naquele quarto? Quatro? Não sei, porque não havia semanas em Empis. Não as nossas semanas, pelo menos. O sol nasceu e se pôs. Às vezes à noite as cortinas ficavam iluminadas pela luz das luas estilhaçadas. Os restos de Bella e Arabella tinham formado uma espécie de colar no céu. Eu não vi na época, só a luz pelas cortinas flutuantes do mais fino tecido. Havia ocasiões em que uma das minhas enfermeiras (Dora era a melhor, Nossa Senhora dos Sapatos) queria fechar as janelas atrás das cortinas para que os "vapores da noite" não piorassem minha condição já perigosa, mas eu não permitia porque o ar era tão doce. Elas me obedeciam porque eu era o príncipe e a minha palavra era lei. Eu não contei para nenhuma delas que estava voltando a ser o Charlie Reade de antes. Elas não teriam acreditado mesmo em mim.

Muitas pessoas foram me visitar no quarto de cortinas flutuantes. Algumas estavam mortas.

Iota foi um dia; eu me lembro da visita dele com clareza. Ele se apoiou em um joelho, botou a palma da mão na testa e se sentou na cadeira baixa ao lado da minha cama, onde minhas enfermeiras cinzentas se sentavam para raspar os cataplasmas velhos (o que doía), limpar a ferida (o que doía mais ainda) e pôr cataplasmas novos. Aquela gosma esverdeada, criação de Claudia, fedia absurdamente, mas era calmante. Isso não quer dizer que eu não teria preferido uns Advils. Dois Percocets teria sido melhor.

— Você está péssimo — disse Eye.

— Obrigado. Gentileza sua.

— Foi veneno de vespa que acabou comigo — disse Eye. — Na faca. Você se lembra da faca e do homem atrás da porta?

Eu lembrava. Jeff, um nome bem americano. Ou Geoff, um nome bem britânico.

— Eu tive a impressão de que Petra o escolheu como consorte pra depois que Elden morresse e ela se tornasse rainha.

— Ele deve ter mandado um dos cinzentos enfiar aquela faca em uma colmeia por tempo suficiente até que ficasse com uma boa cobertura. O pobre sujeito deve ter sido picado até morrer.

Pensei que era mais do que provável se as vespas em Empis fossem do tamanho das baratas.

— Mas o filho da mãe se importaria? — continuou Iota. — Nã, nã, não aquele filho da puta. As vespas não eram tão perigosas antigamente, mas... — Ele deu de ombros.

— As coisas mudaram depois que o Assassino Voador assumiu o comando. Para pior.

— Para pior, é. — Ele estava bem engraçado, sentado na cadeira baixa com os joelhos até as orelhas. — Nós precisávamos de alguém que nos salvasse. Ganhamos você. Melhor do que nada, eu acho.

Eu levantei a mão boa e levantei os dedos anelar e mindinho, o jeito do meu velho amigo Bertie de mostrar o dedo do meio.

— O veneno de Petra pode não ser tão ruim quanto o que estava na faca daquele filho da mãe, mas, pela sua aparência, foi bem ruim — disse Iota.

Claro que foi ruim. Ela tinha lambido a baba da coisa Elden e aquele resíduo estava na boca quando ela me mordeu. Pensar nisso me fez tremer.

— Luta — disse ele, se levantando. — Luta, Príncipe Charlie.

Eu não o tinha visto entrar, mas o vi sair. Ele passou pelas cortinas flutuantes e desapareceu.

Uma das enfermeiras cinzentas veio com expressão preocupada. Era possível discernir expressões nos rostos dos doentes agora; o pior das deformidades talvez ficasse, mas a progressão regular da doença, da *maldição*, tinha parado. Mais, havia uma melhoria lenta, porém regular. Vi o primeiro toque de cor em muitos rostos cinzentos, e as membranas que tinham transformado mãos e pés em barbatanas estavam se dissolvendo. Mas eu não achava que fosse haver recuperação permanente para nenhum deles. Claudia conseguia ouvir de novo, um pouco, mas eu achava que Woody sempre permaneceria cego.

A enfermeira disse que tinha me ouvido falar e achou que eu talvez estivesse voltando a delirar.

— Eu estava falando sozinho — disse, e talvez estivesse mesmo. Radar não tinha nem erguido a cabeça, afinal.

Cla apareceu para fazer uma visita. Ele não se deu ao trabalho de fazer a saudação da palma da mão na testa nem se sentou, só se curvou sobre a cama.

— Você trapaceou. Se tivesse jogado direito, eu teria acabado com você, príncipe ou não.

— O que você esperava? — perguntei. — Você tinha pelo menos uns cinquenta quilos a mais do que eu e era rápido. Me diz que não teria feito o mesmo no meu lugar.

Ele riu.

— Agora você me pegou, eu admito, mas eu acho que seus dias de quebrar bastão de luta no pescoço dos outros acabou. Você vai melhorar?

— Não faço a menor ideia.

Ele riu um pouco e andou até as cortinas flutuantes.

— Você é bem casca grossa, isso eu posso dizer. — E foi embora. Isso se ele tivesse ido mesmo, claro; *você é bem casca grossa* era uma fala de um filme velho do TCM que meu pai e eu víamos na época de bebedeira dele. Não me lembro do nome, só que o Paul Newman participava fazendo papel de indígena. Você acha algumas das coisas da minha história difíceis de acreditar? Tenta imaginar Paul Newman como indígena. Isso sim força a credibilidade.

Naquela noite (ou em alguma outra, não tenho certeza), eu acordei com o som de Radar rosnando e vi Kellin, o Lorde Supremo em pessoa, sentado ao lado da minha cama com o paletó vermelho elegante.

— Você está piorando, Charlie — disse ele. — Estão dizendo que a mordida parece melhor e talvez até pareça, mas a infecção está mais fundo. Em pouco tempo, você vai estar com febre. Seu coração vai inchar e explodir, e eu vou estar te esperando. Eu e minha tropa de soldados noturnos.

— Não prende a respiração pra esperar — falei, mas foi besteira. Ele não podia inspirar, prender nem expirar. Ele estava morto antes mesmo de os ratos o pegarem. — Sai daqui, traidor.

Ele saiu, mas Radar continuou rosnando. Segui o olhar dela e vi Petra nas sombras, sorrindo para mim com seus dentes pontudos.

Dora costumava dormir na antecâmara e veio correndo com as pernas arqueadas quando ouviu meu grito. Ela não aumentou as luzes, mas estava segurando um daqueles lampiões em forma de torpedo. Ela perguntou se eu estava bem e se meu coração estava batendo direito, porque todas as enfermeiras receberam a ordem de ficar de olho em mudanças no ritmo. Eu falei que estava, mas ela tirou minha pulsação mesmo assim e verificou o último cataplasma.

— Foram fantasminhas, talvez?

Eu apontei para o canto.

Dora foi até lá com os sapatos de lona esplêndidos e ergueu o lampião. Não havia ninguém lá, mas eu não precisava que ela me mostrasse isso, porque Radar tinha voltado a dormir. Dora se curvou e beijou a minha bochecha da melhor forma que sua boca torta permitia.

— Tá bem, tá bem, tá tudo bem. Dorme agora, Charlie. Dorme e fica bom.

2

Também recebi visitas dos vivos. Cammit e Quilly; depois, Stooks, com um gingado de dono do pedaço. A bochecha cortada tinha sido costurada com pontos pretos que me fizeram pensar no filme de Frankenstein que eu tinha visto no TCM com meu pai.

— Vai ficar uma cicatriz enorme — disse ele, passando a mão nos pontos. — Eu nunca mais vou ficar bonito.

— Stooks, você nunca foi bonito.

Claudia ia com frequência, e um dia, por volta da época em que eu pensei que, sim, eu provavelmente viveria, o dr. Freed foi com ela. Uma das enfermeiras o estava empurrando em uma cadeira de rodas que devia ter sido de algum rei, porque os raios das rodas pareciam de ouro maciço. Meu antigo nêmesis Christopher Polley se cagaria de inveja.

A perna machucada e infeccionada de Freed tinha sido amputada e ele estava sentindo muita dor, mas estava com cara de homem que viveria. Fiquei muito feliz de vê-lo. Claudia raspou com cuidado meu cataplasma e lavou a ferida. Em seguida, eles se curvaram sobre meu braço, as cabeças quase se tocando.

— Cicatrizando — declarou Freed. — Você não diria?

— SIM! — gritou Claudia. Ela estava ouvindo de novo, ao menos um pouco, mas eu achei que ela acabaria falando com aquele grito sem inflexão pelo resto da vida. — CARNE ROSADA! SEM NENHUM FEDOR ALÉM DO MUSGO DE VIÚVA DO CATAPLASMA!

— Talvez a infecção ainda esteja aí — falei. — Talvez tenha ido mais fundo.

Claudia e Freed trocaram um olhar atônito. O doutor estava com dor demais para rir, mas Claudia riu por ele.

— O QUE TE DEU UMA IDEIA IDIOTA COMO ESSA?

— Não, é?

— Uma doença pode se esconder, Príncipe Charlie — disse o dr. Freed —, mas a infecção é exibida. Fede e forma pústulas. — Ele se virou para Claudia. — Quanto da carne ao redor você precisou tirar?

— ATÉ O COTOVELO E QUASE ATÉ O PULSO! FOI UMA FERIDA NOJENTA DA PORRA QUE ELA FEZ NELE E VAI FICAR UM BURACO ALI, ONDE O MÚSCULO NÃO VAI VOLTAR. SEUS DIAS DE JOGO PROVAVELMENTE ACABARAM, CARLIE.

— Mas você vai poder tirar meleca com as duas mãos — disse Freed, o que me fez rir. Foi bom rir. Eu tinha tido muitos pesadelos desde o retorno do Poço Profundo, mas risadas pareciam estar em falta.

— Você devia se deitar e deixar que alguém te dê aquele negócio pra dor que eles têm — falei para o doutor. — Umas folhinhas pra mastigar. Você parece pior do que eu.

— Eu estou melhorando — disse ele. — E, Charlie… nós devemos nossa vida a você.

Havia verdade nisso, mas não toda verdade. Eles também deviam ao Snab, por exemplo. Ele tinha ido para onde os Snabs vão, embora pudesse aparecer de vez em quando (ele tinha o hábito de fazer isso). Mas Percival era outra questão. Ele não foi me ver por vontade própria, então pedi que ele fosse levado. Ele entrou no quarto de cortinas flutuantes com timidez, usando um uniforme branco de cozinheiro e apertando uma espécie de boina junto ao peito. Acho que era o equivalente ao toque de chef em Empis.

Sua reverência foi intensa, a saudação de mão, trêmula. Ele teve medo de me olhar até eu lhe oferecer uma cadeira e um copo de chá gelado. Agradeci por tudo que ele tinha feito e falei que estava feliz em vê-lo. Isso soltou a sua língua, um pouco no começo, depois muito. Ele me deu notícias de Lilimar que mais ninguém tinha se dado ao trabalho de me contar. Acho que porque ele via do ponto de vista de um trabalhador.

As ruas estavam sendo limpas, e o lixo e os escombros sendo recolhidos. Centenas de pessoas que tinham ido para a cidade ajudar a derrubar o reinado podre de Elden voltaram para suas cidades e fazendas, mas outras centenas as tinham substituído, ido cumprir seu dever com a Rainha Leah antes de voltar para casa em lugares como Enseada e Deesk. Para mim, pareceu os projetos da WPA sobre os quais eu tinha lido na escola. Janelas estavam sendo lavadas, jardins sendo replantados e alguém que entendia de encanamento tinha ligado os chafarizes, um a um. Os mortos, não mais inquietos, foram enterrados novamente. Algumas das lojas, reabertas. Mais seriam depois. A voz de Percival continuava arrastada e enrolada, às vezes difícil de entender, mas vou poupar você disso.

— O vidro nas três torres está mudando a cada dia, Príncipe Charlie! Daquele verde-escuro feio para o azul de antigamente! Pessoas sábias, os que lembram como funcionava antigamente, estão colocando os fios dos bondes no lugar. Vai demorar para os carros estarem funcionando de novo e aquelas porcarias viviam quebrando mesmo nas melhores épocas, mas vai ser bom ter de volta.

— Não entendo como eles *podem* funcionar — falei. — Não tem eletricidade fora aquele geradorzinho em um dos andares inferiores do palácio, que eu acho que meu amigo, o sr. Bowditch, que trouxe.

Percival pareceu intrigado. Ele não entendeu *eletricidade*, que eu acho que deve ter saído em inglês e não em empisiano.

— Energia — falei. — De onde os bondes tiram energia?

— Ah! — O rosto, caroçudo, mas melhorando, se transformou. — Bem, as estações dão energia, claro. É…

E agora foi uma palavra que *eu* não entendi. Ele viu isso e fez um gesto de balançar uma das mãos.

— As estações no rio, Príncipe Charlie. Nos riachos se forem dos grandes. E do mar, ah, tem uma estação enorme em Enseada.

Acho que ele estava falando de algum tipo de energia hidrelétrica. Se era isso, eu nunca descobri como ficava armazenada. Muitas coisas em Empis permaneceram misteriosas para mim. Em comparação a como podia existir (e *onde*), a questão do armazenamento de energia pareceu insignificante. Quase sem sentido.

3

O sol subiu, o sol desceu. Pessoas vieram, pessoas foram embora. Algumas mortas, algumas vivas. A que eu mais queria ver, a que tinha ido ao poço comigo, não apareceu.

Até que um dia ela foi. A menina dos gansos que agora era rainha.

Eu estava sentado na sacada depois das cortinas, olhando para a praça central do palácio e me lembrando de coisas desagradáveis, quando as cortinas brancas flutuaram para fora e não para dentro e ela passou entre as duas. Estava usando um vestido branco amarrado na cintura fina (ainda fina demais) com uma corrente fina de ouro. Não havia coroa na cabeça, mas em um dedo havia um anel com uma borboleta de pedra. Achei que era o sinete do reino e que era útil quando andar por aí com um negócio de ouro na cabeça fosse dar trabalho demais.

Eu me levantei e fiz uma reverência, mas, antes que pudesse levar a mão à testa, ela a segurou, a apertou e a colocou entre os seios.

— Nã, nã, nada disso — disse ela com um sotaque de trabalhador tão perfeito que eu até ri. A voz ainda estava áspera, mas não mais rouca. Uma voz adorável, na verdade. Achei que não era assim antes da maldição, mas era boa. — Me abraça se seu braço machucado permitir.

Permitiu. Eu a abracei com força. Havia um odor suave de perfume, algo parecido com madressilva. A sensação era de que eu podia ficar naquele abraço para sempre.

— Eu achei que você não viria — falei. — Achei que tinha me esquecido.

— Eu ando bem ocupada — disse ela, mas seus olhos se desviaram dos meus. — Sente-se comigo, meu querido. Eu preciso olhar para você e nós precisamos conversar.

4

As cinco ou seis enfermeiras que estavam cuidando de mim tinham sido dispensadas para fazer outras tarefas, não faltou trabalho nas semanas depois da queda do Assassino Voador, mas Dora ficou. Ela levou para nós uma jarra grande de chá empisiano.

— Vou beber muito — disse Leah. — Não dói mais falar agora… bom, bem pouco… mas a minha garganta está sempre seca. E a minha boca está como você vê.

Não estava mais grudada, mas ainda estava com uma cicatriz feia e sempre ficaria. Os lábios eram feridas em cicatrização com cascas vermelho-escuras. A ferida feia que ela usava para se alimentar tinha sumido quase completamente, mas a boca nunca ficaria completamente móvel novamente, assim como Woody não recuperaria a visão nem Claudia o uso total dos ouvidos. Pensei em Stooks dizendo *Eu nunca mais vou ficar bonito.* A Rainha Leah de Gallien também não ficaria, mas isso não importava. Porque ela era linda.

— Eu não queria que você me visse assim — disse ela. — Quando eu estou com pessoas, que é o dia inteiro, ao que parece, eu tenho que me segurar pra não cobrir. Quando me olho em um espelho... — Ela levantou a mão. Eu a segurei antes que ela pudesse colocá-la sobre a boca e apoei de volta no colo com firmeza.

— Eu ficaria feliz em beijá-la se não machucasse você.

Ela sorriu ao ouvir isso. Foi um sorriso torto, mas encantador. Talvez *porque* tenha sido torto.

— Você é meio jovem para beijos de amor.

Eu te amo mesmo assim, pensei.

— Quantos anos você tem? — Era uma pergunta impertinente de se fazer a uma rainha, claro, mas eu precisava saber que tipo de amor eu teria que escolher.

— O dobro da sua idade. Talvez mais.

Pensei no sr. Bowditch nessa hora.

— Você não foi ao relógio de sol, foi? Você não tem uns cem anos, né?

Ela conseguiu parecer achar graça e ficar horrorizada ao mesmo tempo.

— Nunca. Ninguém vai ao relógio de sol porque é muito perigoso. Quando jogos e competições aconteciam no Campo dos Monarcas, e isso vai acontecer de novo, apesar de ainda haver muitos consertos a serem feitos primeiro, o relógio de sol ficava travado, imóvel e protegido por garantia. Isso para que nenhum dos milhares do público ficasse tentado. É bem antigo. Elden me disse uma vez que estava lá antes de Lilimar ser construída, ou mesmo pensada.

Ouvir isso me deixou incomodado. Eu me curvei e fiz carinho na minha cadela, que estava encolhida entre os meus pés.

— *Radar* andou nele. Esse foi o principal motivo para eu ter vindo, porque Rad estava morrendo. Como você deve saber pela Claudia.

— Sim — disse Leah e se curvou para fazer carinho em Radar. Rad olhou para ela, sonolenta. — Mas sua cadela é um animal, inocente à força ruim que vive no coração de todos os homens e mulheres. A força que destruiu meu irmão. Eu diria que essa força existe no seu mundo também.

Eu não tinha como argumentar com isso.

— Ninguém da realeza andava naquilo, nem uma vez, Charlie. Muda a mente e o coração. E não é tudo que faz.

— Meu amigo, o sr. Bowditch, andou uma vez, e ele não era um cara ruim. Na verdade, ele era bom.

Isso era verdade, mas, quando olhei para trás, percebi que não era *completamente* verdade. Aguentar a raiva e a natureza solitária do sr. Bowditch foi difícil. Não, quase impossível. Eu teria desistido se não tivesse feito uma promessa a Deus (*o Deus do meu entendimento*, diziam as pessoas do grupo do meu pai no AA). E eu nunca o teria conhecido se ele não tivesse caído e quebrado a perna. Ele não tinha esposa, filhos nem amigos. Era solitário e acumulador, um cara que guardava um balde de bolinhas de ouro no cofre e gostava de coisas velhas: móveis, revistas, televisão, um Studebaker vintage guardado. Nas suas próprias palavras, ele era um covarde que tinha levado presentes em vez de se posicionar. Se você quisesse ser cruel (eu não queria, mas se quisesse), ele foi um pouco parecido com Christopher Polley. O que quer dizer como Rumpelstiltskin. Não era uma comparação que eu quisesse fazer, mas não deu para evitar. Se eu não tivesse ido e se ele não tivesse amado a cadela, o sr. Bowditch teria morrido sem ser notado e sem ser lembrado na casa do alto da colina. E sem ninguém para proteger, a passagem entre os dois mundos certamente teria sido descoberta. Ele nunca tinha pensado nisso?

Leah estava me olhando, girando o anel no dedo e dando o sorrisinho torto.

— Ele era bom por conta própria? Ou você o fez ficar bom, Príncipe Charlie?

— Não me chama assim — falei. Se eu não podia ser o príncipe dela, eu não queria ser o de ninguém. E isso nem era uma escolha. Meu cabelo estava escurecendo de novo e meus olhos estavam voltando para a cor original.

Ela colocou a mão na boca e se obrigou a levá-la ao colo de novo.

— Bom por conta própria, Charlie? Ou você foi a misericórdia que ele recebeu dos deuses supremos?

Eu não sabia como responder. Eu me senti mais velho durante boa parte do meu tempo em Empis, e às vezes mais forte, mas agora eu me sentia fraco e inseguro de novo. Ver o sr. Bowditch sem o filtro suavizante da memória foi um choque. Eu me lembrei do cheiro daquela casa velha no número 1 da rua Sycamore antes de eu arejá-la: azedo e empoeirado. *Trancado.*

Ela falou e com certo alarme:

— *Você* não andou nele, não é?

— Não, eu só tirei Radar. E ela teve que pular. Mas eu senti o poder. Posso fazer uma pergunta?

— Sim, claro.

— A plataforma dourada. Nós subimos para descer. Pelas escadas em espiral.

Ela sorriu um pouco, o máximo que conseguiu.

— Isso mesmo. Foi arriscado, mas nós conseguimos.

— A escada entre as paredes ia até aquela câmara subterrânea?

— Ia. Elden conhecia dois caminhos. Aquele e o da salinha cheia de roupas. Pode haver outros, mas, se havia, ele nunca me mostrou.

— Então por que pegamos o caminho mais longo? — *E quase caímos,* eu não falei.

— Porque diziam que o Assassino Voador não conseguia dar mais do que uns poucos passos. Isso tornou as escadas entre as paredes o caminho mais seguro e eu não queria correr o risco de dar de cara com o grupo dele, mas, no fim, não houve opção.

— Se nós não tivéssemos parado no apartamento do Lorde Supremo... Iota talvez ainda estivesse vivo!

— Nós fizemos o que precisava ser feito, Charlie. Você estava certo sobre isso. Eu estava errada. Errada em muitas coisas. Preciso que você saiba disso e preciso que saiba também que... sou feia do nariz para baixo.

— Você não é...

Ela levantou a mão.

— Shh! Você me vê como amiga, eu te amo por isso e sempre amarei. Outros não. Mas, como rainha, eu tenho que me casar antes que fique muito mais velha. Feia ou não, muitos estarão dispostos a me ter, ao menos com as luzes apagadas, e não há necessidade de beijos para se produzir um herdeiro. Mas os homens que andam no relógio de sol, mesmo que para uma volta só, são estéreis. E as mulheres também. O relógio de sol dá vida, mas também tira.

Isso explicava por que não havia Bowditchezinhos, eu achava.

— Mas Petra...

— *Petra!* — Ela riu com escárnio. — Petra só queria ser rainha da ruína que meu irmão criou. E ela era estéril, de qualquer modo. — Ela suspirou e bebeu, esvaziou o copo e serviu outro. — Ela era louca e era cruel. Se Lilimar e Empis tivessem sido dadas a ela, ela teria andado no relógio de sol repetidamente. Você viu como ela era.

599

Vi. E senti. E ainda estava sentindo, embora o veneno estivesse fora da minha ferida e a dor tivesse sido substituída por uma coceira profunda que Dora jurava que iria embora com o tempo.

— Elden foi o outro motivo para eu demorar a vir te ver, Charlie, embora os pensamentos em você nunca tenham saído da minha cabeça e acho que nunca vão sair.

Eu quase perguntei se ela tinha *certeza* de que eu era jovem demais para ela, mas não perguntei. Primeiro, porque não era para eu ser um consorte de rainha, menos ainda rei. Além disso, eu tinha um pai que estaria desesperado para saber se eu ainda estava vivo. Havia um terceiro motivo para eu voltar. A ameaça que Gogmagog oferecia ao nosso mundo podia ter acabado (ao menos por enquanto), mas também havia a ameaça que nosso mundo oferecia a Empis. Isso se nosso mundo descobrisse que Empis estava ali, com toda aquela riqueza acessível a partir de certo barracão em Illinois.

— Você estava lá quando eu matei o meu irmão. Eu o amava como ele era antes, tentei vê-lo como ele era antes, mas você me obrigou a ver o monstro que ele tinha se tornado. Cada vez que olho pra você, eu me lembro dele e do que eu fiz. Eu me lembro do que me custou. Você entende isso?

— Não foi uma coisa ruim, Leah. Foi boa. Você salvou o reino e não só para ser rainha. Você o salvou porque precisava ser salvo.

— Isso é verdade, e não há necessidade de falsa modéstia entre nós dois, que passamos por tanta coisa, mas você continua não entendendo. Eu *sabia*, entende. Que o Assassino Voador era meu irmão. Claudia me contou anos atrás e eu a chamei de mentirosa. Quando eu estiver com você, eu sempre vou saber que devia ter feito antes. O que me segurou foi a necessidade egoísta de amar a lembrança dele. Enquanto o reino sofria, eu alimentei meus gansos e cuidei do meu jardim e senti pena de mim mesma. Você… Desculpa, Charlie, mas, quando eu vejo você, eu vejo a minha vergonha. Que eu escolhi ser uma fazendeira muda enquanto a minha terra e o meu povo morria lentamente ao meu redor. *E o tempo todo, eu soube.*

Ela estava chorando. Eu estiquei a mão para ela. Ela balançou a cabeça e se virou, como se não aguentasse que eu a visse em lágrimas.

— Agorinha mesmo, quando você chegou, Leah, eu estava pensando em algo ruim que eu fiz. Vergonhoso. Posso contar?

— Se você quiser. — Ainda sem olhar para mim.

600

— Eu tinha um amigo, Bertie Bird. Um bom amigo, mas não um *bom* amigo, se é que você entende o que isso quer dizer. Eu passei por um período difícil depois que a minha mãe morreu. Meu pai também, mas eu não pensava muito no período difícil dele porque eu era criança. Eu só sabia que precisava dele e ele não estava presente. Eu acho que você precisa entender isso.

— Você sabe que eu entendo — disse Leah e bebeu mais chá. Ela tinha quase esvaziado a jarra, e era uma grande.

— Nós fizemos algumas coisas ruins, o Bertie e eu. Mas no que eu estava pensando... era um parque que a gente atravessava indo pra casa depois da aula. O parque Cavanaugh. E um dia eu vi um homem aleijado lá, alimentando os pombos. Ele estava de short e tinha umas órteses grandes nas pernas. Bertie e eu achamos que ele tinha uma aparência ridícula. Homem-Robô foi como Bertie o chamou.

— Eu não sei o que isso sig...

— Deixa pra lá. Não importa. Ele era um homem aleijado em um banco, aproveitando a luz do sol, e Bertie e eu nos olhamos e Bertie disse: "Vamos pegar as muletas dele". Acho que foi aquela força que você mencionou. A maldade. Nós fomos até lá e as pegamos e ele gritou para levarmos de volta, mas nós não as levamos. Nós as carregamos até o limite do parque e as jogamos no lago de patos. Bertie jogou uma e eu joguei a outra. Rindo o tempo todo. Nós jogamos as muletas do aleijado na água, e como ele voltou para casa eu não sei. Elas fizeram barulho e afundaram e nós rimos.

Eu servi o resto do chá. Só chegou à metade do copo, o que foi bom, porque a minha mão estava tremendo e meus olhos estavam lacrimejando. Eu não chorava de tristeza desde que tinha chorado pelo meu pai em Maleen Profunda.

— Por que você está me contando isso, Charlie?

Eu não sabia quando eu comecei, achei que era uma daquelas histórias que eu nunca contaria para ninguém, mas agora sabia.

— Eu roubei as suas muletas. O que posso dizer em minha defesa é que eu tinha que fazer isso.

— Ah, Charlie. — Ela tocou na lateral do meu rosto. — Você não poderia ficar satisfeito aqui, de qualquer modo. Você não é deste mundo, você é de outro, e se não voltar logo, você vai perceber que não consegue viver em nenhum dos dois. — Ela se levantou. — Eu tenho que ir. Há muito a fazer.

Eu fui até a porta. No oitavo ano, nós estudamos haicais na escola, e um deles voltou a mim nessa hora. Delicadamente, encostei um dedo na boca ferida dela.

— Quando há amor, as cicatrizes são lindas como covinhas. Eu te amo, Leah.

Ela tocou nos meus lábios como eu tinha tocado nos dela.

— Eu também te amo.

Ela saiu pela porta e foi embora.

5

No dia seguinte, Eris e Jaya foram me visitar, as duas usando macacões e chapéus de palha grandes. Todos os que trabalhavam ao ar livre agora usavam chapéu porque o sol brilhava todos os dias, como se para compensar pelos anos de nuvens, e a pele de todo mundo, e não só dos que tinham passado muito tempo na prisão prolongada, estava branca como a barriga de um peixe.

A visita foi agradável. As mulheres conversaram sobre o trabalho que elas estavam fazendo e eu contei sobre a minha recuperação, que estava quase completa. Nenhum de nós queria falar sobre Maleen Profunda, nem sobre a Justa, sobre a fuga, sobre os soldados noturnos. Certamente não sobre os mortos que deixamos para trás. Elas riram quando contei sobre o gingado de Stooks quando foi me visitar. Abstive-me de contar para elas sobre as visitas noturnas que recebi de Kellin e Petra, não houve nada de engraçado nelas. Fiquei sabendo que um grupo de gigantes tinha vindo de Cratchy e jurado lealdade à nova rainha.

Jaya viu minha mochila e se ajoelhou na frente dela, passou as mãos sobre o náilon vermelho e as alças de náilon preto. Eris estava ajoelhada ao lado de Radar, passando as mãos no pelo dela.

— Aaa — disse Jaya. — Isso é *bom*, Charlie. Foi feito no lugar de onde você veio?

— Sim. — Provavelmente no Vietnã.

— Eu daria muito pra ter uma assim. — Ela a levantou pelas alças. — E tão pesada! Você consegue carregar?

— Eu vou dar um jeito — falei e precisei sorrir. Estava mesmo pesada; junto com as minhas roupas e o macaco de Radar, havia uma aldrava de ouro maciço. Claudia e Woody insistiram para que eu levasse.

— Quando você parte? — perguntou Eris.

— Dora me disse que, se eu puder andar até o portão da cidade e voltar sem desmaiar amanhã, vou poder ir no dia seguinte.

— Tão rápido? — perguntou Jaya. — Que pena! Há festas à noite, sabe, quando o dia de trabalho termina.

— Acho que você vai ter que festejar por nós dois, então — falei.

Naquela noite, Eris voltou. Estava sozinha, de cabelo solto, usando um vestido bonito em vez de roupas de trabalho e não desperdiçou tempo. Nem palavras.

— Quer se deitar comigo, Charlie?

Falei que ficaria feliz em me deitar com ela se ela desculpasse minha falta de jeito pelo fato de eu nunca ter tido aquele prazer na vida.

— Que maravilha — disse ela, e começou a desabotoar o vestido. — Você pode passar adiante o que vou te ensinar.

Quanto ao que veio em seguida… se foi uma foda de agradecimento, eu não quis saber. E se foi uma foda de pena, o que posso dizer é viva a pena.

6

Tive mais dois visitantes antes de ir embora de Lilimar. Claudia veio, guiando Woody pelo cotovelo de um casaco preto de alpaca. As cicatrizes nos olhos de Woody tinham afrouxado e se separado, mas o que dava para ver nos buracos era só branco.

— NÓS VIEMOS DESEJAR SORTE E AGRADECER! — disse Claudia. Ela estava perto do ouvido esquerdo de Woody e ele se encolheu com uma careta. — NÓS NUNCA CONSEGUIREMOS AGRADECER O SUFICIENTE, CARLIE. VAI HAVER UMA ESTÁTUA SUA PERTO DO LAGO DA ELSA. EU JÁ VI OS DESENHOS E SÃO BEM…

— Elsa está morta com uma lança na barriga. — Eu só percebi que estava zangado com eles quando ouvi a minha voz. — Tem um monte de gente morta. Milhares, dezenas de milhares até onde eu sei. Enquanto vocês dois não faziam nada. Leah eu entendo. Ela estava cega pelo amor. Não conseguia acreditar que o irmão dela era quem tinha feito toda essa... essa *merda*. Mas vocês dois acreditavam, vocês *sabiam*, mas ficaram sem fazer nada.

Eles não disseram nada. Claudia não me olhou e Woody não podia olhar.

— Vocês eram da realeza, os únicos que restaram além de Leah. Os únicos que importavam, pelo menos. Eles teriam seguido vocês.

— Não — disse Woody. — Você está enganado, Charlie. Só Leah conseguiria reuni-los. A sua vinda fez com que ela fizesse o que uma rainha precisa fazer: liderar.

— Vocês nunca foram até ela? Nunca disseram qual era o dever dela, por mais que fazer isso fosse machucar? Vocês eram mais velhos, supostamente mais sábios, e nunca a aconselharam?

Mais silêncio. Eles eram pessoas inteiras e não amaldiçoadas com o cinza, mas tinham sofrido seus próprios males. Eu entendia como isso os tinha enfraquecido e deixado com medo. Mas estava com raiva mesmo assim.

— Ela precisava de vocês!

Claudia esticou a mão e segurou as minhas. Eu quase as puxei, mas desisti. Com uma voz suave que ela provavelmente não conseguia ouvir, ela disse:

— Não, Carlie, era de você que ela precisava. Você era o príncipe prometido e agora a promessa foi cumprida. O que você diz é verdade: nós fomos fracos, perdemos nossa coragem. Mas, por favor, não nos deixe com raiva. Por favor.

Eu sabia antes dessa ocasião que uma pessoa pode escolher não sentir raiva? Acho que não. O que eu sabia era que eu também não queria ir embora assim.

— Tudo bem. — Eu falei alto o suficiente para ela ouvir. — Mas só porque eu perdi seu triciclo.

Ela se sentou com um sorriso. Radar tinha apoiado o focinho no sapato de Woody. Ele se curvou para fazer carinho nela.

— Nós nunca vamos poder retribuir sua coragem, Charlie, mas, se houver algo que você queira, é seu.

Bem, eu tinha a aldrava, que parecia pesar uns dois quilos, e se o preço do ouro fosse mais ou menos o mesmo de quando eu saí de Sentry devia valer uns oitenta e quatro mil dólares. Somado com as bolinhas no balde, eu estava encaminhado. Bem de vida, como dizem. Mas tinha *uma* coisa de que eu precisava.

— Que tal uma marreta?

Não foi exatamente o que eu disse, mas você entendeu.

7

Eu nunca vou me esquecer da coisa alada terrível que tentou sair do Poço Profundo. Essa é uma lembrança ruim. Uma boa que a compensa foi a partida de Lilimar no dia seguinte. Não, *boa* não é suficiente. É uma lembrança ótima, do tipo a que se recorre quando ninguém tem uma palavra gentil para você e a vida parece tão sem gosto quanto uma fatia de pão velho. Não foi ótima por eu estar indo embora (se bem que eu estaria mentindo descaradamente se não dissesse o quanto estava ansioso para ver meu pai); foi ótima porque eu ganhei uma despedida digna de… eu ia dizer *digna de um rei*, mas acho que o que eu quero dizer é digna de um príncipe de partida que estava voltando a ser o garoto do subúrbio de Illinois.

Eu estava em uma carroça puxada por um par de mulas brancas. Dora, usando o lenço vermelho e os sapatos lindos de lona, segurava as rédeas. Radar estava atrás de nós, as orelhas de pé, o rabo balançando devagar para lá e para cá. Os dois lados da Estrada Gallien estavam cheios de cinzentos. Eles se ajoelharam com a palma da mão na testa quando nos aproximamos, depois se levantaram e gritaram quando passamos. Meus companheiros sobreviventes de Maleen Profunda andaram ao nosso lado, Eris empurrando o dr. Freed na cadeira de rodas com detalhes de ouro. Ela olhou para cima uma vez e deu uma piscadela. Eu dei outra para ela. Acima de nós havia uma nuvem de borboletas-monarcas tão densa que escureceu o céu. Várias pousaram nos meus ombros, movendo as asas devagar, e uma pousou na cabeça de Radar.

Parada no portão aberto, usando um vestido tão azul quanto a cor que as torres triplas tinham adquirido, a coroa dos Galliens na cabeça, estava Leah. As pernas estavam firmadas de um jeito que me lembrou a postura dela na escada de pedra acima do Poço Profundo, a espada puxada. Determinada.

Dora fez as mulas pararem. A multidão atrás de nós fez silêncio. Nas mãos, Leah segurava um colar de papoulas vermelho-sangue, as únicas flores que tinham continuado a crescer durante os anos cinzentos, e não me surpreendeu (e acho que não vai te surpreender também) saber que o povo de Empis chamava aquelas flores de Esperanças Vermelhas.

Leah ergueu a voz para ser ouvida pelos que estavam ocupando a rua atrás de nós.

— *Este é o Príncipe Charlie, que agora vai para casa! Ele leva nosso agradecimento e minha gratidão eterna! Despeça-se dele com amor, povo de Empis! Essa é minha ordem!*

As pessoas comemoraram. Eu curvei a cabeça para receber o colar... e para esconder minhas lágrimas. Porque, você sabe, nos contos de fadas o príncipe nunca chora. A Rainha Leah me beijou, e embora sua boca estivesse partida, foi o melhor beijo que eu já ganhei, ao menos desde que a minha mãe morreu.

Eu ainda o sinto.

TRINTA E DOIS
Eis seu final feliz.

1

Na minha última noite em Empis, eu fiquei onde tinha ficado na minha primeira, na casinha de Dora perto do poço dos mundos. Nós comemos ensopado e fomos lá fora ver a ampla faixa dourada no céu que tinha sido Bella e Arabella. Era linda, daquele jeito que objetos quebrados às vezes são. Eu me perguntei de novo onde ficava aquele mundo e concluí que não importava; ele *existia* e isso bastava.

Dormi novamente ao lado da lareira de Dora, com a cabeça no travesseiro com o aplique de borboleta. Dormi sem visitas noturnas e sem pesadelos com Elden e Gogmagog. Já era o meio da manhã quando eu acordei. Dora estava trabalhando na máquina de costura que o sr. Bowditch tinha levado para ela, uma pilha de sapatos estragados à esquerda e consertados à direita. Eu me perguntei quanto tempo mais esse comércio duraria.

Nós fizemos uma última refeição juntos: bacon, fatias grossas de pão caseiro e um omelete de ovos de ganso. Quando acabamos, prendi o cinto do sr. Bowditch no quadril uma última vez. E me apoiei em um joelho e levei a palma da mão à testa.

— Nã, não, Charlie, de pé. — A voz dela continuava engasgada e rouca, mas estava melhorando a cada dia. A cada hora, ao que parecia. Eu me levantei. Ela esticou os braços. Eu não só a abracei, eu a peguei no colo e girei com ela, o que a fez rir. Ela se ajoelhou e deu duas fatias de bacon tiradas do avental para a minha cadela.

— Rayy — disse ela e a abraçou. — Eu te amo, Rayy.

Ela andou até metade da colina comigo, na direção das plantas penduradas que cobriam a entrada do túnel. Essas plantas estavam ficando verdes agora. A minha mochila pesava nas costas e a marreta que eu carregava na mão direita pesava mais ainda, mas o sol no meu rosto era gostoso.

Dora me deu um abraço final e fez um carinho final em Radar. Havia lágrimas nos seus olhos, mas ela estava sorrindo. Ela *conseguia* sorrir agora. Eu andei o resto do caminho sozinho e vi que outro velho amigo estava nos esperando, vermelho no meio da vegetação cada vez mais verde. Radar na mesma hora se abaixou. O Snab pulou nas costas dela e me olhou, as antenas se movendo.

Eu me sentei ao lado deles, tirei a mochila e abri a aba.

— Como vai, sr. Snab? A perna está boa?

Radar latiu uma vez.

— Bom, que bom. Mas você só vem até aqui, certo? O ar do meu mundo pode não cair muito bem pra você.

Em cima da aldrava, enrolada em uma camiseta da Hillview High, estava o que Dora tinha chamado de *ui ee*, que achei que significava *luz bebê*. Ela ainda estava tendo dificuldade com as consoantes, mas eu achava que isso melhoraria com o tempo. A luz bebê era um pedaço de vela dentro de uma bola de vidro. Botei a mochila nas costas, virei a cobertura de vidro e acendi a vela com um fósforo.

— Vem, Rad. Tá na hora.

Ela se levantou. O Snab desceu. Fez uma pausa, deu mais uma olhada em nós dois com os olhos pretos solenes e saiu saltitando pela grama. Eu o vi por um momento mais porque ele estava se movendo no ar parado e as papoulas não. Em seguida, sumiu.

Dei uma última olhada colina abaixo para a casa de Dora, que parecia tão melhor, mais aconchegante, na luz do sol. Radar também olhou. Dora acenou de debaixo dos varais de sapatos. Eu acenei para ela. Em seguida, peguei a marreta e abri caminho pelas plantas para revelar a escuridão que vinha depois.

— Quer ir pra casa, garota?

Minha cadela entrou na frente.

2

Nós chegamos à fronteira entre mundos e senti a desorientação de que me lembrava das outras viagens. Cambaleei um pouco e a luz se apagou, apesar de não haver corrente de ar. Falei para Radar esperar e peguei outro fósforo em um dos aros vazios para balas no cinto do sr. Bowditch. Acendi-o na pedra áspera e reacendi a vela. Os morcegos gigantes bateram asas e fizeram ruído, mas se acalmaram. Nós seguimos.

Quando chegamos ao poço com a escada estreita em espiral, eu protegi a vela e olhei para cima, na esperança de não ver luz vinda de cima. Luz significaria que alguém tinha movido as tábuas e pilhas de revista que eu tinha usado como camuflagem. Isso não seria bom. Eu achei que estava vendo uma luz fraca, mas isso não era problema. A camuflagem não tinha sido perfeita, afinal.

Radar subiu cinco ou seis degraus e olhou para mim para ver se eu estava indo também.

— Nã, não, cadela, eu primeiro. Eu não quero você na minha frente quando chegarmos no alto.

Ela obedeceu, mas com muita relutância. O faro dos cachorros é pelo menos quarenta vezes mais apurado do que o nariz dos humanos. Talvez ela sentisse o mundo dela lá em cima, esperando. Se fosse isso, deve ter sido uma subida difícil para ela, porque eu precisei ficar parando para descansar. Eu estava melhor, mas não *tão* melhor. Freed tinha me dito para ir devagar e eu estava tentando seguir as ordens médicas.

Quando chegamos no alto, fiquei aliviado de ver que a última pilha de revistas, a que eu tinha equilibrado na cabeça como uma trouxa de roupas, ainda estava no lugar. Fiquei embaixo dela por pelo menos um minuto, provavelmente uns dois ou três. Não só para descansar dessa vez. Eu tinha ficado ansioso para voltar para casa e ainda estava, mas agora também estava com medo. E com um pouco de saudade do que tinha deixado para trás. Naquele mundo, havia um palácio e uma linda princesa e coisas a serem feitas. Talvez em algum lugar, perto da costa de Enseada, quem sabe, ainda houvesse sereias, cantando umas para as outras. No mundo abaixo, eu tinha sido um príncipe. No de cima, eu teria que me inscrever em faculdades e tirar o lixo.

Radar bateu com o focinho na parte de trás do meu joelho e latiu duas vezes. Quem disse que cachorros não falam?

— Tudo bem, tudo bem.

Levantei a pilha com a cabeça, subi e a empurrei para o lado. Afastei as pilhas dos dois lados, precisando trabalhar devagar porque meu braço esquerdo não estava muito útil (está melhor agora, mas nunca vai ser o que foi nos meus dias de futebol americano e beisebol — graças a Petra, aquela vaca). Radar latiu mais algumas vezes só para me apressar. Eu não tive dificuldade para passar entre as tábuas que tinha colocado na boca do poço (eu tinha perdido muito peso no meu período em Empis, a maior parte em Maleen Profunda), mas precisei tirar a mochila primeiro e a empurrar pelo chão. Quando saí, meu braço esquerdo estava reclamando. Radar saiu depois de mim com uma facilidade revoltante. Verifiquei o buraco que a mordida de Petra tinha deixado, com medo de a ferida em cicatrização ter se aberto, mas parecia estar bem. O que me surpreendeu foi como estava frio no barracão. Dava para ver meu hálito.

O barracão estava do jeito que eu tinha deixado. A luz que eu tinha visto lá de baixo estava entrando pelas rachaduras nas laterais. Tentei abrir a porta e percebi que estava fechada com cadeado por fora. Andy Chen tinha cumprido a promessa feita a mim. Eu não achei que alguém fosse verificar um barracão abandonado de quintal para me procurar (ou procurar meu corpo), mas foi um alívio mesmo assim. Mas significava que eu teria que usar a marreta. E foi o que fiz. Com apenas uma das mãos.

Para a minha sorte, as tábuas estavam velhas e secas. Uma rachou no primeiro golpe e se partiu no segundo, deixando um fluxo de luz de Illinois entrar... junto com neve fina. Com Radar latindo em encorajamento, eu quebrei mais duas. Rad pulou pela abertura e se agachou na mesma hora para fazer xixi. Balancei a marreta mais uma vez e derrubei outro pedaço comprido de tábua. Joguei a mochila pela abertura, virei de lado e saí no sol. E também em dez centímetros de neve.

3

Radar correu pelo jardim, parando de vez em quando para enfiar o focinho e jogar neve no ar. Era um comportamento de filhote e me fez rir. Eu estava com calor da subida pela escada em espiral e do meu trabalho com a marreta, e quando cheguei à varanda dos fundos estava tremendo. Não podia estar mais do que quatro graus negativos. Com a brisa forte soprando, a sensação térmica devia ser de oito graus negativos.

Tirei a chave de debaixo do capacho (que o sr. Bowditch chamava de tapete de más-vindas) e entrei. O ambiente estava com cheiro mofado e estava frio, mas alguém, quase certamente o meu pai, tinha aumentado um pouco o aquecimento para impedir que os canos congelassem. Eu me lembrava de ter visto um casaco velho no armário da frente, e ainda estava lá. Também um par de galochas com meias vermelhas de lã saindo do alto. As galochas ficaram meio apertadas, mas eu não as usaria por muito tempo. Só para descer a colina. O cinto e o revólver foram para a prateleira do armário. Eu os guardaria no cofre depois... sempre supondo que o cofre e o conteúdo secreto ainda estivessem lá.

Nós saímos por trás, contornamos a casa e passamos pelo portão que eu precisei pular naquela primeira vez, em resposta aos uivos de Radar e aos gritos fracos de socorro do sr. Bowditch. Isso agora parecia ter acontecido um século antes. Comecei a me virar para a colina da rua Sycamore, mas algo chamou minha atenção. Na verdade, *eu* chamei minha atenção. Porque era meu rosto no poste telefônico no cruzamento da Sycamore com a Pine. Minha foto do segundo ano da escola, por acaso, e o primeiro fato que me chamou atenção foi como eu parecia novo. *Ali está um garotinho que não sabe nada de nada*, pensei. *Talvez acreditasse que sabia, mas nã, não.*

Em letras vermelhas grandes acima da foto: você viu este garoto?

Em letras vermelhas abaixo: CHARLES MCGEE READE, 17 ANOS.

E, abaixo disso: CHARLES "CHARLIE" READE DESAPARECEU EM OUTUBRO DE 2013. ELE TEM 1,92 E PESA 106 QUILOS. FOI VISTO PELA ÚLTIMA VEZ...

Et cetera. As duas coisas que mais me chamaram a atenção foram: como o pôster parecia velho e como estava errado em relação ao meu peso atual. Eu olhei em volta, quase esperando ver a sra. Richland me olhando com a mão fazendo sombra nos olhos, mas éramos só Radar e eu parados na calçada coberta de neve.

Na metade do caminho de casa, eu parei, tomado de um impulso repentino, louco, mas forte, de me virar. De voltar pelo portão da rua Sycamore 1, de contornar a casa, entrar no barracão, descer a escada em espiral e voltar para Empis, onde eu aprenderia um ofício e faria a vida. Ser aprendiz de Freed, talvez, que me ensinaria a ser cirurgião.

Mas pensei no pôster e nos outros iguais, em toda parte da cidade e em toda parte do condado, espalhados pelo meu pai e pelo tio Bob e pelo padrinho do meu pai, Lindy. Talvez pelos outros amigos do AA também. Isso se ele não tivesse voltado a beber.

Por favor, Deus, não.

Comecei a andar de novo, as fivelas da galocha de um morto tilintando e a cadela rejuvenescida do morto atrás. Andando colina acima na minha direção estava um garotinho de jaqueta vermelha acolchoada e calça de neve. Ele estava puxando um trenó por um pedaço de corda de varal. Provavelmente indo para os montes de neve do parque Cavanaugh.

— Um minuto, garoto.

Ele me olhou com desconfiança, mas parou.

— Que dia é hoje? — As palavras saíram com suavidade suficiente, mas pareciam levemente ásperas. Acho que isso não faz muito sentido, mas a sensação foi essa, e eu sabia o porquê. Era porque eu estava falando inglês de novo.

Ele me olhou de um jeito que perguntava se eu tinha nascido burro ou tinha ficado assim com o tempo.

— Sábado.

Então meu pai estaria em casa, a não ser que estivesse em uma reunião do AA.

— De que mês?

Agora, a expressão dizia *dã*.

— Fevereiro.

— De 2014?

— Aham. Tenho que ir.

Ele continuou subindo a colina, lançando um olhar de desconfiança para mim e para a minha cadela depois de passar. Provavelmente para ter certeza de que não estávamos indo atrás dele com alguma má intenção.

Fevereiro. Eu tinha ficado fora quatro meses. Era estranho de pensar, mas não tão estranho quanto o que eu tinha visto e feito.

4

Fiquei parado na frente de casa por um minuto, me preparando para entrar, torcendo para não encontrar meu pai desmaiado no sofá com *Paixão dos fortes* ou *O beijo da morte* passando no TCM. A entrada de carro tinha sido limpa e a calçada estava sem neve. Eu disse para mim mesmo que isso era um bom sinal.

Radar se cansou de esperar e subiu os degraus correndo, sentou-se e esperou que eu a deixasse entrar. Era uma vez um Charlie que tinha uma chave da porta, mas tinha se perdido em algum lugar no caminho. *Como o triciclo de Claudia*, pensei. *Sem mencionar minha virgindade*. No fim das contas, não importou. A porta estava destrancada. Eu entrei, registrei o som da televisão (um canal de televisão, não o TCM), e Radar saiu correndo e latindo.

Quando entrei na sala, ela estava apoiada nas patas traseiras, as da frente sobre o jornal que meu pai lia. Ele olhou para ela e olhou para mim. Por um momento, não pareceu registrar quem estava parado na porta. Quando entendeu, o choque afrouxou os músculos do seu rosto. Eu nunca vou esquecer como aquele momento de reconhecimento o deixou ao mesmo tempo mais velho, o homem que ele seria com sessenta ou setenta anos, e mais jovem, o garoto que ele tinha sido com a minha idade. Era como se um relógio de sol interno tivesse girado para os dois lados na mesma hora.

— Charlie?

Ele começou a se levantar, mas as pernas não o sustentaram e ele caiu de volta. Radar se sentou ao lado da poltrona, batendo a cauda.

— Charlie? É você mesmo?

— Sou eu, pai.

Dessa vez, ele conseguiu se levantar. Estava chorando. Eu também comecei a chorar. Ele correu até mim, tropeçou na mesa lateral e teria caído se eu não o tivesse segurado.

— Charlie, Charlie, graças a Deus, eu achei que você estivesse morto, nós todos achamos...

Ele não conseguiu mais falar. Eu tinha muito para contar, mas, naquele momento, também não consegui dizer nada. Nós nos abraçamos por cima de Radar, que balançava o rabo e latia. Acho que sei o que você quer e agora você tem.

Eis seu final feliz.

EPÍLOGO

Perguntas feitas e respondidas (algumas, pelo menos). Uma última ida a Empis.

1

Se você acha que há partes desta história que não parecem ter sido escritas por um jovem de dezessete anos, está certo. Eu voltei de Empis nove anos atrás. Desde então, li e escrevi muito. Eu me formei na NYU *cum laude* (não foi *summa* por um fio) em inglês. Agora, trabalho na College of Liberal Arts em Chicago, onde dou uma aula bem frequentada chamada Mitos e Contos de Fadas. Sou considerado bastante talentoso, principalmente por causa de uma versão expandida de um ensaio que escrevi na faculdade. Foi publicado no *International Journal of Jungian Studies*. O pagamento foi uma piada, mas a credibilidade crítica? Impagável. E pode acreditar que eu citei certo livro cuja capa tem um funil se enchendo de estrelas.

Bom saber, você pode dizer, *mas eu tenho perguntas.*

Você não é o único. Eu gostaria de saber como o reinado da Boa Rainha Leah está indo. Gostaria de saber se os cinzentos ainda estão cinzentos. Se Claudia de Gallien ainda fala berrando. Se o caminho para aquele mundo subterrâneo horrível, lar de Gogmagog, foi bloqueado. Quem cuidou dos soldados noturnos que restaram e se algum dos meus companheiros de prisão de Maleen Profunda ainda estava lá (provavelmente não, mas sonhar não custa nada). Eu até gostaria de saber como os soldados noturnos abriam nossas celas daquela forma, só esticando os braços.

Você gostaria de saber como Radar está, imagino. A resposta é muito bem, obrigado, apesar de mais devagar; afinal, foram nove anos para ela também, o que a deixa bem velha para um pastor-alemão, principalmente se você somar a vida antiga à nova.

Você gostaria de saber se eu contei ao meu pai onde estive naqueles quatro meses. A resposta, se é que posso pegar emprestada a expressão facial de certo garoto pequeno puxando um trenó, é *dã*. Como eu poderia não contar? Eu devia contar a ele que uma droga milagrosa obtida em Chicago tinha mudado Radar de uma cadela idosa e artrítica com o pé na cova para uma pastora-alemã robusta e vigorosa que parecia e agia como uma de quatro anos?

Eu não contei tudo de uma vez, havia coisa demais, mas fui sincero sobre o básico. Falei que havia uma conexão entre o nosso mundo e outro. (Eu não o chamei de Empis, só de Outro, que era como eu o chamava quando cheguei lá.) Contei que fui para lá a partir do barracão do sr. Bowditch. Ele ouviu com atenção e me perguntou, como você deve ter imaginado, onde eu tinha estado *de verdade*.

Eu mostrei meu braço e o vão fundo acima do pulso que vai ficar lá pelo resto da minha vida. Isso não o convenceu. Abri a mochila e mostrei a aldrava de ouro maciço. Ele a examinou, levantou-a e sugeriu com certa hesitação que devia ser um item dourado de bazar de garagem, feito de chumbo.

— Pode quebrar e ver. É bom mesmo, vai ter que ser derretido alguma hora e vendido. Tem um balde de bolinhas de ouro no cofre do sr. Bowditch, vindas do mesmo lugar. Vou te mostrar quando você estiver pronto pra ver. Era disso que ele vivia. Eu vendi um pouco pra um joalheiro em Stantonville. O sr. Heinrich. Ele morreu, então acho que vou ter que arrumar outra pessoa com quem fazer negócio.

Isso o levou um pouco mais no caminho de acreditar, mas o que o convenceu foi Radar. Ela sabia andar pela nossa casa e ir para seus lugares favoritos, mas o que o convenceu mesmo foram as pequenas cicatrizes no focinho dela de um encontro infeliz com um porco-espinho quando ela era pequena. (Alguns cachorros nunca aprendem, mas uma vez bastou para Rad.) Meu pai tinha reparado nelas quando estávamos cuidando dela depois que o sr. Bowditch quebrou a perna e depois que ele morreu, quando ela estava quase batendo as botas. As mesmas cicatrizes continuavam na versão mais jovem, provavelmente porque eu a tirei do relógio de sol antes de ela chegar e passar da idade em que ficou com o focinho cheio de espinhos. Meu pai olhou para elas por muito tempo e depois olhou para mim com os olhos arregalados.

— Isso é impossível.

— Eu sei que parece — falei.

— Tem mesmo um balde de ouro no cofre do Bowditch?

— Vou te mostrar — repeti. — Quando você estiver pronto. Sei que é muita coisa pra absorver.

Ele ficou sentado de pernas cruzadas no chão, fazendo carinho em Radar e pensando. Depois de um tempo, falou:

— Esse mundo que você diz ter visitado é mágico? Como Xanth naqueles livros de Piers Anthony que você lia no fundamental II? Com duendes e basiliscos e centauros, essas coisas?

— Não exatamente — respondi. Eu não tinha visto nenhum centauro em Empis, mas se havia sereias... e gigantes...

— Eu posso ir lá?

— Eu acho que você vai ter que ir — falei. — Ao menos uma vez. — Porque Empis não era bem parecido com Xanth. Não havia Maleen Profunda nem Gogmagog nos livros de Piers Anthony.

Nós fomos uma semana depois, o príncipe que não era mais príncipe e o sr. George Reade, da Seguros Reade. Eu passei aquela semana comendo a boa comida americana e dormindo em uma boa cama americana e respondendo a perguntas dos policiais americanos. Sem mencionar as perguntas do meu tio Bob, de Lindy Franklin, de Andy Chen, de vários administradores da escola e até da sra. Richland, a vizinha xereta. Àquela altura, meu pai já tinha visto o balde de ouro. Eu também mostrei a ele a luz bebê, que ele examinou com grande interesse.

Quer saber a história que eu inventei com a ajuda do meu pai... que por acaso era um excelente investigador de seguros, lembre-se disso, um cara que conhecia muitas das armadilhas em que os mentirosos caem e como evitá-las? Provavelmente sim, mas vamos só dizer que uma parte dela teve a ver com amnésia, junto com a morte do cachorro do sr. Bowditch em Chicago antes de eu dar de cara com algum problema do qual não consigo me lembrar (embora eu me *lembre* de ter levado uma pancada na cabeça). O cachorro que meu pai e eu temos agora é Radar II. Aposto que o sr. Bowditch, que voltou para Sentry como o próprio filho, ia gostar dessa. Bill Harriman, o repórter do *The Weekly Sun*, pediu uma entrevista (ele devia ter feito uma com um dos policiais). Eu recusei. Publicidade era a última coisa de que eu precisava.

Você se pergunta o que aconteceu a Christopher Polley, o pequeno Rumpelstiltskin horrível que queria me matar e roubar o tesouro do sr. Bowditch? Eu me perguntei, e uma pesquisa no Google revelou a resposta.

Se você pensar no começo da minha história, talvez se lembre de eu ter medo de o meu pai e eu acabarmos sem teto, dormindo debaixo de um viaduto com todos os nossos bens empilhados em um carrinho de supermercado. Isso não aconteceu conosco, mas aconteceu com Polley (se bem que não sei sobre o carrinho). A polícia encontrou o corpo dele embaixo de um viaduto de pedágio dos Três Estados em Skokie. Ele tinha sido esfaqueado repetidamente. Embora não tivesse carteira nem documentos, suas digitais estavam nos arquivos, parte de uma longa ficha de prisão que vinha desde a adolescência. O artigo citou o capitão de polícia Brian Baker, de Skokie, dizendo que a vítima não tinha conseguido se defender porque estava com os dois pulsos quebrados.

Eu posso dizer para mim mesmo que Polley talvez não tivesse sobrevivido ao ataque de qualquer modo, ele não tinha muita coisa e eu havia tirado a arma dele, mas não tenho como ter certeza. Assim como não tenho como ter certeza se o motivo do assassinato foram os ganhos do roubo à joalheria.

Ele tentou negociar com a pessoa errada e acabou pagando com a vida? Eu não sei, não tenho como saber, mas, no fundo, tenho certeza. Tenho menos certeza de que ele morreu na mesma hora que Molly Ruiva tirou Peterkin de seu caminho com força suficiente para rasgar o anão desagradável no meio, mas acho que pode ter sido assim.

Eu posso dizer para mim mesmo que Polley mereceu, e isso é verdade, mas, quando eu penso nele levantando as mãos inúteis para afastar as facadas de quem estava ajoelhado sobre ele debaixo daquele viaduto cheio de lixo, não consigo deixar de sentir pena e vergonha. Você pode dizer que eu não tenho motivo para me envergonhar, que eu fiz o que fiz para salvar a minha vida e o segredo do barracão, mas vergonha é como uma risada. E como inspiração. Não bate na porta.

2

No sábado depois que eu voltei para casa, uma nevasca veio das Rochosas. Meu pai e eu fomos até a casa do sr. Bowditch, eu agora usando botas que não apertavam meus pés, e fomos até os fundos. Meu pai olhou a lateral quebrada do barracão com reprovação.

— Isso vai ter que ser consertado.

— Eu sei, mas foi o único jeito de eu sair depois que Andy fechou a porta com o cadeado.

Não houve necessidade de levar a luz bebê porque nós tínhamos duas lanternas. Deixamos Radar em casa. Quando saíssemos do túnel, ela iria direto para a Casa dos Sapatos, e eu não queria ver Dora. Não queria ver ninguém do meu tempo lá. Só queria convencer meu pai de que o outro mundo era real e sair de lá. Havia outro motivo também, estranho e provavelmente egoísta: eu não queria ouvir meu pai falando empisiano. Aquilo era meu.

Nós descemos a escada em espiral, eu na frente. Meu pai ficava dizendo que não acreditava, simplesmente não acreditava. Eu esperava que não o estivesse levando para um colapso mental, mas, considerando o que havia em jogo, eu achava que não tinha escolha.

Ainda acho.

No túnel, falei para ele apontar a lanterna para o piso de pedra.

— Porque tem morcegos. Grandes. Eu não quero que eles voem em volta de nós. Além do mais, nós vamos passar por um lugar onde você pode sentir tontura, quase como uma experiência extracorpórea. É o ponto de travessia.

— Quem fez isso? — perguntou ele baixinho. — Jesus Cristo, Charlie, *quem fez isso?*

— É a mesma coisa que perguntar quem fez o mundo.

O nosso e os outros. Tenho certeza de que há outros, talvez tantos quanto há estrelas no céu. Nós os sentimos. Eles se afunilam até nós em todas as histórias antigas.

Nós chegamos à travessia, e ele teria caído, mas eu estava pronto para passar o braço pela cintura dele.

— Será que a gente não deve voltar? — perguntou ele. — Estou enjoado.

— Só mais um pouco. Tem luz lá na frente. Está vendo?

Nós chegamos às plantas. Eu as empurrei para o lado e nós saímos em Empis, com um céu azul sem nuvens acima e a casinha de Dora lá embaixo. Não havia sapatos pendurados nos varais, mas havia um cavalo pastando perto da Estrada do Rei. A distância era grande demais, mas tenho quase certeza de que reconhecia o cavalo, e por que não? A rainha não precisava mais de Falada para falar por ela, e a cidade não é lugar para um cavalo.

Meu pai estava olhando em volta, de olhos arregalados e queixo caído. Grilos, mas não vermelhos, pularam na grama.

— Meu Deus, são tão *grandes!*

— Você tem que ver os coelhos — falei. — Senta, pai. — *Antes que você caia* foi o que não falei.

Nós nos sentamos. Eu dei um tempo para ele absorver tudo. Ele perguntou como podia haver *céu* debaixo do *chão.* Eu falei que não sabia. Ele perguntou por que havia tantas borboletas, todas monarcas, e eu falei de novo que não sabia.

Ele apontou para a casa de Dora.

— Quem mora lá?

— É a casa da Dora. Eu não sei o sobrenome dela.

— Ela está em casa? Nós podemos vê-la?

— Eu não te trouxe pra conhecer ninguém, pai, eu te trouxe pra você saber que é real, e nós não vamos voltar nunca mais. Ninguém do nosso mundo pode saber sobre este aqui. Seria um desastre.

— Pensando no que nós fizemos a muitos povos indígenas, sem mencionar ao nosso clima, eu tenho que concordar com você. — Ele estava começando a se acalmar e isso era bom. Eu estava com medo de negação ou de um surto terminal. — O que você está pensando em fazer, Charlie?

— O que o sr. Bowditch devia ter feito anos atrás.

E por que ele não tinha feito? Acho que por causa do relógio de sol. *A força ruim que vive no coração de todos os homens e mulheres*, dissera Leah.

— Vem, pai. Vamos voltar.

Ele se levantou, mas fez uma pausa para olhar quando puxei as plantas.

— É lindo, não é?

— É agora. E vai ficar assim.

Nós protegeríamos Empis do nosso mundo e também protegeríamos nosso mundo (ou ao menos tentaríamos) de Empis. Porque, embaixo de Empis, há um mundo de escuridão onde Gogmagog ainda mora e governa. Pode ser que nunca escape agora que Bella e Arabella deram um beijo final destruidor, mas, quando se trata de criaturas tão enigmáticas, é melhor tomar cuidado. O máximo de cuidado que se pode ter, pelo menos.

Naquela primavera, meu pai e eu consertamos o buraco que eu tinha feito na lateral do barracão. E naquele verão, trabalhei na Construções Cramer, basicamente no escritório, por causa do meu braço, mas passei um bom número de horas de capacete também, aprendendo tudo que podia sobre concreto. Havia muita coisa no nosso amigo YouTube, mas quando se tem um trabalho importante para fazer, não há nada como experiência prática.

Duas semanas antes de eu ir embora para o meu primeiro semestre na NYU, meu pai e eu colocamos folhas de aço na boca do poço. Uma semana antes de eu partir, nós colocamos concreto em cima e no piso todo do barracão. Enquanto ainda estava molhado, eu encorajei Radar a deixar as marcas das patas nele.

Vou contar a verdade: selar aquele poço debaixo de aço e quinze centímetros de concreto doeu no meu coração. Em algum lugar lá embaixo há um mundo cheio de magia e de pessoas que eu amei. Uma pessoa em particular. Enquanto o concreto escorria lentamente para fora do misturador que eu tinha pegado emprestado da Cramer para fazer o serviço, eu ficava pensando em Leah de pé na escada, a espada na mão, as pernas abertas em postura de luta. E em como ela cortou a boca colada para gritar o nome do irmão.

Eu menti agora, tá? Meu coração não só doeu, ele gritou *não* e *não* e *não*. Ele perguntou como eu podia deixar a maravilha para trás e dar as costas para a magia. Perguntou se eu pretendia mesmo fechar o funil pelo qual as estrelas caem.

Eu fiz porque precisei fazer. Meu pai entendeu isso.

3

Se eu sonho, você pergunta? Claro. Alguns sonhos são com a coisa que saiu do poço, e eu acordo deles com as mãos sobre a boca para sufocar os gritos. Mas, com o passar dos anos, os pesadelos estão menos frequentes. É mais comum agora que eu sonhe com um campo coberto de papoulas. Eu sonho com Esperanças Vermelhas.

Nós fizemos a coisa certa, eu sei disso. A única coisa possível. E meu pai continua de olho na casa da rua Sycamore, número 1. Eu volto com frequência e faço o mesmo, e um dia vou voltar para Sentry de vez. Talvez eu me case, e se tiver filhos, a casa na colina vai para eles. E quando eles forem pequenos e só conhecerem maravilhas, vou ler para eles as histórias antigas, as que começam com *era uma vez*.

25 de novembro de 2020 — 7 de fevereiro de 2022